读客® 知识小说文库

读小说，学知识

周浩晖

高智商悬疑小说集

高智商玩的不是诡计而是心理

周浩晖 著

《暗黑者》作者

中原出版传媒集团

中原传媒股份公司

河南文艺出版社

目录

禁屋

有一间密室你永生无法逃脱

引子

没有人会关心你，因为你也不曾关心过别人……

事情已经过去一年了，林娜依然无法忘记那间屋子。

林娜尝试过很多的方法，她搬离了那个小区，没有带走任何一件属于自己的东西，她甚至和男朋友分了手，只因为他们俩曾经在那间屋子中温存过。

她想抛弃所有与那段生活有关的东西，从而摆脱那段恐怖的记忆，可她绝望地发现，这一切根本就不起作用。

于是她疯狂地工作，下了班则去健身房把自己搞得筋疲力尽，她甚至学会了酗酒，她希望这样能够剥夺自己思考的时间。

如果你连思考的时间都没有，那你又怎么会想起过去呢？

然而仍然不行。

因为有一样东西是林娜始终无法控制的：睡眠。不管她如何折腾自己，她总免不了有进入梦乡的时候，于是她便在一种恍惚的情绪中再次回到了那间屋子。

灰蒙蒙的地板砖，惨白的墙壁，还有那挥之不去的男童的哭声……

然后她便看见那扇门被打开，男童小小的尸体随之滚倒在地上，发出噗的一声轻响。他身穿一件绿色的毛衣，蜷着胳膊，两手张开，保持着扑在门板后的姿势，看上去像是一只硕大的青蛙。而他的双眼也像青蛙鼓鼓地凸着，黑白分明却毫无生命的神采，那扩散开的瞳孔如点漆般黝黑，渗出一种令人心悸的寒意。

林娜与男童的双眼对视片刻后，便会在惊叫中醒来，浑身颤抖，大汗淋漓。这样的场景在夜晚一遍又一遍地重复上演，折磨着林娜的灵魂，渐渐将她逼到了崩溃的边缘。

……

林娜知道那噩梦永不会结束，直到有一天，当她再次从噩梦中惊醒的时候，她发现了一件比噩梦更加可怕的事情。

当时林娜带着一身的冷汗去摸床头的台灯——这是她在每一次梦醒之后首先会做的。可是她却摸了个空，然后她隐约听到了男童凄厉的哭声。

梦已经结束，而哭声却仍在继续！

林娜骇异地屏住呼吸，在死一般沉寂的夜色中，哭声却越来越清晰。那哭声断断续续的，不是很远也不是很近，正如林娜曾经听到过的一样。

林娜的头皮一阵阵地发麻，她腾地从床上弹坐了起来，惊惧万分地瞪大了眼睛，周围的情形几乎要让她尖叫出声了！

夜色很浓，只有极淡的月色透过窗口的薄纱帘子映到屋内。在这片惨白的微光中，林娜看到了熟悉的床、熟悉的柜子、熟悉的书桌，以及熟悉的窗户和墙壁。此时，她身边的一切都是如此熟悉，熟悉到令人窒息。

林娜发现自己又回到了那间屋子，回到了噩梦开始的地方。

林娜有些晕眩，她使劲掐了掐自己的大腿，一阵痛感传来。

这不是梦，这是现实，比梦境更加可怕的现实。

林娜没有时间去思索这到底是怎么一回事，她只有一个念头：赶快跑出去，离开这间屋子！她哆哆嗦嗦地下了床，连拖鞋也顾不上穿，直接跨到了屋门边。当屋门被打开之后，男童的哭声更加清晰地传了过来。

林娜硬着头皮走出屋子，来到客厅里。朦胧夜色中，地板砖是灰色的，墙壁是惨白的，一切都和梦境中反复出现的场景一模一样。

这是一套两居室的房子。对面房间的屋门紧紧关着，哭声正是从那里传出的。林娜无法想象，也不敢想象在那扇门的后面会有着一副怎样可怕的场景。仅仅是那哭声已让她浑身的汗毛都倒竖了起来，她扑到客厅的大门边，用颤抖的手摸向铁门上的手把。

只要能转动那把门锁，她就可以打开眼前这扇厚重的防盗门，然后她便能逃出去，把那如阴魂般萦绕的哭声、把那被恐怖团团笼罩着的房屋远远地抛在自己的身后。

那把手却转不动。防盗门显然是被锁住了，必须有钥匙才能打开。林娜使出全身力气与门锁较着劲，而她的情绪则在一次次的挫折中变得越来越绝望。终于，她放弃了这种无谓的努力，呜咽着颓然退在了一边。

男童的哭泣声仍在不断传出。在这个黑暗封闭的屋子里，恐惧的感觉像冰凉的潮水一样压向了这个孤弱的女子。

突然，林娜想起了什么，她扑到墙边，摁下了防盗门旁的一个电灯开关。灯光跳跃了两下之后，照亮了客厅。灯光稍许驱散了一些恐怖的气氛，也使得林娜紧绷的神经得到了放松，她的思维能力略有恢复。

这到底是怎么一回事？林娜开始搜索最近的记忆。慢慢地，她想起了一些东西。

昨晚下班之后，林娜去了公司附近的一个酒吧。她独自喝了一些酒，喝得并不算多，但她的神志却很快就变得模糊了，她似乎撒了酒疯，引来了很多人围观，人们在议论她，中间还夹着清脆的童声。然后她便感到一种莫名的恐惧，并且逐渐进入了那个熟悉的梦境中。当她再次醒来的时候，发现自己已经在这间屋子里了。

是的，这些记忆应该没错的。林娜看了看身上的衣服，这件紫色的吊带衫正是自己去酒吧之前换上的。她的目光随即又扫到了一样东西，这使得她骇然惊叫了一声。

那是一个红色的荷包，上面绣着一个金黄色的“福”字。林娜清楚地记得那个男童的脖子上便挂着这样一个荷包，听说那是他母亲留给他的唯一的东西。

现在这个荷包却挂在林娜的胸前，这无可避免地让她想到了一些令人恐惧的往事。林娜伸手把荷包扯了下来，正要远远丢开时，手心传来的感觉却让她蓦然愣了一下。

荷包里有东西！坚硬的，长条形，那应该是……钥匙！

林娜急速把荷包打开，果然从里面找到了一把不锈钢的钥匙。几乎没有任何考虑，她拿起钥匙便插向了防盗门上的锁孔。

钥匙倒是能够进入锁孔，可是无法拧动。林娜刚刚兴奋起来的心情瞬间又凉了下去。然后她忽然意识到什么，极度的恐惧感再次紧紧地攥住了她心灵的最柔嫩处。

林娜慢慢拔出了那把钥匙，她的手在不由自主地颤抖着，同时她转过头，瞪圆了眼睛骇然地看着对面的屋子，看着那扇紧锁着的屋门。她开始明白，这钥匙并不能让她逃出这间房屋，而是用来打开对面那扇屋门的。

男童在门后哭泣，正如一年前一样。

如果一年前，当林娜听到这哭泣声的时候，她能够去把那屋门打开的话，事情的结果便会大不一样吧？

然而当时她却没有。

那么，这一次呢？

林娜犹豫了片刻，然后跑回刚才醒来时所在的房间。她知道那房间中有一扇窗户，虽然窗外有五层楼的高度，但林娜想到，她是可以打开窗户大声呼救的，她宁愿成为一个三更半夜歇斯底里喊叫的女疯子，也不愿再进入对面那充满恐怖回忆的房间。

当林娜急切地拉开窗帘之后，她的心一下子凉到了冰点。眼前竟密密麻麻地钉满了木板，这些木板几乎完全遮住了窗户，仅从缝隙间隐隐透进来一些外界的亮光。

林娜的身体打着哆嗦，她明白了，自己根本毫无选择。她莫名其妙地回到了这个屋子里，莫名其妙地承受着未知的恐惧，却没有任何退路可供她逃避。要想脱离这样的困境，她唯有打开那扇房门，去面对门后的哭声，解开其中的秘密。

这一切显然是早已设计好的。林娜已经逃避了一年，终于有人把她抓了回来，这个人会是谁呢？

林娜再次走出房间，男童的哭泣如针般一声声地扎在她的心尖上。她慢慢地向着那扇门挪过去，动作僵硬得像是一只毫无生气的木偶。

也许她的确是一只木偶，因为从此时开始，她已经进入了一场游戏，一场可怕的、步步为别人所控制的游戏。

林娜停在门前，她仍然没有足够的勇气去打开那扇门。

“有人吗？谁在里面？”林娜用带着哭腔的声音呼喊道，可是在静夜中回应她的仍然只有那凄厉的哭声。

当钥匙插入锁孔的时候，泪水也在林娜的眼中打着转，她使劲地咬着嘴唇，几乎都快咬出血来。

……

终于，钥匙轻轻扭动了一下，嗒的一声，门锁被打开了。

林娜似乎没有刻意地去推那扇门，门便自己悠悠地打开了，就像一年前那次一样。林娜清楚地记得当时的情形，那男童从门后倒下，他一定是趴在门上哭泣再哭泣，直到生命熄灭的最后一刻。

不过这一次那恐怖的场面并没有出现在门边。屋内空荡荡的，唯有一张大床，哭泣声正是从那张床上传来的。林娜第一反应便是用手去摸墙边的电灯开关，可是当她揿下那个按钮后，灯光却并没有亮起。

好在尚有客厅中的灯光映入屋内，而这间房屋的窗户也没有被木板钉死，透入的月色也还明媚。借着这些光线，林娜看到床上盖着一床单被，靠近床头的地方耸起了一块，似乎单被下正蜷着一个小小的身形。

床单是惨白色的，而那床被子则鲜红如血，在夜色中形成了强烈的色差对比。林娜想起一年前的时候，也是这样的被子盖在这样的床上，而被子下面则是一具散发着浓烈恶臭的严重腐烂的尸体。

腐尸，哭泣的男童，这两样东西对于林娜来说，哪一个会更加可怕一些呢？

说来也奇怪，当屋门打开之后，林娜心中的恐惧感反而减轻了许多。也许她是知道自己终究逃不过吧？即使躲得再远又如何，还不是得在每个梦里回到这个地方？

现在既然已经无路可退，那就勇敢地去面对一次吧！带着这样的心态，林娜走进了那间屋子，一步步地向着床前而去。

虽然是炎热的盛夏时分，但当林娜站在床头的时候，感到全身都弥漫着一种刺骨的寒意。她努力稳定住情绪，伸出手揭开了那床血红色的被子。

被子下躺着一个男童，他的胸腹平趴在床面上，脑袋却转过了一百八十度向屋顶方向仰着，两只黑洞洞的眼睛瞪得老大，嘴紧闭着，但那哭泣声却从他体内不断地发出。

林娜只觉得脑袋嗡的一响，心脏几乎跳到了喉咙口。不过这种窒息般的恐惧没有维持多久，林娜便发现这姿态诡异的男童原来只是一个会发声的仿真娃娃。

即便如此，林娜也被吓出了一身的冷汗。情绪略定之后，她抓起那个娃娃，找到发音盒的开关并拨了下去，令人心悸的哭泣声终于停止了。

林娜刚刚松了口气，还没来得及细想其中的原委，忽觉右脚的足踝部一紧，似被什么东西牢牢地握住了。她骇然低头，发现竟是一只从床单下方伸出的白花花的人手。这一下可着实把林娜给吓坏了，她浑身发软，惊叫着瘫坐在地上，同时下意识地两腿连蹬，想要把那只大手踢开。

在这一连串的动作中，林娜感觉到自己的脚接连踢中了床下某个柔软的东西。那只手终于松开了，原本静静垂着的床单此时也凌乱掀起，显露出床下的情形。

林娜瞪大眼睛，停止了踢踹的动作。她看见床下正蜷着一个被捆缚成粽子一般的男子，他的胳膊和双腿都被绳索牢牢地绑着，只有手腕可以在有限的范围内转动两下。他的嘴部则被贴上了强力胶带，发不出一点声音。

可以想象，这个男子一定在床下挣扎扭动了许久，这才终于调整好身形，使自己的手腕能够伸出来，抓住林娜的脚踝。此时，他连连摇晃着脑袋，与林娜对视着，目光中充满了求助的神色。

林娜壮起胆子凑上前，在忐忑和迷惑的情绪中揭开了贴在男子嘴部的胶带。男子大口大口地喘着粗气，显然是早已被憋坏了。

“你是谁？这是怎么回事？”林娜定下神问了一句。

“我……我怎么知道！”男子似乎还未完全恢复过来，说话仍有些费力。他咽了一口唾液，休息片刻后，才又带着一脸的迷茫和委屈说道：“你先把我松开好不好，我都快被勒死了。”

林娜并不认识这个男子，不过在现在的情况下，这名男子的出现无疑使她心中那种恐惧和无助的感觉消散了许多。没做过多的犹豫，她便将男子从床下拉了出来，然后动手去解对方背后的绳头。

“那个小孩呢？”男子突然问了一句。

林娜略一愣：“不，没有小孩。”

男子眼中闪过一丝惘然：“可我醒来后一直听见有小孩在哭，就在这张床上。”

“那只是个会出声的娃娃。”林娜一边说，一边把娃娃抓过来，展示在男子的面前。

男子愤愤地抱怨了一句：“这搞的什么玩意儿？你也不知道是怎么回

事？”

林娜摇摇头，她看着那男子，茫然地说道：“我也是刚刚醒过来的，在对面的那个房间，我根本不知道自己怎么会出现在这里。”

此时男子手脚上的绳索已经被解开，他踉踉跄跄地站起来，舒展着被束缚已久的筋骨。可瞬间之后，他的动作却突然凝固住了。他瞪着身旁的床看了片刻，脸上的神情变得有些奇怪，随着他的目光离开床扫向四周，那种奇怪进一步转化成了骇异，他结结巴巴地说道：“这……这个房间……这是……”

林娜的眼角敏感地抽动了一下：“你认识这张床？你知道这个房间？”

“他妈的，这是谁干的？什么意思！”男子似乎被戳中了心中的某个痛处，突然显得非常激动。他挥舞着双手，气愤的神情中又带着一种深深的悲凉。

林娜却没有继续关注男子情绪上的变化，她的目光此时牢牢地盯在了对方的后腰部，那里显然有什么东西深深地吸引了她。

“怎么了？”男子被林娜的目光搞得有些莫名其妙。

林娜伸出手，从对方腰间取下了一件悬挂着的东西。那是一个荷包，红色的荷包，上面绣着一个金黄色的“福”字。

林娜醒来的时候，身上也戴着一个这样的荷包。而荷包最初的佩戴者却是在一年前死去的那个男童。

男子的目光收缩了一下，他的心似乎被什么尖锐的东西深深地刺中了。

不出林娜所料，在这只荷包中同样藏着一些东西——当她把荷包打开之后，她看到了一部手机和一张折叠好的纸条。

男子抓过手机扫了一眼，嘟囔道：“这不是我的手机啊。”紧接着他伸手在自己的身上摸了一圈，然后大惊小怪地叫了起来：“我的手机，我的钱包，全都不见了！我们这是遇到劫匪了吧？”

林娜缓缓地摇了摇头，强烈的预感在告诉她：这件事情绝没有那么简单。她把那张纸条展开，隐约看见上面写着大段的文字，于是她快步来到了客厅中，就着灯光阅读起来。

男子也跟到了客厅中，迫不及待地追问：“这上面写了什么？”林娜抬眼瞥了对方一眼，反问道："你叫刘洪？"

男子一愣："你怎么知道的？"

林娜略一扬手："这是写给我们俩的信，上面有你的名字。"男子蹙起眉头，把脑袋凑了过来。当他一行行地阅过那信上的内容时，他的神色变得越来越沉重，林娜亦是如此，因为那信上写道：

林娜、刘洪：

当你们看到这封信的时候，你们一定会觉得很奇怪，自己怎么会突然出现在这个地方？当然我是知道这答案的，不过这答案已不是问题的关键所在了。你们此时需要迫切关心的，是怎样从这屋子中逃出去。

关于这样一间屋子，你们都很清楚，一年前这里发生过什么：一对祖孙曾在你们刚刚待着的房间里相依为命——六十多岁的老人和三岁的男孩。在去年夏天的高温中，老人突发脑出血，这使得他在某天夜里躺下后，便再也没能起来。男孩失去了照料，他被困在了那个房间中，承受着饥渴与恐惧的煎熬。他太小了，根本不知道发生了什么。他所能做的只有不停地哭泣，哭累了睡会儿，醒来了再哭，直到他再也没有力气发出声音……

当时在那个房间中，男孩不可能具备任何的自救能力，他脱困求生的所有希望都存在于那房间之外。

三岁应该正是在父亲怀里撒娇的年龄，可是那男孩的父亲却在哪里？他把老人和孩子安置在这个冷漠的城市楼群中，竟然许久连电话也不打一个。男孩哭泣的时候一定叫过无数次的"爸爸"，刘洪，你却最终也没有出现。

即使这样，男孩也并非毫无生机。有个女孩正住在这个房间的对面，在同一片屋檐下，仅仅隔着狭小的客厅。这个女孩自然就是你，林娜。在那个寂静的夜晚，你一定听到了孩子的哭泣声，只要你去过问一下，这孩子的命运便会完全不同。但是你没有去。

男孩就这样在绝望中一点一点耗去了生命，一朵稚嫩的花儿尚未开放，便在这个冷漠和残酷的世界中凋敝了。在他最后的那些时刻，他所需要的帮助是如此简单，简单得就像给花儿浇上一杯水，可就是这杯水，却没有任何人来给予他。

面对男孩的死亡，所有的人都感到痛惜，可是，又有谁认真思考过那孩子夭折的原因呢？

我希望能改变人们的想法，让人们感受到真正的震撼——就从你们两人开始。

如果必须有人为男孩的死付出代价，我想不出谁会比你们两人更加合适。所以在接下来的日子里，你们将陷入当时男孩所处的困境中，这就是我给你们的惩罚。

这套屋子有两个门通往外界：一个在客厅中，一个在阳台上。现在那里都装上了厚重的防盗门，不仅打不开，而且有着良好的隔音效果。林娜，你屋子里的窗户被木板给封死，如果没有工具，你们是不可能撬开那些钉子的。至于另外一个房间阳台上的窗户，虽然没有封上，但我也换了坚固的钢化玻璃，而且嵌入了墙体中，所以你们已经没有任何出口可以逃生了。

你们和外界的联系也基本上被切断。我留下了一部手机。不过刘洪，既然一年前你连一个电话也没有打回来，那我现在有什么理由让你能够将电话打出去呢？所以我焊死了手机的拨号键，这个手机只能接听，却无法拨出。

屋子里没有任何食物，供水也被切断了。好了，你们就是处于这样一个困境中。惩罚已经开始，在接下来的时间里，你们就慢慢去体会那种孤独、无助、绝望相交杂的恐怖滋味吧。

林娜的手不受控制地颤抖着，她抬起头，怯然地看着站在自己身边的刘洪。

刘洪也在看着她，脸上同样是一副难以描述的尴尬神情，半晌之后，他才苦笑了一下，说道："原来你就是那个女孩……和他们合租的女孩。"他声音嘶哑，像是从嗓子里艰难挤出的一样。

林娜被对方话语中的悲痛情绪沉沉地击中了，她的鼻子一酸，泪水随即涌了出来。

“你听见了孩子的哭声……你都没有去看一眼，最后，最后孩子就是死在房间门口！”刘洪愤然瞪大了眼睛，露出了眼底的血丝。

对方的责备反而大大驱散了林娜心中的愧疚感，她止住泪水，颇不服气地反问道：“你怪我？那你自己呢？你把他们扔在这里不管不问，我从来没见你来看过他们。”

“我怎么没来过！”刘洪的情绪有些激动，嗓门儿也突然大了起来，“我来的时候你不在而已！”

“那几天如果你能打个电话过来，你儿子也不会死。”林娜冷冷地补充了一句。

这句话显然揭开了刘洪心中最痛苦的伤疤，他愣了一下，随即歇斯底里地吼叫起来：“我怎么会想到那么多？！我的父亲和儿子都惨死在这个房间里，你知道我什么心情？！你什么都不知道！我在外面辛苦奔波，都是为了谁？！你们有什么资格来谴责我？”

林娜看到对方挥舞手脚、情绪失控的样子，心里禁不住有些害怕，往后退开了两步。刘洪却紧跟着逼上来，一挥手抢过了她手中的信，然后把它撕得粉碎，继续吼道：“惩罚我？你凭什么？！你自己又是什么东西？”

刘洪仰起头，目光漫无目的地在屋子里扫了一圈，似乎是由于找不到发泄的目标，他的情绪变得越发癫狂，居然跑到客厅门口，用拳头捶砸着那厚重的防盗门：“你是什么浑蛋……要惩罚我？！你们为什么不惩罚自己！”

林娜此时吓得远远地退在一旁，不敢再说任何话。而刘洪仍没有发泄完，又开始用脚去踢那防盗门。他和林娜一样，醒来时脚上都是光光的，没有鞋袜。此时肉脚与防盗门相撞，虽然力大，也只能发出一些轻微的沉闷声响。

这些轻微的声响却一下一下重重地砸在了林娜的心头。她痛苦而又恐惧地抽泣着，想要上前拉开他可又鼓不起足够的勇气。

好在刘洪终于自己平静了下来。也许是累了，也许是疼了，他停止了向防盗门的踢砸，然后颓然瘫坐在地上。他把脑袋埋在双臂中，肩头微微耸动着，喉咙里闷压着似有似无的呜咽声。

林娜看着不远处的这个男子，眼神中的畏惧渐渐转化出了一些同情。她慢慢地走上前，在对方面前蹲下，伸手轻轻拉了拉他的胳膊。

刘洪先把脑袋在臂弯中蹭了蹭，用衬衫擦去了眼角的泪水。然后他抬起头看着林娜，女孩咬着嘴唇不说话，但目光清澈，令人平静。

刘洪深深地吸了口气，他的情绪看起来已经恢复正常。

“好了，我们不要再互相指责，还是先想办法离开这里吧。”他一边说，一边扶着墙缓缓地站了起来，在这个过程中，他的脸上出现龇牙咧嘴的痛苦表情。

林娜注意到他的右脚因为刚才的癫狂举动已经出现了明显的青肿，不禁关切地问了一句：“你没事吧？”

刘洪摇摇头，他四下观察了片刻，然后一瘸一拐地走进了林娜的房间。

林娜也跟了进来，她首先摸向了墙上的电灯开关，随即失望地嘟囔了一声：“这个屋的灯也不亮。”

“这应该是那个家伙设计好的。”刘洪略想了一会儿，恨恨地说道，“两间屋子里都没有灯，我们就没有办法通过灯光向外界发出求救信号了。”

说话间，刘洪已经来到窗口，他扬手拉开窗帘，露出了一排排密密麻麻的木板。这些木板遮住了窗口的玻璃，完全阻断了屋内外的视线。

“他妈的，他还真把这里的窗户封住了。”刘洪骂骂咧咧地用手去扒拉那些木板，但这显然是徒劳的，这些木板被牢牢地钉在了墙上，纹丝不动。

刘洪很快就放弃了。“去那边看看吧。”他有些丧气地说道。

所谓那边，指的自然就是对面的屋子，也就是一年前那桩惨剧的发生地。这间屋子比林娜的小屋要大一些，屋外便是阳台，只要能到达阳台上，那么两人便足以向外界呼救了。

然而正如那纸条上所说，通往阳台的出口也被安装了厚重的防盗门，并且同样锁得死死的。整套屋子里只有和阳台相邻的那扇窗户还留给被困者一丝希望。

这扇窗户没有被钉上木板，因此透过玻璃可以看见外面的情形。此时正值深夜时分，对面的楼上漆黑一片，林娜在如此境地看到如此的情形，顿时觉得整个世界都毫无生机。

不过很快她又心中一动，颇期待地说道："只要等到天亮，对面楼上的人或许能够看到我们。"

刘洪站在窗后往外眺望了一眼，漠然摇头道："相距太远了，恐怕看不清楚……而且就算有人看到了又怎么样？他们根本不会想到我们是被困在这里。必须想办法到阳台上才行。"他一边说，一边试着用手推了推面前的玻璃。

这是老式的外推窗户，但受力后没有一点松动的感觉。刘洪定睛一看，才发现铁制的窗框都已和深嵌在墙壁中的窗架焊死在一起了，绝无可能用正常的方式打开。

刘洪屈起指关节在玻璃上用力敲了两下，声音沉闷，触感也是既硬且厚，他皱了皱眉头，对身旁的林娜说道："你去找找，看有没有什么坚硬的东西，我们得把这玻璃砸开。"

林娜会意，在屋子里四下搜寻着。片刻后，刘洪便听她在客厅中叫起来："你来看看这个东西行不行？我搬不动。"

刘洪拖着伤脚来到了客厅，只见角落中有个四四方方的东西，竟是一个小小的保险箱。这箱子虽然不大，但通体都是由钨钢合金制成，颇为沉重，刘洪使足力气方才把它抱了起来。林娜见状，主动上来搭了把手，她力气虽然不大，但两个人分担毕竟可以轻松很多。他们一路把箱子抬到了大屋的窗户前，刘洪稍歇了口气，说道："你听我的口令，我数到三的时候，我们就一起把箱子砸到玻璃上。"

林娜点点头，两人慢慢聚起力量，并在"三"字发出的同时奋力将保险箱推了出去，坚硬的箱体撞在窗户上，发出一声闷响，但那玻璃只是微微颤了两下，竟然丝毫未损。

两人撤开一步，躲开了弹回来的保险箱。保险箱落在地上，将木质地板砸出了一道凹槽。

"没用的。"林娜失望至极地摇了摇头，"他没有骗我们，这是钢化玻璃，砸不碎的。"

刘洪的脸色也像死灰一般沉了下来，两人面面相觑了会儿，然后又不约而同地茫然四顾。夜色幽暗，屋子里静悄悄地没有一点声音。一种孤独和恐惧的感觉在这份静谧中弥漫开来，冷飕飕地渗入了他们的肌肤。

信上描述的情形终于如此真实地展现在了他们的面前。残酷的、令人绝望的情形。

林娜只觉得一阵阵的冷汗泛遍了全身。这间封闭的屋子突然间变得闷热，密不透风，几乎令人无法喘息。她舔了舔干涩的嘴唇，用颤抖的声音问刘洪："我们……我们是不是出不去了？"

刘洪没有回答，他扑到床前，拿起了之前被他丢下的那只手机。他用手指在手机上胡乱按了几下，然后气恼地将手机重新摔回了床上。林娜连忙过去把手机拿起，很快她便知道了对方气恼的原因：除了接听按钮之外，手机键盘上其他的键都被焊死了，正如那信上所说的一样。

刘洪忽然又想起了什么，忍着伤脚的疼痛快步扎进了卫生间里。林娜愣了一会儿，放下手机，也惶惶然跟过去。走到门口时，却见刘洪双手撑在水池沿上，正缓缓地转过头来，他眼中泛满血丝，脸上则是一副骇人的绝望神情，一种嘶哑的、非人的声音从他的喉咙里挤了出来："……没有水，他说的每一句话都是真的！这屋子里没有水……他，他是要把我们困死在这里！"

林娜的心猛地一沉，越发觉得胸口憋闷得难受。咽喉之间更是火辣辣的，似乎要冒出烟来。她很清楚刘洪的话意味着什么：在这样一个酷热的盛夏中，如果断了饮水，他们的生命便已处在岌岌可危的悬崖边缘了。

"为什么？"林娜的话语中带出了一丝哭腔，"他为什么要这样？"

"惩罚。"刘洪瞪眼看着林娜，脸上的肌肉抽搐着，"他已经说了，这是惩罚……我的儿子是被活活渴死的，所以我们也要面对同样的苦难。"

"我不是故意的，为什么要这样对我？"林娜流出委屈的泪水，"他到底是什么人？"

刘洪茫然地怔了片刻，忽然问道："你一直都住在这个屋子里吗？"

林娜凄然苦笑了一下，摇头道："怎么可能？出事的当天我就搬走了……你知道，那副场景实在是太可怕了。我只想远远地逃开，永远也不要回来。"

"那你现在怎么会在这里的？"刘洪继续追问。

"我不知道。"林娜再次努力思索着，但还是毫无头绪，"我下班后好像是喝醉了，醒来时就出现在原来住的房间的那张床上。"

刘洪点点头，沉思了片刻，说道："我的记忆也是只到下班之后。我加班走得很晚，离开公司的时候已经是晚上十一点多了。在经过一个地下的过街通道时，我忽然听到身后有急促的脚步声，但还没来得及回头察看，后脑勺就被重重地打了一下，以后的事情我就不记得了……直到你进入那个房间，把我从床下救了出来。我刚才看了手机上的时间，现在是凌晨三点多。这倒是吻合的，我们都没有昏迷太久。”

“这是有预谋的。你看现在的屋子……还有我们的行踪，他一定准备了很久。”林娜抱着自己的肩膀，越想越觉得可怕。她睁大眼睛，颇可怜地看着刘洪，“要不我们再去试试吧，也许多砸几次，那窗户就可以被砸开。”

刘洪断然摇了摇头：“不可能。”话音刚落，他的眼角忽然跳动了一下，又兴奋地说道，“我倒有个主意，或许能有用！”

“什么主意？”林娜急切地问道。刘洪没有回答，他离开卫生间，再次回到了那间大屋中，然后独自将地上的那个保险箱抱了起来，抱到腰间的时候，忽然又一撒手，保险箱重重地砸落在地板上，连两三米开外的林娜都感觉到脚下传来一阵轻微的震动。

“你这是……”

“现在是凌晨三四点。楼下的人一定会受不了的，他会去找物业，或者上来查看。”刘洪一边说，一边把那保险柜重新抱起、摔下，“如果那样的话，我们就有希望获救了！”

“对啊。”林娜恍然大悟。看到对方气喘吁吁的吃力样子，她连忙抢上前，帮忙完成这项繁重的体力劳动。两人一次次地把沉甸甸的保险柜砸在地板上，随之产生一声声的闷响和一阵阵的颤动。

只是保险柜实在是太沉了，七八个回合下来，两人便都已是精疲力竭。林娜更是两臂酸软，再也不能将那柜子搬动分毫。在连续几次努力失败之后，她不得不放弃了，揉着胳膊黯然说道：“不……不行，我实在是……没……没力气了。”

刘洪也把自己放倒在床上，深深地喘了几口气：“歇……歇会儿吧！”

“下面的人，应该听见了吧？”片刻之后，林娜忍不住问了一句。

“除非他真的是个聋子，不可能听不见。”刘洪顿了下，又说，“不过就这几下，下面的人可能忍一忍、骂两句也就算了。要想让他有所行动，我们还得继续砸，砸到他受不了为止！”

林娜点点头，正要再说些什么时，房间里忽然响起了歌曲的声音。因为是在寂静的夜间，这歌曲声显得非常响亮，令屋内的两人都吓了一跳。那是一个稚嫩的童声，在清脆弦乐的伴奏下唱道：“叮叮当，叮叮当，铃儿响叮当……”

这是一首人人都会唱的儿歌，无论是节奏还是歌曲氛围都是非常欢快的。然而这首欢快的歌曲在此时忽然响起，却带出一股无法言喻的诡异感。刘洪和林娜都吓得一震，目光随即向着歌声传来的地方看去。

他们同时看到了那只被扔在床上的手机。

歌曲声中，手机的来电提示灯不停地闪烁着，在黑暗中显得尤为炫目。刘洪“腾”地弹了起来，一把将那手机抢到手里，并且立刻按下了接听键：“喂？！”

“你是刘洪？”一个低沉的男声从话筒中传了出来。由于周围很安静，一旁的林娜也能听见对方的话语。

“你是谁？”刘洪立刻反问了一句。

“你不用管我是谁，因为我根本不打算和你说话。请你把电话交给你身边的那位小姐，林娜。”那个声音低沉的说话者虽然用了一个“请”字，但是口气中丝毫没有商量的意思。

“他妈的，就是你把我们关在这儿？你到底要干什么？”刘洪有些控制不住，激动地叫了起来。

刘洪的叫声止歇之后，对方才又冷冷地说道：“我等十秒，如果我听不到林娜小姐的声音，那我将挂断电话，而且再也不会打过来。”刘洪愣了一下，抬眼看了看林娜。林娜伸出手，轻声但又坚定地说道：“把电话给我吧。”

刘洪悻悻地咽了口唾沫，将电话交到了林娜手中。林娜深吸一口气，稳定住情绪后，对着电话那头的人说了句：“你好，我是林娜。”

对方没有立刻回应，似乎正在思考着什么。屋子里死寂一片，林娜几乎能够听到自己心跳的声音。片刻后，她终于按捺不住，又怯生生地“喂”了一声，几乎与此同时，那个低沉的声音再次响了起来：“你们楼下的那间屋子里没有人的，我建议你们不用再白费力气了。你们只能参加我设定好的游戏。好了，我先讲我的规则，不容违背的规则。第一，所有的电话都要由你——林娜来接听；第二，你只有听我说的权利，没有提问和插话的权利，否则……”听到这里，林娜忍不住问了一句：“你到底是谁？”而她的提问有了立竿见影的效果：对方挂断了电话。林娜徒劳地“喂”了两声，可听筒里传来的只有单调的嘟嘟声。

“他挂断了？”刘洪关注地瞪着林娜，在得到后者肯定的神态后，他抢过电话放在耳边听了一下，随即便懊恼地将电话扔到床上，嘴里嘟囔着：“你不该提问的！你违反了他的规则！他知道我们在干什么，他一定通过某种方法监视着这里。”

刘洪走到窗口，向外看了一会儿，但没有什么发现。

林娜顾不上辩驳，茫然无助地问道：“现在该怎么办？”刘洪烦躁不安地在房间内来回走了几圈，略微冷静了一些，停下脚步看着林娜：“这只是一个警告，他肯定还会打过来的。”

果然，他的话音刚落，那“铃儿响叮当”的歌曲声便再次响了起来。

两人对视了一眼，目光均是既兴奋又忐忑。“你来接！”刘洪拿起电话递到林娜手里，同时郑重其事地嘱咐道，“记住，什么话也不要说，听他的。”林娜点点头，把电话贴在耳边，同时按下了接听键：“喂？”“我只给你一次犯错的机会，如果你再违反规则，你们就永远不会接到我的电话了。”听筒里的那个声音冷冷地说道，“所以，在我说话的时候，你没有开口的权利，你明白了吗？”

“……明白。”林娜回答得非常小声，生怕这句话也会犯了对方的忌讳。

幸好那个人这次并未流露出什么不满，略微的停顿之后，他又开口道：“好了，现在你听我说，听仔细了……”

林娜竖起耳朵，刘洪也努力地把身体凑了过来。

“……你们应该很清楚了，这间屋子是完全封闭的。以你们自己的力量，不可能逃出去。你们必须借助外界的帮助，可是外面的那些人，他们会帮你们吗？一年前，那个孩子处于和你们相同的境地中，然而他最终只能在孤独和恐惧中悲惨地死去。那么，你们的命运又会如何呢？

“和那个孩子一样。你们也会有一些机会，逃生的机会。这些机会能够产生怎样的结果取决于两个方面：外人对你们的关心情况以及你们自己所做的选择。林娜，一年前正是你的错误选择导致了悲剧的发生，所以在今天开始的这场游戏中你将成为主角，所有的选择将由你来做出——这也是我制定的、不容违背的规则之一。

“刘洪，一年前你放弃了照顾老父幼子的义务，所以你被剥夺了选择的权利，在以后发生的事件中，你的行动必须听从林娜的安排。”刘洪瞥了林娜一眼，目光中似有不满却又无可奈何。他舔了舔自己的嘴唇，炎热的天气加上刚才那番剧烈运动早已使他口干舌燥，有限的唾液抹在干裂的嘴唇上，转瞬间便被蒸发殆尽了。

“你们现在一定很渴，是吗？”电话中的男子似乎对二人的窘境了如指掌，他嘲讽似的问了一句，然后又说道，“在这个房间的顶柜中有一小桶水，你们可以很容易地得到它，不过，你们会用这些水来解渴吗？

“屋子的防盗门非常厚实，隔音效果也很好。但我在门脚磨出了一些缝隙，所以那扇门并不能防水。林娜，这就是你面临的第一个选择，该怎么做，由你决定。”

这段话音刚落，电话便被挂断了。林娜和刘洪不约而同地看向了打在房间墙上的顶柜，他们的喉头干涩地咽动着，心底涌起一股对饮水的强烈欲望。

刘洪搬来一张板凳踩了上去。打开柜门之后，他立刻兴奋地低呼了一声：“他没有骗我们，真的有水！”

林娜期待地仰着头，看着刘洪将一小桶水抱了出来。那是市面上经常看到的四升容量的桶装矿泉水，虽然不算很多，但足以解一时之渴了。

“你先接着。”刘洪把水交到林娜手中，目光却瞟着顶柜里面，“这里好像还有些别的东西。”

林娜捧着那桶水，更觉得口舌之间烧得厉害。而此时刘洪抱着一个箱子似的东西跳下了板凳，而他的右手中还抓着一副耳机。

“这是一个……小冰箱？”刘洪先是很随意地把耳机扔到了床上，然后捧着那个箱子看了会儿，猜测道。的确，林娜也看出来了，那就是一个车载的便携式的小冰箱。“这也是那个人留下来的吗？”林娜忽然想到什么，眼神一亮。

“里面是不是有吃的东西？”刘洪连忙打开冰箱门查看，可令人失望的是：冰箱里空空如也，并没有任何东西。他恨恨地把冰箱也摔到了床上：“他妈的，一个空冰箱，有个屁用！”

“先喝水吧，我都快渴死了。”林娜根本没脑子去想冰箱还有没有什么别的用途，她现在正被最原始的生存欲望深深地折磨着。

“不……”刘洪把那桶水抢在手里，贪婪地抚摸了两下，他的眼里闪着一种强烈的欲望冲动，但这冲动很快就被他的理智所控制了。“这桶水不能喝。”他嘶哑着嗓子说道，“我们要靠这桶水从屋子里逃出去。”

“什么？”林娜的脑子有些转不过来，显出莫名其妙的表情。

“你没听他说吗？屋子的门底是可以渗水的，他在提示我们！如果我们把这桶水从那里倒出去，水会漫到门外的楼梯走道上。外面有人看见的话，他会认为这屋子里没有人，屋内发生了水管爆裂或是什么的。只要他通知物业，物业想办法把屋门打开，我们就能得救了！”刘洪一口气说完了这段话，因为兴奋，语气显得非常急促。

林娜恍然大悟，这才明白刚才电话中提到的“选择”是怎么一回事：喝水解渴，还是把水倒出去以换得获救的机会呢？

“如果没有人通知物业，那该怎么办？”林娜心中理所当然地出现了这样的忧虑。

“那不是我们俩能够左右的事情。”刘洪眯起眼睛看着林娜，“我们尽到自己的努力，谋事在人，成事在天。但是，这种机会绝对不能放过。”

林娜的目光却只是盯着那桶水：“那你的意思是……”

“不，我的意思没有用。”刘洪打断了林娜的话，“必须由你来做决定，这是他定下的规则，我们不能违背。”

林娜苦笑了一下，如此艰难的抉择她倒宁愿让对方来做出，可是电话那边的男子又说得很明确。如果违背了他的规则，那么两人将面临失去与外界唯一联络的风险。

“我们……能不能少喝一点……把剩下的水倒出去？”踌躇了片刻后，林娜想出了这么一个似乎可以两全的主意。

刘洪叹息着摇了摇头：“如果渗出去的水太少，那我们的计划就没有意义了。现在天气又这么热，水会蒸发得很快，所以你该明白，我们每喝一口水，获救的希望便会减少一分。而且，如果不能获救，我们喝再多的水都是没用的。因为水总会喝完，我们还会再次面临同样的困境，到那个时候，你就会后悔没有好好利用这次机会了！”

说完这些话，刘洪用期待的目光盯着林娜，等待对方的最后决定。而林娜咬着自己的嘴唇，良久之后，终于点头道："好吧……就把这些水都倒了吧。"

"很好！你做出了一个正确的决定。"刘洪满意地点了点头，"那我们就等早晨上下楼的人比较多的时候把水倒出去。"

林娜转过头，不再去看对方怀中的那桶水，以减弱自己的欲望。她走到床边坐了下来，透过窗户望着外面的世界。

此时天色已经有些微微发白，对面的大楼里也有几间屋子亮起了灯光——早起的人们准备开始新一天的生活了。林娜目光中流露出羡慕的意味，同时她也嗅到了希望的气息。

是的，外面的世界看起来是如此接近，似乎触手可及。自己无论如何也不会就这样困死在屋里吧?

来去自由，这本是一件非常简单的事情，现在却成了林娜心中最美好的愿望。她开始憧憬出去之后，自己会有怎样的愉悦心情，可她的眉宇中又凝着驱不散的忧虑：如果真的出不去，又该怎么办呢?

林娜的思维纷繁无绪地转了片刻，一股倦意慢慢地袭了上来。这也难怪，昨天是星期五，是一周中最疲惫的时刻。本指望能在周末沉沉地睡一觉，没想到却遭遇了这样的离奇事件。一夜的惊魂之后，她已有些心力交瘁了。

林娜把身体倚在床头的靠背上，闭起了眼睛。她原本只是想稍稍休息一会儿，可片刻后，她的意识渐渐模糊，进入了半睡眠的状态。就这么迷迷糊糊的，思绪如天马行空般胡乱飘荡。恍惚中，林娜似乎看到了自己的父亲，父亲躺在床上，形容枯槁。他拉着自己的手，正在说些什么时，却又忽然变成了另外一个人，一个老人。

林娜当然认识，那就是合租在自己对门的老人。在老人生前，林娜似乎从未和他打过任何交道，她甚至连对方姓什么都不知道。是的，她每天上班、下班，这间房子只是她休息落脚的地方而已。每天当她回到这屋子里的时候，早已是疲惫不堪的状态，她实在没有心情去关心对门那与自己毫无共同语言的祖孙俩。

可那祖孙二人注定要永远存在于她的精神世界中。

"不要管别人的事情。"父亲刚刚说完这样的话，那个老人便取而代之，他用浑浊的双眼死死地盯着林娜，用毫无生气的声音问道："你为什么不管我们？"

林娜想要离开，但她的手腕被对方干枯如树枝般的五指紧紧地攥着。那五指开始渐渐腐烂，并且开始沿着胳膊向上蔓延，很快就泛遍了全身。

老人变成了一具腐尸，正如一年前那屋门最终被打开之后，林娜在床上看到的情形一样。

当然对于林娜来说，更加可怕的还是那哭声。男童的哭声。

哭声在她身后响了起来。林娜转过头，看见那个孩子趴在门后，一边哭一边用手拍打着门板。可是他太弱小了，只能发出很微弱的声音。然后男孩转过了头，与林娜对视着，两只眼睛又大又黑，却没有任何生命的神采，有的只是令人毛骨悚然的绝望和恐惧。

林娜被这目光刺出了一身的冷汗，她的躯体剧烈地抖动了一下，从恍惚的梦境中惊醒过来。

天色已经大亮了。林娜站起身转头四顾，发现刘洪并不在这间屋里。她连忙来到客厅中，看到了一幅非常诡异的画面。

刘洪正半趴在客厅的门边，歪着脑袋，左半边脸颊完全贴在地面上，屁股却撅得老高，像是一只被人踩过一脚的蛤蟆。他保持着这样的姿势，一动也不动，甚至连眼睛都睁得圆圆的，许久也不眨一下。

"你在干什么？"林娜被对方的这副怪模样搞得有些愕然，她一边凑上前，一边怯怯地问了一句。

刘洪没有立即回答，只是看了看握在右掌中的那只手机。片刻后他直起身半跪在地上，胡乱擦了擦脸颊上的灰土，说道："刚才的五分钟有四个人从楼梯口经过——是时候把水倒出去了。"

林娜这才了然：原来他是在伏地倾听门外的脚步声。在厚重防盗门的阻隔下，这确实是唯一可行的了解外界动静的方法。

那桶水正放在门边，刘洪撕开桶口部的塑封，打开塞子，然后将水桶捧了起来。林娜此时也蹲了过去，目不转睛地盯着对方的一举一动。

刘洪倾过水桶，清澈的水柱从桶口挂了下来，浇在防盗门的底部。

那里虽然看似严密，但终究无法阻止水流向门外漫渗而去。水柱泛着晶莹的波光，那汩汩的水声更是透出无限的诱惑力。刘洪和林娜全都不由自主地舔了舔干涩的嘴唇，尽力压抑住心中对于饮水的强烈渴望。很快一桶水便见了底，这些水绝大部分都随地势渗到了门外，应该能在楼道里形成一片较大的水洼。

“好了。现在得乞求老天保佑，能有个热心肠的人经过这里，看到外面的积水。”刘洪把手里的空水桶扔在一边，然后又半趴在地上，摆出了倾听的姿势。

林娜盯着那水桶犹豫了片刻，见刘洪正背对着自己，终于忍不住把水桶捡了起来。她将水桶高高举过头顶，桶口冲下悬了一会儿后，一些残留的水滴落下来，稍稍浸润了一下她的口舌。

“有人过来了！”刘洪忽然转身回头，兴奋地嚷了一句。林娜正用舌头去舔悬挂在桶口的最后半滴水，见对方看向自己，连忙停止了动作，脸色羞得通红。

不过刘洪倒没有太过在意，他只是“嘿”地干笑了一声，然后又忙不迭地俯下身去，关注着门外的动静。

林娜不好意思做出如对方一样的姿势，只能凑到一旁关切地询问：“情况怎么样？”

刘洪把食指搭在嘴边，做出个噤声的手势。林娜屏住呼吸等待了一会儿，却见刘洪起身失望地摇着头：“他停了一会儿——可是很快就上楼去了。”

“上楼？那他就是回家去了……”林娜的心一凉，这个人显然并未对楼道中漫延的水产生太大的关注。

“没关系，还会有别人看见的。”刘洪宽慰了对方两句，再次匍匐在了防盗门边。这回等了有一分多钟，他的眼神忽然兴奋地闪动了一下，显然是外面又有了动静。

“有人来了吗？”林娜连忙问道。不过这次并不需要刘洪回话，答案就已然显而易见了。

因为叮咚的门铃声在屋内响了起来。

“外面的人发现不对了！”刘洪“腾地”爬了起来，然后他扑到门边，大声喊着，“喂！救救我们，我们被锁在屋里了！”

林娜也回过神来，和着对方的声音呼喊：“救命！救救我们！”然而门外却没有任何回应，只听见门铃在屋内又继续响了两三声。刘洪忽然沮丧地摇了摇头，苦笑道：“别喊了，没有用的，他说过，这是隔音的门，外面的人根本听不见。”门铃声此时也停了下来，林娜意识到什么，惶然问道：“他是不是走了？”

刘洪没有回答，他倚着铁门坐在了地上，闭着眼睛，一副听天由命的无奈表情。

“别走，救救我们！”林娜用力拍打着防盗门，虽然明知叫喊是徒劳的，但她还是控制不住自己的声音。

防盗门是如此厚实，那皮肉撞击的轻微声响根本不可能传到外界去。

“他会不会去找物业了？”林娜沉默了片刻，忽然又充满希冀地问道。

“谁知道呢？”刘洪睁开眼睛，长长地轻叹了一声，“反正我们只能在这里等着。我们可以选择，却决定不了自己的命运。我们的命运被外面那些素不相识的人掌握着，这就是他制定的游戏规则。”

“那就等着吧。”林娜也颓然坐了下来，两人背靠着防盗门，谁也没有心情再多说些什么。

时间慢慢流逝，不知又有几个人从一门之隔的楼道间经过。毫无疑问，他们都将看到那片水洼，他们或许会诧异，或许会担忧，没准还有人会觉得气愤，但是会有人伸出援助之手吗？

至少刘洪和林娜始终没有等到这样一个人出现。

“哼。”刘洪终于用一声冷笑打破了沉默的气氛，“没戏了，不会有人来救我们了。”

林娜眼中也闪过一丝绝望的情绪，但她又不甘心地辩解道：“也许已经有人通知物业了，只是物业暂时没时间过来查看。”

“即使是这样，也没有什么意义。”刘洪黯然摇着头，“因为外面的水差不多快干了。物业过来，会认为屋子里的人已经解决了问题，他们没有必要再打开屋子查看。”

林娜一愣，她扭头看了看门边的地面，的确，残留在屋内的水渍已经干涸了，门外的情况想必也差不多。

“这么快就干了？”林娜失望地叫了一声，同时用非常明显的抱怨的口气嘟囔道，“我们根本不应该把水都倒了。这没有什么用的！时间太短了，根本不会有人来救我们出去！”

林娜的这番话似乎点燃了刘洪抑郁的情绪，他立刻硬邦邦地顶了一句：“是的，没人来救我们，你说得很对，也只有你能想到这一点！因为那些人都和你一样，对别人家的事情根本就漠不关心，所有的人都和你一样！”

林娜愕然愣了一会儿，凄然一笑：“我知道你会恨我的。你儿子的死，你终究会认为有我的责任。”

刘洪铁青着脸不说话。

林娜双臂环抱着自己的膝盖，低下头去，把半个脸埋在了臂弯中。她的目光看向侧前方，神色游离，显然是想起了其他的一些事情。晶莹的泪水在她眼眶中打着转，但她似乎在控制着自己的情绪，努力不让泪水滑落下来。

屋子里陷入了一片沉寂，只听见刘洪气呼呼的粗重的呼吸声。良久之后，林娜的思绪似乎收了回来，她用手肘在眼角擦了擦，然后轻声说道：“我上小学的时候，父亲就去世了，在临死之前，父亲只嘱咐过我一句话。他说，‘娜娜，不要去管别人的事情，因为在这个世界上，没有其他人会管你’。”

刘洪一怔，他没想到林娜会有这么一段凄凉的身世，也想不通对方的父亲为什么会留下这样的遗言。他凝起目光看向身边的这个女孩，神色间多了几分关注。

林娜却看也不看他一眼，像是一点都不关心对方的情绪变化，只是自顾自地，用一种平淡却又略带凄凉的语气继续说道：“我父亲是个好人，所有的人都这么说他。在我小的时候，他也非常疼爱我，我觉得自己拥有一个世界上最好的父亲。那时候父亲总是对我说，要做一个热心肠的人，看见别人有困难了，都应该去帮助他，因为好人总有好报的。嘀，可是后来呢？事情却和他想的完全不一样。”

说到这里，林娜的鼻子有些发酸，眼眶又一次红了起来，她深深地吸了口气，抑制住心中的情绪波动，接着说道：“在我九岁的时候，那年夏天，父亲下班经过一片河滩，看见有个小男孩在河水中挣扎呼救。他连衣服也没有脱，一头便扎进了河水里。谁知道那河水只有半米多高，父亲的头部重重地撞在了河床上，当时便昏死过去，虽然医院全力抢救，但还是落了个全身瘫痪。

“那个呼救的小男孩原来只是在搞恶作剧。他父母带着他来医院看过一次，后来便再也没有出现过。我们无力支付高额的医疗费，花光了家中所有的积蓄后，只能放弃治疗。父亲挨了不到一年，就去世了。”

“怎么会这样？”刘洪有些动容，“就没有人帮帮你们吗？”

“没有人，一个人也没有。”林娜的语调冷得像冰一样，“我母亲向见义勇为基金会申请过援助，可他们却说，我父亲没有救人，算不上见义勇为。”

刘洪叹息了一声，一时不知该说些什么。他可以想象林娜父亲临死前的心境——一个热心肠的好人却被残酷的社会所抛弃，难怪他会给林娜留下那样一段遗言。

林娜的思绪又飘回到一年之前，她的声音变得有些颤抖：“那些天的晚上，有时我会听到哭声……可我不知道发生了什么——白天我都在上班，等我很晚回来的时候，那个房间通常都是锁着的。我只是一个女孩，一个人在外面，我只想要保护好我自己……”

刘洪仰头长叹一声。“算了，不说这些了……”林娜咬了咬嘴唇，泪水终于从脸颊上滚落，“不管你能不能原谅我，我还是很想……很想对你说声对不起。”哽咽着说完这些之后，林娜起身回到了自己的房间，疲惫地仰面躺倒在床上，许久也不想再动一下。

刘洪则始终背靠着防盗门而坐，怔怔地不知在想些什么。这种尴尬的气氛持续了很长时间，直到那“铃儿响叮当”的手机来电声再次在屋内响起。这声音立刻牵动了两人的神经，使他们同时一震。

“快，快接电话！”刘洪拿起手机冲进林娜的房间，忙不迭地招呼着。

在困境面前，之前的那点不愉快自然被远远抛在了脑后。林娜从床上弹了起来，迎上前接过手机，迅速按下了接听键。

“不要有任何插话，听我说。”电话那头的男子首先再一次强调了自己的“规则”，随即他沉默了片刻才又慢条斯理地说道，“看起来你们第一次脱困的计划进行得并不顺利。不过，你们仍有其他的机会。大屋对面楼上的一个男子有窥视别人隐私的癖好。现在是周末的上午，这正是他喜欢活动的时间。如果你们出现在窗口，他有可能会看见你们。当然，你们看不到他，只能通过其他方式来了解他的动向。在他的望远镜里我设法安装了一个窃听器，如果你们戴上顶柜中的那只耳机并且打开开关，就可以听见从那个窃听器里传来的信号。接下来的事情该怎么做，仍然由你来决定，林娜。”

话音甫落，对方即挂断了电话。林娜把手机收好，睁大眼睛问刘洪：“你听见他的话了吗？”

刘洪点头沉吟着：“有人能从窗口看见我们……那我们该怎么办？”

“先看看那个耳机是不是能用。”林娜一边说着，一边向对面的大屋走去，刘洪也紧跟在她的身后。进了大屋之后，却见那个耳机正被扔在床上。林娜拿起耳机却不太会摆弄，于是又交到刘洪手中：“你看看，这个东西该怎么打开？”

刘洪找到旋钮轻轻拧开，然后把耳机戴上听了一会儿。

“有呼吸的声音，他正在使用那个望远镜！”刘洪兴奋地说着，摘下耳机递给林娜，“你听听看，是不是？”说话间，他已凑到了窗户边，凝目向对面楼上眺望着。

林娜也戴上耳机静静地听了会儿，点头道：“……是有一些声音，可不知他会不会真的看见我们。”

“哎，看这里，我们在这里！”刘洪在窗前挥舞着双臂，声嘶力竭地叫喊着，当然，他的这些举动只会带来一些心理上的安慰，并不能起到任何实际效果。

林娜也踱到了窗前，茫然地看着对面的楼宇。那个窥视者会在哪个房间里呢？他的目光又在看向何处？现在是上午，东升的阳光正好能够从这扇窗户射进来，所以对那个躲在暗处的人来说，此时应该是最好的偷窥时机吧。

两人就这样在窗口伫立着，怀着一种希望被偷窥者关注到的不正常的心态。

片刻之后，林娜忽然脸色一红，轻声低呼道：“他……他好像是看到我了。”

刘洪连忙转头看着她：“你怎么知道？”

“他在自言自语，说着一些……一些下流的话……”林娜神色忸怩，用手紧捂着耳机，似乎是不想让对方听见耳机中传出的声音。

刘洪略微一怔，随即便明白了过来。对于那些偷窥者来说，一边看着对面楼上的漂亮女孩，一边说出一些污言秽语，可能便是他们的爱好所在吧。

“这个变态！”刘洪恨恨地咒骂了一句，用手砸着玻璃，高声嚷道，“别他妈瞎看了，快想办法把我们弄出去！”

“你这样没用的。”林娜苦笑了一下，伸手拉了拉刘洪的胳膊，“别敲了，他在骂你呢。”

“骂我？”刘洪无奈地咧了咧嘴。的确，对方根本不会明白自己的意思，看着自己这样的举动，多半会骂诸如“傻逼”一类的话语来。

刘洪黯然摇了摇头：“我们无法让他明白这里的困境，他只会像看杂耍一样地偷窥我们，他根本不会帮我们脱困的。”林娜沉默了片刻，忽然说道：“我有办法。”

“什么办法？”

“你打我。”林娜非常认真地看着刘洪，“你狠狠地打我。”

刘洪明白了对方的意思，不过他皱了皱眉头：“不……我从没有打过女人。”

“你必须打我——如果他报警了，我们就有可能获救，我们不能错过这个机会。”林娜的眼神中闪着急切而又坚定的光芒。

刘洪抬起手，在空中停留犹豫了一阵后，终于落了下来，不疼不痒地扇在了林娜的脸上。

林娜听见耳机中传来一声“我靠”，不过那语气却明显带着幸灾乐祸的成分。

“太轻了！”林娜着急地看着刘洪，“你得使劲打，往死里打，打得让那个人害怕才行！”

刘洪把手高高举起，酝酿片刻后又放了下来：“不行，我下不了手。”

“你这个蠢货。”林娜的眼神开始变化，语气也凶狠起来，“就像你爸爸和你儿子一样，你们祖孙三口，全都是一个货色，十足的蠢货！”

刘洪惊愕地怔住：“你说什么？”

“我说你们都是蠢货！”林娜继续恶毒地辱骂道，“他们俩活该死在这里，你什么都做不了，只能在这里陪葬！”

不管是真是假，这些话还是尖锐地刺中了刘洪心底的痛处，他的脑门一阵阵地发热，瞪大了眼睛看着对方。

“你打我啊！蠢货！”林娜一边嘶喊着，一边甩起手，狠狠地抽在了刘洪的面颊上。这一巴掌让后者彻底爆发了，他咆哮着，反手一掌，把林娜打了一个趔趄，险些跌倒。

林娜顾不得脸上火辣辣的疼痛，她退到窗户边和对方瞪视着：“他们的死全都怪你！你是个不孝儿子，更是个混账父亲！”

刘洪发出野兽一般的呜咽声，他红着双眼抢上前，左手扼住了林娜的脖子，右手劈头盖脸地打了下来。林娜也不甘示弱，她一边咒骂着，一边手足并用地与对方厮打成一团。

刘洪很快占据了绝对的上风，林娜放弃了反抗，虚弱地倚靠在窗户上。

刘洪停止了殴打，但左手仍不放松，他逼视着对方的双眼，用极度愤恨和痛苦的语调说道：“那不是我的错……”

“都是你的错……”由于被扼住了脖子，林娜说话变得非常艰难，可她的态度没有丝毫的转变，“是……是你害死了……自己的儿子……”

刘洪咬着牙，脸上现出骇人的表情，他左手上的力道越来越大。林娜剧烈地咳嗽了两下，已经无法再说出话来，她秀丽的脸庞憋得通红，圆睁着的双眼中透出深深的无助和恐惧。

片刻之后，两行清亮的泪水从林娜的眼角滑落了下来。

刘洪蓦然一惊，这才想起把手松开。林娜早已支撑不住，立刻软软地瘫倒在了地上。

刘洪连忙跪在林娜身旁，将她的上身扶抱在自己怀中：“林娜……你没事吧？”

林娜闭着眼睛，泪水仍在涌出。喘息片刻之后，她痛苦地摇了摇头：“不，我没事……只是……只是我们仍然出不去，他……不会帮我们……”

即使刚才厮打最激烈的时候，林娜也总是腾出一只手来扶着耳机，她显然是听到了些什么。

刘洪拿过耳机自己戴上，听了一会儿后，他微微皱起眉头：“没有声音了？”

林娜凄然一笑，真正让她绝望落泪的正是不久前耳机中传过来的那段对话。

首先是那个男子的惊叹声：“我靠，玩真的啊，这会出人命的！”随即有个女人被吸引了过来：“你这个变态，又偷窥什么呢？”

“快看快看，打得可热闹了！”

“干什么呢这是？”此时应该是女人接过了望远镜。

“太过分了吧！要不要报警？”

“报个屁！人家两口子的事，你掺和什么？你是不是心疼那个小美女了？”女人的话语中带着明显的醋味。

“你这扯到哪儿去了。”

“行了吧，望远镜我给你收着，不许你再这么瞎看了。”

刘洪听完林娜的讲述，神情也非常沮丧：“望远镜被那个女人拿走了吗？”

林娜无力地点点头：“所以这个方法也行不通了。”

刘洪仰起头“呵”了一声，很难分辨是苦笑还是轻叹。然后他关切地看着林娜：“你怎么样了？我没伤着你吧？”

林娜脖子上的扼痕还没有消除，脸颊也明显地肿了起来，不过她似乎并不在意这些。轻轻地摇了摇头后，她忽然意识到自己正半躺在一个男人的怀里。

她一下子羞红了脸，挣扎着坐起身，同时把刘洪推开：“我没事。”

刘洪也觉得有些尴尬，他往后退了退，在距离林娜不远的地方坐了下来。刚才那番真假难辨的争吵和厮打使两人都耗费了不少体力，再加上已有大半天的时间没有好好休息过，且又滴水未进，两人的身体状况此时都已到了崩溃的边缘。刘洪喘息了片刻后，索性一仰身躺倒在了地上，而林娜顾及仪态，只能上半身靠在墙壁上，保持着半躺的姿态。

许久之后，两人气息略定，却听刘洪忽然没头没脑地问了一句：“你说的不是真心话吧？”

“什么？”林娜一时没明白对方指的是什么。

“你刚才说，我们祖孙三人……都是……都是蠢货……”刘洪很勉强地把这句话说了出来。

林娜摇摇头："那是我故意气你的。"

刘洪露出释然的表情，沉默片刻后，他又说道："你见过我儿子的吧，他可聪明了。"

"偶尔能见着，没有……没有什么接触。"林娜说话的时候仍然显得很疲惫。

"他非常聪明，比其他的孩子都聪明，如果他长大了，一定会比我强很多。"刘洪出神地看着天花板。在说这些话的时候，他像所有的父亲一样带着一种不容置疑的自豪感，然而在此时的情境中，这种自豪感却又伴随着难以摆脱的强烈辛酸。

林娜沉默了片刻，有个问题一直以来困扰了她很久，现在她终于忍不住问了出来："你……你为什么会把老人和孩子留在这里？"

刘洪闭上眼睛摇了摇头，神情显得非常痛苦。踌躇了许久，他才答道："怎么说呢？我曾经很有钱，可后来我投资失败，欠了许多债。我老婆跟别人走了，把孩子留给了我……我在外面玩命工作，实在是没有时间，也没有精力……"

话还没有说完，刘洪便深深吸了口气，不堪再继续下去。林娜幽幽地叹了句："大家都有各自的难处……"然后便不再多说什么，屋子里又陷入了寂静。

此时已近中午，外面的阳光愈加强烈，屋中的气温也越来越高。两人虽然静静地待着不动，仍然觉得燥热无比。由于身体缺水，他们的汗液分泌得很少，热量蓄积在体内难以排出，这样的感觉尤其难受。

林娜身子毕竟要虚弱一些，渐渐地她有些扛不住了，虚弱地闭上眼睛，神志也变得有些混乱，也不知是要睡过去还是将陷入一种半昏迷的状态。

"坚持住，林娜！"恍惚中，她听见刘洪的声音在呼唤自己，"我们还有机会的！"

机会！这两个字所蕴含的意义给林娜注入了一剂强心针，她努力睁开眼睛："什么机会？"

"我忽然想到了——"刘洪从地上爬起来，他的语气有些兴奋，"那个保险柜，还有冰箱，这都是机会！"

林娜茫然地看着刘洪，不明白对方的意思。

“这些都是他留下来的东西，每一样东西都是一次逃脱的机会。那桶水，还有那个耳机，都是！所以我们还有机会的，至少两次！”刘洪一边解释，一边走到床前把那个小冰箱抱了起来，打量琢磨了片刻后，自言自语道，“可这个冰箱又有什么用呢？”

林娜却把目光看向了地板上的那个保险柜，若有所思地说道：“也许我们该想想办法，把保险柜打开，里面说不定藏着什么重要的东西。”

“对对对！”刘洪扔掉冰箱，又跪在地上研究起那个保险柜来。不过他很快就失望了。

“这是六位的密码锁，一共有一百万种密码组合。如果不知道密码，怎么可能打得开？”他指着柜门上的几个转盘向凑到近前的林娜解释道。

“他既然把保险柜留下了，那一定也会留下密码的。”略加思索之后，林娜做出了这个推测。

“很有道理！否则他何必多此一举？”刘洪先是赞许地看了林娜一眼，随即又皱起眉头，“可是这密码会藏在哪里呢？”

“肯定是个很难发现的地方。如果很容易找到，他就用不着把东西锁在保险柜里了。”林娜继续分析着，忽然，她的目光一动，“或者——”

林娜转过头，看向了床上的那只手机。刘洪立刻明白了她的意思：或者那人会通过电话的方式把密码告诉他们。

“他会再打过来的。我们一直在遵守他的规则，这个游戏还没有结束。”刘洪喃喃地说着，像是在安慰自己。

似乎要刻意附和刘洪的话语，手机的来电乐曲声便在此刻真的响了起来。

“叮叮当，叮叮当，铃儿响叮当。”

林娜连忙站起身，走上前接听了手机，她没有说任何话，在对方的“规则”面前，她只能无条件地顺从。

“你们再次失败了，虽然林娜做出了正确的选择，可你们遇见的人不愿意帮助你们。”电话那头的男人用低沉的声音说道，“我早已说过，你们要想成功脱困，第一是林娜的选择必须正确，第二是外界的人必须给你们真正热心的帮助。这两个条件缺一不可。你们已经失败了两次，不过，仍有机会。这机会正被你握在手里，林娜。”

林娜一怔，手里？自己的手里有什么呢？

男子继续给出了答案：“手机，你此时使用的手机中藏着你们这一次的机会。手机的号码键盘已经被焊死了，所以你无法拨出电话，但这并不绝对——我对这个手机进行了一个小小的设置，只要长按住接听键，相应程序便会从本机的号码簿中随机选择一个拨出去。这个手机中一共存了五百多个号码，全都是我胡乱输进去的，我自己也不知道这些号码的主人是谁。所以，当你拨通之后，谁也无法预料电话那边会出现一个什么样的人。我得提醒你，这个手机卡虽然接听是免费的，但卡中残余的费用却只能支持一分钟的主叫通话，在这一分钟之内，如果你能劝服对方帮助你们，那你们的前景就会变得非常乐观了。祝你好运，林娜！”

同前几次一样，男子自顾自说完之后便挂断了电话。林娜把手机从耳边挪到眼前，长时间地凝视着，兴奋的神情中又夹杂着一丝彷徨。

“一分钟？一分钟能说清楚什么？”刘洪缓缓地摇着头，“更何况对方还是个身份不明的陌生人……不直接把电话挂断就算好事了。”

“所以我们一定要想好，怎么利用这一分钟。”林娜长长地嘘了一口气，然后沉吟道，“该如何与对方沟通，说些什么内容？”

刘洪没有说话，他像林娜一样蹙起眉头凝思起来。毫无疑问，两人面临的是一个非常棘手的难题。要知道，他们正在经历的事情是如此荒谬，即便是林娜自己都尚未完全搞明白，又怎能在短短一分钟的时间里向一个陌生人解释清楚呢？

片刻之后，刘洪似乎有了一些想法，他挥了挥手说道：“不用和对方沟通，因为你根本解释不了任何事情。你只要让对方帮我们报警就行。”

林娜苦笑：“可人家会搭理我吗？一个莫名其妙的电话……”刘洪无奈地咧了咧嘴：“乞求老天保佑我们吧。”

沉默良久之后，林娜点了点头：“也只能这样了。”她的右手紧紧地攥着那只手机，手心中渗出了许多汗水。

“想得差不多了，那就赶紧打吧。”刘洪搜集起口中残存不多的唾沫艰难地咽了下去，抱怨道，“我实在是无法忍受了。”

林娜用左手顶着额头，踌躇着："再等一等……"然后她又陷入了长时间的紧张思索中。刘洪只能静静地待在一旁，急切地等待着。

终于，林娜蓄积起了足够的信心和勇气，她抬起头，重重地吐出一口气，看着刘洪说道："好了，我开始打了。"

刘洪紧张地屏住了气息，目不转睛地盯着林娜的右手。稍事酝酿之后，那个柔嫩的拇指长按在了手机的接听键上。

大约五秒之后，手机中传出了一连串拨号的声音。林娜和刘洪的心同时跟着这声音怦怦地跳动起来。他们知道，手机内部的程序已经做出了选择，而这次完全随机性的选择却有可能对他们的命运产生重大的影响。

这个电话会拨往何方呢？会是一个什么样的人来接听？他是一个热心肠吗？或者如其他大多数人一样，对别人的事情根本就漠不关心？

这些答案都将在接下来的几秒之内揭晓。

拨号声过后，振铃响了有五六下，然后电话被接通了。

"喂？"听筒里传来的是一个女人的声音。

"请救救我们，我们现在很危险！"按照事先的思路，林娜立即用急促而又恳切的语气说道。

"你是谁？"虽然充满了狐疑，但对方说话的语气却很平和，听起来像是个有着良好涵养的中年女性。这使得林娜感觉到希望增大了许多。

"你不认识我的，可我需要你的帮助，请帮我们报警，求求你了！"

"我帮你们报警？"女人越发奇怪了，"你为什么自己不打110？"

"我的电话没法打，我现在解释不了。求求你，记下我说的地址，让警察来救我们。"林娜急速地，几乎是毫不喘气地一口气说完了这些。可是她的话却并没有收到预期的效果。

"对不起，我现在很忙，而且我手边也没有笔……你还是找别人吧。"对方显露出要结束通话的意思。

"不，别挂电话，别挂！……求求你了！"林娜悲声哀求道，因为又急又怕，她的话语中带出了明显的哭腔。这一点似乎打动了对方，后者犹豫了一下，问道："究竟是怎么回事？你被绑架了吗？"

刘洪冲着林娜焦急地做着手势，示意时间已经不多了。

"我没时间解释！"林娜用类似哭喊的声音说道，"请你记下来，我们在公林新村18号楼502，让警察来救我们！"

"你等等，公林新村多少？"对方终于接着林娜的话茬问了一句，然而就在这个时候，听筒中传来嘟的一声，通话被切断了。

"对不起，你的余额不足，请充值。"系统的提示语随之响起，那冷冰冰的电脑语音听来是如此残酷无情。

林娜心中一凉，怔怔地看着手中的电话，脸上露出极度沮丧的表情。刘洪更是气恼地骂出了粗口："他妈的！"

不过手机的来电铃声却又紧接着响了起来。

林娜来不及细想便接通了电话，静待那个神秘男子的下文。

"喂，你还在吗？"出乎林娜的预料，听筒里传来的却是刚才那个女人的声音。

"在在在！"林娜又惊又喜，"你怎么打回来的？"

"我用了回拨功能。"对方说道，"刚才那个地址我没听清楚，你能再说一遍吗？"

林娜脑子一动，追问了一句："那你能看到这个电话号码吗？"

对方似乎正在查看，片刻之后，她回答说："看不到……这个有些奇怪，屏幕上显示的是'来电'两个字。"

"他做了手脚，屏蔽了本机的号码显示。"刘洪在一旁恨恨地插了一句。

林娜失望地轻叹了一声，如果能知道这个电话号码，让自己的熟人或者警方打过来，那局面又会有所不同。可现在只能把所有的希望都寄托在这位不知姓名的女士身上了，幸运的是，这位女士多少显示出了要帮助他们的意愿，而且把电话打了回来，双方通话的时间便宽裕多了。

"我们在公林新村18号楼502，请你记一下吧，让警察赶快来救我们。"林娜把地址又重复了一遍。

"嗯……"对面的女士似乎做了一些记录，然后她又问道，"这到底是怎么回事？"

林娜把大概的情况讲述了一遍，女士听完之后显得更加诧异。"这简直是太离奇了。"她在电话那边说道，"我很难相信这是真的。"

"我也觉得不可思议，可这的确发生了，请你一定要相信我，我根本没有必要骗你。"林娜焦急万分地解释着，如果那个女士能看见的话，她甚至有可能跪倒在对方面前。

“那我先帮你们报警。”女士犹豫了一会儿，又补充道，“如果你们在恶作剧的话，现在收手还来得及。”

“绝对不是，请帮我们报警，谢谢你了！”林娜用极为坚定的口吻说道。

“好吧。我这就打110。”

在林娜一迭声的感谢之中，对方挂断了电话。林娜如释重负地看着刘洪，她一时无法控制激动的情绪，竟喜极而泣。

“好了，哭什么？我们能得救了！”刘洪扶着林娜的双肩，兴奋地摇晃了两下。

林娜一副恍然的表情，似乎还不敢相信这一切都是真的。刘洪一翻身，自顾自地躺倒在了床上，当他稍微冷静一些后，便问林娜：“想想吧，你出去之后第一件事要干什么？”

“我……”林娜的思绪飘忽了一会儿，这才答道，“我想洗个澡，身上太难受了。”

“哈哈，女人就是女人，都这个份儿上了，首先想到的居然是要洗澡。”刘洪笑着说道，“照我说，咱们应该先去好好撮一顿，海吃海喝——怎么样？我请你吧，旁边不是有一家凤鸣楼吗？我们就去那里！”

凤鸣楼是市内最高档的连锁酒楼，可林娜听到这个名字后，却疑惑地眨了眨眼睛：“凤鸣楼？这旁边哪有凤鸣楼？”

“小区外面不就是吗？在屋里都能看到的。”刘洪用手指了指窗户，或许是太疲惫了，他懒懒地躺在床上舍不得起来。

林娜皱着眉头走到窗前，向外面眺望着。果然，在小区南面的不远处，马路边立着一座富丽堂皇的建筑，三个硕大的金字招牌在下午的阳光下熠熠生辉：凤鸣楼。

林娜愕然一怔：“这……这不对啊！”

“怎么了？”刘洪听出林娜的声音有些异样，这才坐起身追问了一句。

林娜没有回答，只是急匆匆转身向着对面的小房间而去。在这个过程中，她的神情已变得极为严峻。刘洪意识到有些不妙，连忙下床快步跟了上去。

小房间的窗户虽然被木板钉得严严实实的，但木板相接的地方难免有不甚严密的缝隙。林娜眯起眼睛透过那些缝隙向窗外张望了片刻，然后她回过头来，用绝望的声音说道："我们上当了，这里不是公林新村！"

"什么？"刘洪也把眼睛贴到了缝隙上，一边看一边问，"那这是什么地方？"

"我不知道，我根本没来过这里！这不是我以前住的屋子，这些家具、这些布置都是他模仿出来的……"林娜瞪大眼睛看着刘洪，恨不能在瞬间把自己的发现全都传递给对方。

刘洪也的确明白了林娜的意思，他沉吟着恍然自语："难怪他要把这个窗户封上……因为你熟悉这边的场景，他骗了我们……"

"现在该怎么办？警察会找不到我们的！"面对这突如其来的变故，林娜显得有些慌乱无措。

"不要急。"刘洪要稍微冷静一些，"那个女人还会打电话过来的，你快想想，怎么向她解释。"

然而林娜并没有时间细细去思考，因为手机铃声此刻已经响了起来。

林娜看了看来电显示屏，正是刚才那位女士打来的号码。她连忙按下了接听键，还没来得及说话，对方愠怒的声音便传了过来："我刚刚被110的警察教育了一顿，你觉得这样很有意思吗？"

"对不起，是我把地址搞错了。"林娜慌不迭插话道。

"好啊，那你倒说说看，你到底在哪里？"女士的语气仍然很不友好，听得出来正强压着怨气。

"我……我也不知道。"林娜一时间不知该如何回答，张口结舌了一会儿之后，才又说道，"对了，在小区门口，有一家凤鸣楼……"

"行了！"对方打断了林娜的话语，"我很忙的，没时间听你胡扯，再见。"

听筒中传来嘟嘟的声音，对方显然已经挂机。林娜茫然无助地看着刘洪："她挂了……她还会不会再打过来？"

刘洪铁青着脸，他的神情已经做了最好的回答。勉强压抑了片刻后，他心中的愤懑终于爆发了。

"浑蛋，她以为自己是个什么东西？！"他挥舞双臂咆哮着，"忙忙忙！全他妈的是借口，她根本就是不相信我们！总有一天她也会像我们一样，尝到这种被人抛弃的滋味！”

“都是我的错，是我没处理好……”不知是被刘洪吓着了还是出于自责，或者是再次陷入了绝望的情绪，林娜开始发出轻轻的啜泣声。刘洪此时却冷静了下来，他控制住情绪，把手轻轻搭在对方的肩头劝慰道：“别哭了，这不怪你，你也只能做到这样……”

林娜忽然抱住刘洪，放声地痛哭起来。后者轻轻揽住对方：“别哭，我们还活着呢，我们还有机会，相信我，一定还有机会的。”

良久之后，林娜的哭声渐渐止歇，她离开刘洪的怀抱，一边擦着眼角的泪痕，一边颤声说了句：“我好累。”

刘洪发出一声轻轻的叹息，说道：“累，就去睡会儿吧。”

林娜点点头，走到自己的床前躺了下来。那只手机被她紧紧地攥在手中，手机里残存着她最后的希望。

刘洪退到了对面的大房间里。他也早已疲惫不堪了，在那张大床上躺下后不久，他便紧跟着林娜一同进入了睡眠的状态。

两人这一觉一直睡到了夜里。把他们从昏睡状态唤醒的正是那“铃儿响叮当”的手机来电铃声。林娜恍恍惚惚地睁开眼睛，发现天色已然全黑了。或许是太过疲乏，或许是沉睡太久，虽然醒了，但她的精神状态仍有些迷糊。

刘洪从对面的大屋赶过来催促道：“快看看，是谁打来的电话。”

林娜坐起身看了一眼来电显示：“是他，那个男的。”

“快接听吧。记住他的规则，不要激怒他，他还会给我们机会的，明白吗？”刘洪快速地嘱咐了几句。

林娜点点头，把手机放在耳边，同时按下了接听键。

“林娜，到目前为止你的表现都很好，你的选择也一直是正确的。”电话中的男子虽然在夸赞林娜，语气却仍是冷冰冰的，然后他的话锋一转，“可你们还是没能逃出这间屋子。不管你如何努力，外面的世界却始终拒绝给你们提供实质上的帮助。你一定很失望，而我，比你更加失望。是我把你们关在了这个屋子里，可你们应该明白，真正把你们与外面世界隔绝开的，却并不是那扇厚重的门。

“游戏该结束了，这将是我最后一次给你们打电话，当然，你们也将获得最后一次逃生的机会。拆开你床上的枕头，你会找到我留下的一封信，信里会告诉你怎么做的。不过你只能一个人看这封信，刘洪必须退到房间外并且把门关好。至于你看完信之后是否愿意与他分享其中的内容，那将由你自己来选择。再见，林娜。”

男子挂断了电话。林娜下意识地瞟了一眼床上的枕头，然后便看着不远处的刘洪，神色彷徨。

刘洪明白林娜在想什么，他冲对方点了点头：“按他说的做吧，我在房间外面等你。”语毕，他已主动退出了房间并且反手带上了房门。

林娜先把电话收好，然后把那个枕头抱了过来。她两手拉住枕套用力撕扯，很快便扯开了一个裂口。林娜把右手探入裂口中摸索了一会儿，果然在棉絮间找到了一封折叠好的信笺。

林娜拿着信笺来到窗前，就着从木板缝隙中透进来的月色查看着。这封信是由两张纸组成的，但那两张纸并不是完全独立，而是通过一些联结点连在一块儿的，严格地说，这应该是一张纸上的“两联”。

信笺的上联和下联各写了一段文字。上联的内容是：你现在很渴吧？揭开你的床垫，你会发现在床板间藏着一桶水。这是我给你留的礼物。你会让刘洪知道这个礼物的存在吗？他会不会把这桶水再次倒掉呢？你只要把信笺的此联撕掉藏好，便可以放心地独自享用这桶水了。

下联的内容则非常简单：在卫生间抽水马桶的水箱和墙壁的夹缝里，我给你们留下了一个包裹，你们最后的逃生希望就在那个包裹中。

林娜匆匆看完了这两段话，她无暇细想信中的内容，首先便来到自己床前，揭开床垫之后，她找到了那桶嵌在床板中的水。她迫不及待地将那桶水取了出来，打开塞子先豪饮了两口。顿时，一种甘甜清凉的感觉从口舌间漫遍了全身。

“怎么样了？找到那封信没有？”房间外传来刘洪的声音，看来他有些沉不住气了。

林娜一惊，手忙脚乱地把水桶盖好，重新又塞进了床板缝中。同时她的脑子飞速地旋转了起来：现在该怎么做？把一切对刘洪坦诚相告，还是如同信笺中建议的那样，独自藏起这桶水呢？

林娜无法抵御那种独享全部甘甜清水的欲望，可一天来共度困境的经历又令她为这种自私的想法感到羞愧。在这种矛盾的心境中，现状却又容不得她有过多的思考时间。

林娜在心中努力搜寻着支持自己下一步举动的种种理由。很快，她的抉择就出现了明显的偏向性。

刘洪也许会把这桶水也倒掉的，可那种举动根本不会有任何效果！我不能让他这么做。可是……算了，还是先看看那最后的逃生方法是怎样的吧，也许还要在这屋里坚持一段时间呢，我应该把水控制在自己手里。对，在形势明朗之前，先把水藏起来总是没错的。我可以把信笺的上联撕下来，把下联给刘洪看，他不会产生任何怀疑。

当这些念头闪过之后，林娜已经下定了决心。她把床垫重新铺好，然后又将信笺的上联撕下来藏在衣服里。做完这些事情之后，她开门走出了房间。

“怎么搞的，这么长时间？”刘洪颇有些狐疑地问道。

“嗯……那个枕头很难撕开的……”林娜敷衍了一句，同时把信笺的下联递给刘洪，“信笺在这里，你看看吧。”

刘洪似乎没想太多，他接过信笺看了一眼，立刻转身向着卫生间而去。林娜则紧紧地跟在他的身后。

在抽水马桶的水箱后面，刘洪找到了信中所说的那个“包裹”——其实就是用一张报纸随意地包住了几样东西。打开报纸，里面出现了一封新的信笺，另外还有一柄锃亮锋利的短刀。

刘洪把这些东西一股脑都拿到了客厅里，在灯光下开始阅读信笺上的内容，只见那上面写道：“你们一定注意到那个保险柜了，那里面锁着的正是客厅中这扇铁门的钥匙。如果你们能打开保险柜，你们就可以离开这间屋子了。保险柜是用密码锁锁着的，那个六位数的密码我已经留给了你们——就藏在刚刚林娜在枕头里找到的信笺中。

“那封信分成了上下两联，通过一百个联结点连在一起。其中有一些联结点已经被我事先弄断了。从最左边的联结点开始数起，第一次出现断点的数字也就是密码的第一个数字；然后从这个断点继续往下数，数出第二个断点的数字；依次类推，你们应该很容易得到那个六位数的密码。

“关键的问题在于，林娜有可能已经撕坏了所有的联结点。如果那样的话，你们会很失望，而我则更加失望。既然经历了那么多的磨难之后，你们仍不能互相关心、互相信任，那最后便只剩一条路可以走了：拿起这把刀，看看报纸上的内容。两个只能活一个。

“林娜，最后一次的选择，你做对了吗？”

刘洪拿出林娜刚刚交给他的已然只剩下半联的信笺，愣愣地看了片刻，然后他转过头，用充满忧虑和质疑的目光瞪视着身旁的林娜。

林娜也看到了信中的内容，她的胸口像是被铁锤狠撞了一下，沉甸甸地堵得难受。看着刘洪逼视的眼神，她慌乱地往后退了两步，愧疚与悔恨的泪水夺眶而出。

“你把上联撕了？”刘洪绝望地吼道，“为什么？”

“我不知道……我不知道那是密码……”林娜从口袋中掏出了那上半联的信纸，她的手在颤抖着，脑子里一片空白。

刘洪劈手把信笺的上半联夺了过来，看清楚其中的内容之后，他似乎明白了一切。他瞪大了血红的眼睛，目光中透出极度的愤怒、伤心和失望。片刻之后，他爆发出一阵令人毛骨悚然的苦笑。

“呵呵，好啊，好啊……”他看着林娜，一遍遍地重复着“好啊”这两个字，却说不出任何下文。林娜瑟缩在墙边，她不敢去迎接对方的目光，只能低着头，两手痛苦地插在自己的长发中，呜咽不止。

不知过了多久，林娜的思维能力稍稍恢复了一些，她止住哭泣抬头说道：“我们还有机会的……再想想别的办法，至少现在有水了，能多支撑几天的……”

刘洪没有搭理她，他正专注地看着手中的一样东西——用来包裹短刀和信笺的那张报纸。

“怎么了？”林娜忽然想起刚才信中最后有一句话：看看报纸上的内容。她忍不住凑过去也想看一看。

刘洪感觉到了对方的意图，他沉着脸把报纸交给了林娜。那是一年前的报纸了，居于版面醒目位置的是一条新闻，而新闻的内容林娜再熟悉不过了：

本市公林新村的刘老汉爷孙俩在租住地中死亡七天以后，近日才被合租者发现后报警。据知情者介绍，年过花甲的刘老汉与孙子一起租住在公林新村某两居室中的大间内，儿子常年在外打工。6月26日，对门的同租者闻到屋中散发出一股很浓的异味，又因多日未见这爷孙两人，便向警方报警。民警进入大间后，发现刘老汉和孙子均已不幸死亡。经法医鉴定，基本认定刘老汉系突发脑出血死亡；经对三岁的孙子进行尸体解剖，基本认定小孩系因饥饿脱水死亡。依据推断，老人死亡在先，孙子因缺乏求生能力，被困屋中活活饿死，死亡在后。爷孙俩的死亡时间，在七至九天前的6月17日和6月19日。据同租者介绍说，大约一周前曾多次听到孩子在房间内哭泣，这也从一个角度印证了法医的推测……

“他留着这报纸，是……是什么意思？”林娜正是新闻中提到的那个“同租者”，这张报纸再次刺激到了她心底最为痛苦的回忆。

“他在教我们怎么做——最后的逃生方法，两个只能活一个。”刘洪的语调和神态都是阴森森的，让人不寒而栗。

林娜怯然地看着对方：“不……我不明白……”

“得有一个人先死……尸体腐烂之后，外面的人闻到异味，他们才会想到去报警，就像一年前的你一样。”刘洪一字一句地把这些话说了出来，同时他慢慢地逼近了林娜。

林娜这才注意到对方右手中正紧握着那柄锋利的短刀，她骇然失色，一边退向自己的小屋，一边颤声问道：“你……你要干什么？！”

“这是你自己造成的，都是你的错！”刘洪红着眼睛，把短刀举在了胸前，他的用意已经昭然若揭了。

林娜尖叫着躲进了自己的小屋里，然后奋力想要把房门关上。可刘洪却并不给她这样的机会，房门刚刚关到一半，他的身体便猛地撞了上来。林娜的力气自然无法与他相比，房门被撞了回去，林娜猝不及防，一下子摔倒在屋内的地板上。

刘洪挥刀冲进来，向着林娜扑了过去。后者在无限的恐惧中反而迸发出了求生的力量，她忽然抬起脚，狠狠地踹在了刘洪的脚踝上。

刘洪之前在自己踢门的时候脚踝就受了伤，林娜这一脚正好踹在了他的伤处。他发出一声痛苦的闷哼，伤腿一个趔趄，摔倒在林娜的身边，手中的刀也跌落了出去。

林娜急忙翻身将那把刀抢在了手中，几乎与此同时，刘洪的两只大手已经从身后扼在了她的脖颈上。林娜的心一阵狂跳，右手握紧那短刀，不顾一切地向身后挥了出去。随即她便感到着手处一顿，显然是刺中了什么东西，而刘洪扼在她脖子上的手则渐渐地松了开来。

林娜慌乱地挣脱开刘洪的纠缠，当她转过身的时候，却被眼前的景象惊呆了：那柄刀不偏不倚正扎在了刘洪的脖子上，而后者显然受到了重创，正无力地瘫倒在地板上。

“天哪……”林娜六神无主地痛哭起来，她想要凑近查看可又没有那个胆量，只是在原地颤声泣道，“我……我不是故意的……”

刘洪却反而从癫狂的情绪中冷静了下来，他用手捂着脖子，呼呼地喘了一阵粗气之后，歪头看着林娜虚弱地说道：“我……我不怪你，你杀了我……你就可以……可以活下去……”

林娜泪流满面：“不，你别死！”

“我必须死，外面的人大约……大约要过一周的时间，才会闻到腐尸的气味……你需要食物，那个冰箱，你……你现在知道它的……它的作用了吗？”刘洪努力睁大眼睛，显然是想传递给林娜一些信息。

林娜已经完全丧失了思考的能力，她茫然地摇着头：“我不知道，这里……这里哪有食物？”

刘洪的嘴角露出一丝凄然且诡异的笑容，然后他用尽全身最后的力气说道：“我……我就是你的食物。”

刘洪话语中藏着的意味实在太过可怕，林娜一下子竟呆呆地愣住了。而更加可怕的一幕又随即将她从恍然的状态中唤醒。

刘洪用右手攥住短刀的刀柄，忽然一使劲，将整把刀从脖子里拔了出来。刀刃已经割开了他颈部的动脉，刀被拔出之后，热腾腾的鲜血顿时如小喷泉一般滋得老高。刘洪的身体剧烈地抽搐着，每抽搐一下，那血的喷泉便随之喷涌一回。

林娜发出一阵歇斯底里的尖叫，她拼命地往后瑟缩着，但仍有很多血点喷溅到了她的身上。

这样的“血的喷泉”足足持续了十几秒后才慢慢地止歇下来，刘洪也不再抽搐了。林娜的精神已几近崩溃，她爬到刘洪身边，战战兢兢地摇着对方的身体，哭喊道：“刘洪！刘洪！”

刘洪已经不可能再回答她了。不过随着躯体的摇动，他原本紧握着的左手忽然一松，某个东西从手心滚到了地板上。

林娜转过目光，愕然发现那竟是一只手机。她一时顾不上细想其中的原委，连忙把那手机捡了起来，可她随即便有些失望：那手机的拨号键同样是被焊死的。

不过还有一个方法是可以试试的。林娜把拇指长按在了接听键上，大约五秒之后，手机里果然传出了拨号的声音，林娜心中一喜，可是这股高兴的劲头很快便被冲得烟消云散了。

因为那乐曲声亦随之响了起来——本该欢快现在却诡异的乐曲声：“叮叮当，叮叮当，铃儿响叮当……”

林娜隐约意识到了什么，她腾出一只手颤抖着伸进自己的口袋，把先前的那只手机掏了出来。手机的来电显示屏闪烁着，出现在上面的正是那个熟悉的号码。

林娜带着极为复杂和惊愕的心情按下了接听键，那个低沉的男声再次响了起来：“林娜，我说过上次是我打给你的最后一次电话。这句话并没有错，因为现在的录音电话是由你自己打过来的。当你接到这个电话的时候，说明我已经死了。

“死亡对我来说并不可怕，我在一年前就该死去。当一个男人失去了妻子，失去了父亲，失去了儿子，他还有什么必要继续活在这个残酷的世界上呢？

“可是我不甘心，我不相信这个世界如我所遭遇到的一样冷漠，我幻想其中仍然存在着一丝希望，能够让人继续生存下去。

“所以我设置了这个游戏，你和我是游戏中的主角。我们在游戏中接受惩罚，也在游戏中寻找最后的救赎机会。我一开始便告诉了你，这机会取决于外人对我们的关心情况以及我们自己所做出的选择。

“然而幻想中的生机终究还是没能出现。没有人真正关心我们，你在最后关头的选择更是让我万念俱灰。这个世界已然无法救赎，我们只能去接受最后的惩罚。

“我给自己判了死刑，而对于你，我没有权力这么做。但是你将受到精神上的折磨，在黑暗、孤独和恐惧中度过接下来那些难熬的日子。你不应该抱怨什么，因为这一切正是我的儿子在临死前所经受过的。”“不，我不要！”林娜感觉自己的脑袋像要炸开一样，她痛苦万分地尖叫着，可是又有谁能够听见呢？

“也许我比你幸福，因为我终于可以离开这个世界了，这个令人痛恨的世界。可是这个世界为什么会变成这样？”

电话中的声音在此处忽然中断了一下，林娜的心头亦蓦然一颤。

然后她听到了最后一句话：“当你将信笺的上联撕下来的时候，你应该已经知道了答案。”

密码

无法言说的秘密

女人从昏迷中醒来，第一感觉便是后脑处涨痛难忍。她很想去摸摸疼痛的部位，双手却无法动弹。她只能痛苦地喘息着，同时睁开眼睛观察四周的情形。

因为是仰面躺着的姿势，她的视野并不开阔。只看得出自己正处在一个封闭的室内，屋顶很高，周围的空间也比较宽敞。室内看不到门窗，也就没有户外的光线照射进来。好在天花板上挂着两排细细的节能灯，灰白色的光芒虽然昏暗，但至少能满足最基本的视觉要求。

这应该是间地下室之类的地方。女人做出这个判断的同时，身体开始不受控制地微微颤抖。室内的温度低得异常，女人身上那条薄薄的连衣裙很难抵御从四面八方侵袭而来的寒气。尤其是她的背部紧贴着冷湿湿的地面，那感觉更是冰冷刺骨。

女人努力想要坐起来，可是身体只徒劳地扭动了两下。从臂膀处传来强烈的束缚感，她忽然间意识到：自己正被一条绳索牢牢地五花大绑！

这是在哪里？发生了什么事情？女人慌乱地调动思维，试图找出相关的回忆。可她的脑海中却是一片混沌，什么也想不起来。

不仅如此，她甚至都不知道自己叫什么名字。在片刻的茫然之后，女人开始意识到：她已经完全失去了记忆。

忽然有人说道："你醒了。"那声音传自她的头顶方向，语调则比周围的空气还要冰冷。

女人撑起脖子做了一个抬头的动作，看到了说话的人。那是一个年轻的男子，穿着西裤衬衫。衣服的品质倒不错，但凌乱且沾着灰尘。

撑脖子的姿势让女人的后脑着地，受力处传来了越发强烈的痛感。女人知道那里一定受到了严重的击打损伤，这恐怕就是自己丧失记忆的原因吧？她忍受不了那种疼痛，只好放松了脖颈的肌肉。这下她要勉力吊起眼皮才能隐约看见男人的影子。

男人也意识到了这一点，便向前踱了两步，来到了女人的身侧。女人可以清楚地看见对方了：那人二十来岁，瘦削的面庞既不算英俊，也不令人生厌。女人盯着那张脸看了半晌，隐隐有熟悉的感觉，但在记忆中搜寻时，却又模糊一片。最后她只能战战兢兢问了句："你……你是谁？"

男人反问了一声："什么？"他的眉头皱巴巴地锁起来，神情诧异而又谨慎。

"你是谁？"这次女人又多问了一句，"为什么要把我绑在这里？"

男人没有立刻回答，慢慢地蹲下身体，近距离与女人对视着。

他的目光中像是带着两把刀子，直要把对方剖开似的。

女人有一种强烈的不安全感，觉得自己就是一只柔弱的羊羔，正在接受饿狼的凝视，而她却连往后退缩的能力都没有。

"你……你要干什么？"她的声音颤抖着，掩饰不住内心的恐惧。

男人微微眯起眼睛，目光变得更加尖锐。片刻后突然喝道："快把密码告诉我！"他的声音不大，但低沉的语气满含着催促和威胁的意味。

女人眨了眨大眼睛，惶然反问："什么密码？"

男人的脸又逼近了几分，近得可以看到眼球中鲜红的血丝。然后他一把抓住女人衣裙的前襟，硬生生把她的头胸拽离了地面，咬牙道："别装蒜了！快说！"

女人被对方的样子吓住了，无法躲避，只能闭上眼睛连连摇头。"我没有装，我真的不知道——我什么都不记得了！"她无力地嘶喊着，声音中带出了哭腔。

这模样确实不像是装的。男人迟疑了一下，放缓语气问道："你什么都不记得了？"

"真的。我不知道自己为什么会在这里，也不知道你是谁。我甚至连自己的名字都不记得了……"女人眼泪汪汪的，神色无辜至极。男人愣了一会儿，然后松开了女人的衣襟。"我操！"他嘟囔着骂了一句，脸上那种急迫而又凶狠的表情消失了，转而变得有些无奈。

躺在地上的女人小心翼翼地问道："你到底想要什么密码？"

男人沉默着，视线却一直盯在女人的脸上。他的目光中似乎藏着极为阴沉的秘密，几乎要压得对方喘不过气。如此良久，男人终于幽幽地吐出了五个字："银行卡密码。"

银行卡密码？女人心中暗自有了些猜测。她略略稳住心绪，主动说道："你就是要求财吧？只要你不伤害我，要多少钱我都可以给你。"

男人"哼"了一声："你现在连密码都不记得了，说这些还有个屁用！"

女人略一思索，建议道："你可以联系我的亲戚朋友什么的，让他们给你送钱。"

男人看破了对方的用意，"嘿"地冷笑起来："你就别打这些没用的算盘了！还是让我来告诉你现在是什么状况吧。"

女人犹疑着闭了嘴。虽然她很想脱离困境，但先看看对方的底牌总不是一件坏事。

却听那男人说道："是我把你绑架过来的。当时你不听话，我只好用了一些暴力——没想到你这么不经打，没两下就晕过去了。你说得没错，我就是为了求财。你的银行卡已经在我手里，现在就差密码。我也不管你是真失忆还是假失忆，反正你必须把密码告诉我。只要拿到了密码，我立刻就放你走。别的说什么都没用！"

见对方的态度如此坚定，女人便知道迂回战术恐怕难以奏效。既然他如此重视那张银行卡，那卡里一定有很多钱吧？这些问题只是一闪而过，无暇细想。当务之急是先要详细了解自己的处境。

想到这里，女人又试探着问道："这是什么地方？"

男人倒也无意隐瞒，大大咧咧回答说："这是个地下冷库，前两天刚刚装满了货，至少要一个月之后才会再有人来。你要是说不出密码，那就等着冻死吧！"

原来是个地下冷库，难怪气温这么低。女人禁不住暗暗叫苦：自己只穿了一件单裙，在这样的环境中可支撑不了多久！可自己偏偏又什么都不记得了。她只能无奈地瘪了瘪嘴，道："我如果知道密码肯定会告诉你——但我真的失忆了啊！"

男人凝思不语。面对这个意外的状况，他也需要寻找新的对策。片刻后，他似乎拿定了什么主意，开口说道：“是一个日期。”

女人一怔，随即明白过来：“你是说那个密码？”

男人点点头，又详细解释：“银行卡的密码是一个六位数字。你习惯用日期做密码，年、月、日，两位一个，正好组成六位。所以你只需要回忆一下，你一般会使用哪个特殊的日期？”

“日期？”女人首先下意识地蹦出个想法，“会不会是我的生日？”

男人“嗯”了一声，道：“有这个可能。”

女人又苦笑：“可我连生日都忘了。”

男人却给出了答案：“一九八七年十月二十六号。”见对方露出诧异的神色，他便紧跟着解释了一句，“你的身份证在我手上呢。”

“那密码或许就是871026？要不要先试一下？”

“那就试试吧。”男人一边说一边起身，看起来要离开的意思。

“喂。”女人急切地提醒对方，“你不带我一块去吗？”

“带你干什么？”

“如果不对的话，我可以再想啊！再说我在这里一动都不能动，等你回来恐怕就已经冻死了！”

男人却对女人的请求无动于衷，只说：“没那么夸张，我一会儿就回来。”说完他就独自迈步而去。

女人在他身后大喊大叫，他也毫不理睬。两三秒之后，男人便从女人的视野中彻底消失。女人慌乱地扭动脖颈，看着头顶黑压压的天花板和四周杂乱的货箱，孤独和恐惧深深地攫住了她的心，那种压力真是令她难以承受。不过转念一想：那男人既然离去，现在不正是脱逃的最佳良机？只要手中有个尖锐的工具，要割开捆绑的绳索并非难事。有了这样的念头之后，女人便说服自己稳住心神，然后再次扭头四顾，并且很快就有所发现。

在左边码着一堆木质货箱，箱子里装着些什么不得而知。另外在墙角还散置着几片破木板，应该是货箱破损后留下的残骸。

那木板上应该有铁钉一类的东西吧？如果能拆下一个，就能把绳子磨断了！女人心中这么想着，眼睛里也闪动起兴奋的光芒。事不宜迟，她当即深吸了一口气，然后腰部一拧，扭身翻滚起来。

因为全身上下都被捆得结结实实的，就连翻身这样简单的动作也变得异常困难。而勉力翻滚之后，前进的方向往往又会出现偏差，此时便要停下来慢慢挪动身体进行校正。如此折腾了两三个回合，离堆放木片的墙角仍有两三米之遥。女人略歇了口气，正要继续发力时，忽听男人的声音在不远处响起："你瞎动什么呢？"

女人吓了一跳，万没想到对方这么快就回来了，仓促间只好敷衍了一句："地板上太冷了，我想坐起来。"

男人倒没有多想。见女人在地上滚得灰头土脸的，他甚至起了点恻隐之心，于是三两步走过来将对方扶起，同时说道："那密码不对，你得继续想。"

"你这么快就试过了？"女人露出不可思议的表情。她坐起后不但身体舒服了许多，视野也更加开阔。她发现整个冷库面积很大，自己所处的只是其中的一个库房。在正前方十多米处有个敞开的门洞，门外依稀是走廊般的构造。要想离开这个地下冷库，首先得穿过外面的走廊吧？就算冷库外面就有银行的提款机，男人这一来一回的速度还是快得令人难以置信。

男人看出了对方的困惑，撇着嘴道："我不用出去试，外面还有其他人。"

女人轻轻地"哦"了一声：原来他在外面还有同伙！那他只要把密码发送给外面的那个家伙就行了，并不需要走出冷库。刚刚他只是要避开我和外面的同伙联系吧，难怪很快就回来了。

想到这些之后，女人的心又往下沉了几分。首先这个男人是不会离开现场的，自己想要寻机会逃脱便难上加难；而外面那个尚未露面的同伙则更加令人忧心，因为无法判断那家伙会是个什么样的人物。眼前的男人虽然阴沉，但并非穷凶极恶，女人相信他只是为了求财，不会刻意伤害自己——外面那个家伙可就说不准了！

从两人的分工来看，外面的人负责取钱，里面的人负责看守，应该是外面的家伙居于主导的地位吧？就算我说出了密码，那人会同意放我走吗？如果他决定杀人灭口，那该怎么办？

女人如此忧虑，而冷气正从天花板的风口里不断吹下来，真是内外交寒。她忍不住打了个哆嗦。

男人同样衣衫单薄，勾缩着抱起了胳膊，催促道：“你赶紧想啊，那密码到底是多少？”

女人皱眉凝思，但无论她如何努力，头脑中却只是晕乎乎的，什么也想不起来。片刻后她抬头说道：“能不能给我一点提示？”

“提示？”

“就是和我有关的信息。如果你告诉我一些，或许能帮助我恢复记忆。”

男人斟酌了一会儿，决定按这个方法先试试看。

“你的名字叫杨莎妮。”他问道，“这个还能记得吗？”

“杨莎妮……”女人轻轻咀嚼着，她的眼神渐渐凝固，像是陷入了某种沉思状态。

男人有点沉不住气，在一旁迫不及待地催问：“想起什么了？”

“听起来有一点熟悉，但是……”女人轻轻摇头，“还有别的信息吗？”

“别的……嗯……你是个小学教师，在家里是独生女。父母都健在，你父亲是个普通公务员，母亲是人民医院的护士。”

“哦。”女人若有所思地想了一会儿，忽然又问，“那你们为什么要绑架我？”

男人耸着肩膀说：“没别的原因，就是为了钱。”

“可我的家境很普通，我自己也只是个小学老师——我身上能有多少钱呢？”女人苦笑着反问，“你们这么做值得吗？”

男人似乎从对方的笑容中看到了奚落的表情，忽然间发了脾气，大喊道：“你说这些废话干什么？！你只需要想一个六位数字，可以用来做密码的数字！”

女人被吓了一跳，抿住嘴不敢再多说。男子的情绪很不稳定，他开始来回踱步，好几圈之后才停下来，又硬邦邦地威胁道：“说不出密码，就别想出去！”

女人无助地垂下头，柔弱的身体在寒气中瑟瑟发抖。但她这副可怜兮兮的模样并未赢得男子的同情，后者先是沉着脸生了阵闷气，后来又在冷库里四处溜达。他皱着眉头东看西看，也不知在研究些什么。

冷气从天花板上不断地溢下来，冷库里的温度近乎冰点。那男子尚能通过活动来保持一定的体温，被捆绑的女子可就吃不消了。时间一长，她的嘴唇已经隐隐发青，两排皓齿也开始哆嗦打架，传出嗒嗒嗒嗒的轻响。

男子也觉得有些不妥，他走过来蹲在女人面前，抬手搭起对方的下颌问道：“喂，你还行不行？”

“好……好冷……”女人发出微弱的声音，似乎连声带都被冻住。

男子犹豫了一会儿，随即转过头解开了女人腿脚处的绳索。然后他又把女人扶到站立的姿势，说道：“你在屋子里走动走动，这样可以暖和一点。”

长时间的捆绑之后，女人的两条腿都已经麻木了。她想要迈步，却趔趔趄趄地几乎摔倒。男人只好在一旁扶着她的腰背。在对方的帮助下，女人慢慢开始走动。一两圈之后腿脚才恢复正常，速度也逐渐加快。终于，她那几乎冻僵的身体舒缓了过来，苍白的脸庞上也有了些血色。

似乎是不好意思让对方总搀扶着自己，女人主动对男人提议：“好了，你松开吧，我自己活动就行。”

男人早有些不耐烦了，“嗯”了一声便从女人身旁撤开。随后两人各自在屋子里活动取暖。不过男人并没有放松警惕，他一边活动一边监视着女人的动向，并且还不时地催促两句，让对方抓紧回忆那个遗忘的密码。

此时女人的双臂仍然被捆在身后，这对她的行动多少有些影响。尤其当她快步行进的时候，身体便难以控制平衡。后来她干脆停在一处墙边不走了，转而开始原地跳跃。这样无须摆臂，发热量还比走动要大。这样的动作也耗费了更多的体力，女人跳了一两分钟后就有些气喘吁吁。最后她再一次跳起，落地时右脚正好踩在了一块碎箱板上。她的身体一歪，疲软的腿脚没有支撑住，“哎呀”一声摔倒在地上。

男人在不远处问了句：“怎么了？”

“没什么，摔了一跤。”女人一边说一边挣扎着想站起来，可是没有双臂的支撑，只能徒劳地扭动着身体，姿态狼狈不堪。

男人走上前将女人扶起，同时又催问：“现在怎么样了，能想起点东西吗？”

女人愁眉苦脸地摇着头：“还是很晕，什么也想不起来……”片刻后她又试探地问对方，“你能不能再提示我一些东西？”

男人却只道：“继续想吧。”说完便从女人身边离开。看着他的背影，女人隐隐有些诧异——那人急切想得到密码，可对于引导自己恢复记忆却并不积极。这是为什么呢？她忽地心念一动：难道自己的记忆中藏着某些对他不利的因素？继而深想：对他不利岂不就是对自己有利？如果真是这样，那可得赶紧把这个因素找出来才好！只可惜到现在也没有恢复记忆的迹象，对那个未知的秘密也就根本无从探寻。

男人走到地下室门边，往走廊方向探头探脑地看了一会儿，然后又转身看看室内的女人。女人正贴着墙根儿站着，背部靠在墙壁上，一副虚弱无力的样子。

“你还是得动起来，要不然会受不了的。”男人提醒对方。说话的同时他俯身趴在地面上，开始通过做俯卧撑来维持体温。

“不行，我实在是没力气了。”女人勉强回答道。她的身体又开始颤抖，每一下都在带走体内的热量。

男人垂下头不愿去看女人这副半死不活的模样。他狠狠地屈伸着手臂，发泄着心中难以明言的苦闷情绪。一组俯卧撑做完后，他的额头上居然沁出了细细的汗珠。他一扭身体坐在地面上，仰头看着天花板，神色凝重地想着些什么。

女人的声音打断了他的思绪：“我们……我们能不能先换个地方？”男人“嗯？”了一声转过脸来。

“你先带我出去，我会想出密码的。”女人战战兢兢地提议道，“这里实在太冷了，我的思维都被冻僵了，脑筋根本转不起来。”

“不行！”男人毫不犹豫地拒绝了。

女人绝望地低下头，片刻后开始轻轻地抽泣。

“哭什么？有这个工夫赶紧想密码！”男人从地上站起来，一边催促一边走向女人所在的墙边。他挥动着手臂，脸上掩不住躁乱的情绪。

女人抬起头看着对方，她的双眼又大又黑，汪汪地盈满了泪水，凄怜至极。

男人被这样的目光戳中，愣了一下，站住了。

“我真的想不起来。”女人带着哭腔诉苦。

女人的泪水浇灭了男人心中的无名恼火，后者换了种耐心冷静的语调，诱导着说道："就是一个六位的数字。你再仔细想想——不要被其他的记忆干扰，我只需要一串数字。这串数字或许是你记忆中最熟悉的，又或许在你的潜意识里，你不经意的时候会突然间冒出来。"

女人垂下目光，摆出一副凝神思索的样子。

这次她许久没有再说话，像是完全沉浸在了自己的思维世界，她甚至屏住了呼吸。

旁边的男人感觉到不一样的气氛，眯起眼睛，眼神中闪出期待的神采。为了不打扰对方的思绪，他也下意识地压抑住自己的呼吸。寒室中变得极为寂静，面对面站着的两个人几乎能听见对方的心跳了。

也不知过了多久，女人终于长长地舒了口气，那模样就像是打开了精神世界中的某个闸门。

男人对这样的变化极为敏感，立刻问道："怎么样？"他的语气急切，但同时又含着几分小心翼翼的警惕意味。

女人抬起头来，用晶莹的目光看着面前的男子。她眼中的波光缓缓流动，闪耀着最为原始的女性诱惑。两三秒之后，她忽然开口说道："抱抱我，好吗？"

这样的要求完全出乎男人的意料，他一时间愣住了，不明所以。

"抱抱我吧，我好冷。"女人用哀求的语调又重复了一遍。她喘息着，虚弱而又急促。

男人和女人近在咫尺，当她抬起头之后，呼吸的气息都能触碰到他的脸颊。现在这气息中蓦然多了分温柔的滋味。男人的思绪暂时陷入了失控状态，他的目光也不由自主地在女人身上游走起来。

不得不承认，站在他面前的是一个美丽的女子。她年轻、娇柔，脸颊上虽沾染了尘土，却掩盖不住那俊俏的容颜。她的肌肤晶莹如雪，身形更是窈窕动人。那挺拔的胸部在裙衫下微微起伏，透出饱满的青春活力。一个装饰挂坠恰到好处地搭在低开的领口上，为那若隐若现的乳沟更增添了几分魅惑的风采。

"我就快想起来了，可我实在太冷了。求求你，抱我一下，让我暖和一点吧。"女人的声音娇弱得让人无法拒绝。

男人显出犹豫的表情。他应该很清楚自己和女人之间是怎样一种敌对的关系，可是一个拥抱又能怎样呢？女人的双手被捆绑着，浑身上下都快冻僵了，她不会对自己产生任何威胁的。对方需要自己付出的，仅仅是一个温暖的拥抱。

或许这拥抱真的能够融化对方僵硬的思维，让她想起那个密码呢？

男人的目光转了转，最终像是做出了决定。然后他便向前迈了一步。女人早在期待这个结果了，立刻侧过脸颊，身体微微向前方倾去。男人也配合地张开双臂，将女人环抱于怀中。

两个完全对立的角色：绑架者和被绑架者，此刻却紧紧地拥抱在一起。男人的体温传给了女人，后者不再打哆嗦了，精力也在慢慢恢复。

男人感受着对方柔软的身体，更有女人的芬芳在撩拨着他的雄性本能。但他压抑住自己的情绪，只是淡淡地说道："你再好好想想吧，那个密码。"

女人柔柔地"嗯"了一声，可同时她的背部向后拱起，像要挣脱对方的怀抱似的。男人觉得有些奇怪，正想询问时，下身却忽然受到了重重的一击。这一击正中他的阴部，疼得他差点没背过气去。他痛苦地缩腹弯腰，勉力支撑住摇摇欲倒的身体。而女人接下来的表现更加出人意料：她的双手竟已恢复了自由，正拿起墙边的一块厚木板，抡圆了胳膊冲着男人的脑袋砸去。男人匆忙间扭脖闪躲，虽避开了脑门要害，但木板还是砸中了他耳根部。他一个趔趄摔倒在地上，下体疼痛难耐，耳根也火辣辣般烧痛，一时间起身不得。

原来女人先前跳跃倒地其实是刻意所为。她在来回走动时早已看好了周围环境，那一摔正好倒在墙角的木箱残片上。男人上前把她扶起来的时候，她已在手中暗藏了一块嵌着铁钉的碎木片。后来男人走到门口做俯卧撑，女人便背靠墙体而立，表面上是在休整喘息，实际却在用木片上的铁钉悄悄磨刮捆绑在手腕上的绳索。当绳索被磨断之后，她又故意示弱，引诱男人将自己抱在怀里。就在男人的戒备心彻底放松之时，她猛然间弓背发力，用膝盖顶中了对方的下体要害。这番处心积虑的攻势果然奏效，连遭重击的男人暂时失去了抵抗能力，强弱之势得以反转。

女人并不想恋战，只想尽快逃离这个可怕的魔窟。见男人已起不了身，她便把手中的木板一摔，转身向屋外奔去。出了屋子果然是一条走廊，女人借着灯光前后一看，却见左侧走廊的尽头是一处墙壁，右侧走廊的尽头却是一连串向上的台阶。那台阶一定连接着通往地面的大门！

女人迅疾做出如此判断，随即便拐向了右方。跑到台阶前一抬头，果然看到一扇铁门立在台阶之上。女人心中一阵狂喜，忙不迭向着台阶顶部冲去。

只要打开了那扇铁门，她就能回到地面的自由世界了！

到了门前，女人抓住门腰上的把手使劲一拧，可把手却毫不松动。她暗叫不好：难道这铁门还上着锁？但这门上也找不到插钥匙的锁孔啊！再仔细看时，这才发现门边的墙壁上挂着一个电子表盘，上面有〇至九十个数字按钮，以及“确认”和“取消”的相关按键，表盘最上方则是一个小小的液晶屏幕，显示着一行字：请输入六位密码。

女人的心一凉，她明白了：这是一个电子控制的铁门，要想开门，必须在表盘上输入正确的密码才行！可她连自己银行卡的密码都不记得，又怎能知晓这开门的密码呢？女人只能站在厚厚的铁门前，手足无措，叫苦不迭。

正彷徨间，忽听身后有脚步声传来。女人匆匆回头一瞥，却见男人也来到了走廊上。他一手捂着耳根，步履蹒跚，看来尚未从先前的重击中完全恢复。见女人已站在铁门前，男人便咬了咬牙，加速向台阶处追来。

女人的心跳蓦然加快，几乎要从喉咙口蹦出来了！她来不及再细想，伸手在电子表盘上胡乱按了六个数字，然后又按下了确定键。可这种撞大运的概率实在是太小了。表盘发出“嘀嘀嘀”的错误警报，液晶屏上则跳出了另一行字：“密码错误，还有一次输入机会。”

还有一次机会？女人立刻抬手准备再蒙一次。这时男人已追到了台阶下，见此情形便大喊了一声：“别再瞎按了！”女人哪会听他的话，那纤细的手指已然按下了好几个数字。男人赶着跨上两步，然后把身体往前方一扑，展开双臂抓住了女人的小腿。后者一声惊呼，转身连踹带推，想要挣脱对方的纠缠。可男人的力气毕竟占优，他使劲一掰，女人便失去了平衡，尖叫摔倒。男人仍不肯放手，于是两人扭成了一团，双双从台阶上滚落下来。

落到地面之后，女人顾不上摔跌后的疼痛，冲着抱着自己的男人就是一阵胡挠乱抓。她虽然身体柔弱，但这番不要命的反抗倒也把对方撕扯得狼狈不堪。男人脸上被抓出了好几道血印，不得不躲闪着避让锋芒。女人趁势想爬起来，可男人这时却又一扑，正好把女人面朝下压在了地上。后者再想翻身时，男人已经重重地骑在了她的身上，随即她的双手也被对方按住了，形势变得极为被动。

女人一边绝望地呜咽着，一边使尽全身的力气想要挣扎脱困。男人也不敢怠慢，除了绷紧肌肉发力之外，还把全身的重量也压在了女人身上。正激烈间，女人的哭泣声却蓦地停住了，身体也不再扭曲挣扎。男人还以为对方晕了过去，俯身一看，女人的眼睛倒瞪得大大的，正看着不远处的某样东西。原来正是那样东西吸引了她的注意力，甚至让她忘记了来自身后的威胁。

当男人凝神看清那样东西的时候，同样也愣住了。这两人就像是一对被施了法术的木偶，茫然凝固于冰冷的寒室中。他们仍保持着搏斗的姿势，但对抗的精神却在瞬间消失得无影无踪。

施放魔法的物件是女人脖颈中佩戴的那个挂坠。在两人纠缠搏斗的时候，挂坠脱落摔在了地面上，表面漂亮的装饰物翻开了，露出挂坠内部嵌裱着的一张照片。照片只有一枚硬币般大小，但上面两个人的大头合影却清晰可辨。一个是靓丽可爱的女孩，一个是青春活力的小伙。两人的脑袋亲密地紧贴在一起，情意盎然。

良久之后，女人的视线才从照片上挪开，她扭过头来看着骑在自己背上的男子，愕然问道："这是我和你的合影？"

照片上的一男一女正是此刻寒室中的二人。那男人干咽了一口唾沫，脸上的神色既诧异又无奈。

"是的。"他悻悻地回答说，"没想到你还保留着这张照片……"

女人翻过身推了男人一把。后者丝毫没有抵抗，顺势便坐在了一边。女人也坐起身，把挂坠拿在手中细细端详了片刻，又抬头问道："我们俩到底是什么关系？"

男人露出奇怪的苦笑。

"情侣。"他先是这么回答，随后又补充说，"曾经的。"

"我们——"女人伸手指指男人，又指指自己，"是情侣？"

男人点点头，确定了这个事实。

女人瞪圆了水汪汪的大眼睛："那你为什么要把我关在这里？"

"我们曾经是情侣，但现在已经不是了。现在我们是仇人，是绑架者和被绑架者的关系！"男人咬着牙，摆出一副恶狠狠的模样。

从情侣到仇人？女人茫然地眨了眨眼睛，不明白这么大的关系差异是如何发生的。她再次审视着那张照片，试图从中看出一些端倪。她的记忆中隐约有些许星光在闪动，可又虚无缥缈地难以捉摸。

男人坐在不远处，思绪万千却又沉默不语。刚才还在以命相搏的两个人此刻却静默相对，就像是突然间进入了另外一个平行世界。可他们的情感、他们的生活又真的能在时光中跳跃穿梭吗？

努力了半天之后，女人仍无法找回自己想要探寻的记忆。她只好收起挂坠，把困惑再次抛向了那个同室之人。

"我们之间发生了什么？"她幽幽地问道。在她心中，现在第一迫切的任务并不是逃出这个牢笼，而是彻底解开自己和那男人之间的关系谜团。

男人回答说："我们曾经疯狂相爱，可后来你背叛了我。我们也就从爱人变成了仇人！"

"所以你就绑架了我？"女人追问道，"那你到底是为了钱，还是为了报复？"

"这本来就是一回事！"

女人轻轻摇着头，表示不解。男人便又说道："你因为钱而背叛了我，让我在情感和经济上遭受了双重的打击。所以我把你绑来——我要你的钱，既是为了缓解自己的困境，也是为了弥补你给我带来的伤害！"

看着男人说话时的痛苦表情，女人莫名涌起一股愧疚的情绪。她自觉有些奇怪：他绑架了我，我应该恨他怕他才对，可为什么倒对他心怀怜悯？难道我真的做过对不起他的事情？又或者我心底一直都在挂念着他，本就从未放下对他的情感？想到这里，她叹了口气，说道："其实你用不着绑架我的，如果我真的伤害了你，你要多少钱我都愿意给你。"

男人冷冷不语。

"你不相信吗？我可以做给你看的。"

男人立刻挑起眼角反问："怎么做？"

"我虽然想不起银行卡的密码了，但只要我本人到银行柜台去，应该可以凭身份证办理密码变更的手续吧？到时候你想要多少钱，我都可以给你。"

“你说得好听。你以为我是傻子吗？会相信你这样的轻巧话！”

“真的。”女人急切地表达着，“而且我会告诉大家，这一切都是我自愿做的，你并没有强迫我做任何事情。我只希望你拿到钱，不愿再见你受到任何伤害。”

女人的情感真实坦诚，完全不像是撒谎的样子。男人信是信了，但他又有些无法理解。“难道你是傻子吗？”他不得不提醒对方，“我们已经不是情侣了，是仇人！”

女人低头沉默了一会儿，手中则轻轻抚摸着那个挂坠。片刻之后她抬头说道：“我不管以前发生过什么，也不管我们现在是什么关系。我只知道，无论你面对怎样的困境，我都想要帮你，为了你，我愿意付出我的一切。因为我心底藏着一种感觉，专门针对你的奇妙的感觉。虽然我的记忆并没有恢复，但我一看到挂坠上的照片，心底的那份感觉就已经复苏了。”

男人专注地聆听着对方的告白，神色复杂难言。

“你还是不相信我吗？”女人委屈地嘟起了嘴。

“不，我相信了。”男子直视着对方眼睛说道，“我太了解你了——我能分辨出你哪些是真话，哪些是撒谎。”

“是吗？”女人先是一喜，随即又面露尴尬，吞吞吐吐地问道，“你……你刚才不要紧吧？”

男人知道对方想起先前色诱自己的桥段了，便“嘿”地冷笑一声，说：“你以为我真的上当了？实话告诉你，我是故意让你逃走的！”

“啊？”女人听不明白了，“——是你把我绑架来的，怎么会故意让我逃走呢？再说了，如果你是故意让我逃走的，为何又要追过来把我拖下台阶？”

男人往铁门那里看了一眼，说：“我是想让你试试密码。”

女人越发糊涂，只能茫然眨着眼睛。

男人解释道：“当人遇到危急的局面时，潜意识里的某些记忆就会突然迸发出来。所以我故意放你跑到铁门那里，没准你胡乱输的那个密码就是你潜意识的体现呢。”

女人这才品出些门道：原来对方是想把自己逼到一个逃生的绝境中。当前有铁门、后有追兵的时候，自己一定会在密码器上赌一把。而这个以赌博心态输入的密码很可能就来自潜意识中的某个记忆，没准这个记忆就是设定好的银行卡密码！

想到这里，女人忽又露出了失望的神色，自责道："可是刚才我输密码的时候根本没过脑子啊，输的哪几个数字现在又不记得了。"

"记住也没用，反正那个密码不对。"

"你怎么知道不对？"

男人犹豫了一会儿，说道："铁门上那个密码器是带无线传送装置的。你按下的密码会立刻发送到外面那个人的手机上，如果用这个密码转账成功了，那人就会向铁门上的密码器回复一条短信息，这时那个铁门才能打开。"

女人抬头看看那个密码器，显示屏上的那行字符仍在："密码错误，还有一次输入机会。"

男人也看看那行字："密码错误。也就是说外面转账没有成功。"

女人却还怀着一丝希望："是不是那人还没来得及试呢？我记得自己刚按了确定键，那行字就出现了。他在外面不可能操作得那么快吧？"

"他的手机芯片是和取款机信号相连的，只要收到信息立刻就能反馈过来。"男人只简单解释了一句，便不耐烦地挥挥手道，"这些电子技术，说了你也听不懂！"

女人对这方面的知识确实是一窍不通，也就不再追问。她想了一会儿，建议道："要不要我再试一次？"

"你记起密码了？"

"没有啊。只是再胡乱试一次，你不是说潜意识里的东西没准儿会突然蹦出来吗？"

男人立刻摇头否决："只剩最后一次机会了，哪能这么乱来！"

不错，显示屏上确实有"还有一次输入机会"的提示。女人忍不住要问："这一次如果还是输错了，那会怎么样？"

"那你的银行卡就会被取款机吞掉，外面的人再也不可能转账成功，我们俩也就别想离开这个冷库！"

"什么？"女人注意到对方最后提到"我们"二字，惊讶地问道，"连你也离不开吗？"

男人沉重地点了点头。

“怎么会这样？”女人无法理解，“是你把我绑架过来的，你怎么会离不开？就算你自己开不了门，你外面的同伙也不可能丢下你不管啊。”

男人深叹一声道：“你完全不了解情况。外面那个人其实算不上是我同伙——他应该算是我的债主。”

“你欠他钱？”

“是的。”男人沉默了一会儿，又说，“你离开我之后，我便赌气要做一番事业，赚大钱给你看看。我没有本钱，只能去借高利贷。可我生意做得不顺，借的钱全赔了。放贷的人向我逼债，我已经走投无路了。我想来想去，觉得都是你把我害成这样，所以我才绑架了你。”

原来是这样的恩怨。女人咬了咬嘴唇，低声问道：“我……我为什么会离开你？”

男人一翻眼皮说：“为了钱啊。你找了个大款，就把我给甩了。”

“不，不可能的！”女人不能接受对方的说法，“我怎么会为了钱离开你？”

“事实就是这样，你不记得罢了。”男人“嘿”地冷笑一声，又道，“不过那家伙真是有钱，他给你办了一张银行卡，随便你刷，那张卡里我想怎么也得有个百八十万的吧。”

女人摇着头，把那个挂坠紧紧地攥在手心里，努力地想回忆起些什么。

一旁的男人则又说道：“外面的人就是给我放贷的债主，这些人都是心狠手辣的角色。他并不信任我，所以把我们关在这里，然后又把铁门上的密码和你那张银行卡关联在一起。只有他拿到钱了，我们才能开门出去。否则的话——哼！”

男人说到这里就住了口，女人怯然问道：“会怎样？”

“你说会怎样？”男人没好气地反问，“我们俩连个手机都没有，这里叫天天不应，叫地地不灵的，只有死路一条！”

女人瑟缩着抱起胳膊，心中寒意阵阵，尤胜于体。

“这密码最多只能错三次。我用你的生日试过一次，你刚才又胡乱按过一次，现在只剩最后一次机会了。如果下一次再按错，这门就会彻底锁死。这里温度这么低，我们连一个晚上都熬不过去！”

听男人说到这里，女人才算是彻底明白了目前的局势。先前的一些困惑也都有了解答：这男人本就是自己的恋人，自然对自己的生日了如指掌；他故意让自己逃脱，就是要做一次赌博；当第二个密码仍然错误的时候，他又竭力阻止自己进行第三次的输入……这一切都合情合理。

"一定要把那个密码想出来，而且要想清楚！"男人加重语气强调说，"我们已经没有犯错的机会了！"

女人点点头。不管以前有过什么样的恩怨情仇，现在他们两人却是一条绳上的蚂蚱，正面临着生存绝境，唯一的脱困希望就是那个藏在自己记忆深处的六位数密码。她想了一会儿，问对方："你确定那密码是个日期？"

"我确定。这是你一直以来的习惯——只要是数字密码，都是由日期构成的。"

"那你不知道我喜欢用什么日期吗？"

"你会经常改变密码的。有时候是自己的生日，有时候是你父母朋友的生日，有时候是一个特殊的日子……我们已经分手一年多了，我怎么知道你最近用的是什么密码？"

"那么……在我们分手之前，我最后用过的密码是什么呢？"

"是我们的相识纪念日，060526。"

"二〇〇六年五月二十六号。"女人细细咀嚼着这个数字，她的心中忽然涌起一阵难以言明的冲动，温馨却又带着苦涩。

见对方的表情有些异样，男人微微蹙起眉头，用试探的口吻问道："你想起来了？难道你现在还在用这个密码？"

女人缓缓说道："这个日期听起来确实不一样，比生日的感觉都还强烈——至于是不是我现在使用的密码，我还不敢确定。"说完后她沉吟了一会儿，又抬起目光问那男人："在那天，我们是怎么相识的呢？"

"你问这个干什么？"男人一边反问一边避开了对方的视线。他并不想回忆那些曾经的情感纠葛。

女人给出的理由却很自然："我对这个日期很熟悉。如果你能说说那天发生的事情，或许能帮助我恢复记忆。"

男人把目光转回来，看着女人沉默不语，似乎是有些顾虑让他犹豫难决。可是现在的局面已没有更多的选择：要想得到密码，只能在女人探索记忆的时候施以援手。

男人终于决定退让一步，把思绪切回到多年前的那个夜晚。随着他的娓娓讲述，那一场浪漫的相遇穿越了时空，历历重现。

那是一个初夏的雨夜，大学的图书馆前站着一个纤弱的姑娘。她留着乌黑的长发，眼睛又亮又大。不过她美丽的脸庞上却布满了愁云，因为漫天飞舞的雨幕已切断了她的归路。

她迷上了一本小说，一直看到闭馆才舍得离开。来到出口处却发现天开始下雨了，而她又没有带雨伞。她原本想等一会儿雨停了再走的，没想到雨却越下越大。想给朋友打个电话吧，偏巧手机还没电了。她只好继续苦等。

不到半小时，其他的同学都已经离去，只剩她一人孤零零站在雨檐下。后来连打扫卫生的阿姨都走了。在深沉的夜色中，女孩又冷又怕，她终于待不下去了，便咬了咬牙，埋头冲入了雨幕。

雨水很快便打湿了女孩薄薄的衣衫。她的长发也沾满了水，湿漉漉地垂在脸上，视线因此也受到遮挡。她慌慌张张地跑出去五六十米，忽觉眼前人影一晃，想要避让时已刹不住车，和那人正撞了个满怀。

女孩大窘，正要道歉时，那人已率先开口："同学，你没事吧？"女孩伸手在脑门儿上抹了抹，把干扰视线的发绺顺到一边。她看到面前站着一个男孩，身形高大，满面阳光。

女孩尴尬说道："我没带伞。"说话的时候她意识到雨水并没有继续淋打在自己身上，抬头一看，原来那男孩手里举着一把伞，此刻正倾斜过来遮挡在自己头顶。

"你住哪个楼？"男孩看眼前狼狈不堪的美女，笑眯眯地问道。但他的笑容中却充满了善意。

"我住……女生七号楼。"

"我送你回去吧。"男孩并没有使用"顺路"之类的借口，说起来无比自然，叫人无法拒绝。

女孩点点头，默然走在男孩的身旁。最初的慌乱和窘迫已经平息，她现在有了种别样的感觉。那感觉让她有些羞涩，她便不自觉地拉开了和男孩之间的距离。

男孩想要多照顾对方一点，手中的雨伞偏在女孩那一侧，自己的半边身体却因此暴露在外。女孩过意不去，伸手轻轻推了一下伞柄，说：“你别光顾着我。”

男孩嘴里说着：“好好。”可是等女孩的手刚刚放下，那把伞却又自动偏移向对方。

“你自己也打着点啊，袖子都湿了。”女孩再次推着伞柄。

“你和我靠近一点吧。”男孩提出建议，“这样我们两个人都不会淋到了。”

女孩的脸色微微一红，她没有靠近对方，只说：“我的衣服反正都湿了，再淋点也没关系。”

女孩的衣服确实已经湿透，薄薄地紧贴在身体上。一阵夜风吹来，她禁不住微微颤抖。

男孩皱起了眉头：“你这样不行，会感冒的。”

“我没事……”女孩话音刚落，便很不争气地打出了一个大喷嚏。

男孩不再说什么，把伞交到外侧手中，然后展开内侧的臂膀，忽然将女孩揽在了自己怀里。女孩毫无心理准备，“嗯”地哼出一声，三分诧异，七分娇羞。她本想挣扎，可是男孩的臂膀如此有力，紧紧地箍住了她，令她的上半身动弹不得。雨伞遮住了女孩头顶的冷雨，男孩热腾腾的胸膛则挡住了凄凉的夜风。温暖的感觉在女孩的体内涌动，而她的思维却慢慢凝滞，她看着远处的灯光，生平第一次有了那种极为安详的满足感。

两人就这样共撑着一把伞，相拥走在雨中。大部分时间里他们都没有说话，可他们的步伐却是如此默契，就像是早已相识多年。也不知走了多久，女生七号楼终于出现在两人眼前。

“我到了。”女孩轻轻说了一句，同时挣脱出男孩的臂膀。她注意到男孩的胸襟都被自己的头发打湿了，又红着脸歉然道，“不好意思，把你的衣服也弄湿了。”

“这算什么？”男孩大气一笑。女孩抬头看着男孩，男孩的笑容如阳光般温暖灿烂，女孩的双眸则如明月般璀璨动人。

男孩的臂膀又搭上了女孩的肩头，这次不需要他用力，女孩已靠在他的胸前。

男孩把握伞的那只手也拢过来抱住了女孩，然后他微笑着说道：“如果你觉得冷，我可以一直这么抱着你。”

多年之后，男人在冰冷的冷库里复述这句誓言，对面的女人身体一颤。某些记忆已重回她的脑海。她呆呆地看着那个男人，眼中依稀有泪光闪动。

男人的心中已无波澜。他只是淡淡地问道：“你想起来了吗？那天的事情。”

“是的，我想起来了，那天你抱着我……”女人说了一半，又摊开手去看掌心的挂坠，然后她喃喃如自言自语般反问，“可现在怎么会这样？我为什么会离开你？”

“那是校园时代的爱情，美好、纯洁，但也是虚幻的，没有现实的根基。当我们走上社会之后，一切都不同了。”男人带着过来人的沧桑喟然一叹，“唉，外面的社会太复杂了，再纯洁的人也会被同化。”

女人却听不进去，她只是摇头：“我不相信。”

“你不相信什么？”

“我不相信我会为了钱离开你！”

“可这就是事实，已经发生的事实。”

女人抬手揉了揉额头，似乎里面有什么东西令她涨痛难忍。男人见状问道：“怎么了？是不是后来的事情你还是记不起来？”

女人没有回答，但她那痛苦思索的表情已经印证了男人的判断。

片刻后，她放弃了徒劳的努力，换了一种方式来表达质疑。

“如果我真的背叛了你，我怎么还会保留着这张照片？”女人举起手中的挂坠问道。

这问题让男人一愣，他想了一会儿，却也不知该如何解释，只能把手一摊说：“我哪知道你是怎么想的？嘿！也许女人的心才是这世界上最复杂的东西。”

女人无从反驳。黯然片刻之后，她又问道：“我们是哪一天分手的？”

男人皱起眉头，这个话题是他最忌讳的，但他也知道，那个日子对女人来说别具意义，她会不会以此来设定密码呢？

事已至此，怎么也得试一试。怀着这个想法，男人便说出了答案：“是二〇一〇年十月二十七号。”

“101027？”

“熟悉吗？”

女人点点头，表示有点印象，然后又继续问道：“那天的事是怎么发生的？”

男人斟酌了片刻，说道：“那天你生病住院，我去医院看你。结果病房里有另外一个男人，他威胁我，要我以后别再打扰你。那男人还差点对我动手。那天之后，我们俩就分手了。”

病房、另一个男人、争吵、分手……按照对方的提示，女人在残缺的记忆中搜索着相关的信息。她确实想起了一些事情，也看到了另一个男人的身影。当那个男人在她记忆中浮现时，她确实有一种超乎寻常的亲密感。

女人彷徨问道：“我就是因为那个男人背叛了你？”

男人深吸了口气，回答说：“是的。”

女人却又茫然地摇摇头：“我记起了那个男人，可我又看不清其中的细节……”

“大概是你潜意识里不想面对这些事情，所以就想不起来吧。”男人这般分析道，随即又话锋一转，“你想这些事也没用，现在最重要的是那个密码——101027，这个数字对吗？”

“只能说有可能。”女人撇撇嘴道，“但还是不能确定。”

“那我们就不能冒险。宁可再等一等，你继续想想吧。”

“可我的思维很乱，我只想知道为什么会离开你——”女人痛苦地晃着脑袋，“绝不是为了钱，我不相信！”

“你何苦自己骗自己呢？”男人冷冷地说道，“你如果真的心怀愧疚，那就赶紧把密码告诉我，也算是救了我一命。”

“我如果知道，一定会告诉你的。可我真的想不起来——”

男人重重地叹了口气，焦躁却又无计可施。

女人无奈地看着那扇紧闭的铁门，忽然她的思路一转：“就没有别的办法能出去吗？只要能出去，就算想不起密码，我也能帮你把债还上。”

男人并不领情，没好气地回复道：“这里是地下冷库，连个窗户都没有，还能从哪里出去？”

“通风管道什么的总得有吧？”女人一边说一边站起身来，抬起头四下打量。不一会儿，她还真发现了目标，伸手指着走廊里的某处天花板唤道："你看，那里好像就是。"

男人只瞥了一眼，便说："我早就看到了，那里上着锁呢。"

女人将信将疑地走近几步，来到正下方细细观察。那是一个正方形的管道开口，约有两尺见方，足够一个成年人钻行其中。只是那管道口拦着铁篦子，而且正如男子所言，篦子头上还挂着一把硕大的铁锁。

这的确是通风管道无疑了，而且一定能通向户外的某个出口。冷库管理者就是为了防止有人从外面钻进来，所以才配了这把铁锁。而这样一来，困在室内的人想要从这个通道逃生也就不可能了。女人失望地咬了咬嘴唇，正准备离开时，忽然间眼睛一亮，又发现了一个细节。

"你快过来！"她兴奋地呼喊着，"那钥匙就挂在旁边呢！"

"什么？！"男人一下子跳起来，三两步抢到女人身边。顺着对方手指的方向一看，果然，就在离通风口不远的地方，天花板上还挂着一把钥匙。从材质大小来看，应该正是与那铁锁相配！

男人大喜过望："是钥匙，真的是钥匙！一定是打扫卫生的人为了清理通道方便，所以就把钥匙挂在那里。"

"对啊。"女人也附和道，"这样屋里的人可以随便打开那个铁篦子，外面的小偷却别想进来！"

男人一拍手道："那就能出去了。现在唯一的麻烦，就是怎么样才能上去。"

这间冷库的天花板离地面大约有四米高，清洁工打扫肯定都是带着梯子的。他们俩怎么才能够到那个通风管道呢？

女人提议："我们把那些箱子搬过来，站在箱子上行不行？"

男人点头道："能行。"库房里堆满了货箱，只要搬几个过来垫一垫，应该能解决高度上的障碍。事不宜迟，他立刻便离开走廊，往库房内走去。女人则在他身后紧紧相随。

不过这事想得简单，真要上手搬的时候麻烦又来了。那些货箱的见方都在半米以上，里面结结实实塞满了冻货，死沉死沉的。两人合力也刚刚能将一个货箱搬离地面，却无法抬高。所以他们费尽九牛二虎之力，最终只在走廊里垒起了两层货箱，再想往上垒第三层就不太可能了。

"我实在搬不动了。"女人首先放弃了，气喘吁吁地坐在一只货箱上，已筋疲力尽。

“还是不够啊。”男人抬头看着天花板，嘀咕了一声。两层箱子垒起来的高度也就一米多，箱子顶离天花板还有两米多的距离呢。

女人看看天花板，又看看面前的男人，有了另一个主意：“要不我骑在你背上吧。”

这确实是个办法。男人身高有一米八，女人虽然娇小，但也在一米六左右，男人站在箱子上，女人骑在男人背上，最上面的女人肯定能够到天花板上的通风口。

可男人却沉着脸说：“这样你倒是能出去了，我怎么办？”

对啊，自己出去了，男人还在下面，他要怎么上来呢？女人明白对方的顾虑，她努力想要找出解决的方法。但想来想去，两人要同时出去都是不可能的。女人只能试图去说服对方。

“我出去以后就报警救你……”女人这话刚说了一半就觉得不妥：如果报警的话，那作为绑架犯的男人岂不是要被警方逮捕？所以她连忙改口，“不，你把外面那人的联系方式告诉我，我出去之后就找他帮你还债，然后叫他把你放出来。”

男人还是不置可否。

女人露出失望的神色，问道：“你不相信我，是吗？”见对方仍是沉默不语，她又说道，“要不你骑在我背上试试，可以的话你就先走。”

男人“嘁”了一声，那意思是你根本不可能背得动我，又何必说这漂亮话？见对方如此，女人便无奈反问：“那你还想要我怎么做呢？只要我能够做到的，我都可以答应你。”

男人就是不说话，也不知心里在想些什么。逼得女人干脆凄然一笑：“要不我们就一块儿冻死在这里算了。”

这话终于触动到男人的神经，他竟不自觉地哆嗦了一下，并且立刻出言反驳：“你胡说些什么呢？”

女人倒坦荡无惧：“我们就这样相拥而死，也算是实现了当年的誓言。”

“别再胡说了——我们明明能出去的，干吗要一块儿死在这里？”男人说完这话，又郑重其事地凝思了一会儿，最后他不得已转变了先前的态度，他改口说道，“这样吧，我可以先送你出去，但你必须答应我一件事情。”

“哦？什么事情？”

“你出去以后必须在第一时间报警，千万别去找我的债主。”

女人不解地问道：“为什么？报警会对你不利的啊！”

“那家伙坏得很，他要是知道你失忆了，没准儿会做出什么坏事来！”男人如此解释，“报警的话，就看你怎么说了。你只要说得好，对我能有什么不利的？”

女人转过了脑筋，点头道：“对啊。我就说我们俩是一块儿的，那家伙为了逼债，把我们两人绑架到这里。这样你就不会受到牵连了。”

“随便你了。”男人此刻又显出无所谓的态度，“反正你出去之后，我再也不能控制你。你就是想把我送进监狱，我也认了。”

女人动容道：“我怎么会呢？我哪怕一辈子出不去，也不能再让你受苦了！”

“行了行了，你赶快爬上去吧。”男人摆了摆手，对女人的真情流露丝毫无感，他甚至决绝地说道，“只求你出去后，再也不要让我见到你！”

女人本已起身准备配合男人的行动，但听到对方最后那句话时，又呆呆地愣住了。她已经忍了很久，此刻泪水终于控制不住地滑落下来。

“你就这么恨我吗？永远也不肯原谅我？”她轻轻地抽泣着问道。男人沉默了一会儿，反问道：“如果我们交换一下呢？如果是我背叛了你，你会原谅我吗？”

女人一怔，随即回答说：“会的。”

“会？”男人不太相信这个答案。

“会的。”女人加重口气重复了一遍，随后开始解释，“因为不管我们是谁离开了另一个人，我想都有迫不得已的原因。就像你说的，现实的社会太复杂了，纯洁美丽的情感有时也会不堪一击。你说我是为了钱离开你的，我无法相信——这背后一定还有更多的事情，有些你未必会知道。同样，如果是你离开了我，一定也是被逼无奈。我会原谅你。”

男人专注地看着女人，像是被对方的话语打动了。恍然片刻之后，他轻轻一叹道：“好吧。既然你能这么想，那我……我也愿意原谅你。”

“真的吗？”女人惊喜抬眸，晶莹的泪珠仍挂在脸颊。

男人点点头。他和女人对视着，目光中也有了温柔的变化。

“那你再抱抱我吧。”女人忽然提出了这个要求。她可怜兮兮地摸着自己的双肩，娇声道：“我好冷。”

如此美丽娇柔的女子，如此哀怜的目光，这样的要求令男人怎能拒绝？他张开双臂，将对方环抱于怀中。

女人把脑袋紧贴于男人的胸膛，两人紧紧相拥。这已是他们在冷库中的第二次拥抱，姿势一样，但情景完全不同。第一次拥抱时两人各怀异心，随后到来的更是一场恶斗；现在两人都已暂时放下了心结，他们互相感受着对方的体温和心跳，整个世界变得如此纯净，就像回到了多年前的那个雨夜。

“告诉我吧……”女人喃喃低语，“告诉我你会一直抱着我。”

男人知道女人想听什么，在飘忽的思绪中，终于再次说出了那句誓言：“如果你觉得冷，我可以一直这么抱着你。”

这誓言如同电流击在了女人心头，激发出一股难以控制的强烈情感。这股情感在女人体内来回冲撞，寻找着宣泄的出口。终于，在某个共振萌发的瞬间，女人脑海中记忆的闸门被猛地冲破了。那个浪漫雨夜之后的往事一幕幕重现。当她再次抬头的时候，她已经想起了所有的事情。可她脸上的表情却没有任何变化，甚至连腮边的泪珠都未拭去。她看着对面的男人，轻声道：“好了，我该走了。”

男人点点头。他似乎不放心什么，又再次嘱咐：“记住，出去后第一时间报警，千万别耽搁。”

女人笑了笑说：“我明白的。”

男人这才放心。两人便一同爬上了木箱。男人蹲下来，让女人先骑在自己身上，然后又稳稳地起身。当他完全站直之后，女人离天花板已非常接近。后者一伸手，轻轻松松将挂在旁边的钥匙摘了下来。

男人抬起头，用紧张而又期待的目光关注着女人的一举一动。女人这时已将钥匙插入锁孔中，轻轻一拧，锁头便“嗒”地弹开了。女人微笑道：“没错，就是这钥匙。”

男人正欣喜间，女人却又将锁头重新扣好。男人“嗯”了一声，正想询问时，只见女人捏钥匙的手横向一掰，随即听到“啪”的一声轻响，似为钥匙断裂之声。

男人一惊，连忙将女人从高处放下。可惜为时已晚，那钥匙已齐齐断成两半，一半钥匙头在女人指尖，另一半齿条则留在了锁芯里。

“你怎么回事？”男人愤然责问。

女人却毫不慌乱，举着手里的半截钥匙说道：“我把钥匙拧断了啊——这通风口再也打不开了。”她的表情笑眯眯的，分明在告诉对方：这可不是什么意外，而是自己刻意所为。

男人心一沉，意识到了什么，嘶哑着嗓音问道：“你……你恢复记忆了？”

“是的。”

男人不甘心地咬着牙齿：“什么时候？”

“就在最后的那个拥抱。”女人呵呵一笑说，“你的计谋差点得逞了呢。”

男人瞪大了眼睛，目光中闪动着既绝望又懊恼的复杂情绪，随后一把揪住了女人的衣领，就像是溺水的人揪住了最后一根救命的稻草。

“你也想起那个密码了，对不对？”他厉声叱问。

“当然了，可我不会告诉你的。”女人脸上的笑容消失了，她毫不退让地与男人对视着，然后又带着讥讽的口吻反问道，“一个绑架者，怎么会把逃脱的密码告诉那个被他绑架的人呢？”

这句话像是锐利的锥子，深深地刺进了男人的心理要害。他泄气地松了手，面色苍白如死灰。

正如女子所言，在这场困室游戏中，她才是绑架案真正的实施者。而这一切都缘于那个令她刻骨铭心的日子。

二〇一〇年十月二十七号——他们分手之日。

现在女人已完全回忆起那天的情形：女人确实躺在病床上，但并非生病，而是刚刚经历了一场堕胎手术。

男人坐在女人的床头，轻拉着对方的小手，看似关切，可神色间却是心不在焉的样子。

另有一个人站在病床对面，看着这对情侣，表情凝重。

男人终于按捺不住了，抬腕看看手表，然后说道：“我还有事，得先走了。”

“不，你别走。”女人反手拉住对方，她的声音虚弱而又急切。

“我真的有事，等晚上完事了我再过来。”男人一边说一边把女人的手轻轻地拨开。

一旁的那人看不下去了，紧皱着眉头问道：“有什么事这么重要？”

女人转过头来，眼中闪着求助的目光。说话的人是她的亲大哥，兄妹俩关系素来亲密。

男人对大哥赔着笑：“哥，是工作上的事。麻烦你先照看莎妮。我真的得走了。”

大哥却不答应：“工作上的事也得放下。”

男人坚持说：“哥，你不了解的，这事真的放不下。”

大哥的火气开始上拱：“你现在倒成了忙人了？我问你，你为什么逼我妹妹把孩子打掉？你是不是不想负责？”

男人辩解说：“不是我不想负责，可我们现在什么都不稳定，这孩子没法要的。”

“没法要？”大哥伸手指着男人的鼻子斥问，“没法要你为什么让她怀上？！”

男人把手一摊说：“我也不想这样。再说了，这又不是我一个人的事。”

大哥实在气不过了，甩手一巴掌抽在男人脸上：“你他妈的浑蛋！”男人挨打后退了两步，瞪着对方但没有还手。

病床上的女人已急得啜泣起来：“你们……你们别吵了……”大哥心疼妹妹，强压着怒火坐了下来。男人则沉着脸走出了病房，全然不顾身后女人那哀怨的目光。

晚上，女人没有等到男人回来，等到的是一条手机短信：“我们不太合适，还是分手吧。”

事隔一年多了，女人一想起那条短信，心中仍在隐隐作痛。她凝视着对面的男人，苦涩笑道：“你可真会撒谎。你让我打胎，说是没有准备好，其实你是为别人留了后路；你说我们不合适，其实你是自以为找到了更合适的人。”

男人无言以对，因为女人所言的确都是实情。

二〇一〇年的十月二十七号，男人并没有在忙什么工作，那天他是要去参加一次相亲。这次相亲是他的领导安排的，相亲对象则是另一个更高级别领导的独生女。

那天的相亲过程非常融洽，女方对男人很满意。男人随即便发出了那条分手短信。而此前他一边告诉领导自己“仍然单身”，一边则哄骗女人打掉了那个刚刚孕育的孩子。

女人轻轻叹了口气，又道：“直到今天你还骗我——你居然说是我背叛了你。”

男人苦笑着反驳：“要说今天可是你先骗我的。你把我约到这个鬼地方，说是要把以往的情书还给我。可你又做了什么？”

“你很害怕我把那些情书寄给她，对不对？我要是不这么骗你，你怎么肯来见我？”

男人摇了摇头，说：“我真是小看你了。我以为你仍然是那个单纯善良的女孩。”

“单纯善良？这是你给我的评价吗？”女人撇撇嘴，也不知是想哭还是想笑，随后又看着对方问道，“那你呢？又该如何评价？”男人不说话，女人便自问自答：“应该配得上狡诈狠毒这样的评语吧？为了逼问密码，你可真下得了手打我。后来你还把我捆起来，肯定是想更方便地折磨我，对不对？如果我没有意外失忆的话，还不知道要吃多少苦头呢！”

男人试图为自己辩解：“我那会儿又气又急的，也是没有办法。你把铁门锁了，密码在你心里，我不逼你逼谁呢？你的反抗又那么激烈，我只好把你捆起来。”

“你把我推倒时，我的后脑撞在了箱子上。没想到这次碰撞竟然让我失忆了。这下你硬逼不成了，便又想方设法来骗我。”女人一边回忆一边沉吟分析，“你既指望我想起那个密码，却又害怕我回忆起事情的真相。所以你总是含含糊糊地跟我兜圈子。你不敢告诉我那是铁门的密码，就骗我说是银行卡的密码。后来被我发现了照片，你就说是我背叛了你，还编出了一个被逼还债的故事。你甚至把我大哥也编派进这个肮脏的谎言——不过这也正常，而且很符合你的风格。你总是那么会撒谎，两句假话里面要夹着一句真话，真真假假的，让人很难辨别。”

“难道你不会撒谎吗？刚才你明明已经恢复记忆了，却还骗我，让我把你背上去，拧断了那把钥匙！”一提到那钥匙，男人就恨恨地咬紧了牙关。那本是他脱困的最大希望，可现在已毁于一旦。

女人用手捏着断掉的半截钥匙，微笑着说：“我已经想起了密码，留着这个钥匙还有什么用呢？”

确实，这钥匙不但没用，留着反而会有后患，所以女人一定要将其毁掉。现在没有钥匙了，要想出去必须知道铁门上的密码。

谁是密码的掌握者谁就掌控了全场的局势，女人明白这一点，男人当然更加清楚。他的脑筋在飞速地旋转着，试图找到最新的对策。女人知道对方在思考什么，她还故意提示对方：“你可以把我再绑起来，折磨我，试试看能不能逼问出那个密码。”

男人愣了一会儿，说道：“我怎么舍得折磨你？刚才我绑你，其实也就是想吓吓你罢了。”他这话说得实属无奈。之前他把女人绑住，确实就是想通过折磨对方来逼问密码。不过那时候密码尚有三次输入机会，现在可就剩最后一次了。这形势已大不相同。此刻若再用暴力手段逼问，女人要是说出一个假密码怎么办？密码只要再错输入一次，大门就会彻底锁死，男人可不敢冒这个险。他不得不改变策略。

“那你准备怎么办？求我？”女人一边说一边跳下了箱子垒砌的平台，然后负手站在地上，等待着对方的回答。

男人也跳下箱子，赔着笑凑到女人身前，呼唤着对方的名字：“莎妮，别闹了……”

“我可没闹。”女人一本正经地打断了对方，“我是在帮你实现那个誓言。”

“什么？”男人皱起眉头，对这话不太理解。

女人睁大眼睛看着对方，目光中闪动着一些异样的神采，片刻后她幽幽地说了句：“这里这么冷，我们一定会紧紧地抱在一起，对不对？永远抱在一起。”

男人明白“永远”二字是什么意思，忍不住打了个哆嗦，颤声道：“莎妮，你何必这样？我知道你恨我……”

“不，我不恨你。”女人郑重地纠正对方说，“我是爱你。”男人无语苦笑。

“我一直都是那么爱你，你应该知道的。哪怕刚才失忆的时候我都对你那么好，你看不出来吗？那是我心底最深处的情感，一辈子也无法改变的。不管你如何伤害过我，我都想和你在一起，永远都不要分开。”

女人这番话说得情真意切，可男人品出的却是一种难以描述的绝望和恐惧。他慌乱地喘息着，良久之后才拢回一些思绪。

那女人执着地爱着自己，这一点男人毫不怀疑。要想绝境逢生，这或许就是唯一的希望所在。

“我们可以永远在一起的，但没必要困死在这个地下室。”当男人再次开口时，他看着女人娓娓说道，“我们可以结婚，生一个可爱的孩子。我们幸福地走完一生，最后相拥着死去——这样不是更好吗？”

女人的思绪跟着对方的话语轻轻飘动。她的眼神迷离，对男人描绘的场景充满了向往。可最后她只能深深一叹：“你骗我的，你怎么会和我结婚？你已经爱上了另一个女人。”

“不，我不爱她，我从始至终只爱你一个人！”男人提高了声调，言之凿凿。

女人摇着头，显然不相信他的话。

“我不爱她，我只是在利用她。”男人急切地做着解释，“她是我们大领导的女儿，我和她相处是有目的的。我当然不爱她，她是一个娇生惯养的女人，又任性，脾气又大，怎么能和你相比！”

女人沉默了片刻，抿嘴问道：“为了你的目的，感情也可以被出卖、被欺骗，是吗？”

男人观察着女人的情绪，看出对方并不反感自己先前的话语，便在此基础上再接再厉。

“我也是被逼无奈。”他长叹一声说道，“你也知道的，这个社会有多么复杂，感情再美好，有时也会不堪一击。我是一个男人，我不想庸庸碌碌一辈子。我那种痛苦你又怎么会了解？你以为我是为了另一个女人离开你的，可我……我其实是为了我们的将来。”

“我们的将来？”女人的眼睛亮了一下，她期待地看着男人，等待对方的进一步解释。

“是的。等我奋斗成功了，我就会回来找你。到时候我们在一块儿，既有感情的基础，又有现实的基础。那样的生活才是最美好的。”

“真的吗？”女人抬起大眼睛，美丽的睫毛轻轻地颤动着。男人很认真地点了点头。

女人轻轻地叹了口气，又道：“可我并不在意什么现实的基础。我只在意我们的感情，你有没有钱、有没有地位，对我来说都不重要。”

“我现在已经明白了。”男人一脸感慨，“只要我们两人能在一起，就是最大的幸福。出去以后我就和那个女人分手，然后我们再也不要分开，好不好？”

女人不假思索地答道：“好。”她微微闭起眼睛像是在遐想着什么。

看着女人陶醉的表情，男人略略松了口气，暗想：幸好她还是那么爱我，那么单纯。

片刻后女人睁开眼睛，说了声：“走吧。”

男人大喜，但控制住情绪，装作不经意般反问：“去哪里？”女人没有回答，只是向着铁门处走去，男人紧跟在她的身后。两人一块儿上了台阶，最终在密码表盘前停了下来。

女人转过身来看着男人，若有所思。男人便柔声说道：“你肯定又冷又饿吧？出去之后我带你吃火锅好不好？”

女人没有接这个话茬，只是长时间地看着对方，目光中带着审视的意味。

男人被她看得有些不舒服，干笑一声问：“怎么了？”

女人终于开口，她淡淡地说了句：“如果我这次把密码输错，我们俩就都出不去了。”

“是啊。”男人提醒着对方，“你一定要想清楚再输，千万别弄错了。”

女人笑了笑。她已经恢复了记忆，怎么还会弄错呢？正确的密码就是今天的日期，120618。在她的计划中，今天才是她人生中最有意义的一天。可惜对面的那个男人并不会懂。

女人现在关心的是另外一些问题。

“你刚才说的那些真好，我光是想一想，已经觉得很幸福。”女人说到此处，话锋一转，“可我又不知道你是不是真心的——你那么会撒谎，我总是很容易被你骗到。”

“我当然是真心的。”男人毫不犹豫地表态说，“我愿意一生陪着你，生死不离。”

女人不置可否，片刻后她摸了摸自己的胳膊，说道：“我觉得有点儿冷。”

男人当然知道这是一个怎样的暗示，他走上一步把女人抱在了怀中。然后他在对方耳畔轻声说道：“如果你觉得冷，我可以一直这么抱着你。”

可这次女人并没有被誓言麻醉，忽然反问道：“那我们就这样永远抱在一起，你愿意吗？”

男人一怔，竟不知该如何回答。

女人挣开对方的怀抱，抬起右手放在密码输入器上，再次问道：“回答我，你愿意吗？”她的目光如星辰般闪亮，直要把那男人看得通通透透。

男人的额头沁出了一层冷汗，实在不想回答，可他又别无选择。最终他只能说出那三个字：“我愿意。”

得到答案之后，女人的手指便在密码盘上按动起来。在最终按下确认键的同时，她还转头看着男人，淡淡地笑了一下。

那笑容中包含着万千滋味，叫人无从分辨。

天蝎诡计

置之死地而复仇

七月的龙州，如烈火般热辣。尤其是午后时分，明晃晃的太阳把空气烤成了热烘烘的一片，只要你置身其中，即使端坐不动，也能很快憋出一身的汗来，浑身上下像是爬满了湿乎乎的蚂蚁。在这样的天气下，任何的户外活动都是绝对的遭罪。

罗飞偏偏在这个时候接到了出警的任务。

翡翠湖度假村，命案，一死一重伤。

案情火急，罗飞立即通知了法医张雨，他们各自召集下属，分乘两辆警车向着翡翠湖度假村疾驰而去。

毒辣的日光早已把警车烤成了一个大蒸笼，负责开车的小刘很快就汗如雨下了。他把空调开到了最大，冷风呼呼地往外吹，却感觉不到一丝凉意。小刘摘掉警帽，又扯开了前襟的两个扣子，嘟囔道："罗队啊，咱这车也该换换了吧？这车夏天还能开吗？"

罗飞轻轻地"呵"了一声，未置可否。然后他伸手把副驾位置的车窗摇了下来。

小刘也打开了车窗。风势借着车速蹿进来，虽然是热的，但总也能带走一些汗水。小刘似乎舒坦了一些，长长地舒了口气，然后往罗飞这边瞥了一眼。

"罗队，你是不是冷血动物啊？"他大惊小怪地咋呼道，"这么热的天，你怎么一点汗也不出？"

"心静自然凉。"罗飞淡淡地说着，他衣帽完整，仪态端正。

越是重大的案子越要保持一个冷静的心态，这是从警多年的罗飞早已磨炼出来的基本素质之一。

不过当警车出了市区，一路沿着国道继续往南而去的时候，罗飞看着远处渐渐显现出来的连绵山影，心中却也不免起了一些涟漪。

那是南明山，是罗飞曾经工作过近十年的地方。当时的生活虽然平淡，但也留下了许多无法磨灭的记忆。

翡翠湖便在南明山的脚下，与罗飞当年所在的南明山派出所隔山而对。那是一片面积达十余平方公里的大湖，三面环山，另一面则是一块硕大的湖滩。罗飞那会儿工作不像现在这样忙碌，闲暇时也曾翻过南明山，到安静秀丽的湖边去转一转。他记得那湖滩上生满了芦苇，茂密繁盛，周围则鲜有人烟。

不过近年来，翡翠湖成了龙州市一个新兴的旅游景点，尤其是翡翠湖度假村建成之后，相应的道路和配套设施也跟着齐全了。现在人们可以把车直接开到湖边，既能观赏秀美的湖光山色，也可以享受到投资者提供的各种休闲和娱乐服务。

罗飞是十四时五十一分接到的调度命令，十六时零七分，一行人到达了翡翠湖度假村的停车场。

“我靠，全是好车啊！现在有钱人真是多。”小刘的双眼在停车场里打着转，一脸的馋涎样。

“行了，赶紧停车，把你的衣着整整。”罗飞督促道。小刘瞅准了一辆新款的7系宝马，把警车贴上去停了，趁着戴帽整衣的当儿，又干过了一阵眼瘾。

不远处法医张雨也带着他的助手下了车。一行人会合之后，一同向着度假村的入口处而去。早有一人快步迎了上来，这是一个二十来岁的小伙子，他身着便服，神情干练，远远地便打起了招呼：“罗队！”罗飞一愣，随即认出那是南城分局刑警队的郑涛。前几年小伙子实习的时候，曾在罗飞手下当过几个月的“徒弟”。

“你怎么也来了？”罗飞看看手表，又追问了一句，“你什么时候到的？”

“大概十五点吧。”郑涛擦了擦额头上的汗水，看来他已经在烈日下等了好一阵了。

“这么快？”罗飞和小刘等人惊讶地交换着眼神，这意味着案发十分钟左右，南城刑警队的人马就已经到达了现场，这效率也太高了吧？

“不，我本来是调查另一起案子的。”郑涛连忙解释说，“正好赶上了这里的命案。我可从来没单独处理过命案……刚才调度中心说市局派人过来了，没想到是您，这可好了，我又能跟着您学几手了。”

哦，原来是这样，罗飞暗暗点头。这倒真巧，不过也算个利好。

越早有警察到达，对案发现场的保护和勘查便越有利。郑涛这小伙子他了解，虽然经验不算丰富，但当个助手还是合格的。

“你自己的案子怎么样了？要找的人找到没有？”因为郑涛身着便装，所以罗飞判断他并不是正式出警，多半是在进行一些摸排和查访之类的工作。

郑涛正想和罗飞说这个事儿：“我来找的两个当事人，一个就是死者，另一个则失踪了。”

“嗯？”罗飞蹙起了眉头，那可就不是什么巧合了，这两桩案子很有可能是源于同一个起因！

“立刻把你掌握的情况告诉我——”罗飞挥了挥手，迈开大步，“我们去现场，边走边说！”

郑涛紧赶了两步，跟上罗飞的步伐。他没有直接汇报案情，而是先问了一句：“罗队，您知道沈氏集团吧？”

罗飞点点头，回答简洁干脆：“知道。”

在龙州不知道沈氏集团的人可不多。这并不仅因为沈氏集团惊人的财力，更由于这两年来沈氏家族的多舛命运。

两年前，沈氏集团的老板沈百强夫妇遭遇车祸双双死亡，沈家财产全都被他们的独生女沈萍继承。沈萍手握巨额财产，美貌如花，她却注定要承受一场不幸的命运：她患有先天性的心脏病，这种疾病注定了她的生命无法跨越三十岁。

一周前，刚刚过完二十八岁生日的沈萍病情突发，死在了自己家中。曾在龙州呼风唤雨的沈氏家族从此彻底消失了。在他们死后是留存于世的巨额财富，据说这笔财富的总额是数以亿计的。

事实上，沈家的命运正是最近龙州市街头巷尾最具热议度的话题。

沈家“有福挣钱，无福消受”的悲剧结局足以让每个人都发出一阵深切的感慨。

对于这些事情，罗飞自然也是有所耳闻。

在得到罗飞肯定的回答之后，郑涛这才抖搂出案情：“我是今天上午接到的报警电话，一个叫作凌广锋的人举报说，沈家的独生女沈萍并非死于心脏病——她是被自己新婚不久的丈夫张建南谋害身亡的。”

郑涛话音甫落，罗飞的问题已经抛出：“这个凌广锋和沈家有什么关系？”

“他是沈萍的高中同学，也是沈萍的初恋男友。”

“张建南谋害沈萍的动机呢？”

“为了遗产。沈萍死后，沈家所有的财产就到了张建南的手里。”罗飞转头看了郑涛一眼，脚步不停：“这个动机可不成立。谁都知道沈萍根本活不了多久，沈家的财产迟早都是张建南的。”

“是这样的——”郑涛解释道，“据凌广锋说，张建南根本就是个浪荡子弟，他在一年多以前开始追求沈萍，目的就是为了沈家的财产。沈萍初始被张建南的花言巧语所蒙蔽，不过结婚之后还是看清了对方的真面目。最近一段时间，沈萍正在秘密收集张建南在外面吃喝嫖赌的证据，准备和张建南打一场离婚官司。因为沈家的财富都是沈萍的婚前财产，只要两人离婚，张建南就一分钱也分不到。”

罗飞略一沉吟：“嗯，如果这么说的话，动机的确是有的。可是证据呢？沈萍到底怎么死的，医院会出具相应的死亡证明，凌广锋要举报张建南谋杀，必须有切实的证据才行。”

“凌广锋说他有证据，而且是不容置疑的铁证。”

“什么铁证？”

“他掌握了一段录像，录像上记录了沈萍死亡时发生的情形，显示出正是张建南谋害了沈萍。”

“哦？”罗飞怔了怔。如果这个情况属实，那的确是铁证了！可是这录像会是谁录的？又怎么会落到凌广锋的手里？

郑涛也解释了这些问题：“据凌广锋说，沈萍有了和张建南离婚的打算之后，很多事情便会找他商量。当时沈萍对张建南戒心很重，特意更改了自家别墅的监控系统，以监控放置保险箱的卧室。这件事她只告诉了凌广锋一个人。沈萍突然去世，凌广锋非常怀疑其死因。他便千方百计盗取当天晚上的监控录像。今天早晨，他终于得到了那份录像，于是立刻报了警，并且把录像资料拷贝了一份快递给了警方。”

“你们看到录像了？”

郑涛摇了摇头："还没有——虽然收到了U盘，但那张U盘带着病毒，资料没法打开。我们局里的技术人员正在想办法。"

罗飞皱起眉头："为什么不跟凌广锋联系，让他再发一份？"

"这个……"郑涛显得有些无奈，"凌广锋看到录像之后，情绪非常激动。他报完警，立刻就去找张建南了。我们劝也劝不住。午后他打来电话，说在翡翠湖找到了张建南，我和队里的一个同事立刻就赶了过来，可没想到这里的形势已经迅速恶化了。"

联系郑涛刚见面时说的话，罗飞立刻脑子一转，追问道："他们俩谁死了？"

"张建南死了，凌广锋失踪。"郑涛的语气低沉。

"凌广锋杀了张建南？"小刘忍不住在一旁插话。的确，任何人在听到这个结果的时候都会产生相同的第一推测吧？不过很快小刘又自己摇了摇头，"不至于啊，既然他已经找到了张建南杀人的证据，完全可以等法律来制裁对方啊，又何必这么冲动呢？"

罗飞没有急着做出判断，他又多问了一句："你说的'失踪'是什么概念？"

"找不到人，手机也打不通了。"郑涛略微一顿，又补充说，"不过他来时开的那辆宝马7轿车还在停车场里。"

在罗飞看来，郑涛最后补充的那句话其实更有价值：这说明凌广锋没有迅速远走的能力，如果真的是杀人后畏罪潜逃，这一点便显得非常不合情理。

凝思了片刻之后，罗飞将话题一转："案发现场还有一个人受重伤？我接到的报告说，这个人是翡翠湖度假村的老板，他跟你调查的案子有什么联系？"

郑涛撇撇嘴："没有任何联系……这个人叫郑天印，已经在第一时间送到市里的医院抢救去了。刚刚得到消息，说已经脱离了生命危险，不过还要休息一阵才能接受警方的询问。"

"嗯，人活着就好。"罗飞心中一宽。现在看来，虽然案情比较重大，但前一桩案子里有录像为证，后一桩案子里则有现场的幸存者，如此看来，破案的难度应该不大。

说话间，一行人已经深入翡翠湖度假村的内部。这里是整个翡翠湖的东北角，极目眺去，平静的湖面碧绿通透，确实像极了一块硕大无朋的翡翠。

此时日头依然毒辣，但毫无遮拦的湖畔码头附近却围着一大帮子人。罗飞知道，那里应该就是案发现场了。

“赶快把警戒圈拉起来。”罗飞向身后的小刘吩咐道。小刘答应一声，带着两个随行的队员扎入了人群中。在他们的吆喝指挥下，人群渐渐向四周散开，露出了仰倒在圈子里的受害者遗体。

人群中一个身形魁梧的男子走了出来。郑涛抢上一步介绍说：“这是我的搭档朱帅，一直在这里守护现场——这位就是罗飞罗队长。”

朱帅赶过来握住罗飞的手：“罗队，你好。”他虽然比罗飞高出了一个头，但此刻却是满脸崇敬的神色，甚至还略带着一丝羞涩和拘谨。

“辛苦了。”罗飞抬起左手在对方的肩头上拍了拍，顺势看了下时间。现在已经是十六时二十五分了，郑涛他们抵达现场已近一个半小时。

“有没有调查过凌广锋、张建南以及郑天印这三个人的背景资料？”罗飞问道，虽然只听郑涛简单地介绍过案情，但他非常利索地报出了三个涉案人的名字，这番过耳不忘的本领令在场的小刘、朱帅等人都大为叹服。

郑涛点头回答：“已经让外围的同志去处理了。相关资料很快就会通过度假村的传真发过来。”

“很好。你再去催一催，拿到资料以后先整理一下，把有价值的那部分给我。”

“是！”郑涛响亮地应了一声。筛选资料这个任务看似简单，实则非常关键，很能考验一名刑警的甄别与分析能力。罗飞能这么信任地把这个任务交给自己，这让郑涛感到颇为自豪。

一旁的朱帅也禁不住投来了羡慕的目光，不过他随即也领到了自己的任务。

“小朱，你和我们一起勘查尸体，我有些问题随时需要你的回答。”罗飞很谦和地说道。小伙子握紧拳头点点头，一副跃跃欲试的神情。

在罗飞分派任务的同时，法医张雨已经展开了他的工作。呈现在他眼前的是一具男尸，死者身材高大，看年龄应该不足三十岁。他半裸着身体仰倒在地，浑身上下仅着一条平角的游泳短裤，离在他脚边不远的地方散落着一双拖鞋。

这就是张建南了，他刚刚继承了妻子数以亿计的遗产，可是同他的妻子一样，他也没有消受这些财富的福分。

受害者的死亡原因看起来非常清晰：在尸体的心口部位有一道两厘米多的伤口，虽然不算大，但却非常深。伤口中涌出了大量的血液，在尸体下形成了一片血洼。

不用细看张雨就知道：这显然是一处利器的刺伤，伤口直达心脏，这样的伤势无可挽救，极短的时间内便可致受害者死亡。

刺死受害者的凶器似乎也不难确定：在离死者三米开外的湖滩上丢弃着一柄短刀，刀身大约半尺长，单刃尖口，看起来非常锋利。刀刃上的血迹在烈日的暴晒下已经干涸，不过刀旁的地面上尚有未干的血泊，同时有不少洋洋洒洒的血点连接在短刀与死者之间。

张雨往短刀处迈出两步，一路上小心避开血痕，然后他蹲下来，伸出右手的两根指头凌空比了比刀刃的尺寸。做完这些事情之后，他又回到尸体旁边，用刚才那两根指头探了探伤口。

罗飞也踱了过来，围着尸体走了两步，突然俯下身，把目光凑近到死者的右肩处，那里已经被死者自己的鲜血染红，不过罗飞还是从中看出了一些奇怪的印记。

那是几个血指印，留在死者的肩胛和胳膊的连接处。当分辨清楚之后，罗飞的目光立刻跳到了死者左手上。

死者的右手捂在心口附近，左手却是摊在身体外侧的，五根手指上都看不到明显的血迹。

朱帅跟在罗飞身后，追随着前者的目光。他也看到了这些端倪，凝眉苦思其中隐藏的线索。

罗飞的思绪却已经跳了出来，正好张雨此时也完成了最初的勘验，便问了一句："怎么样？"

"利器刺破心脏，当场死亡。"张雨指了指不远处的短刀，"这就是凶器，你们可以收起来做物证了。"

罗飞做了个手势，早已在一旁等待的小刘立刻上前，将那柄短刀收在了物证袋里。

"现场的东西你们都没有碰过吧？"罗飞看着朱帅问道。

“没有。”朱帅非常肯定地回答道，“而且我问了报案人，他们也没有碰过刀和死者。当时他们看到郑天印躺在这个位置，昏迷不醒，连忙把伤者送往医院，然后就报警了。”

朱帅手指的地方正是短刀旁的那片血泊，看来这一带的血迹都是受伤者郑天印留下的。

“嗯。”罗飞点了点头，又问道，“第一个到达现场的人是谁？”

“是度假村里的一个服务生。他说……”

罗飞摆摆手，打断了朱帅的话：“不要转述了，去把他叫过来。”

“好的。”朱帅不敢延误，一溜小跑而去。其实那个人也没有走远，正在警戒圈外面看热闹呢，朱帅很快便把他领了回来。

这是个眉清目秀的小伙子，一见到罗飞便立刻鞠了个躬，毕恭毕敬地叫了声：“警察大哥，你好。”

罗飞被这声“大哥”叫得极不习惯，不过他知道这是娱乐场所里的职业病，便也不以为意，直接问道：“你跟我说说，大概是什么情况。”

“好的，大哥。”服务生又响亮地叫了一声，然后才回答道，“今天下午一点半的时候，有个客人要坐快艇，我们郑总就让我调了艘船过来。后来郑总亲自陪那个客人出湖了。大概过了半小时，郑总给我打电话，让我过来收船。等我来到码头的时候，看到我们郑总倒在这个地方，肚子上被扎了一刀，浑身是血，已经晕过去了。我赶紧叫来度假村里的医护员，同时安排车辆把郑总送往医院。那边还躺着一个人，因为已经死了，我们就没有管。”

“你认识那个死者吗？”

“认识。他叫张建南，是我们度假村的常客。”

“那个坐快艇的客人呢？”

“不认识，他今天应该是第一次来。”

“他是不是叫凌广锋？”

“估计是吧。我听郑总管叫他凌先生。”

罗飞一边听着小伙子的回答，一边抬起目光往周围扫视着。在距离陈尸点十几步的地方是一个小码头，码头上停靠着一艘快艇。罗飞指着那快艇问道：“你说的船，是不是那艘？”

“是的，大哥。”

“嗯。暂时就是这些……”罗飞看看朱帅，“你把他带下去吧，别让他跑远，随时保持联系。”

“明白。”朱帅把小伙子带离现场，罗飞则向着那艘快艇走去，小刘跟在他的身后。

快艇通过一条缆绳拴在码头上。罗飞登上快艇，引起艇身一阵轻微的摇晃。站在艇中，四周被碧绿的湖面包围着，令人产生一种神秘幽邃的感觉。

很快，罗飞的目光遽然一跳，似乎发现了什么。他冲小刘招了招手：“给我一个证物袋。”

码头上的小刘连忙掏出一个证物袋，踮起脚尖递给了罗飞。罗飞把袋口捻开，弯下腰从甲板上捡起了一样东西。

小刘伸长脖子，看清楚那是一只黑色的男用手机，款式新颖时尚，应该价格不菲。

罗飞隔着证物袋按动手机上的快捷键，调出了手机最近的通话记录。记录显示该手机在十四点十一分接到过一个电话，这个电话只显示出一串号码，看来并没有存储于机主设置的通信录中。

罗飞按下了回拨键，手机听筒里很快传来了系统的提示音：“对不起，您拨叫的用户暂时无法接通……”

罗飞又打开手机里的通信录，随便找了个靠前的号码拨出去，通信录上这个号码的名称叫作“嫒嫒”，按照拼音规则排在了通信录的第一位。这次电话很快就接通了。一个女人在听筒那边发着嗲：“哟，帅哥，今天想起我来了啊？”

罗飞皱了皱眉头，对机主的身份有了猜测，反问道：“你认识张建南？”

对面的女人听出不对劲，立刻换上了很不善的语气：“你是谁？张建南人呢？”

罗飞的猜测得到了印证，他不再搭理电话那头的女人，直接把手机挂断，然后连同证物袋一起递给小刘：“收好，这是死者的遗物。”小刘接过手机，同时下意识地瞟了眼不远处的死者——尸体出现在湖滩上，而手机却遗留在快艇中，这说明了什么呢？

罗飞也在思考这个问题，不过他的目光却是看向了广袤的湖面。

湖水泛着绿光，即使是在阳光刺目的夏日午后，也仍能给人带来一种幽冷昏暗的感觉。罗飞的眼神专注而锐利，似乎要刺破平静的水面，看透那些隐藏在幽幽碧水下的秘密。

罗飞的这番沉思直到郑涛到来才被打断。后者拿着几页打印纸，脚步匆匆地赶到码头上："罗队，你要的资料整理好了。"

罗飞立刻转身下了快艇，他接过那几张纸扫了一眼，正是张建南、凌广锋和郑天印的个人信息，除了照片之外，还配有详细的履历资料和性格分析。罗飞赞了句："很好。"然后又突然问道："13020011590，这是不是凌广锋的手机号码？"

郑涛连忙翻出自己的手机通话记录进行查看："对，13020011590，是凌广锋，怎么了？"

"十四点十一分，凌广锋给张建南打过电话，两人通话一分多钟。这个情况你们了解吗？"罗飞一边看资料一边问道。

"是有这么回事。我们是通过现场目击者了解到的——张建南这次来度假村带了一个女孩，这个女孩一直陪在他身边。你是怎么知道的？"郑涛显得有些迷惑，罗飞并没有机会和那个女孩接触到，而且他怎么能对具体的通话时间都掌握得那么精准呢？

"我们提取到了张建南的手机。"小刘得意扬扬地晃了晃手中的战利品，"在快艇上找到的。"

郑涛露出懊恼的神色，这么重要的线索居然被自己漏过了，这的确是个令人遗憾的失误。

相比于小刘炫耀般的神情，罗飞却只是淡淡地笑了笑，然后对郑涛说道："你去把那个女孩找来吧。"

郑涛点头离去。罗飞此时已将那些资料快速地看完了，将资料转交给自己的助手："你也看看吧，然后我们讨论一下。"

小刘立刻将所有的注意力都集中到了那几页纸上。别看他平时嘻嘻哈哈的，工作起来并不含糊。

第一页的最上方便是死者张建南的大幅照片。他微倚在一辆白色的宝马轿车旁，精神奕奕。

小刘认出这宝马车正是自己在停车场看到的那辆。不久之前他还曾对车的主人暗慕不已，没想到对方已经成了一具冷冰冰的尸体，难免令人感慨世事之难料。

从照片上来看，张建南是个不折不扣的帅哥：身材高大，剑眉虎目，脸庞上棱角分明。一身的T恤和牛仔裤都是名牌，墨镜很随意地搭在手指上，若有若无的笑容挂在嘴角，那种男人的魅力几乎令人无法抵挡。

照片下方的文字描述是经过郑涛整理筛选过的，主要是显示与案情有关的个人资料，内容如下：

> 张建南，二十九岁，白羊座。毕业于本市艺术大专，曾在夜总会担任领班和DJ。相貌英俊，性格外向，能说会道。交友甚众，尤其擅于博取女人的芳心。去年年初在夜总会与沈萍相识，立刻对其展开猛烈的追求，半年前与沈萍结婚。婚后辞去工作，频繁出入于本市各种高档娱乐场所，花钱无节制并且暗中包养多个情人。但近一个月来，他的手头似乎比较紧张，曾多次向周围的朋友借款，据说是在外面欠了不少赌债。

看到这里，小刘有所收获，分析道："这么看来，张建南和沈萍的婚姻的确出现了问题。张建南需要向朋友借钱还赌债，说明在经济上已经受到了沈萍的控制。那么凌广锋说沈萍在秘密策划离婚，这个可信度就比较高了。"

"嗯。"罗飞点点头表示认同。

小刘得到队长的鼓励，精神头噌地长了一块。他兴冲冲地将资料翻过一页，继续往下看。

这页纸的最上方仍然是一名男子的照片。不过和张建南相比，这个男子实在是寒碜了很多。他身形瘦小，可能连一米七都还不到；小小的眼睛藏在硕大的玻璃镜片后面，那近视看起来至少有五百度；头发腻乎乎的，软软地搭在脑门儿上，又长又乱。他的穿着也很难说得体：一件半旧的白色衬衫，领口处露出内衣的痕迹，下半身的西裤也是松松垮垮的，过长的裤脚遮住了皮鞋，给人一种很不利落的感觉。

然而在照片下方，这名男子的履历却又令人肃然起敬。

凌广锋，二十八岁，天蝎座。毕业于清华大学计算机系，硕士研究生。性格内向，喜安静。交友不多，但口碑甚好。高中时和沈萍是同学。凌广锋考入清华大学期间，两人间曾有过一场“柏拉图式”的恋爱，但凌广锋毕业回到龙州之后，两人却因生活方式相差过大而分手。凌广锋对沈萍似乎念念不忘，因为他分手几年来再未找过女友。两人多年来仍然时常保持着朋友间的联系。

“清华的高才生啊。”小刘赞叹道，同时又转回目光将那照片再次审视了一遍，然后忍不住摇摇头，“从外表真是看不出来呢，就这照片，还真有点‘技术民工’的意思。”

“技术民工？”罗飞第一次听说这个名词，颇有些不解。

“呵呵，这是网络上的流行语，用来形容这些高学历的工科毕业生。他们学识丰富，在各自的专业里都是技术高手。不过他们往往其貌不扬且不修边幅，与人打交道的能力也比较差，只知道沉浸在自己的技术世界里，整天除了工作还是工作，在这一点上就像是劳苦的民工一样。所以就有了‘技术民工’这个词。他们自己似乎也认同这样的称呼，还经常挂在嘴边自嘲呢。”小刘难得遇到罗飞不懂的事情，说起来神采飞扬，头头是道。

“技术民工……”罗飞轻轻重复着这个词，心中则感叹中国文字的神奇——用如此精短的语言便活灵活现地勾勒出了一类人群的肖像特征。的确，这样的技术人员有着某些与民工相同的特质，罗飞并不觉得这是什么丢人的事情，因为他们和民工一样，是这个世界真正的建设者，“民工”这个词理应获得人们更多的尊重。

可惜的是，社会上绝大部分人的想法却和罗飞是不一样的，他们欣赏的是那些享受财富而不是创造财富的人，是那些擅于表现而不是独蕴内涵的人，就好比张建南和凌广锋，当这两个人同时出现的时候，人们的目光往往会集中在前者的身上，而后者注定会在一个无人关注的角落里独自寂寞。

沈萍是不是也出于这些原因才和凌广锋分手的呢？当她投入张建南的怀抱之后，也许才比较出前男友的好来。所以她要在离世之前和张建南离婚，这个计划只有凌广锋知道，说明后者终究是她心中最值得信任的人。

在罗飞思索这些问题的时候，小刘已经把资料翻到了最后一页，他的目光遽然跳动了一下，这也是罗飞不久前翻到这页资料时出现过的神情。让他们动容的正是照片上的那名男子——翡翠湖度假村的老板郑天印。

成熟、敏锐、干练、老辣——这就是郑天印给人的感觉，而这感觉仅仅透过一张照片便已经清晰无误地传递了出来。他长着一张国字形的方脸，浓眉朗目，表情和蔼可亲，但那眼神中却透出一种锐利无比的感觉，即使只是和照片对视着，你也会觉得这个人早已看透了你的心思，他完全能够将你的一举一动掌控在股掌之中。

由于这个人自身给观察者带来的感觉过于强烈，他的穿着打扮相形之下就显得不那么重要了。小刘的目光在那照片上停留片刻后，情不自禁地惊叹道："这个人可不简单。"

是的，这也正是罗飞的判断。如果说张建南是金玉其外、败絮其中，凌广锋是颇具内涵但貌不惊人，那郑天印则是一个内外兼修，各方面都令人不容轻视的厉害角色。

这个人的履历资料也说明了这一点。

郑天印，四十一岁，摩羯座。早年参军，转业后经历复杂。摆过地摊，开过饭店，还干过拆迁工程。为人精明，擅于交际，遇事极为冷静，能够在任何情况下为自己谋求到最大的利益。性格坚韧，曾被人骗得倾家荡产，也曾因暴力纷争进过监狱，不过最终都能扭转颓势，绝境逢生。五年前完成了原始积累，并且在黑白两道都打通了相当的人脉关系，生意越做越大，主要涉及餐饮和娱乐行业。两年前投资建设翡翠湖度假村，以俱乐部的形式发展了一批有钱有闲的人作为会员，据说获利极丰。

"看起来还是个传奇人物。"小刘伸出一只手挠了挠脑门儿，既羡慕又佩服地感叹道，"这种人就是命硬，越是挫折多，挺过来之后命数就越旺。这次受了这么重的伤，还是大难不死，看来他的后福小不了啊。"

罗飞“嘿”了一声，不置可否，这时却见郑涛带着一个年轻女子向着码头这边走了过来。罗飞知道那应该就是见证了张建南接电话的当事人，于是他冲小刘做了个手势，两人一同向着对方迎了过去。郑涛脚步匆匆，很快便赶到了罗飞面前，往身后指了指：“罗队，这就是那个女孩，她叫冷芸芸。”

女孩的脚步懒散得很，郑涛的话音停了许久她才慢吞吞地走了上来。她抬起一只手象征性地遮着阳光，然后皱眉咂了咂嘴，一副很不情愿的样子。

“你是冷芸芸？”罗飞客气地问道，“我们有些事情想向你了解一下。”

“不是都说过一遍了吗？”女孩甩出不耐烦的语气，“怎么又要问？”见冷芸芸对罗飞缺乏尊重，郑涛有些按捺不住了，板起脸斥道：“你什么态度？这是市局刑警队的罗队长。”

冷芸芸飞起眼角瞥了瞥郑涛：“刑警队长怎么了？我犯法了吗？犯法你们可以铐我。”

郑涛被噎得脸一红，想发作又发不出来。罗飞却只是轻轻一笑，他拍了拍小伙子的肩头，示意对方不要着急。然后他凝起目光开始打量眼前的这名女子。

不可否认，这绝对是个漂亮的女孩，二十出头的年纪，高高的个子，五官精致，皮肤白皙。她穿着一套两截式的泳衣，肩头很随意地披着一条浴巾，窈窕有致的身形毕露无余。

冷芸芸并不避讳对方的审视，她先是直着目光和罗飞对视了一会儿，然后又大大咧咧地用手搭起凉棚，自娱自乐地向着湖面远眺起来。她的手指纤细修挺，长长的指甲上涂着嫣红的油彩，红白相映，散发出媚惑的光芒。

片刻之后，罗飞收起了目光，很随意地问了句：“你不是本地人吧？”

“嗯。”女孩爱搭不理地看了看罗飞，反问，“外地人不能到龙州来吗？”

罗飞“呵”了一声，并不和对方抬杠，又继续问道：“你做什么工作的？”

女孩慵懒地看了罗飞一会儿，回答说："在外企，做文秘。"

罗飞又是"呵呵"一笑："你从来不用电脑吗？你的指甲怎么打字？"

冷芸芸一怔，脸上现出些许谎言被戳穿的愠怒。不过她很快又恢复了先前那种漫不经心的表情，翻了翻白眼道："切，爱信不信。"

"我不信。"罗飞直言，"而且我知道你是干什么的。"

冷芸芸瞪着罗飞，虽然没有说话，但很明显心中已经起了些波澜。

"你是外地人；你对别人隐瞒自己真实的工作状况；你经常和警察打交道，自以为有着丰富的对付警察的经验；在穿得很少的情况下，你对陌生男人的目光毫不介意……我想这些线索已经足够用了。"说到这里，罗飞转头看向自己的助手，"小刘，你对龙州市内的酒吧、夜总会、娱乐城、洗浴中心这些地方都还熟悉吧？"

"那当然。"小刘笑嘻嘻地回答罗飞的问题，目光却看着冷芸芸，"我可是在治安大队干过好几年呢。"

冷芸芸躲开小刘的目光，先前那副傲慢的劲头消失不见了。

"去查一查，看看她是从哪个场子里带出来的，让她老板以后多照应照应。"罗飞特意在"照应照应"这几个字上加重了语调，言外之意昭然若揭。

"是！"小刘响亮地答应了一声，却不急着挪步。

"别啊大哥，都是混碗饭吃的……"女孩这下终于急了，口气软了下来，"你们想问什么我说什么还不行吗？"

小刘和郑涛相视而笑，然后又一同将钦佩的目光投向罗飞。后者此刻却皱起眉头，似乎陷入了新的思考中。

片刻之后，罗飞突然抛出了一个看似与案情毫不相干的问题："谁给你付钱？"

"什么？"不仅是冷芸芸愣住了，小刘和郑涛对这个问题也是莫名其妙。

"是张建南带你来的，现在他已经死了，你为什么没有离开？谁给你付钱？"

罗飞这么一说，小刘和郑涛先后品出了些味儿。像冷芸芸这样的风尘女子，一般对警察都是能躲则躲。她跟张建南出台的过程中，张建南被人杀死，那么她必然会成为警方重点讯问的对象。可她却留在现场不走，想来想去只有一个解释：她还没有领到自己的“工钱”，而这个付账者显然不会是张建南。

冷芸芸已经感觉到自己什么事也瞒不了眼前的这名男子，她老老实实地回答道：“我们都是每次下钟以后，找度假村结账的。”

罗飞暗暗点头，看来冷芸芸的到来只是度假村里一种特殊的“营销策略”。这就合理了。现在度假村里出了命案，老板郑天印被人刺伤，自然顾不上给冷芸芸结账的事情。而冷芸芸又不甘心白出来一趟，所以才会留在这里等待。

不过更多的疑点却在罗飞脑海中不断凸现，他步步追问：“你来度假村陪客多少次了？”

“没多少，三四次吧。”

从女孩吞吞吐吐的语气中，罗飞料到对方一定是隐瞒了真实的次数，不过这个并不是他要追寻的重点。他继续问道：“都是陪张建南吗？”

“是的。郑老板要求我们只能陪一个客人，否则客人会生气。”

“你们之间——我指和度假村，是怎么运作的？”

“郑老板会提前通知我们老板，为他的贵宾会员预订服务。比如张建南今天要来度假村，我就会提前准备好，全程作陪。度假村和我们娱乐城之间会有结账，完事之后我也能从度假村这里领到小费。”

“张建南在度假村里会有哪些活动？”

“白天就是游游泳、喝喝酒什么的。晚上他们会聚在一起看足球，然后各自回房间，然后就是……”

小刘看着冷芸芸欲言又止的样子，忍不住“嘿”地偷笑了一声，这后面的龌龊事情是男人就能想到。不过他立刻就感受到了罗飞严厉的目光，连忙把笑容憋了回去。

“进度假村的时候，门口有个牌子，你注意到没有？”似乎要训诫一下自己的助手，罗飞板起面孔问道。

“嗯——”小刘挠挠脑袋，“好像是个宣传广告，还有价目表……”

罗飞继续追问：“贵宾会员一年的年费是多少？”

小刘现出苦色：“这个……我不记得了。”

“一年两万元。”罗飞顿了顿，又沉吟着问，“你认为这样的收费，能支撑起这些服务吗？”

小刘一愣，这的确是个问题。凭他对娱乐行业的了解，像冷芸芸这样的女子，出台全天作陪，一次的收费怎么也得以千计数，一年两万元的贵宾会费，是绝对支撑不起这些服务的。那度假村又凭什么给客人安排这样的服务呢？

“照着这个线索查一查，这度假村很可能是个赌球集团。”

罗飞的话语一下子点醒了困惑中的小刘和郑涛。是的，结合张建南欠下大批赌债的背景，翡翠湖度假村很可能就是以入会旅游为幌子，事实上暗中操控着地下赌球活动。对于张建南这样的大赌客，要从他身上攫取赌资，一些小小的投入是不在话下的。郑天印是个出色的生意人，这点道理他自然比谁都明白。

看着罗飞郑重的表情，冷芸芸心中不免有些发虚，伸手拢了拢头发，神色慌乱：“大哥，这些事情我可不知道。我……我什么时候能走？”

罗飞看着对方的眼睛，锋芒挫尽的女孩再也无力与他对视，只能颓然地垂下头去。她的这些细节动作被罗飞收在眼底，后者也由此判断出女孩没有说谎，她对翡翠湖度假村内部的运作秘密并不知情。

“你很快就可以走——”罗飞的语调缓和了一些，“不过你必须把今天发生的事情再详细地描述一遍。”

“好的好的！”女孩忙不迭地点着头，然后又小心翼翼地问道，“那……我从哪里开始说起？”

“我问你答就行。”罗飞开始切入正题，“你今天见到张建南是什么时候？”

“早上九点，我们约好在市里见面，他来接的我。”

“你们几点到的这里？到了以后干了些什么？”

“十点一刻左右吧……到了以后停车、寄存物品什么的，忙了一阵之后就开始聚餐吃午饭了。”

“你们多少人在一起吃的饭？”

“有十五六个吧，坐满了一大桌。”

“其他人你认识吗？”

"不认识，不过有几个眼熟，应该也是度假村的常客。"

罗飞翻到凌广锋的那页资料，把照片展示在冷芸芸面前："当时这个人也在桌上吗？"

"他……"冷芸芸的脸色明显变了一下，"他是我们吃到一半的时候才赶来的。"

罗飞捕捉到冷芸芸情绪上的变化，立刻追问："怎么了？这个人有什么不对？"

冷芸芸抬头不解地看着罗飞，似乎对方在明知故问。

"不就是这个人杀了张建南吗？"女孩喃喃地说道。

"哦？"罗飞皱起眉头，"你怎么知道？"

"张建南就是接到他的电话以后，才拿着刀离开的。不是他是谁？而且在饭桌上大家就看出来了，这个人跟张建南有仇，还不是一般的仇，是大仇！"

电话的事当然是这次讯问的重点。不过罗飞决定把这个问题往后放一放，他要先将外围的信息摸索清楚。

"你们怎么看出来的？"

"这个人坐下来之后，根本就不吃饭，只顾盯着张建南看，目不转睛的。当时大家都觉得奇怪，张建南被他看得实在没办法了，就拿起桌上的红酒敬他。"

"张建南并不认识他，是吗？"

"应该不认识。因为敬酒的时候，张建南是这么说的：'这位朋友是第一次来吧？我敬你一杯。'"冷芸芸一边说，还一边比画着动作，"然后那个人也站了起来，他端起自己面前的红酒和张建南碰了一下杯，不过眼睛还是一直盯着张建南看，那目光死死的，特别吓人。"

"嗯，接着说。"罗飞对于这样的细节似乎很感兴趣，非常认真地倾听着。

"两人碰了杯之后，张建南很快就把一杯酒都喝完了，可那个人却没喝。张建南可能是看气氛有些尴尬，就开了句玩笑说：'怎么了？这可是好酒啊，你不喜欢？'这时那个人把酒杯举了起来，不过还是不喝，只是凑到鼻子前闻了一下，然后他说了一句让所有人都发寒的话。"

"什么话？"

“他说：‘酒倒是好酒，只是血腥味重了一点。’”冷芸芸停顿了一下，似乎对自己的表述不太满意，又补充道，“我只能重复他当时的话，但是却表现不出那种感觉。他说得很慢，语气森冷森冷的，反正我听到他这句话的时候起了一身的鸡皮疙瘩。看看面前的红酒，还真有点血液的幻觉。”

罗飞与身边的两个小伙子交换了一下眼神。虽然他们没有亲历现场，但是这句充满了愤怒与仇恨的台词却将凌广锋当时的情绪清晰地展示在了他们面前。罗飞又品味了片刻，接着问道：“那张建南有什么反应？”

“嗯……”冷芸芸略回忆了一会儿，说，“他一下子愣住了，脸色难看得很，憋了半天以后才反问了一句‘你什么意思’。那个人也不回答，还只是瞪着他看，然后把一满杯的红酒都倒在了桌面上。张建南这时已经忍不住了，脸涨得通红，暴跳起来，指着那个人的鼻子，追问他到底是什么意思。桌上的其他客人看到这个情形，都纷纷散开，生怕他们打起来之后误伤到自己。我也悄悄地躲在了一旁。”

“他们打起来了？”

“没有。”冷芸芸摇摇头，语气也随着这两个字缓和下来，“就在紧张的时候，郑老板赶过来把两个人劝开了。”

“郑天印？”

“就是度假村的老板，我只知道他姓郑，叫什么名字不清楚。他过来把那个人拉到了一边，张建南开始还不罢休，还在追问。郑老板劝了他几句，说‘有什么事我负责搞定’之类的。张建南这才骂骂咧咧地离开，我也就跟着走了。后来郑老板和那个人又说了什么我就不太清楚。那个人后来把郑老板也捅伤了，不知道是不是在这个时候积下的怨气？”

“嗯。”罗飞对冷芸芸的疑问不置可否，继续沿着自己的思路展开话题，“后来你还见过那个人吗？”

女孩点头道：“见过。午饭过后通常是游泳的时间。大家都换好泳衣来到浴场。我又看到了那个人，可他还穿得严严整整的，与现场的氛围格格不入。反正就是一个怪人。”

“所以他没有游泳？”

“是的。他根本就不会游泳。”

“哦？”罗飞的眉头蓦地抽动了一下，“你怎么知道？”

女孩撇撇嘴：“他自己说的。那时我们正要下水，他也凑过来，还是瞪着张建南看。郑老板就问他为什么不换泳衣，他回答说不会游泳。郑老板就反问他，不会游泳还来翡翠湖度假？我也觉得很可笑，也许他根本就不是来玩儿的，他就是专门来找张建南茬的。不过他倒有自己的解释，他说他不游泳，但是想租一艘快艇，到湖面上转一转。”

罗飞暗暗点头。度假村的服务生说过，下午一点多的时候郑天印应客人要求调了一艘快艇，这和冷芸芸的叙述吻合在一起了。接下来将会进入案件的关键部分。

“后来呢？”罗飞继续引导着话题。

“后来郑老板就带着那个人离开了，我陪张建南到湖里游泳。过了有一小时吧，负责看管手机物品的服务生在岸上叫我们，说是有电话找张建南。于是我们来到岸上，张建南接听了电话。”

“电话怎么说的？”罗飞凝神问道。

“具体的我也没听到。”冷芸芸无奈地摊摊手，“张建南接通电话后特意向远处走了几步。他好像一直在听，我只注意到他脸色铁青，难看得很。到最后他才说了一句‘好的，我知道了’，然后就挂了电话，我问他怎么了，他说‘还是刚才那个家伙，妈的，想找我的麻烦，看我怎么修理他’。”

“刚才那个家伙”显然就是指凌广锋。罗飞点点头，示意冷芸芸继续往下说。

女孩轻轻叹了口气：“当时我见张建南脸色很吓人，还劝他，要不我们回去算了。不过他不肯罢休，骂骂咧咧地拿了把切西瓜的刀就走了，还不让我跟着。”

“是这把刀吗？”罗飞一边问一边做了个手势，小刘会意，将证物凶器展示出来。

冷芸芸点头：“是的。”

“你们游泳的地方，怎么会有西瓜刀？”罗飞不放过任何一处未明的细节。

“浴场有服务点，专门负责供应水果饮料什么的，张建南就是从那里拿的西瓜刀。他是这里的贵宾熟客，那些服务生也拦不住他。只可惜郑老板来得稍稍晚了一步。”

“郑老板到你们这里来了？”罗飞微微皱了下眉头，他原以为郑天印陪凌广锋出湖，直到案发都会一直和后者待在一起。

“是的。”冷芸芸解释道，“张建南离开没几分钟，郑老板就过来了。听说张建南拿着刀走了，郑老板很着急，连忙往码头方向追赶。我当时虽然心里有点虚，但也没想到事情能闹得那么大。再后来就听说出事了，没一会儿你们警察也来了——我知道的就是这些。对了，郑老板临走前还说了句‘坏了坏了，难怪他要把我支开’。”

支开？罗飞等人都对冷芸芸最后说的那句话投入了相当的关注。这是否意味着凌广锋先支走了郑天印，然后才打电话约见了张建南？见三个男人都沉默不语，冷芸芸可怜兮兮地问道：“我可以走了吗？”不知是由于阳光过于热辣还是罗飞带给她的压力，女孩白嫩的面颈上早已是汗水淋漓。

郑涛挥了挥手，冷芸芸如释重负，转身离开码头而去，动作频率可比来的时候要快得多了。

“好了，现在事件的时间轴已经非常清晰——”罗飞看着女孩的背影总结道，“上午十点一刻左右，张建南来到度假村。十一点多，众人开始聚餐。席间凌广锋到达并与张建南产生冲突，这场冲突被郑天印化解。十三点三十分左右，众人来到湖滩准备游泳，唯独凌广锋要租快艇出湖，于是郑天印调来快艇，满足了他的要求。十四时十一分，张建南接到电话，携西瓜刀前往码头与凌广锋会面。随后郑天印来到浴场，并立刻出发追赶张建南。十四时三十分左右，管理快艇的服务生来到码头，发现了张建南的尸体以及重伤昏迷的郑天印。郑涛，我说的这些，和你此前的调查没有冲突吧？”

郑涛摇摇头：“没有冲突。”

“那你有没有什么要补充的？”

郑涛想了想：“我补充三点吧。一是从浴场到码头大概有十分钟的步程；二是从服务生的休息处到码头也是大概十分钟的步程，所以郑天印打电话通知服务生来收船的时间，应该在十四点二十分左右；三是因为天气炎热，午后客人都集中在浴场区，码头附近没有人目击到案发时的情形。”

“很好。”罗飞点点头，面露嘉许之色。的确，连几个关键地点间的步程都已统计出来，郑涛的前期工作可谓细致。随后罗飞的目光依次扫过身旁的二人，同时问道：“就现在的这些线索，你们有什么想法？”

“事情应该并不复杂。”郑涛心中早已有了判断，罗飞既然问了，便直言不讳道，“我对整个事件接触得比较全面。凌广锋打电话报案的时候，他的情绪已经处于爆发的边缘。当他来到度假村，见到张建南之后，这种情绪再也难以压抑。即使知道警方即将到达，他还是忍不住打电话约见了张建南。两人见面后发生了冲突。张建南的手机落在快艇上，说明那里正是冲突的起始点。张建南虽然带着刀，但他毕竟理亏，在冲突中刀被夺走。于是他下船逃跑，在码头附近被凌广锋追上。丧失理智的凌广锋将其刺死。而这一幕正好被赶来的郑天印看到，后者随即也被刺成重伤。原因嘛，或者是郑天印想要阻止凌广锋逃跑，或者就是凌广锋自己杀红了眼。血染湖滩之后，凌广锋弃刀逃窜，慌乱间他连车也没顾得上取。”

罗飞等郑涛说完之后，晃了晃手中的资料：“你在这上面列出了三个人的星座，肯定也是有所想法的——说说你对星座的分析吧。”

“好。”郑涛痛快地说道，“星座对人的性格会有影响，这个观点近年来已越来越受到认同。所以我这次也试图通过星座性格来分析涉案者的行为。其实主要就是张建南和凌广锋。张建南是白羊座，这个星座的人性格非常外向，情绪外露甚至会有些夸张；而凌广锋所处的天蝎座则恰恰相反，天蝎座的人对情绪的隐藏非常深，轻易不会让人看出心中的波动。从心理学的角度来说，后者是更加危险的。这就好比一根钢筋，张建南这样的性格，只要有一点扭曲就会立刻反弹回来，看似攻击性较强，但伤害力很弱；而凌广锋这样的性格，他这根钢筋可以弯曲到很大的弧度，甚至令人误以为他永远不会反弹，但其实这种弯曲终究会超出限度，而这时反弹回来，所带来的伤害力是非常可怕的。我们可以想象，当凌广锋约见张建南的时候，他已经接近心理爆发的临界点了；而张建南虽然拿着刀气势汹汹，可事实上内在的力量却虚弱得很。不过张建南的表现已足够拨动凌广锋最后的心弦，造成后者的爆发。这时两人所展示出来的力量是非常悬殊的，所以人高马大的张建南反而被瘦小的凌广锋夺走凶器并当场刺死。”

罗飞听完之后，“呵”地笑了一声。

郑涛不明白对方的意思，有些茫然地看着罗飞：“罗队，你笑什么？”

小刘也“嘿嘿”地笑了起来：“你还不知道吧？我们罗队就是天蝎座的。”

郑涛挠了挠头，开始反思自己刚才的言语有没有失礼的地方。罗飞却没有继续在这个问题上纠缠，转过头来看着小刘：“好了，你也说说吧。”

小刘收起嬉笑的表情，很认真地说道：“还有两个问题，我想先请教一下彭警官。”

郑涛略一颔首：“你直接问吧，不用客气。”

“第一个问题，郑天印的左手手掌是不是有刀伤？”

罗飞看着小刘的目光亮了起来，郑涛则是一愣：“是，确实有。据前往医院调查的同事说，郑天印有两处伤，最主要的是左腹部的刀伤，另外左手手掌也有利刃的切割伤。”

小刘显得有些兴奋，看来郑涛的回答正与他的猜测相吻合。然后他又接着问道：“除了案发现场之外，在度假村的其他地方有没有发现血迹？”

郑涛摇摇头：“暂时还没有。事实上，血迹只出现在张建南的尸体和郑天印晕倒处之间很小的范围内。应该说，除了这两个人之外，没有其他人在这次事件中流血。”

“好，那我要给出我的结论了——杀死张建南的人是郑天印。”

“什么？”郑涛诧异地睁大了眼睛。

小刘则期盼地看着罗飞，似乎在等待对方认可。

罗飞微微一笑，小刘提出那两个问题的时候，他已经明白对方所想。

“你详细讲讲看，什么思路。”罗飞用鼓励的口吻说道。

“奥妙就在死者的右肩上。”小刘此刻显得更加自信了，“在那里，我们发现了一个血手印——来自人的左手。而死者的左手却是干净的，并没有血迹。所以这个手印应该来自在场的另一个人，正是这个人刺死了张建南。说到这里，我想先分析一下死者的伤口。死者唯一的也是致命的刀伤在心口处，当我看到这个伤口的时候，第一感觉就是这一刀太专业了，又深又准，绝对是杀人的刀法。当然，那时我还不知道郑天印有军旅背景，否则我会更早把疑点集中在他的身上。我们再来看凶器，一把西瓜刀，虽然锐利，但是要想那么深地直刺入一个人的心口也是有难度的。事实上，要完成这一刺，行刺者必须有一个辅助动作：用左手控制住受害者的身体以便发力。这就解释了死者尸体右肩处血手印的由来。”

郑涛沉吟着点点头，那个血手印他也看到过，这么解释确实很合理。

小刘又继续说道：“凌广锋的身高比张建南矮了十多厘米。这样的话，凌广锋如果要用刀去刺张建南的心口，而且要充分发力，那么这个刀口应该会有一个从下往上挑起的角度，但尸体伤口上并没有这个特征。当然凌广锋也有可能揽住了张建南的脖子，让对方俯身接受这一刀，可是尸体右肩的血手印告诉我们，行刺者只是抓住了张建南的肩头，这样的动作显然更符合与张建南身高相仿的郑天印。”

“你这么说倒是有道理……”郑涛先是点点头，然后又摇摇头，“可是，郑天印有什么动机要杀张建南呢？”

“因为张建南要杀郑天印。”

“什么？”郑涛被小刘的回答彻底搞糊涂了。

“奥妙还在那个血手印上。在几个指痕下方，有一片相对较大的血痕，形成一条粗横线，而中心部位正是手掌心的所在。所以我怀疑这个人的手掌应该有刀伤。我们已经知道，刀是张建南带过去的，而最终却是这把刀刺死了张建南。行刺者左手掌有刀伤，这足够启发我们去设想一个空手夺刀的过程。当你告诉我郑天印左手有刀伤的时候，我就非常有把握了。首先是张建南刺中了郑天印的左侧小腹，郑天印顺势用左手抓住刀刃，右手则攥住刀柄，硬生生将刀夺了过来。虽然身负重伤，但是军人的素质支撑着他发起了反击。局势凶险，他不能犹豫，直接下了杀手，随后他也体力不支，晕倒在现场，所以凶器会遗落在他的身边。这样的解释与事实印合得非常完美。”

郑涛还是摇头：“张建南为什么要杀郑天印？还有，凌广锋呢，难道现场就没他什么事吗？”

“你问的两件事，其实是同一个问题。”小刘侃侃而言，“凌广锋没有参与到刺杀的现场。因为这样的杀戮，必然会造成大量的喷溅血迹。如果凌广锋当时在现场，是不可能干干净净离开的。可是除了陈尸附近的那一小片区域，别处未发现任何遗留血迹，这足以说明问题。另外，说凌广锋畏罪潜逃也是讲不通的。这个地方这么偏，他不开车的话，走到天黑也出不了山区，这样的潜逃几乎没有意义。”

“那凶案发生的时候，凌广锋在干什么？他现在又去了哪儿？”郑涛发现自己跟不上小刘的思维，干脆便只顾提问了。

“如果不出所料的话，凌广锋已经遇害了。”小刘指了指不远处的快艇，“正如你分析的，快艇是这场冲突的起始地点。我们可以设想，当张建南来到快艇上的时候，凌广锋就沈萍死亡的事情对他进行斥问。张建南感到了末日的临近，情急之下，想到了杀人灭口。不过当时的条件他并不需要用刀，因为有更简单且不露痕迹的方法。张建南知道凌广锋不会游泳，将凌广锋推下了快艇，后者淹死在湖水中。这个过程恰好被赶过来的郑天印看到，于是张建南一不做，二不休、抄起刀冲下船，向郑天印发起了攻击——这就是我所设想的事件的整个过程。”

郑涛怔了片刻，脸上的神色将信将疑。然后他总结自己的感受：“好吧，我承认你对死者刀伤和血手印的分析很精彩，我现在也倾向于是郑天印给了张建南致命的一刺。可是对于张建南将凌广锋推入湖中淹死，这就完全是你的假想了，并没有任何证据可以证明这个假想。凌广锋这么轻易就被张建南搞定，我实在接受不了这一点。”

“我明白。”小刘耸了耸肩膀，“这和你刚才对星座的性格分析是完全矛盾的……不过，所谓星座分析，就一定可靠吗？”

“也不只是星座的原因，张建南这个草包……”

郑涛的话没有说完，但罗飞和小刘都明白他的意思。一个有情有义的清华大学高才生就这样不明不白地折在张建南这个情场混混手里，即使是旁观者也会产生惋惜和不甘心的感觉。

“罗队，你也别光听我们说了，发表发表你的意见吧。”小刘觉得再和郑涛争论下去不太好，于是适时把话语权抛给了罗飞。

“嗯，我倒是觉得……”罗飞刚刚起了个话头便停下了，目光往小刘和郑涛的身后看去。两个小伙子也随着转过头，却见朱帅正急匆匆地向这边跑过来。

“怎么了？”郑涛低声向自己的同伴问了一句。

“医院的同事传来消息——”朱帅喘着粗气，脸上则带着兴奋的神色，“郑天印已经恢复清醒，笔录也做完了。”

罗飞三人的精神同时一振：这意味着他们即将掌握到案件当事人所提供的第一手资料！

“他怎么说的？”小刘急切而又有些紧张。他刚才侃侃而谈，进行了一大堆的推论和分析，现在到了判分的时刻了。

“据郑天印说，他看到凌广锋和张建南在快艇上发生争执，张建南把凌广锋推到翡翠湖里淹死了。他想要制止但是来不及了。然后张建南求他做伪证，说凌广锋是自己失足淹死的。他拒绝了张建南的要求，并且在阻止对方逃跑的时候被刺伤。为了自保，他不得已夺下了凶器，并且将张建南刺死。”

小刘看了看郑涛和罗飞，小伙子虽然没有说话，但是却掩饰不住目光中得意的神色：郑天印的描述竟然和他的设想分毫不差！

郑涛尴尬地咧着嘴：“果然是这样……真是让人，让人……”他似乎找不到合适的词语形容自己的感受，只能黯然地摇了摇头。

忽然一只有力的手拍在了他的肩膀上。郑涛抬起目光，与罗飞的眼神碰了个正着。

“现在可不是丧气的时候，我们还有很多工作要做。”罗飞郑重地说道。

还有什么呢？郑涛显得有些茫然，案情已经如此清晰，剩下的工作也就只是打捞凌广锋的尸体，还有写结案报告吧？可罗飞显然还有自己的思路。

“你去查一查张建南的手机最近一个月的通话记录，尽快打印出来，要有对方通话者的姓名。”他首先吩咐郑涛，然后给其他人也布置了任务，“小刘，你去把车开出来，我们立刻出发前往人民医院。朱帅，你继续盯现场，协助张法医的工作。”

十分钟后，罗飞、小刘和郑涛三人在度假村入口处再次碰头。小刘开来了警车，郑涛也把打印好的通话记录拿了过来。

“我们上车吧。”罗飞接过通话记录，对郑涛说道，“你也跟着去，那边的同事我并不熟悉，需要你帮着交接一下。”

郑涛求之不得，痛快地应了一声，猫腰便钻进了警车里。罗飞也跟着上了车，小刘一点油门，警车沿着山道往市区方向疾驰而去。罗飞趁着这工夫将那沓通话记录拿在手里细细查看，很快他便有所发现，从衣兜里掏出一支笔在记录纸上勾画起来。

片刻后，罗飞手中的工作停了下来，然后他转头问郑涛："沈萍的死亡时间你知道吧？"

"7月4日。"郑涛立刻答了出来。在接到凌广锋的报案之后，对与沈萍死亡有关的基本情况他还是做了功课的。

罗飞对这个回答却并不满意，又追问道："具体的时分呢？"这也没有难倒郑涛："在医院的死亡证明上记录的时间是7月4日凌晨三点十七分。"

"三点十七分……嗯……好……"罗飞喃喃自语着，拿起笔又在记录纸上重重地画了两道。

"罗队，有什么发现吗？"郑涛按捺不住问道，正在开车的小刘也通过后视镜向罗飞所在的地方瞟了一眼。

罗飞酝酿了片刻，没有直接回答郑涛的问题，而是把话题引到了此前三人对案情的分析上。

"你们俩刚才的思路有一个共同的重大疏漏——"他说道，"你们把郑天印当成了一个与案件起因无关的人，你们都认为，他只是一个无辜受到牵连的旁观者而已。事实上，当我们知道翡翠湖度假村可能是个地下大赌场的时候，就应该想到沈萍的死亡与郑天印有着直接的利害关系。"

郑涛和小刘各自点头，领会了罗飞的意思：首先认为赌场的假设成立，那么对于郑天印来说，如果沈萍与张建南离婚，他不仅将失去张建南这棵巨大的摇钱树，甚至连对方所欠的赌债也无法追回。这就是所谓沈萍之死与郑天印之间的利害关系。此前当罗飞抛出"度假村就是赌场"的猜测时，他们仅仅认为挖出了另一起案件而已，现在才品出味来：原来罗飞早已将这两起案件并联在一起了！

"好了，如果你们认可了这一点，那么现在的案情就有一个大大的疑点。"罗飞接着说道，"那就是郑天印和张建南互相伤害的动机。现在我们假设郑天印看到张建南把凌广锋推进了湖水中，然后张建南乞求他为自己做伪证。郑涛，根据你对郑天印的了解，你觉得他会怎么选择？"

郑涛愣了片刻，突然一拍大腿："他一定会帮张建南的！郑天印是个商人，以前的经历表明，他的一切行为并不以道德为准则，追求最大的利益是他唯一的目标。张建南案发，对他一点好处也没有，他怎么可能亲手砍掉这棵硕大的摇钱树呢？"

"不错。对于郑天印来说，张建南是他的优质客户，而凌广锋只是一个不受欢迎的捣乱分子。他确实没有理由为了凌广锋和张建南拼得你死我活。"虽然与此前自己的推测相矛盾，但此刻小刘也不得不对郑涛的论断表示赞同，不过他对自己的另外一些结论还是有信心的，"不管怎样，死者身上的痕迹不会说谎。我仍然相信是郑天印刺死了张建南，至于这两人互相残害的动机，就需要另做推敲了。"

罗飞点点头："也许我们可以从这份手机通话清单上找到些玄机。"他一边说一边把那张记录纸递给郑涛："你看看吧。"

郑涛接过记录纸，只见纸上很多条通话记录都被罗飞用笔勾了出来，这些记录的通话对象都是一个人：郑天印。

郑涛隐隐感觉到什么，禁不住皱起了眉头。而罗飞最后着重画出的那两条记录尤其让他吃惊，他甚至忍不住轻轻地"啊"了一声。

"怎么了？"小刘在前排驾车，无法看到后面的情况，只能急切地询问了一句。

"在7月4日凌晨，一点五十分和三点二十五分，张建南都和郑天印有过通话。通话时间分别是两分十四秒和四分三十二秒。"郑涛一边说一边继续审视着那张记录纸，"而且在沈萍死亡前后的几天内，张建南和郑天印都有着密切的通话联系。"

"哦？"小刘的精神也亢奋了起来，"那这就有意思了啊！难道郑天印和沈萍的死有牵连？"

"可以这么推测，否则实在无法解释张建南为什么会在沈萍死亡的那段时间内和郑天印保持通话。"罗飞顿了一顿，又转过头来问郑涛，"你下午出发前往度假村之前，有没有和郑天印联系过？"

"联系过。在下午一点五十分左右，本来是凌广锋打给我的，告诉我在翡翠湖度假村找到了张建南。当时郑天印就在旁边，所以他也和我说了几句。就是问了一些案件的情况，对了，他似乎很关心警方什么时候会到达。"

“一点五十分……”罗飞沉吟着，“这应该正是郑天印和凌广锋驾快艇出湖的时间。”

“会不会是郑天印淹死了凌广锋？”小刘品出罗飞话语中提示的意味，忽然有了大胆的猜想。

“嗯。”罗飞显然对小刘的新思路很感兴趣，立刻鼓励道，“继续说。”

“因为郑天印和沈萍的死亡有牵连，所以他要除掉凌广锋灭口。同时，如果警方拘捕张建南，那么他肯定也会暴露，所以张建南也得除掉。于是他首先把毫无防备的凌广锋推到湖水中淹死，然后又用凌广锋的手机给张建南打电话，诱杀了张建南。最后他通过自残的方式伪造了案发现场，企图把警方的视线引入歧途，从而达到绝境逢生的目的。”小刘的思路被打通之后，语速飞快地把这番推测一口气说了出来。

“这……这也太夸张了吧？”郑涛张口结舌，“为了制造一个假象，不惜把自己捅成重伤？”

“如果郑天印确实和沈萍的死有牵连，那么你想想，在当时的境况下，他还有别的方法全身而退吗？”罗飞试图引导郑涛用代入思维去分析问题。

郑涛沉默了片刻，叹道：“还确实是，只要警方到达，控制住张建南，那郑天印就再也没有翻盘的机会了。自残的行为虽然凶险，却是既能一箭双雕又可以自保的唯一方法了。也只有郑天印这样经历过大风大浪的人，才能仓促间想出如此狠辣、严密的计谋吧？”

“我们还真是差点让他给骗了！”小刘恨恨地说道，不过随即又换上轻松的语气，“嘿嘿，可惜啊，他遇上了我们罗队，再严密的计谋也只能白扯了。”

“现在还不能乐观。”罗飞摇着头，表情沉重，“即使我们的推想都是正确的，就目前的局势来看，我们仍然没有把握能将郑天印绳之以法，因为我们缺少关键的证据。”

听罗飞这么一说，小刘和郑涛也禁不住有些黯然。是的，他们的推想听起来虽然合理，可是却缺少证据的支持。如果郑天印死不松口，警方对他能有什么办法呢？张建南已经死了，仅仅凭几个通话记录是无法给郑天印定罪的。至于湖滩上发生的血案，几乎所有的人证、物证都在显示：张建南和凌广锋是这场冲突的双方，郑天印只是一个被卷入的无辜者而已。

车内陷入了沉寂，每个人都在思考着应对的策略。就在这个时候，郑涛腰间的手机忽然响了起来。

“是朱帅。”郑涛一边解释，一边接通了电话。没听两句，他的眉头就挑了起来，显然是现场又出现了新的状况。

五六分钟之后，郑涛将手机挂断。他竭力压抑住心中激荡的情绪，用尽量平稳的声音说道：“我要告诉你们一个消息，一个绝对出乎你们意料的消息……”

一小时之后，龙州市人民医院。

郑天印躺在病房内。由于失了太多的血，他的身体看起来非常虚弱。不过在他的眉宇之间仍然透着一股少见的精气神，显示出此人非同一般的气质和底蕴。

几个警察守在病床上，其中坐在床前的那人看起来和郑天印差不多年纪，中等身材，短发瘦脸，神色颇为威严。

这个人正是龙州的传奇刑警罗飞，郑天印也曾多次听闻过他的大名。

罗飞正端详着手中的一份讯问笔录，目光敏锐犀利，似乎要透过那薄薄的纸张看穿时空，回到案发时的现场中去。

郑天印腹部的伤口仍在隐隐作痛，他自己清楚那一刀有多危险。不过这是值得的，他相信自己的计谋没有任何漏洞，即便是声名显赫的罗飞也无法攻破他伪装起来的壁垒。

两年前，郑天印投资建设了翡翠湖度假村。正如罗飞的判断，度假旅游只是表面上的业务，度假村真正的收入来源于赌博。郑天印通过私人俱乐部的形式吸引那些有钱人来到他的度假村，然后从中选择合适的猎物，将他们引入赌博的泥潭。

张建南就是陷入泥潭中的最大猎物。在婚后短短一年的时间里，他已经往翡翠湖的赌场扔进了数百万的赌资，并且还欠下了一屁股债。

张建南的恶行终于被沈萍发觉，后者开始暗中策划离婚的事宜。为了取证，沈萍也曾经来过翡翠湖度假村，想要搜集张建南挥霍家产赌博的证据。她的举动被老辣的郑天印所警觉，后者实施了反调查，从而得知了沈萍的离婚计划。

郑天印很清楚，如果沈萍和张建南离婚，那么他将失去度假村里最大的一棵摇钱树。他立刻把这个情况通报给了张建南，同时决定帮助张建南赢得那笔财产，因为他相信这巨额的财富最终会悉数转入自己的囊中。

在郑天印的蛊惑和指使下，张建南下手谋害了自己的妻子：他在半夜装鬼诱发了沈萍的心脏病，并致对方死亡。张建南如愿以偿地获得了沈家所有的财产，从此可以在翡翠湖的赌场内尽情挥霍。而这一切正是郑天印想要看到的结局。

郑天印一度为自己的这番手笔得意不已，直到今天凌广锋的突然出现。

凌广锋从一开始就表现出对张建南的敌视态度，不过这并没有立刻引起郑天印的重视。郑天印知道，像张建南这样的浪荡公子，伤害过的女人和得罪过的男人肯定都不会少。

“酒倒是好酒，只是血腥味重了一点。”

凌广锋的这句话像利刃一样，同时戳在了张建南和郑天印的心头。不过这两人的反应却是截然不同的：张建南用暴跳来掩饰心中的虚弱，郑天印却笑嘻嘻地走上前，将凌广锋拉到了一边。

此后郑天印又借机多次与凌广锋进行了接触，一步步赢得了对方的好感。当凌广锋提出要包快艇出湖的时候，郑天印主动提出亲自驾船陪同——因为有了前述的铺垫，一切都显得非常自然。

郑天印把快艇开到了湖面的东北方向，这里地势偏僻，岸边了无人烟，有的只是大片大片的芦苇荡。在寂静的气氛中，郑天印施展出色的公关技巧，一步步套问出了凌广锋心底的秘密。他知道了别墅内的监控设施录下了沈萍死亡当晚的情形，这个情况完全出乎他的意料，他的心深深地沉了下去。

就像是有意要刺激对方一般，凌广锋又当着郑天印的面给郑涛打了电话。警方立刻向着翡翠湖出动而来，最多也就一个小时的车程。郑天印感到自己被逼到了悬崖边上，有好一阵子，他呆呆地看着凌广锋，目光游离，不知在想些什么。

凌广锋感觉到了对方的异样，于是他建议道：“我们回去吧。如果警察到来……我可不想错过张建南被戴上手铐的那个时刻。”

“是的……”郑天印的目光收缩了一下，“也许我该通知手下的员工，让他们盯住张建南，可别在这个关头让他跑了。”

“嗯。”凌广锋感激地笑了笑，“这样最好。”

郑天印歉意地耸了耸肩膀：“我没有带手机，能不能借用你的？”凌广锋没有任何犹豫，掏出自己的手机递给了郑天印。

郑天印接过手机，可他没有拨打电话，而是突然问了一句：“你真的不会游泳吗？”

“一点都不会。”凌广锋下意识地回答。他正在纳闷对方怎么问起这个，郑天印已经一个跨步抢到了他身边，将他拦腰抱了起来。“你干什……”凌广锋一句话未及问完，整个身体已被郑天印掀起，毫无防备的他被抛出船舷，栽入了原本平静的湖中。

“救……救命！”凌广锋在湖水中挣扎呼救，但他很快就连呛了好几口水，发不出任何声音了。一番徒劳的扑腾之后，他缓缓地向湖底沉去，再也没有露头。

郑天印站在船头冷冷地注视着这一幕，直到那湖面重归平静。

一阵微风吹来，虽是盛夏，但郑天印还是感到了一丝寒意。他下意识地摸了摸额头，这才发现那里早已沁出一片细密的冷汗。

时间已极其紧迫，他不能再等待了！必须在警方到达之前扭转整个局势。

郑天印把快艇开回了码头。谢天谢地！因为日头毒辣，空旷的码头附近并没有任何闲人。

郑天印拿着凌广锋的那只手机，快步赶到了浴场附近。然后他拨通了张建南的号码。

“我们在码头等你，你快过来吧。”郑天印在电话里说道，“刚才那个男人，是沈萍的初恋男友。要找你的麻烦。你最好和他当面解决一下。”

电话那头的张建南顿时变了脸色。

“你要有所准备，那个人可不是什么善茬。”郑天印似乎很关心张建南的安危，提醒道，“服务点上有西瓜刀，你看看需不需要带着壮壮声势。”

“好的，我知道了。”张建南挂掉电话，一旁的冷芸芸问了句：“怎么了？”

“还是刚才那个家伙，妈的，想找我的麻烦，看我怎么修理他！”张建南恶狠狠地说道。无论如何，他也不能在美女面前丢了面子。然后他便抄起那柄西瓜刀，一路骂骂咧咧地向着码头而去。

两三分钟后，郑天印出现在浴场，给众人造成自己曾被凌广锋支开的假象。然后他快步追赶先行离去的张建南。当他到达码头的时候，张建南正在四下寻找凌广锋的踪迹。

“那小子人在哪儿呢？我他妈砍死他！”看到郑天印，张建南粗着嗓门儿吼道。仗着自己人高马大，又带着家伙壮胆，他当时显得底气十足。

“他已经死了。”郑天印一边说一边擦着额头上的汗水。日头实在太毒，照得人一阵阵发慌。

张建南蓦然一愣，有些怀疑自己的耳朵：“什么？死了？”

“是的，我杀了他。”郑天印淡淡地说道，同时伸出右手，“把刀给我吧，你已经不需要它了。”

张建南沉浸在一片惊讶与茫然的情绪中，下意识地把刀交给了对方，张口结舌地问道：“这……这到底是怎么回事？”

“他知道了你谋害沈萍的事情，而且还掌握了关键的证据。他已经报了警，警察很快就会来了。”郑天印看起来口渴得很，舔了舔干裂的嘴唇，艰难地吞下了一口唾沫。

“你……你开什么玩笑？”张建南瞪着郑天印，用尽力气才在脸颊上挤出一丝强笑。

郑天印摇头叹息了一声，不再说什么，突然抢上一步，左手拉住张建南的右肩，右手的短刀猛地刺出去，狠狠地扎在了对方的心窝上。

张建南毫无防备，徒劳地瞪大了眼睛，眼球似乎要从眼眶里挣脱出来。

“我也不愿意这样，可我没有别的选择。”郑天印和张建南对视着，这句话说完，他把短刀从对方的身体里拔了出来，喷涌而出的鲜血顿时溅满了他的全身。

张建南张着嘴，喉口发出一阵“呵呵”的急喘声，然后身体慢慢地软了下去，气息也渐渐终止。

郑天印放开张建南的尸体，给服务生打了个电话，通知对方到码头来收船。

电话打完之后，郑天印腾出左手握在了刀刃上，随即他的右手猛地一拉，在左手掌上划开一道可怕的伤口。他把血手印盖在张建南的肩头——这会给警方造成自己是受伤后被迫反击的假象。

但这还不够。

郑天印又把刀尖抵在了自己的左肋上，然后两手发力，将短刀扎进腹腔后又咬牙拔出。剧烈的疼痛让他额头上的冷汗滚滚而下。

他知道这个举动的危险性，从某种程度上来说，他简直就是在玩命。可他不得不这么做，正如刚刚他自己所说，他已“没有别的选择”。

这些就是血案前后所有事情的真相，郑天印相信这些真相将永远不会被其他人知晓。

当然，他首先要过的一关，就是眼前的这个警察——罗飞。

罗飞已经对着那份笔录看了很久，现在终于抬起头来看向了郑天印。

郑天印不动声色，做好准备应付对方的讯问。

“好了，根据你的说法——”罗飞把笔录举起来扬了扬，“今天午饭的时候，凌广锋和张建南曾当众起过一次摩擦，被你从中调停了。一点过后，其他人都下湖游泳，不会游泳的凌广锋则租了度假村的游船到湖中游玩。大概半小时之后，凌广锋要求你把游船开回码头，然后他说有一些私人事务要处理，希望你回避一下。于是你就离开了。你在周围的湖滩上转了几圈，花费了二三十分钟的时间。然后你来到浴场，得知张建南持刀去赴凌广锋的约会。你连忙赶到码头，恰好看见快艇上的张建南将凌广锋推入了湖中。凌广锋不会游泳，很快淹死。张建南企图杀你灭口，你在身负重伤、生命受到严重威胁的情况下，迫不得已挥刀反击，致其当场死亡。是这样吗？”

郑天印点点头：“是的。只可惜……我没能救得了凌广锋……”他的脸上显出一种既惋惜又自责的神情。

郑天印自认这套说辞是无懈可击的，至少从法律上来说有一条完整的证据链与之映衬：很多人都见证了凌广锋和张建南之间的摩擦；张建南的手机显示，他在下午两点过后接到了凌广锋的电话，然后张建南便抄起一把西瓜刀，气势汹汹地向着码头而去；警方应该清楚，凌广锋与张建南之间的过节足以引发一场你死我活的争斗……

退一万步来说，即使有人怀疑到他与张建南之间的邪恶勾当，又能有什么证据呢？以他的势力和财力，完全有把握打赢这样一场官司。

郑天印越想越踏实，他的嘴角甚至浮出了一丝笑意。

可是罗飞却在用一种非常奇怪的眼神看着郑天印。不仅是罗飞，在场的其他警察也都向他投来了奇怪的目光。郑天印被这些目光搞得很不舒服，觉得那目光分明就是在看一个傻瓜，一个可笑的、愚蠢的傻瓜。

郑天印不明白对方为什么会有这样的目光，在忍受了片刻之后，终于按捺不住地问道："怎么了？你们觉得有什么问题吗？"

"你设计得很好，一切都很好。"罗飞冷冷地说道，"只可惜有些事情却是你预料不到的。"

郑天印凝起眉头，他的心"咚咚"地跳了起来。

难道真是哪里出了问题？可他又不敢轻易开口询问。

言多必失，此刻最好的应对方法便是沉默。

"你需要见一个人。"罗飞打破了沉默，他转过头吩咐一旁的助手小刘，"你去把那个人带过来吧。"

小刘应了声"是"，转身走出病房。几分钟后，当他再次回到病房的时候，在他身后跟着一名男子。看见这名男子，郑天印的脸色变得煞白，仿佛陡然间又脱去了好几升血液似的。

他终于明白为什么众人会觉得他像个傻逼了，他现在也觉得自己的确是个不折不扣的傻逼！

那名男子身形瘦小，相貌平平，他站在病床前，微佝着腰背，气质猥琐。可这个人却给高大强壮的郑天印带来了难以承受的压迫感。

此人正是被他亲手抛入翡翠湖里的凌广锋！

凌广锋居然没有死！郑天印的大脑里一片混沌，他所有的设计，那些原本坚不可破的壁垒此刻全都成了可笑的纸壳！

"你是下午两点四十分左右离开的翡翠湖，你的员工将你送到这里抢救。所以后来度假村里发生的事情你可能不太清楚。警方三点到达了翡翠湖，在那里我们除了详细勘验了张建南的尸体之外，还有一个更大的收获。"罗飞指了指凌广锋，"他虽然不会游泳，却并没有被淹死。

湖水把他冲到了岸边的芦苇滩，后来被巡湖的工作人员救起。他告诉了我们很多事情——和你刚才的说法截然不同。”

郑天印闭上眼睛长叹一声。他已无话可说，知道一切都完了。“好了，我想我们已经没必要纠缠今天下午到底发生了什么，因为事实已是如此清晰。让我们直接切入下一个话题吧：你为什么要谋害凌广锋和张建南？”罗飞看着郑天印，目光中流露出难以抗拒的威严。

对郑天印后续的审讯虽然顺利，但当全部笔录做完的时候，时间也已过了晚上十点。罗飞、郑涛等人走出病房，看到了尚在走廊等待的凌广锋。

“你寄给我的录像资料我看了。”郑涛走上前说道。他红着眼睛，显得有些疲惫，语气则带着歉疚，“可是那张U盘里带有病毒，里面的文件打不开，我们的技术人员到现在也没能解决这个问题。”

凌广锋淡淡地笑了一下，他的头发湿漉漉地搭在额头上，可精神看起来却很好：“没关系——现在已经不需要那张盘了，不是吗？”

罗飞、郑涛等人一怔，随即明白了对方的意思：涉案的两个凶手，张建南已死，而郑天印因杀害张建南罪行确凿，已难逃极刑的制裁，再追究沈萍的真正死因，似乎已没有太大的意义。

“这已是最好的结果了。既然如此，就让死者入土为安吧。至于那份录像的原始资料……已经沉入翡翠湖底了。”凌广锋轻轻地叹息了一声，他的眼中有些亮晶晶的东西在闪动。然后他转身向着出口处走去，步履矫健。

罗飞看着凌广锋远去的背影，他的心忽然激烈地跳动起来，原本倦怠的眼神中也重新绽放出光彩。

“哈哈……”罗飞越想越激动，终于忍不住大笑出声。

“罗队，你……你这是怎么了？”郑涛和小刘莫名其妙地看着他，不明白一贯严肃的刑警队长为何会有如此表现。

罗飞笑完之后，伸手拍了拍郑涛的肩膀，摇头叹道：“郑涛啊，我现在不得不承认，你对星座的研究还是准确的。当一个天蝎座的男子爆发之后，那种可怕的力量，的确没人能够抵挡。”

郑涛和小刘面面相觑，一头雾水。而罗飞却不再理睬他们，自顾自地迈开了大步，向着医院出口处而去。

半小时后，凌广锋驾驶着自己的宝马7汽车行驶在夜色中的龙州街头。经过一天的折腾，他多少也有些累了，只想尽快回家，把浑身的湖腥味洗一洗，然后好好睡上一觉。

可是事情常常不能如人所愿。一辆警车停在路边，车旁的交警伸手拦下了宝马7。

凌广锋按下车窗，年轻的交警向他敬了个礼："您好，查酒驾，请配合测一下酒精。"

酒精测试的吹口被递进了车内。

凌广锋把嘴凑上去，浅浅地吹了一口。

"对不起。"交警微笑着说道，"请您使劲吹，我喊停您再停下。"凌广锋无奈地撇撇嘴，再次把嘴贴近吹口，这次他鼓足了劲，一口气吹了很久，可却始终听不到交警喊停的声音。

凌广锋终于憋不住了，深深地吸了口气，抱怨道："你这是想憋死我呀？"

交警看了看酒精测试仪上的数值，然后冲着警车挥了挥手。

又一名警察从车内走了出来，凌广锋认得那就是刚刚在医院分别的刑警队长罗飞，不禁露出了讶然的神色。

罗飞来到宝马7车边，看了眼酒精测试仪上的数值，然后冲交警挥了挥手："你回去吧。"

交警敬了个礼，转身跑回了警车。罗飞则打开马6的车门，坐在了副驾的位置上。

凌广锋狐疑地看着罗飞，罗飞也看着凌广锋。

从外表上来看，这名男子的确没有任何过人之处。

可是那些隐藏在内部的东西呢？谁能够真正看透一名天蝎座的男子？

在两人的互视中，车内出现了一种奇妙的沉默。良久之后，才由罗飞将这沉默打破。

"肺活量6000毫升。"罗飞迎着凌广锋的目光说道，"这是专业游泳运动员才能达到的水准。"

凌广锋一愣，随即明白了刚才那个交警让自己一直吹气的用意。他沉吟了片刻，反问道："你想说什么？"

"郑天印一直想不通：你怎么会没有死。因为他亲眼看着你沉入了湖里，足足有两分钟没有露头。现在这个问题就好解释了——6000毫升的肺活量，进行两分钟的潜泳不在话下。对于一个游泳高手来说，这段时间已足够你到达湖岸边的芦苇荡中。”

凌广锋笑了笑，没有说话，看起来他是默认了罗飞的推测。

“所以你根本没有找到任何证据，是吗？”罗飞继续说道，“所谓的录像根本不存在，你只不过是需要警方来配合你演一场戏而已。这场戏落幕的时候，你如愿看到了计划中的结局。”

凌广锋轻轻一叹：“罗飞……我也曾听说过你的传奇……我知道瞒不过你，只是没想到你这么快就反应过来了——我甚至还没来得及回家。”罗飞“嘿”了一声，话题一转：“好了，我只有一点还不明白。既然并不存在那份录像，你怎么知道是郑天印和张建南害死了沈萍？”

“直觉，还有分析。沈萍临死前的那几天正在调查张建南赌博的事情，她曾经到过翡翠湖度假村。我查了张建南手机的通话记录，他那一阵和郑天印来往极为密切。最关键的，在沈萍病发死亡的当晚，张建南仍和郑天印有着频繁的通话。你觉得这还不足以让我产生某些合理的联想吗？”

是的，这其实也正是罗飞此前的思路。他点了点头：“的确是非常可疑，再加上你知道沈萍想要离婚的背景，完全可以推断出张建南和郑天印策划了某种可耻的罪行。”

“可是我没有证据。也不会有人再能找到任何的证据。”凌广锋顿了一顿，神情诚恳，“罗警官，并不是我不相信法律，可是这件事情，只能用我的方式去解决。”

罗飞沉默着，不知在想些什么。凌广锋看着他凝重的面容，虽然问心无愧，但也不免有些忐忑。

“你真的没有喝酒吗？”良久之后，罗飞突然问出了这么一句。凌广锋觉得这句话非常熟悉。对了，就在下午的时候，郑天印曾经问过他：“你真的不会游泳吗？”

当时凌广锋回答：“真的不会。”然后他就被郑天印抛入了湖水中。

“没有啊，一点都没有喝。”这是他此刻的答案。

罗飞的反应却和郑天印有着异曲同工之妙。

“那我们为什么不去喝两杯呢？”他转过脸来，微笑着说道。

黑暗中的女孩

冷酷密室的无尽悲伤

引 子

……

“大夫，这孩子的病真的好了吗？她以后的生活会受到影响吗？”

“放心吧。经过我们的治疗和观察，她心里的阴影应该是完全去除了。只要不受到大的刺激，不会再犯病的。”

“小琼，你告诉姑姑，现在还怕黑吗？”

“不怕了。”

“晚上敢关着灯睡觉了吗？”

“敢。我这几天都是一个人睡的。”

“乖。那你做噩梦了吗？”

“没有。”

“好孩子，姑姑带你回家。”

……

1

“嘟嘟嘟嘟嘟，嘟嘟嘟嘟嘟……”电话在我的床头响了足足有两分钟了，看来我不去接的话，它还会一直这样响下去。

不用猜我就知道，这么执着的人一定是郭少晖。我无可奈何地叹了口气，从被子里伸出手，拿起听筒放在耳边，没好气地“喂”了一声。

“小琼啊？在干什么呢，是不是又睡懒觉啦？”果然是他。

“明知故问！知道我在睡觉还打个没完，你怎么这么讨厌啊！”

我半嗔道。

“嘿嘿。”听筒里传来郭少晖的傻笑，伴着这笑声的一定还有他挠头皮的动作，“也该起来了，你看看几点了？”

我从枕头边摸出手机看了一眼，已经快到中午十一点了。今天天气不好，窗外阴沉沉的，看起来好像只有七八点的样子。居然睡到这么晚，我自己都有些不好意思了：“好吧，赦你无罪，有什么事情这么着急要禀报呀？”

“好事！我找到合适的房子了，又好又便宜，你快过来吧！”

听到这个消息，我心里虽然高兴，嘴上却说道：“不去！我才不帮你搬东西呢。”

“我都已经搬好了。”郭少晖在电话那头得意地说，“就知道你要睡懒觉。你现在快过来吧，帮我收拾一下。对了，顺便把你的生活用品带一些过来，今天我们就可以住在这里了。”

“我可没答应就住下了，我先过来看看，在哪儿呀？”我想起上个星期郭少晖兴冲冲地叫我一块看房，也是号称又好又便宜，结果到了那儿我气得够呛，那简直就是一间儿堆放杂物的破仓库。

“我保证，这次房子你肯定满意，来了你就不想走。就在我们学校里面。你过来吧，我到校门口接你。”郭少晖的声音听起来一副信誓旦旦的样子。

见他这么有信心，我也迫不及待地想见识一下这间“好”房子了：“那好吧，我大概过一小时能到，你到时候出来接我。”

撂下电话，我下了床，首先拉开了窗帘。屋子里亮堂了许多，但由于不见阳光，整体气氛仍是阴沉沉的。洗漱之后，我又化了点淡淡的妆。虽然和郭少晖已经交往很久了，但我每次见面还是总想给他一个好的印象。忙完这些，我连忙收拾起自己的生活用品，急匆匆下了楼，离约定的时间已经不多了，我可不想让郭少晖又埋怨我不守时。

这所城市里的大学一般都集中在市中心的学院路上，唯独郭少晖所在的美术学院位于市郊的南明山脚下。自我们交往以来，郭少晖一直住在学院的集体宿舍里，我们俩见一次面至少得骑半个多小时的自行车，极不方便，不过这并不是我们急着租房子的主要原因。郭少晖还有两个月就研究生毕业了，我们两年的时间都等过来了，还熬不过这几天？之所以要住在一块儿是因为郭少晖要以我为模特完成自己的毕业作品，用他的话来说：“我们俩找一个安安静静的、无人打扰的地方，我要把对你的爱全部凝聚在这幅画中，我要创作出一件惊世骇俗的伟大作品！”我虽然在嘴上笑他狂妄，但心里很甜蜜，而且我也相信，他是有这个才华的。

拐过美术学院的南墙，便看见郭少晖正斜倚在他那辆捷安特山地车上。静止中的郭少晖总是能散发出一种艺术家特有的气质，这种气质深深吸引着我。

郭少晖也看到了我，兴奋地向我挥着手臂，当他满脸笑容的时候，你又会觉得他活脱脱就是一个稚气未脱的大男孩。

“行了行了，别挥啦！你想大家都看见你呀？”我把车骑到他面前停下，嗔怪道。

“别人我不管，我只要你看见就行！”郭少晖微笑着帮我捋了捋额上的头发，然后跨上自己的捷安特，说，“来，我带你去看我们的新居。”

进了校门，郭少晖骑着车往右边的小路拐了过去，我有些疑惑地问："这条路不是往操场去的吗？住宅楼应该走左边的大路吧？"

郭少晖神秘一笑："你就跟着我吧，一会儿给你惊喜！"

操场上两支学生足球队正在厮杀，场下双方的女生啦啦队则用此起彼伏的加油声进行着另外一种对抗。

操场的北面是一片桦树林，延延绵绵，和南明山连成一片。南明山是本市著名的景点，在这春暖花开的季节，更是吸引了不少游客上山踏青。不过和美院操场相对的是尚未开发的后山，游客很少会走到这里来，倒是经常有美院的学生穿过桦树林进山写生。我第一次跟着郭少晖进入这林子，发现林中原来还有一条两三米宽的便道，蜿蜒不知通向何方。

沿着便道又骑了五六十米，树荫愈来愈密，操场上的喧嚣也逐渐远去，拐到第三个弯时，我的眼前突然出现两排精致的双层小楼，静静地矗立在道路尽头。郭少晖下了车，笑眯眯地看着我。

"这就是我们要住的地方吗？"绿树、青瓦、白墙，这简直就是画中才会有的场景呀！如今这场景真实地出现在我面前，我惊喜得有点不相信自己的眼睛了。

郭少晖得意地点了点头："就知道你肯定会喜欢这里的。来，先把车停了，我们的房间在后面一排的二楼，到了屋里你会更喜欢的。"

从外观看起来，这两栋小楼绝对不是普通的教工或学生宿舍，我压不住心中的好奇，问郭少晖："这是住宅楼吗？这么好的环境，都是什么人住在这里呀？"

郭少晖不答反问："你知道我们学院是什么时候建立的吗？"

"嗯，你跟我说过，好像是七十年代末？"

"不错。"郭少晖点了点头，继续说道，"那时'文革'刚结束不久，党内的有识之士就准备在我市筹建一所美术学院，给饱受劫难的艺术界孕育新生的力量。筹备工作都很顺利，但在聘请教授时却遇到了一些麻烦。不少知名的艺术家经过十年浩劫，已经心灰意冷，不愿再出山任教。"

"哦。"我饶有兴趣地听着，不明白他为什么现在给我讲起学校的创建史来。

"当时主持学院筹建工作的是市里主管文化教育的张市长。张市长知道这些艺术家都是有性格有脾气的人，既然不肯来，也就不再勉强。”郭少晖特意把“有性格有脾气”几个字说得特别重，还冲我坏坏地笑了一下。

“人家那是艺术家！你也成了大家以后再摆脾气呀！”我知道郭少晖的坏笑是什么意思，他身上也有一种文人的执拗性格，我常常因为这个数落他。

“我迟早会成为大家的——也许就是画完这幅画之后，你相信吗？”郭少晖一脸严肃地问我。他已经不止一次这样问我了，那情形简直就像女孩问男孩“你爱我吗？”一样，我稍稍回答得不够热情专心，他便会沮丧好一阵子。

“相信，当然相信了！那些艺术家就一直没来吗？”我赶紧岔开话题。

郭少晖满脸的欣慰，嘴上却说着：“你不信也没关系，我会证明给你看的。”然后话题一转，继续讲述那些往事，“两个月之后，张市长亲自开着车，逐个拜访这些艺术家，绝口不提聘教的事情，只说以艺术界同人的身份邀请他们到市郊小住两天，观景作画。当时正是初秋时分，山景正美，加上张市长原本在业内也有些造诣和声望，这些老爷子也就没有拒绝。于是张市长就把他们一车拉到了这里。”

“哦……”我若有所悟地点点头，说，“这两排房子就是给他们准备的？”

“对！这些艺术家只不过在这里不到一个星期，就已经乐不思蜀了。这种山清水秀、幽静宜人的环境，简直就是每一个艺术创作者的梦中桃源啊！张市长看到他们流连忘返的情形，知道预期的效果已经达到，这才含蓄地告诉大家，筹建中的美术学院选址就在这里，而这两排房子就是给学院教授们准备的住宅楼。”

“呵呵，如果他们想长期住在这里，就只好卖身给学校！这一招厉害！”

“这些艺术家也都是聪明人，当然理解张市长的苦心和诚意，再加上本身对艺术的热爱，也就不再坚持，最终成了学院的第一批教授。”说着话，我们已经来到了第二排楼前，郭少晖停下脚步，指着这两座小楼，颇有感慨地说，“它们对学院的成立，可是功不可没呀！”我突然担心起另外一个问题来：“你怎么能租到这里的房子？价钱不会便宜吧？”

郭少晖呵呵笑了起来，说：“就知道你会担心这个。别急，先听我说。后来学院规模越来越大，教授也越来越多，只有成就突出的大师才有资格入住这两座小楼。我们住的这间本来是分给袁老师的，但是袁老师有关节炎，受不了这里的湿气，就一直空着。知道我要找地方做毕业创作，他就给我推荐了这里，只是象征性地收了一点钱。”

袁老师是郭少晖的研究生导师，是位德艺双馨的老画家，在全国都很有名气。我伸出拳头轻敲郭少晖的脑门儿：“天上还真能掉下馅饼呀，而且就砸在你的头上了。”

“别闹了，上楼吧。”郭少晖笑嘻嘻地躲闪着，“你记好了，二号楼三单元三二一房间，下次一个人来可别找不着地儿。”

“我才没你那么笨呢！三二一还不好记，三是三单元，二是二楼，一是房间编号，没错吧？”我一边说着，一边跟着郭少晖走进了楼道里。

可能因为是老房子，楼道内显得有些阴暗，好在楼层不高，没两步就来到了房门外。郭少晖刚拿出钥匙，对面的屋门轻响一声打开了，从里面走出一对夫妇模样的男女来。男的大概四十岁的样子，个子高高的，剃着平头，显得非常精神；女的看起来要年轻一些，容貌姣好，打扮得也很时尚。看到我们，他们似乎有些意外，那个男子首先开口询问：“你们俩要住在这里吗？”

“对。”郭少晖连忙回答，“我是袁老师的学生，是他让我来的。这是我的女友。”

“好啊好啊！”那个女子显得很是高兴，“这下我们有邻居了。我就喜欢和年轻人打交道，要是搬来一个老头子可就没意思了。”

“袁老师可是个大师，如果能和他做邻居，我们可得好好拜访一下。”男子虽然是在反驳妻子的话，语气却非常温和。随即他又自我介绍道，“我叫岳正锋，是刚来学院不久的教师，你们想必还不认识我吧？这位是我的妻子孟萍萍。”

“岳老师好！孟师母好！”郭少晖很有礼貌地说。

岳正锋露出随和的笑容，说：“不用这么客气，和年轻人在一起的时候我喜欢随便一点。你们刚来，有什么需要帮忙的可别不好意思开口。”

“那就先谢谢岳老师了！”

“呵呵，先不要谢我。”岳正锋指了指身边的妻子，“如果是家务上的事情，你们找她可比找我管用多了。她比你们大不了多少，你们就管她叫孟姐吧。”

郭少晖不好意思地笑了笑，习惯性地挠着自己的脑门儿：“不不不，还是叫师母比较好……”

孟萍萍很爽朗地笑了起来，说：“你要这么叫我当然也没意见。有什么事情可以尽管来找我呀。”说完，她亲热地挽起丈夫的胳膊，和我们挥手作别，然后下楼而去。

这栋楼采用的是那种老式的实心水泥楼梯扶手，再加上楼梯坡度本身也比较陡，他们几乎是一下子就在楼梯拐角处从我们的眼前消失了，多少有些诡异的感觉。

“有这样的热心邻居真不错！”郭少晖和我对视了一眼，欣慰地说。

“当然不错了，还有一个漂亮的姐姐。”我的话里透出一股醋味来。不知为什么，我莫名其妙地对漂亮的孟萍萍产生了一丝敌意，难道女人天生就是爱妒忌的动物？

“她漂亮吗？我怎么没觉得？”郭少晖和我装起了糊涂。

“哼！言不由衷！”我不屑地撇了撇嘴。

“好啦好啦，你知道在我眼里，只有你是最漂亮的，谁也比不上你。”郭少晖拧开了房门，“别说这些了，还是赶快进屋看看吧。”对房屋的好奇战胜了进一步拌嘴的欲望，我紧跟在郭少晖后面进了屋子，迈出了走向梦魇的第一步。

2

一进屋子，一股霉湿气便扑面而来，激得我差点要打冷战。“这房间怎么这么湿冷？”我皱着眉头问，“难怪袁老师不愿意住，上了年纪的人怎么吃得消。”

“太长时间没人住了，所以才会这样的。”郭少晖连忙解释说，“我刚进来的时候更加阴冷呢。这不，我把窗户和窗帘都打开了，现在已经好了不少，我们住个一两天就能恢复正常了。”

郭少晖的话听起来挺有道理，我点了点头，打量起屋内的状况来。虽然是几十年前的老房子，但房屋的功能倒还齐全，一室一厅，自带厨卫，正适合两个人居住。更让我高兴的是，卫生间里还有热水可供洗澡，这种条件在当时简直是不可想象的。问了郭少晖我才知道，就为了这两排楼，单独配有一个锅炉房，全天候提供热水和暖气。另外，整间屋子至少是五年之内刚刚装修过一次，奶白色的木质墙板和大理石地饰即使现在看来也都没有过时。

客厅、厨房和卫生间共同位于房屋的南边，形成一个较大的整体，而起居室则有点像这个整体上向北突出的一个小块，使整套屋子形成一个躺倒的“L”形。虽然房屋的布局不是很好，但是那间向北开的起居室却使这个不大的空间里充满了活力。透过起居室打开的门窗，可以清晰地远眺楼北连绵蜿蜒的南明山，一片绿色郁郁葱葱，怡人心脾。我惊喜地“呀”了一声，三两步抢到起居室内，赞叹道：“真棒！这里的景色太漂亮了！”

郭少晖也跟了进来，笑着对我说：“外面还有一个阳台呢，到那上面观景视野更加开阔。”

我走上阳台，一阵轻柔的山风拂在脸上，令人精神为之一振。阳台下居然还有一块小小的绿草地，两三个学生模样的人正坐在草地上面对群山施以丹青，一副温馨和谐的景象。

我站在阳台环顾四周，只见东边的墙上砌着一个小小的水泥花台，离阳台不远，触手可及。花台上的那盆花早已枯败不堪，辨不出本来面目。

我在心里思忖着：“这盆花是房屋以前的主人摆放在那里的吧？不过隔壁屋的窗户离这花台也就一臂左右的距离，倒也有可能是某个个子高的人从那里放上去的。”不过我很快否定了后一种猜测，因为我刚刚与隔壁屋的男女主人见过面，像孟萍萍这样的女人怎么会将一盆枯萎的花儿摆放在花台上呢？

郭少晖不知什么时候也来到了阳台上。他从身后轻轻地环抱住我的腰，微风吹过，带起一股青春的男子气息。我不禁有些陶醉了，闭上眼睛，将整个身体交到了他的怀里。郭少晖则很配合地紧搂住我，嘴唇在我的发际和脖颈间扫动着，带来一阵阵又热又痒的酥麻感觉。正在这时，我忽然想到了什么，从郭少晖怀里挣脱出来，同时“哎呀”低呼了一声。

“怎么了？”郭少晖有些莫名其妙地看着我。

我拉过郭少晖，指着那个花台对他说道：“这个花台的设计有些问题呀！你看，从隔壁那扇窗户出来，不是很容易就可以通过花台翻到我们这边的阳台上来吗？这样会不会不太安全啊？”

听我这么一说，郭少晖也显得有些困惑，他挠了挠脑门：“是啊，确实有点问题呢。可能当时世风淳朴，不像现在要考虑那么多的安全问题。”顿了顿，他又转口说道，“不过你没必要担心，难道岳老师他们还会偷偷翻过来干坏事吗？”

“那倒也是。”我心中有些释然，毕竟能住在这幢小楼里的可都是要名望有名望要地位有地位的艺术大师，绝不可能出现鸡鸣狗盗之徒。从这边阳台看过去，隔壁屋子的那扇窗户也是虚掩着的，看来对面的主人也从不担心有人会通过花台爬过去偷东西。

见我一直盯着那扇窗户看着，郭少晖忍不住开起了玩笑：“哎，你是不是动了贼心了呀？不如你爬过去看看吧，有什么有用的东西都搬过来，我给你把风。”

“讨厌！”我嗔怒地掐了郭少晖一把，目光却又忍不住向着那扇窗户多扫了两眼。

从我早上起床以来，天一直都是阴着的，可恰恰在我最后一瞥的瞬间，一缕阳光顽强地穿透了云层，由西往东斜斜地映射在那扇窗户上，使我看见了隐藏于其后的恐怖一幕。那副情形让我的身体猛地一颤，我“啊”地惊呼了一声，紧抓住郭少晖的胳膊，同时无力地斜倚在他的身上。

“小琼！你怎么啦？”郭少晖被我吓了一跳，连忙手足无措地扶住我。

“那边……窗户里面……”我颤抖着抬起手，指着对面的那扇窗户，过分的激动使我一时说不出话来。

郭少晖顺着我手指的方向看过去，可就在此时，云层重新遮住了阳光，他只能看见黑乎乎的一片。搞不清发生何事的他变得越发着急，连声追问：“窗户里面怎么了？我什么也看不见啊？”

我努力调整好自己的气息，战战兢兢地说道：“小女孩……有个小女孩，她躲在窗户后面的墙角里，她在看着我们！”

听了我的话，郭少晖松了一口气，将信将疑地伸长脖子，徒劳地张望了半天，但没了阳光，他不可能再看清屋子里的情形。

他似乎也并不在乎什么，大大咧咧地笑着说我：“一个小女孩也让你吓成这样。我们又没做什么见不得人的事情，让她看看怕什么，也许她就是喜欢看漂亮的大姐姐呢。”

“不是，你现在看不见了！”我无心理睬他的说笑，“那个小女孩，她被关在黑黑的屋子里，她好害怕！”说到这里，我的眼泪都要下来了。

郭少晖愣了一下，轻轻叹了口气，把我揽在怀里，抚摸着我的长发，柔声地安慰道：“你又想起以前的事情了吧？别怕，岳老师他们只是出去一会儿，等他们回来小女孩就可以见到爸爸妈妈了。”

我摇了摇头，不知道怎样才能向郭少晖清楚地描述出刚才的一幕。在阳光射进去的那一刻，我清楚地看见窗户后小女孩那双大大的眼睛正紧紧地盯着我，我永远无法忘记她眼中那种冰凉刺骨的悲哀和恐惧，如果目光是有声的，那我当时已经听见了世上最为凄惨的哭泣。那个女孩绝不是喜欢看什么漂亮的大姐姐，她似乎正在绝望地乞求某种帮助。而更加要命的是：正如郭少晖所猜测到的，女孩的眼神紧紧地揪住了我的心，把我带回到二十年前那个漆黑恐怖的夜晚。

痛苦的回忆令我感到窒息，我把头深深埋在郭少晖的怀里，良久之后，对方那温热的胸膛终于使我从回忆中挣脱开来。我抬起头，心中有些不悦地迁怒道：“他们为什么不把孩子一块儿带出去呢？他们怎么忍心把这么小的孩子一个人关在家里？你不知道那个小女孩现在多伤心！多害怕！”

据我判断，刚才的那个小女孩也就是五岁左右吧。岳正锋夫妇把她丢在那样一间黑乎乎的屋子里，作为父母也确实有些说不过去。

郭少晖笑了笑，捧起我的脸，在我额头上轻轻一吻：“好了，别想那么多了，人家肯定也有自己的难处。等我们有了女儿，不管走到哪里，都把她带在身边，好了吧？”

对方的这番话让我充分感受到恋人间的温馨，我不禁低头莞尔，想想也是，人家做父母的都不管，我在这里着哪门子急啊。回头再看那窗户，没有阳光的照射，只是黑乎乎的一片。想到小女孩可能还在窗户那边盯着我们，我的身上不禁又泛起一阵凉意。

“我们回屋吧，我不想再待在阳台上了。”我拉了拉郭少晖的衣襟。

郭少晖立刻表示赞同：“也好，屋里挺乱的，还得收拾收拾呢。”

收拾屋子本是一件很累人的事情，不过能和自己的爱人一块儿动手，却又别有一番快乐的滋味。我们俩首先打扫了起居室，这里有一张双人床、一个床柜和一张梳妆桌，看成色想必是原来的住户留下的。我们带来的生活用品也不算多，很快就把这个小房间打理得利利落落的。然后我们又来到客厅，这里就没有太多的家具了，只留下了一个大大的衣柜，矗立在卧室的门边。衣柜是很老式的那种，比现在流行的款式要大不少，木质厚实坚硬，隐隐泛着油黑的亮光。

“呀，这个衣柜怎么比门还高啊，当时是怎么搬进来的？”郭少晖突然诧异地问我。

我一口气差点没憋过去，这家伙，有时候还真是呆得可以。

“把它放倒不就可以了吗？你以为大家都像你这么笨啊？”

郭少晖露出恍然大悟的表情，“嘿嘿”地傻笑了两声。

“不过这么大的衣柜，倒是可以放不少东西呢。”我一边说着，一边打开了柜门。对于女人来说，衣柜永远都是越大越好呢。

可是衣柜里的情形却不容乐观——那里面的湿气太重了。我摸了一把内壁，上面居然蒙着一层薄薄的水雾。

我皱了皱眉头：看来衣服暂时还不能放在里面。不过好在我们带来的衣物并不是很多，卧室里的头柜暂时还够用。

郭少晖早已盘算好：将客厅作为他的工作室。在我来之前，他已经把这里简单地打扫了一遍，画桌、床垫、暖瓶什么的也都从他宿舍搬过来了，包括袁老师送的一台老式小冰箱。进一步收拾布置并没有花费太多的时间。一切整理妥当，我发现自己虽然带来了生活用具和换洗衣物，但还缺少晚上睡觉盖的被子。

“干脆去新买一条吧。拿来拿去的太麻烦，没准哪天有事，我还需要住在自己那边呢。”我说。

“好吧。”郭少晖点着头说，“还有一些小东西也要添置一下，顺便下去撮一顿，庆祝搬入新家！我可饿坏了。”

他不提还好，这么一说，我也觉得肚子咕咕叫了起来。一看时间，已经快下午三点了。

“嗯，我要去东苑餐厅吃水煮鱼。”我提议。

郭少晖痛快地答应了：“没问题，走吧！”

当我们经过岳正锋家门口的时候，我又想起了那个被关在屋里的可怜女孩——不知道她吃午饭了吗？不过这念头在我脑子里也只是一闪而过罢了。

吃饭的时候，郭少晖兴致勃勃地要了两瓶啤酒。想到从今天起便可以和所爱的人生活在一起，一向滴酒不沾的我也陪着喝了一大杯。我们边喝边聊，一顿饭吃了两小时，今天的晚饭看来可以省下了。

从餐厅出来，我们到学院门口的超市买了一床薄被，另外又买了台灯、锅碗、调料以及鸡蛋、奶粉，等等，两个人四只手都没闲着，满载而归。而难得喝一次酒，走起路来我居然有些飘飘然的感觉。

到了家里，我们又把卫生间和厨房彻底地打扫了一遍，然后舒舒服服地洗了个热水澡。诸细俱定之后，郭少晖开始摆弄起他的画板颜料之类，为明天即将开始的工作进行准备，我则拿出一本带过来的杂志，斜倚在床上看了起来。

不知道是不是因为酒精的作用，没过多久我就觉得眼皮发沉，看看郭少晖还没有结束的迹象，我索性半躺着小憩起来。

迷迷糊糊不知过了多久，我忽然觉得脸上有些燥热，身体也似乎在被人摆弄着。睁开眼睛一看，却是郭少晖。他把我放平在床上，整个人压在我的身上，正在忘情地吻着我的脸颊。

“讨厌，人家都累死了。”我撒着娇，想把他推开。可郭少晖却毫不退让。

“小琼，你真漂亮，脸蛋红扑扑的，可爱死了。”他一边动情地说着，一边吻上了我的嘴唇，一股热量立刻击中了我，我的身体瘫软下来，再也无力反抗。

郭少晖得寸进尺，一边狂吻着我，一边撩起了我的睡衣。洗完澡之后我就没穿内衣，他的大手探进来之后，直接便摸到了我的胸前，轻轻揉捏着。我“嗯”地轻哼了一声，双手揽上了他的脖颈，他的身上散发着淡淡的浴液和洗发水的香味，令我分外迷醉。而他在得到我的回应之后，动作也变得更加热烈和疯狂，一团火焰很快便烧遍了我们的身体，将我们俩紧紧地缠绕在了一起。

不知过了多久，我们在战栗的感觉中同时得到了爆发。而郭少晖仍不舍得离开我的身体，温润的嘴唇仍在我的面颊上游走着。

我的喘息渐渐平定，思维也从快乐的天堂重新回到了人间。

不知怎么的，我又想到了隔壁的小女孩，忍不住问道："对门的岳老师他们回家了吗？"

郭少晖显然被我这个没头没脑的问题浇灭了残存的情绪，他从我身上翻下来，迟疑着答道："好像还没有。"

"那怎么办？"我担心地叫了起来，"她一个人吃什么呀？而且现在天黑了，她肯定更害怕了！"

郭少晖又挠起了他的脑门儿："岳老师他们会安排好的吧？应该不会让自己孩子挨饿的。而且我看他们很快就该回来了。好了，你别操心这个了，去冲一下，我们早点睡觉吧。"

我明白郭少晖的意思，这毕竟是别人家里的事，我操心又有什么用呢？可我却偏偏如同着了魔一般，直到冲完澡钻进被子之后，脑子里翻来覆去挂念着的，还是那个可怜的小女孩。

郭少晖侧躺在我的身后，轻轻地搂住我："快睡觉吧，不用担心的。乖。"

我"嗯"了一声，闭上了眼睛。可我的耳朵却仍然竖起来倾听着，我希望能够听到岳正锋夫妇回家的声音。

时间一分一秒过去了，我却始终听不见屋外的楼道里有任何动静。睡意却一点一点地袭了过来，我的思维渐渐模糊，渐渐地陷到那一片无边的黑暗中。

令人窒息的黑暗，恐惧包围着我。浑身上下传来一片冰凉的感觉。

黑暗中忽然闪出一烛幽幽的火光，照亮了两张熟悉却又遥远的面庞。

"爸爸！妈妈！"我大声叫着，可他们似乎听不见我的声音，他们只顾满脸严肃地向我说着什么。

我想起来了，我刚刚犯了一个错误，我撒了谎。为什么撒谎？我已经不记得了。

后来爸爸把我抱起来，向着家里那个黑色的大衣柜走过去。每当我小时候犯了错误，爸爸对我最严厉的惩罚就是将我锁在家里的大衣柜中。我深深地记得那种感觉——在衣柜中的恐惧和孤独。

同往常一样，我急得两脚乱蹬，大声哭喊着：“我下次不了，我再也不撒谎了！我不要关大衣柜！”

妈妈看着我，似乎有些舍不得，但她又看了看爸爸，终于还是没有说话。

终于，我被爸爸锁进了大衣柜，那里面黑咕隆咚的，只能从门缝里看见一点外面的亮光，我好害怕。

“我要出去！爸爸放我出去！”我哭着嚷嚷。

“不准哭！好好反省，越哭越要关你！”爸爸在外面严厉地说道。于是我只敢小声地抽噎着，然而我耳边的哭叫声却越来越响：

“我要出去！爸爸放我出去！我要出去！爸爸放我出去！”

那不是我的声音！

我愕然扭过头，循着声音发出的方向看去。我惊恐地发现衣柜里还有一个小女孩，她正用悲凉刺骨的眼神盯着我，同时凄厉地哭叫着！

“不要叫了！”我着急地伸出手去，捂住了她的嘴。女孩无法哭叫了，她不知从哪里拿出一支画笔，开始往衣柜上写着些什么。

“不要乱写，爸爸会骂我的！”我焦急万分，抓住她的手，想要夺过她的画笔，一种冰凉滑腻的感觉从手心处传遍了我的全身。那女孩的手却握得很紧，于是我用力要去掰开她的手指，突然，女孩手指上的肌肤竟被我掰得一片一片地皲裂开来，破碎的肌肤像雪花一样从她的手上飘落……

我吓坏了，连忙捂住了自己的眼睛。而女孩的哭喊声又在我的耳边回响起来：“我要出去！爸爸放我出去！我要出去！爸爸放我出去！”

……

3

第二天早晨醒来的时候，我的脑子里昏昏沉沉的。愣了片刻之后，我才意识到自己昨夜做了一个非常可怕的梦。当我试图回忆的时候，梦里的那一幕幕场景便清晰无比地展现在我的眼前：我和一个陌生的女孩被关在了同一个衣柜里，女孩那悲凉的眼神、凄厉的哭声和我手上残存的滑腻感觉都是如此真实，我甚至有些怀疑：这一切难道仅仅是一个梦境吗？

我知道自己为什么会做这样的梦：隔壁的那个女孩，我对她过于操心了，而这份操心随着我的睡眠被一同带入了梦中。即使在梦醒之后，我首先想到的仍是那个可怜的女孩，她的父母回来了吗？昨晚的一夜她又是怎么度过的？

于是我穿好衣服下床，首先走到了阳台上，去寻找一些答案。

今天是个好天气，连绵青山沐浴在明媚的阳光中，空气中也弥漫着一股春晨的清新气息。

孟萍萍正站在对面的阳台上享受着这一切，看到我出来，她很优雅地向我挥了挥手，算是打了招呼。

我微笑着点头回应。由于两个阳台间隔着一个屋子的距离，在这个静谧的早晨，大家都没有扯起嗓门儿互致问候的欲望。

他们是什么时候回来的？应该在我昨晚睡着以后不久吧。

我一边在心中自问自答，一边向着阳台边的那扇窗户看过去。在晨光的映衬下，我只看到朦朦胧胧的一片。不过可以肯定的是，昨天的那个女孩没有出现在窗前。

现在她在哪里呢？

也许正躺在温暖的被窝里睡着懒觉。

我一夜的牵挂终于落了地，这才想到起床的时候，郭少晖并没有躺在我的身边。

难道他这么早就起来工作了？我来到客厅中，果然看到郭少晖正背对着我端坐在画椅上，他的双手环抱在胸前，痴痴地看着面前的空白画板发着呆。

我悄悄地在他身后站住了。我不想惊动他，因为我很喜欢看他思索时的样子，对我来说那是一幅非常美丽的画面。

良久，郭少晖终于从沉思中醒来，似乎感觉到了我的存在，转过头来看着我，微笑着说道：“你起来啦，昨天晚上睡得还好吗？”

“嗯……挺好的。”我犹豫了一下，没有把昨晚的梦告诉郭少晖，我不想让他为我分心。

郭少晖的脚下摆着一盆枯败的花，那不正是昨天我在阳台上看到的那盆吗？我疑惑地歪了歪脑袋，“嗯”了一声。

郭少晖顺着我的目光看过去，然后笑着解释道：“哦，这是我拿进来的，这盆花太难看了，过两天我买盆新的换上去。”

嘀，这个家伙什么时候竟变得如此勤劳了？我赞许地点了点头：“难得你这么有心，来，奖励一个吻！”说完，我便俯下身子，郭少晖也笑嘻嘻地把脸迎了过来。

突然，我“哎呀”一声叫了起来：“你的眼睛怎么这么红啊？里面好多血丝！”

“是吗？”郭少晖用力挤了一下双眼，然后用手轻轻地揉着，“没事的，昨天晚上没睡，回头休息一下就好了。”

“怎么这样？为什么不睡觉啊？”我既心疼又生气，语气中多少有些责备。

“嗯，突然有一点创作上的感触，所以我就在这里想了一夜。我们搞艺术的，灵感这些东西是稍纵即逝，偶尔想到些什么，都会比较痴迷的。”郭少晖一本正经地回答。

我无奈地撇了撇嘴：“那也得吃饭睡觉呀！总这样身体怎么吃得消！”

“好吧，我马上就去睡。不过现在……我饿了……”郭少晖摆出一副可怜兮兮的表情看着我，像是一个撒娇的孩子。

“馋样儿！就应该饿着你才对！”我一边在嘴上说着半嗔的狠话，一边却走进了厨房。

冰箱里并没有太多的东西，我的一身厨艺也就没了用武之地。我只能大材小用地煎几个荷包蛋，又冲了两杯牛奶。

郭少晖看起来确实是累了，吃完早餐，他粗粗地洗漱了一下便一头倒在床上。很快，卧室里响起了他轻微的鼾声。

我闲着没事，忽然想到昨天吃饭的餐馆附近有个小菜市场，于是决定去买些菜回来，中午也好露一手，做一顿丰盛的午餐，省得郭少晖总是埋怨我光说不练。打定主意之后，我稍做一番整理，独自出门。

学校里的生活气氛确实不错，三三两两的学生走来走去，安静却又充满了活力。而在学校的大门口，一块宣传板前围了不少学生。我禁不住好奇心，也凑了上去。只见那宣传板上写着几行字：

行为艺术系列讲座（一）：对伤害的迷恋

主讲人：岳正锋教授

时间：周二上午９：００

地点：教三楼小报告厅

今天正是周二，我看了看时间，离报告开始还有大约一刻钟。教三楼郭少晖曾经带我去过，离校门口也就五分多钟的步程。行为艺术我以前只是通过网络了解过一些，似乎是很另类的东西。而我这个人对神秘事物一向充满了好奇心，这次又是自己认识的人主讲，我兴趣更大了，当下便决定去见识一下。

到了小报告厅却发现听众并不是很多，只有五六十人的样子，散布在近三百个座位上。我独自一人，又不是正式的学生，便挑了个靠后偏僻的角落坐了下来。

岳正锋正在讲台上摆弄着一些道具，他今天穿了一身运动装，头发很短，打理得根根立起，显得非常精神。孟萍萍站在他的身边，看起来她此刻的角色正是岳正锋的助手。这个女人不仅美丽，浑身上下更散发出一种独特的气质，令人过目难忘。台下那些男生的目光都毫不例外地在她身上打了好几个圈。

而我的思绪此刻却又不由自主地落在了那个小女孩的身上。岳正锋夫妇俩都不在家，女孩又被一个人关在小屋里了吗？她是不是正躲在窗户后面悲伤地看着外面的世界？

我还在胡思乱想着，岳正锋已经在台上开始了他的开场白：

“首先我要感谢大家来听我的讲座。在中国，很多人把行为艺术视为怪胎，甚至视为洪水猛兽。其实我和在座的各位至少有一个本质上的共同点——我们都试图以艺术为载体，向世人展示一些东西。只不过你们使用的工具可能是画笔，摄影机，雕刻刀，电脑，等等。而行为艺术家们则更直接一些，我们使用的是自己的身体，同样试图展现出对时间、空间、观念的深度思考。”

说到这里，他顿了一顿，随即话锋一转：“好了。我们搞艺术的一向都是不擅长用语言来描述某件事情的。下面就请大家看一看我的演示。”

说完这些话，他伸出了左手，呈半拳状抓住讲台的外侧桌沿。他的手背微微拱起，向大家展示着。摆好这个姿势后，他向身边的孟萍萍点了下头。

孟萍萍从桌上的托盘中拿起一柄锋利的小刀，从台下看去，托盘里还有一个白色的塑料药瓶和一大瓶醋。我正在猜测这些东西是干什么用的，孟萍萍已经用行动给出了答案。她拿起那柄小刀，在岳正锋拱起的手背上轻轻一拉，划出了一道大约两厘米长的口子。由于岳正锋的手是向外侧绷着的，伤口张得很大，血立刻渗了出来。

台下涌起一片骚动，我的身上泛起一阵凉凉的感觉，下意识地摸了摸自己的手背。有的女生已发出尖叫，更有胆小的甚至用手捂住了眼睛。

岳正锋则显得非常镇定：“请大家安静，我的演示还没有正式开始。”然后他用右手紧紧地握住受伤的左手手腕，看得出来他用了很大的力量在做这件事，似乎这只左手很快将不受自己的控制，所以才要拼命将它抓住一般。

岳正锋往台下瞥了一眼，微笑着说道：“一会儿请大家帮助计时，这次演示将持续一分钟。”

虽然没有人知道他到底想要干什么，但还是有几个男生掏出手机，调出了计时的功能。

孟萍萍此刻则打开了托盘里的药瓶，她的右手拿着一个小勺，从药瓶中舀出少许白色的粉末。然后她看了看岳正锋，后者点头示意：

“开始吧！”

孟萍萍弯下腰，很仔细地把那些粉末撒在了岳正锋左手的伤口上。那粉末遇见血水，立刻发生了剧烈的化学反应，刀口处泛起微小的泡沫，并且腾起一丝淡淡的水汽。

岳正锋先是皱着眉头，随即脸上的肌肉也变得扭曲起来。他半咧着嘴，虽然没有发出声音，但喉管里显然压抑着极为痛苦的嘶吼。而他被紧紧握住的左手手腕此刻则无法控制地剧烈颤抖起来。

孟萍萍却不以为意，她微笑地注视着自己的丈夫，目光中满是鼓励之色。

台下所有的人都和我一样被惊呆了，偌大的报告厅中，只听见从那伤口处发出的若有若无的“嘶嘶”声。

终于有人从这令人窒息的寂静中清醒过来，喊道：“时间到了！一分钟的时间到了！”

孟萍萍立刻拿起托盘中的醋瓶，用大量的醋液冲洗着岳正锋手背上的伤口。

原本齐整的刀口已经被腐蚀得参差模糊，血也不再流了。

岳正锋的神色逐渐恢复了正常，看来巨大的痛苦也随着醋液的冲洗而远去了。

待气息平定之后，他指着那个白色的药瓶说道：“这就是大家俗称的火碱，学名氢氧化钠，它所造成的化学灼伤能让你感受到最深刻的肉体痛苦。我要谢谢大家，在你们的关注下，我经历了对自我伤害的极端体验！”

不知是谁起的头，台下响起了一片掌声，我也体会到一种莫名的感动，情不自禁地跟着鼓起掌来。

岳正锋挥了挥手，说道：“大家先不要鼓掌。你们现在只是赞许我的勇气，而没有和我产生艺术上的共鸣。你们只知道我刚刚忍受住了巨大的痛苦，却体会不到我在这个过程中所享受的快感。这就是我今天要和大家讨论的话题——人性中对伤害的迷恋。”

看得出来，台下的不少听众已经对岳正锋的演讲产生了浓厚的兴趣，但我对这样一个话题却有些接受不了。看看时间已经不早，我干脆轻轻地站起身来，准备先行离去。

我的座位离后门不远，几乎没有人注意到我的早退行为。不过这个举动逃不过台上岳正锋夫妇的眼睛。孟萍萍走下讲台，跟了出来。

我在门外停下，不好意思地打着招呼：“师母好！”

孟萍萍一愣，随即认出了我，笑着说：“没想到你也来了。他呢？”毫无疑问，她问的人就是郭少晖。

“在家搞毕业创作呢。”我小小地撒了个谎，“我本来要去买菜的，发现是岳老师主讲，就顺便过来听了一下。嗯，时间有点紧，不能听完了……岳老师讲得挺精彩的……”

“呵呵，你是不太喜欢吧？”孟萍萍说话倒爽快得很，“没关系，我们早就有思想准备了，这种艺术方式不是每个人都能接受的。我跟着你出来，就是想问问你真实的感受。”

我支支吾吾地说道：“这个……我，我不是搞艺术的，这方面不太懂。而且我胆小，见不得血……”

孟萍萍释然地一笑：“那好吧，不为难你了。家里怎么样？有什么需要帮忙的吗？”

“挺好的，谢谢您。”突然，我的心里一动，说道，“可以问您一件事吗？”

“当然可以了，说吧。”

我犹豫了片刻，在心里思忖着该不该提这个话题，最终，我还是下了决心，问：“您和岳老师出门的时候，总把孩子一个人锁在屋里吗？”

孟萍萍挑了挑眉毛，显得非常意外：“怎么？你见到我们的孩子了？”

我点点头说：“昨天在阳台上，透过窗户看见的……那么小的孩子，一个人在家里，挺可怜的。”

孟萍萍轻轻叹了口气，脸上闪过一丝复杂的表情，那表情使我想起了黑暗中母亲的眼神，同样无奈、悲伤和疼爱。

“对不起……也许我不该问的。”我小心翼翼地说道。

“没关系的，你不用自责。”孟萍萍又露出了随和的笑容，“其实也没有什么好隐瞒的，只不过现在一两句话也说不清楚。这样吧，哪天有时间你们上我家来玩儿，我带你们见见我的女儿，你们一定会喜欢她的。”

话说到这份儿上，我当然不会笨到继续追问什么，匆匆找了个理由离开了报告厅。路上，我不免在心中暗暗后悔自己的莽撞，好在孟萍萍倒是确实没有责怪的意思。

买了菜回到家中，郭少晖还在呼呼地睡着。我煮好饭，又下厨房炒了几个拿手的小菜，这才去卧室中把他叫了起来。

虽然郭少晖一进客厅就夸张地大叫“好香好香”，但吃饭的时候，他却成了个闷葫芦，对我精心准备的饭菜竟没有任何评价。

我终于忍不住了，把筷子拍在桌上，赌气道：“如果我做得不好，你就不用勉强吃了！”

“好吃呀！”郭少晖被我呛得一愣，随即明白了我生气的原因，“嘿，你误会了。我是在想事情呢。”

“想什么呀？”我没好气地问。

“还是昨天晚上想的那些。那个突然出现的灵感，我第一次不知道该如何把握这种感觉。”他若有所思地捧着饭碗，沉默了片刻后，突然又很认真地对我说道，“你信不信，这次我真的会创作出一幅伟大的作品来！”

看着他痴迷的样子，我是又好气又好笑，联想起早上岳正锋的“演示”，难免暗暗感慨：这些搞艺术的还都是有着那么一股子痴劲呢！

4

吃完饭，郭少晖提出要去学校的图书馆和作品陈列室寻找一些资料。我虽然心中不太愿意，但知道自己拦也拦不住，只好叮嘱他早点儿回来。

郭少晖走了以后，我看了一个多小时的书，实在是坐不住了，可自己又懒得出去。想起昨天整理屋子时只擦过桌子和家具，干脆打了一盆水，准备把地板和墙面也彻底地清洁一番。

不干不知道，这地板和墙面装饰看起来还不错，做工可确实叫人不敢恭维。大理石的地饰参差不平，贴木墙板很多地方也贴得不牢，用力一擦便会晃动。不过既然是白住的房子，本来也没法要求太高呀。

干完这一切，已经是下午四点多了，也不知道郭少晖什么时候回来，我决定打个电话问问。

电话倒是接通了，郭少晖压着声音对我说：“我还在图书馆里呢，一时半会儿还回不来，你先吃晚饭吧，不要等我了。”

我还没来得及追问什么，他已经把电话挂断了。这下我可真的有点生气了：好哇，不等你，我还不理你呢。一会儿你的电话我也不接，看你着不着急！

又磨叽了片刻，我的肚子开始咕咕地叫起来。不过一个人也没兴趣好好做饭，我就把中午的剩饭剩菜热了热，随便填了填肚子，心中则暗暗下定决心：不管郭少晖回来给我说什么好话，我也不做晚饭给他吃。

此时太阳已渐渐地往山后沉去，西边的红霞映在楼后的草地上，有一种朦胧的美感。我被这美景吸引住了，站在阳台前欣赏着。

草地上有一对学生情侣，对着群山并肩坐着。两人不时会抬起头来，互相看看对方，窃窃私语几句，样子温馨得很。我默默地看着他俩，心中掠起一丝羡慕：有的时候，幸福便是如此简单，只要两个相爱的人能在一起，就已经足够了。

在这样的景致中，我思绪翩翩，想了很多东西，往事、现在、将来……直到那一对情侣起身准备离去时，我才意识到天色已经完全暗了下来。我也转身回到了屋内。

这时户外还有一丝昏暗的夜色，屋内则是黑乎乎的，乍一进去，几乎什么东西都看不见。站在阳台上的时候，山风时不时地吹在身上，在这个初夏季节，给人一种凉凉的惬意。但是到了屋里，我却感受到一种别样的凉意，一种阴阴的、湿湿的感觉。可能是湿度太大的原因吧？我在心里猜测着。不过不管怎样，在黑暗的环境里，这种感觉让人很不舒服。我甚至有种幻觉：似乎在这黑暗之中，有一双阴森的眼睛正在死死地盯着你。你看不见这双眼睛在哪里，但却能感觉到那令人一身凉意的目光从四面八方包围过来，无处不在！

小时候的经历使我一向怕黑，现在一个人在这样的环境中更是浑身都起了鸡皮疙瘩，我开始深深地后悔没有早点回屋把灯打开。依稀记得客厅里的电灯开关应该是在卧室门和衣柜之间的那片墙板上。于是我只能硬着头皮，在黑暗中边探路边往卧室门的方向走过去。每向前一步，我就更深地陷入黑暗中，莫名的不安感觉越来越强烈。

谢天谢地，总算摸到了门边！我的双手飞快地在墙上摸索起来。可是摸了一会儿却没能找到那个开关。难道我选择的位置不正确？我凭着记忆中的印象又往左移了一步。

突然，我感到左手触到的墙板有了一种异样的感觉：潮湿、冰凉，就像这屋里的空气一样！这样的触感使我一下子想起昨天晚上的可怕梦境，当我用手去捂那个小女孩的嘴时，从我手上传来的便是同样一种感觉！

黑暗中，我无法分辨那墙面为什么会给我这样的感觉，我似乎能感觉到那女孩就在我的身边，她用冰冷的目光看着我，就像昨晚梦中那样，我们被锁在同一片黑暗中！我的头皮和后背一阵阵地发紧，心也狂跳起来！巨大的恐怖包围着我，我几乎忍不住要惊叫出声！

就在这时，我的右手触到了一个坚硬的突起。我的心中一阵狂喜，那是电灯开关，我终于找到了电灯开关！

我几乎是哆嗦着按下了中心的圆钮。

灯光跳跃了几下，驱散了黑暗。

屋里空荡荡的，什么都没有，那个女孩显然只是可怕的幻觉，她随着那黑暗一起消失了。

可我左手上那种冰凉刺骨的感觉却依然存在着，如此清晰，如此真实。我定了定神，仔细看了看刚才触到的墙壁。那墙壁上有一片湿湿的水印，虽然不太明显，但用手一摸，还是能很明显地感觉到。

我想起来了：这些水印应该是我晚饭前擦墙时留下的。可时间已经过去了这么久，墙上别的地方水痕早已干了，唯独靠近卧室门有一片地方仍然是湿乎乎的，这是为什么？

我盯着这片水印，只觉得一种诡异的气氛在屋里弥漫着，令我感到非常害怕。这个时候，我首先想到的人，自然还是郭少晖。

这家伙怎么还不回来？我虽然心生怨恨，但也顾不上和他怄气了，赶紧拿出手机拨通了他的号码。

“对不起，您拨打的用户已关机，请稍后再拨！”听筒里传来了柔美的女音。

关机了？天哪，我没有听错吧？在我孤独无助的时候，在我害怕恐惧的时候，这个家伙，他，他居然关机了？！

我只觉得一种酸酸的感觉涌上鼻子，眼泪快掉下来了。委屈和气恼深深刺痛了我，出于愤恨，我干脆也关了手机，一个人躺在床上发起呆来。

白天的劳累加上刚才的惊吓，倦意很快袭上了我的身体，但疲倦的另一半却是深深的恐惧，这时的我一时不敢合上眼睛。就这样不知道支撑了多久，我终于还是抵抗不住，上下眼皮开始打架，意识也开始渐渐模糊。

恍惚中，忽然眼前一黑，灯灭了！

我的睡意顿时消失得无影无踪，后背上沁出一层冷汗。瞪大眼睛环顾四周，没错，这次可不是幻觉，更不是做梦，屋里的灯确实灭了！

这是怎么回事？我壮着胆再次摸索到墙边，好在这次熟门熟路，一下就找到了开关。可按了几下之后，电灯却一点反应都没有。我绝望地苦笑着，看来不是停电就是灯管出了问题，总之一时半会儿别指望这灯会亮起来了。

一种无助的感觉包围着我，我要在这黑暗中待多久？

无奈之下，我只好自己给自己壮起胆来：别怕！别怕！不要想过去的事情，不要想那个梦境就行了，什么事情都不会发生的！

人总是要学会独自面对黑暗的。

这么想着，我回到了床上重新躺下，然后拉过被子盖在自己身上，似乎暴露在空气中的身体越少，那种阴森森的湿冷感觉便会远离自己，而我亦能因此获得几分安全感。

即使如此，我的神经依旧高度紧绷着，这次是一点倦意也容不下了。时间缓慢流逝，每一分钟都像一小时般漫长。虽然我好几次被屋里的一些轻微响动搞得心惊肉跳，但好在一直没有什么异样的事情发生。

伴随着我的等待，夜色也变得越来越深了。在我心中，对郭少晖的责怪渐渐变成担心：这么晚还不回来，不会是出了什么事情吧？我有心去找他，可想想自己并不知道图书馆在学校的哪个位置，即便能够问到，自己没有证件也是无法进去找人的吧？唉，算了，看来只能继续乖乖地等着。

正在我胡思乱想的时候，突然“咚咚咚”，耳边竟传来了几下敲门声。

声音虽然很轻，但在这寂静的夜里却格外清晰。

“郭少晖！”我低呼了一声，所有的赌气和责怪也随之烟消云散。是他！一定是他回来了！

我从床上一跃而起，三两步冲到了客厅门口。兴奋之余，我甚至都没有从猫眼里看看外面的人是谁，想也没想就打开了屋门。可是……

不管是什么样的人出现在门口，也无法让我像现在这样吃惊！

幽幽的楼道中空荡荡一片，没有任何人！

我怔怔地站在门口，脑子里混沌一片。要知道，从我听见敲门声到跑过来开门，前后最多五秒。谁会在这么短的时间内敲了门，然后又消失得无影无踪呢？

如果非要给出一个合理的解释的话，那或者是有人在刻意搞恶作剧，或者就是刚才我的耳朵出现了错觉。但接下来发生的事情却证明了这两种猜测都是错误的。

“咚咚咚……”清脆而诡异的敲门声再一次打破了寂静的黑夜。那声音绝不是我的错觉，而这一次，这敲门声带给我的却不是欣喜，而是深深的恐惧。

因为那声音竟来自我身后的屋内！我的屋子里有人在敲门！

天哪，这意味着什么？我简直不敢想象！

在极度的惊骇中，我猛地转过头来，瞪大了眼睛看着黑乎乎的客厅。这时我的视力早已适应了夜色，屋子里只有几件简单的家具，稀稀拉拉地根本不可能藏人。

难道是卫生间，或者厨房？我壮着胆子走过去查看，可那里也同样是空荡荡的，并没有任何人存在！

我快疯了！我又回到卧室门边，徒劳地按了几下电灯开关。该死的灯依然不亮！

恰恰就在这时，“咚咚”的声音又响了起来，而这一次我听得更加真切，那声音似乎是从衣柜里传出来的！

我的心狂跳起来，冷汗瞬间浸湿了我的衣襟。

我竭力压制着心中的恐惧，一步步挪到衣柜前，哆哆嗦嗦地打开了那两扇黝黑厚重的柜门。由于许久不用，柜门打开的时候发出“吱吱”的怪声，在静夜中听起来极为诡异。

由于没有灯光，柜子里更是黑乎乎的一片，乍一看似乎空无一物，但又像是隐藏着无尽的恐怖。

我硬着头皮把右手探进衣柜，在黑暗中摸索着。衣柜里的空气比屋子中更加潮湿，我的手臂上凉飕飕的，那感觉就像随时会蹿出一只可怕的怪物，在我裸露的皮肤上狠狠地咬一口。

幸好我什么也没有摸到，柜子里空荡荡的，好几次我的手碰在了冰凉的柜壁上，那种湿乎乎的感觉显然极易勾起我一些恐怖的联想，我每次都是赶紧把手缩了回来，就像是触电了一般。

衣柜里什么都没有，怎么会发出声音呢？难道是我刚才听错了吗？如果是，那声音到底是从哪儿传出来的呢？

现在整间屋子还没有看过的地方就只剩阳台了。我上床之前关上了卧室里通向阳台的门，莫非……

可是谁会在阳台上敲那个门呢？

忽然间，那个女孩悲凉的眼神又一次闪现在我的脑海里，我似乎正强烈地感受到她的孤独。在如此惊恐的情绪下，也许我最佳的选择应该是远远地逃离这间诡异的屋子。可不知为何，我无法挪动脚步。相反，在犹豫了片刻之后，我反而向着阳台的方向走了过去。我知道这听起来也许很荒唐，但我真的相信，当时有一股力量在引导着我这么做，引导着我要走上那个阳台。

我握住阳台门的把手，咬了咬牙，一扭一推，门缓缓地打开了。惨白的月光下，我看到阳台也是空空荡荡的，仍然只有我自己的影子在陪伴着我。

我仍不甘心，于是走到阳台的东侧——这里是距离隔壁房间最近的地方。我鼓足勇气，向着隔壁的窗户看过去。此刻那窗户正打开着，月色映入窗口，照出一张悲伤的小脸。

我又一次见到了那个女孩，惨白的月光，惨白的衣服，衬着同样惨白的面容。她站在离我不到三米远的窗边，没有任何阻隔地与我对视着。那凄凉的眼神如同一柄锐利的冰剑，狠狠地刺中了我，黑暗、寒冷、痛苦的往事，可怕的梦魇，在瞬间将我层层淹没。我颤抖着，那女孩似乎要用她的目光将我引入恐怖的地狱！

我从喉咙中挤出一声非人的痛苦呜咽，然后飞也似的逃进了卧室。阳台门被我重重关上，我蜷在床上，用被子包裹住全身，希望这薄薄的被子能将自己与所有的痛苦与恐惧隔开。

“咚咚咚……”敲门的声音又响了起来，这一次更加急促和响亮。我在被子里瑟缩着。离开我！为什么要缠上我？为什么要让我再一次地经历痛苦？

敲门声终于停歇了，代之而来的是令人窒息的寂静。突然，阳台上发出一声低沉的闷响，有个东西跳上了阳台！

天哪，我不敢想象那东西是什么，却无法逃避随之而来的无边恐惧。虽然裹着被子，一种冰凉的感觉仍然泛遍我的全身。我已经连看一眼的勇气都没有了，只能无助地用被子把自己越包越紧，像鸵鸟一样徒劳地躲藏着。

而恐惧却丝毫没有要离去的意思。随着“吱”的一声轻响，阳台的门被打开了，我能感觉到有人正一步步向我走近……

天哪，为什么要这样，为什么不能不缠着我？那到底是什么？离开吧，我求求你了，快点离开！

事与愿违，很明显，脚步声是越来越近的。我身上的每一根汗毛都竖了起来，终于，那东西隔着被子摸到了我的身上。

我的心几乎要从嘴里蹦出来了！我再也控制不住，“啊”地尖叫了一声，从被子里跳了起来。而来人却没有因此而放过我，他反而紧紧地抱住了我。

我尖叫着，拼命挣扎：“救命，救命啊！”

就在这时，我听见了熟悉的声音：“小琼，你怎么了？别怕，是我！”

我一怔，那竟是郭少晖的声音！而当我抬起头时，眼前的景象更是印证了这一点。

如同即将溺死的人摸着了救命的稻草，我的泪水一下子汹涌而出，连人带被子扎进了郭少晖的怀里，“呜呜呜”地尽情宣泄着。

“好了好了，这是怎么了啊？”郭少晖紧紧地搂住我，抚摸着我的头发，“都怪我，忘记告诉你今天晚上会停电的，看把你吓成这样。”

“你怎么从阳台上进来……吓死我了……”良久之后，我的情绪才稍微稳定了一点，带着哭腔说道。

“我忘带钥匙了啊。”郭少晖一脸无辜的表情，“敲门你不开，你的手机又打不通，我只好从阳台爬上来了。我还被你吓得不轻，以为你出了什么事情呢。”

是啊，是我自己关了手机，可那只是对他关手机的报复行动呀！

想到这里，我禁不住用手捶打着郭少晖的胸膛：“都是你先把手机关了……都怪你！”

郭少晖无奈地辩解着：“那时我在作品陈列馆呢，按规定那里都不允许开手机的。”

好了好了，现在这当儿，我已经顾不上在这些事情上纠缠了，因为还有一些更大的疑问需要解开。

“嗯……那你一共敲了几次门？”我一边擦着眼泪，一边问道。

“一次呀。”郭少晖莫名其妙地看着我，又补充道，“不过我敲了挺长时间的，你应该能听见啊。”

“你敲门我听见了，但之前我还听见奇怪的敲门声。”想起当时发生的事情，我的声音不由得有些发颤。

“奇怪的敲门声？”郭少晖挠挠脑门，一脸的迷惑。

“就在我们的屋内，听起来好像是在衣柜里……”说到这里，我又摇了摇头，“不，也许是在阳台上吧，会不会是隔壁的那个女孩……”

“隔壁女孩？敲我们阳台上的门？”郭少晖显然觉得有些不可思议，“你亲眼看见了吗？”

“没有。我只听见有敲门的声音，可是楼道里和屋子里都没有人，然后我到阳台上，就看见那个女孩站在窗户前。”我把不久前发生的情况向郭少晖详细讲述了一遍。不过在做相应猜测的时候，我自己也觉得有些不合逻辑：那么小的孩子，能够在窗户和阳台间爬来爬去吗？她还没有阳台沿高呢。可是除此之外，又能怎么解释呢？

“是吗？”郭少晖似乎被我的话吸引住了，若有所思地皱着眉头，片刻后他站起身来，“我现在去阳台看看。”

我不想一个人待在屋里，也不愿意再看到那个女孩，于是我跟到卧室门口停下脚步，看着郭少晖一个人走向阳台的东侧。

“哪有什么小孩啊？反正我是看不见。”郭少晖向隔壁的屋子张望了两眼，回头对我说道。

既然他说看不到任何东西，我便壮着胆子向前走了两步。果然，那窗户像一个黑乎乎的洞穴，虽然显得有些阴森，但空荡荡的哪里有什么女孩？

“她刚才还在的。”我喃喃说着，为什么每次都只让我看见呢？我睁大眼睛等着郭少晖，希望他能够相信我所说的话。

“也许现在上床睡觉去了？小孩子都喜欢做一些顽皮的事情。明天和岳老师说说，让他们看严一点，这爬来爬去的多危险。”郭少晖虽然在顺着我的意思说，但听得出来，他根本就是在敷衍我。

我却已经受不了了，再这样下去，还不知道会出现什么更加可怕的事情呢。

“我们能不能不住在这里了？我害怕。”我看着郭少晖，用半哀求的语气说。

“那怎么行。”郭少晖几乎想也没想就否定了我的建议，“那样袁老师肯定会生气的。”

我的脸上肯定出现了失望的神色，郭少晖也因此停了口。略沉默了一会儿，他又安慰我道：“以后我会一直在家里陪你，不会让你害怕的。”

“可是……”我还想分辩什么，却又理不出头绪。

郭少晖看到我一副心神不宁的样子，有意识地转开了话题：“好啦，别想那些乱七八糟的东西了。对了，你知道我今天到图书馆和陈列室，发现了什么吗？”

“发现了什么？”郭少晖脸上兴奋的表情使我心中的好奇心暂时战胜了恐惧。

“这间屋子的上一个住户是我所见过的最了不起的艺术家！难怪我一走进这屋子，就觉得这里面充满了艺术的灵气。现在不管发生什么，我也不会离开这里……我有预感，我将在这里创作出同样伟大的作品来！”说着，郭少晖又有些进入了他的痴迷状态。

我无可奈何地轻叹一声，看看爱人的状态，似乎我只能选择继续在这里住下去了。其实如果没有那些解释不清的事情，我也舍不得离开这里呢。至于那些可怕的怪事，唉，只要郭少晖能陪在我身边，我又有什么好怕的呢？

5

晚上大概十一点的时候，供电恢复了。据郭少晖说，停电的通知就贴在东侧楼墙的宣传板上，而我一向都不太留意这些东西。

神经松懈下来之后，倦意便一阵一阵地袭了过来。郭少晖白天睡了一上午，现在倒是精神奕奕，一个劲儿地鼓动我自己先睡。刚才的惊吓使我心中惴惴难安，即使开着灯，也缠着郭少晖不让他离开我。郭少晖拿我没办法，只好坐在床边半揽着我，直到我进入梦乡。

然而睡眠本身就是陷入一个巨大的黑暗世界，在这里，我不得不独自面对所有的恐惧。

冰凉的感觉包围着我，我有点喘不过气。

“我要出去，爸爸放我出去！我要出去！爸爸放我出去！”凄厉的哭叫声把我拉回到二十年前那个漆黑的夜晚。

我的手上传过冰凉滑腻的感觉，我想起来了，和我一起关在衣柜中的，还有那个一身白衣的女孩。

我扭过头去，那女孩手中握着一杆画笔，仍然在不停地往衣柜板上写着什么，同时她的眼睛却在死死地盯着我。

究竟是什么原因，使她会有如此悲哀的眼神?

一缕幽幽的亮光从衣柜缝隙中射进来，我把眼睛贴上缝隙，向外面张望着。

屋子里多了两个陌生的男子，爸爸已经被击倒在地，妈妈被一个男子用刀逼着，另一个男子手里也拿着刀，正在翻箱倒柜地搜索着什么。

我浑身颤抖着，童年时代那可怕的一幕终于又在我眼前重演。

男子寻了一圈后，来到了衣柜前面。他先是用手拉了拉门，门锁着，没有拉开。他骂了句脏话，俯下身，向门缝里张望，手上则更加用力，整个衣柜都被他拉得摇动起来。

他的脸几乎贴上了我的眼睛，一条长长的刀疤从他的左眉一直划到鼻梁上，我一生中从未见过如此丑陋凶恶的面庞，巨大的恐惧终于使我“哇”地哭出了声。

刀疤脸被这突如其来的哭声吓得倒退了一步。看守妈妈的男子也诧异地向这边看了过来，就在这时，妈妈突然夺过了他手中的短刀，猛地刺进了他的小腹。

中刀的男子一声闷哼，摇摇晃晃地抓住妈妈，刀疤脸恶狠狠地骂了一句，冲上前，把手中的刀往妈妈心口扎去。

妈妈倒下了，她的眼睛看着衣柜的方向，目光中充满了悲哀与牵挂。

刀疤脸扶着中刀的男子向门口逃去，但那男子受伤很重，瘫着身子，已经无法行走了。刀疤脸犹豫了片刻，冲着自己同伴的心窝处补了一刀，后者很快变成了没有生命的尸体。刀疤脸丢下他，一个人消失在夜色中。

我目瞪口呆地看着这一幕，恐惧已将我完全吞没。直到半晌之后，我才捶着衣柜的门，声嘶力竭地哭喊起来：“我要出去，爸爸放我出去！我要出去，爸爸放我出去呀！”

但爸爸只是静静地躺在地上，他再也听不见我的声音了。

“小琼，醒醒啊……”

我睁开眼睛，郭少晖那关切的面庞出现在我眼前：“你这是怎么了啊？又做噩梦了吗？”

我擦了擦脸颊，上面还挂着梦中的泪水。

“我梦见爸爸妈妈了。”我满怀唏嘘地说道。

“你又想起那件事了吗？”郭少晖看着我的眼睛，目光中充满了心痛和怜悯。片刻后，他突然很认真地说道：“小琼，我爱你，我会一生照顾你的。”

泪水再一次涌出我的眼眶，我知道自己并不是孤独的，这个世上仍然有人心疼我，他答应永远陪伴着我，我也同样不会离开他。

“几点了，你还没有睡吗？”我注意到爱人两眼充满血丝，神情显得非常疲惫。

郭少晖打了个大大的哈欠：“快凌晨四点了吧？我刚才一直在客厅作画。这两天看了大师的作品，特别有感觉。”

他总是说这两天感觉好，连我也有些心动了，忍不住问道：“嗯，是在画我吗？我想看看。”

郭少晖却笑了笑：“还没画完呢，你急什么，先安心睡觉吧。”他一边说话一边帮我掖好被子，动作温柔，令我心醉不已。

我还能有什么选择呢？只能乖乖地点了点头，不过我趁势拉住他的手撒起娇来：“你先不要离开我。”

“放心吧，我不会离开你的。”郭少晖抚着我的头发，“乖，把眼睛闭上，快睡吧！”

爱人的陪伴终于让我的心安定下来，我再次进入了梦乡。而这一次的睡眠是甜美与安静的，没有遭到恐怖噩梦的侵袭。

当我再次醒来的时候，天已经完全亮了。郭少晖正静静地躺在我的身边，沉重的呼吸声显示他睡得正香。

他睡得那么晚，看来不到中午是不会起来的了。我无可奈何地摇了摇头，老这样形成习惯，他的生物钟可就要完全颠倒，对身体终究是没有好处，我得想个办法帮他扭转过来才行。

起身稍坐了片刻，我的精神彻底摆脱了睡眠的状态，各个感官也变得灵敏起来。耳朵里首先传来淅淅沥沥的雨声，这让我略有些惊讶：在这个季节里，本地的天气总是如此变化无常。

我轻手轻脚地起床穿好衣服，然后把阳台门打开，好让屋里透进一些新鲜的空气——降水会让空气变得更加清洁，这也许是雨天唯一令我中意的优点了。

可我还没来得及陶醉多久，便突然间呆住了。我揉了揉自己的眼睛，怀疑自己是否看错了什么。但眼前清晰的景象却告诉我自己并没有眼花：阳台门的外把手上赫然沾着一些鲜红的血迹！

我俯下身子，又仔细看了一遍。是血迹，没错！因为还没有完全干透，我甚至闻得到一丝淡淡的血腥气。血迹隐隐约约地显出手指的握痕，显然，这是一个血染的手印！

这是什么时候印上去的？昨天晚上最后是我关的阳台门，那时候应该还没有这个血印。

一阵冷风吹来，几片冰凉的雨花扑在我的脸上。我颤抖着，脑子里浮现出一个可怕的场景：漆黑的夜里，一个浑身血污的“人”站在阳台外握住了门把手。他一定是想进屋来，而昨晚这个阳台门是没有锁死的……

我不敢再往下想了，逃也似的回到卧室里，摇着郭少晖的肩膀：“郭少晖，郭少晖！快醒醒！”

郭少晖勉力睁开眼睛，满脸的倦容：“怎么啦？我刚睡没多会儿……”

由于过度惊慌，我的声音甚至有些变调了：“别睡了，你快去看看，阳台门的把手上有一个血手印！”

“什么血手印？”郭少晖一脸迷惑地看着我，似乎还没有完全从睡梦中清醒过来。

“你自己看看就知道了，快起来呀！”我拉着他的胳膊说道。

“好好好，我起来。”郭少晖无可奈何地嘟囔着，“别拖呀，让我先穿上鞋。”

在我的催促下，郭少晖只好跟着我走上了阳台，而凉风一吹，他看起来精神了很多："什么血手印？在哪儿呀？"

我慢慢地把阳台门转了过来，一副小心翼翼的样子，像是怕惊动了什么似的。

红红的血迹印在金属把手上，在阴暗的天色中闪着诡异的光芒。"这是怎么搞的？真的是血吗？"郭少晖俯下身子，伸出食指在把手上抹了一下，然后又用舌头舔了舔手指。

"哎呀！你干什么呀！"我连忙去打他的手，可是已经晚了，那些血迹已经被他吃到了嘴里。

他不但不害怕，居然还做出这样的举动，我真是有点哭笑不得。

"嗯，还真是血。"郭少晖轻轻咂了下舌头，做出了自己的判断，然后思索了一会儿，又问道，"别的地方看过没有，还有其他的血迹吗？"

"不知道，我没注意，一开门就看见了这个……"我一边说，一边环顾着四周。突然，我"啊"地轻呼了一声，指着阳台的东侧扶手，战战兢兢地说道："那边，那边也有……"

郭少晖顺着我手指的方向走过去，我紧紧地拉着他的胳膊跟在后面。

这片血迹印在阳台扶手的内侧，更清晰地显示出一个人手的形状。

我的头皮一阵阵发麻，这个血印很容易让人联想到：留下血印的"人"正是从这里爬上了阳台。

"是她，是那个小孩……她爬过来了，从那边的屋里……"我抱紧郭少晖的胳膊，语无伦次地说着。

郭少晖却看着我"噗"地一乐："你瞎说什么呢，那怎么可能……"我抬起头可怜兮兮地看着自己的爱人："那你说，这个血手印是怎么回事？"

"嘿，我昨天晚上爬阳台的时候腿上有些擦伤，那是我摸了自己的伤口，然后在翻阳台和开门的过程中留下的。"郭少晖一边说着，一边指了指自己的右膝，那里果然有一小块新擦的伤痕。

原来是这样……我稍稍松了口气，可心中仍然有不少疑虑。

"你那个伤口怎么出得了这么多的血？"我皱眉道，"而且我记得昨天晚上你的手上干干净净的，绝对没有沾满鲜血。"

郭少晖很肯定地摇着头，反驳我的观点："那时候天黑，你没有注意到而已，其实是沾了很多血的。后来我还特意洗了手，绝不会错的。当时怕你担心，所以没跟你说。看你把自己给吓得！”

看到郭少晖说得那么有把握，我一时倒也说不出什么了，但我却仍然有些惴惴不安，总觉得这个说法不能让人信服。

“好啦，你别乱想了，老惦记着那个小孩。”郭少晖的语气显得既疼爱又责备，“她即使淘气爬过来，又怎么可能留下血手印呢？”说话间，他又冲着那扇窗户的方向看了几眼，那窗户此刻是虚掩着的，看不清屋内的情形。

“……奇怪，怎么我每次都见不到那个女孩，总让你看见？”郭少晖颇有些郁闷地挠了挠自己的头皮。

是啊，为什么总是我看见？我暗自感叹了一阵，忽然又想到：如果郭少晖也见过那女孩悲凉刺骨的眼神，他还会不会像现在一样若无其事呢？

谁能知道？毕竟他没有像我一样经历过那段可怕的往事。那件事情给我造成的心结也许是一辈子都无法打开的。

“好啦，我要去睡觉了，困死了。”郭少晖显然无意就这件事再纠缠下去，他伸了个懒腰，然后装出一副可怜兮兮的表情看着我。

我轻轻地叹了口气：“去睡吧。”其实在心底，我也希望他的解释便是事实的真相。也许的确是我自己有些神经过敏了吧？

“那我去睡了啊。”郭少晖一边说，一边走进了卧室，我也跟了过去，服侍他重新躺好。这时他似乎突然想起了什么，很严肃地对我说道：“对了，小琼，有一件事我得告诉你，要不然我这个觉可睡不踏实。”

我被他的表情吓到了，紧张地问：“什么事啊？”

郭少晖反而呵呵一笑：“看你紧张的。没别的，就是告诉你，昨天我洗手之前，自己也不记得还摸过什么东西，所以你在家里又看到血迹，就不用再叫醒我汇报了。”

我“哼”了一声说：“知道了，睡你的觉去吧！”

郭少晖倒在了枕头上。也许确实是太困了吧，很快他便熟睡过去。我把卧室稍微收拾了一下，然后到卫生间找了块抹布，准备去把刚刚发现的那两块血迹擦掉。

门把手上的血迹很容易便清除了，但阳台沿上的那一片却有些麻烦：那是木质的护沿，可能是为了凸现艺术的风格吧，那些木料并没有涂抹油漆层。我费了好大劲，也只擦掉了表面的血痕，已经渗入木材中的痕迹却怎么也擦不干净。

最后我只好放弃了努力。回到卧室的时候，郭少晖呼呼地睡得更香了。我想起他睡觉前说的话，干脆拿着抹布在屋里四处搜索起来。

不管怎么样，家中什么地方如果留下一片血迹，总不是什么让人舒服的事情。

找来找去，只在水池边又发现了一小块血迹，估计是郭少晖洗手的时候留下的。清理完这块血迹后，我又把整个屋子打扫了一遍。虽然地方不大，但这一遍忙下来我还真是有些累了。于是我坐在客厅里郭少晖的画椅上休息，同时琢磨着今天该去买些什么菜。

郭少晖的画板此时就竖在我的面前，板上还夹着准备用来作画的白纸。我突然想到：这家伙碰得最多的东西就数这画板了，这上面会不会沾有他手上的血污呢？

我向前一探身，把画板拉到自己的眼前，仔细地端详起来。别的地方都是干干净净的，没有发现什么，只是表面的那张画纸上有一个比针尖大不了多少的红点。

这是血吗，或者是郭少晖不小心沾上的颜料？我凑上去仔细查看着。那红点的周围似乎有一片较大的红晕，别的地方好像也有，不过都是模模糊糊的很不明显。

我忽然醒悟过来，这些红晕应该都是在下面的那张画纸上，而红点则是表面的画纸被浸透的结果。这么一想，透过表面的画纸还能隐隐约约地看见一些其他的颜色，似乎下面的那张纸上画着些什么。

这就是郭少晖这两天熬夜画的画吗？为什么要用白纸遮住了？不想让我看见吗？我的好奇心被激发起来了：不让我看我偏要看，我倒要瞧瞧这阴森森的屋子能给他什么样的灵感。

这么想着，我伸出手去，把表面的第一张白纸揭开，而下面那张原本被遮住的画便完全呈现在了我的面前。

当我看清那画上的内容之后，立刻“啊”地大叫一声，那张画板被我摔在了地上，而我自己也从画椅上跳了起来！我的身体剧烈地颤抖着，简直不敢相信自己的眼睛！

爱人的作品躺在离我一米开外的地上，画纸上左一点、右一点沾满了血迹，使得那张画纸充满了血腥的气氛。然而真正让我感到彻骨恐惧的，还是那画面上的内容！

画上的人身形弱小，她一袭白衣，孤独地站在无尽的黑暗中，眼中则充满了恐惧和悲伤！

郭少晖连续两个晚上熬夜作画，但画上的那个人却不是我。

他画出的竟是那个女孩！那个躲在窗户后面的女孩！那个他自称从未见到过的女孩！

6

我的惊呼声显然吵醒了熟睡中的郭少晖，我听见他下床的声音，然后便是脚步声向着客厅而来。我无暇顾及这些，我的目光死死地扎在那幅画上，身体则由于极度的恐惧和惊讶而颤抖着。

“又怎么了，小琼？叫得一惊一乍的。”郭少晖从卧室里走出来，一边抱怨着，一边用手揉着自己的眼睛。当看清眼前的场面时，他愣住了，脸上慵懒的表情也在瞬间消失得无影无踪。

“你怎么把我的画架打翻了？你在偷看我的画？”他的声音听起来有些异样，完全失去了惯有的从容。

“这是你画的？”我扭过头紧盯着他，似乎所有疑惑的答案都写在那张略显慌张的脸上。

郭少晖伸出手来挠着自己的脑门儿，勉强挤出一丝笑容。看得出来，他正在努力地思索着对策。但在我的逼视下，他很快就放弃了抵抗。叹了一口气之后，他轻轻地点了点头，然后不再说什么，弯下腰来开始收拾那些散落在地的画具。

一时间屋子里静悄悄的，沉默的气氛冻结了整个客厅。看着眼前的郭少晖，我突然有一种陌生的感觉。我熟悉的那个热诚的大男孩、我一直信任着的那个爱人消失了。他欺骗了我！他对我隐藏了太多的秘密！而这些秘密此刻终于从他微蹙的眉头显出了一丝端倪。我几乎可以断定：关于那个女孩，他有太多的事情没有告诉我，任凭我独自担忧、害怕。我有一种被愚弄的感觉，恐惧甚至因此而转变成了愤怒，终于，我忍不住大声地质问："你不是一直说没看到那个女孩吗？这幅画你怎么解释？你为什么要骗我？"

郭少晖站起身看着我，满脸复杂的表情，似乎有很多话想说却又无法开口。

"你快说呀，到底怎么回事！你不知道我很害怕吗？"我的话音里隐隐有些哭腔。

郭少晖还是沉默着，良久之后他才摇了摇头，沉着声音说道："有些事情我不能告诉你。我这是为了你好，如果你知道发生了什么，只会更加害怕。那种恐惧已经远远超出了你的承受能力。真的，你现在必须相信我！"

说这番话的时候，他一直在盯着我的眼睛，态度诚恳但神情极为凝重。面对他的这种目光，我的脊背不禁泛起一阵阵的凉意。郭少晖是个非常乐观的人，我和他交往几年来，从未在他的脸上见过这样的表情。我那个阳光豁达的爱人到哪里去了？他为何会变成这样？在这些诡异事件的背后，究竟隐藏着怎样可怕的真相？

但郭少晖的反常状态并没有把我吓倒，反而在我心底激起了一种同仇敌忾的勇气。我往前走了一步，大声说道："不，我不怕！你告诉我吧，到底出了什么事情，我们一块儿扛着。就算我们解决不了，还可以报警啊。"

"报警？"郭少晖苦笑了一下，似乎我提出的建议非常荒谬，他坚定地摇着头，"绝对不行的……你根本不明白这是怎么一回事。"

"为什么？"看着那画上的斑斑血迹，我突然有了另外一种担忧，"你见过那个女孩，她到底怎么样了？他的父母为什么把她整天关在家里？是不是有人伤害了她？你不会是……"

郭少晖仍然只是摇头："你不要胡乱猜测了，有些事情已经超出了你能够想象的范围。"

"什么叫超出想象的范围？你不要用这些话来敷衍我。"我真的有些急了，作为相知的爱人，他有什么话是不能对我说的呢？为什么要这样子遮遮掩掩？我很不理解，他越是这样，我便越是要追问到底。

看到我仍然是一副不依不饶的样子，郭少晖叹了口气，他犹豫了许久，然后像是终于下定了某个决心，开口说道："看来我光这么说，你是不会相信的。好吧，我问你，搬进来后的这两天，那个女孩每晚都出现在你的梦中，对不对？她纠缠着你，令你不得不再次经历那些可怕的往事。"

我愣住了，目瞪口呆地看着郭少晖。他竟说出了在我梦中发生的事情，可这怎么可能！他怎么会知道我的梦境！

我们俩互相瞪视着、相持着。忽然，郭少晖的脸上露出了古怪至极的表情，他尖着嗓子，细声细气地叫起来："我要出去，爸爸放我出去！我要出去！爸爸放我出去！"

我被郭少晖诡异的表现吓坏了，浑身的汗毛全都根根地竖立了起来。而那叫声更是如同尖刀一般直刺入我的耳膜，把我拉回到那噩梦之中。我脸色苍白，全身如虚脱了一样，乏软无力！我唯一能做的事情便是紧紧地捂住自己的耳朵，拼命摇头道："天哪！你……你这是怎么了？不要叫，不要叫了！"

在我近乎绝望的乞求下，郭少晖止住叫喊，神情也恢复了正常。"你不要怕。我只是给你学一学，在你的梦中，那个小女孩是不是这样叫过？"他看着我柔声说道。

"你怎么会知道……不可能……你怎么会知道的？"巨大的恐惧使我大脑中空白一片，我语无伦次地说着，眼泪淌遍了脸颊。

郭少晖哀伤地看着我，屋里的气氛像凝固住了一样。良久之后，他才开口打破了沉默："你不要再问了。我只是希望你知道，确实有一些事情是你无法理解的。"

"那，那我现在该怎么办？"我完全失去了方寸，是的，我现在相信了，那些事情确实过于可怕，我无法理解，也不想再理解，我只知道求救似的看着郭少晖。

郭少晖低着头沉吟片刻，回答道："你赶紧离开这里吧。我已经想过了，只有这样你才能摆脱那可怕的梦魇。"

是的，我要离开这里！事到如今，不管郭少晖说的话是出于什么目的，我都不敢再继续住下去了。

打定了这个主意，我的思绪略微清楚了一些。

"我们一起走啊。离开这栋屋子，离开这个女孩。不管已经发生过什么可怕的事情，让我们远离它。"我眼泪汪汪地看着郭少晖，希望他立刻能带我离开。

郭少晖却摇了摇头："不，我不会走的。"

"你不走？"我惊讶地瞪大了眼睛，"你让我一个人走？"

郭少晖避开我的目光，沉默不语，他显然是默认了我的猜测。

我意识到了什么，哭着追问："你不愿意离开？你还要留在这里？为什么？你有没有为我考虑一下？"

"我已经离不开这里了。我只能告诉你：这是为了艺术。而且这里发生的一切，都是因为艺术。现在这里对你来说充满了恐惧，但在我眼里，它却充满了艺术的灵气。只有在这里，我才可能达到自己对艺术的追求。"郭少晖平静地回答着我，当他说起"艺术"这两个字的时候，眼中便会闪动灵光。他说话的声音虽然不大，语气却是如此坚定，显然已经下定了决心，即便是我，也无法让他有一丝一毫的动摇。

我绝望、愤怒，甚至对他所说的"艺术"产生了极度的妒恨。我又看到了地上的那幅画，画中的女孩一袭白衣沾上了血迹，显得更加可怖。

"这就是你所追求的吗？这就是你说的艺术？"我指着那幅画，冲着郭少晖叫嚷着。

"艺术是有很多种表现方式的，你不明白这些。"郭少晖淡淡地看着我，那种从容不迫的态度令我感到一阵阵心寒。

艺术？是的，我的确不明白，就像我昨天无法理解岳正锋所演示的行为艺术一样，我同样无法理解这沾着血腥的恐怖画面有何美感可言。但我也知道郭少晖已经不可能改变主意了。泪水模糊了我的眼睛，画上的血迹在我眼中渗开，殷红一片。恍惚中，它慢慢地幻化成岳正锋手背上流下的鲜血，令我毛骨悚然。

小女孩的惨白面容再一次浮现在我的面前，她用冰凉的眼神盯着我，似乎在向我呼救，又像是在控诉着什么。

我的心在这目光的压迫下阵阵抽紧。我强烈地感觉到那女孩在呼唤着我，她需要我！这种感觉慢慢战胜了我心中的恐惧。终于，我抬起头来说道："我要去见她。"

我的话显然出乎郭少晖的意料，他似乎没有听清，一脸迷惑地看着我："什么？你要见谁？"

"那个女孩，隔壁的女孩！我知道她需要我，不管你们怎么对待她，现在我都要去看她！”我坚定地说道。

郭少晖愣了一下，然后轻轻地摇着头，叹息着：“你错了。你根本已经分辨不出虚幻和现实，所以梦魇才会纠缠着你。”

我不再说什么，转过身向屋外走去。既然从郭少晖嘴里问不出什么，我为什么不用一个更加简单直接的方法呢？那个女孩就在隔壁的屋子里，我为什么不去找到她，把所有的谜团一一解开呢？

我来到楼道中，按响了对门岳正锋家的门铃。郭少晖没有阻止我，他抱着胳膊倚在自家的门框上，神态自若，似乎将要发生的事情都已在他的意料之中。

7

门铃响了好久，孟萍萍清脆的声音才从屋里传出来：“谁呀？来了来了。”

门开了，孟萍萍看到我先是显得有些诧异，但立刻便热情地招呼着：“哟，是你呀。有什么事情吗？进来说，进来说。”

“没，没什么事……”我一下子倒不知道该如何开口了，随口敷衍了一句，“嗯，就是想过来随便看看。”

孟萍萍露出灿烂的笑容：“欢迎欢迎。今天我们家岳先生开会去了，我一个人待着正闷得慌呢。来来来，快进来吧！”说话间，她往我身后使了个眼色，又压着声音问我，“他呢？”

“他……”我支吾着，转过头看了一眼。郭少晖意识到了什么，不自然地笑了笑，说道：“我就不去了，我还有事……你们两个聊吧。”

“那好吧。”孟萍萍意味深长地看了看我们俩，然后亲热地拉着我的手，“来，我们进屋聊，不管他了，他们男人啊，总是说有事。”

我跟着孟萍萍走进了对面的屋子。随即，孟萍萍在我身后关上了房门。随着那“砰”的一声轻响，我似乎进入了另外一个世界。

虽然现在外面下着雨，天色有些昏暗，但毕竟还是大白天。可是在这个屋子里，我居然会感觉不到一丝白天的气息。昏黄的灯光包围着我，屋内完全是深夜一般的气氛，我诧异地四下张望了片刻，终于明白这是为什么了：

屋子中所有与外界相连的门窗上，都挂着一层厚厚的黑色幕布。

正是这些幕布隔断了屋外的自然光线，使整间屋子变成了一个人造的暗室。

这可真是一个奇怪的地方。不过我暂时把疑问藏在心底，暗自观察起这房屋的格局来：从客厅里看起来，整套房屋的建筑风格与对门我们住的那间基本相同，但是户型是两室一厅，要比我们屋多出了一个小间。两间卧室的门并排开在客厅靠南的墙上。东边的那个小间门打开着，可以看见里面摆放着一张双人大床，收拾得挺整洁，想必是岳正锋夫妇的卧室。靠西边的小间则关着门，门口也挂着层厚厚的幕布。

从位置上来分析，这便是和我家阳台相邻的房间，那个女孩应该就被关在这间小屋里！我的心跳有些加速，不自觉地往那扇门多看了几眼。

孟萍萍发觉到我异样的眼神，连忙笑着解释说："岳先生经常在家里冲洗照片，你看墙上挂的那些，都是他拍的。可这家呀，也被他弄得像个暗室一样。来，坐呀！别客气啊。"

是这样的吗？这个说法虽然能解释得通，但还是令人颇感诡异。不过这岳正锋本来就是一个很诡异的人，和他那几近自残的行为艺术相比，这点诡异还真是算不上什么了。

屋子里虽然昏暗了一点，但是布置得非常雅致。客厅的墙上的确挂着很多内容各异的照片，其中有一幅立刻牢牢地抓住了我的目光。

这是一张小女孩的肖像照。女孩穿着一身白色的衣服，在黑暗背景的衬托下格外扎眼。奇怪的是，那女孩几乎全身上下都包裹在衣物中，甚至脸上也戴着一只白色的口罩，只有一双黑亮的眼睛露在外面，隔着镜框与我对视着。

"这是我们的女儿，娜娜。"孟萍萍的语气中充满了怜爱，但同时也夹杂着一丝难以言说的意味。

娜娜，这就是我在窗户后面看到的那个女孩吗？这张照片虽然有些怪异，但我看起来却没有任何害怕或难受的感觉。女孩的眼睛清澈纯净，似乎正在看着自己最依恋的亲人，让人不由自主地产生一种要抱着她疼爱一番的冲动。

可是为什么每次我通过窗户见到那个女孩的时候，她的眼神里会饱含着悲哀与恐惧呢？还有在郭少晖的画中，那个女孩白衣鲜血，同样让我不敢再看第二眼。

这是为什么？在这个女孩身上，究竟发生了什么样的恐怖事情？

我正在胡思乱想着，孟萍萍已经坐在了我的身边："好了。现在跟大姐说说吧，你是有什么事情吧？一开门我就发现你的神色不对。嗯，是不是和郭少晖闹别扭了？"

"不不，没有……"我抿了抿嘴唇，踌躇了半晌，终于鼓足勇气说道，"我想来看一看你的女儿，娜娜。"

孟萍萍一愣，显然没有料到我会提出这样的要求，片刻之后，她干涩地笑了一笑，说道："是吗？你对这孩子还真是挺记挂的。"

"嗯，上次在阳台上看到过她一次，挺……挺喜欢这孩子的。"

因为藏着太多的心思，我说话的时候难免显得有些底气不足。

"是吗？在阳台上？嗯，你上次就和我说过，是前天下午看到的吧？"孟萍萍一边若有所思地说着，一边用清亮的目光看着我的眼睛，似乎要看穿我内心真正的想法。

我被她看得有些心虚，点了点头，目光不自然地看向脚下的地板。

孟萍萍叹了口气，用手碰了碰我的胳膊，忽然话锋一转，又说道："妹子，我看你心眼儿不坏。今天大姐想说你两句，你可不要生气。"

我诧异地抬起头来，不明白她为什么会这么说。

孟萍萍顿了一顿，继续说道："你别看我这人平时大大咧咧的，可是心里明白着呢。你跟大姐说实话，你是不是在外面听到过什么闲话了？"

我连忙摇头："没有啊。师母，我……"

孟萍萍拉着我的胳膊，摇头打断了我的话语："如果你是真的关心我们家娜娜，想来看看她，我会很高兴的。但你为什么要和大姐说谎呢，编一个理由来骗大姐？"

我愣住了，不明白孟萍萍说的到底是什么意思。看起来这屋子里真的隐藏着某个秘密，她已经怀疑我是为了这个秘密而来。但既然话还没有说明，我也只好继续装糊涂："师母，你这话是什么意思啊？我不明白。"

孟萍萍淡淡一笑："那好吧，我就直说了。你说你前天下午在自家阳台上看到过娜娜，可这是绝对不可能的事情，你在撒谎。你可能是听说了关于我们家娜娜的一些事，出于好奇，就编了这个理由，想来亲眼看一看，是不是？”

这番话可真把我说糊涂了，我辩解道：“我没有骗你呀，我真看见她了。你们那天不是把她一个人锁在家里了吗？”

孟萍萍看着我，可能是我的样子确实不像在撒谎吧，她似乎也有些茫然了。不过她还是轻轻地摇了摇头，自言自语般地说道：“不，不可能的……你是不会看见她的。”

“那我现在可以见见她吗？”我再次鼓起勇气，提出了这个要求。不管刚才孟萍萍说的那番话是有心还是无意，我已经在不知不觉中处于下风。我决定不再顺着她的思路往下走，而选择简单明了地直奔主题。

“不行。”孟萍萍的态度非常坚决，“不管你是出于什么原因，现在都不太方便。”

“为什么？”我顾不上自己的唐突，不死心地追问，“她不在家吗？”

“不，娜娜就在那个屋里，但是你现在不能见她。”孟萍萍指着西边的那个小间，我的无礼似乎激怒了她，她的语气变得有些生硬了。

“对不起。我知道再问下去不太礼貌，但是我真的想关心娜娜，而且我不明白……为什么我不能见她，但郭少晖就可以呢？他还给娜娜画了像。”想到那幅沾着血迹的画，我原本有些动摇的心又坚定起来，我一定要揭开这里面的秘密，我要帮助这个女孩！

孟萍萍迷惑地看着我，似乎无法理解我说的话。过了一会儿，她叹了口气，说道：“你不用找那么多理由了……如果你实在坚持，那你今天晚上再过来吧。到时候你就会明白怎么回事了，我也不想你产生什么误解。希望你真的像自己所说的那样，是出于对娜娜的关心。”

话说到这份上，已经无法再深入下去了。我还能怎么办？总不能不征得主人的同意，去强行打开那扇紧闭的房门吧？看来我只能把希望寄托在晚上的拜访之中。

打定主意的同时，我也在揣摩着孟萍萍刚才的话语。显然，这个屋子里的确隐藏着某种不便告人的秘密，但自己是否有揭开这个秘密的权利和必要呢？孟萍萍作为一个母亲，她的言行显示出自己对女儿的关爱。她有可能去伤害自己的孩子吗？也许，她正面临着难以解决的困境？可是如果这样，我又有什么能力去帮助她们呢？

我一时端坐无语，不知是该找些别的话题缓和一下气氛，还是应该就此起身告辞。

正在这尴尬的时刻，门铃突然响了。

会是郭少晖吗？我暗想着。但自己毕竟不是主人，不便起身开门，我只能用目光向孟萍萍表达着自己的询问。

孟萍萍冲我点了点头，一边回应着“来啦”，一边向着屋门走过去。

当屋门被打开以后，我和孟萍萍都显得有些吃惊，因为门口站着的，居然是一个身穿警服的男子。

“你好。我是区公安局刑警队的，有些情况想向你了解一下。我可以进来吗？”那男子一边说，一边向孟萍萍出示了证件。

孟萍萍接过证件端详着：“哦……王晓明警官……请进，请进吧。”她一边把那个警察往屋里让着，一边疑惑地看着我，看来她是怀疑我把这个警察给招来的。我只好用同样迷惑的眼神回应着她，借以撇清我在此事上的干系。

王警官走到我的面前，上下打量着我。而我则趁势站起身来说道：“那我先回去了。”

“先等一等。”王警官却拦住了我，“你也是这个楼里的住户吗？”

“是啊，我就住在对门三二一房间。怎么了？”我说话的声音有点发虚，难道他也是为了那件事情而来吗？想到郭少晖也有可能牵扯在这件事里面，我的心不免忐忑难安。

“能不能耽误你一点时间，请你再坐一会儿。”王警官看到我局促的样子，自己先笑了起来，“你不要紧张，我只是想了解一些事情。这两栋楼的住户我都得跑到。既然你在这里，干脆就一块儿问了。这样减少了我的工作量，也提高了办案效率。怎么样，请这位小姐配合一下吧？”

我也笑了，点着头重新坐下。也许是王警官随和的态度打动了我，也许是那一身庄严的警服给了我很大的安全感，我的心情略微放松了一些。

“那好，我就直话直说，我们抓紧一下时间。”王警官在我们的对面坐下，神情也变得严肃起来，“昨晚，也可能是今天凌晨，在你们这个小区里，发生了一起凶杀案。这个情况你们知道吗？”

“凶杀？”我和孟萍萍都吃了一惊。我们互相对视了一眼，然后同时摇了摇头。

“不知道。”孟萍萍回答道，“我们今天都没有出去过。”

王警官从口袋里掏出一张照片递过来：“这是在现场拍摄到的死者照片，请你们看一下。”

死者照片？我犹豫了一下，没有动弹。孟萍萍看起来要比我胆大得多，她把照片接了过来，仔细地端详着。我先用眼角瞟了瞟，似乎镜头并不血腥，这才鼓起勇气正眼看过去。

照片上的人是个男的，脸冲下趴着，整个身体做出一种向前爬行的姿势。由于地上到处积着雨水，所以看不到明显的血迹。

我隐约觉得这个背影似乎有些熟悉，但一时又想不起在哪里看到过。

“死者是一名中年男子，身高一米八左右，我们正在排查他的身份。你们认识符合这个特征的人吗？”王警官问我们两个。

我的心中突然一动：这些特征倒是和岳正锋比较吻合。当然我再傻也不会把这样的猜测直接说出来，我只是下意识地转过头看了看孟萍萍。

孟萍萍明白了我的意思，连忙摇着头：“不可能的。我们家岳先生在你来之前刚出家门，才半个多小时吧，不会是他的。”

王警官接下来的话似乎也否定了我的猜测：“死者的死亡时间初步断定是在昨晚十一时至今天凌晨二时之间。在这个时间段，你们有没有看到或者听到过什么异常的情况？”

异常情况？我想起了昨夜那神秘的敲门声，可是郭少晖回到家也不过才晚上九点多的样子，时间相差得还是比较远。略一斟酌之后，我还是决定先不说出这些情况，毕竟谁也不想和凶杀案轻易扯上什么关系。

我转而问道：“现场离这里很近吗？在阳台上能不能看见？”我想起不久前自己还和郭少晖在阳台上待过，似乎那时一切都很正常，谁能想到不远处已发生了一起凶杀案呢？

“尸体倒在楼北面五十米外的树林中，今天清晨被一个来写生的学生发现。但从现场的痕迹分析，那里并不是案发第一现场。第一现场应该在你们这个小区里。”王警官看到我们迷惑的表情，继续解释道，“由于昨夜下了雨，死者在树林的泥地中留下了足迹。这足迹便是从你们这个小区延伸出来的。先是踉踉跄跄地奔跑，然后跌倒、爬行，最终停止在树林中。所以，我们分析，死者应该是在小区内受到致命的伤害，然后一路逃亡，最后倒毙在尸发地点。”

“那顺着足迹一路往回找，不就可以……”孟萍萍插话道。

“进入小区的水泥地面之后，足迹就很难分辨了。”王警官的语气中有些无奈，“昨天的雨虽然在泥地上留下了清晰的足印，但也冲去了沿途可能洒下的血迹。”

“哦。”孟萍萍也看似惋惜地叹了口气，问道，“那我们现在有什么可以帮忙的吗？”

“情况是这样的。”王警官用敏锐的目光看了看我们，说道，“用正常的思路分析，死者会选择最短的路径逃离危险地区。因此，如果将死者留在泥地上的足迹顺着直线延伸，那他极可能是从你们单元的楼下开始进行逃亡。”

说到这里，他顿了一顿，似乎在留时间供我们思考，又像是在进一步集中我们的注意力，然后他才说出了最重要的话：“现在警方希望你们能在以下几个方面对我们的工作给予配合：一是努力回忆当时的情况，有异常发现的立刻向警方报告；二是帮助寻找作案凶器。现场没有留下凶器，根据勘查，死者致命伤位于心口处，凶器应该是一柄十至十五厘米长的小刀或匕首，现在它很可能被凶手携带或藏匿，你们如发现类似物品，也要报告警方。”

孟萍萍连连点头：“一定的。能及早破案，我们周围的住户才能安心。”

“好了，大致就是这些。也请你们把这些情况向家人宣传一下。”王警官转过头，又对我说，“你是住对门的吧？那你们家我就不过去了。想到什么情况及早联系。”

说完这些话之后，他留下了两张名片，便急匆匆地离去了。

8

王警官走了之后，我也向孟萍萍告辞，回到了隔壁自家屋中。郭少晖倒悠闲得很，他正坐在画椅上，右手捏着画笔，左手托着调色板，专心致志地调着颜色。见到我回来，他停下手里工作，问道：“怎么样？找到你要的答案了吗？”

“没有，但今天晚上便会找到。孟萍萍已经答应我到时候会让我见她的女儿娜娜！”我有些赌气地说道。

我的话似乎起到了期待中的效果，因为我看到郭少晖的脸色有些变了。他轻轻地“哦”了一声，然后皱起眉头沉思起来。片刻之后，他站起身，径直走到了我的面前。

“小琼，我想请求你答应我一件事情。”他神情严肃，一字一句地对我说道。以前我很少在他的脸上看到这样的表情，也很少听他对我说“请求”这个词。这说明他接下来的话语一定具备了非同一般的意义。我点了点头，静待着他的下文，手心中竟然因为紧张而微微有些出汗。

郭少晖看着我的眼睛，轻轻地叹了口气，声音变得柔和起来，目光中也充满了温情：“我知道你心里有着很多疑惑，我知道你挂念着看到的那个女孩，我知道你甚至因此而开始不再信任我，但请你听我一句话：今天晚上，你见到娜娜之后，不管结果是否让你满意，都要立刻搬出这个屋子。你再也不能留在这里过夜，否则那个梦魇会一直纠缠着你、折磨着你，将你拖入无法承受的恐怖之中……你就相信我这一次，好吗？无论怎样，我是爱你的。”

我相信这番话完全是出自他的肺腑，我的怨恨、赌气和种种的不信任似乎都因为这番表白而有了化解的可能。唉，女人有时便是这么软弱、难以坚定，男人只要会说话，谈笑之间便可解除她们看似顽强的斗志。

我咬了咬嘴唇，低声道：“好的，我答应你……而且……”

“什么？”

“我一直都信任你，我也爱你……”泪水有些模糊我的眼眶。

郭少晖也动容了，看得出来，虽然经历了一些莫名其妙的变故，但我们两个人的心仍然是连在一起的。

“你真的不和我一起走吗？”我忽然又有了一些额外的期待。

郭少晖愣了一下，但他终于还是坚定地摇了摇头：“不行。”

我知道再多说也没有用了，抬手自己擦了擦眼睛，换了个话题：“刚才我在孟萍萍家的时候，有个警察找我们谈话了，好像发生了凶杀案。”

“是吗？在哪里？有什么线索？怎么要找你们谈话？”郭少晖似乎对这个情况颇为关心，他连珠炮似的抛出一连串的疑问。

我把自己刚才了解到的情况向郭少晖复述了一遍。“对了，没准儿还会有警察来我们家调查情况呢。”说最后一句话时，我观察着他的反应。

“哦，什么时候会来？”郭少晖似乎只对案情感兴趣，至于警察来不来的，他反倒显得无动于衷。

“我也不知道……”我摇了摇他的胳膊，提醒他，“你别忘啦，我们阳台上还有一个血手印呢，到时候会不会说不清楚？”

“血手印？阳台上有血手印？”郭少晖一副奇怪的样子。

“是啊，那个血手印渗进了木头里，已经擦不掉了。”

郭少晖迷惑地摇着头：“到底是什么血手印啊？我听不懂你在说什么。”

我认定郭少晖是在装糊涂，不禁有些恼怒，拉着他往阳台上走去：“好吧，你跟我来，我倒看你搞什么玄机！”

可是真的到了阳台上，我却愣住了：正如郭少晖所说，那里根本没有什么血手印。

我不相信自己的眼睛，又往前走了两步，细细地寻找。

那段曾经印着血迹的阳台扶手就在我的面前，我甚至可以清晰地看见那上面陈旧的木质花纹。

可是那个血手印不见了！一个多小时前，我还在为擦去它而徒劳地费了半天力气，现在，它却连一丝的痕迹也没有留下，仿佛从来就没有在那里出现过。而且原先留有血迹的扶手处的木质花纹也和周围部分浑然一体，没有任何刮擦过的痕迹。

一定是郭少晖做了什么手脚。可他是怎么做到的呢？我清晰地记得那血迹已经深深地渗在木质里的，在不破坏木质的情况下把它清除是根本不可能的！我愕然地转过头看着郭少晖：“你把它擦了？你用的什么方法？”

“没有人擦过它，它原本就不存在，这里从来没有过什么血迹。”郭少晖平静地回答。

我不甘心地摇着脑袋：“你这是什么意思？这里明明有过血迹，我亲眼看见，你也看见的！”

“有些东西，你即使亲眼看见了，它也不一定就真实存在着。而真正发生过的……”说到这里，郭少晖停住了话头，他揽过我，抚着我的头发，“算了，你不明白的，你也不用明白。你只要记住，这里从来没有过血迹，知道了吗？”

我的大脑混沌一片，如同陷在了迷雾中一般。难道我真如郭少晖所说，已经无法区别现实与虚幻？

我知道自己再问下去，也只能是越问越糊涂。等晚上吧，我有一种强烈的预感：到那时候，自己便能够解开这所有的疑团。

接下来的整个白天，我和郭少晖都很少说话。除了吃饭，我就是静静地坐着，静静地等待。郭少晖睡了一个漫长的午觉，其他时间则端坐在画板前。每当这时，他便皱紧了眉头，似乎在苦苦思索着一个难以解答的疑问。

时间就在这样的等待中慢慢度过，天色渐渐暗了下来，黑夜降临了。

我又一次按响了对面屋的门铃。这次孟萍萍很快便打开房门出现在我的面前，看起来她也在等着我。

“你来啦，进来吧。”她的脸上挂着礼节性的笑容。

“好的。”我答应着，走进了屋里，“岳老师不在家吗？”

“他到外地参加一个报告演出，要下个星期才能回来。”说话之间，孟萍萍轻轻关上了屋门，我感觉到外面的世界在我身后被切断了。而屋子里不仅灯光昏暗，还静悄悄的，我甚至能听见自己的心跳声。

孟萍萍也不说客套话，直接进入主题：“娜娜就在那个房间里。我已经跟她说过了，她在等着见你。我们现在就进去吧。”

我点了点头，心中却踌躇起来：我真的做好准备了吗？我真的有勇气面对这房门之后的秘密吗？

孟萍萍此刻已经走到了小屋边，她撩起门口的黑幕布，贴着房门站着，然后示意我也走过去。

这幕布像一个小小的罩子，在房门前包出一块约一人宽的空间来。我犹豫了一下，走进了这个罩子，我相信，这是一个通往所有秘密的入口。

孟萍萍先放下了手中的幕布，然后才打开了房门，房间里没有开灯，黑乎乎的一片。她扯了扯我的衣角，我赶紧跟着她走进了门内。立刻，房门又重新关上了，最后一丝透过幕布的微弱光线也被隔在了门外，我们来到了一个完全黑暗的世界中。

我的双眼一时无法适应这种黑暗，什么也看不见了。但我强烈地感觉到，有一双眼睛正在这黑暗中注视着我。正如停电那晚的感觉，这目光正肆无忌惮地游走在我的身体上，令我感到一阵阵的寒意。

我的心怦怦地狂跳着，手心也沁出了冷汗。这黑暗如同噩梦一样压迫着我，让我窒息，我几乎忍不住要逃出这个房间。

就在这时，一个稚嫩的童音划破了寂静的空间："妈妈，这就是小琼阿姨吗？"

我屏住了呼吸。现在我更加肯定，虽然我看不见她，她却能清晰地看见我，她一直待在这样的黑暗世界中，早已经适应了。

"是的。娜娜，你准备好了吗？"孟萍萍在我身边柔声说道，充满了关怀的语气。

"准备好了。"清亮的声音再次响起。

孟萍萍似乎仍不放心，又追问了一句："口罩也戴上了吗？"戴口罩？我想起了早晨看到的那幅照片——照片上的女孩仅仅露出两只眼睛。可这是为什么呢？

我想不出答案，只听见女孩在不远处平静地回答："戴上了。妈妈，你点蜡烛吧。"

"嗤"，一星火光在黑暗中闪过，孟萍萍划着了火柴，紧接着向着左前方走了两步。我恍惚看见一个小小的白色身影静静地站在房间的那头，借着这摇摆不定的微弱光线一闪而过。

这身影让我不由自主地回忆起那个悲伤恐惧的刺骨眼神，跟随而来的诸多恐怖联想让我的身体微微地颤抖起来。

蜡烛被点燃了，昏暗的火光照亮了整间屋子，我已经有机会看清眼前的一切。但我这时却不争气地低下头，不敢直视那个女孩。

"阿姨，你是来看我的吗？"我感觉到那声音越来越近，女孩正一步步地向我走来！

我的全身就像僵住了一样，完全动弹不了。这两天来我所遭遇的所有恐怖，往事、噩梦……一幕幕地出现在我的眼前。现在我已经如此接近这一切的真相，但却不敢抬头去面对。

女孩站在我面前，她停住了脚步："阿姨，妈妈说你很喜欢我，是吗？已经很久没人来看我了。"

白色的裙角在我视线中轻轻晃动着。突然，一只苍白的小手从衣裙中伸出来，抓在了我的手臂上！

那冰凉的感觉激得我打了一个寒战，这次我终于惊恐地抬起头来，正看见女孩那双直视着我的眼睛！

这是一双清澈纯净的眼睛，她正在好奇地看着我，传递出纯真和友善的信息，并驱散了我心中的恐惧。

我蹲下来，把双手轻轻地放在她柔嫩的肩膀上，打量着她。她几乎浑身上下都被白色的衣服和口罩包裹着，只有那双眼睛露在外面。

“你是叫娜娜吗？”我温柔地问道。

女孩点了点头，略带着和陌生人初次见面的羞涩。

对于这个女孩，我的心中充满了太多的疑问。而这些疑问终于等到了解答的时刻。

“你一直都待在这个屋里吗？为什么不出去呢？”

娜娜专注地看着我的脸，似乎在用她那双稚嫩的眼睛考察着我。我迎着她的目光，微笑着，让她能够感受到我的疼爱和关怀。

看起来我成功地获得了女孩的信任，她歪了歪脑袋，然后细声细气地回答了我的问题：“我不能出去，我怕光。”

怕光？我从来没有听说过这样的理由。这未免也太奇怪了吧？我转过头来诧异地看着孟萍萍。

孟萍萍微微颔首，脸上写满了怜惜和无奈，开始向我讲述有关娜娜的事情：

从生下来那天开始，这个女孩便患上了一种奇怪的疾病。她对光线的照射缺乏最基本的抵抗能力，任何强度的阳光和亮度过大的灯光都会对她的皮肤造成伤害。所以在白天，她只能被关在家里，并且家中所有的门窗都要拉上厚厚的幕布。

月光和烛光对她的伤害较小，所以她只能在夜晚进行有限的活动。但即使这样，她也要戴上白色的口罩，以保护面部最稚嫩的肌肤。她的作息时间和正常人完全相反。白天，她待在黑暗的房间中睡觉；夜晚，她起来学习、玩耍，她的妈妈也会带她出去散散步，这是她最开心的时刻。

……

我默默地倾听着，实在不愿相信如此悲惨的事情会发生在这样一个可爱的女孩身上，但我又不得不接受这个事实。而我的情绪也从最初的诧异，经历了初识真相的惊愕，然后是怜悯和无奈，困扰着我的一些问题也算是有了答案。

这就是女孩会被整天关在屋里的原因。

这就是女孩会如此苍白的原因。

这就是我白天无法见到女孩的原因……

但这就是我所追寻的全部事实真相吗？仍然有太多的疑问还没有解开。

我疼爱地抱住女孩纤细的胳膊，问："娜娜，你是不是见过阿姨？前两天的下午，当时你就站在那扇窗户后面。"

娜娜认真地看了我一会儿，然后摇了摇头。

"这是不可能的。"孟萍萍插话说，"白天这个屋的窗帘全都拉得死死的，你不可能从窗户外看见她。"

是的，孟萍萍早就说过这绝不可能，她没有必要骗我。可我又怎能甘心呢？我确实是真真切切地通过窗户看见过这个女孩。

"我真的看见你了呀……娜娜，你不记得了吗？你再好好想想。"我把女孩抱到了那扇窗户前，由于外面是一片漆黑的雨夜，所以此时窗帘并没有拉上。

"当时你就站在窗户后面呀，就是现在这个位置。阿姨站在隔壁的阳台上……"突然，我愣住了，不可思议地瞪大了自己的眼睛！

这是怎么回事？从我现在所在的窗口看出去，居然看不见隔壁的阳台，反过来说，从我住的阳台自然也就不可能看到这扇窗户！

"不可能的，怎么会看不见了呢……"我喃喃地嘟囔着，打开了窗户，不顾外面飘零的雨点，把身子探了出去，想寻个究竟。

眼前的景象却更加让我迷惑了。阳台是有的，但却并不和我现在所处的屋子相邻。在阳台和我所在的窗户之间，还隔着另外一间屋子。不对！这不是我在阳台上看见的那扇窗户，这也不是当时女孩所在的房间！

我把身体缩进屋内，缓缓地摇着头，说："奇怪……这么看来，当时娜娜应该是在隔壁的房间里才对。娜娜，你有没有在那边待过？"

"隔壁，你是说西边吗？"孟萍萍似乎不明白我在说什么，"可那是你们家呀？"

"不是啊，我们家就是一室一厅，没有不带阳台的房间啊！"我也被搞糊涂了。

孟萍萍很肯定地摇了摇头："不可能的！这栋楼里所有的屋子都是两室一厅，一样的户型，一样的结构，那个房间绝对是你们家的。"

这……这是怎么回事？我呆呆地站着，脑子里乱成一团，当我慢慢理出些许头绪的时候，一层冷汗立刻从我周身的毛孔中渗了出来。

两室一厅、湿漉漉的墙板、衣柜里的敲门声……

我开始隐约地猜测到这些事件背后的恐怖事实，一种从未有过的巨大恐惧把我紧紧地包围起来……

天哪，难道真相竟然是这样的？！

9

当我走进自家屋门时，郭少晖肯定被我那失魂落魄的样子吓了一跳。

"小琼，你这是怎么了啊？"他迎上来，诧异地问道。

我顾不上回答他，径直走到那个大衣柜跟前，怔怔地站住。

黑色的衣柜矗立着，像是一扇通往恐怖世界的大门，横亘在我面前。

郭少晖赶到我身边，他应该已经意识到了什么，轻轻地握住我的手，想要对我说些什么但又不知该如何开口。

还是我先说了："把衣柜挪开，我要把这个衣柜挪开。"

非常简单的一句话，但我说出这句话的时候，却是鼓足了巨大的勇气。我能听出自己的声音是颤抖的。

"不行。"郭少晖立刻否决了我的要求。他用双手扶着我的肩膀，然后用恳求的语气劝慰我道："小琼，你忘了答应过我什么吗？我求你，赶快离开这里吧，就当自己什么也不知道。"

我相信郭少晖一切都是在为我考虑，他的目光是真诚的，那双大手也仍然充满了对我的关爱。但他根本无法了解我的感受。那个女孩对我的召唤越来越强烈，我知道自己不管走到哪里，都无法摆脱那孤独悲伤的眼神。她在等待着我，逃避是没有用的！

我必须找到她！

僵持了片刻之后，我坚定地摇了摇头，然后挣脱开郭少晖的双手。"如果你不愿意帮我，那我自己来！"我一边说着，一边来到了衣柜侧面。然后我沉下身体，把肩膀靠在了壁柜上，我要把这个柜子推开！

虽然里面没有任何衣物，但这么大的衣柜对于纤弱的我来说还是沉重了一些。我使尽了全身的力气，它才终于很不情愿地贴着墙往反方向移动了半米左右。

这个距离已经足够了。我看到了自己想要寻找的东西：原本被衣柜遮住的墙体上，露出了小半扇紧闭的屋门，金属旋转门把上的斑斑锈迹诉说着它被封闭在黑暗中的漫长岁月。

我的猜测终于得到了验证：密室，这是一个隐藏在自己家中的密室！

而我看见的那个女孩，纠缠在我梦中的女孩，其实一直就是被关在这个密室里，关在自家隔壁的房间内！

不知是因为用力过度还是因为紧张，我现在有一种要虚脱的感觉。

"她在里面，是吗？你知道这一切，这到底是怎么回事？天哪，太可怕了……她怎么可能活下去？你还不肯告诉我真相？"我用求助的眼神看着郭少晖。

郭少晖无奈地叹了口气，他也知道无法再隐瞒下去了。他走到我身边，帮助我把衣柜完全推开，露出了整扇隐藏的房门。

"你一定要知道真相吗？打开这扇门，走进去，你便会明白一切，我不会拦着你的。不过，你现在还有机会离开这里，相信我，不管你曾经经历过什么，只要你离开，所有的恐怖会到此为止。"郭少晖一边说一边看着我，期待能抓住最后的机会将我说服。

是的，他说得没错。只要我离开，我就能远离隐藏在这扇门之后的种种恐惧。可是，现在的我还能够若无其事地离开吗？我怎能对那女孩孤独无助的眼神视而不见？把噩梦封存在这扇房门之后，我便真的可以得到解脱吗？

犹豫了片刻，我最终还是慢慢地走上前去，握住了那个锈迹斑斑的把手。

一种冰凉潮湿的感觉从手心处传遍我的全身，可怕的噩梦又一幕幕地出现在我眼前，我的身体微微地颤抖起来。

门把手一点一点地旋转着，我真的做好迎接那黑暗与恐惧的准备了吗？

随着“咔”一声轻响，房门失去了搭锁的限制。门把上立刻传来了一种转向屋内的拉力，它牵扯着我的手，似乎要把我引入那门后的黑暗中。

我蓦然惊醒，松开手，往后退了一步，心“扑通扑通”地狂跳起来。

那扇门此刻仍在自动地转动着，它转得很慢，发出一串“吱嘎”的轻声怪叫。像是一个正在被唤醒的沉睡的幽灵一样，缓缓地张开了黑洞洞的大嘴。

一股强烈的霉湿气息从门里蔓延出来，把我呛得几乎要窒息。

门后是黑乎乎的一片，虽然有客厅中的灯光折射进屋内，但由于整个房间里湿气太重，便如同笼罩在厚厚的浓雾中一样，我只能模模糊糊地看见两三米以内的情形。

不知为什么，我突然觉得眼前的景象竟是那样熟悉，我体内某个不明的因素开始不安地跳动起来，与隐藏在迷雾中的东西呼应着。便如同着了魔一样，虽然带着无限的恐惧，但我还是一步步走进了那片黑暗之中。

屋内的湿气翻涌上来，将我团团包围，那感觉是如此冰凉，我似乎又进入了梦境中。

郭少晖也跟着我进了屋子，我们谁都没有说话，像是不敢惊动那沉睡在黑暗中的恐怖幽灵。

正如我多次看到的那样，窗户是虚掩着的。一阵阴阴的冷风从窗隙中刮了进来，风声萦绕在耳边，里面似乎夹杂着“呜呜”的哭泣，我禁不住打了个冷战。

突然，“砰”的一声，房门在风的作用下自己关上了，屋子里顿时变成漆黑的一片，伸手不见五指！

我“啊”地惊叫了一声。

“别慌，我身上带着手电呢。”郭少晖在我身后轻声说道。

几秒钟后，一道亮光刺破了黑暗，我向着郭少晖身边移了半步，紧贴在爱人的身边，我心里的恐惧稍微减轻了一点。

郭少晖把手电递给了我。我用电光探索着周围迷雾的同时，又向前轻轻地迈了一步，忽然我脚下似乎踩翻了什么东西，随着“哐当”一声响，冰凉的感觉浸透了我的双脚。

我连忙挪动光柱去看个究竟：原来被我踩翻的是一个水盆，里面的水泼洒了出来，流了一地。再看周围时，地上竟摆着许多的盆子，每个盆子里都装着水。

我露出恍然的表情：是的，这就是这套房子如此潮湿的原因——湿气正是从密室里散出来的，而衣柜附近就是湿气弥散入客厅的出口。

我把手电抬高，在空间中搜寻。照到的地方都是空荡荡的，似乎除了这些水盆，屋子里什么都没有。

突然，光柱从东边的墙角一晃而过的时候，好像照到了一团白色的东西。

我连忙将手电光迅速转回，停在了刚才的墙角。白色的东西又出现在我们眼前，那是一件穿在女孩身上的衣裙！

女孩，这才是一直纠缠着我的那个女孩！她果然就躲在这间密室里。

我的呼吸变得急促起来，光柱颤抖着一点一点地往上移去，终于到达了女孩的脸部。

虽然早有思想准备，但我还是“啊”地尖叫了一声，巨大的恐惧使我几乎瘫倒在地上，手电筒滚在了一边，光柱在黑暗中凌乱无章地舞动着，不时在那个女孩苍白的身影上划过。

我又看到了那个眼神，悲凉的、冰冷的眼神！谁也无法抗拒它，它包藏着你无法想象的悲哀和恐惧，像一柄冰凉刺骨的利剑，狠狠地扎在我心灵的最深处！

我的情绪已几近崩溃，但郭少晖却完全是另外一种表现。

他不但没有害怕，反而捡起了手电。然后他一步步地走向那个躲在墙角的女孩，目光因专注而迷离。他的脚步甚至显得有些急促，藏不住心中的那股兴奋。

当走到墙角时，他迫不及待地双膝跪倒在女孩面前，举起手电直射在她苍白的脸上，然后目不转睛地看着她。

郭少晖就这样和那个女孩面对面地凝视着。女孩的眼神冰凉刺骨，而郭少晖的眼神却跳动着一团火焰，他是如此痴迷地看着她，如同在注视着自己最钟爱的恋人。

他们的脸近得几乎就要贴在一起了。

我看着这诡异的场面，头皮一阵阵发麻，目瞪口呆。

女孩静静地矗立在黑暗中，始终一动不动。郭少晖抬起左手，在她的脸上轻轻地抚摸着。他好像生怕弄疼了她，动作如此轻柔，便如同在水面上掠过却又不愿激起一丝的涟漪。

“太神奇了……伟大的艺术品……”他喃喃自语着，完全陷入了忘我的境界。

“什么？艺术品？”我有点怀疑自己是不是听错了。

“伟大……一具蜡像能把活人吓得心惊胆战……多么美妙的眼神啊……”郭少晖用手指在女孩的眼睛上轻轻拂过，如痴如醉地呢喃着，不知是在回答我的问题还是在自言自语。

蜡像？我的心怦然一动。难道这个女孩并不是活人，而像郭少晖所说，只是一个艺术品？那我岂不一直都在自己吓自己？

我站起来，将信将疑地走上前。女孩离我越来越近了，她始终没有任何的动作，甚至连呼吸的起伏也没有。我壮着胆子摸了摸女孩的脸庞，手感冰冷滑腻，完全不似真人的肌肤。

那果然是一具蜡像。但即使如此，我仍然不敢直视她的眼睛，因为她眼神中的悲凉感觉始终令我无法承受。

这样一具蜡像怎么会封存在密室中呢？我相信郭少晖是知道其中原委的，于是我战战兢兢地问道：“这到底是怎么回事？”

“这是蜡像大师王逸飞的遗作。他在妻子病故、爱女失踪以后，失去了生活的支柱，便用全部心血为女儿塑造了这具蜡像。校陈列馆里只有这件作品的相关记录，却没有实物。大家只在传说中知道有这么一具蜡像，我和你，是多么幸运，能够亲眼看到这个伟大的艺术奇迹！”郭少晖侃侃而谈，目光始终舍不得从女孩身上离开。

我想起了什么，恍然道：“这个王逸飞就是我们屋的上一位住户？其实你在来的当天晚上就发现了这个蜡像，所以第二天你才会出去查相关的资料。”

“是的。”郭少晖点了点头，“这两天，每个晚上我都会从阳台翻进这个密室，把蜡像搬到窗口，借着夜色欣赏这个伟大的艺术杰作。还记得那天晚上你听见的奇怪敲门声吗？当时我第一次打开密室的屋门，想拜访一下蜡像的主人，结果我发现门居然被封住了。于是我好奇地敲了敲拦在门口的木板，没想到却惊动了你。后来听你说起什么家里的敲门声，我才意识到这间密室原来就封在自家的屋内。”我把前后事情联系在一起，终于理出了一些头绪：“难怪你每天早晨都困顿不堪，眼睛布满了血丝。”

“我整夜都守着这个蜡像，直到天色渐亮才依依不舍地离开。我完全被她迷住了，我拿来自己的画具，想把她临摹下来，但是我无法达到那个境界。当这个女孩来到我的画纸上时，她便失去了鲜活的生命，眼神也变得黯淡无光。”说到这里，郭少晖沮丧地摇着头，手电也垂了下来。

是的，难怪这个女孩会出现在他的画作上。可是，他之前为什么要瞒着我呢？

手电筒的光离开了蜡像，扫过了后面的墙壁。

“等等，你看那是什么东西？”我突然叫了起来，有了奇怪的发现。

“怎么了？”郭少晖抬头看着我。

我碰了碰郭少晖的胳膊：“你先把手电给我。”

郭少晖不情愿地犹豫了一下，还是照我的话做了。

我拿着手电往蜡像背后的墙壁上照过去，那上面居然密密麻麻地写满了铜钱般大小的字。

我的脊梁一阵阵发凉，所有的字都是一句话：“放我出去！爸爸放我出去！”

梦境中的场景又一次清晰地浮现在我眼前：女孩在衣柜上写着字，我去掰她的手，那破碎的肌肤像雪花一样飘落……这些到底是梦境，还是现实呢？

我颤抖着移动手电，光柱又回到了蜡像身上，然后慢慢地向着女孩的右手部位移过去。

在那个部位，表面的蜡层已经脱落，露出一只干枯焦黄的小手。天哪！我惊恐万状地张大了嘴，却无力发出任何声音。

可怕的真相终于残忍地暴露在我的眼前：蜡像里封藏着女孩的尸体！

我陷入了恐怖的幻境中，仿佛看见那女孩在向我招手，凄厉的哭声回响在我的耳边：“放我出去！爸爸放我出去！”

我痛苦地摇着头，挥舞着双手驱赶身边并不存在的幻影：“不要叫了，我求求你，离开我，不要叫了！”恍惚中，我的手臂扫在了那具蜡像上。

“你干什么，小心！”郭少晖大惊失色，抢上来想扶住蜡像，但已经晚了，蜡像摇晃了两下，摔在了坚硬的地板上。

蜡层如融化的薄冰一样，从女孩的身体上片片脱落。在女孩脸庞露出来的一瞬间，她的眼睛也合上了。

纠缠着我的幻境消失了，我软软地坐倒在地，浑身上下便如同要虚脱一样。

“不！”郭少晖却痛苦地低吼了一声，他扑在女孩干枯的尸体上，颤着声音乞求，“不要走……不要离开！”

他到底想要留住什么？

在我困惑的目光中，郭少晖用颤抖的手指轻轻拨开女孩的眼睑。

他看到的是一双空洞无神的眼睛，那刺人心魄的悲哀和恐惧已经永远地消失了。

郭少晖抬起头来瞪着我，眼中是压抑不住的绝望与伤心。

“天哪，你竟然破坏了她，为什么要这样？为什么！”他冲我声嘶力竭地吼起来。

我几乎无法相信眼前可怕的一切，而郭少晖的表现更是让我觉得不可思议，他想要留住的，竟是那深深地折磨着我、令我感到无尽恐惧的女孩的眼神！

我摇着头，像是在看着一个完全陌生的男人：“你早就知道的，是吗？你知道那父亲把女儿活活地封在了蜡像中，因此她才会具有如此鲜活而恐怖的眼神。你了解这一切，可你居然还如此痴迷于她，赞美这种应该受到诅咒的行为，你究竟是怎么了？你疯了吗？”

“你不明白，你根本就不懂什么是艺术。与这伟大的作品相比，人的生命又算得了什么？生命迟早会消亡，而艺术却可以永传于世。正是出于对自己女儿的爱，那父亲才会这样做……你不会理解的……面对这样伟大的作品，你的感觉居然仅仅是恐惧、可怜！”郭少晖一边说着，一边伤心欲绝地用手抚摸着地上破碎的蜡片。

艺术，这就是艺术吗？至少这样的艺术是我所无法理解的。

“消失了，再也没有了……那样的眼神，那样的艺术……我不该让你进来的，是我的错，是我的错……”郭少晖喃喃自语着。

看着郭少晖那失魂落魄的样子，我的心中不免有些发酸，眼泪扑簌簌地落了下来。我心中原本的恐惧突然间全部转化成了厌恶的感觉。那个蜡像师的所作所为让我感到憎恨和恶心，他不但残忍地剥夺了女儿的生命，还把郭少晖害得近乎走火入魔。

好在这一切终于结束了，女孩得到了解脱，应该不会再来纠缠我。

郭少晖也失去了痴迷的对象，他会好起来的，变回那个我熟悉的深爱的热心男孩。

而我们现在唯一要做的事情，就是离开这间屋子，现在就离开！

10

我浑身都是软软的，勉强用左手撑着地面想站起来。突然，我的手心里一凉，似乎按在了一个坚硬的条状物体上。

这是什么东西？我用手电一照，看到地上有一柄约巴掌长、钢笔粗细的锋利小刀。

刀的样子有些奇特，只有一边有刃，联想到郭少晖刚刚告诉过我的那些事情，我很快想到：这很可能是那个蜡像师留下来的用于雕刻的刀具。

细细看时，却见刀身上沾着大量干涸的血迹，在手电光下闪着暗红色的诡异光芒。

我诧异地“嗯”了一声，伸手想把刀捡起来。

“别动它！”郭少晖注意到了我的举动，蓦然惊觉，喝止了一声。

“怎么了？”我被吓了一跳，连忙把手缩了回去。

郭少晖神情古怪地看着我，然后苦笑一声：“不要在上面留下你的指纹。这就是你提到过的凶器！”

我心中一惊，猛然间想起了上午王警官说的话。

“根据勘查，死者致命伤位于心口处，凶器应该是一柄十至十五厘米长的小刀或匕首，现在它很可能被凶手携带或藏匿，你们如发现类似物品，也要报告警方。”

而这柄刀的特征果然和凶器十分吻合。再仔细一看，刀附近不远的地面上也有不少血迹，这些血迹一直延伸到一米开外的窗台上。

联想到阳台和那幅画上的血迹，我突然意识到了什么，战战兢兢地问郭少晖：“是你……是你杀了那个人？”

郭少晖沉默了片刻，缓缓地点了点头。

我的大脑“嗡”的一声。天哪，他居然承认了！他承认自己杀了人！

我难以置信地摇着头，话语中带着哭腔：“不可能！你骗我的，你骗我的……你怎么会杀人？”

郭少晖向我身前凑了两步：“小琼，你冷静点，先听我给你解释。”

“不，我不听！这究竟是怎么了？你疯了吗！”我实在难以控制自己的情绪，泪水哗哗地往下落着。

“小声点！”郭少晖有些急了，低声呵斥，“你想让别人听见吗？你想让我被逮捕送命吗？”

我被吓唬住了，抽噎地止住了声音。但一想到这用来吓唬我的话有可能会变成事实，我的心里就像被荆棘绞住了一样，忍不住又呜咽了起来。

“小琼，别哭，你先听我说。”郭少晖轻轻扶着我的肩膀，“我杀的不是好人，他是一个小偷。”

“是吗？”我抬起泪眼看着他，心中宽慰了一些，如果这样，那杀人的罪责应该小很多。

“你相信我的话吗？”郭少晖突然很认真地问了我一句。

面对这一幕一幕接踵而来的事情，我已经完全乱了阵脚，只能抽噎着答道：“我相信。”

郭少晖点了点头：“那就好，你听我说。”

他目光凝滞，开始回忆当时的情景：“昨天晚上，你睡着了之后，我从阳台翻进这个屋里，把蜡像搬到窗口，对着夜光观赏、临摹。正在入迷的时候，突然有一个不速之客爬上了窗台，就是那个家伙了。他肯定是看见这个屋没有开灯，窗户却没关，所以就顺着排水管爬了上来，想趁着深夜偷点东西。”

我点了点头，这个分析是有道理的：“看来那家伙确实不是什么好人。”

“我当时却还想不到那么多。”郭少晖继续说着，“在那种情况下，我的第一反应是他的到来会和蜡像有关，不免有些惊慌。那家伙看见屋里有人，原本是该逃走的，但看到我的反应，他又改变了主意。我想他可能把我当成他的同行了。”说到这里，他苦笑了一下。

“那个人不怀好意地跳进了屋内，见到了蜡像。像你一样，他一开始也被吓了一跳，但很快他便发现这不是一个真人，于是好奇地仔细观察起来。可他又能懂什么艺术？他完全在用一种亵玩的眼光打量着那伟大的作品。这时我也醒悟了过来，呵斥着让他出去。”

蜡像？艺术？我不寒而栗，那个人如果知道蜡层下的恐怖事实，他还会有这样的兴趣吗？

郭少晖看不出我在想什么，只管自顾自地往下讲：“可那家伙却不理睬我，也许是蜡像的魅力太大了？或者他根本没把我放在眼里？他甚至伸出了他那肮脏的手，想去抚摸那圣洁的艺术品。我不能容忍蜡像被他毁坏和玷污，冲上去想要推开他，我们俩就这样扭打在了一起。但他的力气比我要大得多，没有搏斗几下，我反而被他推倒在地。”

我“啊”地轻呼了一声，虽然没有身临其境，但我还是在为爱人的安危担忧着。

可郭少晖并没有因此而受到伤害，最后死去的却是那个男子。根据郭少晖的讲述，过程是这样的：“在倒地的时候，我的手摸到了这把遗留在屋内的雕刻刀，几乎想也没想，我冲过去一刀扎进了那个人的心口。”

“你就这样……这样杀了他？”

“杀了他？是的……是我杀了他。”郭少晖神情黯然地接着说道，“那个人中了一刀后，并没有立刻倒下，他挣脱开去，跳出窗户逃走了。我是今天听你说之后才知道他已经死了。就这样糊里糊涂的，我已经成了杀人犯……”

“你……你怎么那么冲动呢！”我又恨又怕地责怪道，想到此事可能导致的严重后果，我的泪水又止不住哗哗地落了下来。

郭少晖无奈地叹着气：“当时我脑子里什么都没有了，只想着要保护那个蜡像。为了这个蜡像，我什么都干得出来……”

沉默片刻之后，他又痛苦地摇了摇头：“可没想到，最后这蜡像却毁在了你的手里……”

蜡像，他居然还在惦记着那个蜡像！难道他还不明白吗？全是那个蜡像惹的祸！我多么希望这一切全都没有发生，多么希望这一切只是我做的又一个噩梦！

但那些斑斑血迹如此清晰真实，它们似乎也在无声地诉说当时发生的情景。

“现在我们该怎么办呢？你……你去自首吗？”我不知所措地看着郭少晖，心里则如火燎般难受。

郭少晖坚定地摇了摇头：“不！不行！我不想坐牢。小琼，既然你已经知道了真相，现在你一定要听我的话，帮我隐瞒下去。”

我早已乱了方寸，郭少晖的话似乎让我看到了一丝希望。是的，那个男人本来就不是什么好东西，为什么要让我们对他的死亡承受痛苦呢？

我既期待又担忧地看着郭少晖：“能隐瞒住吗？这些血迹怎么办？”

“只要你按照我说的去做。”郭少晖显得很有信心，“事发时的血衣我早已藏好。屋外的血迹已经被昨晚的那场大雨冲掉了；屋内的血迹，能擦的可以擦掉，擦不掉的，我也自有办法。”说着，他诡谲地笑了一下。

既然擦不掉，那还能有什么办法？我先是有些迷惑，然后又突然想到了什么，追问道：“是不是像你处理阳台上的那个手印一样？快告诉我，你是怎么做到的？”

郭少晖脸上浮起一丝得意的表情：“用我的画笔。你看到的那些浑然一体的木质花纹，只不过是我遮盖在血印上的一幅画罢了。”

我恍然大悟。那色泽和纹理是那么逼真，当时我有目的性地仔细察看，居然都没能看出破绽来。

郭少晖确实拥有常人无法企及的神妙画技，就凭这一点，他就是一个值得我钦佩一生的爱人。

屋中的血迹都分布在地板和窗台上，处理起来显然比阳台的木扶手要容易得多。

我到孟萍萍家借了几支蜡烛，在屋子里点上。接下来的时间我和郭少晖分工行动，我擦去窗台和屋内可能留下的脚印、指纹以及大部分血迹；郭少晖则负责用画笔掩盖那部分擦不掉的血迹。

在我们忙碌的同时，女孩干枯的尸体一直静静地躺在我们身边。郭少晖看到她时，眼中总会流露出深深的痛惜。对他而言，这是一件被毁坏的伟大艺术品，那鲜活的生命力随着蜡层的破碎而消失了。

但我却宁愿相信，女孩的灵魂已经得到了解脱。

当一切都处理完毕，确信所有的痕迹都没有留下之后，我拨通了王警官的电话。然后我向他讲述了一番早已编排好的说辞。

我们是刚搬进来的房客，今天晚上整理房间时，无意中发现了家中有一个密室。而密室中竟藏着一具蜡像，我们不小心打碎了它，露出了封藏在蜡层内的女孩的尸体。

我没有提到自己所做的噩梦，也隐去了郭少晖对蜡像的痴迷，在警方面前，我们表现得越简单越好。

很快，警方来到了现场，屋内的痕迹没有任何值得怀疑的地方，经过尸体鉴定，女孩的死亡已经是两年之前的事情了，这证实了我们所说的那些都是真话。

其实我们本来也没有撒谎，只是隐去了更多的事实罢了。警方也丝毫没有把密室里发生的事情同昨夜的那场凶杀案联系在一起。

无论怎样，发生如此诡异的恐怖事件之后，这套房子暂时是不能住人了。我们配合警方做完笔录，然后便收拾好自己的东西，准备离开。

正当我们刚要走出门口的时候，一直在密室里勘查现场的王警官突然追了出来："请你们等一下！"

我和郭少晖对看了一眼，停了下来，心中不免有些惴惴不安。

难道他发现了什么不对劲的地方？

"有关昨天晚上发生的凶杀案，我还想向你们了解一些情况。"

王警官果然提到了凶杀案！他先是看着我，然后又转头看了看郭少晖："对了，这件事你应该知道吧？"

"我知道什么？你什么……什么意思？"郭少晖有些紧张，我的手心也沁出了冷汗。

"怎么，你没有把情况告诉他吗？"王警官诧异地看着我，语气中带着些责怪。

"哦，说过说过，我一时忘记了。"郭少晖醒悟过来，他松了口气，连忙装出一副刚刚想起的样子。

王警官摇头笑了笑："呵呵，年轻人，忘性却这么大……"然后他拿出一张照片递过来，"我们找到了死者的资料，这是他生前的照片，你们仔细辨认一下，最近有没有见过这个人。"

郭少晖接过照片，我也把脑袋凑了过去。

当看见照片上的那个人时，我差一点惊讶得叫出声来！

怎么会！居然是他？！

我终于明白为什么会对那个背影感到熟悉，这张面孔我一辈子也不会忘记！

我有些过分激动，呼吸也急促起来。王警官看出了我的异状，问：

“怎么了？你是不是见过这个人？”

“不，不，没见过。”我赶紧掩饰住自己的情绪，“我只是觉得他长相这么凶恶，有点害怕。”

王警官释然地一笑，说：“你的眼光还真准，这个人是个在逃的通缉犯。”他又转过头来问郭少晖：“对了，你见过他没有？”

“没见过。”郭少晖装模作样地仔细看了会儿，然后摇了摇头。

王警官有些失望地“哦”了一声，说道：“那没事了，你们走吧。”

一场风波似乎已经过去了，可是我们的生活还能恢复原先的状态吗？毕竟有太多的事情都将在我的心中留下阴影。

走出那幢小楼，郭少晖决定先把我送回原来的宿舍。因为那张照片，我一路上都有点恍恍惚惚的。

郭少晖似乎早就看出了我有些不对劲儿，一进宿舍，他就关上了门，屋子里只有我们俩。

“小琼，照片上的那个人，你是不是觉得在哪里见过？”他试探似的问我。

我怔怔地站着，恍如在梦中，眼泪悄无声息地落了下来。

见我的反应如此剧烈，郭少晖有些慌了：“怎么了，小琼？你不想说我就不问你了，你别哭啊。”

我扑在郭少晖的怀里，百感交集，抽噎着说：“那个人……那个人就是杀害我父母的凶手。”

“什么？”这个事实完全出乎郭少晖的预料，他惊讶地张大了嘴，“你能肯定吗？”

我抬起头，用目光传递着自己十足的把握：“不会错的！他脸上的那道伤疤，我永远也不会忘记！”

郭少晖温柔地抚着我的长发，陷入了思索之中，良久之后，他喃喃地说道：“原来是这样……我明白了，我明白了……那真是冥冥中的报应……”

“是啊，真没想到他居然会死在你的手里。”我紧紧地抱着郭少晖，“只可惜我没能够亲手为我的父母报仇。”

郭少晖捧起我的脸，温柔地看着我，他的脸上洋溢着一种奇怪的笑容，带着些许的神秘和得意，就像他送我生日礼物之前的表情。“怎么了，你笑什么？”我迷惑地问道。

郭少晖轻轻叹息一声，一副感慨的样子：“真是让人不可思议，难道都是天意？我费尽心思想要瞒着你，看来是没有必要了。”

“你在说什么呀？你还瞒着我什么？”我越发糊涂了。

“我让你看一件东西。”郭少晖放开我，找到他收拾的一个包裹，从里面翻出一个塑料袋来。

我好奇地看着他的一举一动，不知道他又要耍什么把戏。这几个小时里发生的事情已远远超出了我的想象，我已经没有任何能力，也没有任何欲望去自己思考了。

郭少晖打开塑料袋，最上面的是那柄凶器雕刻刀，下面则是几件沾着血迹的衣服。原来他把“罪证”都藏在这里。

在我的注视下，郭少晖把血衣抖开，那是一件白色的睡衣，上面沾着大量喷射状的血迹，红白分明，异常刺眼。

我惊讶不已：“怎么回事？这是我的睡衣呀。”

郭少晖点了点头：“不错，这就是你昨晚睡觉时穿的衣服，是我帮你换下来藏在这里的。”

“可我的衣服上为什么会沾着这么多的血呢？”我的脑子里一团迷雾。

郭少晖却是越说越玄乎了：“因为杀死那个凶手，给你父母报仇的人，正是你自己。”

“怎么可能？！你在开玩笑吗？”我难以置信地摇着头，“难道我做的事情，自己会不知道吗？”

“你应该是知道的。只不过你仅仅把它当成了一个梦境。”郭少晖专注地看着我，似乎想要提醒我什么。

我的心一阵狂跳。梦境？现实？这本是毫不相干的两个部分却在我的脑海里慢慢地融合起来，而一直困扰着我的种种迷惑也呼之欲出。真相，至此为止，我才终于看到了所有的真相，而这两天来发生的种种离奇也终于有了合理的解释……

尾声

……

那一年，我五岁。我遭受了人生最大的惨痛变故，两个凶残的劫匪闯入了我的家中，我的父母在一夜之间离开了我，而我则因为被锁在衣柜中，侥幸脱险。

我幼小的心灵无法承受那样的刺激，从此我不敢面对黑暗。

姑姑把我送进了精神病院，因为我开始梦游，在大家熟睡的夜晚，我会一个人爬起来，敲打衣柜的门，哭喊着："放我出去，爸爸放我出去……"

后来我的病被治好了，但在受到刺激的情况下，这种病是有可能复发的。

……

"我又梦游了，是吗？"我问郭少晖。猜到了事情的前后经过之后，我的心情反而平静了下来。

郭少晖点了点头："我们第一天搬进小楼的那天晚上你便发病了。当时你虽然睡着了，心里却一直惦记着窗后的那个女孩，我想这就是刺激你发病的诱因。我看着你从阳台上爬到了那个屋里，却又不敢惊醒你，只好也跟了过去。在小屋里，我们同时看到了那个女孩。"开始我也被那女孩的眼神吓了一跳，但后来我发现那竟是一具蜡像，我被深深地震撼了。"

"难怪你会知道我的梦境，原来你一直都在梦境里陪着我。"我知道郭少晖不敢叫醒我的原因，梦游病人如果突然被惊醒，很可能会无法承受两个世界突然转换的巨大落差，有在瞬间心力衰竭的危险。

"你在梦中拉着那个女孩，和她说话，还发出一些哭喊。而我则完全被那个蜡像迷住了。我甚至回去拿来了画具，一边陪着你，一边对蜡像进行临摹。”郭少晖憨憨地笑了笑，“后来你不知道梦见了什么，捏碎了蜡像右手上的蜡层。当时我真是心疼坏了，可又不敢阻拦你。从那以后，我就知道了蜡像中藏有尸体的秘密，虽然事实如此恐怖，但我仍然无法抗拒她的魔力。”

我的胸口涌起一丝甜蜜，郭少晖没有阻拦我，说明他虽然那样痴迷于蜡像，但在心里，毕竟还是我的地位要重一些。

“那么墙上的那些字，也是我写上去的了？”回忆起梦中的场景，我推测道。

“是啊，本来我第二天就想告诉你的，但又怕你会知道蜡像里的秘密。想来想去，我还是决定观察一天再说。结果当天晚上，你又梦游了。”

“还不是怪你。”我想起了那天晚上睡觉前的情景，“先是敲衣柜，还把蜡像搬到窗口吓我，我不梦游才怪！”

郭少晖挠着脑门，有点无奈地说：“不过我可没想到这次梦游居然闹出那么大的事情来。当时那个人刚刚出现在窗口，你就像疯了一样拿起刀捅了上去，当时可把我吓坏了，我一直都想不通你为什么会有这样的举动，现在总算明白了。”

我努力地回想着，想区分出那天晚上留在我脑海里的场景究竟哪些是梦境，哪些是现实，哪些是对往事的回忆，但这三者早已彼此交错在一起。

也许以下两点是可以确定的。

梦境和往事：刀疤脸凑在衣柜缝上向里窥视；现实：刀疤脸出现在窗口，向屋里看着。

梦境和往事：妈妈把刀扎进看守她的凶徒心口；现实：我把刀扎进了刀疤脸的心口。

梦中的场景，正是因为我在现实中有着相应的举动，所以我在梦醒的时候，才会有如此清晰的感觉。

我冥思苦想的样子让郭少晖有些担心，他关切地看着我，说：“小琼，要不我还是陪你去看一看医生。”

“不，不用了，我没事的。”我把头轻轻地埋在郭少晖的胸前，

“我想我以后再也不会犯病了。”

“是啊。”郭少晖抱紧我，释然地说，“一切终于都结束了。”我突然想到了一件事，抬起头来：“不，还有一个在孤独和黑暗中的女孩，需要我们的帮助呢。”

“什么？”郭少晖惊讶地看着我。

我笑了：“那是个可爱的女孩，她还有个很好听的名字，娜娜。”

三天之后，我和郭少晖一同回到了那幢小楼里，不过这次我们却是来到了岳老师家。我们带来了很多玩具，还有很多好吃的零食，这些都是娜娜喜欢的东西。

在那个夜晚，虽然光线幽暗，但大家在一起是如此开心，在那黑暗中只有温馨和快乐，没有悲哀和恐惧。

娜娜很喜欢我们，她甚至摘下了口罩，让我们看清了她的面容，那是一张如天使般纯洁可爱的小脸。

我们还知道，娜娜的病情是可以医治的，不过要等她再长大一些之后才能做手术。这是我最近一段时间听到的最令人兴奋的消息。

一切都会好起来的。这个生活在黑暗中的女孩，总有一天她将见到属于自己的阳光。

献身者

生死由我主宰，爱只与她有关

五年过去了，即使对于漫长的人生岁月来说，这也不算是一段很短的时光。但那段记忆，那个人，仍然时时在我心头纠缠着。尤其是每年的初夏时分，当这个城市的雨季如期而至的时候，那本已淡化的思念和痛楚便如同受到水露滋润的春芽，肆无忌惮地疯长开来。

也许我可以选择逃避，离开这座城市，去往另一个充满阳光的地方。但是我不，逃避不是我的风格，或者说，不是我们的风格。如果我这么做了，我可以想象他会是怎样的一副失望表情。所以当漫天雨点飞落的时候，我反而会毫无遮拦地走入雨中，去感受那种熟悉的气息。此时在我的脸庞上，总是有冰凉和温暖的两种感觉并存，凉的是永远落不完的雨水，暖的是同样落不完的我的泪。一切都和五年前的那个夜晚如此相似，只是我再也不会见到殷红的、从他额头飞溅出的鲜血。

我站在无尽的雨幕中，显得那么渺小。痛楚像一张网，把我密密地围住。我挣扎，我诅咒，但我决不躲避，决不屈服。也许这痛楚最终将摧毁我，但它永远也无法控制我。

东海中有一种箭鱼，它无拘无束，游起来飞快，从没有人能将它活着捉住。如果它落入了渔网，那它就会拼命挣扎，或者脱网而去，或者力竭而死。总之，它自己掌握一切，即便是死亡。

他说过要带我去看箭鱼，最终他没有做到。我曾经以为他骗了我很多，但后来仔细回想，这似乎是他仅有的一次言而无信。事实上，他几乎从不撒谎，只不过你很难想到他下一步会做些什么。

当那种痛楚实在让我无法忍受的时候，我便会去看看那个女人。五年来，我看着她怀孕、生子，幸福而安详地生活。她不认识我，但有时也会用好奇的目光瞥我两眼。我能想象，此时我的脸上会是一种怎样的复杂表情：有祝福，有嫉妒，有酸痛，但更多的，还是欣慰。

偶尔我也会遇见张雨，他似乎已经忘记了我。但我知道，张雨和我一样，永远也忘不了那个人。所以在下雨的日子，张雨多半会把自己关在家里，以躲避记忆的纠缠。这是他行事的风格，与我和彭辉完全不同的风格。

这一点我在五年前第一次见到张雨时就领教到了。

二〇〇〇年的六月，这个城市的降雨量格外大，形成了五十年一遇的洪涝灾害。当我的同事们为前方后方的洪灾相关报道忙得不可开交的时候，我却来到了市郊一处偏僻的民房区，对一起扫毒行动进行现场报道。

在通常情况下，涉案报道会有很高的收视率，不过在这非常时刻，所有的栏目都要为抗洪的报道让路。所以在同事们眼里，我选择了一个吃力不讨好的活儿。市公安局刑警队的姜队长看到我时更是吃了一惊，他无法理解一个弱不禁风的小姑娘为什么会来参与这项带有很大危险性的行动。

“摄像同志可以进屋，但必须跟在最后。你只能在外面等着，当现场状况完全控制住之后，我会给你安排采访的时间。”姜队长对我反复叮嘱。我表面上满口应承，心里却在暗想：如果这样的话，那我还来现场干什么呢？

当姜队长带着便衣刑警踹开屋门，一拥而入的时候，我也毫不犹豫地跟在摄像身后冲了进去。现场的情况开始看起来并没有想象中的复杂，几乎是一眨眼的工夫，外屋正在交易的几个毒贩便被拧手按倒，动弹不得。摄像不失时机地把镜头对准了现场桌上散乱的现金和毒品，以向观众证实这是一次人赃俱获的漂亮行动。

姜队长的目光在外屋扫了一圈，眉头却蹙了起来。他和另外一名队员交换了个眼色，那名队员立刻别到紧闭着的里屋门口，摆好了掩护的姿势。在屋门被踹开的同时，两人手中的枪口已准确地瞄准了屋内躲藏着的一个男子。

那男子四十岁左右，瞪着双眼，脸上的表情绝望而疯狂。他挥舞着左手，用一种嘶哑的声音叫喊：“开枪吧！有种你们就开枪！只要我手指一松，这方圆五十米都得成为灰烬！”

后来我知道这个男子就是本次行动的首要目标——毒贩“老猫”。

丧心病狂的他在腰间绑满了烈性炸药，随时准备和抓捕他的刑警拼个鱼死网破。

在我旁边扛着摄像机的家伙是个接近一米九的魁梧大个儿，可在“老猫”喊出那句话的时候，他却很不争气地哆嗦了一下。我扭头不满地瞪了他一眼——细心的观众会在节目播出时注意到这个不正常的画面抖动。

说实话，我也有些害怕，但心中更强烈的，却是一种兴奋的感觉。我喜欢冒险、喜欢刺激、喜欢挑战，我想这是我和彭辉天性中最为相通的东西，所以我们才会在后来如此短的时间内走得如此接近。

“把枪都放下！”“老猫”继续歇斯底里地号叫着，额头上青筋崩现。姜队长略行判断后做了个手势，和身边的战友一起放下了手中的枪。

解除了最直接的威胁后，“老猫”的情绪稍微稳定了一些。他观察了一下外屋的情形，然后指了指窗下一名方脸的毒贩：“把他放开！”

被“老猫”点中的人很年轻，看起来还不到三十岁。在“老猫”亮出炸药后，其他毒贩都有些惊慌失措，甚至有人低下头瑟瑟发抖，唯独他一副镇定自若的表情。所以在“老猫”想要一个帮手的时候，很自然就选中了他。

“给我拿一支枪过来！”“老猫”对年轻毒贩发号施令。毒贩揉了揉被拧得生疼的胳膊，走进了里屋。在众人的注视下，他捡起姜队长丢下的手枪，上前两步，掉转枪柄，递向“老猫”。

屋里的气氛像凝固住了一样，静得让人窒息，谁也无法想象，如果“老猫”手中有枪，现场将会出现一个什么样的局面！

“老猫”红着眼狞笑着，伸出右手接枪。就在他的目光略微下移的那一刻，递枪的毒贩突然张开右手五指，准确而有力地包在了“老猫”握有引爆器的左手上。“老猫”刚一愣神，小腹已经吃了对方一记凶狠的膝锤，他“呜”地叫了一声，身体弯成了一个虾米。与此同时，姜队长和其他的刑警一拥而上，像裹粽子一样把“老猫”包了个严严实实。

“老猫”满脸绝望，徒劳地使尽全身力气想要挣扎。可他连一根汗毛也动弹不得，只能无奈地看着腰间的炸药被拆除，随即他便像一只无骨的章鱼，瘫软在地上，“呼哧呼哧”地喘着粗气。

那个年轻的“毒贩”从人群中撤了出来，坐在一旁擦着额头的汗水，脸上显出一丝疲惫。姜队长走到他身边，拍了拍他的肩膀，说了句："好样的，雨子。"

这个人就是张雨，他承担了本次行动中最危险的任务——卧底。

当我明白了其中的原委后，自然把他当成了要采访的首要目标。

两个多小时后，我在公安局大院中拦住了张雨。当时他做完了交接工作，正准备回家。我向他表达了自己的意愿："我想对你做个专访。"

"对不起，我已经下班了。"张雨温和地拒绝了我的要求，"现在我很想回家看看。"

"我知道你很累。可是……"我在肚子里搜索着说辞，"你看……我们这期节目很快就会播出，观众希望看到你这样的英雄，社会也需要有你这样的英雄。"

张雨却摇头反驳着我的观点："你错了，这个社会需要的是秩序，不是英雄。"

"可你刚才的行为就是一个英雄啊！"

张雨沉默了片刻，目光在院子里扫了一圈，最后停在了不远处的一辆陌生的汽车上。那是一辆橘黄色的QQ车，后窗上贴着"蜘蛛侠"的卡通图案，在一溜整齐的警车中显得尤为醒目。

"那是你的车吧？"张雨虽然是在询问，但语气却非常肯定。我点头表示承认。

"蜘蛛侠。"张雨淡淡地笑着，"你很喜欢英雄？"

我也笑了。

"但我不是英雄。我刚刚所做的，只不过是我的工作。"

张雨说完这些，便正式向我告辞。我不死心，硬是塞给他一张名片，希望他有空的时候，可以和我联系。我也知道这种可能性很小，虽然只是几句简单的交流，我已经能感觉到他是一个原则性很强的人，中规中矩，这样的人一旦拒绝了你的要求，便很难再改变主意。

不过有一点他说得很对。

我喜欢英雄。

我以张雨作为开场人物，是因为在下面的讲述中，他虽然很少会出现，但却一直贯穿了整个故事。所以我有必要让大家先感受一下这个人，了解他的处事态度和观点。

其实每个人都有自己的观点，我们无法说出谁是对的，谁是错的。这个世界上，说不清楚的事情有太多太多，就比如我和彭辉之间的那次邂逅。如果给我重来一次的机会，我还会去那个迪厅吗？我该去认识他还是和他擦肩而过？我至今无法给自己一个答案。

那个迪厅位于市中心最热闹的商业街上。即使是绵绵不绝的雨水，也无法洗去这条街道的繁华。那天夜里，我在迪厅东侧的角落找了个位置坐下，拉开了这个故事的序幕。

我扎着马尾辫，穿着一件粉色的运动薄衫，与周围的气氛有些格格不入。在我身边走来走去的年轻人染着五颜六色的头发，伴着激昂的音乐抖动着，身上和衣服上的金属配件叮当作响。而我则静静地坐着，没有伙伴，也不懂得点起一支香烟或要上一瓶啤酒，只知道傻乎乎地盯着大厅另一侧一个隐蔽的通道入口。

我对这宣泄似的音乐和疯狂的舞动毫无兴趣，来到这里，是因为接到了报料，就在那个通道内，有一个秘密的地下豪赌窝点。我决定对此进行暗访。

我没有把这个情况报到台里，而是选择了单独行动，这样可以省去很多麻烦。可我得承认，我对这样的事情毫无经验。当时我无遮无拦地坐着，一边观察入口处的动静，一边等待我约好的人。

我的行为也许太直接了。很快，一个在通道外不停晃来晃去的男子就注意到了我。他理着平头，身形壮硕，两眼开始像鹰一样盯着我。我被他看得有些心虚，很不自然地躲避着他的目光，这越发引起了他的怀疑。

男子向着我这边走过来。

我不安地挪了挪身体，踌躇着是否该起身离开。

就在这时，我听到了一个声音，一个温柔的男声。

“宝贝，等急了吧？”

伴着这声音，一杯饮料递在了我的面前。我诧异地抬起头，看着出现在对面的笑脸。那是一张年轻的充满活力的脸庞，笑容亲切而又带着一点点不羁的戏谑。虽然是第一次见面，但他的目光完全是在看一个相知多年的恋人，那一声“宝贝”更是叫得自然无比。

我一时有些转不过弯，直到他略带调皮地眨了眨眼睛，又冲着身后渐渐走近的平头男子努了努嘴，才反应过来。心领神会地接过饮料，我笑着说了声："谢谢。"

平头男子被这突如其来的一幕搞得有些迷惑。他愣了片刻，重新踱回了通道入口处，不过他的目光仍不时警惕地向我这边巡视着。

送来饮料的年轻人已经在我对面坐下，拍了拍身边的空椅子："坐到我这边来。"

他说话的声音很好听，音量不大但却充满了男性的力度，让人很难抗拒。可我天生是个不爱受人摆弄的人，挑衅似的仰起了鼻子："干什么？"

年轻人笑了，用一种欣赏的目光盯着我的脸庞看了片刻，然后放柔语气说："过来吧，我吃不了你。"

他的这个态度我能够接受，正好我也被那个平头男子盯得浑身不自在。于是我起身，换到了对面的椅子上。

年轻人把左手拿着的一瓶啤酒放到了桌子中央，右手搭过我的肩头，把我往他的身边揽了揽。

我皱了皱眉头，正要对他这种大胆无礼的举动有所发作时，他已经把嘴凑到我的耳边，悄声说道："看那个啤酒瓶。"

我转过目光，然后会心地笑了。从我现在的角度看过去，那啤酒瓶像一面镜子，正好映出了我身后通道入口处的情形。我看到平头男子已完全放松了警惕，目光转向了别处。

"有时候做事不需要那么直接，尤其是窥视别人的时候。"年轻人在我耳边嬉笑地说着，那神情就像两个恋人在窃窃私语。

"你知道我在干什么？你为什么要帮我？"

年轻人冲着酒瓶努努嘴："因为我也在监看这个赌窝。"

"啊？那你是个警察吗？"我的脑子飞快地旋转了一下，然后不假思索地脱口而出。

年轻人挑挑眉头："警察？为什么？"

"因为你也在监看这个赌窝，而且你的手段很职业。还有，你的左手手背上有一条伤疤，那是你们的职业特征。"我一条一条地给他分析着。

年轻人哑然笑了，他看看自己的左手手背："你的观察力不错，不过这条伤疤……"

他似乎想到了什么，欲言又止，这反而激起了我的好奇心："怎么了？有一段故事？"

他凝起目光看着我的眼睛："你对很多事情都感兴趣吗？"

"嗯。"我并不退让，和他对视着，"我是个记者，职业病。"

年轻人把目光挪向远处，眼神显得有些虚无。沉默了片刻后，他说道："那是为了一个女孩。我和四个欺负她的流氓打架，左手吃了一刀。"

看他的神情，我丝毫不怀疑这段话的真实性。所以我立刻点头表示对他的赞赏："一个对四个？不错，现在有这种气概的男人已经不多了。"

年轻人笑着看看我，神情中露出一丝得意："后来那女孩用她的手帕给我包扎伤口，我还吻了她，这一刀挨得值。"

虽然是刚刚认识，我却突然间很想去了解眼前这个男人。

"你一定很喜欢那个女孩吧？"我又问道。

"漂亮的女孩谁不喜欢？"年轻人看着我的眼睛，换上了一副十足的调侃语气。我微微笑了一下，心里明白：这是个聪明的家伙，他并不想继续这个话题，所以巧妙地绕开了。

"那你……"我还想再说些什么时，啤酒瓶的影像中出现了一个浓艳的女子，她从通道入口处出来，向卫生间走去。

"对不起，我得离开一下。"我略带歉意地说道。

年轻人做了个无所谓的手势："请便。"

我起身离座，跟在那女子身后走进了卫生间。这个叫小红的风尘女子正是我在等待的人。

"明天我只管带你进去，别的事你就自己小心着办吧。"小红从我手中接过酬劳，又上下打量了我一阵，"记得换套衣服，职业一点。"从卫生间出来，那个年轻人已不见踪影。但当时我就有一种强烈的感觉：我肯定会再见到他的。

第二天，我把自己的头发烫成了黄色的波浪，涂了浓浓的眼影和口红，穿上紫色的吊带衫。我对着镜子自我欣赏了很久，虽然我并不喜欢这样的打扮，但得承认，镜子里的那个人的确多了几分女人的妖娆。

晚上十点半，我如约把车开到了迪厅的地下停车场。小红已经在那里等我，她对我今天的形象非常满意，甚至用带有一丝嫉妒的口吻说：“如果你真的出台，生意肯定是这条街上最火的。”

我的变化的确很大，当我从昨天的那个平头男子身边经过的时候，他一点也没有认出我。小红带着我进入通道，在幽暗的走廊里转了两个弯，来到了一间暗室前。

小红推开门，昏暗的屋内烟雾缭绕，四个男子围坐在一张麻将桌前，每人面前都码着一沓大额的钞票。

“胖哥，这就是那个新来的女孩，今天她陪你。”小红一边说，一边把我往前推了推。

那个被称作胖哥的男子回头打量了我几眼，指指身边空着的一张椅子：“坐吧。”

我暗暗深吸了一口气，平复了一下略有些紧张的心情。然后我坐上前，顺势把手包放在了桌子的一角。

小红退了出去。屋子里便只剩下了我和四个性情难测的赌徒。他们全都神情严肃，不知是因为兴奋还是疲惫，双眼中布满了血丝。在昏暗的灯光下，这几张面孔多少显得有些狰狞。

胖哥转过头，向我丢了个眼色，我装出一副讨好谄媚的笑脸，伸手帮他摸了一张牌。

我在这里主要的任务就是摸牌。这帮赌红了眼的家伙是没有心情和女人寻欢作乐的。他们有时会叫小姐，是想在赌运不顺的时候找个人换换手风。我这一把摸上了一只“六筒”，正好填了一个“五筒”和“七筒”的“丫”。胖哥把牌码到位置，嘴里兴奋地嚷嚷着：“妈的，这新来的，手就是干净！”一边说，他还一边伸出左手，在我脸颊上放肆地捏了一下。

我笑着躲闪，胳膊肘看似无意地碰了一下桌边的手包，以此来调整手包中隐形摄像机的拍录角度。

也许确实是我的手比较“干净”，自从我坐下之后，便屡屡为胖哥摸上好牌。胖哥连续坐了三次庄，面前的钞票渐堆渐多。得意之余，他的手脚开始有些不太老实，往我身上蹭蹭摸摸的。我一边躲闪应付着，一边琢磨怎样找个机会脱身。这十多分钟下来，采录的素材也差不多够了。

另三个赌徒的脸色则是越来越难看。很自然地，他们会把相当一部分的怨火归咎到我的身上，看我的目光开始变得不善。更糟糕的是，坐在胖哥上家的一个小胡子似乎发现我的手包中有什么问题，突然把手中刚摸来的一张牌重重地拍在桌子上，冲着我恶狠狠地吼道：“你他妈的把包放这儿干什么？！”

我心中咯噔一下，手心也渗出了一层冷汗。

胖哥“嗤”地一笑：“老三，上不到牌也不用拿美女乱撒气吧？”胖哥的话在这几个人中看起来是有些分量的。老三压了压火气，嘴里仍在不满地嘟囔着：“妈的，用包挡住老子的光，老子能上到好牌吗？”

我醒悟过来，连忙伸手把包挪了个位置，心中暗自庆幸：原来只是虚惊一场。

正在这时，小屋的门突然被推开了，一个人大大咧咧地走了进来。四个赌徒立刻警觉地转过头，目光齐刷刷地向着这个不速之客射了过去。

进屋的是一个长发男子，戴着宽大的墨镜，一脸的络腮胡子，看不出多大年龄。他拿着一个提包，反手把门带上，那副泰然自若的劲头就像是一个刚刚下班回到家中的男主人。

“你干什么的？！”胖哥叱问了一声，然后提高嗓门嚷着，“强子？强子！”

长发男子“呵”地一笑：“你是在叫外面的那个朋友？他有些累了，我安排他在门外先睡一会儿。”

我心中蓦地一动，这男子说话的声音和语气中的那份调侃、戏谑听起来是那样熟悉，赫然是昨天帮我解围的那个年轻人。我凝目仔细端详着他的脸庞，不错，就是他！虽然屋内的光线非常昏暗，他的装扮又与昨天大不一样，但脸部的轮廓还是依稀能分辨出来。

他来这里干什么？为什么要伪装成这样？我的脑子里一时间闪过了太多的疑问。

年轻人显然从我的目光中感受到了这些疑问。他冲着我不易察觉地笑了一下，虽然我不知道那笑容代表了什么样的意思，但它却给了我一种奇妙的感觉。我的孤独和无助立刻被驱散了，忐忑不安的心也平定了许多。

说话间，年轻人已经走到了赌桌旁。老三正憋着火，最先按捺不住。他噌地站起来，从怀里抽出一柄亮晃晃的砍刀，指着对方的鼻子：

“你他妈的来捣乱是不是？我剁了你！”

年轻人伸出一根手指，轻轻拨开面前的刀锋，然后把手中的提包晃了晃：“怎么了？不欢迎新朋友，还是觉得我没钱？”

年轻人温和却又自信的态度让老三有些发蒙，他怔怔地站在那里，一时不知该怎么应对。一直沉默不语的胖哥此时开口：“老三，你今天手风不顺，就让这位朋友替你下来吧。”

老三咽了口唾沫，悻悻地退到一旁。年轻人坐在我的左手边，然后用一种漫不经心的口吻说道：“我时间不多。这样吧，我们就摸一把，规矩也不用太复杂。不计番数，每人五万元，赢家通收，你们看呢？”

胖哥、老三等人面面相觑。显然，即使对于他们这种老赌棍，这样的赌法也是令人吃惊的。

我心中则更是一片讶然。这个年轻人居然也是来赌钱的？我蹙眉看着他，有个声音在告诉自己：“不对，绝没有那么简单。”

我有种强烈的预感，一些不同寻常的事情就快发生了，出于职业的本能，我挪了挪手包，把镜头对向了年轻人。他的目光往我这边扫了一眼，似乎是注意到了我的举动。我不禁稍稍有些担心，好在他并没有什么其他反应，很快便转过头去，向着踌躇中的胖哥嬉笑着说道：“怎么了？也许是这个赌注太大了，不适合你们玩儿？”

胖哥有些被对方的态度激怒了。他阴沉着脸，伸手从腰包里掏出五沓扎着银行封条的百元大钞，拍在了面前的桌子上：“我们兄弟几个虽然不济，但五万、十万的，倒还输得起。”

见胖哥表了态度，另外两个赌徒也只好硬起头皮，各自码出了相同的赌注。

小小的麻将桌上一下出现了十五万元巨款，屋中的气氛变得凝重起来。即便是那个年轻人，此刻的表情也显得有些严肃。他轻轻地点着头，口中念叨着：“好，很好。”然后他伸出左手，去拉那个黑色提包的拉链。

他拉拉链的动作很慢，似乎在做一件非常郑重的工作。众人的目光都盯在了他的左手上，那手背上的伤疤在昏黄的光线中显得分外醒目。

在手腕滑动的同时，他的中指也在不断弹动着，很有节奏地敲打着包沿。看着他聚精会神的样子，我突然意识到：他正在心中随着这节奏默数着什么！

拉链终于走到了包口的尽头，年轻人的中指也止住了敲动，停在半空。然后他露出一丝得意且诡谲的微笑，说了声："时间快到了。"

"什么时间快到了？"胖哥诧异地问，有些摸不着头脑。

年轻人没有回答，那只悬着的手指突然快速干脆地敲了下去，好像是一个钢琴师在琴键上按下了最后一个音符。几乎同时，屋中的灯光刹那间全都灭了，我立刻感到自己陷入一片黑暗中。

一阵杂乱的声音紧跟着响起：椅子倒地、拳脚碰撞、咒骂、呼叫。

"他妈的！"

"哎哟！"

……

很显然，有人正在黑暗中打斗。我的第一个反应便是摸过桌上的手包，牢牢地抱在怀里。依稀中，我觉察到另一只手也在桌上摸索着。

黑暗中我看不见任何东西，不知道发生了什么事情，也不知道该往哪里去。突然，一只手握在了我的手腕上。我吓了一跳，控制不住地惊叫起来。

一个声音在我耳边轻声说道："别叫，跟我走。"

熟悉的声音，正是那个年轻人。当时的情况没有给我任何思索的时间，我几乎是下意识地站了起来，跟着对方的牵引而去。

年轻人的步履很急，拉我的力量也很大。他准确地找到了小屋的门口。屋门被打开的时候，有一些微弱的光线射进了屋子。我回头看了一眼，发现胖哥等人正挣扎着从地上爬起来，他们或抱着头，或捂着肚子，一个个狼狈不堪。

那个理平头的男子躺在屋外门口，昏迷不醒。不用说，这也是年轻人的手笔。

屋外迪厅内的灯也都灭了，但借着从街道上映进来的光线，勉强可以看清道路。我以为年轻人把我带向出口，他却反道而行，拉着我跑向了走廊的另一端。在这里有一个消防通道，我们俩下了楼梯，直接来到了地下车库。

我被年轻人拉着，踉踉跄跄地跟在他身后，连说话的机会都没有。直到那辆橘黄色QQ车出现在我们面前，年轻人才停下脚步，对我说道："快开车。"

"你到底是干什么的？"我瞪大眼睛问他。

"先别问这么多，离开这里要紧。他们很快会追出来的，这不是在黑屋子里，我要一个对付好几个可不容易。"

这一时间发生的事情实在超出了我的想象，我已经毫无思考的能力。而年轻人说话时似乎带有一种奇怪的魔力，让人不由自主地便想按照他说的去做。于是我不再多说什么，用最快的速度上了车，打火、挂挡。

年轻人坐在了我身边的副驾位置，手中依然抱着那个他来时带着的黑色提包。当车即将驶离停车场的时候，我从后视镜中看见胖哥带人追出了消防通道。我猛踩一脚油门，QQ车加速而去，留下追兵们徒劳地指着车屁股骂骂咧咧。

汽车驶上了繁华的街道，街两侧那些五彩的霓虹灯在雨水中显得有些朦胧和迷离。拐过了两个街口后，我紧张的心情逐渐平静下来。我把车靠边停下，转头问身边的年轻人："你刚才到底做了什么？"

年轻人不答反问："你很早就认出我了，是不是？"说着，他摘掉了墨镜、假发和粘在腮帮上的那一圈络腮胡子，又恢复了第一次见面时那副英俊的模样。

我点点头，用好奇的目光看着他。一个人的相貌在短短的几秒内发生如此大的变化，确实是一件很有趣的事情。此时，我手包中的微型摄录机仍然开着，正好拍下了他易妆的过程。

没了墨镜的遮掩，我清楚地感觉到年轻人目光中闪动的兴奋。他拍了拍手中的提包，得意地说："十五万元，都在这里了。"

我先是一愣，随即便明白了他的意思，不由得惊讶地张大了嘴："你抢走了那些钱？"

"不错。"年轻人回味着刚刚发生的事情，嘴角露出一丝嘲讽的微笑，"那真是一帮笨蛋。"

我脱口而出："可你这么做是犯罪！"奇怪的是，我的第一感觉并不是对他这种行为的反感和憎恶，而是对他以后安危的担心。

"是犯罪。抢劫十五万元，这罪还不轻。"年轻人自言自语，似乎在想些什么，然后他冲我狡黠地一笑，说，"既然这样，那再犯些小罪也无所谓了，是不是？"

我被他笑得有些忐忑，愕然地看着他："你还要干什么？"

“嗯……”年轻人摸着下巴装作思考了一会儿，“从法律上来说，应该叫非法拘禁？”

“你……什么意思？”我心中隐隐感觉有些不妙。

“我今天晚上去你那里住，而且，你不能离开我。”

这个要求简直太荒唐了！我断然拒绝：“这不可能！”

“为什么不可能？”年轻人说话的语气很自然，似乎这件事他一个人就可以决定，“我知道你现在独住。翠园小区，高档白领公寓，对现在的我来说，住你那里会比住旅馆安全很多。”

我瞪大眼睛看着他：“你怎么知道我住哪里？”

年轻人笑了笑：“你是我今天计划的一部分，我当然会想办法对你做些了解。好了，快开车吧。”

我被他那副自以为是的神态搞得有些恼火，蹙起了眉头：“我为什么要让你去住？”

“对，你需要给自己一个理由。”年轻人的神态语气似乎把我当成了一个小孩，而他正在和我做一个游戏。他想了想，拉开了提包拉链，伸手从包里拿出了一样东西。

“你看，这个理由足够了吗？”他看着我，似笑非笑地说道。

我看他去动提包的时候，原以为他掏出的会是抢来的钞票，那显然不会对我起到任何作用。

可我的猜测完全错了。那年轻人手中握着的，赫然是一支锃亮的手枪。他正把黑洞洞的枪口指向我。

我开始意识到，这个游戏也许并不好玩。

他就是这样一个人，按照自己的想法控制着一切，别人永远无法猜到他接下来会做些什么。

那天晚上，他用枪逼着我，来到了我家。

进屋后，年轻人首先要走了我的钥匙和手机，反锁了屋门。然后他把手枪放回包内，带着一种大功告成的怡然神情欣赏起我的家居来。“嗯，不错，这种简洁淡雅的风格我非常喜欢。”他负着手，在屋中左右端详。墙上挂着的一幅壁画吸引了他，他走上前。

“这幅画品位不错。只是这种欧洲风格的油画并不适合挂在这里，和你周围的陈设不太协调。依我看，这儿挂一幅水墨山水画比较合适，或者干脆，就挂一幅你自己的照片，嗯……要素一点的。”他一边凝神观赏，一边像煞有介事地评论着，像是一个来做客的老朋友。

得承认，年轻人的这番分析很有水准。但我一门心思只顾盯着不远处的沙发——他刚才很随意地把提包放在了那里。见他正背对着我，毫无警惕，我抢上前，从包里翻出手枪，用双手紧紧握住。

年轻人听见响动，回头看了看我，笑着问：“你要干什么？”然后他转身向我走来。

我举起枪，学着电视里的样子扳了下保险，向他呵斥：“站住！”年轻人毫不理会，一步步向我逼近。我咬咬牙，把枪口对准他的小腿，扣动了扳机。

枪机只是发出了咔的一声轻响，不见子弹射出。

在我茫然的目光中，年轻人已经来到了我的面前。他伸手轻轻捏住枪管：“这枪里没装子弹，你拿它干什么？还是还给我吧。”

我无奈地任他把枪取走，心中充满上当受骗的恼火和懊悔：我被人用空枪挟持了，傻乎乎地将一个抢劫犯带到了家中。

年轻人居高临下地看着我，目光中透出一丝得意。我则毫不客气地瞪大眼睛，示威似的和他对视着。

我的示威似乎起到了效果，他看我的眼神发生了变化，那股倨傲和戏谑消失了，然后呵呵一笑，说道：“你现在的样子很可爱。”

我没想到他会突然蹦出这么一句话，心莫名其妙地一慌，脸颊也很不争气地红了起来。我的这种反应似乎让对方觉得很有趣，他笑得越发开心了。

我败下阵来，开始躲避年轻人的目光。但我们之间的距离那么近，我甚至可以感受到他的呼吸。我有些手足无措，还很狼狈地伸手遮了一下吊带衫的领口。

好在他此时没有做出什么无礼的举动，只是开玩笑似的说了句：“你还是去换件衣服吧。让我一晚上看你穿成这样，还真有些受不了。”

我突然灵机一动，顺着他的话茬说道：“我要去卫生间换。”

年轻人往后撤了一步，为我让开了路：“请便吧。你想在哪儿换都行，只要是在这个屋子里。”

是的，我屋里所有的钥匙现在都掌握在他的手中，只要不出这个屋子，我就跑不出他的掌心。可他不会知道，在我的卫生间里，装着一部电话分机。

我拿了要换的衣服，闪进卫生间，把门从里面锁好。当我拿起听筒，准备拨110的时候，却发现听筒里没有任何信号声。正在疑惑的时候，只听见年轻人在客厅里大声说道："电话线我会在走之前帮你重新接好，你还是专心换衣服吧。"

我沮丧地挂了电话。原来对方早已看穿了我的心思，我又一次输给了他。失败和被控制的感觉让我很不服气，也很恼火，这种情绪甚至超过了我对自身安危的担忧。

我换好衣服，走出卫生间的时候，年轻人正在把客厅中的沙发推进卧室。见我露出疑惑的表情，他解释说："太晚了，该休息了。一会儿我就睡在沙发上。"

我立刻警觉地问："我们睡一个屋？"

"那当然。"他在卧室里向我招招手，"进来吧，你睡你的床，我不会打扰你。"

"不行。"我断然回绝，"我决不和你睡一个屋。"

他坏坏地笑了一下，看着我："你是不是要我把你抱进来？"

我委屈地咬着嘴唇，如果我不进去，怕他真的会过来抱我。没有更好的选择，我只能又一次按他所说的去做了。

等我进了卧室，年轻人横过沙发，堵住了卧室的屋门。然后他和衣躺在沙发上，说："好了，睡吧。"见我只是离他远远地站着，没有要躺下的意思，他笑了笑，又补充道，"你不想睡，我也没意见。但你能帮我把灯关掉吗？开着灯我会睡不着的。"

虽然我很不愿意听他的吩咐，但如果他能早点睡着，对我倒是有益无害。所以这次我没说什么，顺从地关掉了卧室里的灯。

年轻人说了句"谢谢"，然后便自顾自地闭上了眼睛。我在床头坐下，盘算着该如何脱身。

卧室门已经被堵上了，电话也无法打通，这个屋子与外界唯一的通口便只剩下那扇后窗了。可窗外是九层的高楼，我不会飞，自然没法从这里逃走。如果在窗口呼救，又肯定会惊动睡在屋里的年轻人。

该怎么办？难道真的就这样和一个陌生男子在屋里待一夜？

我突然产生一个大胆的想法：从这个卧室的窗沿爬到隔壁房间的阳台上。记得窗沿和阳台之间有一个水泥小花台，可以用来借步。

我对自己的这个想法感到既紧张又兴奋。我知道那会非常危险，可越是危险的事，成功之后越能带给我更多的愉悦感觉。

我在黑暗中坐了大约有半个小时，直到那个年轻人在沙发上发出了轻微而均匀的鼾声。我确信他已经睡熟，于是蹑手蹑脚地起身，来到了窗前。

我轻轻拉开窗户，一阵凉风夹着雨点拂过我的面庞。夜色深沉，窗后的楼群都是漆黑一片。我略微犹豫了一下，鼓足勇气，爬到了窗台上。

我两手紧紧地抓住窗框，心扑通扑通地跳着。我控制住自己的目光，尽量不往脚下看。冰凉的雨水落在我的身上，我禁不住有些哆嗦。

隔壁屋的阳台距离我站的地方有一米多远，中间的花台离两边各有一步的距离。让我欣喜的是，不远处的墙壁上钉着一个挂晾衣绳用的铁三脚。我挪过身体，伸手握在那个铁三脚上，然后慢慢地把重心移了过去。

不过我显然是高估了铁三脚的承重能力。就在我抬脚准备跨向花台的时候，那铁三脚突然从墙壁上脱落了下来，我的身体立刻失去了支撑点，向着楼下坠去！

我发出一声惊呼，好在我的手仍紧紧地握在铁三脚上，那上面拴着的晾衣绳暂时挽救了我，我悬在了阳台下方不远处。

巨大的惊吓使我的大脑变得空白一片，我连呼救都忘了，只感觉到泪水哗哗地滑过脸颊，向着数十米外的地面坠下去。

在我的记忆中，我已想不起自己是怎样回到阳台上的。等我恢复思维的时候，我正伏在那个年轻人的怀里，泪水已把他前胸的衬衣打湿了一大片。

“你疯了？”年轻人在我耳边低声斥责，“不要命了？如果我没有及时赶到，怎么办？！”

我控制住自己的情绪，把他从我身边推开：“别碰我。”

年轻人看着我，脸上出现少有的严肃表情：“我是抢劫了，但这不表示我是个坏人。那十五万元，留在那帮垃圾手里有什么用？赌博，花天酒地，玩女人，你知不知道，十五万元到另外一些人手里，可能就是救命的钱！”

我沉默不语，但心里显然是赞同他的话的。

“明天一早，我会把这些钱送给需要它的人。”年轻人继续说道，“这是我的计划，我不会允许它出任何的差错。你见过我的真实面貌，所以我今晚得看着你，但我绝不会伤害你。明天我的计划完成后，就会离开。那时候你再要报警什么的，都尽可以去做。你相信我的话吗？”

我点点头：“其实我也感觉到，你不是坏人，不会伤害我的。”

年轻人显得有些奇怪：“那你为什么还要这么做？冒这么大的危险。”

我犹豫了片刻：“我只是……不想被你控制，不想这么轻易地向你认输。”

年轻人看着我：“你真是一个有趣的女孩。好吧，既然你相信我的话，那现在算我求你了，别给我添乱，让我完成我的计划，好吗？”

求我？对方的这种语气让我忍不住微笑了一下，我点头表示同意，同时又按捺不住心中的好奇，问道：“那你要把这些钱送给谁呢？”

“这可得保密。”年轻人郑重其事地说，“即使我以后被逮捕了，这笔钱的下落也不能让任何人知道。”

我明白他的意思，如果这笔钱被追回，那他今天所做的事就失去了意义。我不再追问，看着他的眼睛，很诚恳地说了一句：“谢谢你刚才救我。”

他笑了：“也谢谢你对我的信任。”

后来的整个晚上，我们俩便在卧室中相安无事。刚刚经历过的那些事情，确实也让我身心都很疲惫了，我躺到床上不久就沉沉地睡了过去。当我再次睁开眼的时候，天色已经大亮，年轻人正坐在床头，有些失神地盯着我的脸庞。

我被他的神态搞得有些不安，问了句：“你怎么了？”同时我撑起胳膊想要坐起来。

年轻人突然用双手捧住我的脸庞，在我嘴唇上深深地吻了下去。我又羞又怒，使劲挣脱开，然后愤然打了他一个耳光。

年轻人摸摸脸颊，又摸摸嘴唇，笑着说：“这一下，值得。”

我对他的这副态度既气恼又无奈，一时也不知该说什么，只是蹙眉瞪眼地看着他。

年轻人突然轻叹着摇了摇头，似乎在自言自语：“你和她长得真像，可性格分明是两个人。”

“你在说什么？”我迷茫地问道。

年轻人没有回答，站起身岔开了话题：“我该走了。沙发我挪出去了，电话线也接好了，一切都和我来之前一样。”

说完，他拿起了那个提包，向着门外走去。

看着他的背影，我突然觉得有些怅然。这个男子和我匆匆相遇，又匆匆离去，我以后再也见不到他了吗？

在他到达门口的时候，我终于忍不住说了一句：“祝你顺利。”

年轻人停下脚步，回头看着我笑了笑：“谢谢。既然我吻过你，你该知道我的名字，我叫彭辉，彭德怀的彭，光辉的辉。”

我也笑了：“我叫孟婷，孟子的孟，女字旁加一个亭亭玉立的亭。”

那天早晨，彭辉就这样走了。用互报姓名作为分别时最后的话语，这也该算是一种比较独特的方式吧？

后来我经常设想，如果彭辉那次顺利地完成了他的计划，我们接下来的生活又会是什么样的呢？多半我再也见不到彭辉这个人，也永远不知道他到底用那笔钱做了什么。他在我心中将成为一个谜。以我的性格，我肯定会不时地想起他，去回忆，去猜测。而他在完成了自己的心愿以后，会去哪里？又会做些什么？我想不出答案，因为他的行事常常是出人意料的。但我相信，他偶尔也会想起我，想起那个他曾经吻过的女孩。

如果故事真是这样发展该多好。可生活是无法假设的，故事中几个主角的性格决定了它的结局。我无法去责怪那个破坏彭辉计划的人，因为他在所有的行为过程中并没有犯一点错误。

之前我就说过，张雨是一个很有原则的人，他不过在按照自己的原则办事。彭辉走后的那个上午，他就到我的办公室找到了我。

张雨是在那天凌晨接到了胖哥的报案。做完笔录后，他开始着手调查这起抢劫案。在迪厅的物业管理处，他调出了地下停车场里的监控记录。录像显示从赌场跑出的一男一女上了一辆橘黄色的QQ车。虽然画面很模糊，无法看清两人的体貌和QQ车的号码，可我贴在车尾的蜘蛛侠图案实在太过明显了，张雨立刻便按照我名片上的地址找了过来。

我没有否认昨晚我曾出现在案发现场，不过我隐瞒了我和彭辉相识的很多情节。我对张雨说，我当时正在做一次暗访，劫匪突然出现，在抢走赌资后，又持枪胁迫我开车带他逃跑。在建东路口，劫匪下车，钻进了地铁，其间他没有对我造成任何伤害。

我知道自己的这些谎话在法律上来说是犯了伪证罪，但我心甘情愿地为彭辉做着掩护。不仅是因为他救过我一命，更重要的是，我完全相信他所说的话，在心中，我已经把他看成了一个劫富济贫的英雄。

张雨问我为什么没有立刻报警，我支吾着编了个理由，说因为我客观上起到了协助劫匪逃跑的作用，害怕受到牵连。我的很多话自己想想都是漏洞百出，更不用说去蒙骗一个经验丰富的警察了。张雨听得直皱眉头，但奇怪的是，他并没有对我进行反驳或追问。在耐着性子听我讲完后，他问我："你注意到那个人有什么比较明显的体貌特征吗？"

"嗯，他留着长发，一脸的大胡子，应该是很好认的。"我回答说。张雨突然抬起眼睛，锐视着我："那只是他的伪装，你没有看出来吗？"

"伪装？我……我没有留意……"我一边结结巴巴地说着，一边躲避着张雨的目光，掩饰不住心中的慌乱。

张雨沉沉地叹息了一声，又摇了摇头，然后便起身离去了。

临走时，他丢下一张名片："你如果想起了什么，再和我联系吧。"

作为这样一个重要的目击证人，张雨居然没有带我去派出所做一个正式的笔录。其实细想起来，他那天的行为还有很多不合理的地方，可当时我并没有考虑那么多，只是在心中庆幸顺利地蒙混过了这一关。

晚上回到家中，我按照惯例首先来到电话机前，翻查一天来储存的通话和来电记录。有一条拨出记录引起了我的兴趣，那是一个陌生的号码，显示的拨出时间为今天早晨七点二十七分。

彭辉是在早晨八点离去的。七点二十七分，我应该还在睡梦中，这个电话肯定是彭辉打出去的。我对自己的这个发现颇为兴奋，并且在心中猜测了许久：这会是个什么电话呢？对方有没有可能就是彭辉所说的需要那笔钱的人？

踌躇再三，记者天生的好奇心还是驱使我做出决定：向这个号码拨个电话，见机试探试探。

我拿起听筒，按下了重拨键，振铃刚刚响了一声，对面便有人接起了电话，是个甜美的女声："喂，您好！天润票务中心。"

"票务中心？"我有些出乎意料，下意识地反问了一句。

"对。我中心二十四小时为您提供火车票订购服务，请问您需要什么帮助？"

"哦。"我明白了什么，突然间心念一动，说，"我想问一下，今天早晨，是不是有位姓彭的先生在这里订过火车票？嗯，是七点二十七分打来的电话。"

"请您稍等，我帮您查一下。"对面的服务小姐很有耐心，我听见了她敲击电脑键盘的声音。不一会儿，她就找到了结果："彭辉先生，订了一张明天晚上八点二十分前往郑州的火车票，您要查询的是这个吗？"

"没错。这张票取走了吗？"我一边对着话筒说着，一边拿起桌上的便笺，迅速把这个信息记录了下来：明晚八点二十分，郑州。

"今天下午彭先生来取走了。"

"好的，谢谢。"我挂断电话，心中浮起几分得意和兴奋。掌握了彭辉的动向，对于昨天吃了不少"亏"的我来说，多少有了点"报复"成功的快感。

可是有什么用呢？我既不会去报警，也没有去寻找他的意义。不过不管怎样，想到彭辉的命运此刻操纵在我的手中，我就已经很有成就感了。

第二天中午，我在单位吃完工作餐，刚准备伏在办公桌上稍微眯会儿，我们头儿忽然火急火燎地把我叫了过去，派给我一个外出采访的任务，目标地点是位于城东的抗洪赈灾办公室。

说实话，我对这样的采访一直不感兴趣，无非是做一些表面文章，说一些官话而已。我无法调动起自己的工作热情，很无聊地出发了。

可很多情况下，意外便是在最不经意的时候出现在你面前。

接待我们的是抗洪办公室的王主任，他五十多岁，胖胖的脸上因为兴奋而泛着红光。

"这是我们今年收到的数目最大的一笔个人捐款。是用汇款寄来的，你们看看，这是汇款单，这里还附了一封短信。"王主任一边说，一边把汇款单和信笺向我们递了过来。

我首先接过了汇款单，上面显示的捐赠数目是十五万元。我心念一动，目光迅速向着汇款人签名一栏扫了过去，然后情不自禁地脱口而出：“彭辉？！”

“对，彭辉！”王主任并没有注意我的异样反应，只是自顾自地说着，“我请你们来，就是希望通过媒体的力量把这个彭辉找出来，一定要好好宣传，好好宣传！这是个正面的典型啊，会对我们的抗洪赈灾工作起到非常积极的作用！”

我又打开了那张信笺，上面写着短短的一句话：“请把这十五万元转交给需要它的人们。”

彭辉。我长久地盯着手中的汇款单和信笺，思绪起伏难平。我并没有去刻意地追寻这个人，但有关他的信息却反复出现在我面前。也许这就是命运，我们之间的故事非但没有在他离开后结束，而且才只是刚刚开始。

我们头儿对这件事表现出了极大的关注。在看了我现场采集的资料后，他兴奋地下达了指示：“是得好好宣传，很有意义啊！值得做一个专题，今天就开始做！小孟，你策划一下吧，如果能找到这个彭辉就更好了。你想想办法。怎么样，有没有信心和兴趣？不行我就换别人，这件事，一定得做好！”

我还会有其他选择吗？我恨不能现在就把彭辉拖到我面前，我有太多的话、太多的想法等不及要对他说。

晚上下班后，我直接开车去了火车站。现在是客运淡季，再加上连日阴雨，站上的旅客很少，进站大厅内多少显得有些寂寞冷清。我在六点半到达后，就守着进站口的安检器，等待彭辉的到来。

大约半小时后，我看到了他。他从地铁口走出，穿行在站前广场上。当时的雨并不是很大，他没有打雨具，只是很随意地把休闲服的连衣帽拉在了头上。他的步伐快速而稳健，显示出一种充满了自信和坚定的独特气质。正是这种气质使我虽然看不清他的脸，但还是远远地一眼就认出了他。

我没有迎上去，只是站在原地静静地看着他穿过雨幕，一步一步地向我走近。一种莫名的兴奋也随之在我心中一点一点地积累。这一幕后来在我的记忆中反复出现，可我却再也不可能在现实生活中体会那种美好的感觉了。

彭辉仍然挎着那个黑色的提包。到达安检口时，他把提包放了上去，自己绕进大厅，摘下帽子在一旁等待着。

我走上两步，抢在他之前将提包拎在手中。彭辉诧异地抬起头，这才发现了我。他先是一愣，随即用警惕的目光四下扫视着。

我知道他在观察什么，微笑着说："别担心，就我一个人。你要走了吗？"

彭辉放松下来，狡黠地反问："怎么了？我不能走？"

"你欺负我的事，总该有个交代吧？"

彭辉装模作样地叹了口气："那你想怎么样呢？"

我得意地扬扬眉毛："至少，得请我吃个饭吧？"

"请美女吃饭，那倒是求之不得。"彭辉看看大厅里的挂钟，又补充了一句，"不过，我只有一小时。"

我们在站前广场上找了个小饭店坐下来。饭店的条件虽然简陋了一些，但做出的几样小菜倒还算精致。不远处的柜台上摆着一台电视机，正在播放着当地的新闻。

"拿一瓶啤酒过来。"彭辉招呼着服务员，然后问我，"你要点什么饮料？"

我摆摆手，告诉服务员："来两瓶啤酒。"

彭辉诧异地看看我："你也喝啤酒？"

我瞪了他一眼："干什么？谁规定女孩就不能喝啤酒？"

彭辉笑着摇摇头，不再说什么。等啤酒上来后，他一手拿起一瓶，同时为我们俩斟满。

"来，那我就先敬你，为前天的失礼赔罪。"彭辉端起酒杯，和我的杯子碰了一下，然后仰脖一饮而尽。

我不甘示弱，也一口气喝干了杯中的酒。其实我很喜欢这种大口喝酒的感觉，很有一种豪迈的气势。可是作为女孩，这么喝酒多少有些不妥，不过在彭辉面前，我喝得毫无顾虑，痛快淋漓。

放下酒杯，我发现彭辉正笑嘻嘻地盯着我看，目光中透出一丝欣赏。

我被他看得有些许不自在，连忙找了个话题："昨天有警察来找我了。"

“哦，是吗？”彭辉略一沉吟，随即笑着说，“谢谢你帮我挡了。”

“呵呵，不客气。说真的，我怎么也想不到你会把钱寄到那里。你知道吗，你的行为简直像小说里的人物，像个……侠客。”在说这些话时，我的声音中有一种压抑不住的兴奋。

彭辉显得有些愕然：“你知道我把钱寄到哪儿了？”

“那当然，别忘了我是干什么的。我看见了那张汇款单，还有那封短信了。你是怎么想到这么做的？”我心中有太多的问题，恨不得一口气都问完。

“做什么？”彭辉似乎越发不解了。

“捐款给抗洪办公室啊！”我压低声音，“用那些赌棍的钱。”彭辉皱起眉头，苦笑了一下：“我不知道你在说什么。”

“别装了。”我看看手表，时间差不多，便冲电视机努了努嘴，“你自己看吧。”

电视中正在播放一条前方抗洪的新闻，彭辉耸了下肩膀，表示不明白我的意思。

我摆摆手，示意他继续往下看。前方的报道结束后，电视屏幕上出现了我的身影。彭辉睁大了眼睛，我则得意地笑了起来。

“在前方官兵奋勇抢险的同时，身处后方的很多民众也在用各种方法为抵御洪灾尽着自己的努力。今天，抗洪办公室便收到了一笔高达十五万元的个人汇款，创下了我市个人捐款的最高纪录。这位神秘的捐款人没有露面，只是留下了自己的姓名和一封短信。他的名字叫彭辉，在短信中，他说道，请把这十五万元转交给需要它的人们……”

伴随着我的解说，电视屏幕上依次出现了汇款单和那封短信的特写画面。我凝目观察着彭辉的反应，看他在这样的事实面前，还想怎么抵赖。

彭辉目不转睛地盯着屏幕，表情像凝固住了一样。看得出来，他似乎在思考什么问题，脑子正飞速运转着。

新闻播完，他收回目光，轻轻叹了口气。片刻后，他又突然“哼”地冷笑了一声。

我被他的这声冷笑搞得有些忐忑，担忧地询问：“怎么了？我……是不是做错了？”其实在节目录制前，我也曾有过顾虑。不过我想，既然彭辉汇款时填写了真实的姓名，那我就此事做个新闻报道也不会有太大的问题吧？

“不，跟你没关系。”好在彭辉立刻用话语打消了我的疑虑，他有些无奈地摸了摸脑门儿，又继续说道，“其实，我还得谢谢你呢。”

“是吗？”我被彭辉的态度搞得有些摸不着头脑，不过还是试探着提出了我的请求，“你愿意配合我继续做一些宣传吗？”

彭辉心不在焉地反问了一句：“宣传？”

“对，我们想把你树成一个典型。社会需要你这样的正面形象。你可以走上屏幕，如果你有顾虑，也可以不出现。我有一套很成熟的策划思路……”

没等我说完，彭辉便挥手打断了我的话：“对不起，我现在有点乱……能给我一张你的名片吗？”

“哦，可以。”我拿出一张名片递了过去。

彭辉接过名片，然后点出餐费，压在酒杯下：“你自己吃吧，我现在要静一静，有些事想明白了，我会和你联系的。”

说完这些，他便起身匆匆离去了。我有些茫然地看着他的背影，不知道这其中出了什么问题。愣了片刻，我追出了饭店。

广场上，彭辉在雨中穿行着，只是他并没有走向进站口，而是向站外走去。远远地，我看到他扬了扬手，一些碎纸片在风雨中飘散。

等我过去捡起那些纸片的时候，彭辉早已消失在夜幕中。那些纸片我至今还留着，虽然已残缺不全，但仍能够依稀拼凑出一张车票。

一张八点二十分，去往郑州的车票。

彭辉本来应该拿着这张车票离开雨城的，可因为我的这次出现，他留了下来，并且再也没有机会离开。

我这个人一直保持着良好的生活习惯。除非有特殊的情况，我一般都在晚上十一点之前上床就寝，并且很快就会进入梦乡。

可那天晚上，我久久不能入睡。在我心中似乎有着一种期待，而我也说不清这期待具体是什么。

电话铃响起的时候，已经是凌晨时分了。我迅速接起了听筒，对面传来了那个熟悉的声音：“是我，彭辉。”

“我知道。”

彭辉告诉我他正在城市广场东侧的一个饭馆内喝酒，让我过去找他。他说得非常简单，而我答应得也很干脆。挂断电话后，我立刻翻身下床，整装出发。

彭辉没有解释为什么这么晚叫我过去，我也没有问。我们之间的这一次临时约会发生得如此自然。对于我来说，彭辉有着一种奇妙的吸引力，是因为他的神秘、正邪难分的气质，还是因为我的天性中根本就有着与他相通的东西？我说不清。总之，我就像是一只飞蛾，一点一点地向那灼热的火焰扑去。

彭辉坐的地方与其说是饭馆，还不如说是大排档。那是临街搭起的一排半露天的遮雨棚，食客们便围坐在雨棚下的简易餐桌前，在初夏的雨夜中怡然饕餮。

这个季节正是小龙虾上市的时候。雨城盛产小龙虾，而这个广场上的大排档又是全市公认做小龙虾做得最好的地方。

我看到彭辉的时候，他正在埋头对付一只硕大的虾钳，在他面前的桌上，除了一堆虾壳，还有一排啤酒，其中好几个已是空空的瓶子了。

“坐吧。”彭辉对我很随意地挥了挥手，“陪我喝点酒。”

我也不多说什么，坐下来给自己斟满酒，然后举起杯子：“来，喝。”

彭辉和我碰了碰杯，然后我们各自把酒一饮而尽。我腾出双手，抓过一只小龙虾，剥壳大吃起来。

彭辉却不吃了，用好奇的目光盯着我看。

“怎么了？”我一边吃一边问着，“还要喝一杯吗？”

彭辉终于忍不住了：“你知不知道我为什么要找你喝酒？”

“因为你有心事。”

“那你不好奇吗？你怎么什么都不问？”

“为什么要问？”我笑眯眯地看着他，“你想告诉我，自然会说，不想告诉我，我问了也没有用。你叫我来喝酒，那我陪你喝不就对了。”

彭辉愣了半晌，苦笑着摇摇头：“你真是投错胎了，你本来应该是个男孩才对。”

男孩？彭辉的话说得我心念一动。其实很小的时候，我曾经羡慕过那些同龄的男孩子，可以无拘无束地玩耍，而女孩，似乎不管做什么都有着这样那样的规矩。我讨厌那些规矩，但又不得不去遵守。也许正是因为这种情绪压抑得太久了，我才会对那些虚幻世界中行事天马行空的英雄侠客情有独钟。我后来选择成为一名记者，也是希望能在现实生活中满足一部分自己的幻想。

“如果我真的是一个男孩，那会怎么样呢？”我想得有些多了，禁不住自言自语地念叨了一句。

“那我们会成为朋友。”彭辉看着我的眼睛，一字一句非常认真地说道，“而且是非常非常好的朋友。”

“是女孩就不行吗？”我不免有些不服气，瞪大眼睛迎着他的目光。难道因为是女孩，就连做朋友的权利也要打个折扣？

“不，你误会我的意思了。只不过男女之间的感情，那又要复杂得多了。”说到这里，彭辉淡淡一笑，岔开了话题，“来，不说了，我们再喝一个。”

再次一饮而尽。我察觉到旁边桌上的几个男男女女正用一种奇怪的目光看着我。如果在以前，我会觉得很不自在。可不知为什么，那天坐在彭辉对面，我却丝毫不以为意：我自己痛快就行，管他别人怎么看。

我们就这样边吃边喝。和前几次见面相比，彭辉今天的话语明显少了很多，那些不羁的调侃也不见了。正像我所说的，他有心事。

几杯酒下肚以后，我终于忍不住再次提出了我的请求：“既然你已经选择留下，那你是不是可以考虑一下我的那些建议呢？”

“建议，你指什么？”彭辉茫然地抬起头。

他的反应多少让我有些失望。看来他根本就没考虑过这件事。可他为什么又要留下来，难道就是为了和我喝酒吗？

不过我仍不死心：“配合我们做些宣传，在火车站我跟你说过的。”

“哦。”彭辉漫不经心地点点头，“那说说你的策划吧。”

虽然彭辉的语气让我感觉到他这只是一次礼节性的询问，但我还是不愿放弃任何一次努力的机会：“首先，我们会在你不出现的情况下，对你捐款的行为进行一系列宣传，引导观众对捐款者的猜测，从而形成一种神秘的悬念感以及良好的社会舆论氛围……”

彭辉“嗤”地轻笑了一声：“那是抢来的钱，还良好的社会舆论氛围？”

我意味深长地一笑，低声说道：“那是我们之间的秘密，不会有第三个人知道的。我们只需要把良好的结果展示给观众。”

“嗯。”彭辉端起酒杯喝了一口，“然后呢？”

“然后你可以在适当的时候出现，接受媒体的采访。采访的内容我们会事先安排好，说白了，这是一种包装，目的就是进一步树立你在民众中的正面形象。”

彭辉转动着手中的酒杯，撇了撇嘴：“我好像只是一个被操纵的木偶。还有别的吗？”

“如果你不喜欢，我们也可以淡化这个过程。”我连忙弥补道，“接下来，我们会以你为形象代表，举办一系列的活动，比如说赈灾晚会，你可以作为嘉宾给受灾户和烈士家属发放捐款。”

“在赈灾晚会上发放捐款？”彭辉怔了一下，“我可以吗？”

我从他的反应看到了一丝希望，兴奋地鼓动着：“当然可以。只要你愿意，具体的事情我们会帮你全部安排好的。怎么样，有兴趣吗？”

彭辉沉默着。他放下酒杯，拿起了一只小龙虾。这只小龙虾他吃得很慢很仔细，足足花费了七八分钟的时间。在这个过程中，他一直皱着眉头，似乎在竭力思考着什么。

我没有再多说话，只是静静地等待着。因为我知道，像彭辉这样的人，如果他已经开始思考，那就意味着别人的话语已经不会对他最后的决定造成任何影响。

当彭辉终于吃完那只小龙虾后，他用纸巾在自己的手指上一根一根地擦拭过去，同时看着我说：“那你们就去安排吧。”

“就是说你同意了？”我掩饰不住心中的兴奋。

“对于美女的要求，我一向很难拒绝。”彭辉看着我，脸上又出现了那种嬉笑戏谑的表情。

当时我很高兴，因为彭辉不仅很意外地答应了我的请求，而且看起来，他的心事似乎也没有了。后来我知道，其实在那个时刻，他已经在心中做了一个决定。他相信自己又重新控制了一切，而故事也将沿着他所设定的路线向下发展。

后来我们之间的话题就轻松了很多。我们俩像老朋友一样说笑，吃着虾，喝着酒。我那天喝了很多啤酒，以至于后来我又一次想给自己斟酒时，彭辉抢过了我面前的空酒杯，看着我摇头说：“你不能再喝了，再喝你就醉了。”

确实，我已经有了一种晕乎乎、飘飘然的感觉。我以前很少喝到这个状态。我听从了彭辉的建议，至少，我还不想在他面前失态。

“先生，给这位姐姐买朵花吧。”一个卖花的小姑娘来到了我们桌前，她十一二岁的年纪，扎着两束俏皮的冲天辫，红扑扑的脸蛋和手中的满把玫瑰交相辉映，显得很是可爱。

彭辉摸摸她的辫子，和她打趣：“我为什么要买花给这个姐姐？”

“你女朋友那么漂亮，应该送一朵玫瑰表表心意啊！”小姑娘伶俐地回答着。

“女朋友？”彭辉哈哈地笑了起来，眯着眼睛看看我，“听见了吗？她说你是我的女朋友。”

我瞪了他一眼，指指他面前的酒杯：“你不许再说话了，喝酒。”彭辉喝完杯中酒，看起来还想对小姑娘说些什么。隔壁桌一个男子突然叫道：“哎，卖花的，你过来一下。”

小姑娘答应一声跑开了。彭辉不满地扫了隔壁桌一眼，那里坐着三男一女，都是年轻人。说话的男子一头长发，衬衫敞着，露出脖子上一根粗大的金链子。其余三人打扮各异，但眉眼举止间都带着一丝流气。

长头发在那捧玫瑰中用手拨拣了一阵，然后抽出一枝来，扔在他对面的女子面前：“喏，这是送给你的。”

那女子涂着猩红的口红，叼着根香烟，哧哧地笑了两声，没有接花，只是很媚地勾了长头发一眼。

长头发摸出一元钱硬币，递给小姑娘：“拿去吧。”

小姑娘没有接钱：“大哥，这玫瑰五块钱一枝。”

“五块钱？我就这一块钱，你要不要？”长头发恶狠狠地瞪起眼睛，把硬币扔在了地上。

我见到这场面，不禁气得皱起了眉头，正想说些什么，彭辉碰了碰我的手，用眼神示意我先别急。

不远处的小姑娘愣了半晌，怯怯地说：“那我不卖了，您把那枝花还给我吧。”

“不卖了？”红嘴唇的女子掐掉烟头，拿起那朵玫瑰揉折成一团，然后扔在餐桌旁的废物篓里，“就这朵破花也要五块钱，你不卖，那就拿走吧。”

小姑娘咬着嘴唇，眼眶已经湿了。桌上的三男一女笑嘻嘻地看着她，很明显，他们根本就不是要买花，只是要拿这小女孩寻寻开心。我再也看不下去，正要开口斥责，却听那长头发又说道：“这样吧，看你那么委屈，我就给你一次机会。今天是你这个姐姐的生日，你猜猜她属什么，猜中了，我就付你五块的花钱。”

“猜一次难了点，你就猜三次吧。”另一个染着黄毛的男子一副恩赐的口吻。

小姑娘看着那个女子，想了片刻，说：“属猪。”

“猪？”三个男子流里流气地笑着，红嘴唇的脸色则有些难看。

“那就是属狗？”小姑娘又猜了一次。

这下连我也忍不住笑了，这小姑娘聪明得很，分明是话里有话。在哄笑声中，红嘴唇勃然大怒，一巴掌扇了过去：“就凭你也敢骂我？”

小姑娘的半边脸顿时红了起来，“哇”地哭出了声。

“这第三次机会让我来猜吧。”一个声音突然说道。

众人循声转过头，说话的正是彭辉，只见他站起身走过去，一边把小姑娘拉到自己身后，一边笑嘻嘻地对红嘴唇说：“我猜你属鸡。”三男一女都是一愣，他们隐隐感到彭辉说的不是什么好话，但一时又分辨不清他的用意。

彭辉冲我招招手，又指了指那个小姑娘。我会意，上前把女孩拉到一边。只听彭辉又补充了一句：“而且，我猜你们都是属鸡吧？”

说这句话的时候，彭辉的手指着那拨男女一个一个地点了过去，最后两个字又说得格外用力，即使是再笨的人也能听出他话语中的辱笑之意。长头发腾地站了起来，操起一个啤酒瓶子往彭辉头上抡了过去：“他妈的，你小子找事？！”

彭辉一伸手，抓住了长头发的手腕，稍稍一别，长头发立刻龇牙咧嘴地扭过了身体，手上全没了力量。彭辉轻轻夺过酒瓶，递到我手中：“把这东西拿到一边去。”

桌前的另外两名男子变了脸色，同时起身向彭辉扑过来。彭辉拉着长头发的手就势一转，长头发嗷嗷叫着，围着他的身体绕了一圈，正好挡住了那两人的来路。彭辉脸露微笑，举重若轻，那样子不像打架，倒像是在领着对方跳舞一般。

那两名男子缓了缓神，分别换了方向又往上冲。彭辉突然踢出一脚，正踢在黄毛的裆部。黄毛立刻跪在了地上，脸上的表情痛苦不堪。就在这时，另一个男子从彭辉身边掠过，彭辉侧身躲了一下，同时皱了皱眉头。

那男子正好冲到我面前，我清楚地看到他手中竟握着一柄明晃晃的匕首，刀刃上赫然已沾着一些鲜血。男子挥着匕首又要往上冲，我惊叫了一声："小心！"情急之下来不及多想，抡起手中的空酒瓶向他砸了过去。

砰！啤酒瓶在那男子脑袋上开了花。男子"哎哟"一声，扔掉匕首，捂着脑袋蹲了下去。我看看手中剩下的半截破酒瓶，又看看身旁男子指缝中渗出的鲜血，一时有些茫然。红嘴唇本来见我也动手，正要向我冲过来，看到这副场面，"妈呀"一声尖叫，远远地不知躲到何处去了。

就连彭辉也瞪大眼睛看着我，一副不可思议的样子，半晌之后，才上前把男子丢下的匕首远远踢开，对我说道："看着点这两个人。"

我回过神，用两只手握着那个破瓶子，对着地上的那两个男子。其实我根本不用做些什么，看他们的狼狈样子，至少五分钟之内缓不过劲儿来。

长头发早已变成了软脚蟹，一个劲儿地开口求饶："大哥，放过我吧，我错了。"

彭辉挥起左手，重重地扇了他一个耳光："这一下我是替小姑娘打的，你要是觉得委屈，回去还给刚才那个女人。"

"不委屈！"长头发痛得直咧嘴，"我该打，该打！"

彭辉略有得意地笑着，拧着他的胳膊，把他揪到了卖花的小姑娘面前，努了努嘴："五块钱。"

"什么？"长头发一时没缓过神来。

"你买了一枝玫瑰，就该付五块钱。"彭辉不紧不慢地说着，那劲头就像是一个老师在教育自己的学生，然后又转头看了看我，"你该去开车了。"

我来到车里，打着火没等多久，彭辉就抱着那卖花的小姑娘跟了过来。长头发正远远地查看两个同伴的伤势，无暇也不敢追赶。彭辉把小姑娘安排在后座，自己坐在副驾驶：“快走吧，排档老板已经报了警，一会儿110就该来了。”

110？我略微一愣，随即明白过来：自己刚刚参与了一起打架斗殴。这样的事情在以前对我来说简直是不可想象的。我看了身旁的彭辉一眼，一边开动了汽车，一边摇着头感慨道：“为什么我每次遇见你，都会有一些出乎意料的事情发生呢？”

彭辉专注地看着我，半开玩笑半认真地说：“我这个人就是爱惹麻烦，以后还会有更多的麻烦在等着你，你怕不怕？”

我摇摇头。是啊，这个人总是带来很多麻烦，可为什么我不会感到害怕和讨厌，反而有种兴奋的感觉呢？回想起刚才的那一幕，我暂时还无法平静下来，激动地说：“你可真厉害，一个人打倒了三个。”

“我打倒了三个？”彭辉苦笑了一下，“同志，有一个可是实实在在被你一瓶子砸倒的，我可没下那么重的手。”

“我看他动了刀子，一时有些着急。”说到这里，我也不禁有些担心了，“那个人不会有大事吧？我看他的头出血了。”

“没事的，一些皮外伤，最多缝个两三针。这些人警察见得多了，根本懒得理他们，你不用想太多。”宽慰了我几句后，彭辉又回过头叮嘱那个卖花的小姑娘，“只是你最近可别往那个地方去了。”

小姑娘点点头，很干脆地答应了一句：“我懂。”

彭辉笑了笑：“你很聪明，应该好好去上学的，为什么出来卖花？”

小姑娘垂下头：“我父母不在了，我是跟着我叔出来的。”

孤儿？我的心一沉。彭辉也叹了口气，他看看女孩手中的玫瑰：“你那里还剩多少枝花？”

女孩数了数：“还有二十六枝。”

彭辉翻出钱包：“这里是一百三十块，你把花都卖给我吧，今天别再跑了。”

“谢谢叔叔。”小姑娘的声音听起来既高兴又感动。

“不用谢我，应该谢这个漂亮的姐姐。”彭辉接过花，放到我面前的车案上，“因为我买这些花，都是要送给她的。”

我垂眼看了看那一团灿烂红艳的花朵，虽然明知彭辉的话只是半真半假的调侃，但嘴角还是忍不住露出了一丝微笑。

车案上沾着一丝红色，开始我以为那是脱落的花瓣，仔细一看，却是一片血迹。我突然想起什么，紧张地问彭辉：“你刚才是不是受伤了？”

“被刀划了一下，不碍事的。”彭辉抬了抬左手，手背上果然有一条半寸长的刀口，还在往外渗着鲜血。

“等等，我得给你处理一下。”我把车靠边停下，打开了副座前的车斗。上次去采访缉毒行动前，我在里面准备了一些药棉和纱布，现在正好派上用场。我把药棉敷在彭辉的刀口上，正想再缠些纱布，忽然发现了他手背上离刀口不远处的那道旧伤疤。我心念一动，放下纱布，从随身的手包里取出一条手帕，缠在了他的手上，然后用一种调皮得意的神情笑吟吟地看着他。

彭辉显然受到了某种触动，怔怔地看着我，神情有些恍然。半晌之后，他回过神来，缓缓地把手从我面前抽开，同时回避着我的目光：“行了，开车吧。”

我对自己这个类似恶作剧的举动所起到的效果感到满意，略带得意地推上挡：“现在我们去哪里？”

彭辉沉默了片刻：“我还想喝点酒。”

“那去我家怎么样？”我提议，“我那里存了很多好酒，够你喝的了。”

“好。”彭辉点头表示赞同，“不过你得先把她送回去。”他指着后座上那个卖花的小姑娘又补充了一句。

我没有骗彭辉，我家中确实藏着很多好酒，其中大部分是红酒，我每天睡前都喜欢饮上一小杯，既有美容养颜的功效，又有助于睡眠。

不过彭辉很有眼光，一下就挑中了为数不多的白酒中的一瓶白兰地。那是我有一次去法国出差时外国友人给的赠品。这酒的度数很高，我不大喝得了，所以只给自己倒了一点。彭辉则毫不客气地倒上了一满杯。

“来，首先为我们今天的出色表现和愉快合作干杯！”我端起酒杯，向彭辉敬道。

彭辉没有立刻喝酒，先问我：“你觉得今天的事情很有趣吗？”

我点点头：“既痛快，又刺激。”

“幸亏你只是一个女人。你如果是男人，只怕连我都得自叹不如。”

我笑了：“我这样的女人是不是很可怕？”

彭辉不置可否地摇摇头，和我碰了一下酒杯，然后一口气喝完了杯中的酒。

“天哪，你可真能喝。”我惊叹地说道。那杯酒足有二两，他居然一仰脖就倒了下去。

彭辉用一种奇怪的目光看着我，突然问我：“你觉得我是一个什么样的男人？”

“什么样的男人？”我一时不知该如何回答，应付地反问了一句，“你指哪些方面？”

彭辉给自己斟了一杯酒，自顾自地喝了下去。他的脸庞有些发红，目光也变得迷离起来。

“我是说，作为……一个女人，你会考虑……嫁……嫁给我……这样的男人吗？”他体内的酒劲儿明显开始上涌，说话都不太利索。但他拿起酒瓶，又给自己倒上了第三杯酒。

他居然提出这样的问题，难道是在暗示什么？我闭口不言，心中却在胡思乱想着。

“告诉我，会……还是不会？”彭辉执拗地追问着，端起酒杯往口中送去。

“好了好了，会。你别再喝了。”我伸手夺下他手中的酒杯时，这杯酒已经被他喝下了一半。他听见了我的回答，露出满足的笑容，然后对着我费力地眨了眨眼睛，一软身，整个人醉倒在了地板上。

把一个烂醉的人折腾到床上可不是一件容易的事情，尤其是对我这样一个柔弱的女子来说。彭辉的确没说错，这个人时时刻刻都在给我制造着麻烦。当我好不容易把他安置好之后，我发现，虽然他已经软得像一摊泥，但左手一直死死地握着什么东西。

我按捺不住好奇心，一根一根地掰开了他的手指。在他的掌心，有一条白色的手帕。女式的手帕，上面隐隐沾着一些血迹。可能是时间比较长了，血迹已变得暗红。

我不久前给彭辉包扎用的手帕仍然绑在他的手背上。这条白色的手帕我虽然从没见过，但我很容易就猜到了它的来历。

那一刻，在我心中莫名其妙地涌起了一丝羡慕，说得更严重一点，也许，是嫉妒。

彭辉这一觉一直睡到了第二天早上十点多。当时我正站在窗前看着外面无边无际的雨幕，他龇牙咧嘴地从床上坐起，晃了晃脑袋，似乎头仍有些昏沉沉的。不过他很快便想到了什么，目光紧张地四下搜索起来。

我知道他在找什么，用手指指床头："在那里呢。"那条白色的手帕叠得整整齐齐，正摆放在他的枕边。

彭辉愣了一下，然后把手帕小心地收好，冲我淡淡一笑："谢谢。"

我把目光重新转向窗外，尽量用一种很随意的语气问："那个女孩现在怎么样了？"

彭辉在我身后沉默了片刻，答道："她早就嫁人了。"

"哦？"这个回答多少有些出乎我的意料，我转过身，"难道你们不是相爱的？"

彭辉抚摸着自己手上的那条伤疤："她曾经喜欢过我，那时候我们都还小。"

"喜不喜欢一个人，也和年龄有关系的吗？"

"当然有关。人一长大，考虑的东西就多了，尤其是她那样的女孩，很渴望稳定的生活和一个安全的家。而我，无法给她这样的感觉。"彭辉看着我自嘲地笑了一下，"你也见识到了，我总是带来麻烦。所以，她是不会嫁给我的。"

"那就是说，你们曾经相处过，但后来她提出了分手？"我突然明白昨晚彭辉为什么要问我会不会嫁给他，原来他是在心中把我想象成了那个女孩。我不禁暗暗感到有些失落。

"高中毕业后，我去参军。等我复员回来的时候，她已经和另一个男人订婚了。那是我最好的朋友，性格沉稳，做事循规蹈矩，和我完全不一样。她觉得这样的男人才可以托付终身。"

"你最好的朋友娶了你最爱的女人？"我笑着摇摇头，这听起来有些像小说里的情节，"那你会恨他们吗？"

"不。"彭辉很果断地给出了答案，"说真的，我希望他们能过得幸福。为了不打扰他们，参加完他们的婚礼后，我就离开了雨城，南下到黎州生活了两年。反正我们都是孤儿，本来就无牵无挂的。”

“你也是孤儿？”我讶然问道，同时又想起了昨天晚上那个卖花的小姑娘。

彭辉点点头：“我和那个女孩，还有我的好朋友，我们三个是从小一块儿在孤儿院里长大的。在我去当兵之前，我们几乎每天都在一起，从来没有分开过。”

“那你现在回到雨城，他们知道吗？”

“那女孩不知道。我只是短期回来看看，我并不想打搅他们现在的生活。”

“可她在你心中仍然很重要，第一次见到你时我就看出来了。”

“是吗？”彭辉若有所思地看着我，“你很会看人的内心？”

我迎上去凝视着他的眼睛：“那天你说到这伤疤的时候，眼里有种特别的东西，和你表面上的嬉笑不羁完全不同。包括你现在。也许这种眼神才代表了真实的你。”

彭辉躲开我的目光，沉默不答。

我知道他又想回避这个话题，很自觉地收住了口：“好了，我再问最后一个问题，那个女孩，她很漂亮吗？”

彭辉嘻嘻一笑：“像你一样漂亮。”

“又来了，油嘴滑舌。”我冲他挥了挥手，“说正经的吧，你昨天答应我的事情还记得吧？”

彭辉郑重其事地点点头：“当然记得。那我们什么时候开工呢，记者同志？”

此后的几天，我都是在一种快乐而忙碌的状态下度过的。找到了彭辉，我那个系列报道的方案顺利通过了台内的审批。此后的事情看起来都在按照我当初的设想一步步地往下进行着。我那个策划应该说很成功，观众的情绪很快便被调动了起来。经过两三天的气氛铺垫，神秘的捐款人终于出现在电视屏幕上，这档专题报道的收视率也一举创造了新闻专访类栏目的新高。

在此期间，彭辉对我的工作非常配合。事实上，我们俩在一起的时候，在很多地方都有一种奇妙的默契。我的很多想法，在我说出来之前他便已经能够感觉到。有时他也会提出自己的一些建议，这些建议总是和我的思路不谋而合，令我能够欣然采纳。

在让彭辉现身屏幕之前，我多少是有一些担忧的，毕竟他是一个警方正在搜寻的人。为这事我专门和彭辉商量过。他倒是显得毫不在意。他对自己那天的易容伪装很有信心，也坚定地认为，没人会把热心的捐款人和一个抢劫犯联系在一起。

彭辉的话听起来很有道理。这个世界上，知道那起劫案真相的人，除了彭辉自己，就只剩下我了。只要我不说出去，谁会怀疑到彭辉这样一个正在被树立起来的正面典型呢?

有了良好的电视基础，彭辉在赈灾晚会上亮相的事情也就顺理成章了。此时雨季已经进入了尾声，这个城市一直紧绷着的神经终于可以松弛下来，一切似乎都在往好的方向发展。

赈灾晚会的地点定在市中心的科凌大厦市民广场。大厦前的舞台已经搭好，大厦的一层和二层则作为晚会的指挥中心和后台。晚会前的那几天，我和彭辉每天都往科凌大厦跑，熟悉场地，参加彩排。要知道，彭辉在晚会上的亮相将是我这个系列专题最后也是最重要的一部分，而整台晚会又是现场直播，容不得半点差错。

对这样枯燥反复的工作，彭辉自始至终都没有表现出半点厌烦。在熟悉场地时，他的耐心和细致甚至让很多人感到惊讶。他走遍了一、二层的每个角落，有时还要去地下室转上一圈，那股劲头似乎恨不能把整个大厦的地形图纸都打印在自己的脑海中。

彭辉在雨城已经没有固定的住所。那几天为了方便工作，他就租住在离科凌大厦不远的一家宾馆。晚会的前一天早晨，我来到这家宾馆，接彭辉去科凌大厦进行最后一次的现场彩排。

我的故事似乎已经有很长一段时间忽略了一个重要角色。是的，自从劫案第二天来找过我一次之后，张雨就再也没有出现在我面前。不过我曾说过，这个人其实一直贯穿了整个故事的始终。在那个早晨，他就悄悄地跟着我，来到了彭辉所在的宾馆。而我对此却一无所知。

彭辉住在宾馆的四〇六房间。当我敲开屋门的时候，他看起来刚刚起床，一副睡眼惺忪的模样。

“准备一下吧，我们一会儿出发，今天最后一次彩排了。”我一边说，一边走进了屋内。

“你稍微等会儿，我还没洗漱呢。昨天睡得晚。”彭辉打了个大大的哈欠，然后走向卫生间。

我一个人在屋中随意走动着。无聊之下，书桌上的一沓报纸引起了我的兴趣。我上前翻了翻，发现都是些不久前出版的《黎州日报》。

虽然是已经过期的报纸，倒也可以用来打发这段短暂的等待时间。我拿起其中的一张，目光很快便锁定在一条醒目的新闻标题上：《康业大厦富豪遭枪杀》。我对这种案件报道一向很感兴趣，于是快速浏览了一遍。这是一条快讯，写得非常简短：

> 今天凌晨一时许，我市康业大厦发生一起枪杀案。目前警方已封锁了现场。据悉，死者为入住该商业写字楼的某著名富豪。我报将对此案件进行追踪报道。

追踪报道？我直接翻看下一份报纸，果然上面登载着后续的相关新闻：《遇刺富豪姓吴，死前事业受窘》。这次的新闻内容要详尽得多，提到了遇刺富豪的姓名和相关家史。并且声称此人生前事业遇到困境，与很多人存在着债务纠纷，闹得很不愉快云云。

再翻过一张，仍有《吴姓富豪遇刺案追踪》，这次标题下配有一张大厦内监控录像的截图，旁边配有文字：根据大厦内监控录像显示，疑犯为一男子，身高约175厘米，平头，体态中等。

那张录像截图虽然很不清晰，但从体貌特征上来看，和彭辉很有几分相似。再联想到彭辉一直把这些带有相关新闻的报纸带在身边，我意识到什么，情不自禁地“啊”了一声。

“怎么了？”彭辉的声音突然在我耳后不远处响起。

我连忙转过头，发现他不知何时已无声无息地站在了我的身后，正似笑非笑地看着我。

“你杀人了？”我拿着那沓报纸，脱口问道。

彭辉摸摸下巴，露出一副郁闷的表情：“你相信吗？”

“难说……”我看着彭辉摇了摇头，我面前的这个人做出怎样出人意料的事情都是有可能的，不过我很快又补充了一句，“但即使你真的杀人了，我也相信那是该杀的坏人。”

“你还真把我当成大侠了？我还没到那个地步。”彭辉哑然失笑，然后从我手中接过那几张报纸，一边回顾上面的报道，一边自言自语似的说道，“人要是倒霉起来，连放个屁都绊脚跟，我就是因为这件事才离开黎州的。”

“这么说，那人不是你杀的？”我松了口气，不管什么原因，杀人可是死罪，和那一次的抢劫性质完全不一样。

“当然没有。”彭辉眯起眼睛，陷入回忆中，“在黎州的时候，我从这个姓吴的手里分包了一个土方工程，带着几个兄弟辛辛苦苦干了半年，他却一直拖着我们的工钱不发。那天凌晨，他突然打电话给我，约我到他的办公室见面。

“我立刻来到了康业大厦，当时偌大的公司内只有他一个人孤零零地坐在总裁办公室里等我。我在他对面坐下后，他便开始滔滔不绝地向我诉苦，讲他的困难，说他真的已经到了山穷水尽的地步。当时他的情绪很反常，只管一个人说着，根本不理会我愿不愿意听。

“后来我终于忍不住打断了他的话，对他说：吴总，您再困难，也一样待在这高档写字楼里。我的兄弟们如果再拿不到钱，那可真的连住的地方都没有了。

“他却摇了摇头，一副无奈至极的表情，对我说：也许你不相信，我羡慕你们，你们至少是自由自在的，而我想自杀都由不得自己。当时我不太明白他的话，一时也不知该说些什么，我们俩就这么沉默着。”

听到这里，我忍不住插了一句：“我想他说的也许是真心话。越是家大业大的人，便越有更多的桎梏。很多人表面上过着光鲜的生活，其实比普通人要烦恼得多。”

“也许是吧。”彭辉认同了我的分析，然后继续说道，“过了一会儿，他突然打开抽屉，拿出一个黑色的小包，送到我面前，说‘你把这个拿去吧’。”

“哦，他把欠你的钱给你了？”

彭辉苦笑了一下：“开始我也这么以为。可等我打开包，取出里面的东西时，却大吃了一惊。”

“那里面是什么？”我费力地猜测着，不过没有什么结果。

"一支手枪，你见过的。"

"哦？"我诧异地挑了挑眉头，原来彭辉的手枪是这么来的，"可他这么做是什么意思？"

"当时我也这么问他。他说：你杀了我吧。这样我的一切问题都解决了，我的家人还能得到一份巨额保险。"

我恍然大悟，他是想用这个方法来摆脱自己的债务，还能留给家人大笔的保险金。我瞪大眼睛看着彭辉："你不会真的照他说的做了吧？"

"当然不会。"彭辉断然摇头，"先不说我有没有那么傻，这样用死亡来逃避自己的责任，也是我极其反感的。我把枪放回桌上，便准备起身离去。他此时拿出一块手帕包住枪柄，然后拿起那支枪，对我说了句：兄弟，对不住了，你就当帮了我一个忙。

"我正在疑惑，只见他已经掉转枪口对准了自己的额头。我预感到事情不妙，连忙回身想要制止，可他已经扣动了扳机。顿时，大厦内警报骤响，而他则倒在了血泊中，鲜血溅了我一身。"

我略微想了想，很快明白了其中的道理，叹道："啊，这个姓吴的可真够狠的，他是摆好了圈套让你往里跳啊！"

彭辉点点头："不错。这下手枪上有我的指纹，现场有我的脚印，监控录像里有我的画面，我衣服上还沾着血迹。我就是跳进黄河也洗不清。"

"所以你就跑了？还把带着你指纹的手枪也带走了？"

彭辉无奈地一摊手："我还能怎么办呢？"

"嗯。"我垂头思考着，"也许你可以留在现场，等警察来了，说出实情，没准儿警察可以查出真相呢？"

"如果警察查不出真相怎么办？"彭辉笑着反问，"而且那样的话，我等于把自己的命运交到了别人手里，我不喜欢这样的感觉。"

的确，以彭辉的性格，很难让他去选择这样一种被动的结果。我为他叹息着："这个姓吴的可真是害你不浅，不过，也许我倒该谢谢他呢。"

"为什么？"彭辉诧异地问道。

我淡淡地笑着，说出了心中的话："如果不是因为他，那我们就没有机会认识了。"

彭辉怔了一下，把目光转向窗外：“认识我很好吗？也许有一天，你会觉得后悔的。”

“为什么我会后悔？”我觉察到他话里藏着什么，紧跟着追问。彭辉没有回答，他从那沓报纸中抽出一张，掏出打火机，把它点燃了。

我奇怪地看着他的举动：“你这是干什么？”

彭辉翻了翻手腕，让我看清楚报纸上的那条新闻标题，然后打趣地说：“这张我可得烧了，否则被你看见，动了坏心思，我岂不惨了？”

我明白了他的意思，呵呵地笑了起来。在我的笑声中，火苗席卷而上，将那则新闻吞噬了进去。彭辉来到窗前，在报纸即将燃尽的那一刻，松手将它扔出了窗外。

在若有若无的毛毛细雨中，那报纸像一只燃烧着的蝴蝶，翩翩飞舞了几下，随即熄灭，灰烬也很快被风吹得无影无踪。在刹那间，我突然有种奇怪的感觉，似乎某种东西也在伴着那火苗一同从我眼前消逝，可我又说不清那到底是些什么。

不知当时在楼下看着那团火苗的张雨，是否也产生过同样的感受呢？

那天的最后一次彩排进行得很顺利。其实对于彭辉来说，他的任务本来就很简单。在第二天正式的晚会现场，出纳将提前半小时把赈灾款送到后台的准备间，在那里，工作人员会把赈灾款分装到相应的红纸袋中。上场时，会有礼仪小姐各自用礼盘托着纸袋走在前面，彭辉跟着上台，然后在礼仪小姐的引导下把纸袋分发给相应的烈士家属和受灾户就可以了。

彭辉完成他的彩排任务后，我留下来和晚会导演交换了一下意见。导演对彭辉的表现非常满意，说只要按照今天的程序来走，那现场就不会出任何问题。

既然导演都这么说，那我真的没什么可担忧的了。我带着轻松愉快的心情走出准备间，看见彭辉正在走廊里缓缓前行。他的动作有些奇怪：闭着眼睛，用一只手轻触着墙壁，嘴里还在轻声默数：“五十一，五十二，五十三……”

在数到第五十七步时，他向左一拐弯，准确地进入了消防通道内。

我跟上去，不解地问：“你在干吗呢？”

彭辉笑了笑，向我解释道："如果大厦里出现火灾，所有的电路都会被截断，到时候一片漆黑，你必须闭着眼睛找到消防通道，才会有逃生的机会。"

哦，是这样。我学着彭辉的样子也在走廊中来回摸索了几趟。我的步子小一点，得数到六十多步才能从准备间门口走到消防通道处，而且每次的步数都不是非常准确。不过我并不在意，这样的大厦，怎么会平白失火呢？这样走来走去，其实也就是好玩而已嘛。

等我玩够了，发现彭辉正一个人站在走廊尽头的窗前，静静地看着窗外发呆。他看得那么专注，甚至当我走到他身边的时候，他都没有发觉。我凝视着他的双眼，那里面似乎藏着一缕淡淡的忧伤，而这种情绪，以前从未在他的身上出现过。

"你在看什么？"我轻轻地问道。

"看天，看雨，看这座城市。"然后他转过头来对我说，"明天我就要离开了。"

彭辉的话让我的心倏地一紧，这两天我实在过于快乐和忙碌，竟忽略了离别即将到来。是啊，当彭辉忙完了这一切，他还有什么理由继续留在这座城市呢？

我该怎样面对这种离别？这十几天的相处，我对他已经产生了某些无法割舍的感情。这个不断制造麻烦的男人给我一种从未有过的感觉，而这感觉正是我一直以来在苦苦寻找的。

我用笑容掩饰着心中的纷乱，问他："你准备去哪里？"

彭辉再次把目光转向窗外，略带迷茫地摇摇头："那会是什么地方？"

他似乎也不知道自己要去哪里，对于彭辉这样的人，这多少有些奇怪。难道他的心也在摇摆不定？我突然下了个决心，暗暗告诉自己：我要把这个男人留下来。

整台晚会彩排结束已经是下午三点多了。我把彭辉送回宾馆，然后去菜场买回一堆新鲜的鱼肉果蔬。回家后，我便在厨房中忙碌起来。我对自己的厨艺一向颇有信心，只是平时很少有机会展示。一个多小时后，一桌精巧别致又不失丰盛的菜肴出现在餐桌上。我满意地欣赏了一阵自己的作品，然后给彭辉打了电话。

"晚上来我家吃饭吧？"

“哦，有没有什么特别的理由？”

“有，今天是我的生日。你看，这个理由足够了吗？”我学着彭辉当初用枪胁迫我时的口吻说道。

彭辉在电话那头笑了起来：“好的，我马上出发。”

等待彭辉的时间，我洗了个澡，把自己好好打扮了一下。我化了淡淡的妆，一直束着的马尾散成了柔顺的披肩长发，然后精心挑选了一件湖蓝色的连衣裙。坐在梳妆台前，我想，如果我真的是个男人，也会被镜子里的那个女人迷住的。

彭辉一直觉得我像个男人，今天我要让他感觉到，我不仅是个女人，而且是个充满魅力的女人。

大约半小时后，彭辉如约而至。当我出现在他面前时，他用欣赏又略带惊讶的目光盯着我看了很久，然后笑着点头赞道：“我早就知道你是个漂亮的女人，但没想到你会这么漂亮。”

我愉快地用手捋了捋头发：“进来坐吧。”

柔和的壁灯映着餐桌上的各色佳肴，整个屋子里充满了一种温馨自然的气氛——家的气氛。

彭辉是一个浪子，在每个浪子的心中，都会渴望家的感觉。我之所以没在外面请彭辉吃饭，就是要让他体会到这种感觉。

我的良苦用心看来起到了效果，当彭辉在餐桌前坐下时，他的目光变得祥和，嘴角也露出微笑。我相信，自从我认识他以来，他的精神从来没有如此放松过。

我打开一瓶红酒，为我们倒上，然后举杯：“来，谢谢你的赏光。”

彭辉摆了摆手：“不，今天的主角是你，先让我祝你生日快乐。”

说着话，彭辉从身后拿出了一个漂亮的生日蛋糕。那蛋糕不大，但做得非常精致。蛋糕上的蜡烛都已经插好，与众不同的是，蜡烛的烛芯都连在一根导线上，导线的一头接着一个小小的金属盒子。

我从没在生日蛋糕上见过这样的装置，立刻好奇地问道：“这是什么？”

彭辉冲我神秘地一笑：“你一会儿就知道了。”说着，他用手拨了下盒子上的一个开关，然后打着节拍开始轻唱：“Happy birthday to you, happy birthday to you, happy birthday, happy birthday, happy birthday to you!”

在他的歌声中，金属盒子上的发条轻轻地转动着，当他唱完最后一个单词时，发条正好走到了尽头，噗地打出一朵火花，那火花顺着导线一路燃去，点着了蛋糕上所有的蜡烛。

我童心大起，惊喜地拍着手："啊，真有趣，这是你自己做的吗？"彭辉点点头，端起酒杯和我碰了一下："来，为你的生日，干杯！"我补充了一句："也为了我们的相识。"

我们各自饮完杯中酒，彭辉用手指指蛋糕上那些五彩的蜡烛："该许个愿了。"

"好的。"我站起身，把屋中的灯全都灭了。微弱的烛光映出一个小小的光圈，我和彭辉处于光圈之中，四周则是一片黑暗。那一刻给人一种感觉：似乎全世界只有我们两个人。

我很享受这种感觉，默默地等了很久后，这才深吸一口气，吹灭了蜡烛。屋内随之变得一片黑暗，我们只能隐隐约约地看见对方的影子。

"许了什么愿，能说出来吗？"彭辉在对面问我。

我踌躇片刻，用一种委婉的方式说出了心中的想法："我希望你能喜欢这里，喜欢我的家。"

"呵呵。"我听见黑暗中彭辉很轻的笑声，"那你的愿望已经实现了。"

"真的？那你愿意留在这里吗？"

"谢谢你。"彭辉沉默片刻，"但是我不能。"

"为什么？"我掩饰不住心中的失落，"你不喜欢我？"

"不，我喜欢你。"彭辉的语气很诚恳，顿了一顿，又说道，"可你知道那种感觉吗？当你心中已经有了一个人，再也没有别人可以去占据同样的位置。你愿意为她付出一切，即使自己什么也不会得到。"

我明白彭辉在指什么，但我不甘心就这样败下阵来："可她已经嫁人了，她不再属于你了，你应该学会忘记她。"

彭辉默不作声，似乎陷入了某些回忆，许久之后，说道："还记得我给你讲过的那道伤疤吗？当时我们拥抱着，我吻了她，告诉她，不管以后发生什么，我会永远照顾她，保护她，为了她的幸福我可以做任何事情。那一年我十八岁，已经不是一个男孩。这是男人的承诺，它的效用就像留在我手背上的伤疤一样，永远不会消失。"

我无声地苦笑了一下："难道你的手上就再也没有新的伤疤吗？"

彭辉似乎被我问住了，没有回答我的问题。

我又看到了一丝希望，试探着问："能不能再给我一点时间，时间可以改变很多事情的。"

"时间？"彭辉轻轻地嘘了口气，然后站起来，走向屋外的阳台。

我已经习惯了他的这种做法。当他不想继续一个话题的时候，总是立刻用某种方法把它回避过去。我无奈地摇摇头，然后默默地跟在他身后。

我的屋子在公寓的高层，从阳台上看下去，城市中夜色点点，尽收眼底。彭辉极目远眺了片刻，轻声感慨着："我很喜欢这无边的夜色，那种开阔的感觉，总是让我想起大海。"

"你经常看见大海吗？"

彭辉点点头："我当兵时，就是海军。"

"啊，那真好。"我不禁有些神往，"无拘无束，海阔天空，一定很适合你。"

彭辉微微转过头，目光深邃，既像是在看我，又像是在回忆往日的时光："你知道吗？在东海有一种箭鱼，它游起来飞快，从没有人能将它活着捉住。如果它落入了渔网，那它就会拼命挣扎，或者脱网而去，或者力竭而死。总之，它自己掌握一切，即使是死亡。你永远控制不了它，只有在它偶尔跃出海面的时候，你才能欣赏到它那箭一般的英姿。"

"箭鱼？"我喃喃自语，"真希望我能亲眼看见它跃出海面的样子。"

"我就知道你肯定会喜欢的。"

"如果有机会，你带我到东海去看，好吗？"我看着彭辉，用一种近乎乞求的语气说道。

我想我当时的那种目光肯定是让人无法拒绝的。彭辉犹豫了片刻，终于还是点了点头，但同时，他又加重语气强调了一句："如果有机会。"那天晚上，我们在一块儿待了很久。我们喝着红酒，聊着天。彭辉给我讲了很多和大海有关的故事，我静静地听着，感受着他的生活，感受着他的内心。我感觉我们俩是如此接近，但为什么中间又要存在一道无法跨越的隔阂呢？

我没有再提那些会让他回避的话题。我知道自己无法留下这个男人。

就像那飞驰的箭鱼，他只向着自己认准的方向前行，这一点，没有人能够改变。

举行赈灾晚会的日子终于到来了。这是我和彭辉相处的最后一天，回忆那天的经历总是让人痛苦的，但我无从回避。当天早晨，连续下了一个多月的雨终于停歇了，似乎所有的事情注定都要在这一天走向各自的结局。

下午，我来到彭辉所住的宾馆。与以往不同，彭辉早早便坐在大堂里等着我了。看到我之后，他冲我打了个招呼，迎上前来。

他红着眼睛，精神状态看起来不是很好。而且我注意到在他的鼻梁上有一小块瘀青。

“你这是怎么了？”我指指他的鼻子，关切地问道。

“昨天喝得有点多，上楼的时候摔的。”彭辉漫不经心地回答。

“你看你，都什么时候了，也不小心点。”我嗔怪着说，“回头得让化妆师帮你遮掩一下。”

“我出场是安排在八点半吧？”

“是，不过我们得尽量早去，万一有个什么变故呢？”

“嗯。”彭辉点点头，冲着总台旁站着的一个服务员招了招手。服务员走上前，很有礼貌地询问：“先生，您有什么事情吗？”彭辉一字一句，非常郑重地吩咐：“今天晚上八点的时候，帮我打扫一下四〇六房间。”

“好的。”

“记好了，八点，四〇六房间。”彭辉又强调了一遍。

“放心吧，先生，我们不会弄错的。”

“好了，今天怎么那么关心起你的房间来？”我有些不耐烦地催促，“我们出发吧。”

彭辉看了看大堂内的挂钟，时间显示是下午四点。

“我想先去一个地方，来回不用一小时，还来得及吧？”他看着我问道。

“时间倒是来得及，不过，非得现在去吗？”

“既然来得及，那就走吧。”说着，彭辉已经向着宾馆外走去，根本不给我继续商量的机会。

“你到底要去哪儿啊？”我跟在他身后，无奈地追问着。

他的答案多少有些出乎我的意料：“雨城市人民医院。”

二十分钟后，我们来到了雨城市人民医院的住院部。根据彭辉的指引，我把车停在了一幢白色的病房楼下。彭辉并不下车，只是透过车窗静静地注视着三楼的一间病房窗户。我问他到底想干什么，他也不回答。

大约过了十分钟，彭辉的目光突然闪动了一下。我向着三楼看过去，只见原本遮住的窗帘被慢慢拉开了，一个身着病服的女子出现在窗前。

那女子容貌秀美，皮肤白皙，只是略显得有些憔悴。她站在窗口向外眺望着，此时正好有一缕微弱的阳光透过云层映了过来，使她的脸庞上看起来像是泛起了一丝红晕。

彭辉目不转睛地看着那女子，神情宛伤。

我忽然明白了什么，心中一酸，问：“是她？”

彭辉点点头，目光却舍不得从那女子身上挪开半分。直到片刻后，那女子离开了窗前，他才叹了口气，转头对我说：“走吧。”

说这两个字的时候，他语气中的那种留恋和不舍让我嫉妒得心痛。在那一刻，我多么希望我能和病房中的女子易地而处，只要彭辉能用同样的眼神看我一分钟，即使她所得的是无法医治的绝症，我也会愿意。

那个女子的出现使我的精神在随后的很长时间内都有些惘然。在其他节目依次开始之后，我独自坐在后台的一个角落内发着呆。

“哎哎，孟婷！小彭呢？快把他找来，该到位了啊！”导演一嗓门儿把我的思绪拽了回来。我环顾了一下，发现彭辉此时并不在准备间内。不远处，礼仪小姐们已经到位，工作人员正在把赈灾款分装到各个红纸袋中。我连忙四处寻找彭辉的身影。还好，没费多大力气，就发现了他。他正一个人站在走廊窗前，像昨天一样看着外面的世界发呆。

我走过去，轻轻拍了他的肩膀一下：“哎，想什么呢，快上场了，该进去准备准备了。”

彭辉转过头，突然很诚挚地对我说了一句：“对不起。”

“对不起？为什么？”我有些不解地问道。

彭辉却无视我的疑惑，继续说着一些让我无法理解的话：“你会原谅我的，是吗？而且我知道，你肯定也会理解我的。”

我尴尬而又忐忑地摇着头："我不懂你的意思。"

彭辉看着我的眼睛，言语中透出一种压抑不住的感情："孟婷，我和你之间有种奇特的感觉。你知道吗？和我相处了二十年的好朋友无法理解我，我最爱的人也无法理解我。我们只相处了十多天，我却坚信，你会是那个唯一能理解我的人。只可惜我们认识得太晚，而命运留给我们的时间又是这么短暂。"

听了他的这番话语，我也禁不住有些动容。我咬了咬嘴唇，问道："如果你先认识我，你也会像对她那样对我吗？"

彭辉默然笑了笑，看来，这又是一个他想回避的问题。

"时间差不多了，我们进去吧。"他率先挪动了脚步，向着准备间走去。

当我们进入准备间的时候，礼仪小姐们已经各自端着赈灾款，在后台排成了一队。导演一看见我们，便火急火燎地招呼着："哎哟，你们可真不着急，快，还有十分钟就该上台了。"

彭辉走过去，排在了礼仪小姐的身后。其间，他曾回头看了我一眼，那目光中似乎包含着很多东西，我却无法一一解读。这一眼之后，他便垂下头去，长时间地盯着自己左手腕上的手表。

他看手表的目光是那么专注，多少与周围的气氛有些不和谐。我忍不住多看了他几眼。我注意到他的右手搭在左手的手腕上，中指正有节奏地轻轻敲击着表盘。忽然，他的神情变得凝重，手指也停在了半空，似乎在等待着什么。对这一幕，我感觉有些似曾相识。我的大脑飞速地旋转着，当我终于在记忆中找到与其匹配的场景时，我几乎忍不住就要惊呼出声！

然而已经晚了。伴随着彭辉的中指最后一次落下，整个大厦的灯光在刹那间全灭了，所有的人都陷入这突如其来的黑暗中。

我听见广场的观众席中爆发出一阵刺耳的嘘声。随即导演焦急的嗓音在我身边不远处响起："怎么回事，这是？"

"别乱别乱！"准备间内的一名工作人员竭力安抚着大家的情绪，"可能是意外故障，会有备用照明系统的，马上就能恢复正常！"

果然，没过多久，大厦内的应急照明灯便陆续亮了起来。摆脱了黑暗世界，众人的情绪刚刚有所稳定，耳边突然又响起了礼仪小姐惊慌失措的声音：

“钱呢？”

“钱不见了！”

我像在场的所有人一样，茫然地看着礼仪小姐们手中的托盘，那些托盘空空如也，装有赈灾款的红纸袋早已不翼而飞！

片刻后，我略微恢复了理智，目光四下搜寻了一圈，不出我所料，彭辉已消失无踪了。我心中隐隐猜到了些什么，可那种猜测是我无论如何也无法接受的。突然间，我回想起昨天彭辉在走廊里盲眼摸寻消防通道的情形，几乎没做任何停留，我撒腿冲出了准备间，沿着消防通道向楼下追去。

在路上，我的情绪已经失控，泪水顺着我的脸颊往下流着。我不知道自己能否追上彭辉，也不知道追上后能做些什么。我只想能够再见到他，当着他的面问个清楚：这究竟是怎么回事！

消防通道的尽头是大厦的地下货仓。当我从通道口冲出时，我看到了彭辉。他正孤零零地站在空旷的货仓中央，似乎在等待着什么。

“彭辉！”我近乎歇斯底里地叫了一声，然后停下脚步，刚才的那段冲刺已经耗尽了我全部的体力。我站在离他十多米远的地方，气喘吁吁，但双眼一直死死地盯着他。

彭辉转过头来，用一种复杂的眼神看着我。他的肩上背着那个黑色的提包，提包内鼓鼓囊囊，就像那天从迪厅跑出时一样。

“你别走！”追上了彭辉，我略微恢复了一些理智，我擦了擦眼角的泪水，质问他，“你包里，装的是什么？！”

彭辉看起来比我冷静得多，他甚至转身向我走近了两步，坦然说道：“钱。我需要这些钱。”

彭辉的回答验证了我的猜测，这结果像一记重锤狠狠地砸在了我的心头。我的泪水再一次没有出息地夺眶而出：“你早就设计好的？你对我做的一切，都是为了这个？”

彭辉在离我四五米远的地方停下了脚步。他看着我的眼睛，我也死死地盯着他，等待着他的回答。

片刻的沉默后，彭辉终于点了点头，告诉我：“是的。”

我痛苦地闭上眼睛，胸口如同压上了重重的石头，几乎令我窒息！

我无法相信眼前的事实。怎么可能，他怎么会这么做？！突然间，我意识到什么，嘶哑着嗓音绝望地追问：“你……是为了她？”

“是的。”也许是我的问话让他又想到了那个女子，彭辉的表情又变得果断刚毅。

“我已经和你说过对不起，请你接受我的道歉。”说完这句话，他转过身，向着地下室的出口处大步而去。他的每一步都像是踩在了我的心里，残忍而又没有任何挽回的余地。

我不知所措地站在原地，泪水早已模糊了我的视线。我该怎么办？追上去？可面对这样的局面，即使把他追上，对我又有什么意义呢？他的心已离我远去，或者说，根本就从未接近过我？

“站住！”一声突如其来的呵斥把我的思绪又拽回到眼前的现实中。我擦擦泪眼，愕然发现张雨堵在了地下室的出口处，他正平端着一支手枪，面容冷峻地逼视着彭辉。

彭辉停下了脚步，似乎早已料到了这一幕，脸上居然浮现出一丝得意的微笑。然后他把手伸到腰间，掏出了那支曾用来胁迫我的手枪。

“你来了。”他冲着张雨淡淡地笑着，然后举枪，瞄准，扣动了扳机！

砰的一声闷响，这次枪中不再没有子弹！张雨一个侧翻卧倒在地，离他刚刚所在位置的不远处，一盏壁灯被击得粉碎，玻璃四溅！

彭辉一击不中，转过身，向着我所在的消防通道入口处折返过来。

我看着他越走越近，头脑中一片混乱。困惑、气愤、失望、委屈诸多情绪交杂着，使我根本没有思考的余地。转瞬间，他已经跑到了我的面前，可他甚至没有看我一眼，径直便要进入通道离去。

我已经无法控制自己。在他经过我身边的一刹那，我愤然伸出双臂，将他拦腰抱住：“你不许走，我不让你走！”

“放开我。”彭辉看着我的眼睛，冷峻而又严肃地向我说道。然后他回头看了看，张雨已经站起了身，正向着这边追过来。

“不，我不放！”我上了拧劲儿，把他抱得更紧了，“你骗得我好苦，你必须给我说清楚！”

“放开。”彭辉冷冷吐出这两个字，然后他做出了一个让我目瞪口呆的举动：他举起那支手枪，把黑洞洞的枪口对准了我的额头。

我几乎不敢相信自己的眼睛！当时在我心中，没有丝毫害怕的感觉，强烈的愤怒和绝望使我终于像火山一样爆发了。我把额头迎上去，贴在了他的枪口，同时不顾一切地叫喊着："你开枪！你开枪啊！"

已经追到近前的张雨见此情形，连忙收住脚步，原地举枪瞄向彭辉，焦急地大喝："你疯了！快把枪放下！"

"我必须这么做，你们谁也阻止不了我。"彭辉瞥了张雨一眼，语气坚定，然后他把目光再次转向我，轻声说了句，"如果我先认识你，我也会为你这么做的。"

听到这句话，我的心猛地一颤，同时我看到，在他的目光中，一些东西发生了明显的变化。那种冷漠和残酷突然间消失了，在他那双清澈的眸子中，似乎藏着太多无法用语言倾诉的东西。

我一时间愣住了，紧抱着他的双臂情不自禁地松开了一些。可就在我的眼前，彭辉搭在扳机上的手指却开始缓缓地扳动！

"砰！"我的耳边划过一声刺耳的枪声，几缕滚烫的血滴溅在了我的脸颊上，同时我怀里的那个身体"倏"地松软了，带着我一同向着冰凉的地面摔去。

我伏在彭辉身上，他的面庞离我那么近。我清楚地看到他的左额上出现了一个可怕的弹孔，鲜血正从中汩汩而出！

我有些木然地看着这一幕，张大了嘴，却无法发出声音。彭辉的双眼仍然睁着，似乎还在看着我，似乎还有很多话要对我说。

我颤抖着伸出右手，轻轻抚下了彭辉的眼睑，在他双眼闭上的那一刻，我再也压抑不住心中的悲伤和绝望，泪水伴随着呜咽声夺眶而出。

我最终还是没能留住这个男人，而且他走得如此彻底，我们之间连再多说一句话的机会也不再有了。

在离我们不远的地方，张雨呆呆地站在原地，神情显得有些茫然。他手中的那支枪无力地垂在自己体侧，枪口仍然残存着射击后留下的热度。

此后的一段日子里，我一直处在一种虚实难分的状态中。我始终无法接受那天在科凌大厦发生的一切。我认为那些都不是真的，那只不过是一个梦。我期待着有一天能从梦中醒来。

我家中仍然保留着一盒录像带，里面记录了彭辉换装易容时的情形。我一遍又一遍地看着那些画面，彭辉的形象在很短的时间内不断地变幻着。看的次数太多了以后，有时我会突然犯起了迷糊：这其中究竟哪一个才是真正的他呢？

每天，我都会去那个迪厅，去那个大排档。我静静地坐着，感受着彭辉残留的气息。我总是幻想着彭辉又会出现在我面前，或者时光突然倒回到我们原先相见的那个时刻。

度过了雨季，这个城市开始进入阳光明媚的初夏时分。随着空气中那种潮湿的气息渐渐淡去，残酷的现实开始击碎我的幻想，向我步步逼近。两周后的一个夜晚，我坐在城市广场那张熟悉的桌前，桌上摆着小龙虾和两瓶啤酒，而我每次只会喝完其中的一瓶。

啤酒很凉，我正在慢慢地喝着，忽然眼前闪过一抹红色，有人把一枝玫瑰花递到了我的桌前。

我蓦地抬起头，那个卖花的小姑娘正站在我的身旁，一双亮闪闪的大眼睛对着我不住地打量。

“姐姐，这朵花是送给你的。”她甜甜地说道。

那熟悉的红色勾起了我的回忆，我接过花儿，在手中紧紧地握着，花刺扎在我的手心，传来一阵锐痛。我摊开手，一滴殷红的鲜血正从我的掌心缓缓渗出。

我的鼻子一酸，黯然说道：“我没在做梦，是吗？”

小姑娘有些茫然地看了我片刻，然后拿起我的手，帮我擦去那滴鲜血，问我：“姐姐，你很伤心吗？是不是因为他离开你了？”

小姑娘的话像锥子一样扎在了我的心口。是的，他离开我了。这是事实，已经发生的事实，我必须接受的事实！

“他是一个好人。姐姐，你应该去把他找回来。”小姑娘看着我认真地说道。

把他找回来？可是，我该去哪里找他呢？突然间，我的心念一动，想到了一个地方。我想，不管他漂泊到何方，他的心，他的灵魂，终究是属于那里的。

我向领导请了一个月的长假，收拾行囊，来到了东海的海边。

彭辉说过要带我来东海看箭鱼。如果他还记得自己的话，他应该来这里等我的。

我坐在海边等待着，一坐就是一天。在这期间，我常常会闭上眼睛，倾听海浪的声音，我觉得他会通过大海向我说些什么，我也有太多的疑问需要他给我解答。

在我独自待在海边的第八天傍晚，一个男人踩着落日的余晖来到我的面前，他的出现多少有些出乎我的意料。

“你的同事告诉我你在这里。”张雨站在我的身边，远眺着辽阔的大海。看得出来，他此刻的心情也像那潮水般起伏难平。

我不知该对他说些什么，于是淡淡地问了句：“你也喜欢大海吗？”

“不，我更喜欢巍峨的山峰。不过，他很喜欢海。”张雨停顿了片刻，转头看着我，“你也喜欢，是吧？所以，你会一直想着他？”我迎着海风，沉默不语。

张雨突然叹了口气，说道：“其实我和你一样，注定这辈子也无法忘记他。”

我有些茫然地看了他一眼，不太明白他话中的意思。

“我们换个地方聊吧。我有很多话憋在心里，也许只能对你说了。”张雨指指海滩上的一排小木屋，“那里有个茶馆，去坐坐吗？”

我点点头，我们俩一前一后，向着那茶馆走去。

茶馆临海而建，透过墙上的小木窗，可以清晰地看到不远处渐涨渐高的潮水。我们临窗而坐，各要了一杯淡淡的绿茶。

我用双手捧着茶杯，目光看向窗外，缄口不语。

又是张雨首先打破了沉默：“你是不是有些讨厌我？”

“不。”我摇摇头，“我只是不知道该怎么面对你，你打死了他，但你的目的又是为了救我。”

“如果那天不是他对你的生命构成威胁，我是绝对不会开枪的。”

我轻轻啜了一口茶，然后苦笑了一下：“也许你会觉得我很傻，可每天夜里我都会想起他最后看我的眼神，那眼神使我直到现在仍然相信，他不会伤害我的，那不是他的本意。”

张雨沉默片刻，突然问道：“你了解他吗？”

“了解？我也说不清楚。”我有些迷茫地摇摇头，“我似乎能看到他的内心，可他做的每件事又总是出乎我的意料。”

张雨似乎很理解我的话，冲我摊了摊手：“别说是你，我和他做了二十年的朋友，可还猜不透他下一步会做些什么。”

“你们？二十年的朋友？”我蓦然转过头，惊讶地看着他。

“他从没跟你说过吗？”张雨也显得有些奇怪，“我们俩曾是最好的朋友。”

“那你们……是不是喜欢同一个女孩？”我愕然问道。看起来，整个故事要远比我现在所知道的复杂得多。

“是的。”张雨坦然承认，“那个女孩叫姜小艺，现在是我的妻子。彭辉抢赌场，抢赈灾款，其实都是为了她。”

我苦笑着摇摇头：“这究竟是怎么回事？我不明白。”我忽然觉得自己很傻，原来每个人都有那么多事情在瞒着我。

“半年前，我妻子患上了尿毒症，必须换肾才有生存的希望。经过多方联系，市人民医院终于找到了一个合适的肾源。我必须在一个月内凑够手术费用，否则肾源就得让给别人。可昂贵的住院治疗费早已把我们俩的积蓄花得所剩无几，这笔手术费对我来说无疑是天文数字。”

听到这里，我略微理出了一些头绪，试探着问：“那你……是差十五万元？”

“不错。”张雨点点头，“就像命中注定一样，在我一筹莫展的时候，彭辉回到了雨城。我和他背着小艺见了面。在得知我们夫妻俩的处境后，彭辉当即表示，他会想方设法帮助我们。对他的好意我当时并没有拒绝，甚至还很感激。要知道，我们俩虽然在处事态度上有很大的分歧，但一直是很好的朋友，即使后来小艺放弃他而选择了我，这一点也从来没有变过。只是我没想到，他会用那样一种方式来帮我。”

“什么方式？”我心中隐隐猜到了什么，但还不是特别明白。

“三天后，我收到了彭辉寄来的汇款单，十五万元。”张雨继续说道，“我还没来得及把这个消息告诉小艺，就接到了局里的电话，让我去处理一起抢劫案。这案子对我来说简直太简单了。我一听报案人描述作案者的举止语态，心里就明白了五六分，再加上大家都看到了他左手上的那条伤疤，我更加确凿无疑了，彭辉给我寄的，居然是抢劫得来的赃款。”

“可他抢的都是一帮赌徒的钱啊！”我忍不住帮彭辉分辩了一句。

“那也不行！这是法律，没有任何理由可以触犯它。”张雨用不容辩驳的语气说道，不过随即他又叹了口气，换了另外一种口吻，“其实我也考虑到了这些因素，如果不是这样，我早就亲手抓他归案了。那天上午我去找你，其实只是想知道你对那起劫案究竟了解多少。你的态度让我很诧异，不过也让我放了心，至少从你口中不会透露出彭辉的身份和行踪。”

“原来是这样。”我回忆当时的情形，前后印证，有了一种恍然大悟的感觉，不过我立刻又抛出了一个疑问，“可那笔钱怎么又被彭辉寄到了抗洪赈灾办公室呢？”

“把钱寄往抗洪赈灾办公室的人是我，可我署的是彭辉的名字。”张雨向我解释，“那笔钱我肯定是不能动的，我想来想去，最后想出了这么个办法。既给这笔钱找到了很好的归宿，而且如果以后彭辉归案，这也给他创造了一个可以酌情减刑的情节。”

我发出一声自嘲的苦笑：“我全给搞拧了。如果不是我自作聪明，在火车站截住了彭辉，那他早已离开了雨城，以后的事情也不会发生了。”

“是这样。”张雨无声地叹息着，“不过那也不能怪你。很多事，嘀，有时候，你不得不相信命运。后来，彭辉怒气冲冲地来找我，我们俩之间爆发了一次激烈的争吵。”

我点点头，这些都是可以想象的。以彭辉的智商，他在饭馆一看到那条新闻，肯定明白了是怎么回事。见到自己的一片苦心化为乌有，换作我，也同样会怒不可遏的。

“那天晚上，彭辉指着我的鼻子，骂我浑蛋，骂我自私。说我为了维护自己所谓的正义感，却置小艺的生命于不顾。等他摔门离去后，我一个人想了很久，我到底是不是浑蛋，是不是自私？”张雨闭上眼睛沉默了片刻，然后接着说道，“后来我想明白了。归根结底我们俩不是同一类人。彭辉一向我行我素，只要他认为对，就没有什么规矩能束缚住他。而我，不管在什么情况下，都有必须坚守的原则。我们虽然是最好的朋友，却永远无法相互理解。”

我想了想，对张雨说：“不过你比彭辉要幸福多了，至少你最爱的人是可以理解你的，所以小艺才会选择嫁给你。那天晚上，彭辉也想了很多东西，后来他一个人喝酒。”

张雨突然抬眼看了看我：“不是一个人，你也去了，是吗？”

我愣了一下："是，也许我出现得很不合时宜。只是我没想到，而且至今也不愿相信，他居然会利用我，在赈灾晚会上做出那样的文章。"说到这里，一种压不住的委屈和酸楚从我心头涌上来，我的眼睛有一点点湿润了。

张雨的目光中流露出一丝同情："我猜到他不会就此罢休的。所以我一直在暗中观察着你们俩的行动。后来彭辉一反常态出现在媒体上，我更是觉得很不对劲。就在晚会进行的前一天，我跟着你来到彭辉所住的宾馆。你们俩出去后，我对服务员亮出警察的身份，进入了四〇六房间。"

"哦，那你发现了什么吗？"

张雨的语气变得严肃起来："在彭辉的房间内，我找到了几张报纸，从而意外发现了和他有关的另外一件事情。"

"你是说黎州的那起枪杀案？"

"不错，难道你也知道？"张雨显得有些惊讶，"为了慎重起见，我在房间内提取了彭辉的指纹，回去后在公安内部网络上与嫌犯留在现场的指纹做了比对，两者完全一致。"

"你认为是彭辉杀了那个人？"我摇了摇头，"你错了！那个人是自杀的。"

张雨皱了皱眉头："自杀？这是彭辉告诉你的吗？"

"是。"

张雨看着我长长地嘘了口气，然后说道："他是骗你的，在我面前，他全都承认了。"

"承认？"我有些茫然，"承认什么了？而且你们是什么时候见的面？"

"就在那天晚上，我在宾馆房间里等着他。他去你家里吃的晚饭，很晚才回来。"张雨回忆道，"见到我，他并不吃惊，也许他早就知道我迟早会找来的。我没有兜圈子，直接向他询问黎州那件案子的情况。他坦然承认，说是那个人欠了他的债，既然没有钱还，那就该用命来还。"

怎么会这样？彭辉在我和张雨面前完全是两套不同的说辞。究竟哪种说法是真的？我心中充满了疑惑。如果他真的杀了人，他首先要骗住的应该是张雨，对我撒谎却在张雨面前说出实情，那会有什么意义呢？

我心中已经攒了太多的疑惑，所以我决定先不去想这些事情，让张雨继续往下说："那后来呢？"

"我让他跟我去投案自首，他却嘿嘿一笑，说还有样东西要拿给我看。说着，他从抽屉里拿出一张手绘的图纸，展示在我面前。"

"图纸？"我有些摸不着头脑，"什么图纸？"

"科凌大厦的内部构筑地形图。"张雨沉着声音说道，"当时他手指着那张图纸，向我一一讲解，何处是准备间，何处是消防通道，何处是地下配电房。然后他又拿出一个小巧的定时打火装置，告诉我，只要他把这个装置安放在配电柜中，他就可以在特定的时间让整个大厦断电，应急照明系统最快也得在半分钟之后才发挥作用，在这半分钟里，他早已席卷着赈灾款，从地下货仓的出口处逃之夭夭了。"

定时打火装置？我突然醒悟过来，那肯定就是彭辉用来为我点燃生日蛋糕的东西，当时我还曾为他的巧妙设计而感动，怎知这装置对彭辉却另有着重要的意义。

"他为什么要在行动的前夜，把整个计划向你全盘托出呢？"我终于按捺不住心中的疑惑，问了一句。

"这个……"张雨似乎从来没考虑过这个问题，被我问得一怔，"也许，是为了和我斗气吧？"

"斗气？"

"对。当初小艺选择了我，他在心中一直不服气。"张雨按照自己的思路给我分析着，"这次小艺患病，给了他向我宣战的机会。他要证明给我看，只有按照他的方法去做，才能够挽救小艺的生命。只要能达到这个目的，他可以什么都不顾。"

我摇了摇头，心中隐隐感觉有些不对劲。如果彭辉要完成某个计划，那他所有的行为应该都是在为这个计划服务的，像这样为了斗气而把设定的方案全部告诉对手，这实在不是他行事的风格。

"那后来又发生了什么？"我追问着张雨，希望能从他的讲述中找到答案。

"我当然不能允许他这么做。可当我想有所行动时，却发现已经晚了，彭辉抢先拔枪对准了我。不过他只是搜走了我的配枪，然后把两支枪都扔进了洗手间，说我们之间的事情，还是用老办法解决，我们今天得再比试一次。”

“老办法？什么意思？”

张雨喝了一小口茶，然后悠悠地回忆道：“当年彭辉得知我和小艺订婚的消息后，非常恼火，把我约了出来，逼着我和他打了一架。那次我赢了，他也做出承诺，再也不会打搅我和小艺的生活。”

“所以那天晚上你们又打了一架？”我终于知道彭辉鼻梁上的瘀青是从何而来了。

“不错。”张雨点点头，“如果我赢了，彭辉就得跟我去投案自首，如果我输了，我就只能眼睁睁地看着他去实现那个荒唐的计划。”

“结果呢？”

“我输了。”张雨苦笑着说，“他的体内似乎积攒着一种可怕的力量，几乎像野兽一样勇猛疯狂，我根本无法抵挡，很快就被他打倒在地。”

这结果丝毫没有出乎我的意料。在这场搏斗中，张雨只是在完成他的工作，或者在维系他做事的原则，而彭辉则完全不同，我知道他体内那种力量的源泉。我用双手轻轻地摸着自己发酸的鼻子，徒劳地想去驱赶那翻涌而上的深深的妒忌。

“后来彭辉用胶带把我捆了个严严实实，连嘴和眼睛都封住了。我无法说话，也看不见任何东西。只能在黑暗中无奈而焦急地等待着。其间我也迷迷糊糊地睡过去一次，等我醒来的时候，直觉告诉我，已经是第二天了。后来我听见彭辉走到我的身边，对我说‘我要出发了，去参加那个晚会。今天晚上，一切都该结束了’。我用力挣扎，想说些什么，但只能依稀发出一些呜呜的声音。这时，彭辉俯下身体，把嘴凑到我的耳边，轻声却一字一句地说道‘别费力了，这次注定是我赢。希望你能记住，小艺的命是我救的’。说完这话后，他就走出房间，锁上门离去了。”

“他就这样走了？”我不解地看着张雨，“那你怎么能在不久后出现在科凌大厦呢？”

“在他离开的那一刻，我们俩曾认为胜负已定，无法更改了。可这个世界上有太多出人意料的事情。谁也没有想到，在最后的时刻，恰好有个服务员来到四〇六房间打扫卫生，她发现了我。”张雨唏嘘地感慨了一句，“也许这就是命运的安排吧。”

“服务员？！”我惊诧地脱口而出。心中有一个声音在大喊：不，这不是命运，这是彭辉安排的，可是为什么？！为什么？！

张雨没有注意到我异样的反应，继续说着：“正是那个服务员帮我挣脱了束缚。我在卫生间内找到了自己的手枪，立刻向着科凌大厦赶去。后来的事情你也都看见了，我恰好在地下出口处堵住了彭辉。他那时已经丧心病狂，为了实现自己的计划，什么都做得出来。他向我开枪了，甚至也要向你开枪，我别无选择，我……”

张雨的声音越说越低，最后化为一声沉沉的叹息。他的眼眶有些发红，看得出，他正在竭力控制着自己的情绪。

我心中则是一片迷茫！我似乎已经看清了整个事件的脉络，但其中一个最关键的地方却仍然难以解释。这自始至终的每一步，根本就是彭辉在全盘控制着，可是为什么？他的目的、他的计划到底是什么？！我用手抚着脑门儿，让自己冷静下来，然后我想到了问题的关键所在，问张雨：“你妻子呢？现在她怎么样了？”

“前两周刚做了手术，现在恢复得很好。”说这句话的时候，张雨的脸上难得出现了一次欣慰的表情。

是的，没有出乎我的意料，这就是彭辉要的结果！

“哪里来的手术费？”我迫不及待地追问。

“简直像做梦一样。就在我认为一切都已经结束的时候，突然又出现了一个意外的结局。”张雨惘然地摇着头，似乎至今也没有完全相信后来发生的事情。停顿了片刻后，他接着讲述：“彭辉死后的第三天，局长把我叫到了办公室，告诉我，因为我击毙了网上追查的逃犯，又阻止了一起性质恶劣的抢劫案，组织上决定给我记二等功一次。当时局长说了很多夸奖和鼓励的话，我的脑子很乱，基本上没听进什么。可他说的最后一句话立刻让我怔住了，我几乎不敢相信自己的耳朵。”

我屏住呼吸，静待张雨的下文。

“局长告诉我，我不但被记功，而且能得到二十万元的赏金。”说着，张雨从随身的包中拿出一张报纸，递到我面前，“局长给了我这张报纸，你看一看，也就明白了。”

我没有用手去接，心中已明白了一切。那是一份《黎州日报》，版面上的新闻标题醒目而熟悉：《富豪枪杀案再起波澜，吴某之子悬赏二十万追查杀父凶手》。

“对于悬赏的事情之前我一点都不知道。太突然了，我根本无法向你描述我当时的心情。”张雨看着我的眼睛，似乎想向我解释一些什么。我明白，他是想让我相信，自己绝对不是为了要得到悬赏而枪击彭辉的。

是的，他不知道。因为彭辉不想让他知道，所以在他进入宾馆房间之前，彭辉故意把其他报纸留下，却唯独烧毁了这一张。我回想起当天的情景，那报纸如同一只燃烧的蝴蝶，在细雨中化为灰烬，最终飘散在风中。

我开始不争气地抽着鼻子，泪水即将渗出眼眶。

我的情绪似乎感染了张雨，他也显得有些激动了：“不怕你笑，拿到钱的那一刻，我哭了。这么多年来我一直规规矩矩做人，坚守着自己的原则。可彭辉让我产生过动摇，开枪后，我真的不知道自己是对是错。命运终于给了我答案，在最后的一刻，我得到了回报，我赢了，但我是站在自己最好朋友的血泊中……”

张雨的声音哽咽了，他用手指按着眼眶，止住即将滚落的泪水。

“命运？可彭辉从来不相信命运，他只相信自己。”我深深地吸了口气，问张雨，“你们从小一起长大，做了二十年的朋友？”

张雨点点头。

“但你真的不了解他。”我咬咬嘴唇，在张雨疑惑的目光中继续说道，“他是我行我素，漠视一切束缚。但这并不代表他没有是非观，做事没有原则。他的原则在他自己心里，同样不可动摇。所以，我一直不相信他会杀人，不相信他会对我开枪，也不相信他会真的抢劫赈灾款，这一个月来，我从来没有相信过。”

张雨沉默片刻：“可他确实这么做了，这是事实，你必须接受。”

我轻轻一笑，泪水却滑落脸颊，我把头转向窗外，看着不远处的大海：“你知不知道，在这海里，有一种箭鱼？”

“箭鱼？”张雨不明所以地摇着头。

“对，箭鱼。”我用沉缓的声音说着，“它无拘无束，游起来飞快，从没有人能活着捉住它。如果它落入了渔网，那它就会拼命挣扎，或者脱网而去，或者力竭而死。总之，它自己控制着一切，即使是死亡。”

张雨无法领会我话语中的意思，尴尬地一笑，对我说：“也许你不想再说刚才的话题了？对不起，我只是觉得心里堵着好多东西。这个时候，你总会想找一个人倾诉。我想来想去，只能来找你。”

我擦干泪水，转过脸，对张雨微笑着说：“好了，我该走了。祝你们幸福，我想这也是彭辉的心愿。”

“等等。”张雨从包里拿出两张照片递给我，“我知道你对彭辉有着不一般的感觉，也许你需要这个。而且，我想我们以后都不会再见面了，也算留作一个纪念吧。”

我接过照片端详着。一张是彭辉的单人照，还有一张是张雨、彭辉和姜小艺三人的合影。那应该是好几年前的照片了，上面的人都开心地笑着，年轻，充满了生命的活力。从木屋中出来，我再次来到了海边。潮水拍打着我的脚面，我俯下身，把那两张照片送入了大海。

想记住一个人，并非一定要留下些什么。

海水缓缓漫过照片，上面的人像随着水波晃动着，似乎变得鲜活了一些。我忽然发现，照片上的那个女人确实长得和我有点像。

然而我终究不是她，我又想起了彭辉对我说的最后那句话：“如果我先认识你，我也会为你这么做的。”

我不知是该微笑还是该哭泣。如果？这世上的事又怎么会有如果呢？

“看，箭鱼！”我身后忽然响起一个孩子欢快的叫声。

我心中一凛，连忙抬起头，正好看见一条银白色的修长的鱼从海水中跃起，它的身体绷得笔直，姿态优美而迅捷，在海面上划过了一道美妙的弧线。

然而只有短短的一瞬，它又扎进了海里，向着远处的深海自由而去。

床下

你的床下藏着惊喜还是惊吓

一 聊天记录

男人："你怎么了？"

女人："嗯？"

男人："为什么不说话？"

女人："我也不知道……就是不想说吧。我本来也不是话多的人。"

男人："可是你以前很能聊的。"

女人："以前？可能是吧，有时候我也会和你说很多……"

男人："那你现在为什么这么冷淡？是我做错什么了吗？"

女人："不，你没有做错，是我自己的问题。"

男人："你自己的问题？"

女人："……我有很多重人格，有时候连我自己都无法控制自己的想法，所以我才会对你忽冷忽热的吧。"

……

女人："现在轮到你不说话了，你被我吓到了吗？"

男人："怎么会呢……我只是在想一些事情。"

女人："什么事情？"

男人："我们见面吧。"

女人："见面？怎么突然说这个？"

男人："我们已经在网上聊了那么久，我很想见见你。"

女人："你真是有趣，总是会突然冒出这样那样的奇怪想法。"

男人："不，我不像你说的那样。我做什么事情都是有计划的。"

女人："你就是那样，至少给我的印象是的。"

男人："那可能是你搞错了。"

女人："我搞错了？也有可能……难道又是我的多重人格在作怪？也

许是把其他什么人的性格和你搞混了？”

男人：“你把我当成了另外一个人？真是可悲……”

女人：“你说谁可悲？”

男人：“我。”

女人：“我才可悲呢！我的脑子里总是乱糟糟的，有时候我甚至搞不清哪些是真实存在，哪些是我想象出来的虚幻世界。”

男人：“……那确实有点可怕。”

女人：“你害怕了吧？你还敢和我见面吗？”

男人：“当然敢。越是这样我越要和你见面，我不想成为你心中的虚幻，我要进入你的真实世界。”

女人：“你会被我吓到的。”

男人：“我真的不怕。”

……

男人：“你还在考虑吗？”

女人：“今天是十二月十一号吗？”

男人：“是的。”

女人：“那好吧，我同意和你见面了。”

男人：“真的？”

女人：“真的。不过要等到三天之后。”

男人：“那无所谓，只要你不变卦就行。”

女人：“不会的。我们说定了，三天之后我去找你。”

男人：“好！”

二 见面

三天之后，十二月十四日。

已是深冬季节。时近黄昏，天空中聚集着大量的云团，北风轻啸，寒意逼人。

巷子深处的小屋外立着一棵梧桐树。树木枝头最后几片残存的黄叶也在寒风中被扫荡殆尽，现在只剩下光秃秃的枝丫，在暗灰色天空映衬下，落寞、绝望、压抑。

女孩站在树下，仰起头看着光秃秃的枝丫，感觉那很像是一堆骷髅手臂。尤其是最高处的那一枝，瘦骨嶙峋的“五指”在空中张开，而中指又格外修长地突兀出来，直指树木脚下的那间小屋。

联想到那个手势所代表的意义，女孩便忍不住轻轻笑起来，露出两排洁白的牙齿。这是一个很好看的女孩，花一般的年纪，不仅牙齿是洁白的，皮肤也白得几乎透明。而一双眼睛却又黑得发亮，透出深不见底般的幽邃。

女孩的笑声似乎惊动了屋内的人。屋门被打开了，一个二十来岁的男子出现在门口。他看到那女孩后，脸色微微一红，嘴唇无声地动了一下，似乎想说什么却又缺乏足够的勇气。

没有见过世面的男生在面对陌生美女的时候，通常都是这样的表现。相比起来女孩却要大方很多。其实她和眼前的男子也不算是陌生人了，他们只不过是第一次在现实中见面而已。

女孩瞪大眼睛打量对方，同时直愣愣地问道：“你是大风吗？”

男子点点头。大风是他的网名，这一年多来，他一直用这个名字和一个女孩在网络上聊天，而这个女孩现在终于真实地出现在他面前。

“我是姈姈。”女孩也报出了自己的网名，同时她看着大风轻轻地叹了口气道，“你和我想象的不太一样。”

“是吗？”大风尴尬地挤出一丝笑容，“你想象中我应该是什么样子的呢？”

妗妗眯着眼睛看着对方，目光变得更加犀利。大风被她看得有些别扭，便微微低下头，把自己的视线躲在一边。他知道自己长得不高也不帅，一张四方脸还会给人一种木讷呆滞的印象，这使得他在女孩面前总觉得有些不太自信。

这么多年来，还从未有一个女孩喜欢过他，更遑论像妗妗这样的花季美女。所以他现在几乎是以一种煎熬般的心态在等待对方给自己的评判。

可妗妗最后却只是摇了摇头：“或许是我想错了吧——毕竟现在这个才是真实的你。网上的感觉终归会有些出入，而我又是个奇怪的人，总是会产生些莫名其妙的想法。”

大风释然地松了口气，终于酝酿出一些主人的气魄，向那女孩做了个邀请的手势：“快进屋吧，外面很冷呢。”

女孩应了句：“好吧。”她迈步跟在大风的身后，两人一同走进了小屋内。主人随手关上屋门，外面的世界便和这小屋隔绝开来。

屋子里的光线很暗，妗妗的视力适应片刻后才能看清屋内的情形。

这是一间低矮狭小的平房，有二十平方米左右。靠门口处隔出了一个小间，摆着炉灶和锅碗等物，应该是厨房吧。再往里则是起居室，贴墙位置摆着一张大床，床头立着一个书柜；对面则是一张沙发，沙发前面还摆放着一个电脑桌。

看到那电脑桌，妗妗微微地笑了起来：“你就是一直在用这台电脑和我聊天吗？”

大风也笑了，挠了挠头皮，显出些许羞涩。那电脑的款式早已落伍，却一直是他最为心爱的物件。作为一个飘零在都市中的异乡客，只有面对那台电脑的时候，他才能品味到一丝久违的温馨和热情。

更重要的是，这电脑让他认识了面前的这个女孩。他是如此痴迷于对方，不管一天的奔波再苦再累，只要能在电脑前和她聊上几句，他就会非常开心，觉得人生也因此而充满了意义。

现在这女孩居然走出了电脑，来到了自己的小屋内。大风感觉到一种无法自持的幸福，但同时他又有一种强烈的忐忑。

任何男人和一个美丽女网友第一次见面的时候都会有这样的忐忑。他会担心自己的现实状况让对方失望，如果那样的话，再美丽的曾经也会像映着阳光的肥皂泡，虽绚烂却不堪一触。

大风知道自己最大的劣势在哪里，他虽然看起来木讷，脑子却不愚笨。所以当妗妗用目光继续参观小屋的时候，他已主动地自嘲说道："我这里条件不好，太过简陋了，希望你不要介意。"

与其让别人点出你的不足之处，还不如自己先说明一下呢，这样对方反而会不好开口了吧？

果然，妗妗并没有纠缠于这个问题，甚至善意地帮对方圆着场面："能看出来，你很用心地收拾过这个屋子，我应该感到荣幸才对。"

是的，屋子虽然不大，陈设也非常简单，但里里外外都非常整洁：床单和被罩都是洁白的，如果你凑上前，甚至能闻到洗衣粉的淡淡清香；电脑桌一尘不染，书柜里的书码放得整整齐齐；墙壁和地砖显然也经过了精心的打理，干干净净的，就像是新居一般。

"这屋子里有点冷吧？"大风又带着歉意说道，"我们这里的暖气总是不足。"

妗妗略缩了缩脖子："是有点冷——不过我喜欢这样的感觉。"

"是吗？"大风的声音中带着诧异，怎么会有人喜欢寒冷的感觉呢？他几乎要怀疑这是对方为了保全自己的面子而故意说出的谎话了。

"寒冷能让我的感观变得敏锐，所以我最喜欢的季节就是冬天。"妗妗很认真地解释道，"我和你说过的吧？我能感觉到很多其他人感觉不到的东西，而我的这种感觉在阴冷的天气里才会更加明显。"

是的，或许她的确说过这样的话吧。大风一边在心中暗暗揣摩，一边半开玩笑般地问道："那你现在有没有什么特别的感觉呢？"

"有。"妗妗脸上的笑容消失了，"——但我不能告诉你。"

"为什么？"

"我怕吓着你。"女孩郑重其事地说道。

大风露出很不理解的表情。

"我感觉到的可能是另外一个世界的东西。"妗妗说这句话的时候刻意压低了声音，好像生怕惊动了什么似的。

大风摇摇头，神情越发困惑。

姈姈俏丽的眉头微微一挑："你听不明白？"

大风苦笑着回答："不明白。"

姈姈叹了一口气，显出很失望的样子："我以前和你说过的——可惜你都已经忘了。"

大风苦着脸，好像在努力地回想着什么："说过的？可能真的是我忘了吧。"

姈姈不满地抿了抿嘴："那我就再说一遍吧，你可不能又忘了。"

大风忙不迭地点着头。

"我们这个世界已经存在了很长时间，所以在每一个角落里都曾经有人死去。这些死去的人就生活在另外一个世界里，和我们在同一个地点，但又分处于不同的时空中。"说到这里，姈姈紧紧地盯住大风的眼睛，"——你能听得懂吗？"

大风继续点头，不过这一次却是勉强得很。

姈姈便又继续往下讲："我能感觉到的就是另外一个世界——那个世界的东西。"

大风沉默了片刻，问道："那你现在到底感觉到了什么？"

姈姈睁大眼睛："你真的要我说出来吗？"

"你说吧，我不会害怕的。"

"可是我记得你胆子很小的……"

大风无奈地耸了耸肩膀："那肯定是你记错了，我的胆子一向很大……"

"是吗？难道又是我搞混了？"姈姈眨了眨眼睛，"既然你一定要听，那我就告诉你吧——你可别后悔啊。"

大风神态坚定。

于是姈姈便又压低了声音幽幽地说道："这个屋子里以前肯定死过人。"一边说着，她还一边皱起鼻子深深地吸了口气。

"你能闻到什么？"大风注意到对方这个诡异的小动作。

"是的。"姈姈闭起眼睛，把全部感觉都集中到了自己的鼻子上，"我闻到了一些气味。"

大风自己也嗅了嗅，质疑道："你说的是霉味吧？这个屋子常年都晒不到太阳的……"

“不是霉味，是另外一些味道——你是闻不到的，只有我能闻到。”妗妗睁开眼睛，她那黑漆漆的眸子在幽暗的屋内闪着亮光，“我和你说过的，我是一个奇怪的人，我能感知到很多普通人无法感知的东西。你最好不要问得太多，如果我把这些东西全都说出来，那我身边的人全都会被我吓死。”

虽然自诩胆大，但此刻听着对方那阴森古怪的话语，大风的头皮也禁不住有些发麻。这个世界的确有很多现象是常人难以理解的，难道自己面前这个美丽的女孩真的具有某种“通灵”的能力？

可他一时又实在难以接受如此荒谬的论断。在愣了片刻之后，他忽然想起什么似的问道：“你是不是闻到了血腥味？”

这次轮到女孩惊讶了：“你怎么知道的？”

大风“呵呵”一笑，转身闪进厨房，片刻后拎着一个塑料袋走出来：“看，这是我下午去市场切来的羊肉片，晚上我们在屋子里一块儿涮火锅吃。”

塑料袋里一片殷红，果然是一包新鲜的羊肉片。妗妗又蹙起鼻子仔细地闻了闻，血腥味就是从那塑料袋里散发出来的呢。

“哦，看来这次是我想多了……”女孩倒也不矫情，坦然承认了自己的错误，同时她又有些不甘心地瞥着大风，“不过你可不能因为这个就认为我说的都是假话哦。”

大风憨憨地笑着：“不会的。至少现在我相信，你的感官的确比一般人要灵敏很多——这样一包肉片放在厨房里，普通人的鼻子无论如何也闻不出来。”

受到对方的恭维之后，妗妗便也开心地笑了。她看着那包鲜红的羊肉片：“你说这是你特意准备好、我们俩晚上要一块儿吃的吗？”

“是啊。我还买了新鲜的毛肚，这个东西涮火锅最棒了！嗯……还有好几种蔬菜，足够我们美美地吃一顿啦。”

“那我们还等什么呢？你快把餐桌支起来，我去厨房里帮你收拾收拾。”妗妗一边说一边向着屋头上走去。虽然她看起来秀美纤弱，但没有一点大小姐般的娇娇脾气。大风和她聊天的过程中便早已感受到了这一点，这也是他会如此喜欢这个女孩的主要原因吧。

在准备晚餐的过程中，天色渐渐暗了下来。不过大风打开屋内的白炽灯之后，屋内反倒比白天时分更加明亮。到了将近七点的时候，妗妗已经把各色菜肴都洗净盛好。大风在沙发前支起了一张简易餐桌，摆出电火锅和碗筷。而餐桌中央的鲜花和红酒则给这个阴冷的小屋平添了几分温馨和浪漫的气息。

“你还真是费了不少心思。”妗妗把涮菜端上来的时候微笑着说道，“居然还准备了一瓶红酒。”

“你应该能喝一点的吧？”大风试探着问道。

“喝倒是能喝，只是……”妗妗在餐桌前坐下，欲言又止的样子。

大风咧了咧嘴：“你是对我不放心吗？”

女孩“呵”了一声：“那倒不至于。说实话，以前在网上聊天的时候，我有时会觉得你不太老实。不过今天见面之后倒改变了我对你的印象。”

“我本来就是一个老实人。”大风正色说道，“以前你对我的印象是不对的。”

“其实你不老实的时候也挺可爱，我很喜欢呢。”妗妗皱起眉，似乎在想些什么，片刻后她又自己摇了摇头，“好了，不说这个话题了——回到刚才说的吧，我喝酒之后那些感觉会更加灵敏，你害不害怕？”

大风知道“那些感觉”指的是什么。他笑着摇摇头：“我不会害怕的。”他从来不相信什么神神怪怪的东西，刚才的“羊肉片”事件其实更加坚定了他“无神论”的信念。

“那我就喝一点吧。”妗妗眨了眨眼睛，“这么美味的晚餐，不喝点实在是可惜了呢。”

大风便欣然开启了那瓶红酒，给双方都斟上了一杯。然后他作为主人简单地说了几句欢迎词，又端起酒杯和妗妗轻轻地碰了一下。

女孩把酒杯送到嘴边啜了一口，殷红的酒汁漫延开来，在她丰润的双唇上染出了一片血色，在灯光下显得极为幽艳。

大风也自饮了一大口，随后两人各自拿起筷子，开始享用这顿丰盛的晚餐。

半杯红酒下肚之后，妗妗的脸颊上微微泛起了一抹红晕，越发显得娇美动人。大风似乎也感受到酒精的刺激，先前的拘谨感觉已经不复存在。他开始越来越多地主动引起话题，想让两人间的距离更近一点。

不过大风提起的话题似乎都不能引起妗妗的兴趣。女孩只是有一搭没一搭地接着话茬，很少会主动把话题展开。大风渐渐地意识到了这一点，在独角戏般地又说了一通之后，终于尴尬地停了下来，皱着眉头问女孩：“你怎么不说话了？”

“我就是这样的，一会儿冷，一会儿热。你以前就知道的呀。”女孩略略显出些歉意，同时像是要补偿对方似的，她主动提出了一个新的话题，“我们来聊聊这间屋子吧。”

“这间屋子？”大风愣了一下，喃喃地似在自语，“这有什么好聊的……”

“在网上聊天的时候你不是说过，这屋子有时候会发生一些诡异的事情吗？”妗妗睁大了黑眼睛问道。

大风嘿嘿地干笑了两声，不置可否。

“我很想听你详细地讲讲这些事情呢。比如说墙上会莫名其妙出现淡淡的血手印，过几天又会自己消失……”

在妗妗兴致勃勃的话语声中，大风的目光看向女孩身后的墙壁，那上面洁白洁白的，找不到任何异样的污瑕。

妗妗却还在继续说着：“还有地板，在下雨的时候会印出水渍，而且那些水渍会显示出扭曲的人形，对不对？”

大风的目光亦随之转移到了地板上，好几天没下雨了，地板砖上自然也不会呈现出什么水迹。大风沉默了半晌，然后抬头苦笑着反问道：“这些都是我对你说过的话吗？”

“是的。”妗妗点了点头，“我肯定没有记错的。”

大风摊了摊手，显得尴尬而又无奈：“你是没有记错。只是我说过的那些话全都是假的。”

女孩愕然一怔：“假的？”

大风“嗯”了一声：“是我故意骗你的。”

“为什么？”女孩的眼睛瞪得越发黑大。

“因为你喜欢聊这样的话题，我就编了这些‘诡异事件’来骗你。”大风带着惭愧的语气说道，“其实那根本都是没有的事，而且我自己也不相信有什么‘灵异’力量的存在。”

女孩愣了片刻，然后黯然放下了手中的碗筷，撇了撇嘴说道：“原来是这样……”失落的情绪很明显地挂在她绯红的脸颊上。

“对不起……”大风也失去了吃喝的兴趣，同样把碗筷放在一边，歉然道，“我并不是有意要骗你的……”

“我知道，你是为了哄我开心。”妗妗打断了大风的话语，后者张了张嘴，却没有再说什么。

“可是你现在为什么要告诉我真相？”片刻后，妗妗又用漆黑的眼眸看着大风问道。

大风舔了舔嘴唇，显出些犹豫的表情。不过他最终还是给自己找到了一个合适的理由：“因为我们已经在现实中见面了……我想我不应该再用那些虚假的东西去骗你，我要让你看到我最真实的一面。”

“是的，我们已经见面了，你想继续骗下去也会变得很难吧？”女孩垂下美丽的眼睛，又喃喃自语般说道，“早知道这样，我不应该和你见面呢……”

大风的心像被锐利的针尖扎到一样，痛得紧缩了一下。对面的女孩宁愿和一个虚拟世界的“大风”在网络上交往，也不愿接受现实世界中这个“真实”的自己。他的身体一阵阵地发凉，被一种强烈的挫败感从头到脚浇了个透。

“对不起……我让你失望了吧？”半晌之后，大风哑着嗓子艰难地挤出了这句话。

女孩轻轻地叹了一声：“你不用向我道歉的。应该道歉的那个人其实是我……我还以为你很喜欢和我聊天，很喜欢那些灵异的话题。原来你都是迁就我的，你为了我浪费了那么多的时间……”

“我可没觉得那是浪费时间！陪你聊天是我最喜欢做的事情！”大风像是蒙受了不白之冤，急切地为自己辩解道。

妗妗像是没有听见大风的话，仍在自说自话般地低语：“我还以为你真的相信我说的那些灵异的故事，当你在网络那边显得很害怕的时候，我总是充满了成就感……可原来这一切都是假的。”

女孩伤心的样子让大风如坐针毡，他的脸越涨越红，最后终于忍不住说道：“不，并不都是假的。”

这次女孩听到了他的话，目光再次直射了过来。

“有时候我也会相信你的话，是真的相信。”大风言之凿凿地说道。

什么叫“有时候”相信？婍婍困惑地蹙起秀眉：这大概又是对方为了安慰自己而编出来的谎话吧。其实他又何必呢？自己又没有责怪他。这个世界上本来就没有人相信自己的话，甚至没有人愿意陪自己聊天。只有面前的这个大风，他能够没日没夜地陪着自己，只要自己需要，他总会及时出现在网络的另一端。单凭这一点，自己就应该心存感激才对。

想到这里，女孩反倒释然起来。她冲着对方笑了笑，然后懒懒地伸了个懒腰：“好了，不说这些了——你吃饱了没？我可再也吃不下什么了。”

婍婍的笑容让大风也放松了许多。后者便回答说：“嗯，我也差不多了。你先休息一会儿吧，我把饭桌收拾收拾。”

婍婍主动提出：“我来帮你一块儿收拾。”

大风连忙拦住了对方：“不用了。又油又脏的——你待着就行。对了，那边有很多书，应该都是你爱看的。”

大风说的“那边”自然就是指床前的那个书架，婍婍一进屋就注意到了。见对方说得坦诚，女孩便也不再坚持，应了句“好吧”，独自起身向着书架边走去。

书架上的很多书籍倒的确合乎婍婍的口味。有恐怖小说，也有和灵异与占星术相关的专业书籍。婍婍信手抽出一本《鬼宅风水鉴定术》，一边翻看一边说道：“这些书是你特意为我准备的吗？”不过这话刚说完，她便觉得有些不对劲儿，因为手上的这本书已经不算新，而且有些地方还留下了阅读时做的标记，应该不是大风为了自己的到来而突击准备的。于是女孩又有了另外一种猜测。

“看来你为了应付和我的聊天，也特意做了不少功课呢。”婍婍换了种调侃的语气说道。

大风当然听得懂婍婍的意思，先是一愣，然后斟酌着回答说：“有的时候我也很爱看的——真的爱看。”

婍婍没有再说什么，因为她的注意力已经被那本书吸引过去了。书中有某一页做了折叠的记号，女孩把那页翻开，正看见几行熟悉的段落标题：墙上的血手印、地板上的人形水渍……

婍婍默默摇了摇头，暗想：还说不是为了应付我？就连这些段落都是从书上抄来的呢。她禁不住觉得有些好笑，同时亦有些淡淡的悲哀。

与此同时，大风已经开始在厨房里对付那堆锅碗瓢盆。这些油腻的家伙可不好对付，他一个人足足忙活了大半个小时，才收拾完。这时他忽然想起来：姈姈已经好久没有动静了。

大概是看书看入了迷吧？大风一边暗暗猜测，一边抓紧洗干净手脸，来到起居室才发现：原来女孩已经半躺在床边睡着了，而那本《鬼宅风水鉴定术》则歪斜在她的手边。

大风走上前轻轻地把那本书捡起来，女孩受到扰动，敏感地睁开了眼睛。看到来人之后，她便略带羞涩地笑了笑："我好困……可能是酒劲儿上来了，我想睡一会儿。"

"要睡就好好睡吧，这样会着凉的。"大风扶着女孩躺好，然后又给她盖上一床洁净温暖的棉被。

"你不会欺负我吧？"女孩眨着大眼睛问道。

大风憨憨地一笑："我睡在沙发上。"

女孩对面前这个老实的男孩似乎非常放心，她的眼睛又慢慢闭了起来，似乎很难抵挡那席卷而来的困意。

不过就在双眼合上前的一刻，她突然问出了一个看似莫名其妙的问题："羊肉都吃完了吗？"

"都吃完了。"大风漫不经心地答道。

"可我还是能闻到血腥味。"女孩又嘟囔着说了一句。

大风的心一缩，想起了女孩的话："我喝酒之后那些感觉会更加灵敏，你害不害怕？"

大风还想问些什么的，不过姈姈已经沉沉地睡过去了。

……12月15日。

晨光从窗纸的缝隙中透过来，晃在大风的脸上。大风睁开惺忪的睡眼，却看见姈姈正坐在床头，一个人垂着脑袋不知在想些什么。

"你什么时候醒的？"大风一边打着招呼一边撑着筋骨坐起来。在沙发上蜷睡了一夜，他感觉浑身都皱巴巴的，很不舒服。

"醒了很久了。"姈姈幽幽说道，她的目光从床单转到大风的身上，"不好意思，我昨天占用了你的床。"

“没关系的，你愿意在我这里留宿，我感到很荣幸呢。”大风咧了咧嘴，说的倒是真心话。

女孩笑了笑，然后又低头看着那张大床，神情专注而又凝重。

大风被对方那副神神道道的样子搞得有些紧张，于是忐忑地问道：“你怎么了？”

“没什么。我只是……”女孩沉吟了半晌之后，忽然又抬起头道，“我只是做了一个奇怪的梦。”

一个梦！至于这样出神吗？大风禁不住哑然失笑。不过他还是接住了对方的话茬：“那是一个什么样的梦呢？”

“很奇怪的梦，非常奇怪……”妗妗刻意压低了声音，眼睛也神秘地眯了起来。虽然是在明媚的早晨，她的言行却在小屋内滋生出一种阴冷的气氛。

大风不自然地扭了扭身体，似乎对这样的气氛难以适应。同时他也凝起精神静待着对方的下文。

妗妗抬起右手在床单上轻轻地抚摸着。她的手洁白无瑕，甚至白得没了血色。片刻之后，她终于把那个“奇怪的梦”描述了出来：“我梦见有人对我说‘在这张床下藏着东西’。”

“什……什么东西？”大风的声音竟有些颤抖，看来他的情绪已经完全被对方牵引过去了。

“我也不知道——因为说话的人并没有告诉我。”妗妗意味深长地看着屋子里的那个男孩，“也许他想让你自己去找出其中的答案。”

大风怔住了，用不可思议的目光看着女孩，头脑中一片混沌。在这个瞬间他想到的东西实在太多，他的思维能力已经被彻底冲垮了。

妗妗却开心地笑了——她似乎很得意于对方这副失魂落魄的表情。她用漆黑的眸子打量着对方，忽然站起身来说：“现在我该走了。”

“你去哪里？”大风下意识地问了一句，不过他的思维显然还没有从先前的恍惚中挣脱出来。

“我要回去了，难道你想让我陪你待一辈子吗？”妗妗发出清脆的笑声开着玩笑，同时她已经在迈步向着小屋外走去。

大风仍然呆坐在沙发上，没显出一点想要挽留对方的意思。

妗妗便也不再停留，径直打开了屋门。当她的身影消失在晨光中的时候，大风又隐约听到了她幽然的话语：“别忘了查看你的床下，你一定会惊讶的。”

对于妗妗的突然离去，大风并没有觉得过于诧异。他知道这就是女孩行事的风格，她总是那样出人意料，难以琢磨。

而大风无论如何不会想到，女孩居然在傍晚时分又折了回来。当时他正在小屋里专心致志地解决那个隐藏在床下的“秘密”。

女孩敲门的声音把大风吓得不轻，他蜷缩在屋子的角落里，不敢发出一丝的动静。他并没有开灯，屋外的来客或许会认为主人并不在家吧。

不过他很快又觉得有些不太放心。因为小屋的窗纸过于陈旧，边缘处已经卷曲起来，露出了窗棂边上的微小缝隙。虽然从屋外很难看清屋内昏暗的场景，但终究叫人心有忐忑。

于是大风便轻手轻脚地向着窗口走去，他想要把那些卷曲的窗纸抹平，彻底堵死任何可供偷窥的缝隙。当他终于挪动到窗前，伸手刚刚摸到那窗纸，身体却像触电一般痉挛了起来。然后他“噔”地倒退了一步，两腿软绵绵的，一屁股坐到了地上。

在那窗纸的缝隙间赫然出现了一只眼睛，又圆又大、漆黑、明亮的眼睛。那眼睛对大风来说曾经是如此美丽，现在却变得十分恐怖！片刻后，很多人都听见了一声尖叫，锐利得可以将整个小巷都撕裂的尖叫！

……

三 询问

刑警队的人很快赶到了现场，而带领他们的正是传奇警探罗飞。快速勘验完现场之后，罗飞对犯罪嫌疑人进行了审讯。这个过程却很棘手，因为嫌疑人始终咬定了如下的说法：“我根本不知道自己的床下埋着一具尸体，我更不知道那个死人是谁。我昨天和一个女网友见面，那个女孩有通灵的能力，是她指引我找到了那具尸体。”

罗飞当然无法接受这样的说辞。他知道嫌疑人口中的那个“通灵女孩”正是问题的关键所在，决定要会一会这个神秘的人物。

深夜时分罗飞见到了那个女孩，女孩纤弱秀丽，一双漆黑明亮的眼睛给人带来极为深刻的第一印象。虽然身处冬夜且衣衫单薄，但她似乎并不寒冷——从这些角度看来，这的确是个不一般的女孩。

女孩另外一些“不一般”的状况则记录在罗飞手中的一份档案上：那遥，女，二十二岁。无业，患有轻微的精神分裂症。常臆想自己具有超出现实的能力，能看到一些死去的人或者阴间的事物，等等……

“我并不是在臆想，我真的能看到那些东西。”女孩忽然对罗飞说道，而这时罗飞刚刚坐在她的面前。

罗飞一愣，随即注意到女孩的视线正落在自己手中的档案上。他不禁颇为惊讶地叹了一句：“你的视力很好。”

“不光是视力，我的其他感官也比你们灵敏很多，比如嗅觉……”“是的。这一点你似乎也证明过了——你在昨天晚上就闻出了那间小屋里的血腥味。”

“这些灵敏的感官能让我接触到其他世界的东西，所以那并不是我的臆想。”女孩再次一本正经地强调。

“好了，我对这个问题并不介意。我是一个警察，不是心理医生。”罗飞无暇纠缠，直接把话题切入正轨，“我想问一些和案件有关的事。”

女孩点点头，看起来并无反感。

“请再次描述一下案发前后的经过吧。我知道我的助手已经对此事做了笔录，但我还想听你亲口说一遍，因为这样会更加可靠一些。”

女孩便款款讲道：“大风是我的网友，我们在一起聊天有一年多的时间了，昨天我们约好了在他的住处见面。我们一块儿吃了晚饭，因为喝了点酒，所以我就没有回去，留宿在他那里——不过我们是分开睡的，我睡大床，他睡沙发。今天早晨的时候我离开了，到傍晚我出去买了个生日蛋糕，然后又去找大风。不过这次我敲门他却不理我，于是我就到窗户边透过缝隙往屋里张望，结果我看到他正在屋里摆弄一个死人。我大叫起来，引得周围的邻居们都出门查看，又过了不久，警察就来了。”

女孩的思路清晰，言辞也很有条理。单从这一点来看，倒的确不像是个精神分裂症患者。罗飞也相信她说的都是实话，因为这些说法都可以和其他邻居的证言以及现场状况相互印证。其实原本有个地方让罗飞奇怪过：那间小屋非常阴暗，黄昏时分如果屋内不开灯，屋外人是很难看清什么的。不过既然女孩已经展示出她过人的视力，那这个问题也能说得通了。

“你知不知道那具尸体是从哪里来的？”罗飞又进一步问道。

“好像是埋在床下吧。”女孩猜测着回答，“我看到大风把地板砖掀起来了，床下有一个大坑，死人应该就是从那里挖出来的。”

“你能看清尸体的相貌吗？”

“能。那样子很恐怖，已经开始腐烂了吧。”说到这里，女孩深深地吸了口气，似乎心有余悸。

“根据法医的鉴定，死者的死亡时间至少有一个月了。”罗飞顿了顿，随即又抛出了他最为关心的焦点所在，“你认不认识那个死者？”

可这次女孩却给出了令人失望的答案：“不认识。”

“嗯——”罗飞沉吟了片刻，又换了一个问询的角度，“你和大风聊天聊了一年多，而且在现实中也见面了——你觉得他是一个什么样的人？”

“他是一个很好的人。很有耐心，也知道尊重别人的感受。”

“从哪些地方能够体现出来？”

“他会陪我聊天，没日没夜的……”

“没日没夜的？”罗飞打断了对方的话。

“是的。不管什么时候，只要我上网找他，他都会来陪我。”

“可是据我们了解，这个大风是有固定职业的。他在一家酒吧里面当保安，他怎么有时间没日没夜地陪着你？”

女孩愣了一下，她从来没考虑过这个问题，此刻便只好喃喃地说道：“他确实是一直都陪着我的。”

罗飞的目光闪了闪，不知想到些什么。然后他又问道：“你们在一起是不是聊得很投机？”

“应该算不错吧。因为他会刻意去迎合我喜欢的话题——”女孩幽幽地叹了一声，“虽然这么做有些虚伪，但至少他很在意我，愿意照顾我的感受，甚至编出一些谎话来哄我开心。”

“你喜欢的话题……是有关灵异方面的吗？”罗飞猜测着说。

女孩点点头，同时又有些哀怨地说道：“很少有人愿意和我聊这些东西。”

“但大风和别人不一样，是吗？”

女孩淡淡地苦笑了一下：“其实他也不相信我的话。不过他在和我聊天的时候却经常装得很感兴趣——”

“所以你就对他有了特别的感觉？”

“嗯。”女孩大大方方地承认了，“他装得确实很像，我完全被他迷惑了。不过现在回想起来，有些地方我应该还是能够觉察到的。”

罗飞对女孩的最后一句话显示出极大的兴趣，立刻紧跟着追问道：“比如说呢？”

“比如说我们一开始聊得并不投机，他对灵异话题的兴趣似乎是在某一天突然冒出来的。而且有时候我给他讲一些灵异的事件，他听的时候像是很认真，可是隔几天之后我们再聊的时候，他却说不清其中的细节——可见他当时的‘认真’都是伪装出来的吧。”女孩一本正经地分析着。

罗飞的双眸却在女孩的话语声中变得越发明亮起来，很显然，他已经窥视到了这起诡案中的隐秘玄机。品味了片刻之后，他眯起眼睛对那女孩说道：“我想请你仔细回忆一下：你和大风聊得很投机的时候，是不是通常都发生在夜里？”

“你这么一说，好像还真是的……为什么呢？”女孩皱起眉头，不知是反问还是在自言自语。

“我刚才说过吧，大风的职业是酒吧里的保安。他上班的时间都是在夜里。”

女孩眨着眼睛，觉得对方的话越说越奇怪，自己已完全摸不清其中的逻辑关联。

而罗飞的思维却在飞速跳转着，很多看似不相干的细节正在他的脑海中慢慢地融合起来，越来越清晰地指向了一个共同的事实。

“今天下午你去那间小屋的时候还带了一个生日蛋糕，是吗？”罗飞开始展开最后的询问，而这次询问正是要解开此案中令人最为困惑的玄机：女孩是如何做出那个关于“床下”的灵异预言的。

“是的。我想给他一个惊喜。所以我一早便假装离开，到了傍晚的时候又买了蛋糕去找他。”关于蛋糕的事情，女孩其实在最初的讲述中就已经提及过。

“那这个东西也是你特意给他准备好的‘惊喜’吧？”罗飞一边说着，一边从口袋里掏出了一个精巧典雅的小方盒子。

女孩无声地点了点头，脸颊微微一红，露出秘密被人识破后的羞涩。

罗飞则长长地嘘了口气：现在所有的事情终于都可以说得通了。

四 揭秘

罗飞再次来到了审讯室，他的面前坐着一个看似木讷憨厚的年轻人，罗飞知道他很喜欢上网，网上的名字叫作“大风”。

但这个年轻人却不是“大风”的全部。

“你还是不肯告诉我那个死者到底是谁吗？”在盯着那年轻人看了许久之后，罗飞终于开口了。

年轻人低着头不去看罗飞，仍用先前的说法应付着对方：“我不认识他。”

“你的顽抗是没有意义的。我们会在全市范围内排查失踪人口；在那间小屋内，我们也能够找到死者生前留下的指纹；还有小巷里的邻居也会作证，大家肯定看到过你们俩曾经合租在一起吧？”罗飞慢悠悠地说着，但每一个字都透露出十足的分量。

年轻人的脸颊不易察觉地抽动着，同时继续用沉默进行着对抗。

“其实我知道你的想法。”罗飞又“哼”了一声说道，“你很清楚自己骗不了警方，你现在死撑着不开口，只是想继续骗过那个女孩，对吗？”

这句话显然具备十足的震撼力，年轻人蓦然抬起头来，双目中闪过惶然的神色。

“你不敢让那个女孩知道：一直吸引着她的，与她有着很多共同话题的那个人，根本就不是你，而是另外一个大风。”

罗飞轻飘飘的话语却像重锤一样砸在了年轻人的心口上，后者开始剧烈地喘息起来，精神在瞬间被推向了一个几近崩溃的边缘。而罗飞正是要趁着这个势头给对方以更加致命的追击。

“一开始，大风确实就是你。当时你和那个女孩在网上聊天，你很快就迷上了对方。可惜的是，在女孩看来你并没有什么魅力。你唯一的优点也许就是能不厌其烦地陪着她吧。不过后来你连这一点也做不到了——因为你还要工作，不可能随时都出现在电脑前。于是女孩对你便日渐冷落。你为了挽回和女孩之间的关系，只好向与你合租的室友求救了。”在罗飞娓娓道来的过程中，年轻人的双眼已越瞪越大，前者由此知道自己的猜测八九不离十，便越发自信地说道：“你每天晚上需要上班，而这个时候你的室友正好在家休息。于是你就让他冒充自己去网上陪伴那个女孩。从那天开始，‘大风’就不再属于你一个人，而是你们两个人共用的网络账号。”

年轻人痛苦地咬着自己的牙齿，似乎对这番变化的过程懊恼万分。

“没想到你的室友却和那个女孩聊得很好——因为他们对‘灵异’的话题有着共同的爱好。渐渐地，女孩越来越喜欢这个名叫‘大风’的网友。只是她搞不明白，为什么这个‘大风’有的时候那么可爱，有的时候又那么无趣。”

年轻人沉沉地喘息了一声，像是一只警惕而又愤怒的野兽。

罗飞冷眼观察着对方的反应，至此他已经完全确信这起惨案发生的前因后果：“后来女孩和你室友之间的感情急剧升温，形势已完全超出了你的控制。你妒忌、愤怒、自卑，觉得遭受到了友谊和爱情的双重背叛。终于在一个月前的某一天，你再也无法忍受女孩对你冷淡和对你室友热情之间的巨大反差，你杀死了你的室友，想通过这种方式把心爱的女孩重新夺回来——这就是发生在那间小屋里的疯狂而又可怕的罪行。你为了自己卑劣的私欲杀死了一个热情而又无辜的朋友。”

“不，他不是无辜的！他是个骗子！”年轻人终于忍耐不住，歇斯底里般地嘶叫起来，“他明知道那个女孩有病，还顺着对方去胡说八道。他只是为了去讨取妗妗的欢心，根本就不会真正为对方去着想！我杀了那个家伙，不是为了自己的私欲，我是为了挽救妗妗！”

“你有什么资格去挽救一个你根本就不了解的人？”罗飞毫不留情地驳斥着对方，“每个人都有属于自己的精神世界，你没有权力去干涉他们，更没有权力把自己的欲望强加到别人的身上。”

“我这是为了她好！”年轻人梗着脖子，一副不服输的势头，“我要让她重新认识到真实的世界。”

“荒谬——而且你根本就没有能力做到这一点。”罗飞冷冷地回击。不过他这一次似乎并没有打中对方的痛处，而且那年轻人反而露出了一丝古怪的笑容。

“我能做到的——而且我已经做到了。”他用一种因激动而颤抖的语调说道，“以前她都不怎么搭理我，可是昨天她甚至愿意跑来和我见面，这难道不是一种改变吗？是我改变了她呢！”

“你以为那女孩来找你，是因为她为你而改变了？”

“那当然。”

看着年轻人自信满满的样子，罗飞只能深深地叹了口气。然后他苦笑着说道：“你真的不了解她——真的一点都不了解。如果你跟她是同一类人，恐怕也就不会误解她话中的含义了。”

“误解？”年轻人莫名其妙地眨了眨眼睛，“我误解她什么了？”

“女孩今天早晨离开前说：她做了一个梦，梦里有人告诉她，在那张床下藏着东西。你当时觉得奇怪吗？”

“是的……是很奇怪……”年轻人怔怔地回答道。他根本不相信什么“通灵”的说法，可女孩的那个梦实在难以解释。他这才把那些新铺的地砖又刨开，想趁着夜晚把那尸体转移到某个更加安全的地方。

“如果你了解女孩做事的风格，你就不会想岔了。”罗飞摇着头说道，“她并没有做什么梦，她那么说只是想给你一个惊喜。而她所说的‘床下’，也不是指床下的地面，她指的是‘床垫下面’。”

年轻人张大了嘴，似乎猛然间明白了什么，但是又无法一下理清全部的头绪。

罗飞把一个小方盒子推到年轻人面前：“这是警方在你床垫下面找到的东西，你自己看看吧。”

盒子只有一寸见方，却精巧漂亮，看起来像是一份礼物。年轻人用颤抖的手将盒盖打开，却见里面躺着一只铂金打制的竹节挂件，挂件旁还用卡纸附着一句简短的贺词。

“生日快乐？”年轻人茫然地把那句贺词念了出来。

“你还不明白吗？女孩答应和你见面，并不是因为你改变了她。她来小屋的唯一理由是想给寿星带来一份惊喜。因为今天，正是另外一个‘大风’的生日。”

罗飞淡淡的话语中似乎带着某种魔力，年轻人浑身的气力都被这股魔力抽光了。他发出一声非人的悲号，号声中夹杂着无尽的痛苦和绝望。然后他便像一堆稀泥一般，软软地瘫倒在了审讯椅上。

后记

二〇〇八年十一月十六日凌晨，老婆告诉我她做了一个梦，梦里有人说：

我的床下藏着东西。

老婆让我下去查看，写多了悬疑小说的我却吓得头皮发麻，百般推托，直挨到天色发亮时才终敢一窥。

床下是一个小礼盒，盒中有一个节节高的铂金挂件。

当天是我的生日。

后渐感渐思，终有此文。

套子里的人

一个害死两名顶尖化学博士生的投毒人

引 子

五月末的初夏，是我眼中北京最宜人的季节。没有北方春秋两季漫天的风沙，也没有江南初夏时连绵不断的阴雨，阳光明媚而不毒辣，校园里花红柳绿，走到哪里都能保持一个好的心情。

在这个季节，一天当中，清晨时分无疑又是最美妙的。凉爽的气温，柔和的晨光，清新的空气，简直找不到比这更好的锻炼时刻了。段明就是西大操场晨练大军中的一员。进入这所学校以来，他一直保持着多年来养成的良好生活习惯，每天早上六点准时起床，围着操场跑十五至二十分钟，然后才去食堂吃饭，开始一天的学习和工作。

一般来说，去西操跑步的人有两类：一类是段明这样，常年坚持的长跑爱好者；另一类则是基于某种原因临时加入晨练大军的人。段明发现这几天第二类人明显多了起来，宽阔的西操甚至略微显得有些拥挤了。可能是本科生的期末体育考核快开始了吧？段明猜测。不过跑步的人多了，而且里面有不少女生，倒是使这项本来有些乏味的运动增添了些许色彩。

不知道是不是由于这些“业余选手”的加入刺激了段明的表现欲，他今天的运动状态特别好，很快就跑完了十圈，歇下来才感觉强度有些偏大，出了不少汗。于是他便去取自己的水杯喝水。

随身带一个水杯是段明的习惯，有这个习惯的人在学校里可不少。尤其现在天热了起来，晨练时带水杯的人就更多。跑步的时候，大家会自发地把水杯集中放置在操场一侧球门附近，谁口渴了便在那儿取自己的水杯喝上两口。

段明现在用的水杯是两个月前在学生超市里买的，银白杯身，黑色杯盖。同一样式的水杯在学校里简直流行到泛滥的程度，上个月段明就曾在锻炼的时候错用了别人的水杯，搞得自己十分尴尬。从那次以后，他就在自己的水杯腰部系了一条黑色的带子作为区别。这个方法看起来简单，却十分管用，就像今天，他一眼就从五六个银白色水杯中找到了自己的那只，打开杯盖，大口喝了起来。

1

哐！宿舍门被重重地推开，撞在壁柜上。

我从睡梦中被吵醒，睁开惺忪的眼睛，看了眼床头的闹钟，破口骂道："靠！猴子你丫个烂人，净大清早的折腾，还让人睡觉吗？"

"都快十点了，还他妈睡，你真是头猪！"猴子穿着一身运动服从外面进来，一副火急火燎的样子。这小子为了追一个本科小女生，这两天居然每天早起陪人家跑步。

想起早晨也曾被他吵醒，我心中更是不爽，没好气地说："你丫真行，六点出去，跑了三个多钟头，有那么大乐趣吗？你也不怕累死！"

"跑什么步！告诉你，死人了！"猴子大声嚷嚷着，对门的土狼和小强立刻被他成功地吸引了过来。

"什么死人了？说清楚点。"我虽然早已习惯了猴子这咋咋呼呼的性格，但他的这句话还是让我吃惊不小！

猴子发现他的话引起了足够的关注，很有成就感地咽了口唾沫："我刚从校医院回来，西操一个跑步的哥们儿死了。"

"怎……怎么回事？运动猝……猝死吗？"土狼一激动就有些结巴。

"我也不太清楚，不过那哥们儿倒下去的时候，我可就在他旁边！"说到这里，猴子很有力地挥了一下手，似乎他曾经掌握着那人的命运，"当时一点征兆也没有，人看着特精神，正喝着水呢，突然就倒在地上！我和周围的几个人赶紧过去看时，已经没有呼吸了！"

"靠，有这么快吗？你又夸张了吧！"我立刻表示怀疑。

"我亲手摸的，我会不知道？"猴子对我的怀疑显得非常不屑。

"我们立刻拦了辆车就往医院送。医生一看就摇头，已经死透了！"我以前一直鄙视猴子的语文水平，但我得承认，"死透"这两个字恰到好处地烘托了当时的气氛。屋里出现短暂的寂静，虽然素不相识，但大家还是对身边一个鲜活生命的突然逝去感到悲凉。

“死因到底是什么？”小强打破了沉默。

“这个……不知道，医生没说。”猴子无奈地摇了摇头，看得出来，他对自己没有得到这关键性的情报感到非常遗憾。不过他紧接着便岔开了话题，开始描述起事情发生过程中的一些细节，比如死者倒下的时候，近到头发几乎擦到他的脚尖，等等。

我知道话说到这个程度，就表示猴子所了解的情况已经全说完了，你即使再待一两个小时，也只能听到他那些添油加醋的废话。我突然想道：为什么不上网看看呢？

在我们学校，网络已经成为大家获取信息最主要的途径。每个学生都可以在自己宿舍里方便地上网，把所掌握的信息像在现实中写通知一样发布在网络的电子公告牌（简称BBS）上，其他人通过浏览BBS，立刻便可获得这些信息。现在离出事已经有三个多小时，早该有现场目击者把相关情况发布在本校的BBS上了。

我打开电脑，进入BBS，果然关于此事的讨论已经排在了本日十大话题的首位：今晨西操一男同学晨练中意外死亡！

我找到该话题系列的首帖，发布于七点零三分，是网名“sulfer”的同学对此事的描述：

> 太可怕了，眼看着一个生命在我眼前结束！
>
> 死者是一个男同学，似乎每天都会来跑步，常到西操晨练的同学应该见过他的。今天我到西操的时候，他正好从我身边跑过，于是我就跟在他后面。我跑到第四圈的时候，他停下来，好像要去喝水的样子。我又跑出一百米左右，突然听见有人喊“救人”什么的。我循声看过去，那个同学已经倒在了北侧的球门旁边（就是大家通常放水杯的地方），附近的几个同学有叫人的，有上去察看的，其中有一个似乎懂一点急救知识，按着倒地者的胸口做人工呼吸。我靠近路边，连忙拦下一辆轿车，司机非常配合，招呼那几个同学把倒地者抬上车，直奔校医院。

但是当我骑车赶到校医院的时候，听说那个男同学已经死亡！

沉痛哀悼！

后面的上百篇帖子大部分都是一些询问、感叹，等等，没有什么新内容。我按了下Ctrl＋G（BBS中用于查找有价值的文章），发现被版主做了保留标记的除了首帖外，还有另外两篇，都是刚发布不久，时间分别是九点五十二分和十点零九分。

九点五十二分的那篇文章作者网名为“lseven”，内容如下：

我就是sulfer同学文中提到的给死者做人工呼吸的人，刚刚从医院回来，说说我了解的情况。

事情发生时，我正在出事地点休息、喝水。然后一个男同学走了过来，很随意地拿起水杯喝水，看不出有任何异常的情况。但是一口水还没喝完，他突然倒在了地上！我学过急救，赶紧过去察看，并且立刻进行人工呼吸（由于情况不明，我只是按了几下他的胸口，没有做对口呼吸）。不过我的努力一点用也没有，他的心跳已经停止了。然后我和两个同学一块儿把他送往校医院（我认为他已经死了，后来医生证明了我的判断）。

事情非常蹊跷，到医院不久，就有警察来了，询问了我们一些情况。和我一块儿去医院的两个同学还去公安局做笔录，我因为中午有学术会议，先走了。回来的路上看到现场也被保护起来了，会不会是喝的水有问题？

喝的水有问题？难道是投毒案？想到这里，我不禁摇了摇头，太离奇了，校园里怎么会发生这样的事情！还是运动猝死的可能性大一点，记得前两年湖北有个学生就曾在三千米的测试中突然死亡，这种情况并不罕见。

这两篇文章里描述的情况和猴子的话基本吻合。不过猴子显然不知道后来警察来调查的事情，想必他也就是跟着看了些热闹。所谓死者倒在他脚下、亲自送往医院等等，都是在描述所听闻的情节了。

此时又有六七个同学围在了我们宿舍，或惊讶或兴奋地听着猴子越发夸张的描述。我懒得理他们，继续往下看，第三篇被标记的文章非常简短，由网友“raineed”发布：

死者的身份已经确定了，是化学系2002届的博士生段明。

居然是一个系的师兄！我大为惊讶。我从大一进校开始，本科四年，然后直硕两年，却从没听说过这个名字，看来是今年春天刚刚从外校考进来的博士生。

段明。这个符号曾经代表过一个生命，他也许曾和我在食堂的同一餐桌上吃饭，也许就是某次骑车时从我身边超过的兄弟，也许昨天他还在网上阅读我发表的文章……现在，这个生命消失了。

我呆坐在电脑前，不知道为什么，一种奇怪的感觉在我的身体里萦绕。段明倒地的那一刻在我脑海里反复出现，我不明白为什么一个并没有亲眼见过的场景会给自己留下如此深刻的印象。也许是这样的人物、这样的地点对我来说太熟悉了？在这种感觉的驱使下，我决定去西操事发地点看一看。

到了西操，只见两个警察正在北侧球门附近和几个同学交谈着。后来我知道这几个同学都是现场的目击者，一直在现场守候，直到警察到来。

操场上有一个班的本科学生正在上足球课，他们的活动范围被限制在南侧的半个场地内，显得很拥挤。

事发地点看不出有什么异样的痕迹，我走到离警察大约五米远的地方，停了下来，在心里琢磨是否需要走得更近一点。

正在犹犹豫豫之间，那两个警察已经注意到了我，其中一个突然向我一挥手，打了个招呼：“喂！10号！”

我一愣，上下一打量，原来是我在西操踢球时的一个球友。我们也谈不上熟识，不过在球场上经常相遇。我们俩的球技在校园里算是比较拔尖的，因此一块儿踢球的时候常有点惺惺相惜的感觉。通过球衣的号码来称呼对方，早已成为我们的习惯，我是“10号”，他是“8号”。有几次踢完球大家还坐成一圈聊过天，不过他从没有介绍过自己，直到现在我才知道，他竟然是一个年轻的警察。

遇见了熟人，我的胆子也大了起来，笑呵呵地走上前，用很熟络的语气说道："嗬！你是警官啊？有什么情况需要了解的，我一定全力配合！"

"你别说，我还真有要你帮忙的地方。""8号"撇下别人，和我单独聊起来，"不过现在不便说，这样吧，你留个电话，我一会儿和你联系。"他说着把手里的记录本翻到最后一页，然后连同笔一块儿递到我手里。

我留下了自己的电话，突然想到他还不知道我的名字，于是在号码后又添上了"周远驰"三个字。

他接回纸笔，颔首一笑，仿佛我们俩刚刚在球场上打出漂亮的配合，然后从记录本上撕下一页纸来，也写上自己的名字，递给我说："我叫张雨！"

2

回到宿舍，猴子正在联网对战"帝国时代——征服者"，看着他手忙脚乱的样子，我就知道这家伙又要输了。

果然，他见我进来，立刻愤愤地说："我靠，又碰到那个玩僧侣快攻的家伙了！靠，死了，死了！"

"你这头猪，吃了多少次亏了，你多造点小马候着丫不就完了？"我凑到电脑前，只见猴子的村民在对方一群僧侣的轮番召唤下，一个个兴高采烈地投奔敌人去了。

"我哪知道他要玩僧侣快攻。"猴子一脸无辜，"这家伙换了新账号。"

我看了看对方的名称："smth_胡一刀"，果然是个新建的账号。"怕什么，退出再来。这次用小马候着，玩死他。"

"他不会那么笨，再看到我肯定会改变打法……对了，我也换一个新账号！"猴子说着，退出游戏，重新登了一个叫"雪儿"的名字，然后找到"胡一刀"的游戏，又加了进去。

我满怀敬仰地看着他，说："靠，傻归傻，你小子有时候还真是有点想法。”

猴子“嘿嘿”奸笑两声，正蓄势待发着等待游戏开始，突然屏幕一闪：“雪儿”被踢出了游戏。

“搞什么？”猴子嘀咕了一句，再次加入，然后在聊天区输入：为什么踢我？

对方回答：你的网络地址和刚才的傻×一样，又来装什么小姑娘，变态！然后屏幕又是一闪……

我禁不住哈哈大笑，正想就势调侃猴子两句，腰间的手机响了起来。

电话是张雨打来的，问我吃过了没有。我如实回答没吃，于是他约我在学校里的京西餐厅见面。

京西餐厅离我住的26号楼也就两三百米远，我懒得骑车，便一路晃了过去。

进了餐厅，一眼就看见了坐在角落里的张雨。这会儿他没穿警服，一副十足的学生打扮。

我走过去，打着招呼：“呵呵，你还是这身装扮好啊，早上我可差点认不出你。”

张雨挥挥手，示意我坐在对面：“我也喜欢这样的装扮，总在学校里待着，和你们学生处得久了，被你们同化了。”

“我是越来越糊涂了，你到底是……”我一脸询问的表情。

“我是校派出所的民警。”他从衣兜里把证件拿了出来，想要递给我。

“得了，不用看了。”我呵呵一笑，想起一块儿踢球时的情景，这样的场面确实有些滑稽，“怎么了，找我？是不是上午的那件事？”

他也笑了：“这样吧，咱们先点些吃的，我请你。”

我装出有点不好意思的样子：“不用吧，AA。”那语气自己听了都有些虚伪。

“没关系，我可以在办案经费里报销的。”

“那行，我就不客气了。”我嘿嘿笑了两声，打趣道，“我这个平头学生终于也能吃上一顿公款。”

我点了两个荤菜、一个素菜，张雨又加了一个汤，要了两瓶啤酒，我们边吃边聊起来。

“你是化学系的学生吧？”张雨看似随意地问着。

“哦？你怎么知道？”我略微有些奇怪，印象中，我从没和他说起过这方面的事情，平时出去踢球也没有任何地方能显出自己的系别。

知道自己的判断准确，张雨得意地笑了笑，然后解释道：“观察和分析的结果。这么多次一起踢球，我发现有一个黑黑瘦瘦的同学，你们俩经常一块儿前来，我估计你们是同班同学。有一次你在踢球的时候，他骑车从操场边经过，和你打招呼，告诉你他正要去系馆完成一个实验。这时我在一旁看着，目送他骑出我的视线，从他前进的方向，判断出他是前往化学馆。从那天开始，我就知道了你们都是化学系的学生。”

“厉害厉害！”我伸出拇指，“果然是专业人员，你说的那个家伙和我一个宿舍的，叫猴子。”

张雨点了点头，接着说：“所以我想找你协助调查上午的死亡事件。”

“哦，便衣探案，够酷够酷，我一定配合！”我端起酒杯，作势要敬他。

他很爽快地把自己杯里的酒一饮而尽，然后说：“得了，我没你想的那么神气。案子已经被区公安局接过去了，像我这样的小片警哪有资格探案。这次我因为熟悉校园情况，所以也进了专案组协助调查，主要到你们学生中间了解一下情况，小跑腿的而已。”

“专案组？”我意识到情况有些严重，收起了嬉笑的表情，“行，有什么要问的？没准儿我能帮你立个大功呢！”

“嗯。死者段明是你们系的博士生，你和他熟悉吗？”

我摇了摇头：“一点都不熟悉。我属于本校直读的研究生，他是今年刚考进来的博士，平时不住在一栋楼里，也不在同一个教研组，所以我也是今天才听说这个名字。”

这个情况似乎出乎张雨的意料，他有些失望地“哦”了一声。

我不好意思地挠挠头，干笑着说：“嘿嘿，有点丢人，他好歹也算我的师兄啊……都怪平时我到系里去的次数不多……”

“师兄？”张雨沉吟了一下，问，“你多大岁数？”

“二十五啊，怎么了？”

“段明的年龄是二十一岁，你是他的师兄才对。”

“二十一？”我一愣，“怎么会呢？照这么算起来，他十四五岁就上大学了？”

“对！他曾经是科技大学少年班的学生。”看起来张雨对段明的了解比我还要详尽一些。

“哦！”我恍然大悟。二十一岁，一个年轻的博士，曾经是一个家庭的骄傲，现在却只能留下令人悲痛的回忆了！

张雨端起杯子喝上一口，又问：“现在你们学生之间对这件事反应怎么样？”

“讨论得比较多，网上几乎都在说这个事情。不过没几个人了解情况，大家都在猜测死因。”我看着他，语气里带有明显的询问和刺探。

张雨沉默了片刻，忽然把话题一转，问我：“有一次大家踢完球聊天的时候，你曾提到过某学校的一起化学实验事故，我记不太清楚了，好像是氰化钾中毒？”

“哦，你说的是那件事情吧！”他这么一提我立刻想了起来，那是我高中同学告诉我的一件事。我的同学当时在另一个城市的化工大学读研，他实验室里有一个女孩，很漂亮，也很骄傲。一个各方面都不错的男生苦追这个女孩，但女孩对他的态度总是不冷不热的。一天傍晚快下课的时候，男生到实验室接这个女孩，要请她吃晚饭。女孩随手拿起一个正在刷洗的实验烧杯，往里面注了半杯水，打趣说：“请我吃饭可以，只要你先把这个喝了。”实验室里包括我同学在内的其他人都笑了起来。那个男生面子过不去，一赌气，抢过烧杯，把那半杯水真的喝了下去！大家还没来得及有所反应，他已经抽搐着倒在地上，在一分钟之内停止了呼吸。原来那女孩随手拿起的那个烧杯，恰恰在实验中盛放过剧毒的氰化钾溶液！这件事曾让我唏嘘不已。那女孩不仅在心理上备受煎熬，而且因为违反实验室操作规程且造成重大事故遭到开除学籍的处分。

张雨仔细倾听着我的回忆，末了，他提出一个疑问：“你估计一下，如果是涮杯子的水，那里面的毒液浓度大概是多大？”

“这个……很难说。”我挠了挠头，“怎么也得比原溶液稀释一千倍以上吧。假设原溶液是0.1mol/L的，那么涮洗液的浓度最多达到10^{-4}mol/L量级……如果不是第一遍涮洗，浓度还要再低吧。”

“可怕的毒性！”张雨若有所思地自言自语，然后抬头看着我的眼睛，表情严肃地对我说，“在今天死者饮用过的水中，也检测出了氰化钾。”

虽然已经有所预感，但这话还是让我吃惊不小，氰化钾是严格控制的药品，一般人根本不可能接触到！不过段明是化学系的博士，有机会接触这种剧毒药品，如果他违规边喝水边操作实验，是不是有可能因为间接接触使微量药品进入水杯？

“检测出的氰化钾溶液浓度大概多大？”我问。

张雨盯着我看了一会儿，似乎在揣摩我是否具有承受答案的心理准备，然后他一字一句地说道：“根据我们的检测，那是氰化钾的饱和溶液，水杯底尚有少量未溶固体粉末。”

我倒吸一口冷气。一水杯氰化钾的饱和溶液！这足够把全校上万师生全部毒死了！难怪段明连一口水还没咽完就倒地身亡，任何人用屁股思考也不会把这件事解释成意外事故了，这只能是一次可怕的毒杀！

我看着桌上的酒菜，似乎上面都在泛着氰化钾般令人恐怖的色彩。我的胃口顿时大减。

“那现在，凶手……有什么线索吗？”想到要在校园里吃食堂，喝从水房打来的开水，我不禁开始为自己的安全操心起来，“万一是个变态杀人狂，只要把等量的药品加在十五食堂的免费汤里……我靠！”

“不用太担心，这个案子上面还是很重视的。现在市里的刑侦技术专家正在对现场留下的水杯做痕迹学分析，另外在排查氰化钾的可能来源，即使一时抓不到凶手，控制事态发展还是完全可以做到的。”

“我就说嘛，如果只靠你这样进行福尔摩斯式的探访，那手段也太落后了。”话刚说出我便有些后悔了，这么说会不会打击到对方的工作热情？

还好张雨只是笑了笑，说：“你也别太小看我的工作了，探访也是很重要的。我的任务就是到段明周围的同学中间了解情况，没准儿凶手就在这些人当中，能不能发现线索就得看能耐了。这工作说简单就简单，说难也难啊！”

“那我能帮什么忙？尽管说吧！”我连忙表现得积极一点，以弥补刚才的失礼。

张雨释然地往椅背上一靠，说：“其实也没什么麻烦的。就是想请你带我到段明的实验室和宿舍周围转一转，了解一下情况，你们那儿是科研重地，你比较熟悉情况，我们尽量不干扰教授、同学们的工作和学习。”

“没问题。”我一口答应了下来，想到要到系里的老师和同学面前当一回“狐假虎威”的侦探，心里禁不住有些兴奋，但随即又想到这些人中可能就隐藏着那个疯狂的凶手，那兴奋中又夹杂了一些紧张和不安。

3

酒足饭饱以后，还没到一点钟，正是大多数同学回宿舍吃饭午休的时间，我们决定先去宿舍楼找段明的舍友和周围同学了解了解情况。我们系外考的博士生住在新建的三十三号宿舍楼，在楼长那里查了一下，段明宿舍是二一五房间。

三十三号楼外表看起来不错，走道宽敞明亮，水房厕所的硬件设施也很好，不过据说工程质量很差。原本每间屋是按三个人居住的面积设计的，后来因承重不够，加厚了墙体，实际的面积只能供两人居住，这件事也一度在同学们之间产生很大反响。

来到二一五房间的门口，屋里亮着灯，但房门锁着。我敲了敲门，等了一会儿，里面没有回应，正要再敲时，门开了，一个瘦瘦的男生站在门后，冷冷地打量着我们。

这就是段明的舍友，章坚。第一次面对这个人的时候，我有一种很不舒服的感觉，倒不是因为他凌乱的发式和古板的衣着。他浑身上下有一种说不出的气质，这种气质把他紧紧包裹住，似乎在他的身边筑起一层厚厚的壁垒，让人无法接近。

张雨拿出证件亮了一下，自我介绍说：“我是校派出所的，来调查一下段明的事情。”

章坚面无表情地点了下头，然后径自跑到屋里的电脑前坐下，继续自己手里的事情，把我们晾在了一边。

“段明今天上午死了，你不会不知道吧？”我对他的态度有些不满，语气自然也不太和善。

“我知道。”章坚的声音异常冷漠，话语中又夹杂着浓重的南方口音，让人听着很不舒服。说话的同时，他转过头，两道目光直直地射向我，似乎在嘲笑我问了一个非常愚蠢的问题。

我并不是一个内向的人，从不畏惧和陌生人打交道。但当章坚的目光突然射过来时，我立刻感受到一种从未见过的寒意，不由自主地把眼睛躲闪了开去。

章坚不再理我，继续在自己的电脑上忙活着。

张雨进屋后没有说话，目光很认真地在周围扫来扫去。

我被章坚的态度激怒了，气势咄咄地追问："你对他的死就一点都不关心吗？！"

冷冷的目光又射了过来，我这次做好了准备，没有退缩，迎着那目光对视着。

"他是怎么死的？"片刻的沉默之后，章坚终于主动开口了，他的双手依然没有离开键盘。

我用询问的眼神看着张雨，不知道该不该说出实情。

张雨接过问题："氰化钾中毒。他水杯里的水含有高浓度的氰化钾。"

作为一个化学系的博士生，章坚不可能不知道这件事情的严重性。但他什么话也没有说，只是默默盯着电脑屏幕，似乎在沉思。

我目不转睛地看着他，想从他脸上分析出其内心的惊讶或惶恐。但我是徒劳的，他面无表情，把内心世界牢牢隐藏着，包裹在一个密不透风的套子中，外人根本无法知道他在想些什么。

"现在请你配合一下，回答我一些问题，可以吗？"张雨一边说，一边拿出了笔和记录本，"今天早晨，段明是什么时候离开寝室的？"

"今天早晨，今天早晨……"章坚木然地嘟囔着，显然还在考虑别的事情，突然，他好像想起了什么，站起来说，"对不起，我的实验仪器还开着，现在我必须回去取样了，有什么事情等我回来再说吧。"说着，他拿起一个文件夹，急匆匆地便往外走。

我和张雨都愣住了，不知道该怎样留住他。

就在章坚刚要走出门口时，对面的门也开了，一个很精神的小伙子从二一六房间里走出来，正好和他面面相对。两个人都怔了一下，随即，章坚扭过头来，对我们说："请你们走的时候把门锁一下。"然后看也不看对门的小伙子一眼，一个人扬长而去。

我和张雨面面相觑，倒是那个小伙子似乎见怪不怪，打量了我们几眼，问：“你们俩是章坚的家人还是朋友？”

“都不是，我是校派出所的警察，我们……”

张雨的话刚说了一半，便被那个小伙子打断了：“你们一定是来调查段明的事情吧！”他显得很激动，抢到我们面前，“他到底出了什么事？怎么会突然死了？”

“现在初步确定是氰化钾中毒。”

“氰化钾？！”小伙子一脸惊恐，“太可怕了！如果真是这样，那我们现在都很危险了！”

张雨听出他话里有隐情，追问：“你这话是什么意思？你也是段明的同学吗？”

小伙子点点头，说：“我叫张小东。刚才章坚和你们说什么了？”

“什么也没有说，他赶着去实验室取样去了。”我回答。

张小东深深吸了口气，一副惊魂未定的样子：“如果段明是被人毒死，最大的嫌疑人就是章坚。他当然什么都不说……你们应该立刻把他控制起来！”

“为什么？”张雨惊讶地问，“他们之间有很深的矛盾吗？”

张小东苦笑了一下，说：“不仅仅是他们之间，章坚对我们很多人都恨之入骨！”

我皱了皱眉头，同学之间在一起相处，时间长了，难免有个小摩小擦的，但至于到“恨之入骨”的地步吗？

张雨也是一脸不解的表情，问道：“究竟是怎么回事，能说清楚一点吗？”

“主要还是由他们俩之间的事情引起的，性格不合。”张小东开始讲述，“章坚你们刚才也应该领教了，是个很难相处的人。我第一次看见他，就感觉他是那种从小苦到大的孩子，后来也听说了他的经历，确实很辛酸。家在农村，比较穷，书念得也不容易，光考博就考了三年。你们没见到他刚进校的时候，整个人好像都快耗枯了一样。后来每每见到其人，我总能联想到那种面朝黄土背朝天的情境——这种感觉是我这样的城市娃一辈子也体会不到的。或许在他从前的生活中，体会到了太多不公、太多不幸，有太少的人能恰当地给予其关爱。这一切都写在他的脸上，他几乎不相信任何人，我们试图接近他，他总是用一种怀疑的目光盯着你，看得你发毛。这样时间一长，也就没人搭理他了。”说到这里，张小东无奈地摇了摇头。

想起刚才和章坚眼神接触的那一瞬间，我也不禁叹了口气：“我们没有体会过他的经历，是无法理解他的。喜欢把自己包裹起来的人，一定有过很深的痛苦。”

张小东赞同地看了我一眼，继续说道：“段明则完全是另外一种人，聪明，骄傲，从小一帆风顺，几乎是在蜜罐子里长大的。而且他是从少年班上来的，年龄小，有时候不知道体谅别人，甚至有些孩子气，这样两人之间就经常产生一些摩擦。”

张雨“嗯”了一声，问：“那具体体现在哪些事情上呢？”

“具体的？”张小东侧过脑袋想了想，“比如说吧，章坚体质不太好，睡眠很轻，因此他睡觉的时候非常反感有灯光或者杂声。段明却精力充沛，经常看书、用电脑到很晚，有时候还带朋友回宿舍聊天。章坚对这些意见很大，两个人吵过好几次。”

“还有别的事吗？”

“多了。比如章坚反对段明学习时间在宿舍里看电视，还有卫生问题，等等。不过这些都是小事，两人吵起来我们劝一劝也就算了。矛盾真正激化是一个多月前的一件事情——这次把我们也牵扯了进去。”张小东说到这里，非常懊恼地“唉”了一声。

“哦？是怎么回事？”张雨显然对这个情节很感兴趣。

“这个说起来就比较复杂了。”张小东顿了一下，理了理自己的思路，“嗯，这要从章坚上网聊天说起了。”

我有些诧异地耸了耸眉毛：“他这样的人也喜欢上网聊天吗？”

张小东听出了我的潜台词，笑了笑说：“可能正是因为现实中朋友太少吧，大约两个月以前，章坚迷上了上网聊天，并且很快在网上泡了一个女生。”

我点点头，这话是有道理的，一个人在网上往往会表现出与现实中截然相反的形象，所以说章坚喜欢上网并且能够迷住小女生倒也不是特别奇怪的事情。

张小东见我不再说话，就继续讲述着：“那一阵他整天神神怪怪的，窝在电脑前面，有时候连饭都不吃了。我们开始还以为他在忙工作，后来才知道原来是在和一个网名叫‘小月’的女网友聊天。”

听到这里，我突然又觉得有些不对，插话道：“以章坚的性格，和女生聊天这么隐私的事情，怎么会让你们了解得这么清楚呢？”

“问题就出在这里了。”张小东咧着嘴，一脸沮丧的表情，“本来这事章坚一直隐藏得很好，我们虽然猜测他在聊天，可谁也没有深究。但是上月的一个周末，段明很神秘地把我和我宿舍的凌永生叫到他们屋，说有好东西给我们看。我们不知道怎么回事，就稀里糊涂地跟了过去。原来段明在自己的电脑上用黑客软件窃取了章坚电脑上的一个加密文件夹，打开一看，里面保存着章坚和网友‘小月’的聊天记录，里面不乏一些卿卿我我的词句。段明得意之余，还挑了一些‘精彩’的部分绘声绘色地朗读起来。”

张雨皱了皱眉头：“这个行为就比较过分了。”

张小东也点头表示赞同：“当时我们觉得不妥，正要阻止，章坚恰好从外面回来了。他明白怎么回事后，气得脸色铁青，二话不说，冲过来拨开我们，对着段明的脸就是一巴掌！段明原本理亏，但也被这一巴掌打火了，立刻反手还击，两个人便扭成了一团。章坚身体不好，处于劣势，但他就像疯了一样，抓住段明又撕又扯，嘴里还发出‘呜呜’的声音，可怕极了！我和凌永生连忙上前，费了好大劲儿才把他拉开。章坚先是拼命挣扎，终于气力有限，被我们制服了，但我们无法控制他可怕的眼神，那眼神挨个儿从我们脸上扫过，似乎在说‘好啊，你们来吧，你们全世界都与我为敌吧！’”

听到这里，想象章坚当时的暴怒，我心里说不出是惧怕还是悲凉，叹了口气，说：“其实即使聊天记录被人看到，也不是什么大不了的事情，闹到这个地步，可能还是以前积怨太多，一起爆发了。”

“有这个原因吧。不过这些也就罢了，他最后说的话才真正让人害怕。”虽然事隔已久，但张小东回忆起当时的情况，脸上还是隐隐透出一些惊恐的神色。

“他说什么了？”张雨似乎也被张小东的情绪所感染，小心地问了一句。

“有仇必报！有仇必报！”张小东学着章坚当时的神态，两眼圆睁，从牙缝里挤出这八个字来。

一股寒意爬上了我的脊梁，我终于明白张小东在听说段明中毒死亡后惊慌失措的原因了："这么说，如果他要报仇，那么对象除了段明，还有你和凌永生。"

张小东点点头，神色沉重地说："自从这件事之后，章坚再也没有上网聊过天，他的第一次网恋就这样结束了。可以想象，他这样的人，对这种感情会看得有多重要！这笔账显然都记在了我们头上，我后来每次见到他都是小心翼翼的，生怕点燃了他这个火药桶。"

"那么你认为段明的死亡就是和这件事有关吗？"其实从张小东的反应来看，我的这个问题显然有些多余了。

"我觉得很有可能。他们住在一个宿舍……"

"现在还不能下这样的论断。"张雨打断了张小东的话，"你说的只能证明章坚可能有作案的动机而已，并没有任何实质上的证据。章坚有可能接触到氰化钾这样的剧毒药品吗？"

张小东犹豫了一下，说："这个我也不太清楚，要问问系里管药品的老师了。"

张雨冲我一挥手，果断地说："走，我们现在就去系里！"

4

系里管药品的老师姓钟，是个亲切热心的阿姨，四十来岁的样子。我以前做实验，要配纳氏试剂，曾到她那里领过氯化汞，因此熟门熟路的，进了系馆，直接往左拐，最里面的一间屋，便是药品库了。

我和张雨赶到的时候，钟老师刚刚上班，正在摆弄一些瓶瓶罐罐。看见我们进来，她立刻笑呵呵地对我说："又要开什么药品？稍微等一下，让我先把本科生下午的实验准备好。"

"不是，钟老师。"我不好意思地挠挠头，"这是校派出所的警察，想找您了解一些情况。"

"哦？出了什么事情吗？"钟老师惊讶地看着我们俩，看起来她还不知道几个小时前发生的一切。

张雨很有礼貌地先给钟老师问了个好，然后向她解释道：“是这样。今天上午你们系有个博士生死于氰化钾中毒，我想来了解一下您这儿有没有这种药品，如果有的话，药品的管理情况是怎样的？”

“氰化钾中毒？这个可不得了！”钟老师立刻意识到事态的严重性，停下了手里的工作，问，“是哪个学生？”

“段明，二〇〇二年入学的博士生，您认识吗？”

“段明？”钟老师皱眉仔细地想了想，然后摇了摇头，说，“这个学生我倒是没有什么印象。不过系里今年确实到公安局报购了一些氰化钾试剂，主要是有几个博士生做研究需要用到。领取氰化钾的程序非常严格，必须有导师和系主任两个人的签字才行。正因为手续复杂，那几个领过药品的学生我都认识，里面肯定没有段明。”

“那这些药品由您一个人管理吗？”张雨又问，“有没有在您不知情的情况下被人使用的可能性？”

“绝对不可能！”钟老师很肯定地说，“保存氰化钾的药品柜有两把锁，钥匙分别由我和系办公室的刘老师保管，必须我们同时开锁，才能取到药品。”

“哦。”张雨点了点头，照这样看来，在领药品的过程中应该不会出什么问题，随即他又接着问道，“那么学生们领到药品后又是怎么保管的呢？”

“首先领药品的时候，就必须有至少两个人来。保管时也要求每人一个锁，互相监督。”说到这里，钟老师从抽屉拿出一个笔记本，翻到其中的一页，递给张雨，“这是本学期领取氰化钾药品的记录，你可以参考一下。”

张雨接过记录本，拿在手里端详着。我也把脑袋凑了过去，我们俩的目光很快就不约而同地盯在了那页纸的第三行，上面很清楚地写着：

2002年3月7日氰化钾150克
领取人：章坚、郭婷婷

张雨用手指着领取人那一行，问：“您知道这个章坚和郭婷婷的实验室房间号吗？”

"应该都是有记录的。"钟老师扶着眼镜，在笔记本上翻查着，不一会儿，她就找到了答案，"你看，在这里。章坚、郭婷婷，系馆三一九房间。"

"好的，谢谢您了。您继续忙着，我们就不打扰了。"张雨很有礼貌地向钟老师道了别，然后对我说，"那我们就先去三一九房间看一看吧。"

化学系馆是好几十年前的建筑了，三楼是它的最高层。楼层的通道里到处弥漫着一股化学药品的刺鼻味道，这也是我没事不愿意往系里跑的原因之一。据说在楼顶的通风口附近，总是有很多被毒死的麻雀尸体。

有我带路，很容易就找到了三一九房间。房门大开着，门旁竖着一排实验架，挡住了我们的视线，也不知道里面有没有人。

我示意张雨先在外面等着，自己走近两步，想看看实验架后面的情况。正当我探长脖子的时候，身后响起了一个清脆的声音："你在干什么呢？"

我连忙回过头来，这才发现左边的墙上还有一个小门通向里屋，一个穿着白色实验服的女孩拿着一排试管站在门口，正诧异地看着我。

不得不承认这是一个非常漂亮的女孩，白皙的皮肤，个儿头差不多与我一般高，一双又大又亮的眼睛在我身上来回打量着。我被她看得手足无措，说话也不利索了："我，我是……"我把头转向张雨，求助似的看着他。

张雨倒是大方多了，他走上两步，故作惊讶地对女孩说："怎么，你不认识他？系里的女生可都认识他呢。"

女孩又仔细地看了看我，然后一本正经地说："但是我不认识啊，我是刚刚考进来的研究生。"

我的额头上几乎要渗出卡通人物的大汗珠来，居然有这样傻到可爱的研究生。

张雨也忍不住笑了："你是叫郭婷婷吧？"

女孩点点头："你们到底是谁，怎么会认识我？"

"我是校派出所的警察，这个是你同系的师兄，我们来了解一些情况。"一说到案件内容，张雨便换上了一副认真的表情。

"嗯。"郭婷婷睁着大眼睛，等着我们的下文。

“你有个师兄，叫作章坚的，他也是在这个屋里做实验吧？”张雨四下打量了一圈，“好像他现在不在？”

郭婷婷脆生生地回答着：“章坚是我们的课题组长啊，他中午回去了，还没有过来。”

张雨和我对视了一眼，章坚从宿舍离开的时候说是要去实验室，显然是在撒谎了。

“你和章坚去药品库领回的氰化钾呢？现在存放在哪里？我们想看一看。”

郭婷婷犹豫了一下，反问张雨：“你的证件呢？”

我冲着张雨撇嘴一乐，小姑娘看起来有点傻傻的，警惕性还挺高。

张雨也笑了，从口袋里掏出证件递过去。

郭婷婷仔细看过了，这才戴上手套，然后拿钥匙打开实验柜，取出一个棕色的药剂瓶来，那里面的白色粉末便是让人谈之色变的剧毒氰化钾了。

“按规定，不是应该你和章坚同时开锁才能取到药剂的吗？”我不解地问。

“嗯，规定是这样的。但是我和章坚很多时候都不能同时来实验室，所以这个程序就简化了，其实现在实验室里的三个人都可以单独取到药品。”郭婷婷很坦白地说了，似乎并没有感觉这有何不妥。

“哦，有三个人？”张雨皱了皱眉头，“还有一个是谁？”

“还有一个也是硕士生，叫李冬。”郭婷婷一边说着，一边很小心地把药剂瓶放在实验台上。

她说的李冬我倒认识，比我低一届，也是本校直读的研究生，本科的时候和我也算混个脸熟。

张雨蹲下来，仔细端详着那瓶剧毒药剂，问：“你们一共领了一百五十克氰化钾，现在这里大概还有多少？”

郭婷婷想了想，回答说：“六十克多一点吧。”

张雨扬起头看着她：“你能肯定那将近九十克的药品都是正常实验所消耗的吗？”

郭婷婷脸色一变，问：“你这是什么意思？”

“你别紧张，有些事情你可能还不知道。”张雨站起身，向我示意了一下，于是我把段明死于氰化钾中毒的情况向郭婷婷讲述了一遍。

郭婷婷睁大了眼睛："这怎么可能！段明死了？他是我老乡啊，昨天晚上我还在三教自习教室里遇见他呢！"

"是吗？"这个线索让张雨有些意外，"原来你也认识段明。当时他有没有带着一个银白色的水杯？"

"有啊，系着一条黑带子的那个吧？我还亲眼看见他用那个水杯接水喝呢。他……他怎么就……就……"到底是女孩子，郭婷婷那双大大的眸子里已经闪出了一丝泪花。

张雨若有所思地点点头，自顾自地嘀咕着："昨晚还喝水了……今天早晨水杯里却装满了高浓度的氰化钾溶液……"

"什么？"郭婷婷似乎被张雨的话吓住了，沉默了好久，才又吞吞吐吐地说道，"你们这么一说，我倒真觉得这个月……这个月的药品用量有些……有些反常，有可能是……是章坚拿走了一些。"

张雨盯着郭婷婷的眼睛，严肃地问："哦？为什么说可能是章坚拿的？这么重大的事情可不能胡乱猜测。"

郭婷婷也意识到自己的话有些草率，连忙解释道："我只是觉得有这个可能。因为上个星期做实验的时候，我听见章坚在自言自语，当时他说'氰化物质用作毒药可真是不错'。"

"是吗？他真的这么说了？"张雨的语调里透出一丝激动，如果这个属实，那么章坚就确实大有作案嫌疑了。

"这个我可以肯定，虽然他说得很轻，但我当时在他旁边，绝对没有听错。"郭婷婷正说着，一个男生从外面走了进来，她立刻指着那人说，"当时他也在场，应该也听到了。"

我认出进来的那个人正是李冬。他莫名其妙地看着郭婷婷："我听到什么了？"然后又转过来问我，"你怎么也跑到这里来了？听说咱们系死了一个博士生，你知道是哪个组的吗？"

"我们就是为调查这件事情来的。"我把案情和郭婷婷刚才说的情况向李冬解释了一遍。

李冬听完后却直摇头："我怎么不记得章坚说过这样的话？"

"真的说过的！"郭婷婷有些急了，"你肯定是离得远，没有听清！"突然，她好像又想起了什么，补充说，"对了，当时江山也在他的旁边，他应该会听清的，你们不信可以去问他。”

“江山？他也是你们实验室里的吗？”张雨问道。

“不是。”李冬摇了摇头，“他是章坚的朋友，最近实验比较多的时候，章坚常会把他叫过来帮忙。”

“章坚的朋友？那会是个什么样的人呢？”我饶有兴趣地问道。

李冬沉吟了一下，说：“倒是接触不多，感觉人挺乐观随和的。”

“但是很不会做实验，越帮越忙。”郭婷婷插嘴说，“后来我问了他，原来是经管学院的。”

“做实验是差了点，但却是个不折不扣的帅哥呀。”李冬看着郭婷婷，不怀好意地笑着。

郭婷婷的脸“唰”地一下红了，瞪着李冬说：“帅不帅关我什么事？”

李冬半开玩笑半认真地说：“有了帅哥，就不用整天上网聊天找了啊。”

郭婷婷“哼”了一声，不再理他。

5

从三一九房间出来，我突然想起今天是周二，下午两点半教研组要开例会，便匆匆向张雨告辞。张雨也觉得有必要把现在了解到的情况向专案组汇报一下。我把他送出系馆，自己直奔二楼的教研组会议室。到了组里，会议还没有开始，几个同学正在议论段明的事情。我暗暗听着大家的分析和猜测，表面上却不动声色。

和以往一样，今天的会议又因为有人迟到而推迟了十多分钟。会议的主要内容是在组里推选一个参加校级奖学金评定的名额。这种事反正轮不到我的头上，我心不在焉地旁听着。整个过程中只有一件事引起了我的注意：生化组推举的参评人，已经由段明改成了张小东。散会后我便径直回到宿舍。猴子一看见我，张口便问：“靠，你一下午滚哪儿去啦？还想找你踢球呢。”

我懒得把详情告诉这个八卦的家伙，随口敷衍着：“看美女去了，你管？”

猴子一听来了精神，凑过来追问："什么美女？带过来让我也看看啊。"

我心念一动，想起下午还真是见到了一个美女，说："就是咱们系的，在三一九实验室。"

"你说的是郭婷婷？"猴子兴奋得挤眉弄眼，"靠，没想到你跟她有一腿。"

"嗯？你也认识她？"

"咱们系的美女能有我不认识的？"猴子对我的疑问表示相当愤慨，"而且她这几天早上都会去西操跑步，我今天还看见她了。"

"是吗？"我有些纳闷，"那我下午和她聊天的时候，她为什么会不知道段明死亡的事情呢？"

"她走得早呗。可惜啊，没看到我后来救人的场面。"猴子颇为感慨地说着，"要不然就不光是我认识她，她也认识我了。"

我心里仍然疑团重重，郭婷婷绝口不提今天早上她也曾去过西操，难道是在掩饰什么吗？

中午没有休息，现在倦意有些上来了。我和衣躺下小睡了一会儿，醒来后看看时间，已经快六点了，于是便下楼去十五食堂吃晚饭。吃着吃着，不由自主又想起那可怕的氰化钾，平日里最爱吃的地三鲜也不是滋味了。

正想着要不要和张雨联系一下，询问询问情况，两个男生从外面进来，一边聊天一边经过我身边，只听见其中一个在说："……上楼抓人去了，好像和上午死的那个博士生有关……"

我心里一动，连忙三两口扒完饭，出了食堂，径直向三十三号楼奔去。远远便看见三十三号楼前停着一辆警车，不少同学围着看热闹。我走到跟前，只见张雨一身警服，正从楼门里走出来。

我迎上去问他："喂，怎么了这是？"

张雨把我拉到一边，压着声音说："专案组已经认定章坚有重大作案嫌疑，正在进行抓捕。"

"是吗？"我有些惊讶，警方的行动如此迅速，"那现在人抓到了吗？"

"还没有。"张雨摇了摇头，"人不知道在哪里，有可能是畏罪出逃了。”

“实验室那边找过了吗？”

“也不在。现在专案组的同志正在宿舍和实验室同时进行搜查取证工作。”

我突然想到一件事情，又问：“章坚不是有个经管学院的朋友吗？有没有到他那里了解一下情况？”

张雨摸着脑门：“对呀，我倒把这个给忽略了，那人叫什么来着，我想想……江山！”

“嗯。”我点了点头，“不过不知道他住哪里。”

“这个简单，交给我了。”张雨拿出手机，拨了个号码，对着电话那头说，“我是专案组的张雨，帮我查一下，经管学院有个叫江山的男生，住在哪里？”

我用崇拜的眼光看着他，打趣说：“我靠，有这么爽啊，以后要查美女的住址就拜托你了。”

张雨笑了笑，那边查询结果已经出来了，他挂了电话，说：“经管学院二〇〇一级的直博生，三十一号楼五〇六，应该就在附近吧？”

“就是前面这幢楼。”我用手一指。

张雨打了个响指，说道：“太好了，我们这就过去看看。”

三十一号楼位于三十三号楼的南面，住的都是从本校直读上来的博士生，我有几个本科的同学也住在这栋楼里。

敲开了五〇六房间的屋门，从里面走出来的小伙子一下子就抓住了我的目光。吸引我的倒不是他帅气的面庞，而是他身上穿的那件文化衫：黑色的衫底上正中位置印着“征服者”游戏人物头像，下方配着一行飘逸的白字：smth_胡一刀。“smth”是校内一个征服者游戏战队的名字，这件文化衫多半是他们的队服了。smth_胡一刀，这不就是上午那个先蹂躏猴子，然后又把他踢出游戏的家伙吗？我立刻对他大生好感。

“请问江山同学在吗？”张雨开口问道。

小伙子上下打量着我们：“我就是，你们找我有什么事吗？”

“你认识章坚这个人吧？”

“他是我朋友。”江山的语气很平静，但我注意到当他听见章坚这个名字的时候，眉头似乎微微地蹙了一下。

张雨亮出了证件："我是校派出所的警察，想向你了解一些问题。"

江山仔细瞅着我们："警察？那……你们请进来说吧。"

屋里没有其他人，看起来很整洁。

"章坚今天来找过你吗？"张雨单刀直入。

"没有啊。"江山摇了摇头，"他出什么事了？"

张雨又问："你知道今天上午西操有个学生死亡的事情吗？"

"哦，这个我倒是了解一点，不过都是网上看来的消息，具体情况也不很清楚。"一边说着，江山从书桌下拉出几张凳子，招呼我们，"请坐下说吧。"

张雨道谢坐下，然后严肃地看着江山："死者是章坚的舍友，现在章坚具有重大的投毒杀人嫌疑。你一定要说出实际情况，有什么隐瞒的话，可能构成包庇罪，你明白吗？"

江山回避了张雨的后半句话，不动声色地反问道："你们说章坚就是凶手，有什么证据吗？"

"当然有充分的证据！"张雨意识到江山很有可能知道章坚的下落，但是要让他开口，看来先得说服他，"章坚和死者段明有很深的矛盾，这个你可能也知道一些吧？"

江山没有否认："是的，章坚曾和我提到过。"

"可以说他具备了作案的动机。"张雨顿了一顿，似乎在给江山思考的时间，然后又接着说道，"另外，有人证实，章坚曾在实验室无意中说过'氰化物质用作毒药可真是不错'这样的话，显示出投毒作案的意向，而他同时又具备获取氰化钾剧毒物的能力。当时在场的有你、李冬和郭婷婷三人，想必你也听见了他的这句话吧？"

江山沉默片刻，忽然不屑地"嗤"了一声，说："就算有这回事，那又怎么样呢？都是些主观的判断而已，不能据此证明章坚就会真的投毒作案。法律方面的东西我也懂一些，只有一个人同时具备了犯罪的主观故意和客观行为，你才能给他定罪。"

"你说得不错，凭这两点远远不能定案。"张雨并没有被江山的态度激怒，说道，"看来你是一个懂法的人，那我们的工作应该更加好做才对。我们在段明周围宿舍同学和案发时在场的目击者中进行了调查。段明对门宿舍的同学反映，昨晚段明在熄灯后，曾拿着水杯在楼道里边喝水边聊天，然后即关门睡觉，屋里只有他和章坚两人。今天一早，段明就带着水杯去西操跑步，当时在场的晨练者都表示，摆放水杯的地点始终有人在来往喝水，现场下毒是无法做到的。所以，从具备作案时机上推测，能够在水杯中下毒的只有章坚一人。”

江山仍然是一副不置可否的表情，摇着头说：“只是一些主观的臆测而已，并没有人看到或有切实的证据证明章坚投毒。”

张雨的语调依然平和，但目光却直逼江山：“在致段明死亡的水杯上，提取到两份指纹：一份是段明自己的，另一份经过比对，与留在章坚电脑键盘上的指纹完全吻合，这不是证据吗？”

江山低头看着地面，不知是在躲避张雨的逼视还是在思索着什么，但他似乎仍不甘心，沉吟着说：“章坚和段明住一个宿舍，当然有可能接触到段明的水杯，留下指纹……也不奇怪。”

“是吗？那我给你描述一下详细的情况。杯身处留有章坚左手的指纹，杯盖处留有章坚右手手指指纹，且两处指纹均有轻微摩擦旋转的痕迹，经市痕迹专家分析认定，这样的指纹正是开启杯口时留下的！这还能解释成一般的接触吗？你再好好想想吧，如果你们真的是朋友，你现在应该怎样帮他！”张雨乘胜而进，步步紧逼着。

警方的证据居然已经如此详尽！连我都觉得有些惊讶了。

江山更是陷入了无言以对的地步，嘴里喃喃道：“这个……如果这样……”

正在这时，阳台上传出一阵异样的响动，立刻，江山条件反射似的转头看过去，脸上露出一丝不安的神色。

张雨站了起来，用威严的声音询问：“谁在那里？”

江山犹豫片刻，终于吞吞吐吐地说出了实情：“是……章坚，我让他躲在阳台上……”

没等他说完，张雨便拉开后门冲了出去，我也赶紧跟着上了阳台。

阳台的围栏上站着一个瘦削的身影，正是章坚。他左手扶着墙壁，右手握着嵌在墙上的挂晾衣绳用的铁三脚架。刚才的响动看来就是他踩着阳台上的杂物攀登围栏时发出的。

觉察到我们的到来后，他扭过头，狠狠地瞪着我们，那神情像是一头困在陷阱中的绝望的野兽。这个阳台正处于楼层间的风口处，他的衣衫像风帆一样鼓起，那瘦弱的身躯似乎随时都有可能被刮下围栏。

我和张雨不敢过分逼近，站在离他两米左右的地方停住。

张雨用尽量平静的语调说："章坚，你要干什么？那里很危险，赶快下来。"

"你们……你们在诬陷我！"章坚从牙缝里挤出这句话来，那声音既像是在咆哮，又像是在呜咽，听得我毛骨悚然。

"你先下来，如果你不是凶手，我们会还你清白的。"张雨边说，边向前迈了一步。"滚开！你以为我会相信你们吗？"章坚低吼着，同时把左侧身体向外探出，想跨到隔壁屋的阳台围栏上，这时他全身的重量都加在了右手握着的铁铁三脚上，不甚牢固的架体与墙壁连接处立刻出现了松动的迹象。

"危险！"张雨连忙抢上前想把他拉住，但是已经晚了，伴着一声惊呼，章坚的身体随着脱落的铁三脚一同坠落！拴在两个铁三角之间的晾衣绳立刻被绷得笔直，章坚两手紧握着那个脱落的铁三角，悬挂在阳台外围栏下方不到一米的地方。

这时江山也来到了阳台上。在巨大的拉力作用下，另一个铁三角也开始晃动起来，张雨和江山同时伸手拉住细细的晾衣绳，铁三角上承受的力量立刻小了很多，张雨向着愣在一旁的我吼道："干什么呢！快去拉他！"

我如梦初醒，连忙把身体伏在围栏上，向悬挂在下方的章坚伸出自己的右手，但我把手臂伸得再长，指尖离那个脱落的铁三脚仍有五厘米左右的距离，而就在我眼皮底下，晾衣绳拴在铁三角上的结扣已经开始松动了！

一层冷汗从我的脊背蹿出，我冲着章坚不停地大喊："快把手伸给我！快点！"

章坚仰头看着我，在某个瞬间，他曾经犹豫了一下，他的右手甚至离开了铁三角，摆出了向上伸出的姿势。但随即，他瞪视我的目光中又充满了敌意，右手的动作也随之停止，我们就这样在一种令人窒息的气氛中僵持着，直到绳扣完全脱落，他的身体像一只麻布袋一样向着二十米开外的地面飘落下去……

在之后足有十多分钟的时间里，我失去了任何感觉。我的脑子里只有章坚坠地时的那一声闷响。他的尸体躺在坚实的地面上，仍然和我对视着，我甚至能感觉到他在对我愤怒耳语：“好啊！你们来吧！你们全世界都与我为敌吧！”

6

随后的一个星期里，段明和章坚的死在学校里传得沸沸扬扬。在很多版本中，章坚的坠楼变成了畏罪自杀，我不知道警方的结案词中是不是也援用了这一说法。

不过对这些我都不关心了。在别人议论时，我总是一个人躲开，和张雨也没有再联系过。我只想尽快忘掉这件事情。

系里一下子少了两个博士生，他们所研究的课题也因此陷于停顿。系领导决定把我临时调入三一九实验室，接手章坚的课题往下做。

我得知这个决定的时候，真是有点哭笑不得。越是想摆脱的东西，它却越是向你紧紧粘过来。

我从系里领回章坚以前整理的课题资料，翻了两页便心烦意乱，干脆躺在床上发起呆来。

不知道躺了多久，迷迷糊糊正要睡着，恍惚间听见有人在我耳边念道：“氰化物质在饮用水输水系统中的生成与降解。”

我一下子睡意全无，“腾”地从床上坐了起来，发现在一旁说话的原来是猴子。

“我靠，瞎说什么呢！”我没好气地说，“什么氰化物质的，想吓死我啊。”

“靠！什么瞎说，这不是你的文献标题吗？”猴子一脸无辜。

“饮用水中怎么可能有氰化物质？”我迷惑地嘀咕着，抢过猴子手里拿着的文献资料，扫了一眼标题，然后不解地问道，“你把这个念成‘氰化物质’？”

“是啊，这有什么大惊小怪的。”猴子不屑地瞥了我一眼，“我们南方人都是这么念的。”

南方人？章坚也是南方人！一个可怕的猜想出现在我的脑子里，我开始仔细地阅读起那份资料。

这篇资料显然被章坚翻看过好多遍，边角处已经有些起毛。其中的一些段落还被标记了下划线。我从标题开始一段一段往下读着，我的猜想也被一步一步验证着。渐渐地，那些黑色的方块字似乎都成了一张张丑陋的嘴，它们发出放肆的笑声，讥讽着我们所犯下的错误！我只觉得自己的心“突突突”地越跳越厉害，连忙拿出手机，翻到张雨的号码，拨了过去。

电话那头传来张雨的声音：“喂，周远驰吗？”

“我们犯了一个大错误！”我激动地说，“章坚极有可能不是真正的投毒者！”

张雨一下子也紧张起来：“怎么回事？”

我恨不能把我的发现一下子全灌输给对方，但又不知该怎么描述，只是着急地嚷嚷：“哎呀，电话里讲不清楚！你过来一下吧！”

“这样吧，五分钟后京西老地方见！”张雨果断地说。

我挂了电话，拿起那份资料，直奔京西。张雨离得较远，但是也只比我晚到了两三分钟。

“到底有什么地方不对？”还没来得及坐下，他便开口问道。

我也是什么客套话都没说，直接进入主题：“你还记得章坚说过的那句话吗？‘氰化物质用作毒药可真是不错’，你有没有觉得这里有些不对劲？”

张雨蹙着眉头：“‘氰化物质’这个词听起来似乎有些别扭，只有章坚这么说过，别人都直接说‘氰化钾’。”

“那是我们搞错了，章坚指的根本就不是氰化钾！你看看这个，这是章坚死前研究过的课题资料。”我把那份资料放到张雨面前，用手指着文献的标题，那上面写的是：烃化物质在饮用水输水系统中的生成与降解。

张雨略一思索，似乎有点明白了：“你的意思是他说的其实是‘烃化物质’？”

我点了点头：“这个字应该念‘tīng’，但在南方一些地区的方言中，这个字被念作‘qīng’，这就和‘氰化钾’的‘氰’同音了。章坚虽然是化学博士，但普通话并不标准，极有可能把这个字念错或发音不清，再加上他提到是毒药，别人听起来，便很可能会误认为他说的是

‘氰化物质’。”

张雨用章坚的南方口音反复模仿着“烃”和“氰”的发音，即使我已经有了心理准备，但还是很难分辨他具体在念哪一个字。

“那‘用作毒药’又怎么解释呢？烃化物质也是剧毒物吗？”张雨突然想到另一个疑问。

“不，恰恰相反，烃化物质是一种毒性很低的有机物，一般饮用水中都会含有微量的这种物质。”我用手指到章坚标记下划线的那些部分，“你可以看一下这里的论述，饮用水中长期含有超量的烃化物质，会有致癌和致突变的作用，严重时可造成饮用者累积性中毒死亡。”我停顿了一下，待张雨看完那段，接着解释道：“我们一听到‘好毒药’，立刻就想到氰化钾这样的剧毒物。章坚却是另外一种想法。烃化有机物通过对人体的长期作用，使人致癌、致突变，最终病亡，整个过程完全呈现一种自然死亡的表象。杀人于无形，这才是章坚说的‘用作毒药可真是不错’的含义。”

张雨若有所思地点着头：“这么说，即使章坚确实有投毒杀害段明的意图，决不会去选择氰化钾，而会使用烃化物质。”

“不错。我们在这里都犯下了错误。而且……”我犹豫了一下，还是大胆说出了我的猜想，“而且犯下同样错误的不仅是你我，还有真正的凶手！”

张雨沉吟片刻，说：“我明白你的意思了。我们先假设章坚是无辜的，存在着另外的真凶。这个凶手听到章坚说出‘烃（氰）化物质用作毒药可真是不错’，于是想到用氰化钾毒死段明，这样通过在场人的证言，便可把嫌疑推到章坚的身上。但他没有想到章坚所说的却完全是另外一个意思……这样的话，当时在场的三个人，郭婷婷、李冬、江山，都有作案的嫌疑……”

说到这里，张雨停住了口，似乎在思考着什么，良久，他又自言自语地说：“如果这样的话……倒是可以解释得通……”

“什么解释？你判断出凶手是谁了吗？”我迫不及待地询问。

张雨摆了摆手，示意我不要打断他的思路。我屏住呼吸，目不转睛地盯着他。

终于，张雨嘘了口气，抬头看了看我，开口说道：“章坚死后，我们调查了他的电脑，查看了张小东提到过的那份聊天记录，基本情况和张小东说的一样，不过有一点可能会出乎你的意料。”

“是什么？”

“最后是章坚主动要求和‘小月’——就是那个女网友——断绝关系的。”

“哦？”我的确有些意外，“章坚为什么不愿意和‘小月’继续交往？”

张雨遗憾地摇着头：“这个在聊天记录里倒看不出来，最后几次的聊天记录都非常简短，不过可以看出章坚和‘小月’在现实中已经见过面并且熟识，章坚表示不愿继续交往，而‘小月’则态度强硬地反对。”

“嗯，会不会章坚比较害羞，在聊天被段明他们发现后，便不好意思继续下去？”我猜测道。

“很有可能！我也是这么想的。”张雨曲起手指敲了敲桌子，表示赞同，“如果这种想法成立的话，那么‘小月’对段明和章坚都会心生怨恨……”

“你是说这个‘小月’就是投毒的真凶？毒死段明，陷害章坚……”说到这里，我突然意识到什么，“靠，你不会是在怀疑郭婷婷吧？”

张雨没有直接回答，只是说：“你记得李冬说过的话吗？郭婷婷很喜欢上网聊天的。而且他们俩在一起工作那么长时间，郭婷婷对章坚这个师兄产生迷恋也不是不可能的事情。”

“不会的，不会的。”我回想起郭婷婷那双又大又亮的眼睛，怎么也无法接受这个推测，“她怎么会有作案时机？水杯上的指纹又怎么解释呢？”

“我刚才就在考虑这个问题。”张雨有些得意地拍了下手，继续说着，“凶手虽然没有机会在西操现场下毒，但调换水杯还是可以做到的。”

“调换水杯？你说详细一点。”我似乎有些明白，但一时还理不清细节。

“好。假设我是郭婷婷，我想实现我的计划，我会怎么做呢？首先，我准备一个和段明一模一样的水杯，带到实验室去。找个机会，假装拧不开，让章坚帮忙，于是章坚的指纹就留在了水杯上。我把氰化钾投加在这个水杯里，在某天早上把水杯带到西操，当然，别忘了给它系上一条黑色的带子。段明来了，把自己的水杯放在球门边，我也过去把水杯放下。然后我装模作样地跑上一两圈，口渴了，去拿水杯喝水。两个系着黑带子的水杯摆在那里，我拿走了一个，剩下的一个便归段明了。事情就是这么简单，唯一要注意的是，做这些事情的时候，在手指内侧贴好橡皮膏，不要留下任何指纹。”张雨一口气讲完这些，顿了一顿，转口说，“当然，你要推翻我的猜测也很简单，只要给出郭婷婷那天早晨不在现场的证明就可以了。”

我一愣，然后苦笑着说：“那天早上郭婷婷确实去过案发现场。”

“是吗？”张雨目光一亮，问，“是她告诉你的？”

“没有，是我一个同学看见的。她自己隐瞒了这个情况。”我想了一会儿，又沮丧地补充，“而且她是在段明喝水前先行离开的。”

“那就真的非常可疑了，你为什么不早点告诉我？”张雨的语气中带着一丝责怪的味道。

我无言以对，但想想还是不甘心，又问：“那份聊天记录呢，我想看看。”

“可以。”张雨打开带来的文件夹，有关这个案件的材料都在里面，他找出其中的几张纸，递给我。

我接过来看了一眼，突然诧异地说：“这就是章坚和‘小月’的聊天记录吗？没弄错吧？”

张雨探过头来，自己又扫了扫那份记录，然后肯定地说：“没错啊！有什么不对的吗？”

我盯着那几张纸，先是满脑袋的疑惑，然后我思索着，前后印证，整个事件的全貌终于一点一点在我眼前显现出来。

7

张雨的警察身份有时候还真管用，在他的召集下，张小东、郭婷婷、江山、李冬先后来到了京西餐厅，他们的脸上或多或少带着迷惑和不安的神色——在电话中他们都已知道，上星期那起轰动全校的事件现在有了新的变化。

等大家都坐好了，张雨用眼神示意我开始，到目前为止，他只是按我的要求把大家叫来，自己也不知道我究竟想做些什么。

我把那份聊天记录递到张小东面前，问他："你看一看，这是那天段明从章坚电脑里窃得的聊天记录吗？"

张小东把那几页纸拿在手里翻看了一会儿，然后点点头说："应该就是。不过我当时只看到其中的一小段，这份记录大部分我没看过。"

"没关系。"我接着问，"你能确定当时你看到的两个聊天者的网名也是'动感浪人'和'小月'吗？"

张小东很自信地回答："这个我能确定。'动感浪人'就是章坚，'小月'是那个和他聊天的女孩。"

我不置可否地一笑，又问："你有没有亲眼见过章坚用'动感浪人'这个名称聊天？"

张小东愣了一下，摇头道："没有。"

"嗯。那你怎么能断定'动感浪人'就是章坚呢？"

张小东被我问得有些发蒙，喃喃地说："这不是在章坚电脑上发现的聊天记录吗？难道他会把别人的聊天记录保存下来，还特意放在加密文件夹里？"

"不，你误解我的意思了。"我用手指着记录上的那两个聊天代号，说，"你没有想过章坚用的网名也可能是'小月'呢？"

"什么？"在一旁倾听的张雨来了兴趣，"你的意思是……"

我把那几张纸摊在桌面上："你们看这份聊天记录。上面只显示了每句话的发言人及信息送出时间，而没有体现出接收关系，所以并不能确定章坚是'动感浪人'还是'小月'。"

"但章坚绝不可能是'小月'啊！"张小东把脑袋摇得像个拨浪鼓，"不管从名称还是聊天内容上来看，'小月'都绝对是个女孩。"

李冬、江山等人传看着聊天记录，也都赞同张小东的观点。

"对别人来说是不太可能，但对章坚就不一定了。"我扫了众人一眼，继续说道，"章坚的性格孤僻，不擅与人交流，在现实生活中非常孤单，所以他会选择上网聊天，想在网上结识知心的朋友。有过上网经历的人都知道，要想在网络上受到欢迎，最简单的办法就是使用女性的身份。可以设想，章坚在体会到这一点后，不可自拔地沉迷于用女性身份上网聊天的怪癖中，以享受现实生活中无法获得的关爱。所以在这份聊天记录里，'小月'才是他的网名。这也解释了为什么这份记录被段明偷窥后，章坚会异常愤怒。"

张雨挠了挠头："照你的说法倒是也有可能——可是既然看不出聊天信息的收发关系，你又怎么能确定'小月'才是章坚呢？"

"本来我也没有往这个方向上想，但是我第一眼看到这份聊天记录的时候，我就知道你对'小月'是郭婷婷的判断完全错误了。"

"为什么？"张雨更加迷惑了。

我深深吸了口气，是时候揭开谜底了："因为我虽然无法确定'小月'是谁，我却知道'动感浪人'是谁！"

"哦？"张雨意识到了什么，锐利的目光从在座的众人身上依次扫过去。

江山似乎坐得不太舒服，在椅子上挪动了一下。他身上仍然穿着那件印有"smth_胡一刀"字样的文化衫，我转过头来，对他说："你现在用的网名是'胡一刀'？以前的那个网名为什么不用了呢？"

江山神态自若地看着我，反问："我以前用过别的网名吗？我自己怎么不知道？"

"对于一个成熟的网络玩家来说，网名可以随意改变，但他所擅长的打法风格却是轻易变不了的。"我突然抬起头来，盯着江山的眼睛，"学校里所有上网对战'征服者'的人都知道，能得心应手地使用僧侣快攻这种另类打法的玩家，向来只有一个，这个人现在的网名是'胡一刀'，以前的网名就是'动感浪人'！"

江山没有被我的气势压倒，不屑地撇着嘴说："完全是臆测。"

我料到他会是这样的态度，早已有了应付的方法："想弄清这是不是臆测倒也简单。只要查一查'胡一刀'和'动感浪人'的IP地址，就可以知道他们是不是来自同一台电脑。"

看到江山在我的攻势下沉默不语，我话题一转，问他："现在你能不能解释一下你和章坚是怎么成为朋友的？"

江山"哼"了一声，说："这是我的事情，有什么必要告诉你？"

“那就让我来帮你说吧。”我笑了笑，“有什么不妥的地方你可不要见怪。你在网上遇见了化名‘小月’的章坚，你把他当成女孩开始交往，‘小月’那种冷僻、多疑的性格也许使你觉得‘她’是一个难以捉摸的冷美人，从聊天记录里可以看到，你最初真的是关心‘她’，和‘她’敞开心扉，鼓励‘她’热情待人。这种坦诚的交流使你真的有点喜欢这个‘小月’了，对吗？否则你为什么主动提出见面的要求？”

“胡说八道！这些完全是你的主观想象！”江山有些控制不住情绪。

我不理睬他的抗议，继续讲下去：“很容易想象你和章坚见面后你的心情，难堪？愤怒？你当即提出结束这种交往，可是不知出于什么原因，这个要求却被章坚拒绝了，也许他不想失去你这个唯一了解他心声的朋友，也许是长期的性别错乱使他对你已经产生了超出友谊之外的感情。但有一点是可以肯定的，你再也不能保持以前的心态和他相处了，你觉得这是欺骗，甚至感到恶心。这种感觉使你以后在打游戏的时候，看到使用女性账号的男生，就会把他一脚踢出，对吗？”

“谁会相信你的鬼话？我和章坚一直是好朋友，如果我那么讨厌他，我还会经常帮他做实验吗？”江山一边说，一边看着郭婷婷和李冬，希望获得他们的支持。

“那是因为章坚要挟你，你无法摆脱！”我把聊天记录翻到最后一页，“这里‘小月’说得清清楚楚，‘如果你以后不理我，我就把以前的聊天记录全部在网上公开’。这个威胁很有效，是吗？你在现实生活中是个很骄傲、很好面子的人，你无法忍受让别人知道你曾对一个男人说出那么多令人脸红心跳的情话！”

江山警觉到自己正一步步地跟着我的节奏在走，不再正面接触我的话题，只是冷笑着说：“我不知道你讲了这么多不着边际的话，究竟想说明什么？”

“是你毒杀了段明！”我提高声调，死死盯住他的眼睛，“而且你毒杀段明的唯一目的，就是为了设计一个陷害章坚的局！因为你无法忍受章坚的纠缠，在这一点上，我也许应该理解你——以章坚的性格，哪怕只和他待上一天我都会受不了。”

“荒谬。”江山毫不畏惧地看着我，“如果我只是为了摆脱章坚的纠缠，直接把他毒死不是更简单吗？我看你是侦探小说读得太多了吧！”

“这就是你自作聪明的地方。如果章坚死了，你和他之间这种不寻常的关系必然会使你被警方纳入调查范围，你不敢冒这个险。而章坚无意中说的一句话，使你想到了投毒嫁祸的方法。段明死了，你和他没有任何瓜葛，谁也不会怀疑到你，而同时，所有的人证、物证又全部指向章坚。这个计策简直可以说是万无一失，只可惜，从一开始，你就把章坚说的话听错了。”说到这里，我翻出那份资料，推到江山面前，“你自己看看吧，章坚说的是‘烃化物质’，你听成了‘氰化物质’。于是你在帮章坚做实验的过程中伺机偷取了氰化钾，为了造成明显的非实验减量，你偷取的氰化钾远远大于正常所需的致死量。这些本来都是你刻意制造的陷害章坚的罪证，可笑的是，一字之差，现在反过来倒成了证明章坚无罪的证据！”

江山针锋相对地冷笑着：“那天在我屋里，说章坚投毒铁证如山的是你们，现在说他无罪的也是你们，我看你们才可笑！”

“这正是你可恶的地方！那天我们都陷进了你布下的局里。章坚知道段明死于毒杀后，马上意识到自己会被怀疑。他把你当成唯一可以信赖和倾诉的人，所以立刻就去找你商量。你等我们找过来之后，让章坚躲在阳台上，然后诱导出屋里的那段对话，利用章坚脆弱的心理把他一步步逼向绝境，最终造成他坠楼身亡。”我回想起当时的那幕情景，不禁愤怒地捏紧了拳头。

“指纹和作案时间的判断呢？”江山反击道，“这些不是你们找来的证据吗？”

“我会帮你解释的。”我转过头来，问郭婷婷，“最近你每天早上都会去西操，是吗？”

突然听到这个问题，郭婷婷一副手足无措的样子，犹豫了老半天，才吞吞吐吐地回答：“是……”

看着她那为难的表情，我还真有些于心不忍，但又不得不继续问下去：“你并不是爱锻炼的人，你去西操干什么呢？”

郭婷婷红着脸，默不作声。

没有办法，只能我帮她说了：“你去西操，其实是想见到江山。你有点……有点喜欢上他了，却又不好意思开口。你发现他最近每天都去西操跑步，所以你也偷偷地跟着，只为能见他一面，对不对？”听了我的话，所有的人都把目光转向了郭婷婷，江山更是满脸复杂的表情。可怜的女孩，头都快埋到膝盖里了。

我赶紧把话题的焦点转开：“只是你不知道，江山去西操也不是为了跑步。他是在踩点，寻找偷换水杯毒杀段明的机会！那天早晨，江山终于得手，他换了水杯后随即离开，所以你也提前走了，没有看到段明毒发身亡的一幕。我的推断与事实相符吗？”

郭婷婷怯怯地看了江山一眼，轻声说：“我不知道他有没有换水杯……但是他那天确实也带了一个……一个系黑色带子的杯子。”

江山微微有些变色，显然没有料到会有人一直在暗处关注着他，把这些都看在了眼里。

张雨赞许地向我点了点头，我信心更足了，对着江山说：“既然有了同样的杯子，你想诱使章坚在你准备好的水杯上留下指纹，也是很容易的事吧？”

江山努力定了定神，又摆出一副不置可否的表情：“就算我用了系黑色带子的水杯，又能说明什么问题？从法律上讲，你刚才说的一切都是没有意义的，都是你主观的推测，你有什么实际的证据来验证你的话吗？”

沉默了片刻，我只能无奈地回答他：“你说得没错，我没有任何证据。”

江山“嗤”了一声，挑衅似的看着我，等待我的下文。

我迎着他不屑的眼神，平静地说：“你现在很骄傲，很得意，是吗？你自以为操纵着一切，是这个游戏的胜利者？”

江山冷笑着：“你这种带有诱导性的问题，我是不会做任何回答的。”

我先不理他，转过来看着桌上的其他人，问：“刚才我的那些主观臆断，你们相信这就是事实吗？”

张雨首先有力地点了点头，然后是李冬、张小东，郭婷婷抿了半天嘴唇，终于也吐出：“我相信。”

“你听到了吧？没有证据又怎么样？大家自然能够看出事情的真相！在这个游戏中，你是一个彻头彻尾的失败者！”我逼视着江山的目光，“你机关算尽，得到了什么？你害死两条人命，又得到了什么？你想掩饰的那些东西，最终还是暴露在阳光之下，你和章坚的聊天记录，还是会在网上成为人们的笑柄，现在，人们的谈资中还会加上你所做的罪恶！你还不悔悟吗？你已经输得血本无归！”

看来我的这些话真正戳中了江山的要害，他的眼中终于流露出迷茫和恐惧的神色，然后他张了张嘴，却什么也没说出来。

“你还想玩，是吗？”我顿了顿，放低了声调，“我给你机会，一周的时间，够吗？你可以去想办法补救，在这一周里，今天我们谈话的内容不会有其他人知道。你够聪明吗？你能想到办法让我们都开不了口吗？我第一个等着你。”

说完这些，我起身向门外走去，其他人也都跟了出来。郭婷婷一边走，一边偷偷用眼角瞟着仍然呆坐着的江山，她的眼眶隐隐有些红了。

尾声

第六天，我收到了江山邮来的信。

信写得很简短：

> 今天我出发去西藏了。我曾是校登山队的成员，攀登喜马拉雅山是我的梦想。
>
> 我不会回来了。
>
> 所以，你们也不会开口了，是吗？

我拨通了张雨的手机，把信的内容告诉了他。

张雨听完后，沉默片刻，说："你说对了，他是一个骄傲的人，为了保住名誉，他甚至可以放弃生命。"

"如果他不是这么骄傲，我们还真拿他没有办法。"我想了想，又说，"不过话说回来，如果他不是那么骄傲，这些事也就不会发生了。"

"他难道想不出我们根本不可能把这些东西在网上传播吗？"

"他会想到，其实以章坚的性格，又有多大可能把自己的聊天记录在网上发布？"我叹息着，"但是他不敢拿自己的名誉冒险。"张雨在电话那头自责着："我们也有一些错误是无法挽回的——我们间接杀死了章坚。"

我深深地叹了口气，挂掉了电话。

我又想起了和章坚在阳台上僵持的情景，那时候，如果他信任我多一点，抓住我的手，事情完全会是另外一个结果。

但他最终选择了躲藏在自己的套子里。

希望在另外一个世界，他能够明白：总会有一些人，他们是真正想要帮助你的！

泥娃娃

催眠大师的危险替身游戏

引 子

一袭红裙的少女跟着男人来到了巷子的尽头，那里矗立着一幢六层楼的老式公房。成群的蝙蝠围着楼顶飞舞，在夜空中勾出一团黑压压的影子。

少女抬头看了一会儿，她试图揣摩那群蝙蝠飞行的规律，但黑影总是在她意料不到的关头转往意料不到的方向，诡异难测。

男人也抬头瞥了一眼：“它们是我的朋友。”他一边说一边迈步向楼道内走去，少女拉着他的手步步跟随。

前方一片黑暗。

两人来到了楼顶。男人用钥匙打开六〇一的房门。昏黄的灯光从客厅里透出来，照亮了少女苍白的面庞。少女从包里掏出一盒卡带，封面上是一头金发的瑞典人或挪威人。

客厅空旷，只在中央有张折叠的餐桌，配着两把黑色的椅子，桌上一杯绿茶早已冷却。

少女的双腿有些犹豫，但还是先后迈过了门槛。男人在她身后如影随形。进门，上锁。

一个猩红色的影子从黑暗中走出来。那是另一个身穿红裙的女孩，同少女有着一模一样的长发与眉眼。

“你和我长得真像。”少女盯着女孩，嘴角若有若无地笑着，“可惜，你只是个泥娃娃。”女孩却没有一丝表情，木然坐在餐桌边，果真像是没有生命似的。

男人不知从何处拿来一台卡带式录音机，放在了餐桌中央。

少女把手中的那盘卡带从盒子里拿出来，想要塞进录音机的带仓。男人却伸手一拦，摇头道：“不是这一面。”

少女会意，她把卡带翻转了一圈，然后才送入仓中。

按下播放键，音乐响了起来。

女孩的眼角忽然有微光在闪动，最后滚落下来，竟是一颗晶莹的泪珠。

——原来她也是有生命的，并不只是一个泥娃娃。

阳面：蝙蝠的回忆

1

泥娃娃，泥娃娃，一个泥娃娃；
也有那眉毛，也有那眼睛，眼睛不会眨。
泥娃娃，泥娃娃，一个泥娃娃；
也有那鼻子，也有那嘴巴，嘴巴不说话。
她是一个假娃娃，不是个真娃娃；
她没有亲爱的妈妈，也没有爸爸。
泥娃娃，泥娃娃，一个泥娃娃；

我做她爸爸，我做她妈妈，永远爱着她。

你们听过这首儿歌吗？你们会唱吗？

很多人在听这首歌的时候都会陷入沉默，更有人会忍不住流眼泪。他们不明白为什么一首童谣竟会如此悲伤。

其实这首歌并不是什么童谣，它是一首催眠曲。

我知道这个秘密，因为就是我创造了它。

我叫蝙蝠，是一名催眠师。

2

蝙蝠当然不是我的真名。

我起这么个代号不是为了装酷，而是曾经的职业需要。当年我加入了一个秘密行动小组，在小组成立那天，头儿说：“我们都不能暴露自己的身份，大家彼此间就以代号相称吧，来来来，你们现在就各自想一个。”

那是一个夏天的夜晚，我们聚在一座老宅的院落里，头顶不时响起呼啦啦的风声。忽然有什么东西落在了我的头顶上，我伸手一摸，摸到了一颗长条形的棕色颗粒物。

“操，蝙蝠屎！”我嘟囔着骂了一句。因为骂得匆忙，一口气没倒干净，最后那个“屎”字就发得不够响。对面的头儿听见后一拍手说：“蝙蝠？好，以后你的代号就叫‘蝙蝠’！”

我咧了咧嘴，本来想分辩的，一转念又算了。“蝙蝠”这两个字听起来还不错，而且我对盘旋在头顶上的那些动物也不算讨厌。

从此以后，蝙蝠就成了我的名字。被人叫得久了以后，渐渐地我就忘记了自己的真名。

秘密小组的任务是为了保护某个人的安全。这个人到底是谁我不能透露，但我可以放言，那是一个真正的大人物。至今他已经离世二十年了，但世人仍能从各种影像资料中看到他的身影。

只是你们看到的身影不一定真实，因为视觉欺骗了你们。

有时候影像记录到的并不是那个大人物，而是另一个默默无闻的家伙。圈外人通常管这种假货叫作“替身”，在我们圈内则谓之为“泥娃娃”。

听起来不太严肃的称呼，但是精准地定位了这个角色存在的意义——一个没有自我意识的仿制品，脆弱且随时可以牺牲。

在某些场合，如果危险程度超出了安全部门的评估，那么“泥娃娃”就会作为大人物的替身出现在公众面前。

毫无疑问，“泥娃娃”在容貌上和大人物非常非常相似，无论是身高体形还是眉眼口鼻，都几可乱真。

有人会觉得困惑，两个并无血缘关联的人怎么会长得这么像呢？答案很简单——概率。

这个世界上现在有七十亿人，从生物学概率来说，你可以从中找到七个和自己长得一模一样的同类，如果你对相似性的要求降低一点，那么可供选择的替身数量还将以几何倍数增加。

总之，“泥娃娃”的存在根本不是问题，问题是你要如何找到他。要知道茫茫人海，你们能在现实中相遇的概率实在太低太低。

当然，对于真正的大人物来说，相遇这件事也不是问题。因为有太多的人在帮他寻找。当年那个大人物甚至有三个“泥娃娃”随时候选。

不过要成为一名合格的替身，光凭长得像还远远不够，重要的是“形神兼备”。“形”是天生的，“神”就要靠后天模仿。所以那三个“泥娃娃”每天都在不停学习，学习大人物的神态、步伐、动作、语气。最后他们每个人都能将大人物的言行举止模仿得惟妙惟肖。

但还有一样东西是怎么学都学不来的——气场。

气场是数十年磨砺而成的内在气质，不可能只通过模仿来获得。一个人若没有那些经历，就没有那样的自信。所以就算“泥娃娃”们在底下学得再像，到了真正的场合上也难免因“露怯”而现出马脚。于是我的存在就有了意义。作为一个催眠师，我的任务就是赋予“泥娃娃”气场。我会施展高深的催眠手段——首先剥夺对方的自我意识，让他成为一具失去灵魂的空壳，然后在他的精神世界中打上另外一个人的烙印。于是一个完美的复制品就产生了，复活后的“泥娃娃”将对自己的新身份深信不疑。

在我五年的职业生涯中，“泥娃娃”们一共出任务三十三次，几乎从来没有外人看出这些替身的存在。因为当他们出现在公众眼前时，他们已经真的成了那个“大人物”，不管是形、神，还是心！

这一切，足以成为我催眠本领的最有力的明证。

我的职业生涯因为那个大人物的死亡而结束。

并不是我们的保卫工作出了问题，只是生老病死的自然规律产生了作用。不论那个人曾经多么辉煌，也无法逃避这最终的命运。

我本有机会继续留下来为另一个大人物服务，但是我拒绝了。因为我忽然感到厌烦，我觉得这样的工作毫无意义。

我为那个人创造了一个完美的替代品，一个从各方面来说都足以乱真的“泥娃娃”，但我无法改变那个人的命运。

在大人物身边的那些日子里，我看到了许多外人无从知晓的东西。

原来大人物也要做很多身不由己的事情，我经常看到无奈的情绪那么明显地写在他的脸上。身为催眠师，我对情绪有着敏锐的洞察力。所以有时候我还能嗅到他的悲伤，甚至是……恐惧。

世人不会想到这才是大人物真实的生活。

在弥留之际，大人物把我们都叫到床前做最后的告别。我看着那具瘦骨嶙峋的身体，心中酸涩难言。我觉得他的一生根本就是一个悲剧。

他拥有巨大的权力和财富，却无法支配自己的生活。

其实他本有机会改变这一切，因为我给他创造了“泥娃娃”。那是一个完美无缺的替身，从肉体到灵魂完全归他掌控，可他不会利用。我觉得我的工作受到了侮辱，我的天赋被粗暴地践踏。我不能再放任这种状况的发生，所以我必须离开。

头儿给了我一大笔退休金。或许叫“封口费”更适合吧？总之那笔钱足以让我在相当长的时期内衣食无忧。

于是我有钱、有闲，我有足够的资本去实施自己的计划。

我要寻找我的精神家园。

3

我似乎说了太多的题外话.

其实不算多……因为这些都是必要的。在我告诉你们我做过某件事之前，我首先得告诉你们我为什么会做这样的事，对不对？

现在让我们回到正题。我首先想问问：你们的人生完美吗？具体点说，你是否足够自由？需不需要去做一些自己并不想做的事情？

你们不用回答，因为我完全可以猜到答案。

工作、学习——应付上司，应付同事；应付老师，应付同学；应付父母，应付老婆，应付孩子……

还要和各种各样的看似无关的人打交道——从脏兮兮的街边小贩到穷追不舍的商场促销员；从只收钱不服务的物业到总想逮罚款的交警；

从饶舌的理发小弟到一问三不知的售后客服……

还要处理各种无厘头的突发事件——汽车抛锚了，水管堵塞了，钱包丢失了，钥匙忘带了……凡此种种，不一而足。

最可怕的是：这些令人厌恶的事情每天都在发生，不是吗？

你们不想改变吗？不想挣脱吗？

设想一下：如果有一个人专门帮你处理这些事情该多好，把所有你不想做却又不得不做的事情全都交给他，你自己就去做真正感兴趣的事情吧。那将是一种绝对自由的、毫无压力的人生。

你们会说：怎么可能找到这样的一个人呢？别人凭什么帮你背那些黑锅？就算你花大钱雇用一个人替你卖命，可有些特定的事情还是没法让别人处理啊——比如说某些必须由本人出面的场合，或者是应付身边那些纠缠不清的社交关系。

你们不要忘了我是谁，不要忘了我曾经从事的职业，更不要忘了有一种替身叫作“泥娃娃”。

“泥娃娃”可以为你做任何事情，而且从不会索要任何报酬。因为他的灵魂已完全供你支配。

也许不该叫他“替身”，叫作“分身”会更准确一些。

怎么样，是不是很想要一个？

4

我可以帮你，帮你创造一个属于自己的“泥娃娃”。

但前提是你得先找到一个和自己长得一模一样的人。

我特意说出这话是有原因的：当年我想要实施“泥娃娃”计划的时候，就曾经卡在这里——我找不到两个长得一模一样的人。

如果像现在电视、网络各种媒体异常发达，这事一定不会很难。可惜那时候电视台还没有什么选秀节目，网络更是个绝大多数人都没听说过的新词汇，我只能用最原始的方法去寻找。

我去各种人多的地方寻觅，火车站是最好的场所。人太多眼睛看不过来，我便借助相机的帮助。我拍下黑压压的人群，一张又一张，在夜深人静的时候把那些照片拿出来比对，期待从中找出两张极度相似的面庞。时间一天天地流逝，我却始终未得收获。我走遍了全国各大城市，北京、天津、西安、郑州、广州、成都、重庆、上海……直到十九年前的那个春天，我来到了N市。

六朝古都，神秘而娇媚。抵达后的头天晚上，我去了N市那所著名的大学。那里曾是我向往的象牙塔，我想去看一看。

另外来说，大学也是人群聚集之地，或许会有所收获呢。

我绝对不会想到，这次的收获竟来得如此直接，如此彻底。

在宿舍区旁的那条夜市小街上，我同时看到了两个女孩。

一个女孩身穿红裙，秀丽的黑发从头顶泻下。她踩着红色的中跟鞋子，在人群中款款而行。最后她停在了一辆卖打口碟的三轮车前。她丝毫没有注意到，另有一个女孩已在她身后跟了许久。

追随者穿着一件灰色的大毛衣，怀里侧挟着一只印着大红色金鱼的脸盆，头发湿漉漉地纠缠在一起。很显然，她刚刚从浴室里出来。

前一个女孩站定之后，追随者便绕到三轮车的另一边，借着惨白的路灯打量了对方的容颜之后，神情错愕。

女孩的错愕正呼应着我的惊喜。

这竟是两个有着相同容颜的女孩！这两个女孩同时出现在我的眼前，这意味着我终于找到了“泥娃娃”计划的实施对象，我将有机会创造出一份真正完美的人生！

女孩有着倾城的美貌，这一点令我喜上加喜。因为这样的美女完全配得上我将要送给她的礼物。我慢慢地挤到三轮车旁，选了一个角度继续观察她们的一举一动。

穿红裙的女孩伸出纤白的手臂，从三轮车上拿起一盘印有MORBIDANGEL封面的打口碟，端详片刻后她无意地一抬头，恰好迎到了对面女孩投来的目光。就像认出了镜子里的自己，红裙女孩的嘴角微微上翘，递出一抹难以察觉的微笑。

一个女孩充满惶恐，而另一个女孩则笑得花枝乱颤。

半晌之后，似乎为了缓解自己的尴尬情绪，灰毛衣女孩终于鼓足勇气问了对方一句：“你在看什么？”

“死亡金属。”“嗯？”灰毛衣女孩显然没听明白。

红裙女孩神秘地微笑，拿起一张打口碟问摊主：“多少钱？”

“五块。”女孩一摸口袋，却皱起眉头：“糟糕，忘记吃鸭血粉丝汤把钱花光了，只剩下坐公交车回家的一块钱了。”

“我借给你吧。”灰毛衣女孩从裤兜里掏出皱巴巴的五块钱，扔到三轮车上。

红裙女孩有些不好意思：“啊，这个……”

灰毛衣女孩朴实一笑：“没关系，下次再把钱还给我吧。”

“谢谢！”红裙女孩心满意足地把那张碟收起，“要不明天吧，正好星期六，下午两点，我到这里来找你？”

这些全都被我看在眼里，听在耳中。

5

经过了整整两年的辛苦奔波，我终于在N市那所著名大学的校园里找到了合适的目标——两个有着相同容颜的美貌女孩。接下来我需要做一个选择：在即将展开的计划里，这两个女孩谁将成为享受完美人生的主体，谁将成为失去灵魂的“泥娃娃”？

这并不是一个困难的选择。在这个世界上，每当两个人同时出现的时候，总有一个人注定会成为主角，而配角只能甘于沉默。

那两个女孩并肩而立，她们的差别显而易见。如果说红裙女孩是高傲的公主，那灰毛衣女孩就是卑微的灰姑娘——虽然她们有着近乎一致的容颜。

后续的了解亦印证了我的判断。

穿红裙的女孩名叫叶燕，当年正读高三，恰是含苞待放的最美年华。出身名门的叶燕从小在高干大院长大，生活条件和社会地位皆非寻常百姓可比。不过她的父母关系不睦，早年离婚后各自出国，只把叶燕托付给爷爷奶奶照顾。后来爷爷奶奶相继离世，叶燕便开始独自生活。她继承了大院里的那幢小洋楼，吃着特供的高干食堂，每个月还有数额不菲的抚养费从国外寄来，生活悠闲而富足。

穿灰毛衣的女孩叫谢小微，当年是那所著名大学的大一新生。谢小微出生于本地的普通工人家庭，她的妈妈在生她时大出血死了。多年后父亲再婚，谢小微只能搬去跟外婆一起住。再后来她的爷爷奶奶外公外婆纷纷离世，周围开始有人说她是一个克星。这样的人生经历塑成了谢小微内向且自卑的性格，在学校里她寡言少语，从未有过什么贴心的朋友。

相对于我的计划来说，这两个女孩简直就是天造地设的一对。叶燕生而尊贵，是主体的不二人选，而谢小微则宿命卑微，注定将成为受人支配的“泥娃娃”。

更加绝妙的是，这两个女孩身边都已没有了至亲的家人，这大大简化了我的工作。要知道，如果想将两个人的生活合并在一起，最大的阻力就是来自双方家庭的羁绊。现在我还没有做任何事情，这个最大的阻力已经自动消失了。这难道不是一个天赐良机吗？

我有一种“天将降大任于斯人”的感觉。我甚至开始猜测：我生命存在的意义，或许就是为了在这一刻遇见这两个女孩？

在我对两个女孩展开调查的同时，她们正在自发地相互接近。

星期六下午，她们第二次见面。叶燕还了谢小微五块钱，并送给对方一个Hello Kitty玩偶作为礼物。随后两人一块儿逛街、溜公园，她们言行默契，就像是一对相识多年的老朋友。

随后的几个周末，两个女孩都会相见，但每次都约在不同的地方。很明显她们不想让这段友谊被外人发现。我也没有过早地去打扰她们。我要让她们先充分地相互了解，这对于我的计划有益无害。

我也需要时间去进一步了解这两个女孩，尤其是她们之间为什么会互相吸引。我深信除了长相相似之外，一定还有某种内在的因素。

我发现谢小微在模仿叶燕，不仅衣着、发型逐步向对方靠拢，甚至还试图进行一些深层次的改变。一个最明显的例子是：她后来也购买了一张死亡金属的打口碟，而她此前对这类音乐根本毫无接触。

这种变化是符合逻辑的——有哪个灰姑娘不希望自己也能变成公主呢？

其实这变化不仅符合逻辑，更符合我的计划。谢小微对叶燕的模仿已经从形似过渡到了神似，这也为最终的“心似”打下了坚实基础。

而叶燕的交友动机一度令我费解。

一个出身高贵的公主看到一个卑微的灰姑娘正在对自己展开拙劣的模仿，她会是什么心情呢？应该是厌恶加上轻蔑吧？我从叶燕身上却看不到这样的情绪。有一天她甚至把谢小微带到了自己家中，这是一个非常亲密的暗示。她为什么会这么做？

人是一种趋利避害的动物，人和人之间的任何一次交往都是有目的的。那么叶燕期待从这样的交往中得到什么呢？

直到那年的初夏时分，这个困惑才终于得到解答。

那天叶燕把谢小微约到了市郊的一座古寺，她们在冰冷的石头台阶上并肩而坐。远远旁观的我虽然听不见她们的私语，但我看出她们的友谊突然出现了裂痕。

最终交谈以一种不愉快的方式结束。叶燕率先离去，面带冰霜，而谢小微则呆呆地坐在原地，怅然若失。

我意识到序幕该结束了，让我开始撰写那美妙的催眠正章吧！

6

请原谅，我又要扯一通题外话了。

接下来要讲述的是一个关于催眠的故事，所以你们应该对催眠有个最基本的了解。至少需要矫正某些认识上的误区。

首先，催眠不等于睡眠。

第一，这是两个完全不同的概念，各自代表的精神状态也有着本质上的差别。睡眠状态下的人会失去对自主意识的控制，进入一种混沌状态，而催眠状态下的人具有完全的自主意识，也就是说，他的思维能力是正常的。

第二，催眠不是无所不能的迷幻术，而是一种充满智慧和技巧的话术。

很多人以为催眠师能够完全控制被催眠者的思维，其实这是不可能的。一个人即便被催眠了，他也只会按照自己的意志去行事。换句话说，催眠师永远不能让被催眠者做出违背自身意愿的行为。

但是高明的催眠师可以通过言语来引导被催眠者的意愿。

举个例子，如果我已经成功催眠了一个美女，那么我下一个指令，要求她脱光身上的衣服，她会照办吗？绝对不会，羞耻心和自我保护意识会阻止她。严重的情况下她会立刻从催眠状态中醒来，令我前功尽弃。

但这并不意味着我无法令她脱光衣服，因为我可以用催眠话术进行引导。比如说我可以描绘一个环境，让她想象正身处炽热的沙漠，骄阳似火，燥热难当，美女或许就会在自身的意愿下开始脱衣了。

第三，高层次的催眠术是对潜意识的探索和重建。

我们的精神世界分为表意识和潜意识两个部分。其中表意识只占很小的一块，就像是冰山的一角。我们的精神世界绝大部分却隐藏在水面下，称之为潜意识。而潜意识世界之庞大，远远超出普通人的想象。

你们还记得五岁的时候住在什么样的房子里吗？天花板是什么颜色的？屋子里有哪些家具？院子里的大树有多高？屋后的小路是什么形状？……

你们一定会以为自己不记得了，可事实上，每个人都记得。

回想一下，你们是否有过这样的梦境：在梦里你回到了童年，你待在那间几十年前的老房子里，周围的一切却如此清晰。你甚至看到了窗台上摆放着的花盆，花盆里的花儿鲜艳得就像昨天刚刚开放一样。有过吗？在梦里，我们找回了失落多年的记忆。

其实那些记忆从来都没有消失过——它们就储藏在我们的潜意识里。而我们每天都活在表意识的世界中，这些记忆便被水面掩盖。

听到这里，你们一定迫不及待想要探索一下潜意识的世界吧？可是该如何进入呢？

睡眠是进入潜意识世界最简单的方法，可惜睡着后你会失去对自主意识的控制。也就是说你虽然能进入潜意识的世界（梦境），但你在这个世界中飘摇不定，根本无法掌握思维的方向，自然也无法进行有意义的探索。

要想对潜意识的世界展开探索就必须以清醒的状态进入，催眠是唯一的手段。

少数人可以做到自我催眠，也就是所谓的“冥想”，但有这种能力的人凤毛麟角。

大部分人都必须在催眠师的引导下才能进入催眠的状态。这便带来一个无法回避的副作用——当你进入自己的潜意识世界，那个催眠师同时也进来了。于是你的整个精神世界便毫无保留地展现在催眠师面前，他可以随心所欲地对你进行阅读和挖掘。

所以一个被催眠的人在催眠师面前是没有任何秘密的，这也是警方有时会找催眠师来协助探案的原因。

进一步而言，高明的催眠师还可以对你的精神世界进行重建。比如说隐藏或者暴露某段特定的记忆，淡化或者夸大某种特殊的欲望，等等。重建不能无中生有，必须基于被催眠对象原本就具备的精神素材展开，但这种重建确实可以改变被催眠对象的外在行为。善良的催眠师借此进行心理治疗，而邪恶的催眠师则会借此实现某种精神上的刺激和控制。

这就是催眠。若以一言蔽之，催眠就是一门探索、重建人类精神世界的艺术。

7

言归正传。现在我要正式开始实施自己的计划了。

我首先得想个方法接近叶燕。这说起来有些丢人，作为一名催眠师，我本不该有此困扰。

要想成功地实施催眠，必须得到催眠对象的配合。

这种配合或许是有意识的。比如说催眠诊疗，或者是舞台上的催眠表演，包括我在秘密小组时对那三个“泥娃娃”的催眠。

但绝大多数情况下，催眠师不能奢望对象会有意识地配合你。自我控制欲是人类的本能之一，很少有人愿意把自己的精神世界敞露在一个陌生人面前。所以催眠师通常都有着非同寻常的亲和力，他会很轻易地接近你，在不知不觉中解除你的心理防御，进而深入你的精神世界。

可是我做不到，因为我太丑了。

我常常在夜深人静的时候对着镜子久久端详，想象着世界上还存在着七个和我容貌一样的人。最后我会含着热泪对他们默默地说一声：对不起！

没有人会无端地与我亲近，所以我必须首先获取叶燕的信任。

在那个初夏的傍晚，林荫大道间，我对着梧桐树下的叶燕举起了相机。我故意在她注意到我的时候按下快门。

叶燕皱起眉头，警惕地看着我。这是所有初识者面对我的正常反应。

“对不起，我正在这里拍梧桐树……没想到你走到了镜头里，我不是故意的。”我在道歉的时候装出一副拘谨而又害羞的表情，这让叶燕感到我这人安全无害，而且那表情也符合我想要扮演的“艺术家”气质。

如我预想，叶燕的眉头松弛下来。于是我进一步表态说：“如果你介意的话，我可以把这一卷胶卷全都曝光。”我一边说着一边作势要打开相机的后盖。

“不，不要。”叶燕抬手阻止，“那太浪费了……”

“可是我拍到了你的人像啊，这似乎不太好。”我困扰地挠着头，片刻后似乎有了一个主意，“要不这样，等我把照片洗出来之后拿给你看看，如果喜欢你就留着，不喜欢我就把照片和底片当着你的面一同销毁。”

叶燕欣然接受：“好吧……但你怎么给我？”

“还约在这里吧，下周六下午两点。”

我拍出的照片让叶燕很满意，然后顺理成章地，我给她拍了更多的照片。我们的关系慢慢融洽。当时叶燕和谢小微的友谊刚刚破裂，她从情感上正需要一个新的朋友。

迈过最初的门槛之后，接下来便一片坦途。夕阳落尽，秦淮河边，我成功地把叶燕带入了催眠状态，她心中所想亦为我所知。

原来叶燕想让谢小微代替自己参加高考，这就是她一直以来和对方交往的目的。可是在那座古寺门前，谢小微却拒绝了她的请求。

谢小微只是向往叶燕的绰约风姿，代考这种有百害而无一利的事情她怎会去做？

那天两人不欢而散，叶燕气恼谢小微的抱绝，从此便不与对方联系。我微笑着告诉叶燕：“你放心吧。谢小微不但会帮你参加高考，她还会承担你所有的烦恼。”

叶燕当然不相信，她摇头说：“这怎么可能？我们已经谈崩了。”

“可是还有我呀。”我凝视着叶燕的双眸，“我会帮你——事实上，这就是我来这里的目的。我为你而来，甚至是为你而生。谢小微也是为你而生。我们之所以存在，就是要完成属于你的完美人生。”

叶燕回视着我，眼神迷茫而又期待。

接下来我一字一句地讲述了自己的计划。叶燕默默地聆听着，她的瞳孔在不知不觉中慢慢地放大。

不是因为惊讶，更不是因为恐惧，而是因为欲望。

这是存在于每个人内心的欲望，在我的撩拨下已经熊熊地燃烧起来。

撩拨欲望，永远是一个催眠师用以操控对象的最有效手段。

8

第二天晚上，叶燕把谢小微带来了。

拒绝叶燕的请求，谢小微多少是心怀愧疚的。所以当叶燕主动修好时，她立刻受宠若惊地迎合。叶燕说要带她见一个“有趣的朋友”，谢小微丝毫不疑，两个女孩就这样来到了我的住处。

那是一幢老式公房的顶楼，潮湿阴暗，窗外蝙蝠飞舞。我请两个女孩坐在桌边，并给她们各自倒了一杯绿茶。我们先随意地聊了一会儿，谢小微看了我帮叶燕拍的照片，她的眼神中充满了羡慕和向往。后来叶燕告诉她我是一个催眠师，在她的鼓动下，谢小微同意接受我的催眠。

她们都以为这不过是个游戏。

我开始下达指令：“现在我希望你的身体能够彻底放松。选择一个你自己觉得最舒服的姿势。如果你准备好了，请告诉我。”

谢小微调整了一下坐姿，她的双臂自然落下，轻轻地搭在腿上，她的背部则靠向了椅背，头微微下垂，下巴抵在胸口，然后她轻轻说了声：“好了。”

我继续说道：“请放松你的全部身心，包括所有的肌肉以及你的思维。不要去想任何事情，只关注你自身的感觉。你的气息变得缓慢而清晰，而你的眼皮则越来越沉重。如果你愿意的话，你可以慢慢地闭上眼睛，同时完全依靠鼻腔来进行呼吸。”

我的声音平静自然，带着一种既舒适又单调的情感，每一句话都以下降的音调来收尾，在不知不觉中营造出令人疲倦的催眠气氛。同时我有意控制着节奏，每一次下达暗示的指令时都恰好配合着谢小微向外吐气的过程。很快女孩就闭上了眼睛，呼吸也变得厚重而匀净。她那些无用的外部感官已经被我切断，我的话语将成为她唯一接信息的渠道。这是打开潜意识之门的必要铺垫。

沉默片刻之后，我又开始娓娓而言："想象一下，这是一个春天的早晨，阳光温暖明媚，春风微微吹过，带着青草的芬芳气息。你现在正躺在一艘小木船上，耳畔传来轻柔的水浪声。你的头顶是一片蓝天，白云一朵朵地飘过，像是松软而又宽大的棉被。小船在水面上轻轻飘摇，你的身体也跟着晃动，就像是回到了婴儿的摇篮里。

"现在我每说一句话，你都会感觉更加放松。你的内心充满了平静，你周围的一切都是那么美好。放松……这感觉从你的脚趾开始，现在到了小腿，继续往上，又到了腰部……你的全身都放松了，再没有什么能够打扰你，你唯一要倾听的就是我的声音。你的思绪也在慢慢飘远，你已不再控制它。现在你更加放松了，你的身体有些发沉，你的膝盖在放松，从大腿到腹股沟，全都在放松。你感觉到自己在下沉，缓慢地下沉，煦暖的春风抚摸着你的身体，你感觉很舒适，很安全。四周如此平静，而你是如此放松。"

源源不断的话语如溪水般冲击着谢小微的耳膜。后者脸庞上的线条渐渐模糊，她的眼角、她的嘴唇都已经彻底松弛。她的脸部和正常情况相比变得宽而扁平，虽不太好看，却更柔和、更真实，不再有一丝做作的痕迹。

这已经是明显地进入催眠状态的迹象了。

于是我开始尝试引导对方的思维。

"你是谁？"我忽然问道。

女孩平静地回答："谢小微。"

"你的妈妈呢？"

片刻的沉默后，女孩回答说："死了。"

"你的爸爸呢？"这次是更长时间的沉默："他不在我身边。"

"所以你是一个没有妈妈、也没有爸爸的孩子。"

女孩轻叹了一口气，说："是的。"

我说了句："真可怜。"女孩立刻浮现出悲伤的表情。我继续问道：

“你朋友多吗？”

“很少。”

“所以你是一个沉默寡言的人，对吗？”

“是的。”

在连续的引导之后，我抛出了关键的语句：“你就像是一个泥娃娃，对吗？”

女孩有些茫然：“泥娃娃？”

“你想不想听首歌？”

“什么歌？”

我直接按下了收录机的播放键。

在缓慢而又悲伤的旋律中，轻柔的女声开始吟唱：

泥娃娃，泥娃娃，一个泥娃娃；
也有那眉毛，也有那眼睛，眼睛不会眨。
泥娃娃，泥娃娃，一个泥娃娃；
也有那鼻子，也有那嘴巴，嘴巴不说话。
她是一个假娃娃，不是个真娃娃；
她没有亲爱的妈妈，也没有爸爸。
泥娃娃，泥娃娃，一个泥娃娃；
我做她爸爸，我做她妈妈，永远爱着她。

这是一首专门针对谢小微心结而创作的催眠曲。歌曲中的每一句唱词都在折磨着谢小微创伤累累的心灵，很快，晶莹的泪珠便从她的眼角处滚落下来。

一曲唱罢，我再次问道：“你是谁？”

“泥娃娃。”女孩的语调苍白，似已不含人类的情感。

“你的爸爸妈妈呢？”

“我没有爸爸妈妈。”女孩再次重申，“我是一个泥娃娃。”

我又用诱惑的语调询问：“让我来做你的爸爸妈妈，好不好？”

“好。”

“我可以赋予你生命。”

“可以吗？”

“可以。”停顿片刻之后，我问道：“你希望自己是谁？”

“我希望……”女孩欲言又止。

我帮她把那个名字说了出来：“叶燕，好吗？”

“叶燕！”女孩低呼了一声，语气中兼具着惊喜与彷徨。

我用不容置疑的语调说道：“是的。你现在就是叶燕。”

女孩“哦”了一声，一度紧绷的情绪重又放松。自被催眠以来，她的嘴角第一次浮现出笑意，然后她也用同样的语调复述道：“我是叶燕。”

我露出无声的笑容，冲真正的叶燕做了一个“OK”的手势。随后我下达了新的指令：“现在你可以把眼睛睁开了。”

谢小微听话地睁开眼睛，她的神色有些茫然。我知道她的感觉，就好像梦中惊醒一样。

可事实是，她此刻才是真正堕入了梦中。

叶燕盯着谢小微端详，片刻后她验证般地唤了声：“叶燕？”

谢小微“嗯”了一声，看着对面的女孩反问：“你是谁？”

我担心叶燕应付不好，便抢先答道：“她是谢小微啊。”

“小微……”谢小微喃喃地皱起眉头。

叶燕的表情不太自在，她似乎有些害怕对方的目光。半晌之后她才挤出笑容问道：“怎么了？”

“你真是越来越漂亮了，和我第一次见你的时候完全不同呢。”

谢小微非常认真地坐直了身体，那姿态完全就是个高高在上的公主。叶燕如释重负，转过脸来看了我一眼，笑意盈盈。

9

一切进展得非常顺利。

我为谢小微做了记忆锁定，此后只要她一听到《泥娃娃》的歌声就会进入催眠状态，这意味着她将自动把身份切换到“叶燕模式”。

解除催眠状态同样也利用了歌曲——那首两个女孩都听过的死亡金属音乐。每当这段乐曲响起，谢小微的记忆就会回到她和叶燕第一次相遇的时刻，催眠效果随之消失，女孩重新变回谢小微。从此叶燕有了一个完美的替身，一个可以帮她做任何事情的“泥娃娃”。

当时叶燕最迫切的需求就是让谢小微替她去参加高考。每天晚上她都会把谢小微约到家里，在《泥娃娃》的歌声中，谢小微变成了叶燕，她开始专心地复习高考资料，而叶燕则扮演在一旁陪读的“谢小微”。当天的复习任务完成之后，叶燕会提议听一首音乐放松一下，于是死亡金属的乐曲声响起，谢小微又变回谢小微。

高考时亦如法炮制。谢小微以叶燕的身份进入考场，她交出了一份出色的成绩，足够让尊贵的叶燕小姐进入北京大学。

当录取通知书下来之后，叶燕笑着问谢小微：“你要跟我一起去北京读书吗？”

谢小微以为叶燕在开玩笑，其实这也是计划的一环。我正在盘算让谢小微退学的方法，因为“泥娃娃”必须永远追随在主人身后。

叶燕完美的人生似乎已步入正轨，然而变故却在不经意间降临。

起因是叶燕的妈妈打来了越洋电话，她说一切已经安排好了，等到叶燕大学毕业，就可以去澳大利亚读书，并且几年后就能办下永久居留权或国籍。

对很多人而言梦寐以求的美好前景在叶燕看来却好似晴天霹雳。

她和谢小微相顾垂泪。谢小微舍不得离开这个高贵的朋友，而叶燕更无法放弃能帮自己承担一切的“泥娃娃”。

就连我也一筹莫展，因为我无论如何也不可能把两个“叶燕”同时送往澳大利亚！

这意味着我之前的一切努力都将在叶燕出国的那天化为乌有！

叶燕痛恨妈妈自作主张，但她又无法反抗，她从小到大的生活本就是这样安排好的。她向谢小微哭诉了自己的苦恼，在情绪到达顶峰的时刻，叶燕抓紧了谢小微的胳膊，力道大得像要把对方的四肢卸下来，高声说道：“如果录取通知书到了，你就代替我去北大读书吧？”

“你说什么？”

“小微，你去吧，代替我的人生。”

“那么你呢？”

“我想留在N市，留在古城墙上，北湖边，深山的陵墓中。”叶燕爬到古老的城垛上，“这样，我就永远都不要再见到爸爸妈妈——我讨厌他们！”

这只是一时冲动的说法，事实上叶燕根本无法离开父母的庇护。她是一个尊贵的公主，虽然她有时也会羡慕灰姑娘的自由生活，但她怎么可能真的和对方互换人生？

然而就是这几句冲动的话语，却在谢小微心中埋下了出人意料的种子，并最终结出了可怕的果实。

谢小微开始认真思考这个互换身份的提议，并且沉溺其中无法自拔。

适度的幻想谁都有过，通常是想过也就算了，但谢小微不一样。因为在这个女孩的灵魂深处还沉睡着一个“泥娃娃”，一个以“叶燕”为自我身份的“泥娃娃”！

这个“泥娃娃”本该一直沉睡，除非用特定的催眠曲将其唤醒。

可是叶燕的那句玩笑话却在幻想和现实之间撕开了一道口子，“泥娃娃”以一种意外的方式被唤醒了，于是原本应该封闭于潜意识世界中的那个“叶燕”跳了出来——她来到了表意识的世界。

“我可以和叶燕交换身份吗？”

“我会成为叶燕吗？”

“我就是叶燕！”

谢小微的精神状态顺着这样的步骤演变。请注意，这并不是她被催眠时的精神状态，这就是正常时的精神状态。

换句话说，那个虚构的“叶燕”已经完全占据了谢小微的人格，而且这种改变再也回不去了。

10

叶燕意识到了谢小微的变化，开始恐慌起来，只好向我求助。这种局面让我也很苦恼，我不能允许两个女孩都以“叶燕”这个主体的状态存在，这完全破坏了我的计划。

在数天的穷思竭虑之后，我勉强想出了一个变通之计。

如果谢小微变成“叶燕”这事已无可改变，那我何不调整方案，从另外一个角度来实施计划呢？

我所追求的是将两个人的身份合二为一，从而为其中一人营造出完美的人生。至于这两人谁当主体，谁当“泥娃娃”，其实并不重要。

当初选中叶燕当主体，不过是觉得她更加高贵。现在既然谢小微已经变成了“叶燕”，那就干脆让她来做主体吧。至于“泥娃娃”，可以让真正的叶燕来充当嘛！

具体来说，就是通过催眠的手段，让叶燕成为不断切换身份的那个替身。当她在正常状态时，她就是叶燕自己，可以去承担那些原本就该自己承担的事情；而需要享受人生的时候，我就把叶燕调整到催眠状态，让她以为自己是“谢小微”，这样那个假冒的“叶燕”就可以安然享受属于她一个人的美好生活啦。

虽然感觉上有点别扭，但应付一下也没什么问题。反正叶燕终究要出国的，我的计划最多也就能维持四年。

只不过如何能把叶燕催眠成“谢小微”呢？这是一个难题。因为从本质上来说叶燕根本没有要变成谢小微的欲望，没有欲望就无法催眠。我得慢慢斟酌，最好能设计出一个类似“沙漠脱衣”般的催眠情境。

然而事态恶化的速度却远远超出我的想象。

在那个盛夏的夜晚，谢小微来到叶燕家中，逼着对方交出属于“自己”的那份录取通知书。叶燕终于无法忍受了，她对着谢小微吼出了实情：“你根本不是叶燕，你是谢小微！你觉得你是叶燕，是因为你被那个男人催眠了！你只不过是个替身，是个‘泥娃娃’！真正的叶燕是我！”

谢小微的记忆被叶燕的嘶吼唤醒，她想起了催眠的整个过程，进一步地，她也了解到所谓“泥娃娃”计划的本质。

叶燕以为谢小微会恢复正常，但是她错了。

“叶燕”的人格顽强地霸占着谢小微的精神世界，这一点已不容改变。既然相信自己就是“叶燕”，那么在了解了“泥娃娃”计划之后，谢小微只能得出一个合乎逻辑的推论：

站在面前的这个女孩其实就是自己的替身，是一个处于催眠状态下的“泥娃娃”。

我不知道那场打斗是如何挑起的，反正最终的结果是谢小微杀死了叶燕。随后她用一种极其残酷的手段处理了尸体。对这一点其实你们不必惊讶，因为在当时的谢小微眼中，叶燕并不是一个真正的人，那只是一个没有生命的“泥娃娃”。

阴面：阿丸的见证

如前次一样，福生给我倒了一杯绿茶。看来这是他亘古不变的待客习惯。

这家伙确实长得很丑，我每看他一眼，胃肠间都会翻涌不止。

但我今天并不怕他，我甚至主动端起那杯绿茶喝了起来。

我的底气来自我身旁坐着的另一名男子。那是一个留着平头、相貌消瘦的中年人。和此人虽然只是第一次见面，但毫无缘由地，我已对他产生了十足的信任感。

在福生漫长的回忆过程中，男子一句话也没有说，他就这样静静地聆听着。甚至福生已经全部说完了，可那男子还是没有要开口的意思。

喂，什么意思啊？求着我带你过来，来了之后又装哑巴，你这是要我怎么办哪？算了算了，就让我先说吧。反正我心里还有好几个疑问，确实也不吐不快！

“按照你刚才说的，谢小微杀死叶燕之后，便替代对方进入北大求学，那她后来为什么又会中毒身亡呢？”我像个审讯官似的盯着福生的眼睛，摆足了狐假虎威的姿态。其实我只是悬疑世界杂志社的一个女编辑。

“我想应该是自杀吧，原因嘛，就是她意识到自己曾犯下可怕的罪行。要知道人格病变这种事情是很奇妙的，难说哪天因为什么刺激，她突然又清醒过来了。这样的病例不胜枚举啊——”福生感慨一番后，又耸耸肩膀道，“当然了，这些只是我的推测，真实情况我也说不准。我又没跟着她一起去北京。”

“你没去吗？”我的语气中透出怀疑的意味。

“当然没去，我有更重要的事情要做。”

“什么事？”

“继续完成我的计划啊！”福生用黑黄色的眼球盯着我，像是着急要倾诉什么似的，“我的第一次尝试以惨败告终，还搭上了两条人命，我心里的滋味很不好受呢。但我并不会放弃，我从失败中总结了很多教训，如果再给我第二次机会，我一定能创造出一个真正完美的‘泥娃娃’。我深信不疑！”

看着对方那执着的样子，我的肠胃又开始翻涌起来：“你还要继续？你还嫌祸害得不够吗？”我恨不得把手中的那杯热茶全都泼在那张丑脸上。在我看来，这家伙就是杀害我姐姐的凶手！

福生却笑了，面带诡异地问道：“你知道我为什么要给你寄那篇小说吗？”

“那是你放出的鱼饵，想要引我上钩！”说到这里我忽然愣了一下，随即便被一种巨大的恐惧感击中。那家伙……他新选中的对象不会是我吧？说起来我和我姐姐确实长得很像呢！

福生似乎看出了我的忧虑，哈哈哈笑出了声：“其实我只想请你做个见证。你想想，当我的计划终于成功了，最好的见证人不就是当年失败者的妹妹吗？只是我没有料到，你居然把这个家伙带来了。”

福生指了指我身边的中年男子，突然变得满脸愁容。

那个男子终于开口了：“我一直在寻找一个催眠师，从来没有人知道他的真名。人们只在传说，他的代号叫‘蝙蝠’。”

福生“哦”地应了一声。

男子的目光一凛，又用决然的口气说道：“他是一个罪犯，我必须将他捉拿归案。”

福生的脸色变得阴沉，他和那男子对视着：“看来你即将得偿所愿了，罗警官。”

男子却又开始沉默不语。

这两人你来我往，好像忘记了我的存在，这让我有些不爽。于是我用一种抢镜头的态度插话道：“喂，蝙蝠，你说要让我做见证的，可你要展示的东西在哪里呢？”

福生的目光转向了我这边，然后他没头没脑地吐出两个字来：“阴面。”

“什么？”

“一盘卡带都有阴阳两面。听完了阳面之后，为什么不翻过来听一听呢？”福生一边说一边冲着桌子努了努嘴。

桌面上有一台卡带式收录机，在现今可算是老古董了。我狐疑地伸出手去，按下了开仓键。仓盒里果然有一盘卡带，我按照福生的暗示，将卡带取出来翻了个面，然后又放回仓中。

不知为什么，我身边那个叫罗飞的警察突然叹息了一声。当我按下播放键之后，歌声随之响起：

泥娃娃，泥娃娃，一个泥娃娃；
也有那眉毛，也有那眼睛，眼睛不会眨。
泥娃娃，泥娃娃，一个泥娃娃；
也有那鼻子，也有那嘴巴，嘴巴不说话。
她是一个假娃娃，不是个真娃娃；
她没有亲爱的妈妈，也没有爸爸。
泥娃娃，泥娃娃，一个泥娃娃；
我做她爸爸，我做她妈妈，永远爱着她。

那是非常悲伤的旋律，让我想起了某些事情，禁不住要黯然落泪。但我突然意识到这就是蝙蝠提到的那首催眠曲，于是我连忙凝起精神，生怕着了对方的道儿。

可眼前看到的情形却又让我大感意外。

只见福生正靠在椅背上，他紧闭着双眼，浊泪纵横。

罗飞站起来了，他伸手在我的肩头轻轻拍了一下，同时用颇为无奈的语气叹道：“阿丸啊，你怎么还没看出来呢？”

“什么？”

“他不是蝙蝠，他只是个‘泥娃娃’。”

溺死者

藏在城市地下的秘密

这是罗飞调任龙州市刑警队之后处理的第一起比较重大的案件。

在案件侦破的过程中出现了某些奇怪的现象。很多人对此觉得无法理解，但罗飞正是在这些反常现象的指引下一步步揭开了事实的全貌。

案件的开头平平无奇。这天子夜一点左右，龙州市人民医院的急诊室接收了一个病人。同伴把他送来时，他因为深度溺水，已经毫无意识，生命岌岌可危。大夫进行了十多分钟的抢救，却只能无奈地看着一个生命消逝。接着院方准备办理死亡手续，可此时死者的那个同伴却消失不见了。无奈之下，院方打110报了警。

派出所的民警小刘最先来到了医院现场。死者并不存在他杀的迹象，小刘开始认为自己的任务也就是查清尸源，找到死者的亲属而已。可随着调查的深入，事情却变得复杂起来。到第二天的时候，小刘心中的迷惑越来越多。因为无法判定案件的性质，他决定先以私人的关系求助刑警罗飞。

接到朋友的电话后，罗飞立刻赶到了人民医院。在停尸房内，他见到了那具无名尸体。这是一个三十多岁的男子，体形虽然消瘦，但结实的肌肉给人一种健壮有力的感觉。他浑身上下不仅湿漉漉的，而且好多地方还沾着污泥，显得肮脏不堪，甚至口鼻中也有污水在渗出。

“死亡原因是溺水，这一点医生已经有结论了。”小刘告诉罗飞。

罗飞点点头，这和他的判断是一致的。他俯下身去，把鼻子贴近尸体，深深地闻了一下。见小刘诧异地看着自己，罗飞解释道：“现在可以初步断定，他并不是在河道中淹死的。龙州城里的河流，你知道，因为污染，河水多少会带有一些腐臭味。”

小刘很赞同罗飞的说法，但紧接着他又蹙起眉头：“不是在河道中？

那还有哪些地方会淹死人？”

“水井、游泳池，甚至高楼的蓄水箱，等等，都有可能。”罗飞一一列举，“不过我建议你把注意力集中在城里的建筑工地上，那里的蓄水池也有可能产生溺死的事件。”

“建筑工地？为什么要特别关注呢？”

罗飞锐利的双眼像钩子一样在尸体上缓缓扫过：“从死者的穿着和身体特征来看，他应该是长期从事艰苦的体力劳动，很可能是外来的务工人员。再看一些细节的东西，他的上衣在腰部有明显的褶皱，这多半是长期系戴保护绳留下的痕迹。”

“所以你判断他是一个建筑工人？”

“只是猜测而已。”这时罗飞又发现了什么，目光跳动了一下，“你看他的膝肘部位的衣服，磨损得很厉害，这么说他工作时通常会是一种俯趴的姿势。这似乎与系戴保护绳有些矛盾了。”

小刘顺着罗飞的思路动着脑子，但没有什么进展。

“从尸体上暂时只能知道这些。”罗飞习惯性地摸摸下巴，“现在我们得换个方向。”

几分钟后，两人找到了昨天晚上接诊的医生，罗飞并没有过多询问死者的情况，相反，他对那个消失的同伴似乎更为关心。

医生回忆昨晚的情况：“那个人看起来比死者要大几岁，身材也稍高一些。四方脸，皮肤黑黑的，头发杂乱。从当时的情形看，他对病人的安危还是很关心的。可不知为什么，病人死亡后，他却悄无声息地离开了。”

“你听他的口音是本地人吗？”

“不是。”医生很肯定地摇头，“他说话的口音很重，似乎是陕西一带的方言。”

“陕西？”罗飞思索了片刻，又对小刘说道，“他一个人是无法把死者一路背到医院的，中间肯定使用了交通工具，你可以往这个方向再查一查。”

“今天一早我就通过交通广播发布了协查信息，并且找到了昨夜搭载两人的出租车司机。”

“好。”罗飞夸了一声，然后立刻指向问题的关键所在，“他们是在哪里上的车？”

“明塔路。我已经去现场查看了一遍。事情有些奇怪，所以我才会想到找你。”

“怎么个奇怪法？”罗飞显得很感兴趣。

“按理说他们上车的地点离溺水事件发生的现场应该相距不远。可是那里方圆一公里的范围内没有任何河流、水井或者游泳池之类的建筑物，甚至连高楼蓄水箱也没有，因为那里并不是居民区。”小刘一边说一边用手挠着自己的脑袋。

“哦？”罗飞很干脆地提议，“你现在就带我过去看看。”

明塔路双向共有八条车道，是当地最宽敞的大路之一。这条路的建设主要是为了服务路东侧的龙州市药材批发市场。这个市场在全国来说也是颇具规模的，白天人来车往，非常热闹。和药材市场隔街相望的是一排商铺，都是一个个紧挨着的小门脸，小饭馆、杂货店、服装店等等，五花八门，应有尽有。

出租车司机指认的两人上车地点位于明塔路的中部，这里正是药材市场最繁华的地段。的确，在周围相当一片范围内，并不存在河流、水井或大型的蓄水容器，无法想象在附近会有溺水的事件发生。

“你现在是怎么想的？”罗飞站在路边，看着来往的车流问道。

“我认为有两种可能。”小刘已经琢磨了很久，此时侃侃说道，“第一，可能是凶杀。”

“凶杀？”

“对。如果是被强迫而造成的溺水死亡，那并不需要太多的水——也许只要一个水桶就可以办到。设想凶手制服了被害人，然后将他的头浸在水中致其溺死。至于被害人身上的泥水，很可能是凶手故意制造的假象。”

“按照这种思路，送死者去医院的那个人最有嫌疑了？”

“应该是吧。”

“这说不通。”思考了片刻之后，罗飞摇摇头，“你无法解释他为什么把死者送到医院，然后又悄悄离开——说说你的第二种判断吧。”

“还有一种可能，这里并不是溺水事件的现场。出于某种原因，死者的同伴要掩饰事发地点，所以先走了较长的一段路后，才在这里拦下出租车。其实在医院里我受到你的启发，有了更成熟的想法。”说到这里，小刘略有些得意，“这会不会是一起工伤事故？死者是建筑工地的工人，雇主为了逃脱责任，所以有上述的举动？”

“这倒是比你第一种判断要合理一些。不过也有问题。送死者来医院的只有一个人，要背负成年男子长途转移是很困难的，也会耽误很长时间。如果是工伤事故，雇主方应该是抢时间救人，避免责任，所以这里不太合乎逻辑。”罗飞一丝不苟地分析着。

“这倒也是。”小刘沮丧地撇撇嘴，“算了，你别再问我了。你是专家，说说你的看法吧。”

罗飞却不着急：“我们先在周围转一转。”

两人一前一后，首先进入了人流熙攘的药材市场。“王记虫草铺”出现在他们的眼前，这是一家很大的商铺，占地面积近千平方米。由于毗邻明塔路，它可以说是占据了整个市场中最为黄金的地段，显然商铺主人的实力非同一般。

虫草铺门口，一个批发商似乎和店员起了些小争执，这吸引罗飞停下了脚步。从两人的对话中，罗飞听出了原委：批发商想要拿二十公斤的虫草，但店面里却没有那么多现货。恰巧老板又不在，进不了库房。矛盾由此产生。

小店员被对方逼得没了主意，又不能得罪客户，只能诉苦：“是，库房就在隔壁，可那地方您也知道，除了老板，谁也进不去啊！”

罗飞随着小店员的眼神看到了库房的所在，那是一间特制的小屋，四面墙和屋顶上都贴了钢板，门上装着防盗密码锁，想要随意进出确实毫无可能。

虫草在市场上的批发价格是五万元一公斤，这个库房中的存货总值数以千万计，防范措施如此严密并不过分。

过了虫草铺之后，两人在药材市场里转悠了一整圈，也并没有什么特别的发现。询问市场中的商贩附近是否有可能致人溺死的地方，他们无一例外地摇头否定。查访中也没有找到相关目击者，这些人白天的工作都很辛劳，事发深夜，他们正处于梦乡之中。

从市场里出来之后，罗飞负着手，在路边来回踱步。小刘知道他正在集中精力思索，于是静静地站在一旁，不做打搅。

“我还是认为事发的第一现场就在附近。”良久之后，罗飞终于开口说道，“按照医生的说法，死者到达医院时，生命体征还没有完全消失，而溺水造成的窒息，死亡过程是非常快的，不会超过一小时。在这么短的时间内，基本可以排除转移现场的可能性。”

“那这件事也太奇怪了吧？”

看着小刘困惑的样子，罗飞却笑了起来：“奇怪其实并不是坏事。越是离奇的事情，其答案出现的范围就越小。我办案的时候，就怕事情普通无奇，反而难以找到具有突破性的线索。”

“不过这件事已不仅仅是奇怪，简直是不可能啊！”小刘嘟囔着，“这附近根本没有水，怎么会有人溺死呢？”

“你没看见不代表没有。”罗飞眯起眼睛，“事情应该已经简化了，只要我们找到附近的水，我想答案就会出现。”

“水在哪里？”小刘毫无目的性地四下环顾，显得有些茫然。

“你别找了。你忘记了一个地方，也许我该提醒你一下。”从罗飞说话的神态看，他心里应该有了一些路数。

小刘连声催促：“快说吧。”

罗飞笑而不语，用脚轻轻踩了踩地面。

小刘先是一愣，随即明白了什么：“你的意思是……”

“不错，这下面就有水。”

“地下水？”小刘愕然张大了嘴，“地下水怎么会淹死人呢？”

“医生说逃走的那个人是陕西口音，死者应该也是他的同乡吧。”

“这和哪里人有什么关系？”小刘越来越糊涂了。

“你没有干过刑警，很多东西不了解倒也正常。”罗飞向对方解释着，“很多犯罪活动都是带有地域性的。比如云南的贩毒、福建的团伙诈骗、广东的飞车抢夺，等等。同样，陕西也有一种独特的犯罪。”

“是什么？”小刘被勾起了兴趣，迫不及待地追问。

“盗墓。”

“盗墓？”

“对。尤其是号称‘十一朝古都’的西安一带，盗墓活动十分猖獗。那里的盗墓贼被公认为全国同行中的‘老大’。他们经验丰富，打洞钻穴更是他们的拿手好戏。”罗飞用炯炯的目光看着小刘，显然在激发对方的思路。

“你是说，他们在这下面也挖了地道？”小刘被这个大胆的猜想惊得目瞪口呆。

罗飞点点头：“还记得死者身上的那些特征吗？展开你的想象：腰间系着绳索，俯趴在狭小的地道中，艰难地挖掘前行。这些行为留下的痕迹正好与我们之前的观察吻合。可这一次他们失手了，他们不慎挖穿了地下水层，正在地道中的小个子溺水而死，他的同伴见事情搞砸了，害怕暴露，所以匆匆离去。”

“是啊，这倒真是可以说通。可是，这里肯定没有古墓，他们挖地道干什么呢？”

“答案就在那里。”罗飞指指不远处的药材市场，“那个存放虫草的库房，四面和顶棚都是钢板，要想闯入，除了挖地道，还有什么办法呢？库房里的虫草价值惊人，足以刺激他们做出如此胆大狂妄的行为。”

罗飞分析得合情合理，可小刘还是有种惘然的感觉。他转头四顾，实在难以想象在这车水马龙的路面下居然会存在一条隐秘的地道。

“你现在肯定很想知道地道的入口在哪里吧？”罗飞看出了对方的心思，笑眯眯地说，“你看看街对面，能不能发现什么反常的地方？”

小刘瞪大了眼睛，对面阳光明媚，一个个小门脸商铺排列整齐，里面人来人往，会有什么地方反常呢？

罗飞等了片刻，见小刘一直没什么发现，忍不住叹了口气：“看来你是不适合做刑警的。现在是上午十一点，正是客流最大的时候，但‘悦来饭馆’左边的那家门脸却紧闭着卷帘门，你不觉得奇怪吗？”

“可并不只是这一家呀，还有几个门脸也关着门。药材市场里的老板有时会租用这些铺面做库房，也不算很奇怪吧？”

“你看看这个门脸的位置，正对着‘王记虫草铺’的库房……”

“哦！”这下小刘总算开了窍，恍然大悟，“地道的入口，就在这间铺面里！”

罗飞却只是淡淡地说道：“如果我是那两个盗墓贼，我一定会这么选择的。我们在解决疑难的时候，如果能把自己代入对方的角色中，往往能起到事半功倍的效果。”

“哎呀，我可真是服了你了。”小刘由衷地感慨了一通，又说，“不过我们还是赶紧过去实地看一看，虽然你分析得很精彩，但也许事实并非如此呢？”

在物业的配合下，罗飞和小刘进入了那间紧闭的铺面。里面的情况完全验证了罗飞的判断：十多平方米的空间内，整齐地码放着上百个麻包，里面全都装满了泥土。在墙角处，一个直径三四十厘米的地道入口赫然在目，可以看到，这条狭小的通道现在已经注满了渗出的地下水。小屋里，散乱地堆放着铁镐、绳索、抽气机等挖掘用的相关工具。

后来的调查走访工作就显得相对简单了。根据物业反映，这两个陕西籍的男子在一个月前以租库房为名租下了这个店铺，从此深居简出，铺面大门也多半紧闭着。没有人知道他们居然在偷偷进行着一个如此浩大的工程。

后来罗飞请来考古专家对地道进行了检验。整个工程已经进行了一大半，地道挖掘的技术水准相当惊人，只是盗贼为了避开明塔路的地基，不得不冒险加大了挖掘的深度，终于功亏一篑。

小刘对自己没能及时发现事情原委懊悔不已，这使得警方错过了抓捕逃跑者最有利的时机。

不过罗飞对此倒并不着急：“这么大胆的想法，这么高超的技术，这两个盗贼肯定不是初犯。只要把逃跑者的模拟画像传给陕西警方，查一查有案底的人，相信他的真实身份肯定会很快浮出水面。”

一周后，逃跑的盗贼在西安老家的村庄中被抓获，罗飞虽然没有参与这个过程，但事情的结果早已在他的预想之中了。

意外事故

是意外，还是一场爱的复仇盛宴

引 子

盛夏的龙州市，骄阳似火。在这样一个炎热的下午，穿着厚厚的防护服，戴着密不透风的头盔，并且暴露在毫无遮蔽的体育场，个中滋味可想而知。

张惠勇的内衣已经完全湿透了，那种憋闷的感觉几乎要让他窒息。他只想让这一切快点结束，他要离开。

引擎的轰鸣声越来越急，越来越响。摩托车如穿花蝴蝶般在体育场内的人工障碍间飞驰着，看台上的观众不时爆发出阵阵的掌声。

齐超龙紧张的情绪慢慢地松弛下来，他的面颊上甚至出现了一丝笑容，不过这笑容很快便凝固住了——在临近结束的时候，张惠勇出现了失误：他的摩托车速度忽然减慢，在本该飞跃的最后一个人工土丘上缓缓地停了下来。

这个失误使得本次表演前功尽弃。在一片嘘声中，张惠勇翻身下车，垂着脑袋向场外走去。齐超龙脸色铁青地瞪着自己的弟子，不待他走近，愤怒的吼声已经响起：“浑蛋！你在干什么？为什么刹车？！加速，你该加速冲过去！”

张惠勇摘下头盔，他的面色白得吓人，眼神中闪动着惊惶恐惧的情绪。

“我，我……”他喃喃地不知该如何解释。

“我什么我？我看你他妈的是见鬼了！”齐超龙冲上两步，一脚把张惠勇踹倒在地上。他身边的助手连忙过来把他拉住。

“我怎么养了你这么个废物！”齐超龙仍不解气，恨恨地嘟囔着，“你永远也比不上狄玉安！”

教练的最后一句话显然刺痛了张惠勇。他的瞳孔收缩了一下，然后转过头，向着体育场内看去。

狄玉安早已跨坐在摩托车上，整装待发。红衣红车红头盔，在灿烂的阳光下，显得鲜艳夺目。

主持人的声音在体育场上空响起："下面将进行的项目是激动人心的'火圈飞越'，表演者是国内特技界的王牌车手——狄玉安！"

观众齐声欢呼。狄玉安轻轻转动油门儿，让摩托车发出低沉的吼声，同时他转头四顾，算是答谢和致意。他的一举一动都充满了骄傲和自信，看起来潇洒至极。

是的，我比不上他……张惠勇凄然苦笑着，暗想：如果我是小琳，我多半，不，我一定也是会喜欢他的。

狄玉安出发了。红色的摩托车载着红色的骑士，在经过一段距离的加速之后，驶上了倾斜的辅道。油门儿随即被轰至最大，摩托车如脱弦之箭一般越冲越高，在离开辅道的瞬间，连人带车腾空飞了起来！喧闹的体育场在这一刻变得鸦雀无声。所有的人都屏住呼吸，目光盯死了那团红色。

短短的两三秒，但时间却似凝滞一般，显得如此漫长。

……

尖叫！

爆炸！

一切结束。

……

红色的摩托车燃起了一团红色的火焰，红色的骑士身下则是一摊红色的鲜血。

齐超龙不敢相信自己的眼睛，愣愣地站在那里，巨大的冲击使他暂时丢掉了粗鲁的咒骂作风。

张惠勇脸上的肌肉抽搐了几下，然后难以抑制地干呕起来。

片刻之后，齐超龙似乎突然想到什么，用双手揪住张惠勇的衣领，面孔因暴怒而变得狰狞。

"谁？！那个打恐吓电话的人，到底他妈的是谁！"

为了侦破神秘的连环疯案，罗飞往云南边陲走了一番。在他离开的几周内，刑警队陆续又接到一些其他的案子。队里的同志们各尽其责，工作倒也有条不紊。不过罗飞回来的时候，仍有少量难以决断的疑难问题在等待着他。

这天，助手小刘早早地便来到罗飞的办公室："罗队，二中队那边有个案子想请你帮着看一看。"

罗飞接过小刘递过来的资料，同时微微皱起眉头："怎么？就这么一点案卷？"

"是这样的。"小刘解释道，"这案子二中队老金他们做了一些调查，觉得并不是刑事案件，所以想要撤案。但是报案人却不同意，情绪很大。这样二中队也有了顾虑，所以就一直悬着，就等你回来拍板呢。"

罗飞将那些案卷细细地翻阅了一遍。

报案人是汉青摩托车特技队的教练齐超龙。这个车队的业务水平在国内算得上是顶尖的了。几个月前，他们在纽约的国际摩托车特技表演赛上得了大奖，更是声名大噪，一度成为龙州市各媒体追逐的目标。带着一种衣锦还乡的荣誉感，汉青车队在市体育场安排了一场答谢演出。罗飞本来也很有兴趣看一看的，但云南之行使他的计划泡了汤。

就是这样一支王牌车队，在短短一周的时间内，却接连发生了两起"意外事故"，队中两名当家的车手：乔琳（女）和狄玉安（男）先后殒命。

第一起事故发生在市郊的车队训练基地中，时间是两周之前。当时乔琳和狄玉安正在进行双人车上花式动作的练习。经过一段弯道时，负责驾车的狄玉安忽然出现了技术失误，摩托车侧翻倒地，两个人同时摔了出去。乔琳的头盔在这个过程中脱落了，她的后脑重重地撞在了车道外侧的防护墩上，她在救护车到来之前，便已经停止了呼吸。

狄玉安在这次事故中虽然没有受什么伤，但他最终的归宿比乔琳更为悲惨。几天后，答谢演出仍如期进行。演出的压轴节目便是狄玉安在国际大赛上的获奖项目：火圈飞越。

要完成这个项目，车手首先要驾车高速驶过一段渐高的辅道，在冲出辅道的时候，借助惯性，连人带车高高飞起，在半空中穿过一个直径约为五米的大火圈，然后人车分离，各自降落在火圈另一边的气垫防护区上。这个项目看起来极为惊险刺激，狄玉安已在国内外巡回演出了数十场，场场好评如潮。然而那天在龙州市体育场，他却经历了第一次失败，同时，也是最后一次。

摩托车已成功地飞越了火圈，可是在进行人车分离时，狄玉安出现了重大的失误。在全场观众数千双眼睛注视之下，人和车双双落在了气垫之外。摩托车随即爆炸起火，狄玉安虽然装备齐整，但脏器无法承受如此剧烈的震荡，结果七窍流血，当场死亡。

刑警队在狄玉安死后接到了齐超龙的报案。随即二中队队长老金带人对两起死亡事件进行了调查。调查结果显示：两起事故发生时，不管是车辆还是现场设施都没有人为破坏的痕迹，也就是说，没有任何证据能表明，这两起事件会和谋杀有什么关系。

考虑到特技表演本来就是一项高危的职业，刑警队便有了撤案的打算。但齐超龙不依不饶，在他提出的诸多理由中，有一条也确实让老金等人颇为在意：据说，在两次事故发生之前，狄玉安都曾接到过神秘的恐吓电话。

看完这些基本的资料，罗飞感觉到事情有些蹊跷，而要做出相应的判断，还须进一步调查才行。他斟酌了片刻，对小刘吩咐道："你准备一下，我们出去，找几个当事人了解了解情况。"

"是。"小刘毫不含糊地领命而去。这个二十来岁的小伙子很乐意跟着罗飞一同外出查案，因为每次他都能学到很多东西。

一小时后，两人驱车来到了市郊的特技车队训练场。工作人员把他们带到教练办公室，等待齐超龙的到来。

也许是体育工作者的风格，这个办公室的装潢陈设显得非常简陋。四周墙壁上贴着许多车手的照片，有比赛时的照片，也有大幅的生活照，虽然凌乱了一些，但也颇能吸引人的眼球。

其中自然有乔琳和狄玉安。罗飞看着照片上的二人，心中隐隐有些发痛。那曾经是两个鲜活的生命，女的俊俏可爱，男的英武潇洒，在他们的身后，阳光灿烂，生机盎然。

根据案卷上的资料，乔琳二十岁，狄玉安二十三岁，正是最美好的年华，却在不到一周的时间内，先后魂归天际，在两起事故的背后，会不会隐藏着什么秘密？

一声沉重的叹息打断了罗飞的思绪，他转过身，只见一个中年男子不知何时已出现在了屋中。

这男子五十岁左右，身形强壮高大，一脸的精肉，看起来颇为彪悍。他也在看着墙上的照片，眼神中满是痛惜和沧桑的感觉。

“是齐教练吧？”罗飞迎上前，打了个招呼。

那男子正是齐超龙，他冷冷地打量着罗飞：“你是刑警队的？我怎么没见过你？”

“这是我们刑警大队的罗队长。”小刘连忙过来解释，“刚刚从云南回来的。”

“哦，连环疯案就是你破获的？”齐超龙点点头，神色略缓和了些，他大手一挥，“坐吧。”

三人分宾主各自坐下，未等罗飞开口，齐超龙已经拍起了桌子：“听说你们要撤案？我告诉你们，绝对不行！什么叫意外事故？狄玉安是我最得意的弟子，在他身上一周出两次意外事故？这怎么可能！”

“确实有可疑的地方，所以我才会过来。”罗飞坦诚地说道，“我的目的和你是一样的，就是要查出真相。所以，希望你能配合我，回答一些问题。”

齐超龙翻翻眼睛看着罗飞：“你问吧。”

“根据我们的调查，两次事故并没有任何人为的痕迹。如果这不是意外，那会是什么原因呢？”罗飞开门见山，直入主题。

齐超龙却“嗤”地冷笑了一声：“如果我能回答这个问题，那还找你们刑警队干什么？”

小刘受不了对方的态度，想要开口反驳时，被罗飞用目光制止了。后者沉默片刻，又问道：“第一次事故时，乔琳死亡，而狄玉安却安然无恙，这是为什么？”

“有两个原因。”齐超龙对这个问题似乎早有准备，不假思索地回答，“首先，狄玉安是驾驶者，乔琳则是在后座上进行一些花式动作的表演。所以在翻车的时候，狄玉安的心理准备会比乔琳更充分，能够做出自我保护的动作；更为关键的是，乔琳的头盔脱落了，这在事故中是致命的。否则的话，以当时的车速，两个人都不该受到严重的伤害。”

“头盔怎么会脱落呢？”这是罗飞的专注点所在。

“安全意识！我跟他们强调过多少次，全当成耳边风了！”齐超龙脸上露出恨铁不成钢的苦闷表情，“那天刚开始训练的时候，乔琳甚至连头盔都没有戴，后来狄玉安一再提醒，她才戴上。出事后发现，她居然没扣头盔的搭扣，你说说，这不是找死吗？！”

“这种情况经常发生吗？我是指，训练的时候不戴头盔。”

齐超龙摇摇头：“乔琳这孩子还是很听话的——甚至有些胆小，以前从不犯这种错误。可那几天她不知怎么了，总是不戴头盔，有些反常。”

“还有其他的反常表现？”

“她向我提出过请假，而且是长假。”

“哦？什么原因？”

“我管她什么原因！”齐超龙口气强硬地说道，“直接给她骂了回去。开什么玩笑，刚有一点成绩就摆谱，在我队里休想！”

罗飞皱了皱眉头：“会不会家里出什么事情了？你有和她的家人沟通过吗？”

“她只有一个姐姐，而且她姐姐反对乔琳从事特技表演，和我们基本上没有来往。你如果需要，我可以把她的联系方式给你。”

罗飞看看小刘，后者会意，过去把乔琳姐姐的联系方式记了下来。

“乔琳和狄玉安是恋人？”罗飞开始下一个问题。

齐超龙咧着嘴，抱怨道：“现在的孩子，管都管不住……这么小就男男女女的。”

“乔琳出事后，狄玉安有什么表现？”

“那还用说，整个人都蒙了。有两天一直是恍恍惚惚的，问他怎么会出事，他也说不清楚。”

“既然他是这么一种精神状态，你为什么还要让他参加危险性那么大的表演？”罗飞并不客气地诘问了一句。

“不参加怎么办？表演的公告一个月前就发出去了，那么多人都盯着呢。说白了，大家就是冲着‘火圈飞越’来的，别的项目可以撤，这个项目绝对撤不了。”齐超龙瞪眼看着罗飞，“我明白你的意思，但你想错了。在表演之前，狄玉安已经摆脱了那件事情的阴影。如果确实有什么对他造成了影响，那一定是后来的恐吓事件。”

“恐吓事件？这到底是怎么回事？”罗飞凝起了精神，“我看过案卷，那上面并没有详细的记录。”

“具体情况我也不是很清楚。”齐超龙无奈地摊摊手，“只是在表演的前一天，狄玉安来找过我，说是有人打电话到他的手机上，对他进行了恐吓。别的……我就不知道了……”

罗飞冲对方盯视了片刻：“你又把他骂回去了，是吗？你根本没有认真听他说。”

齐超龙干咳了一声，神情尴尬，很显然，罗飞的猜测是准确的。“狄玉安的家人呢？他们会不会知道得多一些？”罗飞试图从另外的方向去寻找突破口，然而齐超龙的回答却再次令他失望了。“他是个孤儿，没有家人。”

“孤儿？”

“是的，我招收的弟子，一般都是父母双亡的孤儿。我抚养他们，同时对他们进行训练。所以我不仅是他们的教练，也可以算是他们的父亲。”齐超龙严肃地说道，然后他的脸上流露出一些悲伤，“唉，乔琳和狄玉安，是我最好的两个孩子了……”

罗飞暗自点头。摩托车特技是一项非常危险的运动，齐超龙从孤儿中挑选队员的做法，倒也不难理解。而从他说话的神态来看，他和队员之间确实也有着超出师徒的感情。

罗飞只好把思路又拉了回来：“第一次事故之前也有过恐吓电话？那又是怎么回事？”

“那我就更不知情了，因为谁也没和我说过。”齐超龙多少有些为自己开脱的口吻，“直到狄玉安出事，你们刑警队来调查的时候，张惠勇才告诉警方，在第一次出事前，狄玉安也接到过恐吓电话。”

罗飞已经从案卷中得知，张惠勇也是齐超龙的弟子，平时在特技队里，他跟狄玉安、乔琳的关系都比较好。不过乔和狄是恋人关系，而十九岁的张惠勇在他们面前则有点像弟弟的感觉。

“张惠勇人现在哪儿呢？”罗飞意识到这个年轻人很可能会知道更多的东西。

齐超龙没好气地回答：“他已经离队了。”

“为什么？”

“被吓破胆了呗。”齐超龙从鼻子里“哼”了一声，“这个窝囊废，一贯如此。下周有个日本的特技队要来挑战我们。狄玉安死了，本来……哼哼，没出息的东西，还能指望他什么？早滚早好！他根本就没资格当我的孩子！”

罗飞冷冷地看着齐超龙，在这个粗鲁的汉子心中，也许的确是把队员们当自己的孩子看待，但很显然，他距离做一个合格的“父亲”，还有着太多太多的距离。

龙州市城南的“天地”摩托车修理行外，一个小伙子正轻轻转动着摩托车的油门儿，侧耳倾听发动机低沉的轰鸣声。他闭着眼睛，脸上有一种迷醉的表情。

小刘驾驶警车缓缓地停在了路边。副驾位的车窗摇下后，罗飞的面庞探了出来。他四下扫视了一番，目光很快就停留在了那个小伙子的身上。对方那种独特的车手气质告诉罗飞，这个人正是他要寻找的张惠勇。

根据齐超龙的介绍，张惠勇虽然年龄小，但他对摩托车有着天生的驾驭能力，假以时日，必能成为第二个狄玉安。正因为如此，齐超龙平时对他的要求也极为严格。可以说，在他身上，其实承载了汉青车队今后的希望。

可是现在，这个有着美好前途的年轻人，却已经离开车队，成了街边摩托车修理行的一个打工仔。

他为什么会做出这样的选择？是那两起意外使他害怕了，再没有驾驭驰骋的勇气吗？如果是这样，他为何又对马达的咆哮声恋恋不舍呢？

带着这些疑问，罗飞下了警车，向着张惠勇走了过去。小刘在他的身后紧紧相随。

张惠勇感觉到了什么。他蓦地抬起头，警惕地睁大了双眼。当他看见警车后，脸上立刻出现了难以掩饰的惊惶表情。

“你就是张惠勇吧？我们是刑警队的。”罗飞很快便来到了近前，他一边自我介绍着，一边出示了警官证。

“你们怎么又来了？”张惠勇的语气有些慌乱，同时带着明显的抵触情绪。

罗飞看着对方的眼睛说道：“关于乔琳和狄玉安的死，有些情况我们还需要向你了解一下。”

“该说的我都说过了，你们不要再来烦我！”张惠勇被罗飞的目光刺痛了，像被惹急了的孩子一样，挥舞着手臂，自顾自地转过身，一头扎进了修车行中。

小刘咧了咧嘴：“罗队，你看这……”

“你在外面等我，我进去看看。”罗飞对心理学有所研究，他知道此时己方人越多，给对方的压力也会越大，沟通自然就更加困难。

修车行的最里间是个简易的休息间，张惠勇把自己放倒在墙角那张脏兮兮的单人床上。片刻后，他听到了罗飞的脚步声，于是又胡乱抓过一件工作服，蒙住了自己的脑袋。

“你知道吗？逃避是没有用的。”一个声音在他耳边响起，不过对方说话的语气似乎与刚才的那个警察大不相同，这是一种关怀和劝慰的感觉，像是朋友间的问候，像是兄长对弟弟的耳语。

张惠勇的神经放松了许多，他甚至竖起了耳朵，希望对方继续说下去。

那个声音也确实没有停止：“我知道你很难受……你最好的两个朋友死了。没有人能理解和分担你的痛苦，也许你还有很多话憋在心里，却找不到人倾诉……所以你只能逃避，离开那个环境。可这样的逃避有意义吗？你能逃避多久？你才十九岁吧？你要永远活在这个阴影里？”

张惠勇慢慢扯掉了蒙在脑袋上的工作服，用一种迷惘的眼神看着站在床头的那个青年男子。虽然只是第一次见面，但对方刚才的话语准确地触及到了他心灵的深处。作为一个孤儿，这种感觉是他以前从未有过的。

“我会查出他们死亡的真正原因，你要相信我。”罗飞知道自己说的话已经起了效果，此时趁热打铁地说道。他藏起了所有的锐气，目光温和坦诚。

张惠勇终于开口：“你想问些什么？”

“关于那两个恐吓电话的事情。”

“上次我就和你们说过了。”见还是些老问题，张惠勇松了口气，“只是在两次出事之前，狄玉安都告诉过我，有人给他打了恐吓电话，威胁他会有致命的事故发生。谁打的电话、具体的通话时间和内容，我也不清楚。”

罗飞略微有些失望，但并没有完全放弃，又继续问道："你和死者是好朋友，从你的角度分析，如果有人会对他们的生命构成威胁，那么，这个人最有可能是谁？"

张惠勇垂下目光，盯着罗飞的警服下摆，愣了半晌之后，他说道："也许……你们该去问问那个叫作唐珏的女人。"

二中队曾经对狄玉安手机的通话记录进行过调查，结果也附在了案卷之中。

在狄玉安死亡的前一天早晨，他的手机上出现过一次反常的通话记录。拨入方的号码经查证，是属于一部公用电话亭的。这次通话持续了二十多分钟。从种种迹象来看，这应该就是狄玉安受到的第二次恐吓。

而在第一次事故发生前的一周时间内，与狄玉安的手机有过通话记录的来电号码全都被查明了使用者，其中通话次数最多的一个人，就是唐珏。

狄玉安在国际上获奖之后，一下子声名大噪，他又有一副俊朗的外表，因此引起了许多女性崇拜者的爱慕。唐珏也是其中之一。

无论从哪个角度来说，这个年方二十的漂亮女子都是令男人难以抗拒的角色。她不但天生丽质，而且是龙州市某富豪的独生女，无论是财力还是势力，在当地都有着不容忽视的影响。也许是从小娇宠惯了，这个女孩年龄虽然不大，但性格泼辣，想要什么东西便一定要得到。她被狄玉安迷住了之后，便立刻展开了迅猛的攻势。无奈后者与乔琳两情相悦，曾数次回绝了她。这使得唐珏非常恼火，在第一次事故发生之前，她曾屡屡放出"狠话"：如果狄玉安这小子再执迷不悟，她一定会让那对男女见识到自己的厉害。

从张惠勇口中得知这些信息之后，唐珏的嫌疑大大增加。很可能，她便是那个对狄玉安施以恐吓的人。那么，她与这两起事故有没有直接的关系呢？要解开这个疑问，最好的方法，自然便是找到唐珏，与她做一次正面的交锋。

在龙州市，认识唐珏的人可不在少数。大家都知道，这位"大小姐"一天的生活通常是从下午三点以后开始的。她会在这个时间来到市中心最高档的"王朝酒吧"，在音乐和美酒中展开又一天奢华迷醉的生活。

罗飞和小刘大约是中午十二点从张惠勇处离开的，唐珏小姐现在多半还在梦乡中，所以他们简单地吃了午饭之后，首先去拜访了乔琳的姐姐——乔芸。

乔芸今年二十六岁，现供职于龙州某对外贸易公司，可以算得上是一个地道的白领。由于父母早亡，她从早年上大学时开始，就承担起了抚养妹妹的责任。不平凡的经历也磨砺出了她不平凡的气质，在那俊秀的外表下，隐隐显出超出年龄的大度与成熟，令人会不由自主地对其产生一种尊重的感觉。

提及自己的妹妹，乔芸神色悲伤："我这辈子犯下的最大错误，也许就是让我妹妹进了少体校……唉，有什么办法呢？当时太困难了，体校毕竟是有补贴的。没想到后来她练起了特技摩托车，我拦也拦不住……终于还是出事了，她可是我最后一个亲人哪。"

泪水在乔芸的眼眶中打着转，但她强忍着，不让其滑落下来。她应该早已习惯了用坚强的态度去面对一切苦难。

与死者家属打交道是一件非常难受的事情，但这是罗飞无法回避的工作之一。斟酌片刻后，他开口道："我知道这可能会勾起你的痛苦，但我不得不这么做……我想请你回忆一下，在你妹妹出事之前，她有没有什么反常的表现？"

"反常表现？我倒没有注意……"乔芸惘然摇了摇头，然后又自责道，"也许是我工作太忙了，对她的关心不够……"

罗飞进一步提示："我的意思是，她有没有一些消极的，或者说是厌世的，这样一种情绪或者相关的表现？"

"厌世？你是说我妹妹的死是自杀？"乔芸愕然反问。

"不能说没有这个可能。"罗飞用尽量委婉的方式解释说，"你应该也知道，你妹妹的死因很重要的一点，在于她没有按规定佩戴好安全头盔，而根据我的了解，她以前在这方面是非常谨慎的。"

"不，我妹妹绝对不可能自杀。你如果见过我妹妹，就该知道她是一个多么天真活泼的女孩。而且她刚刚在事业上取得了一定的成绩，前一阵正是她情绪高涨，对未来充满了梦想的时候，怎么会有消极、厌世的想法呢？"乔芸情绪有些激动，她毫不客气地瞪视着罗飞，似乎对方的猜测是对亡妹的一种侮辱。

“嗯……对不起，可能是我的想法太主观了。”罗飞尴尬地揉了揉自己的鼻子，“我向你道歉，然后……我需要静静地想一想，重新调整一下思路……”

“罗队，我也觉得乔琳自杀的说法是站不住脚的。嘿嘿，咱们探讨一下吧？”从乔芸处出来后，小刘一边开车，一边提出了建议。他早已对罗飞探案的能力佩服得五体投地，只是以前多半得等案件破获之后才能听到对方头头是道的分析。今天机会难得，他也想参与到探案的过程中来，随着罗飞的思路共同往前探索，这个过程肯定会非常有意思。

“好啊。大家讨论是有助于拓宽思路的。”罗飞微笑着说道，“你先谈谈你的想法吧。”

“那我就不客气了啊，抛砖引玉。”小刘略整理了一下思路，然后一本正经地说起来，“我倒是觉得狄玉安有自杀的可能。毕竟两次事故，都是他在驾驶摩托车嘛。而且根据我们的调查，在两次事故之前，狄玉安的情绪都有波动，显得有些颓废。会不会是他受了谁的恐吓——比如说唐珏吧，觉得过不去了，又是孤儿，无依无靠的，所以便走上了绝路。本来我在考虑是不是乔琳和他一起殉情。可是从乔芸的说法来看，乔琳并没有想死的意思，所以这个问题又值得商榷了。”

“你说得有点道理。”罗飞对小刘最后的分析表示赞同，“作为相依为命的姐妹，乔芸对乔琳应该非常了解，如果妹妹有自杀的想法，那她在情绪上的变化肯定瞒不过自己的姐姐，这个可能性我们暂时可以排除了。”

小刘受到鼓舞，兴奋起来，继续侃侃而谈道：“所以我对这件事情的真相，目前有三种分析。第一种可能，像我刚才所说，狄玉安有了自杀的想法，乔琳并不知情，第一次出事，狄玉安是希望两个人一起死的，但没想到乔琳死了，他却安然无恙，不得已，他只好在表演‘火圈飞越’时制造了第二次事故。”

罗飞摆摆手，暂时打断了小刘的话语：“这里面有问题。根据齐超龙的说法，第一次事故其实并不严重，如果防护得当，对车手并不能造成什么伤害。狄玉安如果真想自杀，采用这个方法显然是不明智的。”

小刘嘿嘿一笑：“你说的这些我也想到了，我还留着后手呢。先听我第二种分析啊，第一次事故确实是意外，狄玉安因为受到恐吓，精神压力大，以致出现了技术失误。这次失误居然造成了乔琳死亡，这使他痛不欲生。所以他在表演时自杀，算是对恋人的一种殉情行为。”

罗飞“嗯”了一声，未置可否：“那第三种分析呢？”

“那就简单了，这两起事故根本就都是意外，和什么恐吓、自杀、谋杀啊，都没有直接的关系。我们啊，就是跟着瞎操心。”

罗飞禁不住哑然失笑。

“你笑什么嘛，我觉得是很有可能的。”小刘振振有词地说道，“毕竟摩托车是掌控在狄玉安的手中，两次事故究竟是怎么发生的，那就只有他自己才知道了。”

见罗飞沉默不语，小刘禁不住催促起来：“好了，罗队，我都说那么多了，该听听你的啦。”

罗飞笑了笑，终于开口道：“我们在进行探案的时候，有一个基本的原则，就是首先针对那些反常的现象进行分析，这样往往能获得很多线索。可以这么说，一件案子越反常，越诡异，那么被破获的可能性也就越大。狄玉安是个技术超群的车手，在他身上却接连出现了两次事故，这就是一个反常现象，你已经注意到了，并且有所分析。不过，另外一条反常的线索却被你彻底忽略了。”

“啊，是什么？”

“乔琳的头盔。齐超龙说过，乔琳平时非常谨慎，安全意识是很强的——这也合乎情理，女孩子嘛。可出事的前一阵儿，乔琳却改变了原有的习惯，对头盔的佩戴显得很随意。即使是狄玉安提醒了她，她也只是敷衍了事。这个问题，你想过没有？”

“想倒也想过，但是没想出个所以然来。”小刘实话实说。

“我此前就是根据这一点，猜测乔琳是否有厌世的情绪。现在这种可能性被排除了，我只好改变了思路。”罗飞停顿片刻后，突然问了一个很奇怪的问题，“你说，骑摩托车为什么要戴头盔？”

小刘虽然正在开车，可听到这个问题后，还是忍不住扭头瞪了罗飞一眼，露出诧异的表情。

“噢，我的意思是，为什么唯独在脑袋上戴着这么个东西，施以重点的保护？”罗飞补充了一句。

小刘仍然觉得这根本不算个问题：“那还用说？因为脑袋是人体上最

重要的部位啊。别的地方磕磕碰碰的可能没事，这脑袋上来一下，那不就完了吗？”

“对，因为脑袋很重要。现在让我们来打个比方吧。”罗飞用手指轻敲着窗沿，想了一会儿后，说道，“比如说，你去商店购物，要买一个剃须刀，这家商店的价格是二百元，还有另一家商店，有可能会便宜十块八块的，但是再过去也比较麻烦。你会怎么办？就在这里买了，还是继续逛逛？”

“那我多半是继续逛逛。十块钱，够我一天的伙食费呢。你问这个干什么？”

罗飞挥挥手：“你先别急，我们继续。现在你要买的东西是汽车……”

小刘立刻翻了翻眼睛，抱怨道：“得了，别开玩笑了，我这小警察还买汽车？”

罗飞被逗乐了：“只是一个比方……”

“那我明白你的意思，我直接回答得了：甭管多远，我也得逛，把周边的汽车市场，我统统都得逛个遍！这可不是开玩笑的，有个几千块钱的差价都属正常。”

“好。”罗飞顺着话头往下说，“你出去买汽车。就在这个时候，你忽然想顺便买个剃须刀，市场里恰好也有，二百块。这时候你怎么办？立刻买下来，还是继续逛逛，省个十块八块的？”

“呃……”小刘愣了一下，“那我肯定不会为了剃须刀去逛，准备花个十万八万，谁还在意十块八块的？”

“单买剃须刀的时候，就会很在意，和汽车一块儿买，就不在意了，是不是这个意思？”

“还真是。”

“可十块钱对你的意义其实并没有改变，仍然是一天的伙食费。”“嘿，人的心理嘛，都是这样的。在意不在意，也是相对的。很多东西，平时在意的，和更重要的东西摆在一起的时候，可能就不在意了。”

“好，现在我们再回到案子上来。”罗飞由刚才的例子开始引申，“人在骑摩托车的时候戴头盔，是因为大家都觉得脑袋很重要，可如果有更重要的东西同时存在，那是不是也会忽视了脑袋呢？”

小刘纳闷地摇着头："有什么东西还能比脑袋更重要？"

罗飞没有回答，他的注意力此时转到了车窗外，"王朝酒吧"的招牌已出现在路边不远处。

"到了，靠边停车吧。"他轻轻在小刘腿侧拍了拍。

看到有警察向酒吧走来，负责迎宾的侍应生连忙举起对讲机，把情况向值班经理做了汇报。那个姓周的经理亦不敢怠慢，立刻迎了出来，正好在门口撞上了罗飞二人。他满脸堆笑地打着招呼："哎哟，刘警官，您怎么来了？这位是……"

小刘在给罗飞当助手之前，曾经做过好几年的基层侦查员，与龙州当地的社会人员打过不少交道，所以周经理虽然不认识罗飞，对他却很熟悉。

"这是我们刑警队的罗队长。"小刘见周经理皱起了眉头，上前大大咧咧地拍了拍对方的肩膀，"你别紧张，我们是来找人的。唐珏，她在里头吧？"

"在，刚来没多久。嘿，这个小姑奶奶可不好惹啊……"周经理一边说，一边偷眼打量着罗飞。

"行了，好不好惹不用你操心，赶紧带我们过去吧。"

周经理应了一声，引着罗飞二人走进了酒吧。此时正值艳阳高照的下午时分，但吧池内却是光线昏暗，灯影摇曳，毫无白天的感觉。因为还未到上客的高峰，酒吧里的人并不多，背景音乐也只是轻柔的舞曲。

东南角上摆放着一套豪华沙发，一群年轻人正在此围坐。这群人有男有女，装束打扮都很前卫。

"那个坐在最中间，手里拿着瓶百威正在喝的女孩就是唐珏。你们直接找她吧，我就不过去了。"周经理说完，悄悄退在了一边，看起来，他对被指认的对象颇为忌惮。

唐珏明眸皓齿，粉面桃腮，虽然是坐在一群俊男靓女之中，其夺目的光彩却未被掩盖分毫。她的头发染成了棕红色，身上则穿着一袭黑色的吊带裙，把细嫩的皮肤映衬得格外白皙。即便是女人看到她，也会不由自主地将目光多停留一会儿。

就在罗飞打量唐珏的时候，那群年轻人中也有人注意到了警察的到来。这引起了一阵小小的骚动，有几个人立刻站起身，低着头散开了。

小刘凑到罗飞身边，低语道："走了的那几个，都是龙州社会上的人，身上多少都背着些案底。"

"嗯，先别管他们。"罗飞一边说，一边迈步向着唐珏走了过去。唐珏微侧过头看了罗飞一眼，用纤纤玉指拨弄着桌上的空酒瓶，一副满不在乎的样子。

"你是唐珏？"罗飞二人已走到了沙发间。

唐珏似乎没听见，拿起酒瓶和身边的女伴干了一口，然后不知说了句什么，两人肆无忌惮地大笑起来。

罗飞不动声色："对不起，能不能打扰一会儿？我想问你几个问题。"

"不能。"唐珏硬邦邦地封住了话头，"我现在没时间。"

小刘眼睛一瞪，往前抢了一步，正要说话时，却被罗飞拦住了。

小刘悻悻地咽了口唾沫，转头看向周围的其他男女，没好气地说道："你们几个，先一边待着去。"

那几个年轻人乖乖地走开了。罗飞暗暗笑了笑：看来这小子以前倒还真混出过些威名。既然如此，他也就不再客气，和小刘一起坐在了空出的沙发上。

唐珏的脸色变得有些难看，她冷冷地说道："请你们离开这里，否则我会投诉你们。"

罗飞不说话，只是和她对视着。这副胸有成竹的样子终于把唐珏激怒了。她重重地把酒瓶砸在茶几上，然后用手指着罗飞的鼻子："我犯法了吗？犯法你们就把我铐走，否则就赶紧滚蛋！你影响了我的消费，这单你来买吗？！"

罗飞不搭理她，反而转向了小刘："之前跑掉的那几个人，都犯过什么事？"

"光头的王小虫是卖摇头丸的；大个儿叫阿春，帮人看场子，打架斗殴经常有他的份儿；还有个女的，卷发那个，她老公开过地下赌庄。就这几个，只要逮起来，一审一个准。"小刘说的都是实情，这些混混儿与刑警队之间的关系常常会比较微妙，只要他们别太过分，刑警队一般不会管，平时见面或许还能点头打个招呼。当出了大案的时候，这些人则是重要的信息来源。

“嗯。”罗飞点点头，“那你就给老金打个电话，把这几个人抓起来审一审。给他们个立功的机会，重点问一问，这位唐小姐和他们的事情有没有什么牵连。”

小刘立刻领会了罗飞的意思，掏出手机，做出了要拨号的样子。

“唐珏小姐。”罗飞仍然是用淡淡的语气说道，“我相信你一定会有时间和我谈一谈的，在这里，或者在刑警队，你可以自己选择。”唐珏瞪大眼睛看着面前这个三十多岁的男子，明白自己今天是遇上真正的对手了。片刻后，她识时务地软了下来。

“你到底要问什么？”唐珏嘴上让步了，但眼神中仍然藏着不服气。

“关于狄玉安和乔琳，他们都死了，你知道吧？”

“知道啊，这和我有什么关系吗？”唐珏略一停顿后，“嗤”地冷笑了一声，“你们难道愚蠢地认为，我会为了一个男人，犯下两宗谋杀罪？”

“据我们了解，在出事前，你曾对他们进行过恐吓。”

“那又怎么样？被我恐吓的人多了。不错，我对狄玉安感兴趣，可我只是想得到他而已。迷恋？那是小女孩才做的事情。我从不缺男人，多他一个，少他一个，本来也是无所谓的事情。为了他杀人？我可没那么贱。我只是看不惯他婆婆妈妈的，有贼心没贼胆，所以才放出一些话，吓唬吓唬他。”唐珏摸出一支纤细的香烟，点燃后，很魅惑地吸了一口。

“吓唬吓唬他？我看你是受了冷遇，气急败坏才这么做的吧。”罗飞有意识地用语言去挑动对方的情绪。

唐珏果然受到了刺激，“哼”了一声，提高了音调：“冷遇？你以为狄玉安真的对我不感兴趣？嘁，有几个男人能挡住我的魅力？”

“可他确实没有接受你的追求。”

“要不说没劲呢——那对男女都很没劲。”唐珏噘起嘴唇，吐出一个烟圈，然后叹着气说道，“男的想尝腥，又瞻前顾后的；女的更无聊了，居然想用怀孕的方法留住男人，可悲，真是可悲。”

罗飞眼睛蓦地一亮：“乔琳真的怀孕了？你确定？”

“是狄玉安亲口说的。呵呵，这么隐秘的事情他都告诉了我，你们觉得他真的是想拒绝我吗？”说到这里，唐珏还显得颇为自得。

见对方对狄玉安的生死毫不在意，罗飞沉下脸，难以掩饰心中的不满："你对狄玉安，根本就不是真心爱慕，既然如此，又为什么要去破坏别人的感情？"

"哈，你要追究我的这个责任吗？"唐珏撇了撇嘴，"可笑！他们如果真心相爱，那谁能破坏得了？没有我唐珏，他狄玉安迟早也会勾搭别的女人。哼，男人还不都是这样，出了名，有几个能做到'糟糠之妻不下堂'？如果我是那个女孩，还不如自己主动点退出呢。搞得苦兮兮的，有什么意思？说实话，这事到后来，尤其是那个女孩死了之后，我已经毫无兴趣了。"

"狄玉安出事前一天的恐吓电话，不是你打的吗？"罗飞皱起眉头，露出沉思的表情。

唐珏显得有些莫名其妙："什么恐吓电话？"

"那天早晨七点半左右，在一个公用电话亭打的。"罗飞盯着唐珏，观察对方的反应。

唐珏则冷眼回视罗飞："公用电话？我这辈子都没用过公用电话！真是可笑——而且还是早晨。要我在七点半起床，你还不如直接杀了我。"

罗飞低下了头，虽然与唐珏见面的结果有些出乎他的意料，可他的思路却因此渐渐清晰起来。

"罗队，我现在知道比脑袋更重要的东西是什么了。"刚刚走出酒吧，小刘便迫不及待地嚷嚷开来，"就是乔琳肚子里的孩子！乔琳会忽视头盔的佩戴，因为对她来说，肚子才是最重点的保护部位。戴上头盔有什么用？只要一出事，孩子还是保不住！"

"你说得很对，只要一出事，孩子就保不住。"罗飞停下脚步，目光炯炯地看着小刘，"现在你该明白第一次事故的前因后果了吧？"这个跳跃稍微有点大，小刘怔怔地想了好久，才恍然大悟地说："果然是狄玉安故意的，他想造成乔琳的流产。"

"不错。"罗飞补充道，"狄玉安早就设计好了要发生这样一场'事故'，所以他才会一再提醒乔琳戴好头盔，但他显然没能把握住女人此刻的心理。乔琳只是草草地把头盔扣在了脑袋上，以至于一场并不严重的事故却导致了她的死亡。这一切完全出乎狄玉安的预料。”

“那狄玉安的死呢？因为受到良心的谴责而自杀？恐吓电话是怎么回事？难道和这两起事故并没有直接的关系？”小刘似乎已经窥探到了事情的真相，但仍有一些疑问难以释怀。

“走，回队里去，把表演当天的录像调出来看看！”罗飞挥了挥手，快步向着警车走去。

狄玉安出事那天，龙州市电视台对特技表演的全过程进行了实况转播，因此狄玉安死亡的全过程也被记录在了影像数据中。

要顺利完成“火圈飞越”这个项目，难度最大的地方其实并不在穿越火圈的过程，而在于最后“人车分离”的那个步骤。

在空中进行人车分离，其目的有两个：第一，表演者如果骑着摩托车坠到气垫上，那么很有可能会被摩托车砸伤；第二，也是最关键的，有经验的车手在人车分离的瞬间，可以借力调整自己飞行的轨迹，从而保证能够准确地坠落到气垫上。狄玉安在国际上获大奖，凭借的正是这一手惊险而又绝妙的技艺。

录像显示：狄玉安在龙州体育场表演的时候，启动、加速、腾跃、过圈，这一系列过程完成得都很好，但在过圈之后，他的大脑好像突然短路了一样，技术动作完全走形，人车分离的时机、角度、力量无一可取，这使得他最终摔出了气垫之外，命归黄泉。

罗飞和小刘将这个片段翻来覆去地看了好多遍，没有发现任何可能干扰到狄玉安的外界因素。为什么会突然出现如此严重的失误，这个问题看起来只有死者自己才能回答了。

“自杀，一定是自杀！”小刘已经按捺不住性子，给出了他的结论，“如果不是自杀，那就是乔琳阴魂不散，在这个瞬间缠住了狄玉安。”

“什么阴魂不散？你是警察，不要胡说八道的！”罗飞斥责了一句，不过口气并不严厉，“你把带子倒回去，我再看看。”

小刘解嘲地嘿嘿一笑，照罗飞的吩咐做了，这次他倒得多了些，录像再次开始播放时，出现在画面上的却变成了另外一个人。

“这是张惠勇。”小刘见罗飞略现疑惑，便解释说，“那天他在狄玉安之前表演。”

张惠勇进行的项目是花式障碍穿越。这个时候他的表演已接近尾声，正在加速向着最后一个高台障碍冲去，但行进到障碍之前时，他却又突然减速，结果在高台中途停了下来。

“嘻，尿了。”小刘忍不住调笑了一句。

罗飞却似发现了什么：“停！这里有问题！”

小刘赶紧按下了暂停键。

“你看看，这是什么？”罗飞用手点着屏幕上的一个亮点。

“好像是地上有东西在反光。”小刘挠挠头皮，不太明白这为什么会引起罗飞的注意，要知道，当时的阳光很强烈，一小块玻璃、一只塑料袋，甚至一片光滑的纸都有可能造成这样的反光效果。

“再往回倒一点。”罗飞摸着下巴，继续指挥小刘，“停在张惠勇开始减速的那个瞬间。”

屏幕上很快出现了罗飞想要的画面，他的精神一振，喃喃自语着：“有意思，有意思……”

小刘紧盯着屏幕，是什么东西“有意思”？他却怎么也找不出来。

“看到后面的火圈没有？”罗飞开始提示他，“就是狄玉安准备穿越的那个火圈。”

“看是看到了，可没什么不正常的呀？”小刘仍是一脸茫然。

“你得把这些联系起来看。”罗飞一边说，一边伸出手指在屏幕上比画着，“反光点、张惠勇的头部，还有远处的火圈，它们此时正好位于同一条直线上。”

“还真是。”小刘眨着眼睛，努力思索这个“巧合”会意味着什么。

罗飞却没有时间等待了，他拍了拍小刘的肩膀：“快，去找一支激光笔来。”

“激光笔？”

“就是老师上课时用的那种。找不到就买一支去，越快越好！”

罗飞眼中闪动着兴奋的光芒：“凶手，终于还是露出踪迹了。”

半个多小时后，罗飞和小刘来到了龙州市体育场。为了进行特技表演而搭建的那些构筑物此时尚未拆除，这给罗飞继续探询线索提供了很大的方便。否则，他只能通过影像数据的记录来估测构筑物的位置，那样当然不会太准确。

罗飞在相应的地点来回巡视，像是寻找着什么。很快，他便有所发现，蹲下身招呼小刘说："来，你看，录像中应该就是它在反光。"那是一小片粘连在塑胶跑道上的锡箔纸残留物，这种锡箔纸会被用于香烟的包装，所以在城市也算是一种比较常见的垃圾。

"有人来清理过，但没有去除干净。呵呵，毕竟是纸片，想要揭掉可比当初粘上难很多。"说话间，罗飞把小刘找来的那支激光笔摸了出来，"好了，让我们来看看，你当时到底藏在哪里？"

此时天色已暗，当激光笔被打开之后，立刻有一束纤细的红色光线远远地射了出去。

罗飞把激光笔对准残留的锡箔纸，作为光束的起点，然后他调整角度，令光束从斜上方那个火圈的中心穿了过去。当然，火圈此时并没有火，只是一个光秃秃的铁架而已。

罗飞的目光沿着光柱向远方延伸，最后停留在体育场外一幢三十多层高的雄伟建筑物上，红色激光的终点正是这幢建筑物的高层墙面。

"四望角大酒店，四星级。"罗飞嘴角露出满意的笑容，"太好了，酒店完备的登记制度和监控系统会使我们下一步的工作变得非常简单。"

罗飞和小刘随即赶往"四望角大酒店"，翻阅了在狄玉安出事当天，酒店所有房客的入住记录。很快，一个熟悉的名字便出现在他们眼前。

乔芸，二五一二房间，入住登记时间：8月29日下午三点四十七分。退房时间：8月30日下午四点零五分。

她在周六，也就是特技表演的前一天下午入住，在狄玉安出事后不久，便退房离开。

很多事情已经非常明显了。

罗飞二人紧接着又来到酒店的保安部，调看了乔芸入住登记时前台摄像头拍摄到的监控录像。与大多数正常的旅客不同，乔芸几乎没有什么行李，她随身携带的物品，只有一把雨伞。

"你发现什么反常之处了吗？"罗飞有意识地考验小刘的观察能力。

"就是那把伞吧？现在是夏天，很多女性出门都会带着伞，用来遮阳。不过她们使用的应该都是女式的折叠伞，很少有人会带这种男式的尖头黑布雨伞。"

“去找到那把伞。”罗飞点点头，对小刘吩咐道，“这是必不可少的证据。我想她会在第一时间把伞丢弃的。发动你的那些社会耳目吧，重点寻找目标是拾荒者、外来闲散人员……嗯，附近的废品收购站也不能放过。”

两天后，小刘完成了这个任务。

“一开始我按照你指点的那些方向去寻找，但没有什么收获。所以我改变了思路，嘿嘿……罗队，知道我最后在哪儿找到它了吗？育民新村的一个老太太手里！你忽略了这些老头老太太也有捡拾日用废弃品的习惯呢。”小刘一边得意扬扬地说着，一边将那把黑布雨伞递到罗飞手中。

“非常好。”罗飞赞许地微笑着，然后将那把黑伞撑开。不出他所料，伞的内侧贴着一层闪闪发光的锡箔纸，形成了一个很大的凹面镜。

“这就是她只能使用男式黑布伞的原因了。贴满了这些锡箔纸，要想再把伞面折叠起来显然是很困难的。锡箔上面肯定可以找到乔芸的指纹。有了这个证据，她的犯罪行为便无可辩驳了。”

“那我去通知老金他们抓人吗？”

“不，先不着急。”罗飞摇了摇头。他一直没有让小刘把案子的进展情况通告给二中队，是因为他还有自己的一些想法。

晚上，罗飞独自来到了乔芸的住处。乔芸很客气地把罗飞让到了屋内，但当她看到对方手中的那把雨伞时，脸色一下子就变了。她的情绪变化自然躲不过罗飞的眼睛，后者轻轻地叹了口气：“好了，乔芸小姐，看来我没必要过多解释此行的来意了。”

乔芸秀丽的面庞变得惨白，她苦笑着，转头看向客厅墙壁上悬挂着的一张照片。

那是乔芸、乔琳姐妹俩的合影。妹妹紧偎在姐姐身边，神色间满是依恋。两个女孩都是一脸灿烂的笑容，她们的眼神清澈活泼，那时在她们面前，看到的应该是光明的、充满了希望的道路。

回想起以前的点点滴滴，乔芸的泪水已难以抑制地涌出了眼眶。不需要罗飞再多问什么，她哽咽着讲述了整个事件前因后果。

由于早年间父母双亡，乔芸和乔琳在这个世界上相依为命，共同经历了许多冷暖风雨。乔芸比妹妹年长六岁，她的角色介于姐姐和长辈之间。而她对妹妹的疼爱，也早已超出了普通的姐妹之情。

乔琳长大了，她成了一名特技车手。乔芸并不赞成妹妹的这个选择，因为这项运动实在太危险了，她害怕失去自己在这个世界上最后的亲人。

但乔琳已经成年了，她有了独立的思想，并且开始去追求自己的生活和自己的感情。由于同在特技队中长期配合训练，她和狄玉安相爱了。虽然齐超龙有意识地进行过控制，但他那种粗暴的、缺乏沟通的方式根本无法阻止两个年轻人恋情的飞速发展。在出国比赛期间，乔琳和狄玉安有机会跨过了那条男女间最终的防线。

狄玉安在那次比赛中获得了大奖，一夜成名。回国之后，新闻媒体的报道更是将他包装成了一个辉煌的英雄。很自然地，小伙子收获了大批的仰慕者，不少女性向他发动了追求攻势。

狄玉安在兴奋之余，也感到了彷徨。二十三岁的年龄还远远称不上成熟，面对着各种突如其来的缤纷诱惑，他的行为和思想渐渐都在发生着一些变化。

乔琳感觉到了恋人的变化，非常担心。尤其是当唐珏这样的人物出现时，她深深感到：除非能拿出一些撒手锏，否则自己将不可能在这场实力悬殊的竞争中胜出。

恰好在这个时候，她发现自己怀孕了。

狄玉安得知这个消息大吃一惊，连忙敦促乔琳把这个孩子打掉。但乔琳却坚决不同意，在她眼中，这个孩子已经成了自己手中的王牌，成了将狄玉安牢牢留在身边的最有力的筹码。她告诉狄玉安：她要把孩子生下来，为此，狄玉安必须娶她。

狄玉安慌了手脚，此时的他完全没有要成为父亲的准备。他也无法接受正是春风得意之时，却被一个莫名出现的孩子束缚住自己的手脚。极度郁闷之下，他终于想出了那个极不道德的计划：用一次事故让乔琳流产。

然而事情的发展超出了他的控制，乔琳在这次事故中意外地丧生了。狄玉安也曾非常恐慌与自责，不过渐渐地，也感到了一种彻底解脱的轻松。

狄玉安和乔琳之间的事情能够瞒得过其他人，却无法瞒过与他们朝夕相处的张惠勇。张惠勇和狄、乔二人都是很好的朋友，同时他也暗恋着乔琳，因此他对二人间的一举一动都非常关注。狄玉安制造出来的那场事故未能骗过他的眼睛。

对于乔琳的死，张惠勇悲痛万分，但他一直又把狄玉安看成兄长和最为崇敬的偶像，不知该如何去面对这突如其来的变故。在乔琳尸体火化的时候，他见到了乔芸，并且把事情的真相向对方进行了诉说。

乔芸悲愤交加，立刻找到狄玉安，对其进行质问，但后者却对这一切矢口否认。乔芸没有任何证据能够控告对方，那似乎只能算是一场“意外事故”。

无奈之下，乔芸只能考虑用自己的方式对狄玉安进行惩罚。

在表演的前一天早晨，乔芸给狄玉安打了电话，最后一次向其提出警告，敦促他主动坦白，承担起应负的责任，否则，他将遭到自己最严厉的报复。

狄玉安也曾犹豫过，甚至已经找到了齐超龙，但是在对方的严词怒喝下，他又失去了开口的勇气，最终还是选择了沉默。

乔芸开始实施她的计划。她携带着那把经过加工的雨伞入住了四望角大酒店。当天夜深之后，她用激光笔从房间窗口发射激光，让光束穿过体育场内的铁圈，并且固定好。然后她偷偷潜入了体育场内，在跑道上找到激光束的终点，贴上锡箔纸。

第二天下午，狄玉安表演“火圈飞越”之前，乔芸在房间窗口打开了那把雨伞。凹面镜反射了阳光，形成一道刺目的强烈光束。光束射向了体育场，因为是晴朗的白天，并没有人能看到这道光束，包括乔芸自己。此时粘在跑道上的锡箔纸便可以发挥定位的作用，乔芸调整雨伞的角度，当锡箔纸出现反光时，她知道光束已经准确地穿过了火圈。

张惠勇在表演的最后时刻恰好也进入了光束的照射范围之内，他急忙采取了刹车的避险措施。

而对于狄玉安来说，他的麻烦就大多了。当他在空中穿越火圈的时候，强光射中了他的双眼，使其在短时间内完全失去了视力，造成的结果就是表演失败，车毁人亡。

只有张惠勇知道狄玉安“失误”的原因，他也很容易猜到：导演这第二起“意外事故”的人，正是乔琳的姐姐乔芸。巨大的心理压力令他无法承受，他只能选择逃避，离开了车队。

张惠勇不希望乔芸受到法律的制裁，所以故意强调狄玉安在两次事故前都受到过“恐吓”，并且把罗飞的视线引向唐珏。他认为，正是唐珏的出现，才造成了后来的一系列悲剧。

“请你逮捕我吧，我认罪，我也不会反抗的。”讲述完自己作案的经过后，乔芸似乎释然了很多，她看着罗飞，平静地说道。

罗飞的回答却有些出人意料：“我今天并不是来逮捕你的。”

“什么？”

“你曾给过狄玉安一次机会，同样，我也给你一次机会。直接负责这起案子的是我们刑警二中队，你过去自首吧。”说完这些，罗飞看着墙上姐妹俩的那张合影，轻轻地叹息了一声。

尾 声

两周之后。

《龙州日报》用很大的篇幅报道了中日特技车队之间的那场比赛，汉青车队大获全胜。

张惠勇的大幅照片出现在报纸上，他在比赛中发挥了至关重要的作用，成了车队的又一个英雄。

罗飞看着照片上年轻人灿烂的笑容，心情也好了很多。

当知道乔琳和狄玉安死亡的真相后，齐超龙感到极为震惊，他不敢相信，在自己的眼皮底下，他的弟子们居然会藏着那么多的秘密。他开始反思自己的管理方式。

张惠勇是被齐超龙请回车队的，师徒俩进行过一次长谈，这种沟通是以前从未有过的。而这次长谈，显然也解决了很多问题。

很多时候，代价越惨痛，得到的教训才会越深刻。罗飞相信汉青车队以后会有更好的发展前景。

悖论

——每一条悖论，都是一把通往真相的钥匙。

一 法庭交锋

1

这也许是龙州市有史以来最受关注的一起刑事案件。各路记者挤满了法庭的每个角落，旁听区更是座无虚席。

在公诉人宣读诉状的过程中，犯罪嫌疑人一直木讷地坐在被告席上。他垂着脑袋，目光呆滞无神，嘴微微地张着，看起来有些傻乎乎的。

或许他真的有些傻，我的意思是“弱智”的那种傻。听说这家伙在幼年时曾经患过脑膜炎，这种病很可能会损伤大脑，留下永久的后遗症。

不过我对听说的事情并不深信。职业习惯让我只相信自己的眼睛，我通过眼睛接收信息，并且分析摘选出我想要的东西。

现在我看到被告席上的那名男子三十出头，国字脸。他身形中等，微微有些佝偻；肤色较黑，手、脸表面质地粗糙，这些都是常年参与户外重体力劳动留下的痕迹。而他的右肩明显要比左肩斜沉下一块，这应该是经常挑担子造成的后果吧。

如我猜想，他的职业应该是农民，这样的人往往会过早衰老，所以他的实际年龄应该比外表小一些。

二十七八岁吧——我调整了一下自己的判断。

当我把目光转到他面前的纸牌时，我看到了他的名字：唐少鼎。

你能相信吗？这个形容卑微的农民竟然就是龙州最大财团唐氏家族的二公子。

人生就是这样刺激，大起大落，你永远猜不透下一刻会发生些什么——这句话对于唐氏一家人来说似乎特别适用。

每当我回味唐氏家族兴衰史的时候，我都会由衷发出这般的感慨。

在这段兴衰史中涉及三个主要的人物。

唐少鼎——也就是现在被告席上坐着的嫌疑人。

唐少铭——唐少鼎的哥哥，唐氏家族的大公子。想到这个人的时候，我的心里总是有种被针扎到的滋味。

唐兆阳——唐氏兄弟的父亲，也是唐氏财团的创建者，唐少鼎臂膀上的黑箍就是为他而戴。

我有时会用“大唐”“小唐”这样的简称来标记唐家两个兄弟，而用“唐父”来简称唐兆阳，这样的称呼使三个人之间的关系一目了然。

去掉复杂的表象，以便更清楚地看到被简化的实质，这也算我的职业习惯之一。

嗬，也许我只是不愿意提及那个令我难堪的名字，所以才想出这样一个借口。我真是一个没出息的家伙……

被人抢走了未婚妻，任何一个男人都会无法接受吧？不过像我这样好几年一蹶不振的恐怕也不多。如果唐父当年也和我一样消沉，那唐氏家族的传奇便永远不会拉开帷幕。

唐父是贫苦的农民出身，在他三十来岁的时候，老婆受不了家里的苦日子，和同村一个家境殷实的鳏夫好上了。唐父把打落的牙齿咽回肚子里，和老婆办了离婚。当时他们已有两个儿子，老大唐少铭，五岁，判给了父亲；老二唐少鼎，三岁，判给了母亲。

唐父留下所有的家当，带着大唐离开了世代居住的家乡。深深的耻辱感在他身上化为无尽的动力。他走南闯北，一边独力承担抚育幼子的重任，一边开拓着自己崭新的人生。人们无法想象他究竟经历过多少苦难磨砺，人们只知道，他最终一步步地走出了困境，拥有了自己的事业。

大约十年前，唐父带着大唐来到龙州，开始从事进出口贸易。此时的大唐已年过二十，成了父亲身边最为得力的助手。他们的生意越做越大，后来又涉足房地产、股票证券等领域，成为龙州一带首屈一指的富豪。

小唐则一直留在苏北农村，和母亲及继父生活在一起，对于他们的情况众人知之甚少。

两年前，小唐的母亲和继父先后病亡，根据母亲临终前的遗示，他生平第一次离开家乡，辗转来到龙州，找到了自己的生身父亲。

虽然对自己的前妻心存怨恨，但唐父还是毫不犹豫地接受了分别多年的儿子。于是小唐便从一个农民摇身变成了豪门二公子。

很多人都做过这种“野鸡变凤凰”的梦想吧？可是又有几人能在生活中真正实现？命运真是不公平啊。

可转念一想却又未必，这只变成“凤凰”的“野鸡”正要面对“故意杀人”罪名的起诉。看看此刻被告席上唐家二公子失魂落魄的样子，他实在很难算是“命运的宠儿”。

诉状的宣读已经进入尾声，按照庭审流程，接下来将要进入被告人答辩阶段。虽然所有人都已认定这是一起无可辩驳的铁案，可我还是暗暗期望小唐能有力挽狂澜的表现。要分析我的心理动因，这应该是出于一种同病相怜的悲哀。因为我和小唐都曾被同一个对手压迫得死去活来，虽然我们素不相识，但也算是同一阵线上的难兄难弟吧。

公诉人是个二十多岁的小伙子，精神抖擞，气宇轩昂，当他面对被告席而立的时候，便越发衬显出小唐的虚弱不堪。我想那个公诉人一定已经备足了功课，要在这次庭审中好好表现一番。在一起轰动全市的大案子中面对一个如此孱弱的对手，白痴都会明白，这该是一个多么美妙的、几乎是唾手可得的扬名立万的机会。

“被告人唐少鼎——”公诉人开始提问了，“在案发之前，你来龙州有多久了？”

不知是没有力气还是不敢抬头去看公诉人，小唐只是把眼皮翻了翻，答道：“我是二〇〇六年来的，应该有两年了……”他勉力想要学城里人说话的语气，可那掩饰不住的鼻音却在暴露他的农民身份。同时他那沙哑的嗓子也带出一股浓烈的乡土大碴子味。

两年时间了，却连城里话还说不好，这似乎又给小唐增添了一条遭人鄙视的理由。

“你在来龙州之前，和你的父亲唐兆阳，还有你的哥哥唐少铭见过面吗？”

“很小的时候见过，在我三岁之前，但我不记得了……”

“也就是说，从你有记忆之前，直到你母亲去世，你来到龙州，在二十多年的时间里，你从未见过你的父亲和哥哥，是吗？”

“是的。”

“那你在来龙州之前，对你的父亲和哥哥有什么感情吗？”

“没有。”小唐几乎是不假思索地说道，“我根本不认识他们。”

我摇头暗叹，不远处的被告律师也是一副恨铁不成钢的沮丧表情。小唐的回答实在太愚蠢了，无论如何他都应该说“虽然我没有见过他们，但我一直都很想念我的父亲和哥哥，我盼望着一家团圆”之类的话。

小唐根本意识不到这一点。或许他意识到了，可是凭他的智商也来不及思考对策。而公诉人又开始问下一个问题。

“你来到龙州之后，你的父亲和你的哥哥对你怎么样？”

“我父亲对我很好，但我哥哥对我不好。”

又是失败的回答——当然我指的是后半句。

“你哥哥对你怎么不好？”

“他看不起我，不让我在公司里做事情。有时候我想和父亲见面，他也不让。”小唐的神态显得很委屈，似乎想博得别人同情。

“你知道他为什么要这样吗？”

“不知道。”

旁听席有些骚动，甚至是窃笑。这是多么简单的道理：以你的才智，怎么在唐氏财团做事情？而唐少铭那么精明的人，又怎能允许你去动摇他在父亲心中的地位？

“除了这个，还有别的吗？对你不好？”

小唐沉默片刻后艰难启齿：“他会骂我、嘲笑我，有的时候捉弄我，还会……还会骂我的妈妈。”

旁听席再次哗然。虽然小唐语焉不详，但大家还是能想出大唐辱骂的言辞。是的，在大唐心里，那个女人并不是他的母亲，而是一个抛弃了自己和父亲的无情之人，他会因此而恨她，而且这种恨无疑还会波及小唐。

如此看来，小唐虽然身入豪门，却也因此而遭受难以言表的蔑视和侮辱。那种侮辱通过小唐此刻窘迫的表情可见一斑。

公诉人的目光中竟也闪过一丝同情的神色，不过他很快又想到自己的职责，继续问道：“那你恨你哥哥吗？”

小唐犹豫了一下，然后他有些畏缩地说道：“我会生气……”

真是一个窝囊的人，连生气都不敢理直气壮地说出来。

“你有没有想过要报复？”

公诉人的这个问题带着明显的目的性，我看到辩方律师不安地扭动了一下，生怕小唐再次做出愚蠢的回答。

好在这次小唐说的是：“没有。”

公诉人不甘心，又诱导着问道：“你生气的时候，不想报复那个让你生气的人吗？”

再次的犹豫之后，小唐回答说：“我不敢……”

“不敢？”

“他太厉害了，我根本连反抗都不能，还怎么报复？”

这真是令人唏嘘的回答。被对手欺压如此，却毫无反抗之力——这种局面皆缘于双方悬殊的力量对比。

其他人或许不太理解，因此会嘲笑被告的懦弱无能，而我却心中一酸，竟与那个可怜的家伙产生了些许共鸣。

我也“有幸”与唐家大公子面对面地交锋过。我深深地知道和那样一个人成为对手是多么悲惨的事情。

那是三年前的事情了。其实严格说来，那根本算不上是什么“交锋”，因为仅仅一个照面之后，我就已经兵溃千里。

现在想想可笑。当时还是我主动约见了那个可怕的家伙，我气势汹汹，甚至一厢情愿地担心对方会不敢见我，这样我的满腔怒火便没了发泄的目标。可当大唐第一次出现在我眼前的时候，我知道我错了——我面对着一个难以超越的对手。

我很难用语言形容那个男人的气质，不管是相貌、衣着还是举止神态，都彰显出尊贵、威严而又霸气的感觉……总之当他走向我的时候，我便像贫民窟里的一只蟑螂般自惭形秽。他在我对面坐下，自报家门说：“我是唐少铭，是你约的我？”

我原本设想要用冰冷的目光刺向对方，让他觉得亏心、害怕，这样我就首先在气势上占了先机。可我根本无法与他对视，因为他的双眸实在太亮太深。当我看向他的时候，会感到整个人都要被他的目光吞噬一般。所以我只好在躲开的同时回答说：“我约你，是因为孟婷婷的事情。”

“我和婷婷是上个星期在飞机上认识的，现在我们相爱了。”

大唐的语气如此坦然，使我不得不怀疑那个女孩对他有所隐瞒。

“你知不知道，孟婷婷是我的未婚妻。”我认真地提醒他说。

大唐的神态却没有任何变化，他淡淡地说了句：“未婚妻，那就是还没有结婚。”

“我们已经恋爱了五年！她下个月本来就要成为我的妻子，可她现在却要和我分手，就是因为你的出现！”我提高嗓门儿，想用声音聚集起失落的气势。

大唐却只是用一种奇怪的目光看着我，强势中带着些许同情。等我吼出的回音散尽之后，他才慢条斯理地说道：“我真心地谢谢你，帮我照顾婷婷这么久。”

我愕然愣住，在我刚刚准备发起攻势的时候，对方却已经抛出了制胜的陈词。而且他说得是如此从容、自信，就像在说一件亘古不变的真理一般。不管是我的委屈还是我的愤怒，在他看来都只是火柴头上的那星微火，只要眨个眼皮就可以吹灭了。

“我们之间还有什么没说清楚吗？”见我无言以对，大唐便耸了耸肩膀，“如果没有的话，我就告辞了。对了，希望你以后不要再骚扰婷婷，如果有什么事，找我就行。”

我呆呆地坐着，完全不知该再说些什么。赴约之前，我预想到了许多种可能：他装糊涂我该怎么办；他乞皮要赖我该怎么办；他玩狠充愣我又该怎么办……可我怎么也想不到，他竟是这样一种态度：他只是以获胜者的姿态来向我展示他的战利品，而我是怎么想的，他一点都不在乎。

因为他知道，我根本就不配成为他的对手，对他无法构成任何威胁。

更加悲哀的是，我的内心深处也在认同这一点。

于是我只能看着他骄傲而又坦然地离去，心口如堵了块大石头般压抑窒息。而不远处，一个熟悉的窈窕身影从某个角落里走了出来。

原来她也早已在这里，我的无能全被她看在眼里。我绝望地苦笑着。

女孩向我这边瞥了一眼，目光中似有些不舍和眷念。那感觉瞬间让我的心头微微一暖，可随即那暖意便被彻骨的寒流驱得无影无踪。

因为女孩的目光很快又转过方向，迎在了那个男人的身上。就像向日葵沐浴到阳光一般，她的脸上显出一种如烟花般绚烂的神采。痴迷、崇拜、挚爱……诸多情感交杂在一起，构成一张能让全世界迷醉的笑脸，而这样的笑脸在五年的时光中从不曾为我绽放过。

我的心深深地沉了下去。

全线溃败。不仅如此，我和对手间的实力差距是如此悬殊，我永远也不会再有翻盘获胜的机会——这就是我当时的感觉。

我知道这同样也是小唐的感觉——当他在唐氏豪门面对自己兄长的时候。

就在我这番胡思乱想的当儿，法庭上公诉人和被告间的答辩已经开始切入关键的话题。我连忙将思绪收了回来。

“被告人唐少鼎，你的父亲在去年立了一份遗嘱，你是否清楚遗嘱的内容？”

“清楚。我爸的意思是，等他死了以后，唐家的财产由我和我哥一起继承，我们一人一半。”

“你当时什么感觉？”

“我很难过。我知道我爸因为得了癌症才写的那份遗嘱，他很可能活不了多久了。”小唐言辞恳切，神态悲伤，看来他对自己的父亲倒的确颇有情。

“我想问的是——”公诉人强调说，“你在得知这个财产分配方案之后，有什么感觉？”

“我感觉，我感觉……”小唐喃喃嗫嚅着，“那……那应该是好大一笔钱。”

这句话听起来真土，但旁听席上却没有像先前那样发出讥笑声。因为他们都在为“好大一笔钱”这几个字暗自感慨着。

没有人知道那笔钱的确切数目，但也不会有人怀疑，那笔钱绝对配得上“好大”这个形容词。

大得能把畜生变成人，也能把人变成畜生。

“如果有人要把那笔钱抢走，你会不会同意？”公诉人又问道。

“那当然不行。”小唐断然回答。

“如果他硬要抢呢？你会不会反抗？”

“会。”

辩方律师的眉头皱了起来，很显然，他已经听出了公诉人问话的用意，可他的委托人却憨傻傻地一个劲儿往对方的套子里钻。

“好了。”公诉人已经达到了自己的目的，便将话题继续深入下去，“你父亲是去年1月23日立的遗嘱，第二天你哥哥唐少铭就离开了龙州，是吗？”

“第二天？”小唐做出勉力思索的样子，“嗯……好像是的。”

“你知道他为什么要离开吗？”

“可能是……生气了。”

“为什么生气？”

“因为……因为他不想让我分到那么多遗产。”

“你觉得你应该分到那么多遗产吗？”

“我……”小唐张了张嘴，一时无言。事实上这个问题不用他自己回答，旁观者也自有分论。不管是从能力、情分、资历还是功劳贡献，大唐在家族中的分量都要远远地高于小唐。唐父将所有财产一分为二，确实是有失公允。不过作为老人来说，两个儿子在他心中是没有区别的。甚至正是因为小唐各方面都弱势，老人反而会想要更加关照他一点吧。

踌躇了半天之后，小唐也知道用这样的说辞为自己辩解：“那遗产是我爸分给我的。”

公诉人气势咄咄地逼问：“因为是你父亲留给你的遗产，所以即使是你哥哥想要夺去，那也是不可以的，对吗？”

小唐低着头默不作声，不过他的态度显然是认可了公诉人的说法。

“唐少铭离开龙州之后，有没有和你联系过？”公诉人继续发问。

“就是我爸去世以后，才有过联系。”

“你父亲病逝于去年的12月20日，唐少铭是哪一天和你联系的？”

小唐茫然想了一会儿说：“具体的时间我不记得了，反正还没有出头七，就在一个星期内。”

“他怎么和你联系的？”

“打电话。”

“说了什么？”

“他约我第二天到紫檀山庄贵宾楼一〇二房间见面。”

“你是12月25日和唐少铭在紫檀山庄见的面，所以打电话那天应该是12月24日了。”

“对对对……”小唐连声附和，同时为自己没能算出这个时间而感到惭愧。

我早就看出小唐长了一个不够使的脑子，对这样的情况已经习惯。我真的有些怀疑小唐是否真的和大唐是亲生兄弟，因为这两人无论从智力、气质还是性格上都相差太远。不过他们两人都长着一张标志性的国字脸，这又的确是遗传自他们的生父唐兆阳。

话又说回来，虽然同样是国字脸，长在大唐身上，活脱脱就是一个威严尊贵的美男子；而小唐则苦脸耷眉，显出一副潦倒的贫贱面相。

又听公诉人继续问道：“你们在电话里还说了什么？”

“没说儿什么了……他就是告诉我，张叔和嫂子他也通知过了，到时候会和我一块去。”

我知道张叔就是张志强，是和唐父一起创业的伙伴，后来成了唐氏财团中最得力的外姓助手，其地位应该和大管家差不多吧。嫂子指的是？对这个词我却略转了个弯才反应过来，随即我的心口好像被什么东西撞了一下，眼前竟有些晕黑。

虽然好几年过去了，我还是很难接受那个现实：自己钟爱的女人已经嫁作他人妇。

我回想起小唐说到“嫂子”两个字的时候，眼神不自觉地飘了一下，这种神态通常是为了隐藏情绪上的某种波动。我轻轻地“嗤”了一声，流露出鄙夷和不屑的意思。坐在我侧前方视线里的一个姑娘立刻敏感地回头看了我一眼，然后她偷偷地拿出梳妆盒，开始检查自己是否有失仪态。

那是一个漂亮的姑娘，时尚靓丽，脖颈处露出的皮肤如奶油般细腻。可我真的很想告诉她：我的视线只是无意间掠过她而已，我根本不会对她产生任何兴趣。因为我曾经遇见过另一个女人，我的整个心灵早已被她完全占据。

曾经沧海难为水。我不是一个喜欢附庸风雅的人。只是在孟婷婷离开我之后，我却常常会低吟着这句古诗，独饮至流泪。

小唐也会暗恋孟婷婷，这一点我毫不奇怪。我相信没有哪个男人能够抗拒那个女人的魅力。我发出“嗤”的讥讽声，是因为小唐在孟婷婷面前，简直就连一只癞蛤蟆都不如，他那不自量力的情感在我看来无异于是对女神的亵渎。

可我自己又是什么呢？当大唐想到我的时候，会不会也产生看到癞蛤蟆一样的感觉？我无奈地翻眼看着天花板，发出一声长长的轻叹。

公诉员的声音及时响起，打断了我的这番痛苦思绪，我的注意力再次回到了被告答辩的现场。

“第二天，也就是去年的十二月二十五日，你们是几点到达的紫檀山庄？”

“我哥约的时间是下午四点，我们提前了一些，大概是三点五十分刚过就到了。”

“唐少铭当时已经在一〇二房间里等着你们了吧？”

“对。”

“这是自唐少铭离开龙州之后，你们兄弟间的第一次见面吗？”

“对。”

“见面之后发生了什么？”

“他让张叔和他……嗯，和嫂子离开，说有事情要和我单独商议。”

小唐的话语在中间断了一下，我听出他原本想说的是“和他老婆”，可又改口变成了“和嫂子”，也许后一种称呼能让他觉得自己和孟婷婷关系更亲近一些。

完全是自欺欺人的可怜虫想法，就像我要把唐少铭的名字简称为“大唐”，只是为了躲避那个名字给我带来的痛苦压力一样。

公诉人不停顿地继续发问：“然后其他人都离开了吗？”

“对。”

“屋里只剩下了你和唐少铭两个人？”

“对。”

“然后发生了什么？”

“我哥拿出一份文件给我看，还要我在文件上面签字。”

“什么内容的文件？”

“他要我把父亲留给我的遗产都交给他来管理。”

“你仔细看看，是不是这份文件？”公诉人一边说，一边操控着手边的笔记本电脑，相关信号被传输到他身后的大屏幕上。

屏幕上显示的是一页文件稿的照片，因为字数不多，所以全部内容都很清晰地展现在大家面前。

那页文件的内容是：

遗产委托协议

本人唐少鼎，自愿将从父亲唐兆阳处获得的全部遗产委托哥哥唐少铭管理。唐少铭有权决定所有遗产的支配和使用方式，本人在此过程中没有任何限定性要求。

委托人签字：

2008年12月25日

看着这份文件，旁听席上响起了一片议论声。很显然，大家全都认为这是一个无理而又荒谬的要求。如果小唐在这份文件上签了字，那就意味着大唐将独占唐氏家族的所有财产。

公诉人注意到了大家的情绪波动，于是他刻意向小唐多问了一句："唐少铭为什么要你把遗产交给他？"

"他说我什么都不懂，不会做生意，连怎么花钱都不会，拿着那么多钱就像拿着废纸一样，还有可能被坏人骗。"小唐喃喃地说着，"所以他就让我把钱交给他保管，缺钱的时候就找他拿。"

"嘿。"我冷笑一声，也就是面对小唐这样的傻瓜，大唐才会抛出这番只能骗鬼的理论吧！被坏人骗？对小唐来说，最危险的坏人正是他的哥哥大唐。

"那你同意签字了吗？"公诉人问小唐。

小唐摇头道："没有。"——看来大唐的那番言论连鬼都骗不了。

"你不同意签字，唐少铭有什么反应？"

"他把房门关上了，然后逼我签字，我还是不签，他就开始骂我，说我什么都不懂，后来还骂我妈妈……"小唐的声音越说越低，似乎那段回忆正让他痛苦不堪。

公诉人却偏偏要戳向他的痛处似的："你当时什么感觉？"

"我……我想哭……"

"想哭？"公诉人皱起眉头，这个词从一个粗老爷们儿嘴里说出来，多少有些怪异。

"是的。因为我很害怕……也很生气……"

小唐痛苦地闭着眼睛，我忽然有些怀疑他是不是在故意博得同情。

因为我看到旁听席上的几个中年妇女已经在摇头叹息，很显然她们柔软的神经已经被触动了。

公诉人又问："那你为什么没有离开？"

"我不敢……我哥不让我离开。"

这句话又引起同情者们的嗟叹，而我却波澜不惊。因为我完全理解小唐对大唐那种又恨又怕的感觉。即使是现在，他在说到"我哥"这两个字的时候，语气中仍然充满了畏惧。

"后来又发生什么？"

"后来我哥忽然掏出一块手帕，他冲过来想用那块手帕捂我的脸。我非常害怕，连忙躲开，可是我哥很快就把我抓住了。他就是想用那手帕捂我，我就拼命挣扎不让他捂。"

旁听席上的看客，还有那些记者，此刻全都竖起了耳朵。大家都知道，被告人的讲述已经到达了最关键的时刻。

公诉人看着小唐的眼睛问道："你当时知道那是什么手帕吗？"

小唐则茫然回视着对方："不知道。"

"那你为什么要拼命躲呢？"

"我闻到那个手帕上有一股怪味，很呛人。我当时想，那一定是什么毒药……我哥哥想要害死我……"

"嗯。"公诉人略作思考后，又问，"后来警察有没有告诉你手帕上有什么？"

"跟我说过……"小唐有些傻傻地挤着眼睛，"可是我听不懂。"

"那是一种混合型的精神类药剂，通俗地说，就是迷药。"公诉人给小唐简单地解释了一句，然后又转向法官席详细地说道，"根据法医的分析和检验，药物中的主要成分包括三唑仑、曼陀罗素、莨菪碱，等等。"

法官点点头，示意他继续往下进行。

公诉人的目光重新回到小唐身上："你继续说吧，你和唐少铭纠缠打斗，然后怎么样了？"

小唐回答说："打着打着，我忽然抓到了一个棒子。"

"棒子，嗯——你看看，是不是这个？"公诉人通过电脑在显示屏上又打出了一张照片，看来他对棒子的情况是早有准备。

那是一根棒球棍，金属质地，看起来沉重坚硬，银白色的棒体上因为沾着大片黑红色的血渍，给人一种触目惊心的感觉。

小唐盯着照片怔怔地看了片刻，低声道："就是这个。"

"紫檀山庄是一个运动型的主题度假村，建有滑雪、骑马等高档运动俱乐部。这个棒球棍，是山庄客房内摆放的装饰品。"公诉人向旁听者们解释一番后，又问小唐，"你怎么抓到的这个棒子？"

"我哥的力气比我大，我被他推到了墙角里。那个棒子就挂在墙上，我正好一伸手就摘下来了。"

"那么你——"公诉人的目光忽然间变得凛然，"有没有用这个棒子去打唐少铭？"

小唐犹豫着说道："打了……但是没有打着。"似乎生怕别人不相信，他又紧跟着补充说，"我哥是练过散打的，我就算拿着棒子也打不过他。"

公诉人沉默着，但目光却一直停留在小唐身上。后者被他看得有些发慌，便避过对方的眼神，同时很不自然地扭动了几下。

公诉人终于又开口了："你之前说过，你很怕你哥哥，即使他再怎么欺辱你，你也不敢反抗？"

"对。"回答这样的问题虽然有些丢人，但总比被人毒辣辣地看个不停强。答完之后，小唐刚要松一口气时，公诉人的下一个问题却又逼了上来。

"那你为什么敢用棒子打他？"

这个问题一下子把小唐问了，他咧开嘴愣了好久，才喃喃地解释道："我哥……他，他要害我。我被逼得没办法了，才拿棒子打他。"

公诉人则毫不停顿："你只要答应签字，他就不会再逼你。"

小唐痛苦地皱着眉头，看起来他的脑力已经完全跟不上对方的节奏。然后他有些答非所问地把先前说过的一句话又搬了出来："那是……那是好大一笔钱。"

"我明白了。"公诉人点着头，"虽然你很怕唐少铭，但是为了那笔数额巨大的遗产，你也会反抗他，甚至敢拿着棒球棍打他，对吗？"

小唐挤着眼睛，含混不清地"嗯"了一声。

"我需要你肯定一点的回答，对，还是不对？"

“……对。”

我摇摇头一声轻叹。显然，这就是公诉人要达到的效果，他绕了这么大的圈子，要的就是小唐最后回答的那个字。

辩护律师苦着脸，对于小唐糟糕的临场表现怨恼不止。

而公诉人又开始展开新一轮的攻势了。

“被告人唐少鼎，你刚才说，你没有用棒子打到唐少铭？”

“我没有！”这回小唐总算是干净利落地给出了一句对自己有利的回答。

公诉人沉着脸看着小唐。我的心悄悄地揪了起来，我已经总结出规律：每当那家伙不说话的时候，往往就是要祭出大招的前奏。

果然，但见他腾出一只手在笔记本电脑上敲击了几下，随即一幅极为血腥的照片赫然出现在法庭的显示屏上。

“如果你没有打到他，那这是怎么回事？”公诉人喝问道，他的声音虽然不大，但却充满了森严的力量感。伴随着他的喝问，旁听和记者席间也响起了一片低低的惊呼声。所有人都被照片上的血腥场面震撼住了，胆小的女士们则纷纷侧过脸去。

整张照片拍摄了一个仰躺在地上的男子，不过很显然，称其为“一具男尸”会更准确一些。因为那男子的脑袋已变成了一个……

或许我的形容很不妥当，但我确实想不到更好的词来描绘照片上的情形——那男子的脑袋已经变成了一个“馅饼”。

没错，就是一个“馅饼”，而且是不小心摔在地上，又被很多只脚踩得稀烂的馅饼。红的、黑的、白的……各色馅汁从分裂变形的脑壳中挤出来，腻乎乎地淌了一地。

如果照片只拍了一个局部的话，也许你根本不会想到这糊塌塌的一摊肉酱原本是一个男人的脑袋。

“这是二〇〇八年十二月二十五日下午五时四十五分，警方在紫檀山庄一〇二房间拍摄到的现场照片。照片上的这名男子即本案的被害人唐少铭。”公诉人解释着照片的来历，见众人唏嘘不止，他便趁势又渲染道，“照片上的场面很惨，是吗？可实际情况比大家看到的还要惨！”

法庭内变得鸦雀无声，大家无法想象，也不敢想象“还要惨”这三个字会意味着怎样的情形。而公诉人则恰到时机地给出了答案。

“事实上，被害人的尸体就像是一根面条，可以随意弯曲，折叠的面条！为什么？因为他全身上下有几十处的骨折，遍布在脊椎、肋骨、臂骨和腿骨上。只是这些伤势被死者所穿的衣服遮盖住，所以从照片上看不出来。”

现场再次哗然。很难想象，一个人居然会惨死到这样的地步。如果他是死于谋杀，那行凶者对他又该怀有怎样的刻骨仇恨？

我紧盯着那张照片，心中产生一种无比复杂的感觉。唐少铭，那个夺走我爱人、令我痛苦沉沦、令我恨之入骨却又敬畏难犯的男子，他就这样稀软地躺在地上，结束了自己的一生。当他死去的时候，脑袋如馅饼，身体如面条，曾经的骄傲、威严和尊贵竟如烈火中的冰花一般消散无存。

同样是面对仇人的尸体，小唐的现场反应却与我截然不同，他的双眼闭成了一条缝，身体剧烈地颤抖着，显得惊恐而又无助。

公诉人并不会因此而放过他，那冷冰冰的声音很快又响起：“根据法医鉴定，被害人身上所有的伤，都源自同一根棒球棍——就是这根棒球棍！”

话音落下的瞬间，公诉人的手指再次敲击在电脑键盘上，显示屏上的照片往回退了一幅，刚才那根沾满血迹的棒球棍又出现了。

小唐的眼睛猛地睁开，他发出一声痛苦而又嘶哑的低呼：“不，不是……不是！”

“不是什么？”公诉人冷冷逼问。

“不是我干的，我没有杀我哥！不是我干的！”小唐大喊起来，他的目光往四下里杂乱地扫动着，似乎想要从旁观的人群中寻找一些支持的目光。

可公诉人随即又给了可怜的被告更加沉重的一击。他调出了电脑中的第四张照片，这张照片几乎要让后者的辩白变得毫无意义。

照片上出现的正是小唐本人，他站在一幢外饰豪华的楼下，目光离散，神情恍惚。他的手中紧握着上一张照片中出现的那根棒球棍，而他周身上下都沾满了喷溅状的血迹，就像是刚刚从屠宰场中爬出来一般。

“这是二〇〇八年十二月二十五日下午五时四十三分，警方在紫檀山庄贵宾楼前拍摄的照片。照片上这个手握凶器、浑身鲜血的男子就是你吧？”公诉人凝起目光看着小唐，“对这张照片，你还有什么要解释的吗？”

小唐把双手插进头发用力揪扯着，似乎脑袋里有什么东西快要炸开一样。

“我不知道……我不记得，我全都不记得了！”他痛苦地呜咽道。

“不记得？”公诉人“嘿”地冷笑一声，“那你还记得什么呢？”

“我只记得我想拿棒子打我哥，可我打不到他……后来他用手帕捂住了我的脸，我闻到很呛的味道，一下子透不过气来。然后我就什么都不知道了……我觉得我可能是被那个毒气熏得，熏得晕过去了。”小唐急切地说道，迫切想获取别人的信任。

可他的说辞却又被公诉人轻易驳倒：“晕过去了吗？在死者尸体的周围，布满了你的血脚印。而与你同行的孟婷婷和张志强则证实：在下午五点三十六分左右，你拿着凶器走出贵宾楼，当时你举止正常，并没有出现明显的行为障碍。”

“后来出门我……我是记得的。”小唐节节败退，言辞也更加磕巴了，“可是……中间……中间发生的事情我就……我就不记得了……”

坐在我侧前方的那个女孩开始摇头，显然小唐的说法越来越让她无法接受，而她正是大众观点的一个缩影。

“好吧。我们暂且假设：你确实忘记了某些事情。”公诉人开始采取以退为进的战略，“现在你能否告诉我，你是从什么时候开始恢复记忆的？”

“我醒过来的时候，看到自己还在那个房间里。那时我哥已经……已经死了……地上……到处都是血……我很害怕，脑子也还是晕晕的，于是我就跑出了房间，走到楼门口的时候，我看到张叔，张叔还有……嫂子，他们在那里等我。后来也不知道过了多久，警察就来了。”当回忆这段情形的时候，小唐的神情有些恍惚，似乎又回到了他所描述的案发当天的那种状态。

“我可不可以替你总结一下——”公诉人道，“案发当天，其他的事情你全都记得，唯独杀死唐少铭的过程，你却不记得了。”

庭下众人窃窃议论，谁都能听懂公诉人潜台词中的蕴意。

小唐打了个激灵，从恍然的状态中恢复过来，然后他再次大喊："我没有杀我哥！我没有！"

"就算你不记得，也不代表你没有做过！"公诉人掷地有声地抛出这句话，声音不大，却完全压住了小唐的呼喊。后者呆呆地停住口，不知还能再说些什么。

公诉人此刻转头看向法官："公诉方的提问，暂时就是这些。"

法官点点头，目光向被告席这边投来："辩方律师需要提问吗？"

"需要。"伴随辩方律师的应答，现场的所有人都和我一样，将关注的焦点从公诉人转移到了他的身上。

2

辩护律师是一个四十岁上下的中年人，其貌不扬。根据我的判断，他应该属于混了半辈子但是在业内始终无所建树的那一类人。这类人经过残酷生活的磨砺，年轻时意气风发的理想早已破灭，所以他才会接手这样一件胜负分明的案子，聊挣几个辛苦钱而已。

果然，他一开口的气势就和刚才的公诉人完全不同：无精打采，毫无锐气。

"被告人——"他问道，"你知不知道三唑仑一类的精神药物可以致人失忆或者精神失控？"

"不知道……"小唐摇着头，"我只知道迷魂药会让人晕过去。"

"你中了迷魂药，然后重新恢复神志的时候……嗯，看到现场的情形，你的第一反应是什么？"

"我哥被人害死了。"

"你看到的现场和刚才照片上的情况一样吗？"

"应该差不多。"

"你怎么知道地上的死人就是你哥？他的脸已经变成了那个样子，应该认不出来吧？"

"我是从衣服上认出来的。那个死人穿的衣服，和我哥之前的一模一样。"小唐这几个问题回答得很利索，我猜他一定和律师事先有过演练。

律师继续问道："如果是另外一个人，但同样也穿了这身衣服，然后死在了现场，你会不会把他认成你哥哥唐少铭？"

"会的。"

我摸了摸下巴，心中一动，猜到了辩护律师的思路。这倒有点意思呢，如果公诉方没有准备的话，至少可以把宣判的时间往后拖一拖了。

"嗯。"律师点点头，"我再问你几个问题。你清醒过来的时候，那个棒子在不在你手上？"

"我不太记得了……有可能是我后来从地上捡起来的。"

这是一个聪明而又关键的回答，一定是缘于律师的授意。我暗想。

律师又问："你为什么要捡那个棒子？而且还握着它一直走到了楼门口？直到警察来了你才放下？"

"因为我害怕——我怕害我哥的人又来害我，所以我一直握着那个棒子。"

又是一个巧妙的回答，既解释了棒子为什么会在被告人的手中，也显示出被告人对大唐的死亡不仅一无所知，而且处于一种非常害怕的弱势地位。这正与被告人此前留给大家的又傻又胆小的感觉相互呼应起来。

"好了，我对被告人就提这几个问题。"辩护律师此刻看向审判席，说，"下面我想阐述一下辩护方的意见。"

法官点头示意他可以进行。

"辩护方希望审判长和公诉方注意三个问题。因为就本方看来，此案在这三个关键的地方仍然不够清楚——"辩护律师开始娓娓说道，"第一，是关于本案中死者的身份。我们从现场照片上看到，死者的面容已经被完全毁损，也就意味着辨别其身份的最明显的标志已经缺失。单从穿着衣物来确定死者的身份或许有欠严谨。由于并没有人看到案发的确切过程，所以不能排除死者并非唐少铭的可能性。而万一这个假设成立，那案件显然另有复杂的隐情。所以在这个疑问完全弄清楚之前，对被告人的任何有罪判定都是草率的。"

还不错。我翻眼看看那个中年男子，他算是捕捉到了案件中唯一的疑点，不过也不算稀奇：一具面容被毁的尸体，很多人在第一时间就会想到是否有调包计吧？毕竟这已是推理小说中惯用的情节了。

"事实上，即使我们已经确定死者就是唐少铭，也缺乏足够的理由以故意杀人罪起诉我的当事人。这个问题牵涉到我想说的第二个问题，关于本案中被告人的行凶动机。

唐少鼎于去年十二月二十五日来到紫檀山庄，是受到他哥哥唐少铭的邀约。他抵达现场的时候没有携带任何攻击性器具，可见他对后续事件的发展毫无预谋。后来唐少铭逼迫他在一份不合理的文件上签字，他才与对方发生厮打。直到遭受迷魂药威胁之后，唐少鼎才不得已抢到了现场的一根棒球棍进行反抗。这些情节都说明我的委托人并没有要杀害对方的动机，即使被害人真的是被他打死，也仅能判定为‘防卫过当’情节，而不能以‘故意杀人罪’论处。”

有点意思啊！我不禁要检讨我对这个男子的态度了。此人虽然表面看起来蔫兮兮地不露锋芒，但说起话来却是条理清晰，而且直指问题的关键处。

而好戏尚不算完，更加锐利的攻势接踵而来。却听那律师继续说道：“第三，是关于本案被告在案发时的精神状态问题。刚才公诉人也已提到，在唐少铭想要用来捂唐少鼎口鼻的手帕中，含有三唑仑一类的精神类药剂，也就是我们俗称的‘迷魂药’。大家应该也听说过，以前有这样的抢劫案，被害人在中了‘迷魂药’后便会失去神志，将多年的积蓄取出来交给案犯。可以想象，唐少铭当时也是想用药物控制唐少鼎的心智，从而达到让对方在文件上签字的目的。那么我的委托人在吸入‘迷魂药’之后，行为便会不受自身意愿的控制，即使真的是他杀死了唐少铭，那也是在精神失控状态下犯下的暴行，他没有道理要为这样的行为承担法律责任。”

这段话音落后，庭审现场立时起了一片议论之声。如果说辩护律师的第一条意见是缓兵之计，第二条意见旨在减弱被告应诉的罪名，那他的第三条意见则完全是颠覆性的。如果这条意见被法庭采纳的话，小唐很有可能会享受到无罪释放的待遇！我瞪大眼睛看着律师席上的那个中年男子，他那已经开始谢顶的脑壳在灯光下映出油亮的色彩，整个人似乎陡然精神了许多。

没想到这家伙竟藏着这么大的魄力和野心。这场庭审到此刻才变得真正有趣起来。

小唐木愣愣地看着法官，他也许听不懂律师的分析，但他知道律师的这番言论对自己的命运有着至关重要的作用，他正在期待着法官态度上的变化。

可是法官的脸上戴着职业性的“面具”，遮住了他内心的情感。

“公诉方，对于辩护方的意见，你们需要应辩吗？”

公诉人再次起身。看得出来，辩护律师的表现多少有些出乎他的预料，不过他还是显出胸有成竹的样子对法官说道：“我需要传证人到庭。”

法官回答：“可以。”

3

公诉人的目光往台下一转，很快停留在我的身上，而后他冲我招招手：“周警官，麻烦你上庭提供证言。”

终于轮到我了，我在心里暗自嘀咕了一句，起身向审判席走去。

在我走过去的过程中，我很自然地成了全场的焦点。而我并不喜欢这样，因为我知道自己胡子拉碴，身上的便服也是好几年前的土旧款式。你看，前排那个女孩眼中流露出诧异的神色，我猜她一定在想：“这个邋遢的家伙居然是个警官？真是看不出来啊。”

其实他们看不出来的事情还有很多。比如我虽然是公诉方的证人，可我内心却是站在那个傻乎乎的被告人一边。

不过不管怎样，我决不会违背自己的职业道德和为人操守。所以公诉人问我的问题，我毫无疑问都会如实回答。

“请证人向法庭阐明身份。”

“我叫周永生，是龙州市公安局东山区派出所的警察。”这个自报家门的程序真是让人讨厌，尤其是我父母给我起了这么一个巨俗无比的名字，而我还要大声地说出来。

“周警官。”公诉人的称呼给我留了些面子，“去年十二月二十五日下午，你是什么时候接到110指挥中心的出警命令的？”

“五点三十七分。”

“你什么时候到达案发现场——紫檀山庄的贵宾楼？”

"五点四十分。"

我撒了个小谎。事实上到达时间是五点四十一分，不过那样我就没有达到所长规定的"三分钟出警"的要求。

对于这些与定案无甚关系的小细节不用太在意吧？我这样安慰自己说。

"你到达现场后，有没有看到被告人唐少鼎？"

"看到了。"

"他当时什么情形？"

"他站在贵宾楼门口，浑身是血，手里握着那根棒球棍——就像照片里的那样。"

"他的精神状态怎么样？有没有丧失神志的迹象？"

"这个……我不太清楚。我没有这方面的知识，不能判断。"

其实我是记不清了。因为我到现场后，注意力很快就被另外一个人完全抓走了。不管在什么情况下，她永远是我最关注的焦点，这恐怕一辈子也难以改变。等我控制住自己的情绪时，小唐已经被我的手下带到了警车内。

"你到达现场后，采取了哪些措施？"

"我控制了现场人员，封闭了贵宾楼，并且调阅了山庄内的监控录像。"

"贵宾楼也装了监控设备吧？"

"楼外有，但是内部没有。"我照实回答道。很多建筑物都是这样，监控设备主要在室外，用以防范非法的入侵者，而室内考虑到内部使用者的隐私便不会安装摄像头。

"那些设备可以监控到楼外的全景吗？"公诉人继续问道。

"可以。"

"在案发前后，监控设备录到了哪些场面，你能给大家描述一下吗？"

"下午三点五十三分左右，有三个人进入了贵宾楼。大概三分钟之后，其中的两个人又走出来，然后就一直在门口等待。他们一直等到五点三十六分，第三个人才出来。"

公诉人指着小唐："你说的第三个人，是不是现在庭上的被告？"

“是的。”

“那么在前两个人等待的过程中，有没有其他人进出楼门？”

“有。”

“这些人是不是都要从等待的那两人身边经过？”

“是的。”

“有没有人从别的地方出入贵宾楼，比如说窗户，或者其他什么通道之类的？”

“没有。”

“你肯定吗？”

“肯定——”不过我想了想，又补充说，“或许有人从楼顶飞走了，因为那里是监控设备的死角。”

旁听席响起一阵轻笑。可我并不是在开玩笑，我只是尽量把每句话都说得严谨。

公诉人没有笑，可他对我的严谨也没有表现出欣赏，只管继续问道：“你封楼的时候，那楼里还有多少人？”

“二十一个工作人员，七十六名客人，还有一具尸体。”

“你排查了所有人吗？”

“是的——除了那具尸体。”我说到“那具尸体”的时候，心中会忍不住产生快感，所以我在连续两句话中都有提到。

“会不会有人会躲过你们的排查？”

“不可能。我们认真检查了所有的房间。”我停了片刻，再次抵抗不住诱惑地加了一句，“——除了那具尸体所在的房间。”

公诉人问：“你们没有检查凶案发生的房间和尸体吗？”

“确实没有。”我点点头道，“那是刑警队的工作。我们是110巡警，只负责外围的协查工作。当我们在楼内排查人员的时候，刑警队的人已经来了，他们封锁了那个房间。”

“好的。”公诉人榨光了我身上的价值，对法官道，“我要传唤第二名证人。”

他的话音刚落，便有助手将第二名证人带了出来。原来他们此前一直在休息室内等待着。而当我看到这第二名证人时，立刻有种热血上涌的感觉。那是一名窈窕的女子，身形婀娜，仪态万方。

一副大大的墨镜虽然遮住了她的半个脸庞，但却丝毫遮不住她那清丽脱俗的容颜。而她步入法庭之后，所有人的目光便在瞬间齐齐地聚焦过去，似乎她才是这场庭审的真正主角，什么法官、被告、公诉人……统统只是为她热场的龙套而已。

而我更是呆呆地站在原地，直到那女子走到面前都没回过神来。公诉人不得不大声提醒我："周警官，你的问话已经结束，你该离开了！"

是的，我该离开了，我该离开了！她早已不会为我而出现，她来到这里，完全是为了另一个男人。

她似乎在透过墨镜看着我。我狼狈地离开了证人席位，大脑在相当的一段时间内完全空白。我不记得自己是怎么走回去、怎么坐下的。直到那熟悉的嗓音在法庭上响起时，我才又如醍醐灌顶般清醒过来。

"……我叫孟婷婷，是唐少铭的妻子。"

声音有些低哑，应该是新近丧夫的悲痛情绪导致的吧？不过在我听来，那仍是世界上最美妙的嗓音。这嗓音曾经会在我的耳边为我低语，可那种记忆早已如梦境般杳杳飘远。

妻子，她是唐少铭的妻子！明明只是证人例行阐明身份，可我却觉得是她故意要说给我听的，那两个字深深地扎在我的神经上，剧痛入髓。

我的情绪并不会影响到公诉人，法庭问答仍照常进行。

"在去年12月25日之前，你有多久没见过你的丈夫唐少铭了？"

女人轻声道："从他一月离开龙州开始，大概有近一年的时间吧。"

"他为什么要突然离开龙州？"

"因为遗产分配的问题——我公公要把一半的家产分给我小叔子，我先生觉得不公平，所以不想再为家族累死累活地卖命。"

的确，自己打下的江山却要被别人分享，谁会没有情绪呢？

公诉人继续发问："这一年中你们有联系吗？"

"有，我们会通电话。"

"他和家族内别的人有联系吗？"

"没有，只有我知道他新换的手机号码。"

"他去了哪里？"

"他在世界各地游玩，亚洲、欧洲、美洲，跑了很多地方。"

"嗯……"公诉人又问，"你怎么不和他一起去？"

“我需要在家族里盯着——”女人犹豫片刻道，“毕竟……还有一半的财产是我们的。”

是的，一个红脸，一个白脸，这夫妻二人倒有着默契的配合。我心中又涌起一阵酸酸的感觉。

“唐兆阳的死讯也是你告诉他的吧？你没有让唐少铭赶回来见父亲最后一面吗？”

“我想让他回来的，可他怕因为遗产的事情产生争执，更加重老人的病情。”

如果真的体恤老人，又何必对遗产这么在乎？这理由看起来冠冕堂皇，可其实却恶心无比，我心中恨恨地想。

“十二月二十五日之前，唐少铭有没有告诉你那天约见唐少鼎要干什么？”

“没说过。”

“你们到达紫檀山庄贵宾楼一〇二房间之后，他立刻就要你出去了吗？”

“是的，他让我和张叔出去，说他们兄弟之间有私事要处理。”

“所以你们就退到了贵宾楼外面？”

“是的，我们不想站在房间门口，那样好像在偷听一样。我先生的脾气很大，他说是私事，就绝对不允许别人打扰。”

那确实是一个说一不二的男人，很难有人反抗得了他的权威。可是，对自己的妻子也有必要这样吗？你如果那么怕他，和他在一起又怎会幸福？

“你们在楼外等待的过程中，见到有人进出贵宾楼吗？”

“有。”

“有没有可能其中某个人就是唐少铭？”

“绝不可能。我们一直在门口守着，我有一年时间没见到我先生了，我时刻都在盼他出来。”

又是一句令我醋意大发的话，我简直没有办法继续待在这里了。

可是，她在这里，我又怎能有力气迈步离开？

公诉人还在发问：“你后来有没有见到一〇二房间里的尸体？”

女人低下头，良久之后才回答：“见到了。”我想此刻她的墨镜下一定有双发红的眼睛，惹人心疼。

“那尸体是你丈夫吗？”

“是……是的。”女人的声音终于禁不住哽咽了。

“你确定吗？”

“确定。”

“你为什么那么确定？那具尸体被毁坏得非常严重。”

女人在此刻摘下了墨镜，她拿凝脂般的玉手在眼角上擦了擦。然后她的目光扫过旁听席，和我有了一个短暂的交会。

其他人都惊叹于墨镜后露出的那张绝色面庞，而我的心却一阵狂跳。

她看到我了！她在找我！在她悲伤的、无助的时刻，她在找我！

然而我的心随即又沉入了冰冷的窖底，因为我听见心爱的女人说道：“我确定那就是我丈夫的尸体……他身上有些隐私性的标记，只有夫妻间才会知道。”

天哪，这简直是要把人逼疯！我痛苦地咬紧牙，把头深深地埋了下去。

不要再自作多情了！她的心中根本不会再有你！她已经能够一边看着你，一边讨论和别人的“夫妻间的隐私”。

对于一个男人来说，还有什么样的羞辱能比此更甚？！

谢天谢地，公诉人总算换了个话题：“你丈夫和你小叔子的关系好不好？”

“很不好。”女人冷冷地回答，同时她又戴上墨镜，然后转头看向对面的小唐。后者很不自在地扭动着身体，手足无措。

“因为他曾经欺负过我。”女人忽然手指着小唐说道。现场顿时一片哗然，所有的人都知道唐氏兄弟间存在着财产的纷争，可谁也没想到除此之外还另有一段隐秘的过节。

我也愣住了，愕然地瞪大眼睛，随着众人一同把视线从女人身上转移到了被告席。

小唐慌乱不堪地辩解着：“不，我没有……我没有！”

“去年一月二十三号的晚上，也就是我公公立下遗嘱的那一天。你把我堵在后花园，说什么‘现在我有钱了，我哥能给你的，我也一样有’。然后你就抱着我不放，直到我先生赶来才把你吓跑。”女人愤然描述着，因为羞恼，她的双颊现出了两片红晕，越发衬显得肌肤白嫩动人。

“我……我……”小唐张口结舌，无言以对。这无疑坐实了女人对他的指责。众人的目光中全都现出明显的鄙夷神色，先前残存的对弱者的同情已荡然无存。

原来是这样！一个稍有钱势便想霸占嫂子的无耻之徒！难怪他哥哥会那样排挤他，谁能容忍这样一个人和自己平分家族的巨额遗产呢？

人们对小唐的态度在瞬间出现了一个根本性的转折。就连我也不得不改变立场。那家伙居然想欺负我心中的女神，这是无论如何不能原谅的！

小唐缩在被告席上，仍然是一副唯唯诺诺的窝囊模样。我忽然感到一阵恶心，恨不能立刻冲上去吐他几口唾沫。

癞蛤蟆！这是一只不折不扣的癞蛤蟆！

众人的情绪正合乎公诉人的心意，他还要在这团烈火上添一把干柴。

他又问女人道：“你丈夫就是因为这件事对唐少鼎非常痛恨吗？”

“是的。第二天他把这件事情告诉我公公，可老人却认为他是为了遗产故意找事。父子俩大吵了一架，我先生这才负气出走。”

旁听席上一片唏嘘之声，事情讲到这里，好多不合情理的地方似乎才变得清晰起来。

“你丈夫离开龙州之后，唐少鼎还有没有骚扰过你？”

“他不敢太放肆，但是会经常说些莫名其妙的话。”

“什么话？你可以在这里复述吗？”

“他说：‘我哥现在走了，我可以来陪你。’”

混账！我瞪着小唐，肺都快气炸了。就算那个男人不在，轮得到你这只蛤蟆吗？

公诉人像是嫌对我的刺激还不够，又追问：“那你是怎么回答他的？”

“我说：我这辈子只会和我的先生在一起。”女人说这句话的时候再次摘掉了墨镜，她直勾勾地看着小唐，语气坚定如铁。

“那唐少鼎有没有再说什么？”

女人戴上墨镜，在沉默了片刻之后，她一字一句、非常清晰地说道：“他说，我不会罢休的。只要能得到你，我可以去做任何事情。谁也阻止不了我。”

公诉人转头看向被告席：“被告人唐少鼎，你是否说过这样的话？”

小唐低着头不敢看任何人，他喃喃地似在自语："我……我太喜欢她了，我太喜欢她了！"

在众人的议论声中，我却苦笑摇头：是啊，面对这样一个女人，谁能不喜欢？

我忽然看到有另一个人此刻比我笑得还苦，那正是坐在被告席后面的辩护律师。我心中蓦地一亮，明白了公诉人问这些话题的目的所在。

动机，他已经向人们展示出小唐杀害大唐的动机！

"好了，对这位女士我就想问到这里。下面我想请第三位证人出庭。"公诉人颇为自得地看向法官说道，而后者也立刻批准了他的请求。

女人走下证人席位，在公诉人助手的陪同下往休息室走去，我的目光一直追随着她，到了休息室门口的时候，她终于停下脚步回头看了一眼。

因为隔着墨镜，我无法确定她是不是在看我，但我明显感觉到她这一次停留具有某种非同一般的用意。不过我没有足够的时间去品味和分析，因为她很快就继续迈步，消失在休息室门后，而第三位证人则马不停蹄地赶到了法庭上。

这位证人我同样认识，他正是负责侦破此案的公安局刑侦队长——赵建赵警官。

在阐明身份之后，公诉人很快便引导话题步入正轨。

"赵警官，你能否描述一下你到达本案的核心现场——也就是紫檀山庄贵宾楼一〇二房间时看到的情形？"

"现场有一具成年男子的尸体，呈仰卧姿，全身有多处钝物击打造成的骨折和内脏损伤。致命伤在头部，直接死亡原因是急性重型颅脑损伤。屋内有大量喷溅状血迹，据此判断即为案发的第一现场。现场提取到的血脚印经鉴定确为嫌疑人唐少鼎所留。"

"死者的身份能否确定？"

"能确定。就是嫌疑人的哥哥唐少铭。"

"怎么确定的？"

"案发时唐兆阳的遗体尚未火化。我们对唐兆阳的遗体和案发现场的尸体做了DNA鉴定，鉴定结果为，两人具有父子关系的可能性大于99.999%。"

我看到辩护律师的眉头再一次拧在了一起，因为赵警官的证言已推翻了他先前对案情提出的第一条疑点。至此，他凌厉的三板斧已只剩下了最后一招：

关于案发时小唐的精神状态。

而公诉人的话题也开始奔着最后的堡垒而去。

“赵警官，”他问道，“在你的刑警生涯中，是否曾遇到过利用‘迷魂药’抢劫的案子。”

赵警官回答说：“经常遇到。”

“这类案件通常是怎样的？”

“案犯通常会利用三唑仑一类精神药剂致受害者昏迷，然后进行抢劫。”

“那有没有这种情况？”公诉人又问，“受害人中了‘迷魂药’之后便会丧失意志，自己把钱物取出来，主动交给案犯。”

“也经常有这样的报案，在我手上调查过的就有三起。不过——”赵警官忽然话锋一转，“实际情况并不像报案人所说的那样。”

“哦？那实际情况是怎样的？”

在公诉人提问的同时，众人的好奇心也被勾起，都在竖起耳朵等待答案。却听赵警官说道：“这样的案件实际情况通常是诈骗，而非抢劫。受害人因为某些自身的原因——或者是贪财，或者是好色——而受到案犯的蒙骗，损失大量的财物。由于担心家人责怪，也有的人是好面子，怕被外人耻笑，所以就编出中了‘迷魂药’的说法。这种事情警察见得多了，早就有了经验。但是传到社会上，往往会以讹传讹，最后变为耸人听闻的谣言。”

“那是不是可以说，其实并不存在某种‘迷魂药’能够让人迷失心智，做出自己本意不想做的事情来？”

“至少我从未见过。”赵警官回答道，“所谓‘迷魂药’只能让人神志昏迷，而并不会诱使人做出超乎本意的举动。抛出‘迷魂药’说法的人，他们通常只是为自己的不良行为找借口而已。”

旁听席上的人们纷纷释然：所谓“迷魂药”，起迷魂作用的并不是药物，而是人们内心深处那些丑陋的阴影而已。

公诉人嘴角挑起一丝不易察觉的浅笑，然后他又说道：“好了，最后一个问题。根据你对案发现场的勘查以及对‘迷魂药’特性的了解，杀害死者的凶手有没有可能是因为中了‘迷魂药’而行为失控呢？”

赵警官立刻给出非常确定的答复：“不可能。”

“为什么？”

“我刚才已经解释过了，‘迷魂药’只能让人昏迷，或者是造成近似于昏迷的半痴呆状态。换句话说，中了‘迷魂药’的人的最大特征就是失去正常的行动能力。在案发现场，我们看到死者的尸体遭受了极为残暴的戕害，这种戕害绝不是一个失去行动能力的人可以完成的。我可以肯定地说：当时凶手不仅没有被迷晕，而且他的主观欲望异常强烈，他在现场的所有行为都指向一个明确的目标——就是要置被害人于死地。”

赵警官的言辞铿锵有力，我知道他代表了刑侦队对于此案的态度，如果小唐不能被法律严惩，那就意味着他们侦办工作的失败。

“我的问题就是这些，谢谢你的配合。”公诉人对赵警官客气地做了个手势，后者也即会意，转身走下了证人席位。于是公诉人重新成为法庭上唯一的焦点。

“下面我想代表公诉方对本案进行一次总结性的陈词。”他半转身兼顾着法官和旁听席说道，众人也随之凝起精神。

“首先，来看看去年十二月二十五日下午到底发生了什么。下午四点，唐少铭和唐少鼎兄弟俩在紫檀山庄贵宾楼一〇二房间内单独相聚。半个多小时以后，这个房间内多了一具尸体，而唐少鼎则独自走出了贵宾楼，他手握凶器，浑身上下沾满了死者的鲜血。警方排查了宾馆内的其他人员，未发现任何可疑者。同时唐少铭的妻子和DNA检测结果都可以证明，死者正是唐少铭。

“其次，我想从客观的角度来分析一下整桩事件的前因后果。我们都相信，这个世界上没有无缘无故的爱，也没有无缘无故的恨。既然出现了命案，我们一定要给案件一个合理的解释。否则杀人的动机不存在，便会滋生所谓‘精神失控论’的牵强说法。

“在座各位，我想你们早已了解唐氏兄弟的身世纠葛。现在我们要关注的是，这段纠葛会给兄弟俩的相处带来怎样的影响。

“当唐少鼎来到龙州之后，唐少铭在家族的利益便遭受了威胁，这种威胁在唐兆阳得了绝症后变得更加切实——因为老人定下的遗嘱会将一半的家产分给唐少鼎。如果说此前兄弟俩之间的关系是唐少铭欺压和排挤唐少鼎，那么从遗嘱确立的那天开始，唐少鼎的地位已发生了根本性的变化，至少在财产的分配上，他完全和自己的哥哥平起平坐了。

“可以想象唐少鼎的心态也在发生改变。他说自己面对唐少铭的欺压不敢反抗，那只是在遗嘱确立之前吧？在遗嘱确立的当天，他甚至已经在调戏自己的嫂子。那么他在面对自己哥哥的时候，还有什么事情是不敢做的呢？

“从心理学上分析，由于被自己的哥哥欺压得太久，有可能让唐少鼎产生一种欲望，就是想要得到哥哥拥有的一切东西。这恐怕就是他调戏嫂子的动因所在……”

公诉人的话语忽然被打断，因为小唐激动地大吼起来：“你胡说……你，你放屁！我是真心喜欢她！我是真心的！我从未喜欢过别的女人！”

庭审进行到现在，我第一次看到那个窝囊的家伙产生如此强烈的情绪。难道那个女人在他心中也占据着如此重要的位置，如女神般不可侵犯？

是的，谁又能抵抗那个女人的魅力？当你的心曾被她占据之后，又怎能还容得下别的女人？

面对这突如其来的质责，公诉人也有些猝不及防。不过他沉吟片刻之后，很快又想好了应对的言辞。

“好吧，那我们就假设被告人对嫂子是真心爱慕，对于一个感情经历空白的男人，这样的情感可能是狂热而又不计后果的。在遗嘱确立之前，被告人会由于地位上的悬殊而压抑这份情感。现在遗嘱给了他唐氏家族的一半财产，他便认为自己有了追逐爱情的资本。

“被告人对嫂子的感情显然令兄弟俩之间的矛盾更加尖锐。需要注意的是：此刻的矛盾已不单纯是唐少铭对唐少鼎的排挤，现在唐少鼎也把唐少铭看成了自己的障碍——在追逐爱情道路上的障碍。而他亲口说过，在这件事情上，谁也不能阻止他！”

小唐呼呼地喘着粗气，他还在瞪视着公诉人，不过这次没有出言反驳。

“在唐少铭离开龙州的这段时间内，被告人的情绪得到了平衡，因为他觉得自己离心爱的人更近。在此期间，虽然他的骚扰屡屡碰壁，但却一直没有放弃。

“唐兆阳死后，唐少铭重回龙州，唐少鼎这时会怎么想？他会觉得自己对爱人的追求已经陷入绝境，这样的假设让他难以承受。于是在去年十二月二十五下午，当兄弟俩再次重逢的时候，局面发生了微妙的变化。唐少铭把唐少鼎当成抢夺遗产的敌人，而唐少鼎则因为感情问题把唐少铭视为最大的障碍。两个各怀心结的人狭路相逢，最终导致了一个悲剧性的结果。”

说到这里，公诉人停顿了片刻用以观察听众的反应，他看到很多人都在点头窃语，显然对自己的分析非常认同。这正是他期待看到的结果。于是他开始抛出最后的陈词。

“至此，我们已经可以试着去描述血案发生的前因后果。正如刚才的分析，唐少铭约见唐少鼎的目的就是为了争夺财产，在遗嘱已经无法更改的情况下，他想用‘迷魂药’来控制自己的弟弟，让对方在一份不平等的协议上签字。可他没想到，唐少鼎已不再是那个任他欺凌的软蛋。于是兄弟俩发生了激烈的厮打，在这个过程中，唐少鼎抢到了一根棒球棍，这件武器令他很快占据上风，挑起争端的唐少铭反被打倒在地。但唐少鼎的反击却并没有因此停止，被欺凌的仇恨，保护遗产的决心，更重要的是对嫂子的畸形爱慕，各种情绪在那个时刻交杂在一起，让他无法停手。于是棒球棍一下一下地击打在已经失去反抗能力的唐少铭身上，鲜血迸出，更加刺激着行凶者的神经，令他几近疯狂。甚至当唐少铭已经死亡后，他也无法停手。当一切终于平息，现场便留下了那具惨不忍睹的尸体。”

法庭里一片寂静，大家都因为这血腥的描述而压抑难当。而我的心跳却在急速加快，因为我正幻想那个手握棒球棍的人就是自己，那个高傲的家伙被我踩在脚下，我压抑多年的委屈和愤怒都随着坚硬的棍棒砸下去，在飞溅的鲜血中得到彻底的释放。

可惜这只是我的幻想，现实中我面对那个男人的时候却是一败涂地，根本连还手的机会都没有。

“我没有……我没有杀我哥，我被……我被迷晕了，我什么都不知道……”小唐摇头辩解着，可他的语气却显得如此软弱无力。

公诉人冷笑一声：“迷晕了？这是你唯一的救命稻草吧？你在案发现

场恐怕就已下定决心，一定要抱着这根稻草不撒手。所以你一口咬定自己什么都不记得。可现在我们已经知道，‘迷魂药’并不会让你失去本性，当你上百次地挥动凶器的时候，在你心中必然存在着强烈的杀人欲望，而这种欲望就是你真实情感的体现！”

“不，不是……”小唐还在反驳，“我真的什么都不记得了……”

“你再狡辩也没有用，因为现场证据已经记录了一切！说起来也是讽刺，你们兄弟俩都如此深信‘迷魂药’的谣言，最终也被这谣言所累，双双走向了可悲的结局。”

在公诉人定论般的结语中，小唐面如死灰，再也说不出任何言语。而辩方律师也只能一筹莫展地挠着头顶本就不多的头发。几乎所有的旁观者都能看出，庭审程序走到此刻，交锋双方的胜负已无任何悬念。

两小时之后，法官的判决印证了大家的猜测。

“……

“龙州市人民检察院以被告人唐少鼎犯故意杀人罪，向本院提起公诉。本院受理后，依法组成合议庭，公开开庭审理了本案。本案现已审理终结。

“经审理查明，被告人唐少鼎因继承权纠纷及情感纠纷，于2008年12月25日晚与被害人唐少铭发生争执，并将其杀死。按照《中华人民共和国刑法》第二百三十二条之规定，判决如下：

“被告人唐少鼎犯故意杀人罪，判处死刑，立即执行。

“辩方律师提出被告人因吸入‘迷魂药’而在案发时丧失神智的观点并无切实证据支持，本庭不予采纳。

“如不服本判决，可在接到判决书的第二日起十五日内，通过本院或者直接向省高级人民法院提出上诉。

……”

在法官宣读判决书的过程中，我一直神不守舍地看着法庭的东南角。因为那个女人此刻也从休息室里走出来，等待最终的庭审结果。当“死刑，立即执行”这几个字从法官口中跳出的时候，女人脸上的表情看不出任何变化，她怔怔地站在原地，似乎正在想着另外一些东西。

她在想什么呢？是在追忆那个逝去的男人，还是在悲叹自己的命运？

无论是哪种情况，都会让我的心口隐隐作痛。

小唐也在看着同样的方向，从他的目光中，我相信他的确痴迷于这个女人。他居然因为她的存在而忽视了决定着自己生死命运的法官。

可正是这个女人在庭审过程中给了他致命的一击。

也许真得相信“红颜祸水”这样的古话，包括我自己在内，与那女子瓜葛最深的三个男人，有谁得到了美好的结局？

二 致命的遗嘱

1

出乎我的意料，当我走出法院的时候，居然再次看到了那个女人。

一辆红色的跑车停在马路边，驾驶座的车窗摇下一半，刚刚够露出驾车者的眼睛。

如此熟悉的眼睛，即使被墨镜遮挡，我也能在茫茫人海中瞬间捕捉到她的光亮。

是那个女人——从我知道自己已经彻底失去她那时候起，我便不愿再想她的名字，那会给我带来痛苦。

她为什么还在这里？半小时之前我就目送着她走出了法院的大门。时值周末，马路上宽敞空旷，以那辆跑车的性能，她现在应该已经到了半个城市之外才对。那女人也看到了我，车窗随即被完全摇开，面向我露出了整张脸庞。

我忽然心中一动：难道她是在等我？

女人的视线在我这个方向上长久停留，我左右四顾，确信她并不是在看其他人。

我的心无法抑制地颤抖起来，我感受到了她对我的召唤。我曾无数次在梦中经历类似的场景，根据梦境解析的理论，这代表着对某人的极为强烈的渴求和欲望。

但我也深深地知道，只要那个男人存在，我的梦境就永远不会成为现实。

多么可悲且又多么无奈，那个男人不仅击碎了我的生活，还践踏着我的梦想。

我也曾经设想过，如果他死了，情况会不会有所变化？

也许今天就是验证这个设想的时刻。

我向着那辆红色的跑车走过去，十几米的路程却感觉如此漫长。当我终于来到她窗边的时候，我听见她轻声说道：“上车吧。”

我忙不迭绕过跑车的前脸，由于动作过大，我的右膝还重重地撞在了车前盖上。不过我根本顾不上疼痛。当我钻进车内的时候，我一厢情愿地认为整条大街上的男人都在看着我，他们一个个全都羡慕不已。

女人往我的膝盖处瞥了一眼，问道：“疼吗？”

“没事，没事……”不知是紧张还是兴奋，我的语调听起来有些别扭。

女人收起目光看向车外，然后她又问道：“最近还好吗？”

我必须承认，那句问话更像是生疏友人之间的寒暄。不过这已经足够让我受宠若惊。

“我还好。”我条件反射般地回答道，然后问了一个愚蠢无比的问题，“你也还好吧？”

女人沉默不语。而我则立刻后悔得五脏六腑都搅成一团。她丈夫的脑袋被人打成了一堆“馅饼”，而我居然问她是否“还好”。

在一阵令人绝望的沉默之后，我鼓足勇气准备道歉。

“对不起，我……”

刚起了个头，女人却转过脸来，同时她摘掉了墨镜，一双新月般明亮的眼睛直视着我。我已想好的措辞立刻忘得一干二净，傻乎乎地愣在了副驾驶位上。

这次女人盯着我看了良久，直到我尴尬地想要躲开她的视线。虽然大脑基本处于空白状态，但我还是感受到对方目光中有着某种审视的意味，这让我觉得有些不太舒服。

女人似乎也体会到了我的感觉，她终于把目光收了回去。然后她呆呆地看着方向盘，像是在沉思一样。

“你在想什么？”我忍不住问道。

女人轻叹一声，又摇摇头，似乎要做某种决定但又犹豫不决。她的这种表现倒鼓舞了我，我立刻争功一样地说：“有什么事情要帮忙的，请尽管告诉我。你应该知道，我是可以为你做任何事情的。”

我知道她会相信我的话，一直以来我怎么对她的，她比谁都清楚。

果然，女人咬着嘴唇，终于下定了决心。然后她把右手伸进车座旁的手包，从里面摸出了一个信封。

她把那信封交到我手里的同时说道：“等我走了以后再看。”

“这是……什么？”我下意识地问了一句。

女人却不回答，又沉默了片刻后，她忽然说道：“你可以下车了。”

她的声音如此冷漠，让我有些接受不了。

“我……”我想要自己控制一些局面，可她又立刻打断道：“下车！不要让我改变主意。”

改变主意？她一定是指那个信封。那里面到底是什么呢？不过从她的语气听来，那个信封对我来说应该蛮重要呢。

我确实害怕她改变主意。不管怎样，她至少已经在恢复和我的接触，这是个良好的信号，我可不能沉不住气，把事情搞砸了。

“那我走了。”我乖乖地说道，心里却还期盼她有所挽留。可是她板着脸一直看着车外，丝毫没有要挽留的意思。

我只好轻叹一声下了车。而我刚刚把车门关好，便听到一声低低的轰鸣，跑车应声蹿了出去。

这脚油门踩得真不小！我苦笑着摇摇头：看来她真的很怕自己会改变主意。

我的视线追随着那跑车，直到红色的目标消失在街道的拐弯口。然后我忐忑不安地打开了女人留下的那个信封。

那里面到底是什么？我在极短的时间内设想出好几种情形，是道歉信？表白书？或者是代表着我们过去的某种信物？可最终的答案却完全在我的猜测之外。

信封里只有一张银行的业务凭单。

这是什么意思？我带着满腹疑惑看了凭单上的业务记录。这是一次汇款信息，数额为十万元。收款人名叫董竹，而汇款人正是孟婷婷。

董竹？我在脑海里搜索了一遍，但没有找到与这个名字有关的任何信息。这使得我对这张银行凭单的蕴意更加不解。茫然中我将这张薄薄的纸片翻转过来，却又有了新的发现。

在凭单的背面，写着一个手机号码。而我一眼就认出了那娟秀的字体正是出自孟婷婷的笔迹。

也许这个号码才是重点所在，银行凭单只是她随手抓来当作书写的纸片而已。她贵为唐氏家族的少奶奶，类似的账面来往应如家常便饭一样。

那号码的主人一定就是她吧？当年分手之后她就换了手机号，我们之间从此再无联系。没想到现在却又因为一场凶杀案走到了一起。

那个男人被打死，我正好是第一个到达现场的警察。这难道不是冥冥之中的一种天意吗？

她一定也是这么感觉，所以在犹豫再三之后，终于将手机号写给我。这毫无疑问预示着某种新的开始！

我越想越激动。那纸片轻薄如鸿，可我的手却在微微发抖。

我恨不得现在就拨通那个号码，却又彷徨不敢。

我该说些什么呢？她刚刚遭受到人生的剧变，她最期待、最需要怎样的关怀？

也许我该好好酝酿一下再打这个电话。

可如果打得太晚，她会不会又有别的想法？

万一她真的改变主意怎么办？

如此地犹豫再三，我终于给自己找到一个两全的借口：还是过会儿再打吧，现在婷婷还在开车，是不方便接听电话的。

是的，我又开始在心中称呼她为“婷婷”，那个曾让我魂牵梦萦，也曾让我痛彻心扉的名字。

2

十来分钟后，我来到城东的那家咖啡厅，找了最幽静的角落坐下来，然后开始郑重其事地筹谋与婷婷之间的对话。我该如何起头，如何将话题一步步地引向我所期待的方向，她可能会说哪些话，我该如何去应对……诸如此类。

如果相谈愉快的话，我就顺势约她来这个咖啡厅坐坐。在我们相处的时光里，这里是我们最常约会的地点，她一定能体会到我的良苦用心。

一小时之后，我觉得时间差不多了。于是我拿出手机，拨通了纸片背面的那个电话号码。

振铃声响起，我的呼吸急促，心跳加快。我不得不深吸一口气以平复自己的情绪。

可是我期待中那如银铃般柔美的声音并未出现。当信号接通之后，在听筒那端说话的却是一名男子。

“喂，你好。”他的声音浑厚，语调庄严。

我一愣，仓促间也应道：“你好。”

对方立刻接问：“哪位？”听起来像是一位年长之人，沉稳且气度不俗。

“我……”我不知该如何自报家门，干脆直接说道，“我找孟婷婷。”

不过说完这句话后我有些后悔，也许我该先检查看看自己有没有拨错号码。

接电话的男子在那边沉吟了一下，然后问道：“你找她有什么事？”

“对不起……”我无法回答，只好反问道，“这是她的电话吗？”

“不是。我是张志强，你是谁？”对方的语气中已经明显带了质疑的态度。

张志强？这是一个熟悉的名字，我立刻想起他正是案发那天和婷婷一同守在贵宾楼门口的那名老者。他是唐兆阳生前的挚友，在唐氏家族中有举足轻重的地位。

可是婷婷为什么要把这个人的号码留给我？我此刻又该如何回复对方的质疑？我的脑子里一片混沌。踌躇了片刻之后，仍是毫无头绪，我只能用最笨的方法回应：“对不起，我打错了。”

不等那边继续追问，我就匆忙挂断了电话。而先前的兴奋和期待已经完全被困惑的情绪淹没无踪。

这到底是什么意思？

难道婷婷有些话不方便对我讲，所以做好了安排，让我和张志强进行联系？我先是这么猜测，可随即又自我否定。

如果这样的话，张志强应该有所准备吧？可我刚才说要找婷婷的时候，他却表现得非常意外。

在沉思之间，我把手中的纸片来回翻转着，希望能找到更多的信息。可看来看去，都只有那么一个电话号码。

最终我不得不把思路又转了回来。我把纸片翻到正面，再次审视起那张银行凭单。

董竹，十万元。这样的信息出现在凭单上，未必只是无意之举。

在电话碰壁之后，我的头脑逐渐冷静下来，思维能力也因此而提高了许多。

这也许并不是一笔正常的账面来往。婷婷是想告诉我一些什么？

无论如何，我应该先查一查这个董竹的身份，答案有可能就在其中。

我虽然没有什么大成就，但好歹也当了近十年的警察。现在凭单上有收款人姓名，也有银行账号。凭借这两条信息，我要追查这个人的身份易如反掌。

很快，我托的朋友就把相关资料发到了我的手机上。我没想到，这个叫董竹的人居然也算是我的同行：龙州市公安局法医中心DNA实验室主任。

片刻的迷茫之后，我陡然间意识到了什么！

法医中心，DNA试验！

再看汇款时间，赫然是二〇〇八年十二月二十八日。

那正是血案发生之后，对现场遗留尸体做DNA身份辨别之前。

婷婷在这个时候给负责鉴定的法医打入银行账户十万元现金，这意味着什么？！

很显然，这两个人之间不会有什么业务上的往来。而一个法医在办案期间接受当事人的巨额现金，这是典型的受贿行为。

尽管缺少足够的证据做深入的猜测，但我至少明白：如果只要求一个正常的结果，那根本没必要进行贿赂，更何况这笔贿赂的数目是如此丰厚！

她想要干什么？为什么要这么做？她是否达到了目的？现在又为什么来找我？

一连串的问号冲击着我的脑袋，而我却无法给出答案。

就在我被折磨得头昏脑涨的时候，我的手机铃声响了起来。来电是个陌生的号码，但我记得这号码正是不久前我曾拨出的那个。

张志强？他怎么又打回来了？他是不是已经和婷婷联系过？或者他

只是要继续追问出我的身份？

情况未明，于是我接电话的时候便端起了态度：“喂，你好。”

张志强开口便问：“是周永生周警官吧？”

见对方点明了我的身份，我心中反而一宽——这一定是婷婷告诉他的。于是我坦然应答：“是的。”

对方随即自报家门：“我是张志强，你应该知道我的身份。”

“我知道。我们去年在紫檀山庄见过面。”

“那就好——你现在有时间吗？”

我猜他一定是想约我见面。既然我认定是婷婷从中安排，当然不会拒绝了。

所以我毫不犹豫地回答说：“有时间。”

“我想请你到振德大厦来一趟，我有些事情要和你谈谈。”张志强的语调平稳缓和，但却透露出一种令人难以抗拒的力量和威严。

“好的。”我的回复太快了，这让我有些后悔，因为这意味着我在不知不觉中已经落了下风，所以我顿了顿之后，又补充说，“不过我可不知道振德大厦在哪里。”

这无疑是一句托词。全龙州的人都知道振德大厦在市中心最繁华的商业街，总高三十八层，整楼都是唐氏家族的产业。

张志强倒不和我纠缠这个问题，他回复道：“你现在在哪里？我派车过去接你。”

专车来接？这待遇倒不错，也算是给足了我面子。我的虚荣心得到满足，便痛快地把咖啡馆的名称和地点告诉了对方。

张志强说他的司机二十分钟内就会到达，于是我就在原地耐心等待。这个过程正好可以让我好好地琢磨一下事情的原委。

之前我的幻想现在看来纯属一厢情愿。婷婷并没有要和我再续前缘的意思，否则她就不会让张志强这个外人插手到事件之中。而她留给我的银行凭单显然具有重要的意义，这才是她要找我的真正原因。

我感觉有些沮丧，像是从一个短暂的美梦中醒来一般。不过转念一想，婷婷在需要帮助的时候首先想到了我，这是否意味着我在她心中仍是最值得信赖的那个人？

这个想法让我的精神重新振作起来。我有责任去帮助那个女人——我的婷婷！我可不能辜负了她的信任，这也算是我们之间一个新的契机吧。

想通了这一点，那接下来的问题就是要考虑婷婷到底想让我帮她做什么。那张银行凭单背后究竟隐藏着怎样的蕴意？

如果说婷婷对法医有行贿的行为，那就是说，她很有可能在鉴定过程中得到了本不该得到的关照。

死者与唐兆阳具有父子关系的可能性大于99.999%——这是法医中心给紫檀山庄血案做出的鉴定结果。从庭审的过程来看，这个结果的确就是婷婷希望得到的。

那关键的问题是，难道这个结果是伪造的吗？

我无法接受这样的猜测，因为这就意味着在案发现场出现的那具尸体并不是大唐。

谁能相信这种猜测？即使是辩方律师在法庭上提出类似质疑的时候，他的本意也只是想拖拖时间而已吧。

不过从严密的法理上来分析的话，如果法医中心真的提供了虚假的鉴定结果，那大唐真的存在未死的可能！因为能直接证明死者是大唐的两条关键性证据，其一便是那份鉴定报告，另外则是婷婷在法庭上的陈述。

既然鉴定报告在婷婷操控下有假，那她的陈述自然就更不可靠了。

想到这里，我竟然不由自主地颤抖起来。因为这实在是我在近两个月来遭遇到的最为可怕的假设。

大唐还活着！

那个男人，那个夺走我的挚爱，横亘在我和婷婷之间，将我压迫得无法呼吸的男人，他怎能继续活着？

我又开始用尽我所有的智力，罗列出种种理由来反驳这样的猜测：

我是第一个到达现场的警察，我亲自搜查了整个贵宾楼，还有监控录像我也仔细看过。如果那具尸体不是大唐，那么他去了哪里？难道他真能如我所说，从楼顶飞走了吗？

……

如果大唐还活着，那毫无疑问，紫檀山庄的血案是一场内外勾结的阴谋，婷婷也是阴谋的参与者之一。她为什么要把这个秘密透露给我？她最清楚，大唐是我一生都不共戴天的仇人。只要我把事情捅出去，不仅大唐难逃法网，即便是她自己也难免被波及连累。

……

如果大唐还活着，那他又躲到了哪里？难道他的余生就此隐姓埋名，再也不出现于世中吗？仅仅为了陷害自己弟弟的话，这样的代价未免太大了吧？

……

越往下想，我便越觉得自己先前的猜测实在是荒谬可笑。那个家伙还活着的可能性简直比恐龙幸存的概率还小。

可是那张银行凭单又是什么意思呢？

我开始转换思路。或许是婷婷受到了那个法医的勒索——是的，很有可能：

一个新寡少妇，孤弱无依却又坐拥万贯家财，的确很容易令人滋生窥伺的念头。那个名叫董竹的法医是不是也因此想大赚一笔呢？虽然只是如实给出鉴定报告，但因为鉴定结果对婷婷有利，所以便明压暗榨，勒索出一笔钱财。婷婷毕竟是个女人，社会经验欠缺，于是便着了对方的道儿。现在庭审尘埃落定，她不必再看那个法医的脸色，这才把被勒索的事情告诉我，希望我帮她讨回公道吧？

这个思路显然更加合理，而且我也更乐于接受。

婷婷啊，你实在应该早点来找我——在那个法医向你勒索的时候，我一定能够保护好你，不让你受到任何的委屈。

我干脆又顺着这个思路意淫起来——只要是和婷婷相关的事情，总是能让我思绪起伏、天南海北地胡想个不停。而我的情绪也在这样的浮想中忽悲忽喜，辗转难平。

直到一个穿着黑衣服的年轻人走到我面前，我的思绪才被打断。

“请问您是周永生周警官吗？”年轻人躬着身，毕恭毕敬地问道。

这个小伙子自然就是张志强派来接我的司机了。我看看手表，发现等待的时间一共是十八分二十三秒——张志强果然是个守信的人。

3

当我步入振德大厦的时候，正是白领们下班的时间。年轻的男男女女从我身边络绎而过，他们衣着光鲜、步履矫健，每个人都一副社会精英的良好感觉。

事实上，能进入振德大厦工作的人，无疑都是同辈中的佼佼者。

与他们相比，我则有些自惭形秽了。经过我身边的人常露出诧异的目光，他们也许在想：这个头发蓬乱、胡子拉碴、穿着笨拙过时的大衣，皮鞋落满灰尘的家伙，他是怎么混进这金碧辉煌的大厦的呢？

我并不在意他们这般的目光。如果我梳理好头发，刮掉胡子，换上那身干净利落的警服，立刻便能变成一个又帅又酷的警官。可是我实在懒得拾掇给这些人看，在这个世界上，我只在乎那个人对我的看法。

她说过，最喜欢看我穿警服的样子。不知道她是否还保留着我以前的照片？

我一边胡思乱想，一边如木偶般跟着那个穿黑衣服的小伙子。我们走入电梯，不知在几楼停下，然后又穿过长长的走廊，最后停在楼道最里面的一间办公室前。

门只是虚掩着，但小伙子还是轻轻地敲了两下。

“进来。”屋中有人稳稳地说道，那正是张志强的声音。

小伙子推开门，冲我做了个“请”的手势，他自己则停在了门口。我的目光迅速地在屋内扫视了一圈，随即我便失望地扁了下唇角，因为婷婷并不在这里。

只有一个男子端坐在办公桌后，他看起来六十岁左右的年纪，高个儿方脸，剑眉鹰鼻，天生一副威严庄重的面容。而他的穿着亦是如此，西服领带整整齐齐，给人一种一丝不苟的感觉。

我们已经见过一次面。在紫檀山庄的时候，我甚至亲自给他做过笔录，所以对他的身份了如指掌：张志强，唐氏集团的支柱性人物，副总经理兼董事会成员。在唐父患病、大唐出走之后，实际上是他以一己之力支撑着唐氏集团的运转。

这样一个人物必然是见惯了大风大浪的，他的经历都镌刻在满脸刀刻般的沧桑条纹中。

“周警官，请进来坐吧。”看到我之后，他起身打了个招呼，不过并没有挪步离开他的办公桌。

我也就不客气，直接到最宽敞的主宾沙发上坐下来，然后我便问道："孟婷婷呢？她怎么不在这里？"

张志强的视线一直跟着我，听我问出这句话，他的目光陡然间变得更深了，略一沉吟后他反问道："你认为孟婷婷应该在这里？"

"难道不是她让你接我过来的吗？否则你怎么会知道给你打电话的人是我？"我自作聪明地分析着。

对方淡淡地答道："我只是查了来电号码而已。"

是这样？我尴尬地扭了扭身体，自责有些话说得太快。奶奶的，那个家伙表面上不动声色，心中肯定正在暗暗嘲笑我。

"既然孟婷婷没有和你联系过，那你干吗还把我找来？"我嘟囔了一句，发泄着心中的憋闷。

张志强不答反问："看起来你和孟婷婷之间有些事情？"

"私事。"我漠然地回了一句，装出一副爱理不理的样子。其实我心里正在紧张地盘算：婷婷为什么会把这个人的号码交给我？

我的激将法看来起了些效果，张志强皱起了眉头。

"周警官——"他突然提高了声音说道，"你们之间的那点事情，其实并不是什么秘密。"

"什么？"我反问道。不知他说的是我和婷婷以前的感情经历呢，还是不久前的那次会面。

可张志强接下来的话却真的让我惊讶了。

"我所知道的事情，远比你想象的要多。"他冷冷地说道，"我知道你的履历，从幼儿园直到参警工作；我知道你和孟婷婷如何相识，那是你们上大学的时候——缘于快餐店中的一次偶遇，你迷恋于她的美丽，而她则被你的一身警校制服所吸引；我还知道你对女人的驾驭是多么软弱无力，当你们相处五年分手的时候，她甚至还是一个处女。"

"你他妈的浑蛋！"

是男人都无法忍受如此赤裸裸的侮辱！我暴怒着跳起来，向着那个老头冲过去。可对方却只是静静地坐着，直到我快跳上办公桌的时候才又问道："难道我说的不是事实吗？"

这句话将我打在了原地。是的，难道这不是事实吗？我如此真心地爱着那个女人，执着而幼稚。我相信要把最美好的东西留到最后的那天晚上，最终却只能眼睁睁地看着她被别人抢走，而我精心呵护的丰美果实也成了他人的美宴。

这是我心中最深重的苦痛，连我自己都不忍回想。可今天竟从一个几乎毫不相识的老头嘴里蹦了出来。

“你是怎么知道的？”我咬着牙问道，“是那个家伙告诉你的？他……他在炫耀吗？！”

“控制住你的情绪，年轻人。”张志强看着我，他的目光渐渐变得柔和，然后他又说道，“这并不是什么丢人的事情。你能那么做，说明你是真的爱着那个女人，你对她的爱要超过任何人，只是她并不懂得珍惜。”

我的鼻子一酸，眼泪不争气地要往下落。我连忙退回到沙发上，双肘支着膝盖，把脑袋埋在了交叉的手掌间。

我得承认，我对这个老头的印象自此有了根本性的好转。不过在喘息了片刻之后，我还是忍不住要追问：“你是怎么知道的？”

“唐少铭不可能跟我说这些事情。”张志强解释道，“我对你的了解，都是缘于唐少铭结婚之前所做的秘密调查。”

“秘密调查？”我愕然抬起头，显得很不理解。

“你以为成为唐家的大少奶奶是那么简单的事情吗？我们对孟婷婷的调查详细到她的每个小学同学是否存在不良记录。你作为她的前男友，当然更是调查过程的重中之重。”

我瞪大眼睛看着张志强，竟产生了一种恍惚的感觉。半晌之后我才傻乎乎地问了一句：“所以你很早之前就认识我了，是吗？”

张志强点点头：“直到现在，我还保留着你个人的全部资料。”

我忍不住“嗤”地笑了一声，像是在嘲讽自己一般。现在再回想我给张志强做笔录时的情形，那可真是一种莫大的讽刺：对方早就把我看了个底朝天了。

“我并不是故意要说这些。我只是想让你明白，我所知道的事情，远比你想象的要多。”张志强把先前那句话又重复了一遍，然后他直视着我的眼睛，“所以你最好不要对我有什么隐瞒。”

我苦笑着问道：“那你是想问我些什么？”

“你能不能告诉我，今天下午，你到孟婷婷的车上，你们俩说了些什么？”

“今天下午？你们还在跟踪我？”

“不——”张志强看到我愤怒的样子，忍不住微微一笑，“那不是针对你的。”

“那……你们是在跟踪孟婷婷？”我转过弯来，随即又追问，“为什么？”

“你真的不知道？”张志强用逼视的目光看着我。

我问心无愧，坦然回答：“真的不知道。”

“那就好，看来你还未被她迷惑得太深。其实我把你找来，也是要提醒你，不要被孟婷婷利用了。”说到这里，张志强顿了片刻，然后又道，“当然，我更希望你能帮我做一些事情。”

我“嘿”了一声：“你的意思是，我不要被孟婷婷利用，但是却要被你利用？”

张志强倒也坦然：“从根本上来说——是这样的。”

“我为什么要听你的？”我哑然失笑，“你可以给个理由吗？一个能说服我的理由。”

张志强沉默着，他的神情变得严肃起来。而我则感到一种莫名的压力正在空气中凝结。当他再次开口时，突然转向一个异常敏感的话题。

“你对那起案件有什么看法？”他问我。

对方沉重的态度让我的心蓦然一动。我立刻想到了那张神秘的银行凭单，而由此产生的诸多猜测此刻又一一浮现。

难道那案子真的另有内幕？我紧张起来，但表面却装出若无其事的样子。

“我不太明白你的意思。”我淡淡地回答，把那皮球又踢还回去。虽然我只是个局外人，但婷婷显然正深陷于这个复杂的涡旋中，无论出现什么样的情况，我都要尽力去保证她的安全。现在情况不明，最好的应对方法就是少说多问。

“我知道所有的人都认定唐少鼎是杀人凶手，可我却觉得这个案子有一个大大的疑点。这两天我越想越不对劲，这件事不应该是那么简单！”张志强认真地说道。

“疑点？”我蹙起眉头谨慎地问道，“什么疑点？”我旁听了庭审的全部过程，在我看来，这起案子无论从侦办还是审判过程都不存在任何疏漏。

张志强却忽然换了个话题："你和唐少铭打过交道——你知道他是个什么样的人。"

我当然知道，那是一段令人难以回首的经历。我实在不愿开口说什么，只是无声地点了点头。

"你也见过了唐少鼎。"张志强又问，"你觉得这兄弟俩相比怎么样？"

这个问题实在是有些无聊，我"嗤"地轻笑了一声道："无论从哪个方面，这两人根本没有任何可比性。"

是的，就像雄鹰对于蝼蚁，高山对于尘埃，太阳对于烛火，那都是遥不可及的差距。虽然我对大唐恨之入骨，但我也无法回避事实：那个男人确实是人中龙凤，他浑身上下都散发着高不可攀的贵族气质。而唐少鼎算什么呢？他只是一摊扶不上墙的烂泥巴。

"你说得不错。"张志强也赞同我的观点，"这两人虽然是同胞兄弟，可除了长得像之外，在性格、心机、阅历、智商等方面实在相差得太多。"

我看着对方不说话，不明白他把这些世人皆知的事情摆出来说有什么意义。

张志强把身体往沙发的方向探过来，他压低声音，终于说到了重点："你真的觉得唐少鼎有能力杀得了唐少铭吗？这就是本案最大的疑点！"

轻轻的一句话，却如同霹雳一般在我耳边响起。

是的，是的！蝼蚁怎么能够击杀雄鹰？尘埃怎么能够掩埋高山？烛火怎么能够遮挡太阳的光辉？唐少鼎，这个懦弱愚蠢的家伙，他有什么能力杀得了精明强干的唐少铭？

对于银行凭单的困惑再次闪现。我颤着声音问道："你是怀疑现场的死者不是唐少铭？"

原以为和对方的思路已经接合上，没想到张志强听到我这句话却显得非常诧异。

"死者不是唐少铭？那怎么可能？"他连连摇头，"警方都做了DNA鉴定，绝对错不了的。"

我心中一动，看来他还不知道孟婷婷和董竹之间的经济往来。我当然也不急着点破，仍然以不变应万变，闭口不言，先听听对方想说什么。

却听张志强道："我是怀疑，会不会有其他人杀了唐少铭？"

居然是这样的思路！我惊讶地看着对方："你是说，当时在贵宾楼里的其他人？"

"是的。"张志强开始详细解释，"案发时，我和孟婷婷都在贵宾楼门外等待，不排除有第三者在这段时间内潜入一〇二房间——甚至他提前躲藏在房间内也有可能，当兄弟俩发生争执后，唐少鼎确实中了'迷魂药'晕倒。而真凶则趁唐少铭不备忽然偷袭，在杀死唐少铭之后又伪造了现场，并且在唐少鼎清醒前逃离。等唐少鼎醒来之后，便晕晕乎乎地成了他的替罪羊。"

"这个……不太可能吧？"我摇头道，"案发现场布满唐少鼎的足迹。而沾在他衣服上的血迹还有凶器上的指纹都证明他就是在现场行凶的那个杀人者。"

"我也考虑过你说的这些问题——都是可以解决的。"张志强认真地说道，"如果我是凶手，我会这么设计：第一下先把唐少铭打晕，然后换上唐少鼎的衣服和鞋袜实施暴行。当唐少铭的尸体被打成了一摊烂泥之后，我去卫生间洗掉脸上和手上的血迹，再把血衣血鞋换到唐少鼎身上。最后我穿上自己的干净衣鞋，先潜回到自己的房间内，再寻找合适的机会溜之大吉。"

我愕然地看着对方，半晌之后才尴尬地笑了笑："你不应该经商，你该去写侦探小说才对。不过——宾馆前台正对着一楼走廊，虽然楼内没有监控摄像，但前台服务员证实，从你和孟婷婷离开一〇二房间直到最后唐少鼎浑身是血地走出来，这段时间内没有任何其他人进出过一〇二房间。"

"这段时间长达一个半小时，这个服务员能保证她在这么长的时间里一直集中精神盯着一楼的走廊吗？而且凶手完全可能从其他出口离开一〇二房间，比如说卫生间里的通风管道，等等。"

"好吧。"我无奈地耸耸肩膀，"就算你说的这些事情有可能发生，可是证据呢？证据在哪里？没有证据，一切都只是臆测。"

"卫生间里有血脚印，不是吗？如果唐少鼎是凶手，他有什么理由在行凶后又跑进卫生间里？”

“也许是洗脸冷静冷静，也许是吓得尿急……这些可能性都比你的那些臆测要合理。”

“算了算了，我们先不争论。”张志强自己退了一步，“你能不能帮我查些东西？从中或许能找到你想要的证据。”

“查什么？”

“你是不是保存着案发时贵宾楼里所有房客和服务人员的信息资料。”

“是的。”那天正是我负责外围的排查工作。

“在警方到来之前已经离开贵宾楼的那几个人呢？”

“他们只是在度假村内活动，警方后来也找到了他们。”

“那就好，你有这些人的手机号吧？”

“姓名、身份证号、手机号，全都有。”

“只要手机号就够了。我想让你帮我查一查这些人在案发前后的手机通话记录，对于一个警察来说，这应该是小事一桩吧？”

“的确不难。不过——你查这些干什么呢？”

张志强看着我沉默片刻，然后说道：“我要看看是不是有人和孟婷婷有过联系。”

什么？我立刻明白了他的用意，于是非常抵触地反问：“你在怀疑孟婷婷雇凶杀人？”

张志强坦然点头：“是的。”

“为什么？”

“只有三个人知道唐少铭那天会出现在紫檀山庄：我、唐少鼎和孟婷婷。案发那天，我们本来在一〇二房间门口等待，可是孟婷婷却坚持要退到整幢大楼的外面。当时我就有些奇怪，天气那么冷，为什么要到楼外呢？现在回想起来，这也许就是在为凶手杀人做掩护。”

简直是太荒谬了。我终于忍不住了，很不客气地说道：“张志强先生，你的疑心病是不是太重了？孟婷婷有什么理由要杀唐少铭？她是如此迷恋那个男人，宁可，宁可……”

我想说的是，她宁可放弃我对她的一片真心以及长达五年的情感基础，也要投奔到那个男人的怀抱，她怎么可能去杀那个男人？我甚至相信，她宁可杀了自己，也不会去伤害那男人的一根汗毛。

可我却说不下去。我知道婷婷和我在一起的时候，从未对我有过相同的感觉。在她看来，我只是一个知道疼她、对她百依百顺的男人，而这样的男人对她来说实在是太多了。只有那个男人在她心中才是独一无二的。

张志强看着我摇摇头，目光中流露出一种怜悯且又无奈的意味。然后他用长者般的口吻对我说道：“你总是把人想得太简单了，当初你失去自己的爱人，就是这个原因。好几年过去了，你本该成熟了许多。在这个世界上，没有什么不可能发生的事情，只有不够强烈的诱惑。”

我无声地苦笑了一下。他说的或许是对的，人本来就是一种善变的动物。当年我和婷婷相处的时候，我的感觉是那么良好，我深信我们一辈子都不会分开。可是那个男人出现之后，这些感觉便轻易地被击得粉碎。

我也曾流着泪问她：我们说好要共同走完一生，为何你要背弃誓言？

她只是淡淡地回答：那时我还没遇到真正爱慕的人，当我遇到那个人之后，一切都变了。你可以认为以前的那个我已经死了，因为只有和他在一起的时候，我才算是真正活着。

……

一个人，既然她能够变第一次，那又有什么理由保证她不变第二次呢？

只是我想不通，怎样的诱惑才能让她背弃那个男人？

我的困惑如此明显地写在脸上，让张志强一眼就看了出来。他沉着声音说道：“我知道你很难理解，为什么孟婷婷要杀唐少铭？这的确需要一个强大的理由，这个理由——在这里。”

说话之间，他起身离开座位，向着墙角处走去。虽已是花甲之年，但他的步伐仍然非常有力。那墙角处有一个半人高的保险箱，大半个箱体都被密封在墙内，看起来安全至极。

走到近前，张志强蹲下身，顺势从后腰部位摸出一串钥匙。他把其中一把钥匙插进保险箱的锁孔，然后又在密码区旋转一通。随着咔的一声轻响，箱门轻轻往外弹开了。

我瞪大眼睛，好奇又紧张。能被唐氏集团深锁于保险柜中的东西，其价值可想而知。那究竟会是什么？它和紫檀山庄的血案又有着怎样的联系呢？

张志强把手探入箱体内，从中摸出了一个文件夹。他小心翼翼地将那文件夹捧在手里，像捧着自己的身家性命一样。

“这是什么？”我按捺不住地问道。

“遗嘱——唐兆阳的遗嘱。”张志强一脸郑重地说道。然后他打开文件夹平放在办公桌上，冲我招手说，“你可以过来看看。”

唐兆阳的遗嘱！我对其早有耳闻：在这份遗嘱中，唐兆阳将唐氏家族所有的财产一分为二，平分给自己的两个儿子。不过对于遗嘱的具体条文，坊间的各种流言却是语焉不详。原来遗嘱的原件就保管在张志强的手中。

想来也是：张志强与唐兆阳风雨相伴数十年，也只有将身后事托付于这样的朋友，逝者才能放心地闭眼而去吧。

我走上前，却见那份遗嘱被精心装裱在韧性极强的塑胶封皮内，这样即使遭到抢夺和撕扯也不可能损坏。我非常理解此举的用意，因为那是唐氏家族创立者的遗嘱，其中的每一句条文都可能关系到百亿财产的归属。

“你看看这些条文吧。”张志强意味深长地说道，“然后你就会明白我为什么会怀疑孟婷婷。”

我开始认真阅读那遗嘱上的内容，上面写道：

遗嘱

立遗嘱人：唐兆阳，男，六十一岁，身份证号××××××××××××××××。

因本人患有肝癌，随时可能发生意外，特立此遗嘱，表明我对自己所有财产在去世之后的处理意愿。

（一）本人指定及委派张志强先生（身份证号：××××××××××××××××）为本人此遗嘱唯一的执行人及受托人。

（二）本人死后留下的遗产将按照以下方式进行分配：

我的两个儿子，唐少铭和唐少鼎平分所有的遗产，即每人获得财产份额的百分之五十；

如果在遗产分配之前，唐少铭和唐少鼎中任何一人有危害对方的犯罪行为，此人将失去遗产的继承权，我的所有遗产由另一人获得；

如果在遗产分配之前，唐少铭和唐少鼎中的任何一人死亡，则死亡者的法定继承人或指定继承人将代替死亡者获得我的遗产；

唐少铭和唐少鼎均不可成为对方的遗产继承人；

如遵循以上四条均无法分配的遗产，将无条件捐赠给慈善机构。

（三）本遗嘱根据中华人民共和国相关法律处理，此嘱。

（四）本遗嘱一式三份，经公证机关公证后，分别由受托人张志强、子唐少铭、子唐少鼎各执一份。

立遗嘱人亲签：唐兆阳（签名）

2008年1月23日

我的目光长久地停留在遗嘱的第二大条，也就是遗产的分配方式上，因为我知道那正是整份文件的关键所在。

显然唐兆阳早就预感到自己死后，两个儿子会因为财产分配的问题而产生纠纷，所以他预先立下了这份遗嘱，想要避免类似事件的发生。这遗嘱使得兄弟二人任何一方想要加害另一方时，都无法获得实际上的利益。因为即便是其中一人死了，他名下的那份财产也不会被剩下的那人获得。而且行凶者还会面临失去所有财产的危险。

整份遗嘱条例清晰，逻辑严密，颇值得玩味。

“一、我的两个儿子，唐少铭和唐少鼎平分所有的遗产，即每人获得财产份额的百分之五十。”

这一条没有任何问题，与坊间的传言相同，唐兆阳要将遗产平分给两个儿子。

“二、如果在遗产分配之前，唐少铭和唐少鼎中任何一人有危害对方的犯罪行为，此人将失去遗产的继承权，我的所有遗产由另一人获得。”

看来唐兆阳已经看出兄弟不和，所以才会立下这一条遗嘱吧？危害对方的人将失去继承权，所有财产被对方获得。老人希望借此打消兄弟间互相残害的念头。可是如果一方偷偷地伤害另一方而不被发现呢？比如制造一次交通意外等，只要对方死了而又不能证明是我所为，那我是否便可以获得全部的财产？遗嘱的下一条正是为了弥补这个漏洞而存在。

“三、如果在遗产分配之前，唐少铭和唐少鼎中的任何一人死亡，则死亡者的法定继承人或指定继承人将代替死亡者获得我的遗产。”

有了这一条，兄弟俩有一人死亡的话，另一人也无法获得所有的财产，属于死亡者的那一半遗产会由死亡者的继承人获得。可如果唐少鼎到时尚未成家，那么他的继承人不就是唐少铭吗？

“四、唐少铭和唐少鼎均不可成为对方的遗产继承人。”

这一条解决了刚才提出的问题，兄弟双方都不可成为对方的继承人。

“五、如遵循以上四条均无法分配的遗产，将无条件捐赠给慈善机构。”

看来唐兆阳是下定了决心，宁可把遗产捐出去，也不愿因此而造成兄弟相残。

遗嘱单从内容来说，应该是完美无缺的，可我看着却颇不是滋味，想必唐父在立遗嘱的时候心情会更加复杂吧？虽然富甲一方，但在临死之前却要定下烦琐的遗嘱条文来防止两个儿子之间的争斗，这样的财富对于老人来说是幸还是不幸呢？

张志强看出了我心中的感慨，他轻叹一声说道：“这遗嘱主要的作用其实还是为了限制唐少铭的行为。因为我们当时都认为，唐少铭在兄弟二人的争斗中占有绝对优势的地位，只要唐兆阳去世，他一定会对唐少鼎不利，所以我便和唐兆阳商讨，共同制定出这些连环条文。但我们当时都忽略了一件事情，这份看似完美的遗嘱却有可能给除兄弟俩之外第三方以可乘之机。”

“你是说孟婷婷？”我立刻敏感地做出反应。

张志强没有正面回答，他先问我：“你们警察在侦破案件的时候，是不是有一条叫作‘获利判定’的原则？”

“有。”我点头承认。他说的名称虽不准确，但我知道他指的是什么：警方在侦破重大刑事案件的时候，如果凶手不明，那么在进行最初判定时常常会用到这一原则。所谓“获利判定”，就是分析哪些人会因为这起案件的发生而获得利益，这些人会率先进入警方的排查视线中。

“既然如此，你再仔细地看看这些条文——”张志强提醒我说，“你应该明白我为什么会怀疑孟婷婷。”

我将那遗嘱又读了一遍。先前我只顾着分析遗嘱的用意，现在结合实际情况整理思路，竟有些惕然心惊。

我已完全理解了张志强话语中的含义，因为根据遗嘱，孟婷婷正是紫檀山庄血案的最大受益者！

遗嘱第二条：“如果在遗产分配之前，唐少铭和唐少鼎中任何一人有危害对方的犯罪行为，此人将失去遗产的继承权，我的所有遗产由另一人获得。”

现在唐少鼎伤害了唐少铭，所以前者失去了遗产继承权，所有的遗产将由唐少铭获得；然而唐少铭在这次事件中又死去了，所以在确定遗产的时候，又需要用到第三条遗嘱：“如果在遗产分配之前，唐少铭和唐少鼎中的任何一人死亡，则死亡者的法定继承人或指定继承人将代替死亡者获得我的遗产。”

孟婷婷正是唐少铭唯一的法定继承人。这意味着血案过后，她将一人坐拥唐氏家族的全部财产！

我万万不会想到，几小时前与我同车叙旧的那个女子，竟然已是身家百亿、在整个龙州市都首屈一指的超级富豪！

张志强关注着我的神情变化，问：“现在你明白了吧？”

明白是明白，可我仍要坚持自己的观点：“我知道孟婷婷将获得唐兆阳的所有遗产，可我并不认为这就会成为她杀人的理由——我和孟婷婷相处了五年，我了解这个女人，她不可能做出这样的事情。”

张志强却只是淡淡地瞥了我一眼，反问：“你如果真的了解她，那她为什么会离你而去？”

我咬了咬牙，愤怒却又羞惭难言。

张志强可能也觉得这话说得过于尖锐，便换了个口吻又补充道：“好吧，就算你真的了解她，但是你了解那数以百亿计的财产吗？”

我蓦地一愣。是啊，数以百亿计的财产，我对此几乎没有任何的概念。在我平时的幻想中，最大的数目就是买彩票中个五百万。我曾和朋友开玩笑说，如果真有那么好的运气，那我就是少活几年也愿意。可是五百万，嘿嘿，和唐家的财产比起来，那只是九牛一毛了。

所以我实在难以想象百亿是个什么样的概念。如果我有机会获得如此巨额的财产，那我又会愿意付出怎样的代价？

也许我该换个角度反问：还能有什么样的代价是我不愿付出的呢？

张志强在一旁静静地看着我，在这场言辞不多的争论中，他无疑已经占得了先机。

可我也不愿轻易地认输，在沉默中对峙了片刻后，我还是坚持先前的态度："我不相信她会杀人。"

"你并不是不相信，你只是不能接受。"张志强盯着我的双眼，像要看透我的内心一样，然后他拿过一个便笺簿，在上面写下几行数字，"这是孟婷婷的所有联系方式，你照我说的去查一查——你不用着急拒绝我，其实我知道你一定会去做的。"

"你为什么要找我？"我烦躁地用手扯着头发，"如果你怀疑她，你去找刑警队好了，为什么非要找我？"

张志强自有理由："警方已经定案，唐少鼎就是他们找到的凶手。我还能对他们说什么？'唐少鼎根本杀不了唐少铭'，这样的话在他们看来简直是无稽之谈。我想来想去，只能找你，因为你知道唐少铭是什么人，你知道他不可能在那样愚蠢的情况下被唐少鼎杀死；而且只要这件事情与孟婷婷有关，你就一定会查下去——"他胸有成竹地看着我，又强调说，"你或许会隐瞒真相，但你一定会查下去。"

"你未免太自大了，难道我会这么轻易被你的想法控制吗？"我愤愤不平地抱怨着，不过在踌躇了片刻之后，我还是伸手接过了对方写下的那张便条。

张志强露出满意的微笑。当他卸下脸上庄重威严的面具之后，便显出一副慈祥长者的面庞。

"年轻人。"他开始用悠缓的语气说道，"其实我也是在帮你。"

"帮我？"我困惑地看着他，不明所以。

"好几年前我就详细地了解过你，你具有非常好的品质，聪明而又诚实。"老人语重心长，"你不该为了一个女人而毁掉自己的一生。"

我的心弦暗暗颤动，我在毁掉自己吗？当我扪心自问的时候，我往往不敢面对这样的问题。我只知道当那个女人离开之后，我便再也没有开心地笑过。我渐渐失去了朋友，躲避着亲人的关怀，原本赏识我的领导更是对我失望透顶。可是我能怎么办？我根本控制不了自己。

“你空有丰富的情感，可你却一点都不了解女人。”张志强眯起眼睛感叹着，“你知道吗？这一点你很像我年轻的时候。”

哦？我抬头看着对方，难道他也有着感情上的痛苦经历？或者他只是在找借口拉近我们的距离？

“也许通过这件事情，你可以真正认识那个抛弃你的人。这样你就能早点清醒过来。”张志强回视着我，他的样子倒不像在说违心话。

“谢谢你的关心——可我希望你帮不上我。”我苦笑着回复对方。

是的，我宁愿自己永远在痛苦中沉沦，也不愿心中的女神变身为恐怖的魔鬼。

说完这句话之后，我便转身往门外走去。而在我身后，我听见了一声无奈叹息。

三　阴谋剖析

1

从振德大厦出来时天色已黑，我顾不上腹中饥饿，首先便奔着单位派出所而去。值班的同事看到我匆匆赶来都觉得有些诧异，在他们的印象中，我已经有好多年不曾出现过这样高涨的工作热情。

按照规定，上次笔录的原始资料应该交给刑警队归档。但由于血案的真凶在刑警队看来实在是过于明显，所以我的工作便成了例行公事，那些笔录资料也只是可有可无的文件，一直就由我保存。我在一堆杂乱的废文件中翻寻了半天后，终于找到了那份资料——案发当时贵宾楼内所有在场者的身份证号和手机号码都在其中。

通信部门早已下班，我只好通过私人关系找到了那边的一个熟人。那是一个长相甜美的女孩，见我有求于她，她趁势撒了点娇，让我请她吃饭什么的。我心不在焉地应付着，同时催促她尽快把查询结果发给我。女孩便抱怨了几句，说我总是有事的时候才会想起她，实在是太过功利。

不过抱怨归抱怨，她干起活儿来却手脚利索得很。我只等了一杯茶的工夫，想要的那些资料便出现在了我的电子邮箱内。

那是案发前后一周内所有人员的手机通话记录，我对照着张志强留给我的那张便条，在冗长的通话记录中使用了“搜索”的功能。很快我就有所发现，而这个发现让我的心深深地沉了下去。

一个名叫薛飞的房客，他在案发当天使用的手机号于案发前半个多月才开通，而从案发第二天开始便再也没有使用过。在这期间，该手机号所有的通话记录都来自孟婷婷。甚至在案发前的一小时，这两人还曾有一段长达十一分钟的通话。

我很想给这些通话记录找到一个正常的理由，可无论从哪个角度来分析，这个薛飞都不该和孟婷婷的生活有如此大的交集。

在询问笔录上，薛飞是这么解释自己为何会出现在紫檀山庄的贵宾楼：

“我是来参加网友聚会的。今天不是圣诞节吗？我们在城市论坛上的单身网友们组织了一个聚会，下午滑雪，晚上聚餐喝酒。我的网名叫作‘chaos’，是那个论坛的版主，很多网友都知道我的。”

我回忆当时的排查情况，的确是有聚会这么一档子事。参加聚会的是二十来个年轻人，有男有女。

根据记录在案的身份证号码，我很容易便查出了这个薛飞的基本信息：薛飞，男，二十七岁，本市户口，某对外贸易公司员工，未婚，随父母居住在双桥新村五幢三〇三室。

很难将这样一个人和杀手的身份联系在一起，可当我详细翻阅笔录资料的时候，这个人却又暴露出越来越多的疑点。

其一，这个网名叫“chaos”的家伙正是这次聚会的发起人，聚会的地点和日期都是由他确定的；

其二，他给自己安排的房间正是案发地点隔壁的一〇三号房；

其三，其他聚会的年轻人都是两人共用一个标准间，而薛飞却是一个人独占着一〇三号房；

……

这一切似乎都在印证张志强关于“第三者杀人”的猜测。

我再也坐不住了，冲出办公室之后，我径直向着薛飞的居住地——双桥新村匆匆赶去。

路途并不遥远，打车花了十来分钟便已到达。

为我开门的是一个五十岁左右的妇女，她上下打量着我这个不速之客：“你找谁？”

“我找薛飞。”同时我掏出证件亮了一下，“我是警察。”

妇女露出诧异而又担忧的神色，而不待她呼唤，一个小伙子已经来到了门口，他站在女人的身后向外审视着。

“儿子，这个警察说要找你。”妇女转头小心翼翼地说了一句。

我知道自己的行为已经犯了探案时的大忌，如果这里真的藏有凶残的杀手，那我简直就是把自己送到了对方的刀口下。可我已顾不得那么多，我只想知道真相，和孟婷婷有关的所有事情的真相！

小伙子踱步上前，他的嘴还在不停地咀嚼着什么，看来是晚饭尚未吃完。

“你是薛飞？”我看着那小伙子，有些不太相信地问道。

小伙子点点头，神态沉稳：“您有什么事吗？”

我的目光长久地停在小伙子的脸上，越看越是困惑。因为我对他的容貌竟没有任何的印象。

刚才在办公室查看此人的身份照片时便觉得有些眼生，现在看到真人，更有一种从未谋面的感觉。

这是怎么回事？难道说……

我越发感觉到事态的严重性但在此情境下，也只能勉力沉下心神问道：“去年的12月25日，你是否在紫檀山庄参加网友聚会？”

“网友聚会？”小伙子一脸茫然，“我从来不参加这种无聊的活动。而且去年的圣诞节，我白天在公司上班，晚上陪女朋友吃的饭。”

“那你是不是在城市论坛上有个网名叫作‘chaos’？”

“没有。”小伙子一边说一边发出“嗤”的声，显然是因为我的问话完全不着边际。

“我想看一下你的身份证。”

小伙子很配合地掏出证件递给了我。

“这是去年新办的？”我首先注意到了证件下方的发证日期。

“是啊，我原来的身份证丢了，所以去年就新办了一个。”

我无声地苦笑，心中已完全知道差错出在哪里。

那天出现在紫檀山庄的人根本就不是眼前这个薛飞，他只是一个冒用了薛飞身份的不明男子。薛飞丢失的身份证肯定曾落在这名男子的手上，于是他便用薛飞的个人信息伪造了一张假的身份证。在案发当天，我核查身份证真伪的时候只是把证件号码报给所里的同事，同事上网查询时并无问题。谁能想到对方却是一个使用了假证件的冒牌货。

不用再问，现场记录下的那个电话号码肯定也与这个真正的薛飞毫无关系。我把身份证还给对方，尴尬地说道：“对不起，这可能是……一场误会。”

“没关系。”小伙子很客气地回复说，不过他的嘴角却分明讥讽般地挑了起来。

我无暇顾及面子问题，转身下楼而去。当室外的冷风吹到我脸上的时候，我昏昏沉沉的头脑稍微清醒了一些。

很显然，那个冒充薛飞身份出现在紫檀山庄的人，他的种种表现是极不正常的。他和孟婷婷之间有着某种不可告人的秘密，这秘密究竟是什么？

我不敢展开我的想象，尤其是在张志强已经事先给我铺垫好某些情节的状况下。我害怕自己因为有了一些先入为主的想法而给孟婷婷扣上莫须有的罪名。

即便是在假象中，我也不能去伤害她。她是我心中的女神，我宁可伤害自己，也不能伤害她。

可那起已经审定的血案又确实正显露出越来越多的谜团。我能掌握的线索现在已经断了，我究竟该怎么办？

张志强已经盯上了孟婷婷，他阅历老到，又有着足够的权势，为他服务的警察未必就只有我这一个。如果别人也追查到同样的线索，那孟婷婷会不会因此受到伤害？

或者，这根本就是一个针对孟婷婷的陷阱？豪门中的明争暗斗可不是我们这些普通人能够理解的。

我越想越是害怕，最终我觉得除了一条路之外，自己已经别无选择。

我拿出张志强写给我的那张便条，拨通了上面记录的孟婷婷的手机号码。

“喂？”电话那边传来柔美的声音，只是略有些疲惫。

“是我。”我简短地回应道，我相信婷婷也能听出我的声音。

女人沉默着，我的突然来电或许让她觉得有些意外。而我则急匆匆地说道：“你在哪里？我要见你。”

对方不冷不热地应付着：“我在家里。今天太晚了吧？有什么事明天再说吧。”

“不，我必须现在见你！有些事我们要一起商量！”我加重了语气。我和婷婷相处的时候，很少会逆着她的意愿说话，但今天情况特殊，我也顾不得那么多了。为了让她明白这次会面的重要性，我觉得有必要先透露一些信息。

“我刚刚见到了薛飞。”

“谁？”婷婷似乎是很诧异的感觉。

“薛飞！”我重复了一遍，“和你联系的那个人就是冒用的他的身份。”

“哪个人？”

“我不知道是谁。但你和他通过电话，你不会忘了吧？在去年案发的那几天，你们一直有联系。案发时他也在紫檀山庄，住在一〇三房间。”我提示了一大通。

女人又陷入了沉默，不过这次显然是因为她想起了什么。

“那个男人是谁？”我警惕地问道。

对方仍在沉默。

“婷婷。”我换了一种关切中带着乞求的语气，“你有任何事情都不用瞒着我，我会永远保护你的，这你还不相信吗？”

我那真诚的话语似乎起了效果。片刻后，我等到了我所期待的答复。

——“望月路熙月园二十一号，你现在过来吧。”

2

望月路熙月园，那是城郊的别墅区。我跑到路边伸手拦下一辆出租车，上车告诉司机地址后又掏出证件展示了一下：“我是警察，越快越好！”

司机也不含糊，油门踩得山响，几乎要把出租开成了跑车。仅仅二十分钟后，我们就穿过了大半个城区直抵目的地。

不过当我走下出租车之后，却没有立刻迈步前行。我站在原地，看着前方那幢高大豪华的私人别墅，心中颇多感怀。

凄冷的月光下，别墅在我身前拉出一条幽暗冗长的影子，像极了一道横亘在我前进道路上的鸿沟。

正是晚冬时分，别墅前的花园中枝叶凋零，枯木残败，恰如别墅主人此刻的境地一般：唐氏家族，曾经是龙州市最为富贵显赫的名号，却在短短几个月的时间内，父子三人中已有两人命归黄泉，剩下的一人身陷大狱，正在绝望中等待死亡的到来。

寒风吹来，我不由自主地缩了缩脖子，从心底感受到一种深深的凉意。裹紧身上的夹克衫之后，我快步穿过凋败的花园，来到了别墅的门口。

还未等我按响门铃，那沉重的铁门已被打开。我瞥了眼房檐下的摄像头，知道自己的行动早已被屋内人看在眼中。主人这么及时地开门，应该是不想让我的到访被左邻右舍看到吧。

是的，像我这样的人本不该出现在这里，此等豪宅是我一辈子也不敢奢求的。

一个三十来岁的大姐出现在铁门后，她衣着简洁，一身仆人打扮。

“您是周先生吧？”大姐看着我谦恭地说道，“请进屋来，夫人正在客厅等您。”

当我跟着大姐往别墅内走去的时候，多少须硬着点头皮。因为“夫人”这个词已经提醒我：自己正在进入另一个家庭的领地。而这个家庭的原主人就是那个令我痛恨却又不敢面对的男子。

客厅内只开了几盏淡淡的黄灯，尽管别墅内部的空间高大宽敞，但却阴沉沉带着几分肃穆的气氛。孟婷婷正端坐在客厅正中的一张真皮沙发上，不知是不饰粉黛还是灯光黯淡的缘故，她的容颜看起来有些憔悴。不过在我眼中，这张面容仍然是世界上最美丽的风景，我的目光一旦停留，便再也不舍得离开。

孟婷婷却没有正眼看我，低着头不知在想些什么。倒是大姐客气地招呼我坐下，然后又奉上了茶水。

“你先上楼去吧。”孟婷婷抬头看着那大姐说道，后者立刻识趣地离开了客厅。

我在客席上正襟危坐。虽然是我强烈要求与对方见面，但当孟婷婷真的出现在我面前时，我又紧张得不知该如何开口。

“你怎么会有我的手机号？”孟婷婷半瞥着我，先问了一句。

“是……张志强告诉我的。”

“你见过他了？”孟婷婷看起来有些漫不经心，“你们说了些什么？”

“讲了些关于案子的事……”我犹豫着不知该如何措辞，我不可能直言不讳地告诉她：张志强怀疑她雇凶杀人，正请我调查此事。

孟婷婷却已猜到了什么，她冷冷地“哼”了一声道：“我知道那个老头是怎么想的——我只是没想到，原来你也不信任我。”

“不……我没有……”我连忙慌乱地辩解着。

“你没有吗？”孟婷婷的目光向我直视过来，“那你为什么要调查那些电话号码？”

“我……我只是想证明，你并不是像他想的那样。”

孟婷婷冷笑：“那我让你失望了吧？你那么着急地赶过来，是担心我逃跑吗？”

没过三言两语，气氛已经越来越僵，我暗暗痛恨自己：为什么一到婷婷面前便如此笨嘴拙舌。苦笑着摇头之后，我干脆彻底放弃了抵抗，用投降般的口吻说道：“婷婷，你何必这么说我？我怎么对你的，你还不清楚吗？”

孟婷婷的脸色略微缓和了一些。就像从前一样，每次发生争执的时候，不管谁对谁错，最后认输服软的那个人总是我。不过她依旧用恨恨的语气抱怨着：“那个老头让你做什么，你就去做。我托给你的事情，你却一点都不放在心上。”

我略微愣了一下，她托给我的事情，是指那张银行凭单吗？

“你需要我做什么？”我不解地询问，同时也是在为自己辩解，“那张凭单到底是怎么回事？还有那个电话号码，你走了没多久我就给张志强打了电话，可我根本不知道该说些什么。”

孟婷婷用眼角瞥着我道：“亏你还是个警察。”

很显然，她在对我的无能表示不满。

“你被那个法医勒索了吗？”我试探着问道，“还是……案件本身另有隐情？”

孟婷婷端起自己面前的那杯茶，她轻轻地啜了一口，然后又轻轻地说道：“算了吧，不用你管了。”

我立刻产生一种深深的自责：婷婷一定是希望我帮她做什么，可我却令她失望了。为了弥补我的过失，我立刻加重语气表决心：“婷婷，你需要我做什么？你尽管说……如果真有谁敢欺负你，我绝不会放过他！”

我的话语像刺激到了孟婷婷某根敏感的神经，她忽然扯着嗓子喊起来：“我说了，不用你管！”

我一下子愣住了，不明白她为何产生如此大的抵触情绪。

大姐走到楼梯口探出脑袋往下张望，孟婷婷发现了她，又冷冷地抛出一句：“没你的事。”大姐立刻退了回去，留下一阵急促慌乱的脚步声。

半晌之后我才敢小心翼翼地问道：“你怎么了？”

“没什么。”孟婷婷双手紧紧地捂着那个茶杯，“我中午给你的那个信封，你就当从来没有看到过吧。”

她说话的时候眼睛看着杯口，我隐约看到她的眼角泛起了泪光，然后她又用皓白的牙齿紧咬住自己的嘴唇。

我的心中一痛，因为这样的神情对我来说是如此熟悉。我知道她正竭力控制着自己的泪水，而这种情况通常都发生在她受到极大委屈的情况下。

我看着眼前那个含泪欲滴的女人，我和她之间的鸿沟似乎正因这泪水而消除。她不再是高高在上的贵妇人，她仍是那个需要我去保护的弱女子。

可是我却让她失望了。我在心中责备自己的无能，但同时却又有种难以明言的欣慰感觉。

那女人因为我的原因流泪，这似乎又让我回到了我们相恋的时光。

即使是因为生气而落泪，也足以说明我在她心中仍有一份不一般的地位。她的眼泪停在眼眶中，她在等待安慰，等待保护，等待一个能让她信任的怀抱。

所以现在的局面，也许正是我该抓紧时机去表现的大好机会。

“不，我不能不管。”我用坚定的语气说道，“告诉我，这到底是怎么回事？”

孟婷婷闭上眼睛深吸了一口气，然后她摇摇头看着我说：“你不会明白的……你只要回去告诉那个老头，我绝不可能杀死自己的丈夫。我爱他，那种爱不是你们所能理解的。”

她说“你们”的时候显然也把我包括在内。我只感觉一股醋意从胸腔内直涌上来，将先前那点美好的回味冲得一干二净。

妒忌让我的情绪有一点点的失控，先前不敢问的问题此刻也按捺不住地脱口而出。

“那么那个假冒薛飞的人是怎么回事？你和那个人之间的频繁通话到底在讨论什么？唐少铭是否知道那个人的存在？”

孟婷婷瞪圆了眼睛看着我，似乎不相信我敢用这样的语气来逼问她。而我也立刻后悔了，因为对方的那副表情正是大发雷霆前的预兆。我奢望我们的关系能因为那个男人的消失而得到弥补，可刚刚出现的良好苗头看来却要被我的冲动情绪扼杀了。

果然，愤怒开始在孟婷婷娇美的面庞上一点点堆积，当发作的阈值被冲破之后，她咬着牙问我：“你不信任我，是吗？你不信任我？！”

“没……没有……”我已全线溃败，哑口无言。

“骗子！你不信任我，你根本就不信任我！”孟婷婷的胸口剧烈地起伏几下后，终于彻底地爆发，她将手中的茶杯狠狠地砸出。我身后的某件物事被砸碎了，发出一阵“哗啦啦”的脆响声。

“走！你走！”她用手指着别墅大门的方向，蓄积了多时的泪水终于在此刻夺眶而出。

“你们全都不信任我！”她几乎是歇斯底里地大喊着。

我惶然起身，不知是该听她的驱逐离去，还是该留下来道歉安慰。如果是以前，我会毫不犹豫地将她揽在怀中，可现在她早已嫁作他人妇，我难以鼓足这样的勇气。

孟婷婷的叫喊变成了低低的啜泣，她泪眼迷离地看着某处，无助得像一只被人抛弃的猫咪。

看到这样的情形，相信任何一个男人都不会忍心离她而去，于是我壮起胆走上前，柔声呼唤：“婷婷……”

孟婷婷的目光定住了一般，她竟像是完全忽视了我的存在。

我转过头，向着她目光所及的方向看去，那也正是刚才茶杯砸到的地方。然后我的心口就如同遭受了重锤的击打，沉痛得几乎无法呼吸！

那是一幅挂在墙上的照片，相框已经被砸碎，玻璃落了一地。照片中的孟婷婷如出水芙蓉般娇艳欲滴，她脸上阳光一样灿烂的笑容让人相信：她正是世界上最幸福的女人。

可那笑容却并非为我绽放。

照片上的孟婷婷依偎在一名男子怀中，那男子雍容帅气，眉宇间英气逼人。即使只是一张相片，也会让我自惭而不敢与其目光相对。

只有和那个男人在一起的时候，孟婷婷脸上才会出现如此绚烂的笑容。

令我悲伤的不仅是那张照片，此刻孟婷婷的泪水也是为了那个男人。她如此软弱无助，可她却不需要我，她的眼中永远只容得下那名男子。

我的嘴里涩然发苦，然后我默默转身向着别墅外走去。照片上那男子的目光似乎一直追随着我，扎得我的后背一阵阵刺痛。

3

离开熙月园之后，我到路边找了家小烧烤店。虽然肚子早已饿扁，可我对面前那些美味的肉串却了无兴致，我只是一杯接一杯地灌着啤酒。每每那冰凉的酒水下肚，我的躯体便会不由自主地颤抖一阵。可我就像一个喜欢受虐的变态一样，居然一遍又一遍地享受着这样的过程。

也不知道过了多久，我的眼神开始发直，怎么也数不清桌上那排空啤酒瓶一共有多少个。周围的食客开始用怪异的目光看着我，偶有男女情侣要从我身边走过的时候，女孩便会拉拉男孩，示意同伴离我远点。

我冷笑以对。我巴不得所有的人都离开我，远远地不要来烦我。

可却偏偏有人要凑过来。那是一个打扮妖冶的女子，她在我对面坐下，娇笑着说道："大哥一个人吗？我陪你喝点。"

"滚！"我粗暴地挥了挥手，空酒瓶被我撞在地上，发出"哗啦"一声碎响。那女孩见我不识抬举，立刻变了脸色骂道："操，有病吧？"

我没有精力搭理她。刚才那声碎响让我想起了什么，我呆呆地愣在了那里。

我的脑子里灌了太多的酒精，想思考却无法集中思绪。于是我又抓起另一只空酒瓶向着地面摔去。

又是"哗啦"一声碎响，和孟婷婷用茶杯砸向镜框的声音一样。

女孩尖叫着跳了起来。邻桌的几个小伙子也转头斥道："你他妈的干吗呢？”

我不理他们，抓起第三个酒瓶摔在地上，随着“哗啦”的响声，玻璃碎片四溅。

我还想再摔第四个，可我却没有机会了。因为那几个小伙子已经围了上来，拳脚没头没脑地招呼在我的身上。

我奋起反抗，直到有人将一只空酒瓶拍碎在我的脑壳上。

“哗啦。”这声脆响听起来无比清晰，随后我便失去了知觉。

……

再次醒来的时候，我发现自己正躺在医院的病房中。晨光从窗外照进来，晃得我眼睛发花。

“周哥。”一个警察坐在床边冲我打着招呼，我认出那是同事小王，一个文静的小伙子，去年刚从警校毕业。

我咧着嘴，渐渐想起昨夜的事情。而脑壳仍在隐隐发痛，也不知是饮酒过量还是伤口在作祟。

“几点了？”说话的同时我皱起眉头，因为我闻到自己身上有一股令人厌恶的酒味。

“快九点了吧。”

我斜起眼睛看看他：“你怎么在这里？”

“你昨天晚上跟人打架，是饭店老板把你送过来的。他翻了你的工作证，就通知了所里。”小王凑过身，压低声音耳语，“所长已经知道了，你快想想怎么解释吧。”

酒后斗殴，这件事处理不好的话，丢掉警服都是有可能的。

可我却无暇顾及这些，我一边从病床上坐起身，一边回复小王说：“我今天不去所里了，你帮我请两天假。”

“请假没问题。”小王踌躇着看着我，“可是……你要出去吗？一会儿所长可能还会过来呢。”

“让他别来了——我没事！”我跳下床，向着病房外快步而去。小王只是在后面跟了两步，没有追出来。

在同事眼中，我就是个怪人，他们都巴不得离我远一点。

我在医院门口打了辆出租车。这时我的脑袋仍是晕乎乎的，但那“哗啦”的碎响声却清晰地停留在我的记忆中。

昨天晚上，当孟婷婷把手里的茶杯往相框砸去的时候，我记得她哭喊的是："你们全都不信任我！"

你们！

除了我之外，还有谁？

或许我问另外一个问题的时候，答案会更加明显一些。

谁能让孟婷婷如此歇斯底里，愤怒、委屈直到痛哭流涕？

显然那个人不是我——虽然我当时一厢情愿地误解过。

当她哭喊发作的时候，答案就在她手里的那只茶杯中。当时那茶杯直奔相框而去，照片中的那个男子随即被淋上一身狼狈的茶汁。

孟婷婷为什么会有这样的表现？

一个新寡的妇人会不会将茶水泼向丈夫的遗照？

这些疑问在我的脑海中纠缠，使我重新找到了探询谜团的方向。

"去公安局法医中心。"我对出租车司机说道。

4

作为一名基层派出所的警察，我其实很少和市局的法医中心打交道，尤其是专门服务于重大刑案的DNA实验室。

我在接待室内等了足有二十分钟，才看见一个男子精神抖擞地走了进来。他看起来也不过三十岁左右，身形高大，仪表堂堂。

我早已把橱窗里的职员照片仔细研究了一遍，此刻一眼便认出这人正是DNA实验室的主任董竹。

"你就是周永生吧？"董竹见到我便直呼其名地问道，这多少显得有些傲慢。不过他也确实有傲慢的资本。年纪轻轻就做到了鉴定室主任的位置，这份成就足以令人羡慕了。

"董主任，你好。"我迎上前和对方握了握手。在这个过程中我一直目不转睛地盯着他，直看得他有些发毛。

"周警官。"他改变了对我的称谓，"你来找我，是公事还是私事？"

我注意到他的目光停留在我的脑壳上，那里还缠着医院打上的绷带。也许他会以为我是来托人验伤的。

而我却一时语塞，因为我自己也很难说清我要查明的东西到底是公事还是私事。踌躇了片刻之后，我含糊其词地说道：“我是去年紫檀山庄凶杀案的办案警察。”

董竹的脸上显出些诧异的神色，想必刑警队的人他都熟悉，但却从未见过我这号人物。

“我是东山区派出所的。”我又解释了一句，“案件发生那天是我最先到达现场的，我负责了外围的排查和戒严工作。”

“哦。”董竹点点头，“那你需要了解些什么呢？”

我直勾勾地看着对方：“我想知道对死者DNA鉴定的结果。”

“两份检材间父子关系的可能性大于99.999%。”董竹很干脆地回答道，然后他还笑了笑说，“其实你不必跑这么远的，鉴定结果早已经公开，你在网上就可以查到。”

我缓缓地摇着头：“我不要网上公开的结果，我要的是真实的结果。”

董竹的笑容僵在脸上：“周警官……你这是什么意思？”

“你能保证那是真实的结果吗？”我知道这么问非常唐突，可我没有时间，也没有心情和对方兜圈子。

看得出来，董竹已经在尽力控制自己的情绪。他耐住性子向我解释：“我们的鉴定是严格按照科学程序来的，不会出任何差错。”

“可你为什么要接受当事人的贿赂？”我继续追问，“接受了贿赂之后，结果还会真实吗？”

“你在胡说什么？！”董竹终于变了脸色，他一边沉着声音呵斥，一边向四周张望，好在此刻接待室内外并没有什么闲人。

话说到这个份上，我索性便摊出了所有底牌：“你接受了孟婷婷的贿赂，十万元！你为什么要这么做？”

董竹的目光慌乱地闪躲了一下，不过他很快又抬起头，用非常强硬的态度回应着我：“你要干什么？你想勒索我吗？！你说我接受贿赂，你有什么证据？！”

说完这些，他便“哼”了一声，转身想要离开，我连忙一把将他抓住。

“你干什么？”董竹铁青着脸，“你如果有证据，可以去纪检部门告我！你来这里找我干什么？”

“不，你误会了……”我苦笑着摇摇头，“我对那十万元没兴趣，一点兴趣都没有！我只想知道，你是否给出了真实的鉴定结果。那具留在紫檀山庄的尸体，到底是不是唐少铭？”

董竹半转着身看着我，脸上忽然现出又可气又可笑的神情。

“你负责现场的外围排查吗？”他问。

我下意识地点点头，不明白他为什么又问起这个。

董竹嘲讽般地笑了：“那你能不能告诉我，如果那具尸体不是唐少铭，那么唐少铭去了哪里？”

我蓦地愣住。是啊，那天正是我带着人排查了整个贵宾楼，每个房间、每个角落我都仔细地筛了一遍，绝无遗漏。

虽然在案发时间段也有人离开过贵宾楼，可张志强就守在门口，而且这些人后来都被一一找到。他们身份确凿，并无可疑之处。

如果死者不是唐少铭，那么唐少铭藏到了哪里？

这是一个显而易见的悖论，其实只要有这条悖论在，似乎连DNA鉴定都显得多余。

此前我也考虑过这个问题，可是昨天孟婷婷对着相片的哭诉，加上后来酒精的刺激，却让我的思维如短路般发生了紊乱。所以我竟会在逻辑漏洞如此明显的情况下对主任法医的鉴定结果进行质疑，这不是自讨没趣吗？

我悻悻地松开手，无话可说。董竹见我颓了气势，也不愿再和我纠缠，冷笑着昂起头，如得胜般离去了。

我只好黯然离开了法医中心，脑子里如捣了糨糊般混沌一片。从昨天开始，与紫檀山庄血案有关的疑点接二连三地在我眼前浮现，可我却无法从中理出一条清晰合理的线索来。从张志强到孟婷婷，从那个冒充薛飞的神秘男子再到莫名受贿的董竹，我明明知道有很多人、很多地方都不对劲，可要命的是，我又说不清为什么不对劲。也许我也能杜撰一两条解释出来，可这些解释的基础是如此薄弱，往往不堪一驳。

我在街头漫无目的地闲逛着。当最初的冲动退却之后，我可以沉下心来认真地思考所有的事情。我渐渐开始领悟到，对于那起轰动全城的血案，我可能还缺失某条重要的信息。

真相被隐藏在幕后。虽然我已窥到一些端倪，但主线缺失使我无法把看到的东西连成一个整体。当我顺着某个独立的小点深入探索的时候，我很容易便会误入歧途，转到连自己都无从解释的死胡同里去。所以我有必要转换思维的模式，首先将所有的事件铺开，然后再去寻找其中的联系。

可那缺失的主线究竟是什么？

我一边想一边溜达，但终究毫无头绪。思维过度之后，后脑勺开始紧绷绷地发疼，我伸手一摸才发现绷带内打着厚厚的纱布，也不知道缝了有几针。

这样连转过几个街口，马路对面的一辆轿车忽然打了个急轮，掉转车头后把我别在了路边。我正在埋怨对方开车如此鲁莽，却见一个黑衣小伙子钻出驾驶室，急匆匆地抢到我面前。

我认识那个小伙子——正是昨天张志强派出来接我的那个司机。

“周警官，您这是出什么事了？”小伙子讶然地看着我满头的绷带，“——电话也打不通。”

“没什么……出了点意外。”我随口敷衍着，同时我掏出手机查看了一下，原来是因为电量耗尽，手机早已自动关机了。

“那您快上车吧。”小伙子帮我打开副驾驶室的车门，“我们张总都找您一上午了！”

我当然知道张志强找我做什么，而我确实也有太多的疑问，或许从他那里能找到些答案。于是我便不客气地钻入了车内，那里面空调温暖，座椅舒适，软软地半躺下去，立刻产生一种筋骨疏通的酣畅感觉。

妈的，有钱人的生活确实是好。我颇有些不平衡地在心里暗骂了一句，难怪世人都会对豪门生活趋之若鹜。

5

司机第一时间向张志强报告了我的行踪。所以当我们抵达振德大厦的时候，后者早已在办公室里等待着。他的神情看起来焦急而又忧虑，而我那狼狈的尊容令其更甚。

“昨晚喝多了，自己摔了一跤。”为了省些口舌，我抢先一步把在车上想好的说辞抛了出来。

“真的是这样吗？”张志强还是充满疑虑的样子。

我“呵”地轻笑了一声：“你以为是怎样？”

“从昨晚开始，我就失去了和你的联络。我甚至去你家里找了——可你没有回家。”张志强郑重地说道，“所以我担心你发生了什么意外。”

“不至于，只是喝多了而已。”我把自己扔到沙发上，显出一副满不在乎的样子。其实我心中有一点感动，因为我看出对方关切的表情并非伪装出来的。

张志强见我如此，便不再纠缠这个话题，毕竟他更关心的是另外一些东西。

“那就说正事吧。你查出什么结果了吗？”

我也收起了笑容，沉吟着说道：“那起案子——确实有疑点。”

张志强释然地叹息一声，看得出来，他对我态度的转变一直非常期待。

不过我还有半句话没有说完——

“真实的案情，可能比你想象的还要复杂。”

张志强立刻蹙起眉头：“怎么讲？”

“孟婷婷那里确实隐藏着很多秘密。不过，她可能只是一个知情者，而并非主谋策划者。”

“为什么？”

我有些尴尬，不知该怎么解释这个事情。如果我说因为我看到孟婷婷哭泣着用茶杯砸向唐少铭的照片，所以我就认为她也是个受害者，张志强肯定是不会接受的。

就像别人无法理解“唐少鼎不可能杀死唐少铭”这条理由一样，张志强也无法理解我对孟婷婷的一颦一笑有多么敏感。

所以我只能含糊地说道：“我只是有这种感觉。真正的主谋很可能是唐少铭。”

“唐少铭？”张志强摇着头，“你这是什么意思？唐少铭已经死了！”

我没有办法在这个问题上和他争辩，因为我知道争辩的结果还是会回到先前那个尚未解决的悖论中。但我在犹豫是否要将法医收受孟婷婷贿赂的事情告诉张志强。

孟婷婷在给我银行凭单的时候，特意在背面留下了张志强的电话号码，这是什么用意？她是否希望我把这个情况透露给对方？

这么猜测也是有可能的。因为孟婷婷已经知道张志强正在对自己进行调查，为了洗脱杀夫嫌疑，她也许会抛出一些指向真相的线索。

但她并不完全信任张志强，她怕真相仍然会牵连到自己。所以她把凭单交给了我，因为她知道在这个世界上，只有我会全心全意地保护她，不管她做了什么，我都不会让她受到伤害。

当我想到这里的时候，我的心里稍稍暖和了一些。同时我决定先不说出凭单的事情，因为我还没看清事情的全貌，我无法估计凭单的事情揭露之后会对孟婷婷造成怎样的后果。

所以现在我只能独自去承担这件事情，无论如何，我不可辜负孟婷婷对我的信任。

我用手揉了揉发涨的脑袋，又陷入那个悖论的破解中。可那是一个怪圈，我根本找不到突围的方向。

张志强看着我有些着急，突然提高声调问道：“周警官，你是不是有什么事情在瞒着我？”

我无奈地苦笑着，这个老头可不是个容易应付的角色，我必须编一套说辞先把他稳住才行。

忽然有人在室外敲门，算是在彷徨之际帮我解了围。

“进来。”张志强的注意力暂时被分散。

年轻的司机推开门：“张总，兴达银行的刘经理来找您，他正在会客室等待。”看来这小伙子同时也兼任了张志强的私人秘书。

“兴达银行？”张志强有些奇怪，“他来干什么？唐氏集团跟他们从来没有业务往来。”

可小伙子接下来的一句话却让我和张志强同时紧张起来。

“刘经理说，他有重要的事情找您，这件事和唐兆阳先生的遗产分配有关。”

张志强和我对了个眼神。不需要多说什么，我们几乎同时起身向着隔壁的会客室快步走去。

一个胖胖的中年男子坐在室内，见到我们进来，他立刻站起身，脸上挂满标准的职业笑容。显然这就是兴达银行的刘经理了。

小伙子给双方互做介绍之后，便知趣地退到了屋外。刘经理抢上前握住张志强的手："张总，您好！"

张志强客气地指着座椅："坐下说吧。"

"不，不用坐了。"刘经理直接说道，"请问您现在是否正在处理唐兆阳先生留下的遗产，而这笔遗产有一部分本来应该是属于唐少铭先生的？"

"是的。"张志强一边回答上下打量着对方。

刘经理微微一笑："那就对了。去年十二月二十二日，鄙行受到客人委托，保管着唐少铭先生签署的一份文件。今天我的客人通知我，需要立刻将这份文件转交给张志强先生。"

说话间，刘经理打开了随身携带的一个密码包，然后从中取出一封折叠得整整齐齐的信函交到了张志强手中。张志强将那封信函打开，站在原地阅读上面的内容。片刻之后，他向我这边看了一眼，脸上的神色非常凝重。

我把脑袋凑了过来，却见那信函上写着：

继承权指定文书

本人唐少铭（中华人民共和国身份证号××××××××××××××），现指定韩国籍公民金荣权（韩国身份证号×××××××××××××××××）为本人的合法继承人。即本人死后，名下的所有财产将由金荣权获得。金荣权将在恰当的时候抵达中国龙州，凭本人亲笔书写的继承权指定文书副本来领取本人遗产。

本文书一式两份，正本交张志强先生，副本在韩国籍公民金荣权手中。在正副本文书核对无误的情况下，本文书即刻生效，请财产保管者按照此文书处理本人所遗的全部财产。

本人签字：唐少铭（签名）

2008年12月20日

“韩国籍公民金荣权？这个人是谁？”我愕然张大了嘴巴，被这个突如其来的变化搞得完全摸不着头脑。

“我也是第一次听说这个名字。”张志强的眉头紧紧皱成了两个疙瘩，“这个唐少铭，他到底搞的什么鬼名堂？”

刘经理此刻又上前彬彬有礼地说道：“张总，您已经收看了文件。如果没有问题的话，请您在接收函上签个字吧。”说话的同时，他递过了一份打印好的接收函。

张志强没有急着签字，他问对方：“是谁让你把文件送来的？”

“委托我们的客人，就是文件中提到的韩国公民金荣权。”刘经理回答说，“不过他的中文说得非常好，我想他应该是个韩籍华人。”

“他现在人在哪里？”

“这个我就不知道了。”刘经理摊了摊手，“事实上我也只是在接收这份文件的时候和这人见过一面。今天他通过银行服务电话和鄙行联系，让我们将文件送达给张先生。这个人现在是在中国还是韩国都不一定。”

张志强转头看向我：“有没有办法查到这个人？”在问这个问题的时候，他自己都有些底气不足。

我苦笑着摇头：“韩国公民，你让我怎么查？除非能动用国际刑警。”

张志强也摇摇头，知道这的确是强人所难。而一个无法追查的韩国公民，这恐怕也是文件制定者的刻意安排吧。

无奈之下，张志强只好先在接收函上签了字，同时留下了刘经理的手机号码，以备随时联络。

刘经理完成任务后即离开，我和张志强重回到办公室。在相当长的时间里，我们俩分坐一边，各自陷入了沉思。

良久之后，我开口问道：“那确实是唐少铭的笔迹吗？”

“这绝对不会错的，对他的笔迹我太熟悉了。”张志强点着头，他那确信的表情在告诉我，这根本就不能算是个问题。

“如果是这样的话——”我悠悠地说道，“那我们就要认真考虑一下唐少铭的生死了。”

张志强沉默不语，但我相信他是个明白人，有些事情不需要我点得太透。

唐少铭刚刚年过三十，年富力强，无病无恙，正常情况下这样的人绝不会立一份文件来特意确定自己的遗产归属。

可偏偏这份文件的订立又显得如此及时：文件立于二〇〇八年十二月二十日，而十二月二十五日唐少铭便死于紫檀山庄的贵宾楼中。这根本就如算计好的一样！

傻子也会想到，这两件事之间必然存在着某种耐人寻味的联系！

文件摊放在办公桌上，张志强已经凝视了良久，此刻他轻轻地用手指敲击着纸页："如果这份文件生效，再结合法院的判决和唐兆阳的遗嘱，那么唐家所有的财产都会归这个韩国人金荣权所有。"

"是的，这就是唐少铭安排好的局面。"我对张志强说道，"现在你该相信，孟婷婷绝不是这起案件的主谋，因为她并不能从中获得任何的利益。"

说到这里，我的心中忽然一动：难怪孟婷婷会用茶杯砸向相框！我现在完全理解了她的那声歇斯底里的哭喊。

"你们全都不信任我！"

她觉得唐少铭不信任自己，因为后者把所有的财产都留给了那个韩国人！而这些财产本来都应该归属在她的名下！

是了，是了！也正是因为如此，她才会把银行凭单的线索透露给我，她是在向那个男人示威呢？还是看清了对方的面目，从而在我和他两段感情间又出现了新的摇摆？

在我胡思乱想的当儿，张志强则继续整理自己的思路，完了之后他又说道："好吧。现在我们假定唐少铭没死，而且这一切都是他的阴谋——让我们顺着这个思路把事情的前后过程捋一捋。首先是唐兆阳制定了限制兄弟争斗的遗嘱，按照遗嘱内容，唐氏兄弟将平分家族财产，这让唐少铭无法接受。于是他设计了陷害唐少鼎的陷阱，当法院判决唐少鼎有罪之后，唐少鼎就失去了财产的继承权。而唐少铭则通过假死的方式在某个地方藏匿了起来。此时虽然唐兆阳所有的遗产都归到了他的名下，但他因为已经是个'死人'，所以无法出面领取这些财产。根据唐兆阳的遗嘱，这些财产将由唐少铭的继承人获得。于是他不得不提前给自己指定一个继承人，以代替自己获得这笔遗产。很显然，他和这个被指定者之间会达成某种协议。为了防止有人顺着被指定者这条线索追查过来，唐少铭挖空心思选择了一个韩国人来担当这个角色，目的就是要阻止怀疑者对这件事情的追查。唐少铭肯定有充分把握控制这个韩国人，据我猜测，指定文书的副本此刻根本就不在这个韩国人的手中，唐少铭应该就是通过控制这份文书来控制这个韩国人的吧。”

“其实还要更简单一些，我指的是唐少铭对那个所谓韩国人的控制。”我此刻插话道，“因为我们没有办法去调查这个韩国人，所以这个人的姓名、身份等等其实都是无意义的。唐少铭到时候可以随意找个人，伪造一套身份证明，然后拿着文书副本来领取财产就可以了。”

张志强想了片刻，却摇了摇头：“如果这个人在领取财产之后把唐少铭撇开，那他该怎么办？”

我略一思索后说道：“也有办法……比如唐少铭可以保留韩国人伪造身份的证据，如果对方爽约，他抛出证据后，韩国人便会一无所获。”

“那唐少铭自己岂不也是竹篮打水一场空？”张志强无法认同我的说法，而且他又想到了另外一些难解之处，“我们刚才的思路中，还有一个非常不合理的地方。”

“什么？”

“你说孟婷婷在这件事情中扮演了怎样的角色？”

我斟酌了一下说道：“知情者。”其实说“同谋者”会更准确一些，但我不想把这样的帽子扣在婷婷头上。

“既然这样，唐少铭为什么还要找一个外人来作为自己的继承人？孟婷婷已经可以帮他去领取唐兆阳的所有遗产了。”

“他不信任孟婷婷。毕竟牵涉到数以百亿计的财产。”孟婷婷悲伤哭泣的样子又浮现在我眼前，我努力控制自己的思绪不去想感情方面的事情，因为现在的讨论正到关键的时刻。

“那他凭什么会信任那个韩国人呢？你也知道孟婷婷对唐少铭是怎样的情感，对唐少铭来说，还有谁比孟婷婷更让他放心？”

我被问住了。这个世界上还有谁能像孟婷婷一样对唐少铭迷恋且又忠心？如果唐少铭对她都不信任，那他又凭什么对那个名叫金荣权的韩国人如此放心？

“除非那个韩国人就是……”张志强心中显然已经有了新的思路，但他却不立刻说出来，而是用提示般的目光和语气诱导着我。

“唐少铭。”我如醍醐灌顶般大喊出来，“那个韩国人是唐少铭！”

在这个世界上，能百分之百信任的那个人，只有你自己！所以唐少铭给自己换了个身份，他变成了韩国人金荣权，他要把所有的财产掌握在自己手中！

唐少铭在离开龙州后，第一站就去了韩国。以他的财力和智力，搞到一个韩国国籍并非难事。

不过我仍有一点小小的疑问。

“可他最终怎么来领财产呢？”我问张志强，“只要他敢出现，难道你会不认识他吗？”

张志强已经提前想好了答案：“既然他变换了身份，那么容貌当然也会改变。韩国的整容技术全球领先，可以轻易地把他改造成另外一个人的样子。在这样一个变幻莫测的社会中，唯一能够表明财产继承者身份的就是那张文书副本，毕竟笔迹再怎么模仿，也能够鉴出真伪，而这副本唐少铭随时都可以写出来，所以一切都在他的控制之中。”

“再怎么整容也不能脱离原先的轮廓吧？不过——”我沉思着说道，“如果我是唐少铭，我一定会等到唐少鼎被执行死刑之后才出现。到时候即使有人怀疑，也没有证据去确定我的身份了。”

张志强明白我的意思：既然唐少铭改变了自己的容貌，那只有做DNA鉴定才可以确定他的身份。如果小唐被执行死刑，尸体火化之后，DNA鉴定也失去了比对的材料。到时候即使有人觉得金荣权和唐少铭容貌相像，也没有办法去证明这两人间的关系了。

“这样讲下来的话，倒是能解释很多事情。而且——”张志强看着我说，“我们还可以到兴达银行去求证一下我们的思路。”

事不宜迟，我们俩立刻出发，半小时后我们出现在兴达银行的会客室内。对兴达这样的小银行来说，能和唐氏财团的首脑人物有所结交自然求之不得，所以刚才那个刘经理热情地接待了我们。当张志强提出要调阅与金荣权有关的监控录像时，他也立刻应承了下来。

没过多久，我们就看到了相关的监控资料。这段录像拍摄于去年的十二月二十二日，那个自称金荣权的人正是这天来到兴达银行办理文件的寄存手续的。

从录像上看来，金荣权个儿头在一米七五左右，中等身材，只是容貌看不太清楚，因为他戴了一副大大的墨镜，同时衣领也竖得很高，这样他的大半个脸庞都被遮住了，只能依稀看个大概的轮廓。

不过我和张志强很快便取得了共识：这个自称金荣权的人就是唐少铭。不仅因为他的形体轮廓和唐少铭相仿，更重要的是，此人走路的仪态、言行间的气质都与唐少铭毫无二致，而那种高贵、雍容、骄傲的感觉又是唐少铭所独有的，至少我在其他人身上从未见到过。

这样我们此前的猜测便得到了非常重要的印证。

“肯定是他。”张志强进一步补充说，“他连装扮都没有改变。那天我们进入一〇二房间的时候，唐少铭坐在窗口，也是戴了一副大大的墨镜，并且穿了同样一件高领外套。”

我便问对方：“那当时你看清他的脸了吗？他的容貌有没有变化？”

张志强皱眉回忆了一会儿，摇头道：“唐少铭几乎在见面的同时就赶我们出去，所以我们在房间里待的时间很短——他的容貌有没有变化，我还真是没有仔细观察。”

我的脑子飞快地旋转着，片刻之后我深吸一口气说道：“看来我们得到案发现场走一趟了，已经是时候去解开那个悖论了。”

张志强看着我问：“什么悖论？”

“唐少铭生死的悖论。”我一边说，一边迈步向银行外走去。张志强也有所会意，立刻紧紧地跟了上来。

6

有车就是方便，我们很快就穿越城市来到了紫檀山庄。不过我觉得时间并不太合适，加上肚子也开始咕咕叫，于是就撺掇张志强在山庄内部找了家饭店先饱餐了一顿。这餐饭自然是张总买单，我也就不客气，照着特色野鲜点了几味，那味道果然不同寻常。

吃饱喝足之后，时间已到了下午三点。我和张志强来到了山庄内的贵宾楼宾馆。这里属于我们派出所辖区，宾馆的黄经理忙不迭地赶出来打招呼。他的眼睛直往我的脑袋上瞟，似乎还想问些什么，但是被我瞪了一下之后，便不敢开口了。

“一〇二房间有人住吗？”我大咧咧地问道。憋屈了一天，我这个小警察终于也能摆点儿威风了。

“空着呢。”黄经理一脸的苦样儿，“那起案子现在是满城皆知，谁还敢去住那个房间？别说是一〇二，我们整个贵宾楼的入住率都是大不如前了。”

我可没空听他诉苦，摆摆手说：“你去把房间打开。”

黄经理把我们领到一〇二房间门口，掏钥匙打开了房门。我和张志强走入房间，当黄经理也要陪着进来时，我却把他拦住了。

“你去前台等着吧，有事我会叫你。”我吩咐道，“如果一直没叫你的话，你就到四点的时候来房间里找我。”

“好吧。”虽然不明白我是什么用意，但黄经理还是遵从而去。

我关上房门，窗口的采光很好，屋子里亮堂堂的。不过回想起案发当天的惨状，让人心里还是有种阴森发凉的感觉。

“周警官。”张志强此刻看着我说道，“现在你能不能告诉我，你到底想怎么解开那个悖论？”

“到目前为止，我想我已经破解了那起血案的所有奥妙。”我自信地说道，“现在所差的，只是要通过实验来证明一些事情。”

黄经理非常守时，他在前台一直等到四点，这才又来到一〇二房间门前。

房门从里面关上了，黄经理敲了敲门，我立刻在屋内回应：“是黄经理吗？请稍等。”

过了不多会儿，房门打开了，开门的却是张志强，他将黄经理让进屋内，指着正对着门的窗户说道：“快进来吧，周警官正在那里等你呢。”

黄经理顺着张志强所指的方向看去，果然，一名男子正端坐在西边窗下的沙发上。他身后的窗帘完全拉开，西沉的太阳此刻恰好出现在窗外，阳光透过窗户直射进来，给男子的身形打上了一圈绚丽的光影。那男子把整个身体都沉在沙发中，同时戴着一副硕大的墨镜，看起来甚是悠闲自得。

“周警官？”黄经理向前走了两步，见对方毫无反应，他又加重语气呼唤了一声，“周警官？！”

“你好，黄经理！”我终于回复了他的呼喊，可我的声音却是在黄经理的身后响起。后者惊讶地转过身，正看见我从屋门附近的衣柜中钻出来，一脸的笑意。

“这，这是怎么回事？”黄经理看看我，又看看窗下的那个人影，困惑不已。

此时窗下人也站起了身，他摘下墨镜，从光影中走出，原来那人是张志强的司机。

“你是……”黄经理并不认识对方，有些一头雾水的感觉。

“这位是张志强先生的司机。”我略做介绍之后，又问黄经理，“你知道他是什么时候进这个屋子的吗？”

黄经理茫然摇头：“不知道。”

我又问：“那你有没有一直在前台等待？”

“是的，我一直在前台。”黄经理回答说，“可我没看见这位先生进来。”

“他在我们到来之前，就先在一〇三房间开了个房。”我解释道，“大概十分钟之前，他从一〇三房间蹿到了这个屋子，你没有看见吗？”

“我确实没注意。”黄经理尴尬地笑笑，“你们这是在搞哪一出呢？”

张志强冲司机甩了个眼色，司机立刻拍了拍黄经理的肩膀，把他带出了屋子：“我们出去说吧，我会向你解释。”

他们两人刚刚离开，张志强已沉吟着开始分析：“好了。刚才的实验至少证明了两件事情，第一，前台的人注意力是有限的，如果有人想在一楼的客房之间穿梭而又不被前台发现，他完全可以做到；第二，在下午四点的光照条件下，这个房间内会形成强烈的逆光，使门口的人看向窗口时视力受到很大的影响。我的司机和你并不十分相像，当他换上你的衣服，戴上墨镜之后，黄经理便把他当成了你。所以在案发当天，如果这里坐着的是一个整容之后的唐少铭，我根本不会发现其中的玄妙。我只是靠声音确定了对方的身份，但绝不会想到，此时唐少铭已经面目全非了。”

我点点头：“所以唐少铭虽然没有死，但他却可以堂而皇之地出现在这座小楼里，甚至出现在我和你的眼皮底下——这就是我要解开的关于唐少铭生死的悖论。”

“可是DNA检测结果呢？”张志强却依旧皱着眉头，“这个怎么解释？”

“检测结果很可能是假的。”我终于决定把这个秘密告诉对方，“在鉴定结果公布之前，DNA实验室的主任曾接受过孟婷婷十万元的贿赂。”

张志强挑起眉头，显然这是个令他极其意外的消息，然后他又问我：“你是怎么知道的？”

“是孟婷婷把这个信息透露给我的，就是我们在法院外碰面的时候。”

“她为什么要告诉你这个？”

“因为唐少铭伤了她的心。唐少铭制定的那份继承人指定文书就是对她的不信任，所以她要报复一下唐少铭吧？不过她的态度显然还在摇摆不定，如果不是今天我们解开了这么多秘密，我也还弄不懂她给我那条信息到底是什么意思。”

“嗬，女人哪——真是复杂而又矛盾的动物。”张志强感慨地说道，看来已经明白了我说的意思，然后他又瞪起眼睛看着我，非常不满地问道，“周警官，你到底还有多少事情在瞒着我？”

“也没什么了……”我被他说得有些不好意思，赶紧趁势把另外一些情况也说了出来，“案发那天，有一名男子冒用他人的身份证住在隔壁的一〇三房间，一楼其他房间的住客都是来参加网友聚会的年轻人，而一〇三房间的男子就是这次聚会的组织者。”

张志强略现出迷惑的神色，不明白我为什么说起这些，但他很快又瞪大眼睛，因为我终于抛出了重点。

“这名男子的手机在案发前几天和孟婷婷有着非常密切的联系。”

张志强恍然大悟般深吸了一口气，然后充满期待地看着我：“不用再兜圈子了，周警官，快把你所说的‘案件的所有奥秘’告诉我吧！”

我确实已经想得很清楚，于是便侃侃而谈：“毫无疑问，那起血案完全是出于唐少铭的周密策划，其目的就是要陷害自己的弟弟唐少鼎，使对方失去遗产的继承权。计划的实施需要一些前期的铺垫。首先，唐少铭去韩国整了容；其次，唐少铭在同城网上注册了账号，并有意开始结交一些网友，去年的十二月二十五日，唐少铭发起了一次网友聚会，同时他也约唐少鼎见面，这两起活动的地点都定在紫檀山庄的贵宾楼。

“二十五日中午，唐少铭来到贵宾楼，为网友聚会包下了一楼除一〇二之外的所有房间。在做这件事的时候，他冒用了一名叫作薛飞的无辜男子的身份证件。此后陆续有网友到达，这些网友都听从他的安排在一楼入住，而他自己则住进紧挨一〇二号房的一〇三号房。然后他便开始改变行头，穿上高领上衣，戴上墨镜，变成了后来你看到的唐少铭的模样。

“这时唐少铭又来到前台，用自己的身份证开了一〇二房间。他将一名刚刚到达的网友带到一〇二房间内。这名网友就是他精心挑选出来的死亡替身，此人不仅身形轮廓和他相仿，而且多半是个流动人口，即使失踪也不会引起他人的重视。

“唐少铭将这个替身迷晕制服，并藏匿在一〇二房间内。然后他就坐在窗前的这张椅子上，等待你们的到来。当你们进门后，他呵斥你和孟婷婷离开，孟婷婷立刻把你带到楼外，为唐少铭后续的行动创造条件。

“在屋内，唐少铭用迷魂药迷晕了唐少鼎，然后他把自己的一身行头换到替死鬼身上，而自己则换上了唐少鼎的衣鞋。在唐少鼎昏迷的时间内，他残忍地用棒球棍将无辜网友打得稀烂，鲜血则全都溅到了唐少鼎的衣鞋上。随后他把血衣血鞋重新给唐少鼎穿好，棒球棍也塞到对方手中，他自己则换上替死鬼的干净衣服，到卫生间清洗了一番。当这一切完成之后，他又潜回到一〇三室，换上最初的那身衣服，变回到‘薛飞’的身份。

“当唐少鼎醒来后，他糊里糊涂地走出贵宾楼，手握凶器，浑身鲜血，自然毫无悬念地成为杀害自己‘哥哥’的凶手。而唐少铭则用‘薛飞’的身份证件应付过警方的排查，大摇大摆地脱身而去。因为是网友聚会，所以谁也不知道他的真实身份，也没有人会关心那个替死鬼为什么始终都没有出现过。”

“真是大胆而又周密的计划！”听完我的猜测和分析后，张志强愣了片刻才喟然感慨。

我也摇头轻叹了一声。这样的计划确实高明绝妙，也只有具备那个男人一般的智商和胆略，才有可能设计出来并成功地实施吧！

张志强忽然又想到一个问题：“这么说来的话，你还曾和唐少铭面对面地做过笔录？”

我无奈点头："是的。当时他用的是'薛飞'的身份。"

"那你没有认出他来吗？"

"完全没有。"我沮丧地说道，"他当时的神态举止像极了那些无所事事的网虫，我怎么可能想到他竟然会是唐少铭？只是现在回忆起来，那个男人的身形轮廓确实和唐少铭非常接近，说话的时候又故意哑着嗓子，似乎要掩饰自己本来的声音。"

张志强"哦"了一声，反而开始宽慰我："这也很正常。唐少铭其实是个很有模仿天赋的人，我看过他在大学期间表演的话剧，能把各种角色演绎得活灵活现，不要说你了，就算我当时在场，恐怕也会被他骗过。"

"他确实是骗过了所有的人。"我咧着嘴说道，"如果不是孟婷婷倒戈，我们现在也还是被蒙在鼓里。"

张志强点头认同："是孟婷婷让你知道唐少铭并没有死，从而才有了这些推测。没有处理好和女人之间的关系，这可能就是唐少铭完美计划中唯一的疏漏点吧。"

也许正如张志强所说，女人确实是世界上最复杂的动物，就连唐少铭这样的狠角色也无法完全驾驭她。

不过现在我仍然无法产生胜利的感觉。

"你刚才的用词很准确——"我对张志强说道，"我们分析出来的所有经过，都只是'推测'而已，可是在法律上没有任何意义。仅凭这些推测，根本无法给唐少鼎翻案。"

张志强神色严峻："是的——除非我们能找到证据——唐少铭仍然活着的证据。"

"唐少铭已经改变了容貌，并且拥有新的身份。所以我们想获得有效的证据，只有两个办法，一是做DNA鉴定，通过证明金荣权与唐少鼎之间具有兄弟血缘，从而揭穿他的身份；二是笔迹鉴定，因为每个人的笔迹都像指纹一样是独一无二的，如果我们能证明金荣权的笔迹和唐少铭完全相同，我们也就证明了他们根本就是同一个人。"我分析一通后却又摇摇头，"不过这两点理论上可行，要实现的希望却太渺茫，像我前面说过的，唐少铭现在一定会躲藏起来，等唐少鼎被枪决火化后才出现，那时DNA鉴定已不可能；至于笔迹他又可以刻意改变隐藏，使鉴定无法得出正确结果。到时候我们只能眼睁睁地看着他用金荣权的名义领走所有的遗产。”

“不，我决不会让这样的事情发生。”张志强立刻打断我，表情坚毅地说道，“我一定要找到他，在唐少鼎的上诉期限到来之前！”

“茫茫人海，不到两周的时间，怎么找？”

“孟婷婷，只有通过孟婷婷。”张志强不假思索地回答，“她是我们唯一的希望了。”

是的，只有通过孟婷婷。其实我也早想到这一点，可是……

“她会帮我们吗？”我自言自语。

“那就要看你了。”

“我？”我的心潮又开始起伏。

“孟婷婷的感情正在摇摆，在你和唐少铭之间。你现在应该明白这起案子的意义，它不仅是遗产的纷争，也是你和唐少铭之间那场感情战争的最后较量。”张志强正视着我说道，他的语气像是在鼓舞一个出征的战士。

我真的不敢相信孟婷婷会帮我们去找唐少铭，那是一个能让她痴狂、让她不顾一切的男人。我又怎么能比得过他？那场感情战争早已有了结果——我一败涂地！

可是婷婷，她又确实找到了我，她给了我那张银行凭单，就像把一柄钢刀交给绝境中的战士一样。难道我就连放手一搏的勇气都没有吗？

我的内心在辗转徘徊，忽而欣喜，忽而绝望。张志强此刻接了个电话，然后他拍拍我的肩膀，把我唤回到现实境地中。

“先别想了，我们得到看守所去一趟。”

“怎么了？”从对方的神情看来，似乎不是什么好消息。

张志强晃晃手机：“律师打来的，唐少鼎拒绝在上诉书上签字。”

怎么会这样？我愣了一下，有些难以理解。拒绝签字意味着放弃上诉的权利而直接认罪服法，那我们现在做的所有工作就没有任何意义了。

那个笨蛋，都什么时候了还来添乱！我在心中暗骂了一句，同时我有些同情地看了张志强一眼。我感觉这个威严的老者就像三国时的诸葛亮一般，费尽心力却是在帮一个扶不起的阿斗。

四 翻案

1

唐少鼎，也就是我口中经常提到的小唐，今年二十八岁，中等个头，从父亲那里继承来的国字脸带有明显的唐家标记。由于曾长期在农村过着艰苦的生活，他的身形微微有些佝偻，手脸上的皮肤也留下了风吹雨打后的粗糙痕迹。这使得他从外表上看起来比他的哥哥还要年长一些。

死刑似乎已经开始在这个男人身上展现其狰狞的威力。当他被押进探访室的时候，步履缓慢，神情呆滞，本该属于一个小伙子的生命活力已荡然无存。他像一只提线木偶似的，听着狱警的口令一步步来到会客桌前，然后坐在我和张志强的对面，漠然地垂着头。

“你好。”我看着他打了招呼。这完全是为了后续沟通的需要，事实上我对这家伙非常厌恶——自从我知道他曾经欺辱过孟婷婷之后。

小唐抬起头，目光空洞洞地看着我，一言不发。很快他又转头看向了张志强。

“张叔。”他含糊不清地叫了一声，带着浓重的乡下口音，听起来有些费力。

“你为什么不在上诉书上签字？”张志强直截了当地问道。

“法院都已经判了，上诉有什么用……”小唐嘟囔着，一副死不争气的神态。我看着他，像是看见了一只永远站不起来的蠕虫。

张志强严肃地说道：“那个案子是有疑点的。我们还在帮你。”

“你们帮我有什么用？”小唐茫然絮语，“我已经杀了我哥……那天在法庭上，公诉人都讲得清清楚楚……虽然我自己不记得了，但确实是我杀了我哥，我应该被判死罪。大家都恨我，讨厌我……尤其是我嫂子，她恨不得我马上就死……”

我简直被气到了无语。这个愚蠢的家伙，他居然会被公诉人的话说动，相信自己真的杀了人！这样无脑的家伙，我真是闻所未闻！

“不，你的案子是有疑点的，现在说死罪还为时过早！我们正在外面帮你，你明白吗？关键是你自己的态度不能这么消极。你亲眼见到自己杀死唐少铭了吗？没有！所以这些可能都是假的，是别人设计好的阴谋。如果你死了，那么这个阴谋就得逞了！你愿意让这样的事发生？”

我一口气说完了这些话，小唐却仍是无动于衷。我急得恨不能将他的脑袋劈开，把那些简单至极可他却无法理解的道理强灌进去。

我着急并不是因为我关心这只蛤蟆的安危。只是这只蛤蟆是我们向唐少铭开战的宣战书，如果他不肯跳出来，那我们连和大唐交手的资格都没有。

那么我那场刚刚燃起希望之火的爱情保卫战显然也会化为泡影。

小唐却根本无视我的感受，在他眼里，我只是个不值得信任的局外人。

“你的嫂子也在帮你。”张志强忽然冒出这么一句，而他的话起到了立竿见影的效果。

小唐的眼睛绽放出光彩，他非常期待地问道：“真的？”

“当然是真的，她非常关心你。”张志强意味深长地瞥了我一眼，然后又转向小唐说，“不过你首先要在上诉书上签字才行。”

小唐脸上现出无比兴奋的神色，就像一个忽然捡到了金元宝的乡巴佬。

我心中涌起恶心的感觉，真想在他耳边振聋发聩地大喊：“你醒醒吧！婷婷如果愿意帮你，那也是因为我的存在，而绝不是想要救你这只大蛤蟆！”

不过为了让对方签字，我只好把这番情绪深深地压在心底。同时我不满地回视着张志强，暗想：你的这条计策虽然切中要害，但怎么也得考虑一下我的感受吧？你就不能事先让我回避一下吗？

而更可气的事情还在后面。

“让我签字可以。”小唐居然摆起了谱，“不过……我有一个条件。”

“什么条件？”

“我要嫂子来跟我说，她让我签，我就签。”

这个浑蛋！我几乎忍不住要爆发出来，好在张志强及时拍住了我的大腿。我深深地憋住一口气，脸涨得通红。

“好吧。我们会让你嫂子把上诉书带来。”张志强对那只蛤蟆承诺说，而我此刻则气呼呼地站起身，转头走出了接待室。

张志强又待了有一刻钟左右才出来，一见到我，他就摇头轻叹：“你一点都不懂得控制自己的情绪，就这方面来说，你确实比唐少铭差多了——难怪女人会不喜欢你。”

“我就是受不了。”我气愤未平，“你用孟婷婷来给那只蛤蟆做诱饵，那对我简直就是一种侮辱。”

“你不舍得了？”张志强微微一笑，“你懂‘舍得’这个词吗？有‘舍’才有‘得’。”

我当然明白他的意思，小唐不签字，我怎么向大唐宣战？

我渐渐冷静下来，然后我决定也反过来刺激刺激张志强。

“如果我是你，就干脆让唐少鼎死了算了。”

张志强不说话。我知道他能听懂我的潜台词，不过我还想说得更直白一些。

“再多的财产如果到了这个草包手里，也迟早被败个一干二净。还不如都留给唐少铭呢。”我说的可是真心话，虽然我对大唐恨之入骨，但我从不否认那个男人的尊贵和才华。

“不管你们是怎么想的——”张志强这次回应道，“我只是在履行我的职责。唐兆阳是我一生的好友，他将那份遗嘱托付给我，我就一定要保证财产的分配完全按照遗嘱规定的条文来进行。”

说这番话的时候，他的目光看向远方，眼神坚定刚毅，不像是说给我听，倒像是在承诺给其他世界中的某个人。

2

离开看守所之后，司机载着我和张志强又奔着望月路而去。现在所有问题的焦点都集中在孟婷婷的身上，我必须再次去面对这个女人，这是我无法回避的责任。

张志强本想和我一同去劝说孟婷婷，是却被我制止。

“让我单独去吧，这是我和她之间的事情。”我淡然却又坚决地说道。张志强在权衡斟酌之后答应了我的要求，不过他特意嘱咐我说：“你一定要把持好自己的感情，不要反被对方迷惑利用了。我对孟婷婷很了解，那绝不是一个简单的女人。”

又是深夜时分，我独自来到了那幢别墅前，按响门铃后不久，昨天的那个大姐打开了别墅的铁门。

“请进来吧，周警官。”她向我指着客厅的方向。我轻车熟路地走进去，却见孟婷婷仍端坐在昨天的那张沙发上。她的双眼有些红肿，保留着昨夜哭泣的痕迹。

我按捺不住地心痛起来。这是一个敏感的、需要人百般呵护的女子。可是除了我之外，谁能全心全意地对她，哪怕是抛弃自己的一切？为了她今后的安定和幸福，我也一定要把她从那个寡情男人的手里夺过来。

孟婷婷也看到了我，她的目光闪动了一下：“你的头……怎么了？”

“昨天晚上喝醉了，所以，所以……”

孟婷婷叹了口气：“你还是那样的性格，一点也不知道控制自己。”

我苦笑着。很多人都这么说我，可我这辈子怕是改不了了。

孟婷婷伸手招呼了一下：“坐吧。”

我看到茶几上已经备好了水果和热茶，心中一动问道：“你知道我要来？”

孟婷婷点点头：“那些事情瞒不过你。我把银行凭单交给你的时候，就知道你肯定会猜出真相。”

我看着对方：“你希望我知道唐少铭没有死？”

那个名字似乎刺激到孟婷婷，她恍然愣了片刻才摇着头道：“我也说不清——事实上我昨天想了一夜，不知道把那张凭单交给你，究竟是错了还是对了。”

我深深地叹了一声：“你还在痴迷那个男人？你还对他有幻想？他不仅对你毫无信任，他其实是在利用你，甚至在出卖了你，你还不明白吗？”

“出卖我？”孟婷婷的身体颤抖了一下，“不，你不要这么说他……”

“可这是事实！”我提高声音，试图唤醒这个执迷不悟的女人，“你有没有想过，他为什么会在接受警方现场排查的时候，留下那个一直和你联络的手机号码？难道他就没有其他干净的手机吗？或者以他的智商，不该早早提醒你新办一个专用的手机号码和他联络吗？”

女人瞪着大眼睛：“那他是……为什么？”看来她还真是从未考虑过这个问题。

“他早已算好要用你做掩护自己的屏障！如果警方发现了疑点，唐少鼎无法被定罪，那么你就会成为计划失败后的牺牲品。因为所有的线索都指向你，而你又是假想中最大的既得利益者，到时候你是百口难辩。而唐少铭自己则会远走高飞，根本不会管你。你将成为他的替罪羊！现在计划成功了，他又摇身变成了韩国人金荣权，把你抛弃在一边，自己独享所有的家族财产。婷婷，我知道你对他是一片痴心，可是他对你呢？你在他眼里到底算个什么？”我越说越激动，到最后几乎是苦口婆心般的感觉。

在我说话的过程中，孟婷婷拿起茶几上的一个橘子，她用手机械而茫然地抠着橘子皮，直到那橘子被抠烂，汁水流满了手心仍不停止。

我伸手过去轻轻地将那橘子从她手中拿走，然后我扯过一张纸巾帮她擦拭着。

孟婷婷忽然一翻腕，紧握住了我的手，同时低低的啜泣声从我身边幽幽地传来。

我不再说什么，在这个时刻，也许用沉默陪伴对方是最好的选择。

良久之后，孟婷婷缓缓把手抽了回去。我抬起头来，正看见对方那双泪水盈盈的眼睛。

“那我现在该怎么办？”她求助般地看着我。

我摇摇头说：“我不知道——我还没法决定。”

“没法决定？”孟婷婷眼中闪过一丝困惑，“为什么？”

我直视着她的眼睛，用极为诚恳的语调说道：“婷婷，我需要你告诉我，你在这起案件中，到底参与了多少？这对我来说非常重要。”

孟婷婷看起来松了一口气：“我知道，你担心是我和他一起策划了这起命案——不是这样的。我对整个事件其实知道得很少。他甚至从不和我见面，只是通过电话向我交代一些事情。在案发的当天，他要我拖住张志强，让我们务必在楼外守着，保证不让任何人去打搅他们兄弟间的交谈。案发之后，我还一度以为死的那个人真的是他，直到后来又接到他的电话才知道原来他没死，说实话，我到现在也不明白，他是怎么设计的那场骗局，又是怎么从楼里逃出来的。”

是的，我回忆当天的情形，孟婷婷在现场确实哭得悲痛欲绝，那可不像是装出来的。

“他要用你做挡箭牌，当然就不会让你知道太多。”我评论了一句后又问，“那么给法医行贿的事情呢，也是他交代你做的吧？”

孟婷婷点点头：“案发后过了几天，他给我一个银行账号，让我汇十万元现金。同时他交代我，要一口咬定现场的死者就是他，并且要尽快促成尸体的火化。我都一一照做了，那时候我已经开始明白，他的用意就是要陷害唐少鼎，让对方失去遗产的继承权。”

“你当时没觉得他是在利用你吗？”

孟婷婷的神色有点尴尬，犹豫片刻之后，她还是照实说出了心中所想：“那时候我觉得自己能帮他做一点事情，感到很欣慰。直到庭审当天，判决书落定之后，我很兴奋地给他打电话，问他等我拿到财产后去哪里找他？他却说不用我继承财产，他已经做好了其他安排。我这才有了一种被欺骗、被抛弃的感觉……嗬，你说我是不是很傻？原来在他眼中，最重要的是那些财产，而我这个人，只是可有可无而已。”

我有些感慨地看着这个女人：“那你是不是连他整过容也不知道？”

“整容？”孟婷婷愕然地张大了嘴，似乎根本就无法接受我的说法。

我轻叹一声，将先前推测出的大唐的全盘计划向孟婷婷解释了一遍，包括他整容、更换身份国籍、杀人换尸以及会用何种方式领取遗产。

听我说完这些，孟婷婷痴愣了半晌后凄然一笑说：“看来他早已想好要一直瞒着我，让我永远也找不到他。这样他才能以金荣权的身份安然享用他父亲的遗产。”

“你能明白就好。”我轻声地说道，“因为现在唯一能阻止他的人，就只有你了。”

孟婷婷沉默了一会儿，然后问我：“你需要我怎么做？”

“最关键的，就是帮我们找到唐少铭，而且要赶在二审之前。还有一件事——”我咧咧嘴，“可能会有些委屈你。”

“没关系，你说吧。”

“你要劝说唐少鼎在上诉书上签字。那个家伙，他点名要你去。”我愤愤不平地把不久前和唐少鼎见面的情形跟她描述了一遍。

“哦。”孟婷婷皱起了眉头，似乎开始思考一些事情。我则利用这段时间在心中暗暗将那只妄想吃天鹅肉的癞蛤蟆又痛骂了一千遍。

当孟婷婷再次开口的时候，却换了一个话题。

“你之前说无法决定——那如果我和唐少铭是同谋的话，你又会怎么选择呢？”她睁大眼睛认真地问我。

我也同样认真地回答说：“那我会把真相永远地隐瞒下去。”

“为什么？你是一个警察，你不该这么做的。”

“因为我不会让你受到任何伤害。不管你做过什么，我都会保护你，除此之外的任何事情，我都不在乎。”我知道孟婷婷提出那个问题，就是想听这样的回答。不过这段话我说起来毫无做作的感觉，因为那句句都是我的肺腑之言。

孟婷婷的眼角又开始有些湿润，我相信这次是因为感动。

“我会帮助你们的——”她最后说道，“为了你，为了狱中的唐少鼎，同时也是为了我自己。”

那天夜里我睡得格外香甜，好几次我都在梦中重温孟婷婷的话语。

“为了你。”

3

第二天一早，孟婷婷如约跟着我和张志强来到了看守所。

今天唐少鼎的精神状态比昨天要好了许多，尤其当他看见孟婷婷的时候，他的双眼几乎要喷出花一般。

而我则恨不能把那双死鱼眼睛抠出来。

令我意想不到的是，唐少鼎居然又得寸进尺般在现场提出了更加过分的要求。

“我要和我嫂子单独待一会儿，你们俩先出去一下。”他看着我和张志强说道。

“什么？”我立刻拍起了桌子，“要我们走？你算什么东西！你搞搞清楚，现在我们是在救你，你不要以为我们是在求着你！”

唐少鼎似乎被我吓到了，他往后缩着身子，惊恐地瞪着我。

张志强无可奈何地瞥了我一眼，然后他掏出上诉书拍在桌上，哄骗着小唐说道：“现在你嫂子也来了，你先把字签了吧，一会儿我们会让你嫂子和你单独相处。”

“不，不行。”小唐居然还有些傻倔，“你们先出去我才会签，我怕你们骗我！”

我还想再呵斥他几句，孟婷婷却拦住了我。

“算了，你们就先出去一会儿吧。”她劝导我们说，“他戴着镣铐，这里面又有摄像头监控，他不会伤害到我的。”

张志强看着我，似乎要征求我的意见。而我能说什么？对孟婷婷做出的决定我从来就没有反对过。

于是我和张志强不得不退到了探访室外面。然后我一直目不转睛地盯着监控屏幕，只要那只蛤蟆敢做出什么过分的举动，我会毫不犹豫地冲进去痛扁他一顿。我可不管什么人权监规，在我心里没有什么比婷婷的安危更加重要。

好在室内的状况还算正常，从监控屏幕上看来，唐少鼎在孟婷婷面前显得既兴奋又拘谨，他急于想说些什么，可又语不成章。孟婷婷则静静地坐着，看着对方，一副胸有成竹的姿态。

婷婷是个聪明的女孩，在昨天夜里一定就已想好了对付小唐的方法吧。我在心中暗自揣摩，至于那只蛤蟆，不用猜也知道他会说些什么。可他说得再多又有什么用呢？孟婷婷无论如何也不可能看得上他。

小唐说完之后，换成孟婷婷开口了。她的话说得不多，但唐少鼎听得很认真，偶尔还会带着极为惊讶的神情插上一两句话。

看起来婷婷是在向那蛤蟆解释些什么，也许是和案情相关的东西吧。嘿，跟他说那么多，他能听得懂吗？还是直接一点，赶快让他签字吧。

孟婷婷的话讲完之后，在两人间出现了一段沉默的时间。唐少鼎翻着眼睛，像是在思考什么，孟婷婷则一直看着对方，脸上带着期待的神色，而目光却又非常自信。

“看来是快完事了。”我自言自语着。可是唐少鼎在想什么呢？难道他还会变卦不成？这个蠢货实在是成事不足，败事有余！

好在那家伙的思考并没有持续太久，一两分钟之后他便抬眼看着孟婷婷，并且点了点头。

孟婷婷的脸色舒展开来，她把桌上的文件和钢笔推过去，摆在了唐少鼎的面前。

小唐拿起笔，简单地翻阅了一下那些文件，然后在上面写了些什么，料想该是签上了自己的名字。当这一切都完成之后，孟婷婷把文件收好，然后她便离开了探访室。两名狱警随即走入屋中，将唐少鼎重新带回了监房。

我赶到门口等候着孟婷婷，她刚一走出，我便上前关切地问道：“怎么样？他没说什么过分的话吧？”

孟婷婷微笑着摇摇头，然后她从提包里取出文件交到我手中，那正是律师草拟好的上诉书。我翻到文件的最后一页，上面已经签上了唐少鼎的名字。

我把上诉书转交给跟过来的张志强，同时大功告成般地长舒了一口气：这下总算不用再和那只蛤蟆打交道了。

张志强却看着孟婷婷，问了一个让我莫名其妙的问题：“你让他签了什么？”

“上诉书啊。”我帮孟婷婷回答道，同时怀疑那老头的精神是不是出了点问题，“那文件不是都给你了吗？”

张志强把上诉书翻到最后的签名处，用眼睛简单地扫了扫，然后又盯着孟婷婷冷冷地说道：“刚才唐少鼎一共签了两份文件。我在监控器里看得非常清楚。一份是这个上诉书，还有一份是你后来从包里拿出来的。”

有这样的事？我诧异地看向孟婷婷，后者虽然不说话，但脸上的尴尬表情显然是默认了。

我苦笑了一下：刚才只顾着盯着唐少鼎有无唐突的言行，所以才会漏过孟婷婷的小动作。不过她有什么文件要偷偷让那只蛤蟆签字的？我实在有些想不通。

“请你把那份文件也拿出来吧。”张志强非常郑重地向孟婷婷说着，他的语气威严，令人无从违抗。

“好吧。”孟婷婷反倒坦然了，“这是我光明正大得来的，也不算什么见不得人的东西。”

伴着这话语，她将另一份文件也从包中取了出来。张志强接过那份文件，我凑上前看到那文件上写的是：

财产转让协议

本人唐少鼎（身份证号×××××××××××××××），自愿将从父亲唐兆阳处所得的全部遗产与孟婷婷女士（身份证号×××××××××××××××）分享。即本人与孟婷婷女士各获得该笔遗产百分之五十的份额。本协议自签字之日起有效，并永不得反悔。

协议人签字：唐少鼎（签名）

时间：2009年2月11日

“你让他把一半的遗产转让给你？你这么做真是……”张志强话说到一半，却又一时找不到合适的词来表达心中的情绪。显然，他根本不会料到协议是这样的内容。

我也愕然怔住了，这才明白孟婷婷在探访室里向唐少鼎说的是什么，而后者为什么又会踌躇犹豫。

“你想说卑鄙，是吗？”孟婷婷帮张志强补上了一个形容词，然后她似乎有所感怀，眼圈隐隐红了起来。

“你们有没有想过。如果我帮了你们，帮了唐少鼎，那我会失去什么？我把自己的丈夫送上了被告席，同时我们将失去继承遗产的权利。我并没有要得太多，我只是想要回本该属于我们这个小家庭的那份遗产。”

看着女人那楚楚可怜的样子，我的心一阵酸软。是啊，这一切都是唐少铭惹出的事端，为何却要让孟婷婷背负太多的痛苦？为了帮助我们，她在失去家庭的同时也会失去遗产的继承权，她理应得到应有的补偿。

“我觉得这是公平的。”我将心中的想法说了出来，“如果不是婷婷甘为牺牲，唐少鼎不但得不到一分钱的遗产，他连自己的性命都保不住。所以他分一半遗产给婷婷也是应该的。而且这个协议也没有和唐老先生的遗嘱直接冲突。对吧？”

孟婷婷感激地看了我一眼，我立刻浑身酥软，觉得曾经的付出全都有了回报。

“好吧。”张志强只能无奈地叹了口气，“这是你和唐少鼎之间的私事，我也无权过问。现在你已经达到了自己的目的，该带我们去找唐少铭了吧？”

孟婷婷怅然沉默了片刻：“我也不知道他在哪里。他只告诉我他就在离我不远的地方，必要的时候他会和我联系。”

“那我们要等到哪一天呢？”张志强不太放心地追问道。

“不会太久的。”孟婷婷苦笑着说道，“我知道他在监视着我。今天他发现我们一同去监狱和唐少鼎会面，他还能沉得住气吗？”

说话间，孟婷婷走到窗边，向远处空旷的荒野里扫视着。我和张志强也不由自主地跟随着她的这个动作。唐少铭，那个所有阴谋的策划者，难道此时真的就在不远处监视着我们的一举一动吗？

可是他究竟藏在哪儿呢？

4

正如孟婷婷所料，离开监狱后的第二天，唐少铭便和她取得了联系。她也在第一时间通知了我和张志强，我们立刻赶到了她所居住的望月路豪华别墅区。

按照原先的安排，如果唐少铭给孟婷婷打来电话，孟婷婷将使用手机的录音功能把对话的整个过程录下来，以作为戳穿对方阴谋的证据。然而狡猾的唐少铭显然已经意识到了什么，他并没有打来电话。

当我们在别墅客厅内坐定之后，孟婷婷把一封EMS快件扔到了我们面前：“这是我一小时之前收到的，里面的东西你们自己看看吧。”

我打开了快件，里面除了一封信之外，还有一张酒店使用的卡式钥匙。

信件是电脑打印稿，从上面我们无法获得唐少铭的笔迹，信件的内容如下：

我知道你昨天和唐少鼎见面了，看来我们之间需要好好地谈一次。鉴于你身旁的那两位老朋友，我显然不能再给你打电话了。不过我想到了一个方法，可以保证我们不受打扰地进行一次会谈。我知道你对我有一些误会，但是相信我，这次会面之后，我们所有的误会便能够消除了。

在昨天的《龙州日报》上，我刊登了一条招聘广告，招聘对象是二十五至三十五岁的青年男子。这份工作对他们的要求很低，但是待遇却很高，相信届时会有很多人前来应聘的。

我已经租下了好望角大酒店三层的会议室作为招聘地点，招聘过程将从明天上午九点开始，而考官只有一个，那就是你，我最亲爱的妻子。

下面是我的要求：

你应该在明天上午八点四十分左右来到好望角大酒店的三楼，此时会有很多应聘者已经在会议室外等着你。我就在这些人中间，但你并不会认出我来。你把准备好的排号条发给这些应聘者，让他们按照排号的顺序进行面试。

上述准备工作做完后，你可以进入会议室。在会议室的桌子上有一沓问卷，你就按照问卷上的内容对面试者进行提问和记录。

告诫你的那两个朋友——张志强和周永生，让他们明天上午八点到十一点之间必须站在市中心文化广场的喷泉边。我会雇人看着他们，如果他们离开，我也会从好望角大酒店离开。

面试从九点正式开始，每一个面试者进入会议室后，你必须要求他把门锁好。

每个人的面试时间是五分钟，不能多，也不能少。前一个人面试完成之后，出门叫下一个人进来。

请不要在明早之前进入会议室，也不要带任何电子设备进入会议室，如果你违反了这一条，我会立即发觉。

要求就是这些。当你做到这些要求之后，那么明天上午你会发现其中的一个面试者就是我。我们可以在不受打扰的情况下进行一次交谈。

我和张志强仔细地研究了这封信件，而唐少铭的思路并不难揣摩。他是要混在那些应聘者之中，从而获得与孟婷婷面对面交谈的机会。因为他已经整容，除了我曾经见过他之外，没人知道他目前的确切相貌，所以他只要把我支开，就可以放心大胆地出现在好望角大酒店内。

思索一番之后，张志强看着孟婷婷严肃地说道："我们是可以逮住他的，但一定需要你的配合。我们现在几乎能肯定唐少铭已经整容，所以要想在大批的应聘者之中认出他来是不可能的。不过当他进入会议室之后，一定会向你表明身份。这个时候只要你大声呼喊，发出信号，我们立刻冲进去，就可以将唐少铭抓住。你明白我的意思吗？"

"可我们不能出现在现场。"我提醒对方，"唐少铭已经特别强调，我们俩明天上午必须在文化广场待着。"

"我们当然不会去的。"张志强说道，"我会安排两个人混在应聘者中。这两个人是我近期才招进公司的，连唐少铭也不会认识他们。"

"这样最好。"我满意地点了点头，"唐少铭以为自己的谋划万无一失，他也太小看我们了……"

"不，他并不是小看你们。"孟婷婷忽然轻叹一声道，"他只是算准了我。"

我忍不住蹙起眉头："你什么意思？"

孟婷婷沉默片刻后，悠悠地说："他知道我深爱着他，只要我们见了面，我是狠不下心叫别人来抓他的。"

从孟婷婷的表情我能看出唐少铭的自信是有道理的。我泛起一阵醋意，同时也不免担忧："那你会怎么办？你不会真的把他放走吧？这可是我们唯一的机会。"

"我想你不会这么做的。"张志强看着孟婷婷，语气中透出一丝诱导的意味，"你不会让昨天的那张财产转让文书变成一张废纸的，是吗？"

张志强的话显然起了效果，孟婷婷的眼神变得坚定起来。

"不错，我现在已经知道，信任任何人都不如信任自己。那些属于我的东西，我一定要牢牢地抓在手里。"她最终非常决断地说道。

5

翌日上午，一切按照计划开始进行。

我和张志强早早来到了文化广场，按唐少铭的要求站在了喷泉边。冷风呼呼吹过，过往行人不时诧异地打量着我们，使我们看起来活像两个十足的傻帽。

不过想到今天就有可能把唐少铭抓个正着，我又觉得这点付出实在算不了什么。

张志强安排在现场的眼线通过手机不断地把即时信息通报过来：

孟婷婷于八点四十分来到了好望角大酒店三层，在会议室的门口已经聚集了五六十名青年男子，他们虽然容貌各异，身高胖瘦却都和唐少铭相仿。这当然不是巧合，在《龙州日报》的招聘启事上，对应聘者的身高和体重都有着相应的要求。

孟婷婷不动声色地给这些男子分发了排号条，然后她打开会议室的门走了进去。九点，第一个应聘者进入了会议室，“面试”正式开始。

张志强找来了两个手下混在门外等待的人群中，按照约定，只要唐少铭在会议室中亮明身份，孟婷婷便会立刻向他们发出信号。这两个人都是有一定身手的，制服一个唐少铭应该不成问题。

一切都被安排得妥妥当当，就等着唐少铭上钩了。

然而事情却并没有沿着众人预想的方向去发展。接近中午的时候，张志强接到了手下的最后一个电话，电话中传来的声音非常沮丧：“行动失败了。”

我们连忙离开文化广场，乘车直奔好望角大酒店。到了会议室附近，只见那些应聘的男子都已散去，只剩下那两个手下还尴尬地站在会议室。

“怎么搞的？”张志强皱眉责问道。

刚才打电话的那个小伙子无奈地冲会议室内撇了撇嘴：“从九点到现在，进进出出快有四十人了吧，可是孟小姐却一直都没有发信号。五分钟前，她忽然走出来，宣布上午的面试到此结束，于是剩下的人也都散光了。我们问她怎么回事，她也不说，只是让我叫你们过来。”

听到这里，我的心已经深深地沉了下去，然后我一把推开会议室的门便往里闯，张志强也顾不得再和手下说些什么，紧跟在我身后走进来。

会议室内只有孟婷婷一人，她怔怔地坐在面试官的大椅子上，手里夹着一根点燃的女士香烟，烟灰老长。

“唐少铭到底来没来？”我等不及走到孟婷婷的身边就急匆匆地问道。

孟婷婷蓦然抬起头，似乎从恍然的情绪中被惊醒，她看了看我们俩，然后将手中的半截香烟在烟灰缸中掐灭。

“他来了——”她若有所思地说道，“但是我没有发信号，我让他在这张文书上签了字，然后把他放走了。”

我闭上眼睛，痛苦而又无奈地摇着头。在她心中，终究还是挂念着那个人，在最后关头，她还是让他走了！

在孟婷婷面前的会议桌上摊着一张纸，纸上的内容虽然一时间看不分明，但末尾处大大的签名却异常醒目：唐少铭。

张志强上前将那张纸拿到手中，片刻之后愤怒而又失望地叫了起来：“你，你简直是太过分了！”

我还从未见过这个老头如此失态，于是我踱过两步，看清了那文件上的内容。

却见上面写的是：

继承权指定文书

本人唐少铭（身份证号×××××××××××××××），现指定我的妻子孟婷婷（身份证号×××××××××××××××）为本人的合法继承人。即本人死后，名下的所有财产将由孟婷婷获得。

本文书一式两份，本人留存一份，孟婷婷留存一份。

本文书自本人签字之日起生效，同时本人于此日前签署的同类文书全部作废。

本人签字：唐少铭

2008年12月21日

文书的主体内容都是用电脑打印出来的，只在签名栏和日期栏留下了相应的钢笔字，从字体上来看，正是出自唐少铭的手笔。

我明白张志强为什么会如此生气，因为孟婷婷的所作所为已非常明显。她不但没有帮我们抓住唐少铭，反而让唐少铭又重新签订了一份继承权指定文书，这份文书把孟婷婷指定为唐少铭的继承人，同时签订日期是去年的十二月二十一日，晚于指定"金荣权"的那份文件。这样"金荣权"的继承权就被剥夺，只要唐少鼎的死刑判决生效，孟婷婷就可以获得唐家所有的财产。

这样看来，孟婷婷显然是在最后一刻又倒戈回到了唐少铭那边。

我欲哭无泪，喃喃地说道："你何必要这样？与其这样倒来倒去，还不如从一开始就不要给我们任何希望。"

"周警官，你实在是太小看我们的孟婷婷女士了。"张志强在一旁冷言说道，"你还不明白吗？她只是利用了我们，她根本就不想帮我们抓住唐少铭。她让唐少鼎签的财产转让文书只是一个筹码，逼唐少铭就范的筹码。这个贪心不足的女人，她一心要得到所有的遗产！"

"婷婷……"我几乎绝望得要说不出话来，"真的是这样吗？"

孟婷婷看了看我，淡淡地反问："你自己认为呢？"

我长叹一声，在沉默许久之后还是忍不住说道："婷婷，你这么做实在是太傻了。你以为逼唐少铭写下这份文书，你便可以获得所有的遗产吗？只要唐少鼎一死，能够制裁唐少铭的所有罪证都消失了，他完全可以再立一份文书，将你的继承权再次剥夺。这份文书的标记日期可以被设定成二十二日、二十三日乃至二十四日，这场游戏最终的控制权始终会在唐少铭的手里，你根本是斗不过他的。"

孟婷婷一直冷眼看着我们，直到我的这番话说完，她才"嗬"地冷笑了一声，说道："你说的这些我都清楚。我可没有那么傻，只是你们要把我想成那么傻而已。就像你说的那样，这份文书对我来说没有任何意义，而你们却应该好好保管着它，因为这就是唐少铭仍然活着的证据。"

"证据？"我稍稍冷静了一些，可还是不明白孟婷婷的意思，"这能算什么证据？这上面虽然有唐少铭的签名，可文书的日期却是十二月二十一日——案发之前。这能证明什么呢？"

"你应该好好地看看那张纸，它并不是普通的打印纸。"孟婷婷一直看着我，她似乎对我的表现非常失望。

我从张志强手中抢过了那张纸，凑在眼前细细地观察起来。很快我便发现了一些名堂："这的确不是普通的纸，在纸面上有一些淡淡的背景花纹，可是，这又能说明什么呢？"

"如果你用高倍的放大镜去看，你会发现这些花纹是由非常微小的文字组成的。这些文字摘自十二月二十六日的《龙州日报》，内容正是与紫檀山庄血案相关的新闻报道。"

"是吗？"经孟婷婷这么一提醒，我立刻明白了过来，"文字的内容可以证明，这些花纹是在血案发生后印在纸上的。而唐少铭的签名覆盖在了其中的一些花纹上，这又可以证明他是在花纹印制之后在纸上写下了自己的名字。这两点联系在一起，不错，可以证明唐少铭在血案发生后仍然活着！"

张志强也露出恍然大悟的神情，同时他带着复杂的心情看向孟婷婷。

这的确不是一个简单的女人！

"我帮你们搞到了唐少铭假死的证据，现在可以证明唐少鼎是无辜的——"孟婷婷顿了片刻，又说道，"但我不会帮你们去抓住唐少铭，因为我爱他，爱得全心全意，爱得疯狂至极。他是一个了不起的男人，他完成了一个完美的计划，没有我帮助你们，你们是不可能击败他的。"

孟婷婷最后的这几句话情真意切，每一句都像用刀划拉着我的心。我几乎有些站立不稳，深吸一口气后才缓过神来。

"你爱他，是的，你爱他！"我痛苦地嘶喊着，"可是他呢？他爱你吗？"

孟婷婷痴痴地愣住，半晌之后才轻声说了句：

"谁知道呢？"

五 最后的较量

1

我不想在这里赘述二审上诉时的详细过程，总之那是辩护律师对公诉人的一场酣畅淋漓的胜利：唐少鼎故意杀人的罪名被推翻，当庭释放。

在控辩双方激烈的法庭辩论中，辩方提交的两条证据起到了决定性的作用。

其一就是孟婷婷诱使唐少铭签的那份“继承权指定文书”，经过专家的鉴定，留在那张文书上的签名确实是出自唐少铭的亲笔。而那签名覆盖在紫檀山庄血案的新闻稿上，足以证明血案现场的死者并非唐少铭。

其二则是孟婷婷给法医董竹汇款的银行底单，这笔账面往来也得到了银行方面的证实。虽然董竹一口咬定自己没有在鉴定过程中作假，但唐少铭仍然活着却是一个不争的事实。因此那份鉴定结果被法院宣布为无效，董竹也将因为受贿行为而另案受到处理。

以这两条证据为基础，辩方律师充分发挥出他的口才和临场应变能力。在凯歌节节吹响的时候，他也成了庭审现场最出彩的明星。可以想象，这个多年来碌碌无为的二流律师很可能会因为这起案子而身价倍涨。

嘿嘿，可是又有多少人能知道这两条证据背后的曲折与辛酸？

因为醉酒斗殴事件，再加上未经领导批准就擅自请假缺勤，我受到了单位内部的处罚。不仅被扣发当月奖金，还被记过处分一次。

不过我认为这些都是值得的。因为我帮到了我最爱的那个人。我帮她摆脱了唐少铭的控制和利用，从凶杀同谋的泥潭中挣脱出来，而且她还如愿以偿地从小唐手中分得了唐父的一半遗产。

紫檀山庄凶杀案被打回公安机关重新侦查。刑警队的同僚知道自己被唐少铭的诡计蒙骗之后，一个个都恨得牙根发痒。他们投入全部的力量去追查唐少铭的下落。可是这个已经摇身变为韩国籍金荣权的家伙却如石沉大海，从此杳无踪迹。

于是唐少铭被列为网上追逃的A级通缉犯，在全国进行联网搜捕。但麻烦的是，除了我之外，没有人再知道唐少铭整容之后的确切相貌。我凭模糊的印象协助相关人员描绘出一幅模拟画像，那幅画像的可靠性实在无法保证。

警方甚至调动了国际关系，查到了那个“金荣权”在韩国登记的身份资料。不过资料中的照片还是唐少铭未整容之前所拍摄的，而他整容之后的任何信息都无从查询。

我认为可能永远都别想抓到那个家伙了。以他的智商，想要找一个地方躲藏起来本不是难事。我甚至怀疑他早已准备好了多套身份证件，此刻或许正在某个不知名的海岛上度假游玩呢。

可是不管怎样，他已经彻底失去了家族财产的继承权。因为他陷害弟弟的事实已确凿无疑，根据遗嘱第二条，唐父的所有财产将由小唐获得。当然小唐和孟婷婷之间又有新的协议——这就不是本案要商讨的内容了。

综合上述情况来看，唐少铭虽然逃脱了法律的制裁，但他在这场兄弟间的遗产大战中却输了个底朝天。“偷鸡不成蚀把米”这个词用在他身上或许再合适不过了。

有时我真是难以理解，后来和张志强聊天的时候，我也问过：“唐少铭究竟为什么要如此费尽心机地去争、去夺？难道一半的家产还不能满足他？那已经是普通人一辈子也无法奢求的巨额财富了。”

“不仅仅是财富的问题。”张志强神色沧桑，“非要评论的话，只能说那是一个悲剧的家庭。那些恩怨情仇，正常的人是无法理解的。我在整理唐少铭办公室的时候，曾经发现了一篇日记，也许那篇日记的内容能够让你了解他当时的心境。”

那篇日记写于二〇〇八年的一月二十四日，正是唐父订立遗嘱的第二天。

……

我看到了老头子的遗嘱，他真的老了，糊涂了。

他以为这样就可以保证我和那个家伙平分他的遗产，他以为可以阻止我？

我会获得所有的遗产，不管付出什么样的代价！

我一定会的！

那个肮脏的家伙，他休想从我手里抢走任何东西！

看到这日记后我有些明白了。唐少铭自始至终都认为所有的家产原本就是他的，也许他并不在乎财富的多少，他只是无法容忍别人夺走属于自己的东西。

这完全符合他的性格，他就是这样一个高傲到让人无法接近的家伙。

在写这篇日记的时候，大唐应该已经开始在策划那场可怕的阴谋，因为他随即便离开了龙州，而他到达的第一站就是韩国——那个让他改变了身份和容貌的地方。

为了达到目的，他不仅自己付出了巨大的代价，还不惜牺牲其他的无辜者。

警方一直未能查出案发现场死者的真实身份。因为尸体已经被火化，这或许将成为一个永久的谜团。

这个无名死者，当他兴冲冲地来参加同城网友聚会的时候，怎会想到自己将成为这起轰动全城的血案中最悲惨的受害者。

对于案件来说，一切似已尘埃落定；而对于我来说，很多事情又像是刚刚开始。

……

2

半个月之后，我又来到了望月路的别墅区。寒冷的冬季已经过去，春风开始在大地上撒下印迹。在那幢熟悉的豪宅外，我看到花园中枯败的枝条重新冒出了嫩绿的幼芽，正如我心中已被深埋了多年的情感一样。

我手捧着一束灿烂的玫瑰，使得园中的春色更加盎然蓬勃。在按响门铃之前，我特意又仔细地检查了自己的穿着和修饰。

新理的头发，平头。我们刚认识的时候我就是这个头型，她总说这样看起来非常精神。

胡子剃得干干净净，我自己都忍不住想在光滑的下巴颏上多摸几下。

新买的休闲西服，配上内衬的高档T恤衫，就是在这样的高档社区里面也不会显得老土吧。

所以当我最终按下门铃的时候，我心中充满了自信。

我知道孟婷婷其实一直都没有忘了我，只是由于那个人的出现，我在她眼里才变得黯淡无光。而现在，那个最大的障碍终于消失了，我和婷婷的关系也理应开始谱写新的篇章。

我本想案子一结束就展开对孟婷婷的爱情攻势，但考虑到家庭遭受如此剧变，她或许需要一个心理上的缓冲期，所以我便刻意把节奏放慢了。这些天我一直用短信和电话与对方保持交流，安慰着她，鼓励着她，告诉她无论发生什么事情，我都会永远陪伴在她的身边。

我的努力能够看出效果，至少她的心情在一天天好转。昨天我们用电话聊了有近半小时，我们一起回忆了以前相恋时的情形，其间她好几次开怀而笑，就像在少女时期一样。

她的笑声撩拨着我的心弦。我听说她已经去法院解除了和唐少铭之间的婚姻关系，于是我告诉自己：是时候出手了！

所以我今天买了鲜花，修饰一新后来到这里。我事先没有告诉婷婷，准备给她一个惊喜。

别墅的铁门打开，大姐出现在门后，她看着我，神色似乎有些茫然。

“大姐，认不出我了吗？我是周警官啊。”我笑了起来，或许是我的形象改变太大了？

“哦，周警官……”大姐却不像以前那样热情地邀请我进屋。我隐隐觉得有些不对劲，笑容僵在了脸上。

“不好意思……我们家夫人正在会客。”

会客？我的目光往门口扫了一下，却看见一双男人换下的宽大皮鞋。

我愣住了，不过我竭力劝说自己：不要多想，那或许只是一个普通的朋友，或者是生意场上的访客。

可是我现在又该怎么办呢？就此离去，还是无论如何要把花送到再说？

就在我犹豫不决之间，却听一声轻柔的脚步声响，孟婷婷从客厅的方向走出，款步来到了别墅门前。

“你来了？”她看着我，神色略有些惊讶，然后她的目光停留在我手中的玫瑰花上。

我鼓起勇气把花递到她的面前：“我想把这个送给你。”

孟婷婷却没有伸手来接，她尴尬地挤出一丝笑容。

“怎么了？”我忐忑地问道，“是不是现在不太方便？”

孟婷婷终于把花接了过去，不过她同时又说了一句让我不太理解的话：“好吧，我收下你的花，就当是你对我的祝贺！”

“祝贺？”我傻乎乎地问，“你有什么喜事吗？”

孟婷婷淡淡地回答说：“我要结婚了。”

我愣住了，我以为自己听错了，或者是对方在开玩笑。

“你说什么？”我完全下意识般反问道。

孟婷婷又重复一遍说：“我要结婚了——也许我该早点告诉你。”

我有一种坠入冰窟的感觉。在煦暖的春光下，我的身体竟然开始不由自主地颤抖。

孟婷婷用复杂的眼神看着我：“永生，你不要这样……你该为我高兴才对。”

我勉力控制住自己的情绪。是的，我不该这么没出息的。

“那个幸运的人是谁？”我强笑着问道。

孟婷婷沉默不言，似乎这个问题很难回答。

“他就在屋里吧？”我尽量让自己看起来大度一些，“你不给我介绍一下吗？我愿意祝福你们。”

孟婷婷笑笑：“你们原本就是认识的。”

原本认识？我皱起眉头，实在想不出那个人会是谁。就在我困惑之间，屋内的那个男人却自己走了出来。他在孟婷婷身后停下脚步，像见不得阳光的蠕虫一般，缩在角落看着我。

我的脑袋“嗡”的一声，像被人用大号铁锤狠狠地砸了一下。如果说刚才孟婷婷要结婚的消息已经让我足够吃惊，那现在这个准新郎的出现则几乎要让我当场口喷鲜血了！

小唐！那个家伙竟是一直被我鄙视为癞蛤蟆的唐少鼎！

孟婷婷要嫁给唐少鼎？！这让我怎么能够相信，怎么能够接受？！

“你要和这只癞蛤蟆结婚？”在巨大的震愕情绪下，我反而笑了起来，“这怎么可能？你开什么玩笑？”

“我没有开玩笑！”孟婷婷的神情严肃起来，“周先生，请你说话时对我未来的先生保持尊重！”

我很明显地感觉到，孟婷婷已经在我和她之间建立起一道屏障，那屏障将她和身后的蛤蟆围在一起，而我则被隔出了他们的世界之外。

“为什么？为什么？”我简直要发狂了，突然之间我似乎明白了一些，“你是为了他的家产吗？婷婷，你怎么能这么傻？”

孟婷婷看着我蔑然一笑：“我有什么必要为了他的家产？我和他拥有同等身家的财富。”

不错。唐少鼎早已签下文件，将唐父一半的遗产转赠给孟婷婷，他们现在同样是身家百亿的富豪，孟婷婷有什么理由为此而下嫁唐少鼎？

一定还有其他的原因！

“是不是他胁迫你了？”我又猜到另一种可能性，然后我指着角落里的那只蛤蟆，“你如果再敢欺负婷婷，我决不会放过你！”

唐少鼎往后退了两步，一脸惊恐地否认：“不，我没有……”

“你不要再瞎猜了！”孟婷婷似乎嫉恨我吓到了她的未婚夫，提高声调呵斥着我，然后她又说道，“我要和他结婚，只有一个原因——我爱他！”

这几乎是我有生以来听到的最荒谬的一句话。我像个傻瓜一样摇着头：“你爱他？这怎么可能？”

“这个世界上没有无缘无故的恨，也没有无缘无故的爱。”孟婷婷的目光转移到唐少鼎的身上，“我爱他！我很希望你能理解这份感情……可我知道你永远也无法理解。”

孟婷婷眼中又出现那种痴迷至极的神色。她上一次在我面前展示这种神色时，她看着的那个男人是大唐，当时我感到深深的悲凉和绝望；今天她用同样的目光看向小唐的时候，我却只想大哭、狂笑！

我没有说错，我就是这样的感觉，又哭又笑！

因为我确实在见证这个世界上最荒谬的场景：

一只天鹅在虔诚地亲吻着蛤蟆的脚趾！

3

一个月后，我参加了孟婷婷和唐少鼎的婚礼。新人致辞是由孟婷婷一人完成的，她那幸福的表情似乎告诉所有的宾客，她这辈子都别无他求。

最后她还宣布了一个消息，这个消息再次让我感到惊讶。

“我和我的先生已经办好了去韩国的移民手续。明天下午我们就会从龙州机场出发，从那里乘坐直达韩国的航班。”

虽然令人惊讶，不过也容易理解，毕竟在这个城市两人都经历了巨大的家庭变故，彻底换一个环境倒也的确是个明智的选择。

反正以他们现在的财产，世界各地想去哪儿就去哪儿。

我忽然想起大唐也有一个韩国的身份，他们会不会在异乡相遇呢？

小唐在婚礼过程中很少说话，他那浓重的乡下口音也实在是难听。孟婷婷致辞的时候，他一直畏畏缩缩地躲在女人身旁，一副见不得世面的拘谨模样。

不过偶尔当他看到我的时候，我能明显地感觉到他眼中出现的嘲讽神色。

如果眼睛能说话的话，我想我大概会听见“蛤蟆”这两个字。

此刻在他的眼中，我才是那只吃不到天鹅肉的蛤蟆。

就在我神情落寞时，一只手拍上了我的肩膀，我转头看了看，原来是张志强。他虽然没有说话，但他脸上却写满了劝慰。

我们在一块儿坐了很久，然后他才问我：“你在想什么？”

“我在想——”我注视着正在接受敬酒的唐少鼎，“老天为什么会如此宠幸这个男人。”

坐拥百亿家产，又有美人入怀。对于一个男人来说，还能再要求什么呢？

张志强也颇为感慨：“世事就是这样难料，当他在牢房中等待死刑判决的时候，谁能想到他会有今天？”

我联想到另外一些事情，有感而发：“人生就是一个悖论。”

张志强冲我笑了笑："你又在分析什么了？"

"你还记得吗？"我反问他，"当我们第一次碰面的时候，你首先提出的案件疑点是什么？"

张志强点头表示记得："我说唐少鼎绝对杀不了唐少铭，因为这兄弟二人各方面的差距都实在太大。如果两人相斗，吃亏的肯定是唐少鼎。所以唐少铭能被唐少鼎杀死，这就是最大的疑点。"

"可是现在呢？"我苦笑道，"这又算怎么回事？"

张志强愣住了，他显然理解我的语意。

被我们认为必定要吃亏的小唐却获得了所有的遗产，他甚至还抢走了大唐的老婆。我们当初对疑点锲而不舍的探询却导致了一个强弱更加倒挂的结果。这不是悖论又是什么呢？

不过张志强很快又想到了一个解释："我们都在帮助唐少鼎，是我们的力量改变了这场兄弟之争的结果。"

我摇了摇头，不置可否，然后我告诉张志强："我想一个人出去走一走。"

4

我离开喧闹的婚礼现场，在街头漫无目的地溜达着。不知走了多久，发现自己又出现在了上次醉饮的烧烤小店的门口。

难道这又是命运使然？每当我心情落寞的时候，便会在不经意间来到这里。不过既来之，则安之。婚礼现场无法痛饮，还是在这里一醉方休吧。

我走进店中，老板认出我正是上次惹祸的醉鬼，对我并不热情。我可不管那么多，径自找了个角落的位置坐下来。

在我对面桌也有一个独坐的男子，他的面前摆了一溜儿啤酒瓶，看起来已经独饮了很长时间。我忽然觉得那男子有些眼熟，略一回忆终于想起：原来是他！曾经的法医中心DNA实验室主任董竹。

我挪步过去，坐在了那名男子的对面。记得上次见到他的时候，他春风得意，神采飞扬，可此刻他却留着拉碴胡子，神情萧索，一副沉沦落魄的模样。

“喝几瓶了？”我有意搭讪。

董竹抬起醉眼看了我半天，终于认出了我。

“是你？！”他的舌头已经有些打卷了。

“我陪你喝两杯。”我一边说，一边大咧咧地给自己斟上啤酒。同是天涯沦落人，我倒真有心和他一块儿大醉一场。

可董竹未必能用相同的心态看我，他瞪着我，用充满敌意的语调说道：“你来干什么？你还嫌害我不够惨吗？！”

是的，严格说起来，也可以算是我害了他。如果不是我给唐少鼎翻案，这个人还当着DNA实验室的主任，前途辉煌。可现在，他不仅丢掉了公职，还是一个取保候审的受贿犯罪嫌疑人。

我苦笑着安慰他：“兄弟，这就是人生。任何事情都总有一个结果，而且那结果往往不像你想象的那样。”

“可你们为什么要陷害我？”董竹咬牙低吼着，“你们为什么要陷害我？！”

“陷害？这话也说不起来吧？”我摊摊手，“毕竟你确实收了别人的贿款。”

“你们偷偷把钱打到我的账户上，我能知道是怎么回事？受贿？分明是你们栽赃陷害。”

当初在二审现场的时候，董竹也是坚持这样的说法。他说他的账户上确实多出十万元现金，可他并不知道是怎么来的。他认为那多半是银行系统出现了故障，他唯一的错误，就是因为贪心而没有将那笔钱归还。

可是谁又相信这样的说辞呢？而且还有一个铁证是他无法辩驳的：

他的鉴定结果确实有问题，因为有充足的证据证明：大唐在案发后仍然活着。

虽然明知一定会引起对方强烈的抵触，但我还是决定去戳一戳他的这块伤疤。

“如果你没有受贿的话，你为什么要伪造鉴定的结果？”我看着他的眼睛问道。

董竹竟也直视着我的眼睛，然后一字一句、斩钉截铁地说道：“我可以告诉你，我当法医九年，经我手的案子有数百起。我从来没有伪造过任何鉴定结果，从来没有！”

他的神情实在不像撒谎，况且现在这个境地，他对我撒谎又有什么用？可他那次的鉴定结果又确确实实是无法解释的。

“我也可以肯定告诉你，唐少铭确实还活着。”于是我也一字一句地回应着他，“你不觉得你的鉴定结果和事实之间存在着明显的悖论吗？”

“我不管什么悖论不悖论！”董竹狂乱地挥着手，看起来有些控制不住自己的情绪。一只空酒瓶在这个过程中被碰倒在地，发出“哗啦”一声碎响。

周围的食客纷纷转脸向这边看来，不远处的小店老板更是满面愁容。

董竹却根本无视这些，他用更大的声音冲我吼道：“死者和唐兆阳之间具有父子关系的可能性大于99.999%，这就是我做鉴定得出的结果，绝对正确的结果！即使再做一百次、一千次、一万次，也是同样的结果！”

我试图用微笑直面对方的狂怒，可我的笑容却很快僵在了自己的脸上。因为一个前所未有的可怕设想忽然间击中了我，而由此给我带来的精神冲击绝不亚于遭受了一次雷劈！

死者和唐兆阳之间具有父子关系的可能性大于99.999%！

死者和唐兆阳之间具有父子关系的可能性大于99.999%！！

死者和唐兆阳之间具有父子关系的可能性大于99.999%！！！

我终于明白了这个鉴定结果背后隐藏的真正含义。

如果我的这个设想是正确的，那我一直认为的那个悖论其实并不存在！

不仅如此，整个案件过程中所有的悖论都不存在！从血案的发生，唐少铭的脱逃，孟婷婷的反复转变，甚至那场看起来荒谬无比的婚礼……一切的一切都是如此合理！

那些貌似存在的悖论，在此刻都成了一把把往真相大门的钥匙，当那扇大门因此而打开之后，我终于窥到了所有的事实。

令人战栗的事实！

5

第二天中午。

当孟婷婷和小唐走出别墅大门的时候，早已有一辆预订好的出租车停在路边等待。两人相视而笑，至少到目前为止，事情进展得竟是如此顺利。

再过两小时，他们就可以登上飞往韩国的航班。他们已经办好了移民手续，并且转移了全部的财产。只要踏上韩国的土地，那他们精心编排的剧本就可以画上一个圆满的句号了。

事实上，他们现在就可以开始庆功，因为已经没有任何人还可以阻止他们。

出租车载着他们向着机场的方向驶去，很快他们便出了城区，奔驰在通往机场的高速公路上。

道路顺畅，前程似乎毫无阻碍，两人的心情也因此而越来越好。

今天的天气也出奇好，阳光普照，万里无云，这意味着航班延误的可能性几乎为零。

孟婷婷和小唐在车中深情相拥，他们似乎只要抬起头就可以看到幸福的彼岸。而意外偏偏就在这时发生了。

一辆新款的奔驰车忽然从右侧斜刺里冲出来想要超车，而出租车却没有减速，右前脸便和奔驰车的左侧车身发生了剐蹭。

两辆车先后靠边停下，奔驰车司机下车往这边走来。那是一个身材粗壮、气势汹汹的中年汉子。

出租车司机也不示弱，也冲出驾驶室，迎面便责问道："你怎么开的车？"

两个司机很快在车边你一言我一语地争辩起来。

孟婷婷皱起眉头，她看看身边的小唐："要不我们换个车吧？"

小唐点点头，两人下了出租车。

"哎，你们不能走。"出租车司机却一把拉住了小唐。

"你干什么？"孟婷婷不满地瞪了对方一眼，"我们把车费给你就是了。"

"不是车费的问题。"出租车司机指了指奔驰车主，"刚才是他违章，你们可得留下来给我做证，要不然那奔驰车的损失我可赔不起。”

“他要多少钱？”小唐皱着眉头道，“我帮你出，只要别误了我们的航班就行。”

奔驰车主听到了这句话，翻了翻眼睛，阴阳怪气地说：“你有钱是吧？好啊，我开个整数，不还价，五万元！”

“你这不是讹诈吗？”孟婷婷气呼呼地叱责对方。

“给不起就别想走。”中年壮汉懒懒地叉着腰，“一块儿等警察来吧。”

小唐“哼”了一声，五万元他倒不是出不起，只是随身实在没有那么多现金。他只好再跟出租车司机商量：“师傅，我们急着赶航班，实在等不了警察来了。这样吧，我这里有点现金，你先拿着。这里的事情你自己处理吧。”

说话的同时，他掏出钱包，数出十张百元大钞塞到了出租车司机手中。

出租车司机犹豫了片刻，说：“你们急着走也行——但是要给我写一份证明，一会儿警察来了好有个说法。”

小唐看看表，再耽误下去时间就真的有点紧张了，于是他点头表示同意：“你拿纸笔过来吧，我给你写。”

出租车司机递过一支水笔，然后又从车里翻出个黑皮笔记本来：“就写在这里吧。”

“怎么写？”小唐拿起笔做好准备。

“嗯——你就这么写——”司机斟酌着说道，“本人是牌号FF9563出租车的乘客。下午一时四十分许，该出租车在机场高速左侧车道正常行驶时，牌号为G17091的奔驰牌轿车从右侧车道强行变道超车，致使两车发生剐蹭。出租车的右前脸和奔驰车的车身左侧均有损伤。因本人要赶航班，来不及留下做证，故出具此书面证明。”

虽然司机语速不快，但小唐也得运笔如飞才能跟上对方说话的节奏。他好不容易按对方的要求写完，那司机又指着笔记本的右下角说道：“在这里把日期写上，再签个名吧。”

小唐依言写上了日期，并签下一个名字：“唐少鼎。”做完这些，他抬起头来，却看见那司机正用手机的摄像头对着自己。

"你干什么？"他立刻变了脸色问道。

"录像留证啊。要不然警察怎么知道这证言是不是我自己编出来的？"司机一边解释，一边把那笔记本收了起来。

"不行，你把录像给我删了！"小唐不答应了，"还有那份证词，我也不能给你！"

"唉，你这人怎么说话不算话啊！"司机紧攥着手机和笔记本，看起来绝无轻易交出的意思。

小唐还想争执些什么，一旁的孟婷婷却拉拉他的胳膊："算了吧，这些都无所谓——赶飞机要紧！"

这句话提醒了对方。是的，现在最要紧的是不能误了航班。只要上了飞机，那一切的担心就全都成为多虑了。就算留下些对自己不利的东西，又有什么关系呢？

于是小唐不再理睬那两个司机，他走道路边，伸手又拦下了另外一辆出租车。这对新婚的夫妻随即上车，重新踏上了通往韩国的路程。

出租车司机此刻用手机拨通了一个号码，电波信号传输到数公里外张志强的手机上。

"喂。"张志强的声音低沉而威严。

"张总，东西已经拿到了。"司机在电话那头说道，"孟婷婷夫妇现在上了一辆车牌号为F27145的出租车，他们离机场大概还有十公里的路程。"

"好的。"张志强简短回复后便挂断了电话，然后转过头来，跟我交流了一个眼神。

我正坐在一辆加长巴士的驾驶座上，这辆巴士已经在机场高速的紧急停车带上停留了一个多小时，却一直没有熄火。

"你下车吧。"我对张志强说道，"这里不需要你。"

张志强也不再说什么，伸手拍拍我的肩头，意味深长，然后便转身下车而去。

我咬咬牙，踩下了油门，巴士开始缓缓向前滑出。在车流间隙中，我忽然猛打了一把方向盘，巴士车立刻甩头摆尾，横亘在了高速路的中央。

我耳边响起一片紧急刹车的声音。终究有几辆车反应不及，追尾咬在了一起，不过好在情况并不严重。司机们纷纷下车，斥骂声此起彼伏。

我也灭火下车，查看了一下现场的情势。巴士已把通往机场方向的半侧高速路完全堵死。不消片刻，在巴士后面便排起了长长的车龙。

我露出满意的笑容，一挥手，将巴士车钥匙远远地扔在了高速路旁边的灌木丛中。然后我便顺着那车流往高速路的下方走去。我想我当时的表情一定是极为狰狞，因为那些气愤不已的司机全都惊恐地看着我，同时自动为我让出一条路来。

我一边走一边寻找，直到牌号为F27145的出租车出现在我的视线中。那辆车被夹在中间的车道上，前后都被堵了个水泄不通。

我不由自主地加快了脚步。当我来到车前的时候，我看到孟婷婷和小唐双双坐在后排，局促不安地看着车外拥堵的长龙，不明白为何会突然出现这样的意外状况。

我拉开车门，两人立刻转过视线，目瞪口呆地看着我。

“永生？”孟婷婷似乎率先反应过来，惊讶地问我，“你要干吗？”

“你下车吧。”我不愿看她，我的目光死死地盯着她身旁的那个人。那个男子缩着脖子，一副懦弱到几乎令人痛恨的可怜样。

“你什么意思？”孟婷婷变了脸色，“我们本来还可以做朋友的，你不要让我恨你。”

我痛苦地闭上眼睛。直到现在，她还想利用我对她的痴情来控制我。当我看清一切之后，这样的事实令我心如刀绞。

不过只是短短的一瞬，我的眼睛便又睁开。然后我冷冷地重复刚才的话语：“我要你下车。”

孟婷婷惊讶地看着我，脸上露出难以理喻的神色。我从来没有用这样的态度对她说过话，从来没有。

“你到底要干什么？”女人语气中那种居高临下的态度消失了，取而代之的是一丝惶恐。

“我要你下车！”我再次提高了声调。

“你下车吧。”小唐此刻也开口了，“这是我们男人之间的事。”

这次孟婷婷乖乖地下了车，因为她永远无力违抗那个男人的话。而我则顺势钻入车内，坐在了她腾出的位置上。

出租车司机回头瞥了我们一眼，然后也非常知趣地下了车，反手关好车门。

“你想和我说什么？”小唐带着浓重的乡下口音问我。

我“嗤”地笑了，反问：“你学这样的口音花了多长时间？”

小唐也傻乎乎地笑了：“你说什么？我一直都这样说话。”

我看着对方：“也许你确实不用学，因为你跟着父亲离开农村的时候已经五岁。以你的智商，在那个时候学会的乡音可能一辈子都不会忘记吧？不过我打赌，你去年整容之后肯定特意在农村待过一段时间，否则你怎么会有这样粗糙而微黑的皮肤？”

小唐回看着我，不太笑得出来了。

而我则继续说着：“我知道你也会花很长时间去模仿他的笔迹，尤其是签名——不过仓促书写大段文字的时候，你还能掩藏住自己原先的笔迹吗？”

坐在我身边的人神色越发凝重，显然他已经明白刚才那份车祸证明的真实意义。沉默片刻之后他说道：“所以我们之间已经没有什么秘密了，是吗？”

他的声音改了过来，那是标准而又悦耳的普通话。同时他抬起了头，腰杆变得笔直，皱巴巴的眉头也舒展开来，而在他的眼神中则开始焕发出一些奕奕夺目的光彩。

在短短的一瞬之间，这个男人便如同脱胎换骨一般，展现出了一种截然不同的高贵气质，这气质中充满了智慧和凛然不可侵犯的尊严。

“是的。”虽然我早有心理准备，但我还是惊讶于他在瞬间的巨大变化，然后我叫出了他真实的名字，“唐少铭。”

6

“死者和唐兆阳之间具有父子关系的可能性大于99.999%！”

董竹的鉴定结果并没有错，错的只是人们的思维惯式。

和唐兆阳具有父子关系的人并非只有唐少铭一个，他的弟弟唐少鼎同样也是唐兆阳的儿子！

所以DNA鉴定结果是正确的，唐少铭也仍然活着，这里面并无悖论存在！只是死去的那个人是唐少鼎而已。

“你是怎么想到的？”那个男人此刻转头看着我，神色中带着一丝遗憾，“我的漏洞在哪里？”

“漏洞？”我倒怔住了。

凭良心说，这的确是个完美的阴谋，甚至是毫无漏洞的阴谋。昨晚我整整想了一夜，才能还原出这场阴谋的全貌：

“我会获得所有的遗产，不管付出什么样的代价！

我一定会的！

那个肮脏的家伙，他休想从我手里抢走任何东西！”

看到父亲拟定的遗嘱后，唐少铭便在自己的日记中写下了这样的话。

他不仅要获得所有的遗产，而且要以合法的身份，不留任何后患地享用这笔遗产。所以他用近一年的时间策划并实施了这个完美的阴谋。

他去韩国整了容，让自己变成了和小唐一样的容貌。相应的手术并不困难，因为他和唐少鼎本来就是同胞兄弟，骨骼和脸形的轮廓都是相似的。

然后他花了一段时间去模仿小唐的举止、神态、口音乃至笔迹。他最终做到了惟妙惟肖，也许正如张志强所说，他天生就具有极高的表演天赋。

唐少铭把所有的策划都告诉了孟婷婷，去年十二月二十五日这一天，他们在紫檀山庄共同展开了正式的行动。

真正的行动方案比我原先那些自作聪明的猜想要简单得多：唐少铭直接在一〇二房间打死了自己的弟弟，然后互换了双方的衣服。

当然，同城网上的那个“chaos”就是唐少铭，他确实组织了那次网友聚会。

至此，唐少铭已经化身成了唐少鼎。接下来他要做的事情，就是将自己送入死囚的牢笼中。在警方的调查和法庭一审阶段，唐少铭成功地塑造出一个愚蠢而又令人厌恶的唐少鼎的形象。一切证据都表明，他正是那个杀害自己“兄长”的凶手。

在这个阶段，董竹给出的DNA鉴定结果非常重要。那个结果无疑是真实的，但是孟婷婷却故意给董竹的银行账号打去十万元钱，这为日后翻案留下重要的伏笔。

死者的身份似乎已确凿无疑。在孟婷婷的要求下，尸体很快被火化，DNA鉴定结果的正确性从此无法证实。

唐少铭的后顾之忧也随之解除，接下来他要面对的问题就是如何“洗清”自己的冤屈。为达到这个目的，他设计了孟婷婷的“反水”，当然，孟婷婷需要一个合乎逻辑的倒戈理由，于是那张事先安排好的继承权指定文书便发挥了作用。任何人都会由这张文书联想到：原本恩爱的夫妻二人在巨额财产面前互不信任，他们的关系已经出现了裂痕。

有一个人对这个裂痕的出现会异常敏感，这个人就是我。所以孟婷婷夫妇在最初策划阴谋的时候，我就有幸成为计划中极为关键的一环。他们刻意把作案地点选在了紫檀山庄，因为那里正是我的管片之地。

一审结束之后，孟婷婷将那张银行凭单给我，这是她指引我翻案的第一条“线索”，她还提示我和张志强联系，而后者也是注定要被他们利用的人物。

我和张志强一同展开了对血案的深入调查，更多的“线索”不断涌现。

第一条线索就是那个冒名“薛飞”的男子，其实他只是唐少铭花钱雇来的一个无业者，此人能被选中，是因为他的身形容貌都与大唐相仿。大唐交给他的任务就是拿着“薛飞”的假身份证，以“chaos”的名义到紫檀山庄去参加那个网友聚会，并且在面对警方讯问的时候留下一个特定的手机号码。

我顺着这个手机号找到孟婷婷，并由此展开对案件真相的猜想。

第二条重要的“线索”也被适时抛出：孟婷婷通过电话银行下达了递送文件的指令，于是那份令韩国人金荣权得利的文件被送达到振德大厦，我们开始相信：唐少铭没有死，他在紫檀山庄血案中使出了“金蝉脱壳”的诡计。

对孟婷婷的痴情让我义无反顾地投入为“小唐”翻案的战斗中，我幻想借此帮助孟婷婷摆脱唐少铭的控制，而事实上，我的行动却在一步步帮助唐少铭实现他真正的阴谋。

似乎是被我的真情感动，孟婷婷也加入到了追查“唐少铭”的队伍中。她的核心任务是提供一份证据，唐少铭仍然存活的证据。

唐少铭对此早已做好了相应的准备。在案发之前，他模仿唐少鼎的笔迹签了一份“财产转让文书”。当孟婷婷前往监狱的时候，她把这张文书藏在提包里——这是一个即将用到的道具。

探访室中，唐少铭坚持要和孟婷婷单独会面。当我和张志强离开之后，孟婷婷拿出两份文件让他签署。

一份是上诉书，唐少铭模仿小唐的笔迹，签上了“唐少鼎”三个字；

另一份则是后来在好望角大酒店出现的“继承权指定文书”，唐少铭使用自己的笔迹，在上面签了“唐少铭”三个字。

走出探访室之后，面对张志强对第二份文件的质疑，孟婷婷展示了藏在提包中的“财产转让文书”，这是一个漂亮的调包手法，当时没有引起我们任何的怀疑。

于是孟婷婷便暗中持有了唐少铭签名的“继承权指定文书”，也就是可以证明唐少铭仍然存活的证据。她导演了在好望角大酒店的那场戏，把这个证据抛了出去，谁能想到，这份文书竟是唐少铭在监狱中签署的呢？

接下来的事情就没有什么波澜了。唐少铭在二审中被释放，然后他以唐少鼎的身份领走了全部的遗产，并且堂而皇之地和孟婷婷举行了第二次婚礼。

不管从哪个角度来看，这都是一个完美的计划，完美到不留任何瑕疵。

听完我的这番分析——尤其是我最后的由衷评价，唐少铭专注地看着我。在我们此前的交锋中，他从未对我有过这样的眼神——尊重而又惊讶的眼神。

“你的推测完全正确。”他叹息着说道，“也许我知道我的错误在哪里：我太低估你了——而你本不该是个如此被低估的对手。”

我却苦笑着摇头：“不，你说得不对。你并不是低估了我，相反，你是低估了你自己。”

唐少铭“哦”了一声，困惑不解。

“你知道吗，当二审结束之后，我便被一个问题深深地困惑，我始终想不通它。正是为了要解开这个困惑，我最终才大胆地猜测到你和唐少鼎互换了身份。而这一点想通之后，其他所有的谜题也就迎刃而解。”

“这么说的话，我的失败都是因为这个困惑的存在？”唐少铭凝眉问我，“那个困惑到底是什么？”

我沉默片刻后，如实说出心中的感慨：“你在我心中，其实一直是个难以逾越的对手，我从不敢想象自己能够战胜你。甚至你把婷婷从我身边抢走时，我也只能默默地去承受；对唐少鼎而言，你更像是高耸入云的山峰，永难翻越。可是二审结果下来以后，情况却好像发生了颠覆：唐少鼎无罪释放，并且获得所有遗产，唐少铭却落得流落天涯的下场，而这一切都是出自我的手笔，我无法理解，我怎能就这样击败了那个压得我无法喘息的男人？我不敢相信自己的胜利，更无法接受唐少鼎的胜利，所以我一直在问自己，这里面到底出了什么问题？这就是那个指引着我发现真相的困惑。”

唐少铭看着我：“你的意思是说，你之所以最终战胜了我，是因为你相信自己根本不可能战胜我？”

我点点头。如果把我刚才的话简略一下，的确就是这个意思。

唐少铭居然笑了：“你不觉得这根本就是一个悖论吗？”

“的确是悖论。”我喃喃地说道，“可每一个悖论，都是一把通往真相的钥匙。”

7

七天之后。

我走出了看守所，阳光晃得我有些刺眼。适应了一番之后，我看到张志强正在不远处等着我。

我走上前淡淡地说了句：“让你费心了。”

我知道如果不是对方在外面运作，我绝不可能这么快获得自由。因为我这次的祸确实闯得不小，拘留期满之后，我还要等待组织上的惩罚。

有七辆车在高速路上发生了追尾，所幸无人员伤亡。除此之外，还有三百多人误了那天下午的航班。

可是我没有别的选择，我只能通过这样的方式把唐少铭留下来。因为张志强需要一天的时间才能从专家那里得到那份“事故证明”的笔迹鉴定结果。

正如我此前所说，唐少铭的计划是完美的，完美到即使我能还原所有的过程，我也没有办法对他进行指控。

因为他已经成为“唐少鼎”，没有任何证据能证明他是唐少铭。

除非我能获得他的真实笔迹。

唐少铭在最后时刻有了一点小小的疏忽，当时他急着上飞机，因为只要他一上飞机，所有的事情就无从挽回了。

他绝对不会想到，我为了留下他，居然能在高速路上制造出那么大的混乱。

“检察院会以‘危害公共安全’的罪名起诉你。你可能会被判一年到三年的徒刑。”张志强告诉我说，“不过我正在多方打点，尽量为你争取缓刑。”

“嗬。”我笑了笑，一副无所谓的样子。

“这几天都没好好吃饭吧？”张志强如长辈般关切地问道，“走，想去哪里？”

我沉默了片刻：“我想看看她。”

张志强当然知道那个“她”是谁，他轻叹着说道：“上车吧。”

一小时后，我们来到了女子监狱的探访室。

孟婷婷坐在我的对面，她的容颜有一些憔悴，但仍然掩不住那绝美的秀色。

我有些不敢看她。她倒显得坦然，主动问我：“我的时间是有限制的，你什么也不想说吗？”

“我只想问问你。”我鼓起勇气道，“你现在是否后悔？”

孟婷婷笑了，没有直接回答，而是反问我：“你知道吗？在我骗你的时候，我心中会非常非常难受，你知道是为什么吗？”

“为什么？”我尽力掩饰住心中的激荡感觉。

可孟婷婷的回答却要让我彻底绝望。

“因为我骗你的时候，你会因此而误解我，误解我对唐少铭的感情，这就是让我最难受的事情。你们不会明白我和他之间是一种什么样的感情。在狱中的时候，他是如此信任我，将性命完全交给我来掌握。而对我来说，他就是我生活的全部，什么金钱、遗产，我全都不在乎，只要他高兴，我愿意为他去做任何事情。在这个世界上，再不会有谁能像他一样拥有我全部的崇拜和爱恋——即使是现在，也同样如此。”

我黯然伫立了半晌，才苦笑着说：“那你又能否明白我对你的感情？”

“你说过，你不会让我受到任何伤害。不管我做过什么，你都会保护我，除此之外的任何事情，你都不在乎——”孟婷婷用漆黑的双眸凝视着我，“可是，你并没有做到。”

是的，我没有做到，最终是我把她送进了监狱。

孟婷婷看出了我的窘迫，淡淡地宽慰我说：“你不用放在心上，因为我自己都不在意。”

我抬头看着她，眼神中一片迷茫。

她真的不在意吗？那她为何又把那句话记得如此清楚？

也许这就是人生，随时随地都充满了悖论的人生。

8

“你愿意为她做任何事情，她却愿意为另一个人做任何事情——这就是爱情。”从女子监狱出来之后，张志强拍着我的肩膀安慰道。

我向他要了一支香烟。我以前从不吸烟，所以当烟雾进入肺叶的时候，我立刻剧烈地咳嗽起来。

张志强静静地看我咳完，这才笑着说道：“我以为你会哭呢——还好你没有。”

我愣了半晌，让春风把我湿润的眼睛吹干，然后黯然地回答说：

“也许我已经过了那样的年纪。”

激发个人成长

多年以来，千千万万有经验的读者，都会定期查看熊猫君家的最新书目，挑选满足自己成长需求的新书。

读客图书以“激发个人成长”为使命，在以下三个方面为您精选优质图书：

1. 精神成长

熊猫君家精彩绝伦的小说文库和人文类图书，帮助你成为永远充满梦想、勇气和爱的人！

2. 知识结构成长

熊猫君家的历史类、社科类图书，帮助你了解从宇宙诞生、文明演变直至今日世界之形成的方方面面。

3. 工作技能成长

熊猫君家的经管类、家教类图书，指引你更好地工作、更有效率地生活，减少人生中的烦恼。

每一本读客图书都轻松好读，精彩绝伦，充满无穷阅读乐趣！

认准读客熊猫

读客所有图书，在书脊、腰封、封底和前勒口都有“**读客熊猫**”标志。

两步帮你快速找到读客图书

1. 找读客熊猫君

2. 找黑白格子

马上扫二维码，关注“**熊猫君**”

和千万读者一起成长吧！

《暗黑者四部曲》全国热卖中！

中国高智商犯罪小说扛鼎之作
让所有自认为高智商的读者拍案叫绝

要战胜毫无破绽的高智商杀手，你只有比他更疯狂！

凡收到“死亡通知单”的人，都将按预告日期，被神秘杀手残忍杀害。即使受害人报警，警方以最大警力布下天罗地网，并对受害人进行贴身保护，神秘杀手照样能在重重埋伏之下，不费吹灰之力将对方手刃。

所有的杀戮都在警方的眼皮底下发生，警方的每一次抓捕行动都以失败告终。而神秘杀手的真实身份却无人知晓，警方的每一次布局都在他的算计之内，这是一场智商的终极较量。看似完美无缺的作案手法，是否存在破解的蛛丝马迹？

所有逃脱法律制裁的罪人，都将接受神秘杀手Eumenides的惩罚。

而这个背弃了法律的男人，他绝不会让自己再接受法律的审判……

《侯大利刑侦笔记》全国热卖中！

一部集侦查学、痕迹学、社会学、尸体解剖学、犯罪心理学之大成的教科书式破案小说

百万畅销书《侯卫东官场笔记》作者小桥老树，出身于警察世家，曾在政法系统工作八年，在十年构思、四年打磨之后，终于写成本书。

39桩大案要案、68个犯罪现场、107种侦查手段、614位涉案人员，侯大利这本刑侦笔记，将为您重现真实的案发现场，还原每一桩命案从调查、取证、抓捕到侦破的全过程。

16年为爱追凶，几次直面生死，侯大利把大脑磨炼成电脑，把眼睛淬炼成显微镜，逐一锁定案发现场和尸检中的关键信息。凭借变态级的观察力，他往往透过庞杂的社会关系，率先圈定凶手的行为特征和成长环境，将其缉拿归案。怀着命案必破的信念，侯大利从一个菜鸟迅速成长为行走的刑侦教科书。

翻开本书，带您见识教科书式的破案手法和刑侦智慧！

图书在版编目（CIP）数据

周浩晖高智商悬疑小说集 / 周浩晖著. -- 郑州 ：河南文艺出版社，2020. 11
ISBN 978-7-5559-0994-1

Ⅰ. ①周… Ⅱ. ①周… Ⅲ. ①中篇小说 - 小说集 - 中国 - 当代②短篇小说 - 小说集 - 中国 - 当代 Ⅳ. ①I247. 7

中国版本图书馆CIP数据核字（2020）第073740号

著　　者 周浩晖
责任编辑 冯田芳
特邀编辑 李晓宇
策　　划 读客文化
版　　权 读客文化
封面设计 章婉蓓
出版发行 河南文艺出版社
印　　刷 三河市龙大印装有限公司
开　　本 680mm × 990mm 1/16
印　　张 32.5
字　　数 490千
版　　次 2020年11月第1版 2020年11月第1次印刷
定　　价 69.00元